CATHY WOODMAN

Schnupperküsse

Buch

Jennie Copeland dachte, sie hätte das große Glück gefunden: Sie ist mit ihrem Traumprinzen verheiratet, wohnt in einem schicken Haus und hat drei wunderbare Kinder. Als ihr Mann jedoch völlig überraschend die Koffer packt und seine Familie verlässt, muss Jennie ihr Leben noch einmal ganz neu ordnen. Ausgerechnet im ländlichen Talyton St. George findet die Großstadtpflanze für sich und ihre Kinder genau das Richtige: Jennie verliebt sich in ein unbewohntes Haus und beginnt ein neues Leben als Zuckerbäckerin. Mit einem Hund, einem Pferd und unzähligen Hühnern an ihrer Seite …

Doch das Leben auf dem Land stellt sich als weniger idyllisch heraus als erhofft. Hatte der benachbarte Farmer Guy Barnes doch Recht, als er prophezeite, sie würde es nicht einmal ein Jahr durchhalten? Oder fehlt Jennie einfach nur eine entscheidende Zutat zum Glück? Und könnte womöglich Guy der Mann sein, der sie bereithält?

Autorin

Cathy Woodman ist Autorin mehrerer Romane und ausgebildete Tierärztin. Sie hat ein ganzes Haus voller Tiere, auch wenn sie sich mittlerweile ausschließlich dem Schreiben widmet. *Schnupperküsse* ist der dritte Roman einer Serie, die im idyllischen – und fiktiven – englischen Örtchen Talyton St. George spielt.

Von Cathy Woodman bei Blanvalet bereits erschienen:

Stadt, Land, Kuss (37522) · Dann muss es Liebe sein (37523)

Cathy Woodman

Schnupperküsse

Roman

Aus dem Englischen
von Irene Eisenhut

blanvalet

Die englische Originalausgabe erschien 2011 unter dem Titel
»The Sweetest Thing« bei Arrow Books, William Heinemann,
The Random House Group Limited, London.

FSC www.fsc.org
MIX
Papier aus verantwortungsvollen Quellen
FSC® C014496

Verlagsgruppe Random House FSC-DEU-0100
Das FSC®-zertifizierte Papier *Holmen Book Cream* für dieses Buch
liefert Holmen Paper, Hallstavik, Schweden.

1. Auflage
Deutsche Erstveröffentlichung März 2013
bei Blanvalet, einem Unternehmen der
Verlagsgruppe Random House GmbH, München.

Published by Arrangement with Cathy Woodman
Dieses Werk wurde vermittelt durch die Literarische Agentur
Thomas Schlück GmbH, 30827 Garbsen
Umschlagmotiv: bürosüd°, München
Redaktion: Anita Hirtreiter
DF · Herstellung: sam
Satz: Uhl+Massopust, Aalen
Druck und Einband: GGP Media GmbH, Pößneck
Printed in Germany
ISBN: 978-3-442-37998-9

www.blanvalet.de

1

Schokoladenbrownies

Nach diesem einschneidenden Erlebnis, das mit dem großen S, das mein ganzes Leben auf den Kopf stellte, schwor ich mir, mich nie mehr zu verlieben. Ich beschloss, mein Herz zu stählen und jeglichen emotionalen Verstrickungen aus dem Weg zu gehen. Trotzdem kann ich nicht anders, als vollkommen hingerissen zu sein. Bevor Sie jedoch irgendwelche Einwände erheben, an diesem Zustand ist kein Mann schuld, sondern das wunderschönste Haus der Welt.

Genauer gesagt, Uphill House, ein Langhaus aus dem sechzehnten Jahrhundert, das auf halber Höhe an einem Hang liegt, an dessen Fuß sich der Fluss Taly durch das Tal schlängelt und ins Meer fließt. In den dicken zartrosa Lehmwänden sind Bleiglasfenster mit rautenförmigem Muster eingelassen, und das hutförmige Dach schließt mit goldfarbenem Stroh ab. Eingebettet in vier Morgen Land liegt das Haus am Rand von Talyton St. George, einer kleinen Stadt im Osten von Devon. Es strahlt Sicherheit, Behaglichkeit und Ewiglichkeit aus, sollte ein solches Wort existieren. Ich kann nur hoffen, dass nach all dem emotionalen Schmerz, den meine Familie hat ertragen müssen, diese Beziehung von Dauer sein wird.

Nachdem ich das Auto vor dem Haus geparkt habe und durch das klapprige Zauntor gegangen bin, bahne ich mir meinen Weg durch Gras und blühende Malven, bis ich zur

Veranda vordringe, die aus halb hohen Wänden und verwitterten senkrechten Holzbalken besteht, auf denen ein Ziegeldach ruht. Geduckt arbeite ich mich unter einem Gewirr welken Blauregens, rosa und gelben Kletterrosen und Heckenkirschen bis zur Eingangstür vor.

Ich hebe die Fußmatte am Rand hoch, die auf einer Steinstufe liegt, nehme den Briefumschlag, öffne ihn und finde einen Schlüssel und eine Mitteilung vor. Ich überfliege sie kurz. Sie ist äußerst knapp und in einem nicht sonderlich einladenden Ton geschrieben, was mich in Anbetracht des Verhaltens, das ihr Verfasser mir beim Verkauf des Hauses entgegenbrachte, nicht überrascht. Der Kauf von Uphill House kann durchaus als ein harter Kampf bezeichnet werden, obwohl – ich lächle in mich hinein – wann war es je leicht, Besitz über das Objekt seiner Begierde zu erlangen?

An J. Copeland. Habe das Schloss geölt. G. Barnes.

Mein Kontakt zu G. Barnes war bisher nur über Makler und Anwälte erfolgt, weshalb ich immer noch keinen Schimmer habe, was sich hinter »G.« verbirgt oder wie »G.« aussieht, obwohl mir bereits gesagt wurde, er sei Bauer und lebe nebenan. Mit »nebenan« meine ich den Hof, der gut dreißig Meter den Weg hinauf auf der anderen Seite liegt. Die krakelige Handschrift lässt auf einen eigenwilligen Menschen mit geringem Maß an Manieren und dürftiger sozialer Kompetenz schließen, auch wenn das Verteilen von Öl über die halbe Tür und die Stufe als eine von ihm fürsorgliche Geste ausgelegt werden könnte, denke ich.

Ich stecke den Schlüssel in das Schlüsselloch und versuche, mir dabei meine grün bestickte Tunika nicht mit Öl vollzuschmieren. Ich ziehe und rüttle an dem Schlüssel, bis er sich dreht und drücke dann die Tür auf, deren Angeln quietschen. Ob als Willkommensgruß oder aus Protest, da bin ich mir nicht sicher. Wahrscheinlich beruht ihr heruntergekommener Zustand darauf, dass sie eine ganze Weile in Ruhe gelassen worden ist.

Endlich drinnen. Der Übergang von grellem Sonnenlicht und durchdringender Hitze des bisher heißesten Tages dieses Sommers in den kühlen, dunklen Flur ist ziemlich drastisch. Ich bleibe kurz stehen und atme den Geruch des Hauses ein, eine Mischung aus Rosenblättern, feuchten Holzbalken und Landluft. Mein Blick wandert über den mit dunklen Eichenholzbrettern vertäfelten Flur zu den verschmierten Fenstern am Ende, durch die ich einen leicht verzerrten Blick auf den hinteren Garten mit der Koppel werfen kann, die sich bis zu einem Wäldchen erhebt, und mein Puls schnellt vor Freude in die Höhe.

Dass ich mit vierzig wieder allein sein würde, damit hatte ich nicht gerechnet, doch jetzt, nachdem ich die Scheidung hinter mich gebracht habe, greife ich mit beiden Händen nach dieser sich mir bietenden Gelegenheit – neues Heim, neuer Beruf, neues Leben – und kann es kaum erwarten, in die Küche zu gehen und loszulegen.

Bevor ich mich jedoch meinem neuen Herd, dem AGA, widmen kann, ist noch die eine oder andere Kleinigkeit zu erledigen, wie zum Beispiel einen Lastwagen mit meinen Habseligkeiten zu entladen, Kisten auszupacken und die Kinder an ihr neues Heim und ihre neue Umgebung zu gewöhnen. Ich drehe mich zu meinen drei Sprösslingen um, die mir gefolgt sind und sich an verschiedenen, aus dem Auto mitgebrachten Dingen festklammern: Kopfhörer, iPods, einen Teddybär und die Kühltasche. Sie sind ungewöhnlich still – vielleicht sind sie ja vom Anblick des neuen Hauses überwältigt. Die letzten Tage waren für uns alle anstrengend.

»Und, wie findet ihr es?«, frage ich sie strahlend. Es ist das erste Mal, dass sie das Haus sehen, abgesehen von dem virtuellen Rundgang auf der Webseite des Maklers, der allerdings mit einem Weichzeichner aufgenommen worden war, um die Risse in den Wänden und die alles überziehende braune Staubschicht zu verschleiern. Anfangs waren sie bei der Haussuche dabei, doch dann begannen sie sich ziemlich schnell zu langweilen, so dass es für mich am Schluss einfacher war, alleine an den Wochenenden nach Devon zu fahren, die sie bei ihrem Vater verbrachten. Mein Blick fällt auf meinen Ältesten, der ein helloranges Hollister T-Shirt und eine Jeans trägt, deren Bund ungefähr auf seinen Oberschenkeln sitzt, wodurch seine Boxershorts zu sehen sind. Adam ist vierzehn, macht aber auf älter. Er ist inzwischen größer als ich, schlaksig, mit braunem Wuschelhaar, grauen Augen und ein paar Pickeln im Gesicht. Er hat sich rasend schnell entwickelt, und das leider auch von mir weg. Mit einem Anflug von Bedauern und einem Stich in meinem Herzen spüre ich, dass er in seinen Augen nicht mehr mein kleiner Junge ist.

»Nun?«, hake ich nach.

Er zuckt mit den Achseln.

»Ist ganz okay, aber ich verstehe nicht, warum du dir jetzt, wo wir sowieso nichts mehr ändern können, darüber Gedanken machst, was ich davon halte.«

»Adam, ich dachte, der Umzug wäre für dich kein Problem und du würdest die Sache ganz locker nehmen«, erwidere ich. »Das waren zumindest deine Worte.«

»Das ist ewig her. Außerdem war das, bevor ich diese Bruchbude gesehen habe.«

Ich höre die Verbitterung in seiner Stimme.

»Wir werden etwas daraus machen«, werfe ich ein und unterdrücke einen Anflug von Besorgnis, der seinem Gemütszustand gilt. »Wir werden dein Zimmer nach deinen Wünschen einrichten, und genug Platz für einen Hund ist auch da.«

Wir haben noch keinen Hund, doch Adam hat immer einen gewollt, und ich kann an seinen weicher werdenden Gesichtszügen erkennen, dass er den Umzug nun nicht mehr ganz so fürchterlich findet. Alles wird gut, sage ich zu mir. Er wird sich bald einleben. Das muss er, denn es gibt keinen Weg zurück. Dieser Schritt in ein neues Leben muss sich für uns alle als der richtige herausstellen. Kann sein, dass die Kinder es noch nicht verstehen, doch was ich getan habe, habe ich für sie getan.

»Wie findest du das Haus?«, frage ich Georgia, das mittlere meiner drei Kinder, die mit ihrem braunen Haar und der zierlichen Statur mir ähnelt. Sie hat ihr Haar zu einem Pferdeschwanz gebunden und trägt eine dünne schwarze Strickjacke über einem weißen Hemdchen und blaue Leggings. Sie wird bald zehn und ist ein richtiger Wildfang.

»Du hast uns nicht gesagt, dass es in sich zusammenfällt, Mummy«, antwortet sie und zieht mit ihrer Hand den Ärmel herunter, während sie auf den durchhängenden Sturz über der Tür zeigt, die, um mit den Worten des Maklers zu sprechen, zum Salon des Hauses führt. Alles an dem Haus, die Böden, die Wände und die Decken sind schief, aber das macht ja gerade den Charme dieses Hauses aus.

»Ich glaube, es sah schon immer so aus.« Ich spüre, wie meine Jüngste nach meiner Hand greift und sie mit ihren kleinen, leicht verschwitzten Fingern umklammert. »Was hältst du von dem Haus, Sophie?« Ich schaue nach unten und warte auf ihre Antwort, während sie sich mit ihren großen blauen Augen umschaut. Ihr blondes, lockiges Haar wippt dabei auf den Schultern, und sie spitzt gedankenverloren ihren rosigen Mund. Sie ist acht und viel mehr ein Mädchen als ihre Schwester – sie trägt ein rosa Sommerkleid, und auf ihrer Wange ist ein Abdruck des Lippenstifts meiner Mutter zu sehen.

»Das ist ein Hexenhaus«, meint sie und schüttelt sich. »Ich mag es nicht.«

»Oh, das tut mir leid«, sage ich enttäuscht und leicht panisch, dass keines meiner Kinder meine Begeisterung für unser neues Heim teilt. Der Abschied von London war für sie schmerzhaft gewesen, doch ich hatte gehofft, sie würden sich beim ersten Anblick in Uphill House verlieben. Ich wünschte mir, sie würden genau wie der Makler, der es mir vor ein paar Monaten zeigte, sein Potenzial erkennen.

»Mum, kann ich etwas zu essen haben?«, fragt mich Adam, der neben mir steht.

»Ich dachte, du willst dich erst mal umsehen und die Gegend erforschen«, antworte ich, in der Hoffnung, das Haus für ein paar Minuten für mich zu haben, um mich zu sammeln, bevor meine Eltern und die Leute von der Umzugsfirma auftauchen.

»Davor brauche ich trotzdem was zu essen«, beharrt er.

»In der Kühltasche ist etwas«, sagte ich. »Georgia, kannst du Adam bitte die Tasche geben?«

Georgia lässt sie vor die Füße ihres Bruders fallen, der in seinen Skateboard-Schuhen mit den fluoreszierenden Schnürsenkeln Größe 43 hat. Er beginnt, sie zu durchwühlen, und zieht die Dose mit den Schokoladenbrownies hervor, die ich gestern Abend gebacken habe, als wir bei meinen Eltern übernachteten, um den Umzugsleuten nicht im Weg zu stehen, die den Rest unserer Sachen in Kisten packten. Wenn's hart auf hart kommt, muss man's hart angehen – was in meinem Fall heißt, ab in die Küche und backen.

»Die nicht«, werfe ich ein. »Die sind für später.«

»Aber ich bin am Verhungern.« Adam untersucht die zweite Dose. »Was ist mit dem Kirschkuchen? Jetzt sag bloß nicht, den hebst du auch für später auf…«

Mir liegt der Satz zwar schon auf den Lippen, aber ich

habe ein schlechtes Gewissen, ihn seiner Freunde und seines Skateparks beraubt zu haben, und so gebe ich nach.

»Aber lass ein Stück für Granddad übrig.« Zum großen Bedauern meines Vaters hatte das Back-Gen innerhalb unserer Familie eine Generation übersprungen. Die Mutter meiner Mutter backte gerne, so wie ich, doch meine Mutter stellte ihre Bemühungen in diesem Bereich schon vor Jahren ein, nachdem ihre Rosinenkekse so hart wie Granit und ihre Kokosnusshütchen so platt wie Flundern geworden waren, statt keck und spitz wie Madonnas BH in den Achtzigern. In der Familie wurden sie daraufhin nur »die Flachkekse« genannt.

»Ich möchte auch ein Stück, das ist sonst nicht fair«, ertönt es hinter mir von Sophie, der Hüterin der Gerechtigkeit. »Adam, gib mir die Dose.«

»Ich möchte nichts, danke«, sagt Georgia höflich, und ich lächle innerlich.

Die drei sind so unterschiedlich, und dennoch liebe ich sie alle bedingungslos, selbst nach drei Stunden im Auto. Für die Liebe einer Mutter gibt es keine schlimmere Prüfung als eine 170 km lange Autofahrt an einem heißen Sommertag.

Georgia ist ein ruhiges und sensibles Mädchen, während Sophie nach ihrem Vater kommt: kontaktfreudig und selbstgerecht. Adams Persönlichkeit liegt irgendwo dazwischen. Auch wenn er nicht geplant war, war er der beste Fehler meines Lebens. Georgia kam etwas später zur Welt, als wir wollten, und Sophie entstand völlig spontan. Sie sollte der krönende Abschluss, sozusagen die Glasur auf dem Kuchen sein, doch stellte sie sich eher als die Marmelade in einer Biskuittorte heraus, die die Schichten unserer Ehe nach einer von Davids Affären zusammenhielt. Der Versuch jedoch misslang, weshalb wir, so denke ich, jetzt da sind, wo wir gerade sind.

Für etwaiges Bedauern aber ist es zu spät. Die Scheidung liegt hinter uns. Das Geld hat die Hände seines Besitzers gewechselt – David war in den Scheidungsvereinbarungen großzügig, was sich auch so gehörte, denn er zeigte keine große Reue – somit gibt es keinen Weg zurück. Ich habe die Tür zu meinem alten Leben heute geschlossen und alles damit zurückgelassen … Außer natürlich meinen Kindern, meinem Auto und dem Umzugswagen. Oh, und meinen Eltern, die uns mit ihrem Wagen hinterhergefahren sind. Sie bestanden darauf, mitzukommen und beim Umzug zu helfen, wofür ich ihnen dankbar bin, denn ich glaube nicht, dass ich es ohne sie bis hierher geschafft hätte.

»Jennie, wir sind da!«, ruft meine Mutter und kommt herein. Sie nimmt mich wie immer zur Begrüßung in den Arm, als hätten wir uns wochenlang nicht gesehen. Sie ist sechsundsechzig, könnte aber ohne weiteres für zehn Jahre jünger gehalten werden. Ihr Haar ist kurz geschnitten und liegt an ihrem Kopf wie Beton. Den Kindern erzählt sie immer, sie würde ihr Gesicht bügeln, um die Falten in Schach zu halten. Sie trägt eine abgeschnittene Hose, ein Oberteil aus Baumwolle und flache Sandalen. Adam, der neben ihr steht, überragt sie.

»Wie geht's meinem wundervollen Enkel?«, fragt sie und grinst dabei, woraufhin er sich schnell aus ihrer Reichweite verzieht. »Keine Angst, ich werde dich nicht küssen. Und wie geht es dir und Sophie?«, fügt sie hinzu und wendet sich Georgia zu.

»Mir war schlecht im Auto«, erklärt sie.

»Das lag wahrscheinlich an den engen Straßen«, meint Mum.

»Ja. Warum habt ihr so lange gebraucht?«, möchte ich wissen.

»Wir haben den Panoramaweg genommen.« Mum legt

ihre Hände auf die Hüften und neigt ihren Kopf zur Seite. »Um ehrlich zu sein, dein Vater hat sich verfahren, aber du weißt ja, wie er ist. Das würde er nie zugeben.«

»Genauso wenig wie Mum«, murmelt Adam.

»Mummy hatte es so eilig, dass sie in einen Traktor gefahren ist«, wirft Sophie ein und streicht mit ihrem Handrücken ein paar klebrige Krümel von ihrem Gesicht.

»Fast in einen Traktor gefahren ist«, korrigiert sie Georgia, während meine Mutter eine Augenbraue hochzieht.

Was Georgia sagt, stimmt. Ich fuhr ziemlich zügig und leicht angesäuert die Straße entlang, weil das Navi kein Signal mehr hatte und mir dadurch keine Anweisungen mehr gab. Währenddessen wunderte ich mich, wie sehr sich die Bäume doch ähnelten, was nur meinen fast völlig verlorengegangen Bezug zur Natur unter Beweis stellt, wenngleich ich diesem Tatbestand demnächst entschieden entgegenwirken werde. So war ich nicht ganz bei der Sache, als der Traktor viel schneller auf mich zukam, als ich erwartete, während ich eine scharfe Rechtskurve fuhr.

Da ich mir nicht sicher war, ob wir rechtzeitig zum Stehen kommen würden, schrie ich »Haltet euch fest!«, trat die Bremse durch und wartete auf den Schlag des Aufpralls.

»Wir waren nur so weit« – Georgia hebt ihre Hand hoch und zeigt mit ihrem Daumen und Zeigefinger einen Abstand von ungefähr einem Zentimeter – »von diesem großen, riesigen« – sie hat Mühe, die richtigen Worte zu finden, um die Monstermaschine zu beschreiben – »gigantischen Traktor entfernt.«

»Er war wirklich riesengroß«, pflichte ich ihr bei und lächle.

»Und blau«, fügt Sophie hinzu. »Und Mummy wurde ganz rot.«

»Daran kann ich mich nicht erinnern.« Das Einzige, woran ich mich erinnern kann, war, dass mein Herz zum ersten Mal seit Jahren wieder schneller geschlagen hatte. Ich ließ das Seitenfenster herunter, während der Fahrer von dem Traktor heruntersprang und auf mein Auto zukam.

»Ich glaube, der Mann möchte mit dir sprechen«, bemerkte Sophie unnötigerweise.

Als sich sein Gesicht mir näherte, ein unfreundliches mit zerfurchter Stirn, grünblauen Augen, aus denen mir ein kühler Blick zugeworfen wurde, und einem verkniffenen Mund, war ich mir nicht ganz sicher, ob ich mit ihm sprechen wollte. Mein erster Gedanke war, dass dieses sonnengebräunte Gesicht mit seiner markanten Kieferpartie auf seine schroffe Art durchaus als gut aussehend bezeichnet werden könnte, doch dann begann der dazugehörige Mann mit tiefer und dunkler Stimme zu sprechen.

»Was denken Sie eigentlich, was Sie hier machen? Das hier ist keine verdammte Rennstrecke.«

»Ich weiß … es tut mir leid«, murmelte mich. Ich musste zugeben, ich war zu schnell gefahren.

»Sie hätten sich beinahe umgebracht. Und ihre Kinder.«

Seine Augen bohrten sich in meine. Ich, die verantwortungslose Mutter, schaute weg und konzentrierte mich stattdessen auf den Rest von ihm, seinen muskulösen Oberkörper, der teilweise in einem zerschlissenen grauen Unterhemd steckte, und das Haar unter seinen Achseln, das zu sehen war, da er den Arm auf mein Auto gelehnt hatte. Ein moschusartiger, animalischer Geruch ging von ihm aus – nicht unangenehm – und seine Jeans sahen aus, als wären sie noch nie gewaschen worden, doch irgendetwas hatte er an sich. Er strahlte das Selbstvertrauen von jemandem aus, der sich in seiner Haut wohlfühlt.

»Ist ja gut. Ich habe doch schon gesagt, es tut mir leid«, begann ich, als er keine Anstalten machte, wieder zurück zu seinem Traktor zu gehen.

»Sie kommen nicht von hier, oder?«, fragte er mich in dem breiten Akzent, der für den Südwesten Englands typisch ist. Er hielt kurz inne, um sich eine Strähne seines hellbraunen, fast blonden Haars aus den Augen zu streichen. »Ich kann Ihnen sagen, wie Sie wieder zurück in die Stadt kommen, wenn sie dorthin wollen.«

»Ich habe mich nicht verfahren«, lautete meine abweisende Antwort. Ich wollte mir nicht helfen lassen, egal, wie gut das Angebot auch gemeint war.

Seit David mich verlassen hat, bin ich gezwungen so gut wie alles selbst zu machen, und ich habe nicht vor, das zu ändern. Obwohl ich anfangs meine Zweifel hatte, gefällt mir meine Unabhängigkeit.

»Mum!«, ertönte es von Georgia, während Sophie gleichzeitig von hinten gegen meinen Sitz trat.

»Ich weiß, wo ich hinmuss«, sagte ich hartnäckig.

»Schön, aber wissen Sie auch, wo Sie gerade sind?«, erwiderte er mit leisem Humor in seiner Stimme und lächelte. Obwohl es mir peinlich war, von ihm beim Zuschnellfahren erwischt worden zu sein, lächelte ich zurück.

»Würden Sie bitte den Weg freimachen, damit wir weiterfahren können«, sagte ich und wurde wieder ernst. Ich verzichtete hinzuzufügen, dass unser neues Haus und ein Umzug auf uns warteten.

»Gerne. Dafür müssen Sie aber zuerst ein Stück zurückfahren«, meinte er grinsend und schaute mich an, als ob er die Panik in meinen Augen lesen könnte. Das Auto stand mitten in Brombeersträuchern, und zwischen dem hohen Gras und den Wildblumen war ansatzweise ein Graben zu erkennen, der neben der Fahrbahn verlief. »Die nächste

Stelle zum Ausweichen liegt ungefähr eine halbe Meile zurück«, fügte er hinzu.

Ich fuhr zurück, bis ich einen steifen Hals hatte und sich mein Gehirn fast auflöste, während der Mann auf dem Traktor nickte und mich herablassend weiter nach hinten winkte, bis ich eine Toreinfahrt erreichte, in die ich hineinfuhr, damit er sich an uns vorbeiquetschen konnte. Ich spürte, wie ich mich duckte und klein machte, als ob mir dadurch erspart bleiben würde, das Auto neu zu lackieren. Ich weiß nicht, warum ich mir über etwas so Profanes Gedanken machte, denn hätten diese riesigen Räder eine falsche Bewegung gemacht, wären wir alle erdrückt worden.

»Warum hast du dir von dem Mann nicht sagen lassen, wie wir zu unserem Haus kommen?«, beschwerte sich Georgia, während ich beobachtete, wie der Traktor den Hügel hinunterwalzte. »Warum hast du so getan, als würdest du den Weg kennen?«

»Weil ich nicht glaube, dass er ihn kennt. Er ist einfach nur irgendein alter Bauerntölpel.« Ich weiß nicht, warum ich »alt« sagte, denn ich denke, er könnte durchaus ein paar Jahre jünger gewesen sein als ich.

»Was ist das? Ein Bauerntölpel?«, fragte Sophie.

Ich dachte nicht, dass Adam etwas von der Unterhaltung mitbekommen würde, da er Musik hörte, doch er schaltete seinen iPod aus und erklärte es ihr. »Das ist jemand, der wie eine Vogelscheuche aussieht, und mit einem zerbeulten Hut und einer Feder darauf durch die Gegend läuft. In seinem Mund steckt normalerweise ein Strohhalm, und er spricht so.« Daraufhin ahmte Adam ziemlich treffend den Akzent nach, der für den Südwesten Englands typisch ist, was Sophie zum Lachen brachte und ein Lächeln in Georgias Gesicht zauberte.

Ich habe mich also doch nicht völlig verfahren, sondern

nur kurzweilig die Orientierung verloren, dachte ich triumphierend, als wir oben auf dem Hügel ankamen, wo sich die Fahrbahn teilte. Die linke Spur war ausgeschildert für Uphill Farm und Uphill House. Das Schild lehnte gegen ein Butterfass, das auf einer Steinplatte nahe der Hecke stand. Zwischen der Kapuzinerkresse, den roten Lichtnelken und wilden Erdbeeren befand sich noch eine Tafel, auf der mit Kreide »Kartoffeln« und »Apfelwein« geschrieben stand. Ich bog ab, fuhr an den Schildern vorbei und rumpelte noch eine halbe Meile die holprige Straße hoch. Und genau da sind wir jetzt…

»Der Fahrer stieg von seinem Traktor herunter, um mit Mummy zu sprechen. Ich mochte ihn gar nicht, Granny«, erklärt Sophie ihrer Großmutter. »Er sagte ›verdammt‹, und das darf man nicht, oder? Ich glaube, er ist sehr unhöflich.«

»Ach, lass gut sein«, meine ich. »Wir haben es geschafft und sind hier.«

»So wie die Umzugsleute.« Mum sieht hinüber zur Eingangstür, wo gerade ein Lastwagen vorfährt. »Wir setzen besser mal Teewasser auf. Wo ist der Kessel?«

»Der liegt bei mir im Kofferraum.« Wir hatten ihn zuletzt eingepackt. Ich schicke Adam los, ihn zu holen.

»Jennie«, unterbricht mich mein Vater. Er ist inzwischen siebzig und hat, bis er vor kurzem in Rente ging, als Geschäftsführer eines Ingenieurbüros gearbeitet. Er ist groß und schlank und spielt, so oft er kann, Golf, wenngleich ich vermute, dass er genauso viel Zeit am neunzehnten Loch verbringt wie auf dem Platz. Selbst heute trägt er ein weinrotes Polohemd mit dem Logo seines Golfklubs darauf.

»Ja, Dad?«

»Der Fahrer möchte wissen, ob er den Lkw im Hof parken und die Möbel durch die Hintertür hereinbringen kann.«

»Ich wüsste nicht, was dagegen spricht.« Genau zwischen dem Haus und einer baufälligen Scheune befindet sich ein Tor mit fünf Querstreben, das zu einem Hof führt, um den drei Ställe und ein Lattenzaun mitsamt Tor verlaufen und an den sich die Koppel anschließt.

»Er hat Bedenken, was die Sofas betrifft«, meint Dad weiter und zieht ein Taschentuch aus seiner Hosentasche, um sich damit die Brille zu putzen.

»Was willst du damit sagen? Er hat sie ja wohl nicht in London gelassen, oder?«

»Nein.« Dad setzt die Brille wieder auf. »Es ist nur so, dass die Türen vom Haus eher schmal sind und deine Sofas eher breit.«

»Können wir vielleicht ein Fenster herausnehmen?« So weit ich mich erinnern konnte, hatte ich so etwas schon einmal im Fernsehen gesehen.

»Auch die Fenster sind eher winzig«, erwidert Dad. »Und ich gehe nicht davon aus, dass wir die Sofas auseinandernehmen können. Es wird dir wohl nichts anderes übrig bleiben, als sie in die Scheune zu stellen, abzudecken und eine neue Couchgarnitur zu kaufen.«

Mir wird schwer ums Herz. Noch eine Ausgabe, mit der ich nicht gerechnet habe. So wie die Kosten für die Wartung des AGA und die Reinigung der Schornsteine, die ich noch vor unserem Einzug bezahlen musste.

»Worauf sollen wir dann sitzen?«, stöhne ich.

»Auf unseren Hintern«, lautet Adams Kommentar.

»So etwas sagt man nicht, das ist unhöflich«, meint Sophie mit erhobenem Zeigefinger zu ihrem großen Bruder.

Mein Vater grinst. »Na, viel Zeit zum Hinsetzen werden wir nicht haben. In diesem Haus steckt noch einiges an Arbeit, bevor es wieder ganz in Schuss sein wird.« Dabei wandert sein Blick kurz zu den Sichtbalken über unseren Köpfen. »Ich hoffe, du hast dir hiermit nicht zu viel zugemutet.«

»Aber du magst es, oder?«, frage ich ihn besorgt. »Und denkst du auch, dass es sich am Schluss lohnen wird?«

»Ich finde es toll, Jennie«, bemerkt meine Mutter und hakt sich bei mir unter. »Ich wünschte, dein Dad und ich hätten den Mut gehabt, von London wegzuziehen, als wir so alt waren wie du. Ich hätte ein Haus wie dieses geliebt. Es ist so romantisch, wie aus einem Märchen.«

»Nur ohne den gut aussehenden Prinzen«, meine ich trocken.

»Das kannst du noch gar nicht wissen«, sagt meine Mutter.

Doch, kann ich, denke ich, und meine Brust zieht sich schwermütig zusammen. Seit David mich verlassen hat, gibt es für mich keine Prinzen mehr. Ich fühle mich immer noch fürchterlich im Stich gelassen. Die Prinzessin – denn als solche behandelte mich David anfangs – wurde zusammen mit ihren drei Kindern sitzen gelassen und aus dem Königreich verbannt. Nun gut, es handelt sich bei meiner Geschichte halt um ein modernes Märchen ohne Happy End, in dem wir uns das Sorgerecht teilen und ich beschlossen habe, wegzuziehen.

»Kommt, ich führe euch schnell durchs Haus, damit ihr wisst, wo alles ist«, sage ich und wechsle das Thema. Ich hebe die Kühltasche und Kuchenträger hoch und gehe mit ihnen durch das nächste Zimmer, eine Art Vorraum mit einer Treppe, die nach oben zum Treppenabsatz führt und von dort aus in die Küche, mein Lieblingszimmer. Sie ist riesig und hat sowohl nach vorne als auch nach hinten Fenster. Durch das vordere Fenster blickt man auf den verwilderten Garten, die Straße und weite Felder, durch das hintere auf noch mehr verwilderten Garten. In der Steinnische, in der sich einmal ein offener Kamin befand, steht ein alter, wie mir jedoch versichert wurde, perfekt funktionierender AGA. Rechts davon ist ein Loch im Mauerwerk, an das der noch originale Brotofen angeschlossen ist, der anscheinend jedoch schon jahrelang nicht mehr benutzt worden ist.

Mein Vater geht hinüber zur Klöntür am hinteren Ende, öffnet den oberen Teil und lässt die nachmittägliche Sonne herein, die quer über den Steinfußboden scheint.

»In dieser Küche wirst du viele Kuchen backen können«, versichert er mir.

»Genau das habe ich vor«, sage ich. *Jennie's Cakes.* Ich sehe schon alles vor mir. Ein riesiger Tisch aus Eiche in der Mitte, auf dem sich Abkühlgitter mit wahren Kalorienbomben stapeln: gefüllte Windbeutel, Schokoladenplätzchen, Cupcakes, Teebrot, Zitronenkuchen. Ich male mir aus, wie ich ein Heft durchblättere – natürlich eins mit einem dekorativen Einband, das zu einem Leben auf dem Land passt – voll mit Aufträgen. Ich stelle mir vor, wie ich für einen Kunden einen dreistöckigen, mit Brandy getränkten üppigen englischen Früchtekuchen aus der Speisekammer hole, um ihn ein paar Tage vor dem großen Ereignis mit Marzipan zu überziehen und zu dekorieren. Meine Gedanken schlagen Purzelbäume.

»Hier gibt es noch einiges sauberzumachen, bevor dir dein Hygienezertifikat ausgestellt werden kann«, bemerkt meine Mutter und holt mich wieder zurück auf den Boden der Tatsachen. Sie fährt mit ihrem Fingernagel über den Spülstein. »Ich glaube, das Fett hier stammt noch aus dem sechzehnten Jahrhundert.«

Stimmt. Auch ich sehe, dass es bis zum Erfolg noch eine Weile dauern wird. Aber egal! Ich weiß, ich werde die Früchte meiner Arbeit eines Tages ernten, und sie werden so süß schmecken wie Zuckersirup.

»Wann hat denn hier zuletzt jemand gewohnt?«, fragt

Dad und schaut hoch zu den Spinnenweben, die in Fetzen von der Decke hängen.

»Mrs. Barnes – der das Haus zuletzt gehörte – zog vor einigen Jahren aus, hat man mir erzählt.« Ich fahre über das Abtropfbrett aus Holz, und auf meinem Finger bleibt eine rote Staubschicht und ein Splitter zurück. Bevor ich mich als Konditorin selbständig mache, muss die Küche in Ordnung gebracht werden – sie hat eine kleine Aufmöbelung nötig.

»Sieht nicht so aus, als hätte sie sich sonderlich um das Haus gekümmert«, bemerkt Dad.

»Der Makler gab mir zu verstehen, dass sie schon ziemlich alt gewesen sein muss.« Ich drücke den Splitter aus meinem Finger und spüle ihn unter dem Wasserhahn ab. Das Wasser schießt zuerst mit einem Knall und einem gurgelnden Geräusch heraus, dann fließt es in einem Strahl.

»So wie das ganze Haus«, verkündet Adam. »Mum, du weißt aber schon, dass das Zimmer hier sich bestens eignet, um meine Spielkonsole aufzustellen.«

»Auf keinen Fall! Das hier ist mein Bereich. Ich dachte, du könntest dir in der Scheune einen Hobbyraum einrichten. Die ist doppelt so groß wie der Raum hier.«

»Aber da wird doch mein Pony drin sein«, wirft Georgia ein.

»Es gibt hier drei Ställe«, stelle ich fest. »Drei Ponys werden wir nicht haben. Du kannst in einem der Ställe das Futter lagern. Und wir haben vier Morgen Land – da ist wohl mehr als genug Platz für uns alle.«

»Ja, um euch aus dem Weg zu gehen«, sagt Adam und verpasst Georgia einen großen, brüderlichen Schubs, woraufhin sie losstürzt, um ihn gegen das Schienbein zu treten. Eine Szene, die schon so häufig vorgekommen ist, dass ich mittlerweile beim Zählen durcheinanderkomme.

»Lasst uns nach oben gehen«, meint meine Mutter, um

die beiden abzulenken, bevor die Rauferei ausarten kann, wenngleich ich befürchte, dass der nächste Streit mit der Verteilung der Schlafzimmer schon bevorsteht.

»Die Zimmer sind eigenartig angeordnet«, bemerkt Mum, als wir das obere Stockwerk erreichen. Alle vier Schlafzimmer und das Bad gehen auf der gleichen Seite von einem langen Flur ab, der entlang der Rückseite des Hauses verläuft.

»Das ist eine sehr traditionelle Anordnung«, erwidere ich. »Ich habe mich über das Langhaus erkundigt. Es wurde so gebaut, dass die Familie mit ihren Tieren unter einem Dach leben konnte. Der Querschlag – die Eingangshalle unter uns – trennte sie voneinander.«

»Wie um alles in der Welt bekommt man denn eine Kuh nach oben?«, fragt mich Adam.

»Die Tiere lebten nicht hier oben«, antworte ich und schubse ihn frotzelnd. »Das hier war eine Art Dachboden, zu dem Leitern hochführten. Die Menschen schliefen und lagerten das Heu hier oben.«

»Und welchen Teil des Hauses bewohnten die Tiere?«, fragt Georgia.

»Ja, das möchte ich auch gerne wissen, denn ich werde in keinem Kuhstall wohnen«, verkündet Adam, der Inbegriff eines Teenagers des einundzwanzigsten Jahrhunderts.

»Küche und Diele waren der Bereich für die Menschen, das Wohnzimmer der für die Kühe. Deshalb neigt sich dort auch der Boden und führt in seiner Mitte eine Rinne. Die war für den Kuhmist.«

»Das ist ja widerlich«, lautet Adams Kommentar, und er rümpft die Nase. »Kein Wunder, dass es hier stinkt.«

»Das ist die frische, gute Landluft«, meint meine Mutter und geht leicht in die Knie, um durch das niedrige Fenster auf das Feld zu schauen, auf dem rotgraue und weiße

Kühe grasen. »Ich denke, die haben wir diesen Kühen da zu verdanken – oder sind das Stiere? Malcolm, sind das Kühe oder Stiere?«

»Das sollten wir besser herausfinden, bevor da jemand hingeht«, erwidert mein Vater.

»Das dürfen wir nicht«, wendet Georgia ein. »Das Feld gehört dem Bauern.«

»Igitt!«, lautet Adams einziger Kommentar.

Ich übergehe Adams Bemerkung und öffne die Tür zum ersten Zimmer auf unserer Besichtigungstour – dem Badezimmer.

»Das ist ziemlich groß«, findet Mum, bevor sie verstummt, denn das ist alles, was es dazu zu sagen gibt. Die mit Rosen gemusterte Tapete löst sich auf und ist farblich in ein Braun verblasst. Die Badewanne hat einiges von ihrem Emailleüberzug eingebüßt und steht mitten im Raum auf dem dunklen Holzdielenboden. Die altmodische Toilette mit ihrem hohen Wasserkasten, der durch eine Kette zu betätigen ist, befindet sich auf drei Treppenstufen, wodurch sie sich als ein wahrer Thron entpuppt.

»Aus der würde ich etwas machen«, meint meine Mutter strahlend, »sie ist eine wahre Antiquität.«

»Das Bad hat keine Dusche«, bemerkt Adam.

»Wir werden eine einbauen lassen«, versichere ich ihm und laufe schnell zum nächsten Zimmer. »Ich dachte, du könntest dich hier häuslich einrichten, Adam.«

Er schaut sich schnell um, geht hinüber zur Tür links neben dem offenen Kamin, öffnet und schließt sie wieder.

»Hat das Zimmer etwa kein eigenes Bad?«, fragt er.

»Du bist ganz schön verwöhnt«, antworte ich. Adam hatte mit seinem früheren Zimmer Glück gehabt, denn das verfügte über eine eigene Dusche. »Hier gibt es nur ein Bad.«

»Wie im Mittelalter«, lautet sein bissiger Kommentar.

»Jetzt sag nur noch, hier gibt es keinen Breitband-Internetzugang?«

»Hm, also soweit ich weiß nicht. Was hast du erwartet? Wir sind hier mitten in der Pampa.«

»Und wie soll ich bitte in Facebook kommen und mit meinen Freunden Kontakt halten?«

»Ich muss die Leute von der Telefongesellschaft anrufen und sie bitten, einen Internetanschluss zu installieren.« Ich bleibe sehr vage in meiner Aussage, da ich keine Ahnung habe, von was ich da rede. Bisher hatte sich David immer um alles Technische gekümmert.

»Adam, darum kümmern wir zwei uns morgen«, beruhigt ihn mein Vater.

»Okay«, erwidert Adam, und ich wünschte mir, er würde ein Dankeschön hinzufügen.

»Die feuchte Stelle da oben gefällt mir gar nicht«, lässt mich mein Vater wissen und geht näher ans Fenster, um den schwarzen Schimmel zu begutachten, der die Decke ziert, jedoch im Vergleich zu dem Schimmelfleck, auf den wir im nächsten Zimmer stoßen, das ich Sophie zugedacht habe, ein Klacks ist. Was allerdings noch abstoßender ist, ist die vertrocknete Fledermaus mitten auf dem Boden.

»Hier schlafe ich nicht«, kreischt Sophie, läuft zu meiner Mutter und schlingt ihre Arme um ihre Taille. Meine Mutter streicht ihr übers Haar und fährt mit den Fingern durch ihre Locken. »Das ist ein ganz schreckliches Zimmer.«

»Es ist etwas anders als das, was du bisher hattest«, stimmt meine Mutter ihr zu.

»Wenn du es nicht magst, musst du dir ein Zimmer mit Georgia teilen«, sage ich und verdränge die Erinnerung an Sophies strahlendes Gesicht, als sie wieder in ihr altes Zimmer einzog, nachdem wir einen neuen Teppich gelegt und die Wände und Decke rosa und zartgrün gestrichen hatten. Das Zimmer hier ist schäbig und schmutzig, und ich kann mir gut vorstellen, wie eine klapprige alte Frau – eine Art Miss Havisham aus Charles Dickens' Roman *Große Erwartungen* – hier mit ihrem vergilbten Hochzeitskleid und verschimmelten Hochzeitskuchen lebte. Arme Sophie!

»Es macht mir nichts aus, das Zimmer zu teilen«, sagt Sophie voller Hoffnung.

»Aber mir«, wirft Georgia ein.

»Ich finde, dass jemand, der ein Pony haben möchte, etwas entgegenkommender sein könnte«, gebe ich sanft zu bedenken. Zumindest würde sich dadurch das Renovieren um einiges einfacher gestalten. Ich betrachte Georgias Schweigen als Zustimmung und nehme sie in den Arm.

»Ich will nach Hause«, sagt Sophie. »Wirklich.«

Mum lächelt mich mitfühlend an.

»Lasst uns wieder hinuntergehen und Tee machen. Und für die Umzugsleute nach etwas Fruchtsaft suchen. Komm, Sophie. Du auch, Georgia.«

Sie fasst mich an der Schulter, und ein paar Minuten später bin ich wieder unten in der Küche und frage mich, wie lange es wohl dauern wird, bis wir uns eingelebt haben.

Es gibt viel zu tun, doch ich bin zuversichtlich, alles hinbekommen zu können, solange ich eins nach dem anderen erledige. Vor der Arbeit fürchte ich mich überhaupt nicht. Was mir Sorgen bereitet, ist die Reaktion der Kinder auf das Haus. Das Letzte, was ich möchte, ist, dass sie sich hier nicht wohlfühlen.

Dad verschwindet mit Adam für eine Weile und taucht dann wieder auf.

»Also, mit den Sofas«, beginnt er.

»Ihr bekommt sie nicht ins Haus«, sage ich, denn das verrät seine Miene.

»In die Scheune können wir sie allerdings auch nicht stellen«, fährt er fort.

»Weil die nämlich schon vollsteht«, fügt Adam hinzu.

»Mit was?«, frage ich, und meine Stimme klingt scharf, da ich mir vorstelle, wie meine Couchgarnitur im Freien stehen muss – Wind und Wetter ausgesetzt.

»Mit Müll«, erwidert Adam.

»Mit Gerümpel«, korrigiert ihn mein Vater. »Alte Lampenschirme, Schränke, eine Rolle Hasendraht …«

»Leitern, Traktorreifen, sogar ein rostiger alter Traktor«, fährt Adam fort.

»Großartig«, lautet mein (sarkastischer) Kommentar. »Mir wurde gesagt, sie würde ausgeräumt sein, noch bevor wir hier einziehen.«

»Hast du das schriftlich?«, fragt mich mein Vater und lächelt ironisch, denn er kennt bereits die Antwort.

»Nein. Der Makler sagte, er hätte mit dem Sohn der Besitzerin gesprochen, und dieser hätte versprochen, sich darum zu kümmern.« Ich fühle mich im Stich gelassen.

»Komm und schau es dir selbst an«, sagt Adam zu mir und zieht mich am Arm.

»Aber nur für eine Minute. Kommt ihr hier klar?«, frage ich meine Mutter, die den AGA einheizt, um die Tiefkühlpizzen aufzubacken, die sie mitgebracht hat.

»Ich bin mir nicht sicher«, erwidert sie. »Gibt es eine Bedienungsanleitung für den Herd?«

»Wenn ja, dann ist sie in Mittelenglisch«, meint Adam und klingt inzwischen etwas fröhlicher.

»Eine Bedienungsanleitung habe ich nicht, aber ein Buch.« Es war das Abschiedsgeschenk von Summer, meiner besten Freundin. Sie gab es mir, bevor wir wegfuhren. »Es heißt ›*Wie schließe ich Freundschaft mit meinem AGA-Herd*‹«. Obwohl ich mir nicht sicher bin, ob uns das gelingen wird, wenn ich ihn mir so betrachte. Ich bedaure es schon fast, meinen alten Herd nicht mitgebracht zu haben. Die Emaillelackierung des AGA blättert ab und ist zerkratzt. Abgesehen davon werde ich wohl nie herausfinden, wie all diese Öfen funktionieren, von denen es insgesamt vier gibt, neben den zwei Kochplatten, auf denen oben Deckel liegen.

»Alles braucht seine Zeit. In dem Tank draußen ist aber schon Öl, oder?«, fragt mich meine Mutter.

»Davon gehe ich mal aus, denn Mr. Barnes hat es mir bis auf den letzten Liter in Rechnung gestellt.« Er überließ mir nichts für umsonst, außer dem Gerümpel, das Dad und Adam in der Scheune vorgefunden haben.

Ich folge ihnen durch die Hintertür nach draußen in die spätnachmittägliche Sonne, um mir ein Bild von der Misere zu machen. Ich gehe den mit Steinplatten gepflasterten Weg entlang, der mit Gras vollgewuchert ist und entschuldige mich bei der armen Schnecke, die ich dabei zertrete. Der Hof ist mit Kopfstein gepflastert und an den Stellen, an denen sich das Unkraut seinen Weg gebahnt hat, mit Ziegelsteinen ausgebessert worden. Wir gehen um den Lkw herum, auf dessen Heckklappe die Männer sitzen und eine Pause machen, und erreichen die offen stehende Scheune, die wie das Haus aus Lehm und Stroh erbaut worden ist und vom Boden bis zu den Dachsparren – nun ja, ich bin geneigt, Adam rechtzugeben – mit Müll vollgestellt ist, was mich alles andere als erfreut. Ich habe schon einen langen heißen Tag hinter mir, der zunehmend frustrierender wurde, und das hier ist so ziemlich das Letzte, was ich jetzt noch brauche.

»Dieser Typ, dieser Barnes, ist mir bisher nichts als auf die Nerven gegangen«, sage ich und bin den Tränen nahe. Er hatte mir das Haus nicht verkaufen wollen, und jetzt scheint es, als würde er es mir heimzahlen, dass ich mein gutes Geld – bares Geld übrigens – dafür gezahlt habe.

Seine Verzögerungstaktiken hatten mich fast gezwungen, von dem Kauf zurückzutreten, als die Käufer meines Hauses damit drohten, ihr Angebot zurückzuziehen, wenn sie nicht bis zum Beginn der Sommerferien einziehen könnten. Doch ich schaffte es, sie zu besänftigen, indem ich noch einmal zweitausend von meinem Kaufpreis nachließ. »Wenn er das Haus nicht hätte verkaufen wollen, hätte er es erst gar nicht anbieten sollen.«

»Ich denke, er hatte seine Gründe«, meint Dad philosophisch. »Diese alteingesessenen Leute hier in Devon haben es nie eilig. Kannst du dich noch daran erinnern, wie wir damals in den Ferien Stunden in dem Teeladen auf unseren Tee und Kuchen warten mussten? Irgendwann machten wir Witze darüber und meinten, sie würden die Erdbeeren für die Marmelade noch pflücken gehen.«

»Das sollte ein Witz sein?«, sage ich und kichere. »Ich glaubte dir, Dad.« Dann werde ich wieder ernst, denn diese schönen Ferien, die ich damals hier als Kind verbrachte und in denen immer die Sonne schien, waren ein Grund für mich, hierherzuziehen.

»Wir machen besser weiter«, bemerkt Dad und schaut hoch zu dem Hügel hinterm Haus, wo sich am Himmel Wolken vor die Sonne schieben, während diese hinter den Bäumen des Walds verschwindet. Sein Blick wandert zurück zu meinen wunderschönen cremefarbenen Sofas, die wie eine moderne Installation im Hof stehen. »Es sieht nach Regen aus.«

Eine Brise umweht meine Fesseln, erfasst den Boden und wirbelt Staub hoch, während Adam und mein Vater beginnen, dies und das von dem Gerümpel aus der Scheune zu schleppen. Ich zwinge mich, ihnen zu helfen, und spüre, wie mein Körper vor Erschöpfung und Sorgen schwer wird, und der getrocknete Schweiß feine Körner auf meiner Haut hinterlässt. Als ich meiner Mutter von meinen Umzugsplänen aufs Land erzählte, sagte sie, ich würde mich nur an die guten Seiten erinnern, und während ich jetzt auf mein wunderschönes neues Haus schaue und sich mir vor gemischten Gefühlen die Kehle zuschnürt, frage ich mich für einen ganz kurzen Moment, ob sie vielleicht Recht hat.

2

Löffelbiskuits

Am nächsten Morgen öffne ich meine Augen, schaue in kühles, blasses Licht, das auf die frischen Baumwolllaken schwache Schatten wirft, und höre, wie das Haus erwacht: die Holzdielen knarren, als eines der Kinder hinüber zum Bad tappt, die Stimme meines Vaters dringt von draußen durchs Fenster, und Adam singt. Adam ist schon auf? Das ist er nie vor mir. Ich werfe einen Blick auf meinen Wecker – schon nach elf. Ich muss nach all dem Krach und der nächtlichen Ruhestörung, die so gegen halb vier, noch vor Sonnenaufgang, einsetzte, wieder eingeschlafen sein.

Ich setze mich auf und schaue mich um. Mein Kleiderschrank besteht aus einem Einbauschrank, der sich seitlich vom Kaminsims in der Traufe befindet. Das Haus ist zwar noch nicht mit einer Zentralheizung ausgestattet, dafür gibt es aber in jedem Schlafzimmer einen Kamin. In meinem Zimmer liegt kein Teppichboden, sondern nur ein Läufer, den ich bei Ikea gekauft habe und dessen helles geometrisches Design ganz und gar nicht zu der dunkelrot gestreiften Tapete im Regency-Stil passt, die irgendjemand einmal für schick gehalten haben muss. Vor der Fensterbank türmen sich noch unausgepackte Kisten.

Wie das nun mal am Anfang einer Liebesbeziehung so ist, entdecke ich nach und nach auch die kleinen Schwachstellen, aber sie sind mir egal. Das Haus fühlt sich für mich schon wie mein Zuhause an, und ich stoße einen Seufzer der Zufrieden- und Gelassenheit aus.

Irgendetwas ist anders. Ich hatte letzte Nacht nicht mehr diesen Traum, in dem ich immer vergesse, dass David und ich nicht mehr zusammen sind. Ich bin nicht aufgewacht und habe nach ihm gegriffen und die Wärme seines Körpers gesucht, um nichts als einen kalten, leeren Platz neben mir vorzufinden. Ich habe nicht die Knie so weit wie möglich angezogen, fast bis zur Brust, und mich eingerollt, unfähig, die in mir aufsteigende Wut und Scham zu unterdrücken: Wut auf David für das, was er mir, uns und unserer Familie angetan hat, und Wut auf mich, weil ich ihm keine gute Ehefrau gewesen bin – oder zumindest nicht gut genug. Ich bin nicht aufgewacht und spürte jedes Gelenk, und ich fühle mich auch nicht hundeelend.

Ich stehe mit einem Lächeln auf, werfe mich in eine Jeans und ein weites Hemd, spaziere die Treppe hinunter zur Küche und folge dabei dem Geruch von gebratenem Speck. Meine Mutter stellt gerade Kaffeebecher auf die Arbeitsplatte und schaut hoch.

»Du siehst ein bisschen zerknittert aus«, sagt sie zu mir.

»Mir geht's gut«, erwidere ich und fahre mir mit einer Hand durch mein zerzaustes Haar. Ich bin das gelegentlich mangelnde Taktgefühl meiner Mutter gewöhnt. Sie meint es nicht so, doch kann es manchmal ziemlich verletzend sein. Ich erinnere mich, wie sie reagierte, als ich ihr einen Tag, nachdem David mich verlassen hatte, erzählte, dass es für immer sei. Wir standen damals in der Küche in meinem alten Haus in London, die glänzende schwarze Einbauschränke und rostfreie Stahlarmaturen hatte.

»Wie kommst du darauf, dass er nicht mehr zurückkommen wird«, fragte sie mich.

»Weil« – und ich begann wieder zu weinen – »er ›verliebt‹ ist, was immer das bedeuten mag. Und ich mit meinem Hüftspeck und Buddhabauch nicht mit ihr mithalten kann.«

»Ach, Jennie, mach dich nicht lächerlich. Du hast eine großartige Figur.« Mum hielt inne und fügte hinzu: »Für dein Alter.«

»Für mein Alter?«, wiederholte ich. Meine Mutter hatte es geradeheraus gesagt, sie war schonungslos ehrlich gewesen, und das schmerzte. »Siehst du, genau das ist es«, explodierte ich. »Diese andere – das verfluchte Biest – ist fünfzehn Jahre jünger als ich. Ich hatte … ich habe keine Chance gegen sie.« Ich hielt inne. »Schau mich an. Meinem Körper sind die Schwangerschaften und Geburten anzusehen, ich bin fast vierzig und stehe mit drei Kindern allein da …«

»Das tust du nicht, mein Schatz«, sagte Mum und nahm mich in die Arme, wo ich vollkommen zusammenbrach.

»Ich bin ein völliger Versager.«

»Das bist du nicht. Das ist er«, sagte meine Mutter mit einem bitteren Tonfall in ihrer Stimme. »Du bist eine liebenswerte junge Frau mit drei wunderbaren Kindern. Du bist klug – du hast einen Uniabschluss, was mehr ist als ich habe –, führst einen Haushalt und backst die tollsten Kuchen der Welt. Du musst dich für rein gar nichts schämen.«

Natürlich glaubte ich ihr damals kein Wort, es war noch zu früh dafür.

»Kaffee?«, fragt sie mich jetzt, bietet mir einen Becher an und bringt mich wieder zurück in die Gegenwart.

»Danke, Mum.«

»Hast du den Hahn heute Morgen gehört?«

»Der war wohl kaum zu überhören.«

»Dein Vater hat es geschafft – er hat seine Ohrstöpsel mit dabei und nichts mitbekommen. Weder die Kühe, die den Weg heruntertrampelten, *noch* den Milchtankwagen.« Mum grinst. »Oh, wie schön ist es doch in der ruhigen, friedvollen Großstadt.«

»Sag so was nicht.«

»Bin schon still.« Sie tritt einen Schritt zurück, beugt sich nach unten und öffnet die Ofentür. »Ich habe das Biest gezähmt. Schau – ein richtiges englisches Frühstück für uns alle.«

»Wie hast du das denn geschafft?«, frage ich und schaue überrascht auf ein Blech mit gebräunten Würstchen und knusprigem Speck. Gestern Abend brauchte der AGA Stunden, um warm zu werden. Was ehrlich gesagt nicht ganz richtig ist, denn der Herd kam nicht wirklich in Fahrt, so dass wir lauwarme Pizza aßen, deren Käse kaum geschmolzen war, und an dem glatten Glastisch saßen, von dem ich gedacht hatte, er würde gut aussehen, als ich ihn kaufte. Doch jetzt bin ich enttäuscht – er passt überhaupt nicht in seine neue Umgebung. Wir tranken dazu Limonade und Champagner, um auf das neue Haus anzustoßen und entfernten die staubigen Spinnweben von den Decken, bis die Mädchen endlich bereit waren, ins Bett zu gehen. Mum und Dad schliefen auf einer Luftmatratze im Wohnzimmer.

»Wir haben ihm gestern Abend nicht genügend Zeit gelassen, um sich aufzuheizen, er arbeitet mit der gespeicherten Hitze.«

»Danke, Mum.« Ich lege meine Arme um sie. »Ohne dich und Dad hätte ich das hier nicht geschafft.«

»Das war das Mindeste, was wir tun konnten, mein Schatz. Versprich mir aber, dass das hier dein erster und letzter verrückter Einfall bleibt!«

»Wo ist Dad?«, frage ich und wechsle das Thema. »Ich dachte, ihn draußen gehört zu haben.«

»Er hat die Mädchen mitgenommen, um ein Abtropfbrett zu kaufen – das hier ist kaputt und für eine professionelle Backstube nicht zu gebrauchen.« Mum betont das Wort »professionell«, und ich kann den Stolz in ihrer

Stimme hören. Ich bin gerührt, dass sie so stolz auf meinen Ehrgeiz und Unternehmensgeist ist. »Wir dachten, wir bringen zuerst die Küche auf Vordermann, denn das wird der wichtigste Raum im Haus sein. Je eher sie fertig ist, umso schneller kannst du zum Gesundheitsamt gehen und dein Gewerbe anmelden.« Sie lächelt. »Oh, Jennie, das ist so aufregend.«

Das ist es, doch finde ich es auch sehr beängstigend. Den Papierkram werde ich schon hinbekommen, denke ich. Das Backen sowieso. Ich bin mir nur nicht sicher, wie und woher ich meine Kunden akquirieren soll. Ich schaue aus dem Fenster über den Weg auf die satten grünen Felder, die bis hinunter zum Fluss verlaufen. Ich sehe Kühe und Vögel, aber keine Menschen. Wo sind die nur?

»Setz dich hin und iss etwas. Das Brot steht auf dem Tisch.« Mum reicht mir einen warmen Teller mit Essen und nimmt einen Lappen und eine Flasche Reiniger in die Hand. »Ich glaube, ich habe deinen Nachbarn, den Bauern, gesehen. Könnte aber auch durchaus ein Landarbeiter gewesen sein. Auf jeden Fall ging er gerade mit den Kühen vorbei, als ich aus dem Fenster schaute und die Aussicht bewunderte. Er bemerkte mich und tippte zum Gruß an seine Mütze. Sehr höflich.« Mum hält inne. »Komm schon, Jennie. Bist du nicht neugierig, wie er aussieht?«

»Nicht wirklich«, lautet meine einsilbige Antwort, denn ich weiß, es gibt für Mum nichts Schöneres, als ein bisschen zu tratschen. »Na gut. Erzähl schon!«

»Er ist ziemlich groß, ich schätze über eins achtzig.«

»Das war's schon?«

»Nein, ich denke er ist in seinen Dreißigern, auf keinen Fall älter. Ein ziemlicher Adonis, wenn du mich fragst.«

»Du meinst, er sieht heiß aus. So nennt man das heute«, erkläre ich ihr und amüsiere mich über Mums Ausdrucksweise.

»Na gut. Er sieht heiß aus, und ich glaube, er lebt allein auf diesem Hof.«

»Woher willst du das denn wissen?«

»Hast du vielleicht sonst noch jemanden von dort kommen oder gehen sehen?«, fragt sie mich herausfordernd.

Den Mund voll mit Speck und Ei schüttle ich den Kopf.

»Außerdem habe ich heute Morgen zufällig mitbekommen, wie er seine Wäsche aufhing.«

»Mum, spionierst du dem Mann etwa nach?«

»Man kann vom Zimmer der Mädchen aus über die Mauer in seinen Garten sehen. Ich habe ihm nicht nachspioniert. Ich habe ihn nur zufällig beobachtet… und da fiel mir auf, dass es nur Männerkleidung war.«

»Na und? Er ist eben ein Mann von heute und kümmert sich selbst um seine Wäsche.« Ich muss lächeln. »Mum, ich weiß, was du gerade versuchst, doch daraus wird nichts. Ob Bauer oder Landarbeiter, ich bin nicht interessiert.«

»Ich will damit ja auch nicht sagen, du sollst zu ihm hingehen und ihn anmachen«, sagt sie und sieht verletzt aus. »Ich finde nur, du solltest dich nicht verschließen. Ich möchte, dass du glücklich bist, Jennie.«

»Aber das bin ich. Komischerweise kann ich auch ohne einen Mann in meinem Leben glücklich sein.«

»Ja, aber du bist noch jung, schön und lebendig.« Mum seufzt. »Die Vorstellung, dass du hier am Ende der Welt ganz allein lebst, gefällt mir nicht.«

Von oben ist ein dumpfer Schlag zu hören. Adam?

»Allein? Davon kann ja wohl kaum die Rede sein«, lautet mein Kommentar, und ich verdrehe die Augen.

»Aber wenn die Kinder aus dem Haus sind…«

»Das dauert noch Jahre.«

»Die Zeit geht schneller vorbei, als du denkst«, sagt sie wehmütig. »Bald werden sie ihre eigenen Wege gehen.«

Es stimmt, die Zeit vergeht, doch heilt sie nicht unbedingt die Wunden, sinniere ich und putze dabei zusammen mit Mum die Küche. Wir scheuern den Dreck von den Wänden, der sich über Jahre hinweg angesammelt hat. Warum will Mum nicht einsehen, dass das Thema Männer für mich wirklich erledigt ist? Ich wische die Fensterbänke und Einbauschränke gegenüber vom Herd ab und beginne, mein Backzubehör und meine Koch- und Backbücher auszupacken.

Als ich mein Lieblingsrezeptbuch aus der Kiste nehme, fällt es mir herunter und schlägt auf einer besonderen Seite auf – einer häufig benutzten mit Fettflecken darauf. Ich weiß nicht, was in mir das Gefühl hervorrief, das Backen von Löffelbiskuits hätte etwas Unanständiges an sich – ob es das Schlagen der Eiweiße mit dem Zucker zu einer steifen, spitzen Masse war, das sinnliche Vergnügen, den Teig mit Hilfe eines Spritzbeutels zu Plätzchen zu formen oder die fertigen, immer noch fluffigen Plätzchen aus dem Ofen zu nehmen –, bis ich sie dann das letzte Mal machte, als besondere Freude gedacht für David.

Der Frühling hatte gerade begonnen, doch war es ein besonders kalter Tag, an dem der Heizungskessel in unserem alten Haus Ärger machte, weshalb ich den ganzen Tag backte, um nicht zu frieren. Unter anderem einen Simnel Cake, einen mit Marzipan überzogenen Früchtekuchen, den ich meiner Mutter gerne zum Muttertag schenke und der mir einen Grund lieferte, meinen Küchen-Bunsenbrenner einzusetzen, da ich den Marzipanüberzug anbräune. Danach backte ich noch einen Geburtstagskuchen für die Tochter einer Freundin – einen einfachen Biskuitkuchen mit einer Schicht Buttercreme und Marmelade dazwischen –, den ich mit weißer Kuchenglasur überzog und mit rosa Schleifen und funkelnden Ballettschuhen verzierte. Er sah wirklich bezaubernd aus.

Während ich auf Adam wartete, dass er aus der Schule

kam, schob ich die Löffelbiskuits auf ein Kuchengitter, um sie abkühlen zu lassen, und schaute aus dem Küchenfenster hinaus in den Garten, wo die beiden Mädchen unter einem bewölkten Himmel Trampolin sprangen. Der Rasen, aus dem an einigen Stellen leicht ramponiert aussehende Narzissen hervorsprossen, verlief hinter dem Trampolin nach unten und stieß am Ende auf eine dichte Buchen- und Lorbeerhecke, mit der der Garten unseres alten Hauses abschloss. Dahinter stieg die Böschung wieder ziemlich steil an, und ich hätte mir wie auf dem Land vorkommen können und nicht wie in der Stadt, nur ein paar Meilen vom Zentrum Londons entfernt, wären die Golfer mit ihren Golfwagen und die sich am Horizont abzeichnenden Hochhäuser nicht gewesen.

Adam kam vom Flur in die Küche gesaust, schmiss seinen Rucksack auf den Boden und griff nach einem der Löffelbiskuits.

»He, nicht so schnell«, gebot ich ihm Einhalt. »Die sind für deinen Vater zum Abendbrot.«

»Der wird schon nicht merken, wenn ein paar fehlen.« Adam beäugte sie hungrig. »Außerdem macht er gerade Diät, oder nicht?«

David achtete sehr auf sein Gewicht, was er an sich schon immer getan hatte, doch seit er vor einigen Monaten vierzig geworden war, schien er nahezu davon besessen zu sein. Meinen Plätzchen und Kuchen jedoch hatte er bisher nicht widerstehen können.

»Du darfst dir zwei nehmen, aber nicht mehr.« Adam lächelte mich an, und die Brackets seiner Zahnklammer, die er damals trug, blinkten mir entgegen. »Sag aber bloß nichts den Mädchen.«

»Was soll Adam uns nicht sagen?«, ertönte es von Georgia, die meine Gartenschuhe abstreifte und in den Hintereingang schleuderte. Hinter ihr kam Sophie auf nassen

Strümpfen in die Küche geeilt und ging zielstrebig zu dem Kuchengitter mit den Plätzchen. »Adam!«, rief Georgia. »Was hat Mum zu dir gesagt? Warum bekommst du von den Löffelbiskuits?« Sie drehte sich mit ernstem Gesicht zu mir um. »Mum, uns hast du gesagt, wir dürften keine haben.«

»Das ist nicht fair!«, begann Sophie.

»Na gut«, lenkte ich schnell ein, da ich mich auf keine Diskussion einlassen wollte. »Zwei für jeden von euch, aber ihr esst auch zu Abend!«, fügte ich hinzu und schaute zu, wie die Plätzchen vom Kuchengitter verschwanden.

Georgia knabberte an ihrem Plätzchen, ein Abbild von Zurückhaltung in einem langen marineblauen Mantel.

»Die schmecken lecker«, verkündete Sophie und krümelte ihren Schulpullover voll. »Mummy, meine holländische Schulkameradin hat mir erzählt, bei ihnen heißen Löffelbiskuits Boudoirbiskuits. Was bedeutet ›Boudoir‹?«

»Das ist das Schlafzimmer einer Dame«, antwortete ich.

Sophie runzelte die Stirn.

»Warum hat eine Dame ihr eigenes Schlafzimmer?«, fragte sie ganz unschuldig. »Warum teilt sie sich es nicht mit ihrem Mann, so wie du und Daddy?«

»Vielleicht ist sie geschieden«, warf Georgia ganz sachlich ein. »Mrs. Webber hat letzte Woche fürchterlich geweint, weil ihr Mann sie verlassen hat.«

»Bist du dir da sicher?« Mrs. Webber, Georgias Lehrerin, hatte erst vergangenes Schulhalbjahr geheiratet. Ich konnte mich deshalb so gut daran erinnern, weil Georgia Stunden damit verbracht hatte, ihr eine Hochzeitskarte zu basteln.

»Sie war so durcheinander, dass sie sich bis zur Pause im Klassenschrank versteckte.«

Mir fielen Mrs. Webbers aufmunternde Worte am Rand von Georgias Schulheften ein. »Gut gemacht, Georgia!

Tolle Arbeit! Du hast dich sehr angestrengt.« Und ich dachte mit einiger Selbstgefälligkeit, von der ich meinte, sie nach vierzehn Jahren Ehe verdient zu haben, dass Mrs. Webber sich offensichtlich nicht genügend Mühe gegeben hatte, ihre zu retten.

Später an diesem Abend ging Adam mit einem Freund aus, während die Mädchen oben schliefen, und ich mit David einen unserer seltenen Abende allein zu Hause genoss. Wir saßen nebeneinander auf einem der Sofas – die jetzt unter einer Plane in der Scheune stehen –, und David stocherte in seiner Zabaglione herum, die ich zu den Löffelbiskuits gemacht hatte. Er sah überhaupt nicht erschöpft aus, sondern gut wie eh und je – Typ Jude Law.

»Stimmt etwas nicht?«, fragte ich ihn. »Schmeckt dir der Nachtisch nicht?«, fuhr ich fort.

»Nein, ich meine, ja. Er ist großartig, Jennie. Wie immer.« David stellte den Teller auf den Boden. »Es liegt an mir. Ich war heute Mittag mit einem Kunden essen und bin deshalb nicht so hungrig.«

»Macht nichts!«, seufzte ich und dachte daran, dass sich wenigstens die Kinder über die Löffelbiskuits gefreut hatten.

»Weißt du was, du solltest das Backen zum Beruf machen«, fuhr er fort. Sein Gesichtsausdruck war nicht zu erkennen, da die Teelichter im Kamin abgebrannt waren. »Du kannst es so gut.«

Ich sah ihm seinen Mangel an Appetit nach und kuschelte mich an ihn, doch er reagierte nicht darauf.

»Ich weiß, du bist gerne Hausfrau und Mutter, aber vielleicht solltest du mal darüber nachdenken, dir beruflich etwas aufzubauen, damit du eine Beschäftigung hast und etwas Geld verdienst.«

»David, findest du nicht, dass ich Beschäftigung genug habe? Ich hetze mich den ganzen Tag, laufe von einem

Termin zum anderen, egal, was es ist, Schule, Sophies Ballett oder Georgias Schwimmtraining. Ganz zu schweigen von Adams Zahnklammer, um die ich mich alle fünf Minuten kümmern muss, weil sie andauernd kaputtgeht und der Zahnarzt schon denken muss, ich würde ihm nur Steine zu essen geben.«

»Trotzdem scheinst du immer noch genügend Zeit zu haben, deine Schwester, deine Mutter und deine Freundinnen zu sehen. Und zum Friseur und zum Waxen zu gehen.«

Ihm kann man es auch nicht recht machen, denn wäre ich mit Haaren an den Beinen oder anderen Stellen im Bett aufgetaucht, hätte er Zustände bekommen.

»Ich dachte, wir wären uns einig, dass ich erst dann wieder in den Beruf einsteige, wenn Sophie auf dem Gymnasium ist?« Was in drei Jahren wäre. »Ich muss doch nicht arbeiten, oder?«, fügte ich inzwischen unsicher hinzu. »Gibt es ein Problem bei dir in der Firma?« Es hatte schon früher Gerüchte um Entlassungen gegeben. »Stecken wir in irgendwelchen finanziellen Schwierigkeiten?« Wie lächerlich und erniedrigend sich diese Frage anhört, dachte ich in dem Moment. Immerhin war ich eine erwachsene Frau, die einmal genau über unsere finanziellen Verhältnisse Bescheid gewusst hatte, doch in letzter Zeit hatte ich die Dinge schleifen lassen und mittlerweile keine Ahnung mehr davon, außer dass anscheinend immer genügend Geld vorhanden war. Was ich beschämenderweise als selbstverständlich angenommen hatte.

»Nein, nein, es gibt kein Problem«, erwiderte er schnell. »Ich dachte nur … Nun ja, manchmal ist es ganz gut, auch noch zusätzliche Interessen zu haben, über die man sich unterhalten kann.«

In mir gingen sämtliche Alarmglocken an. Ich nahm ein Kissen in den Arm und legte es mir vor die Brust. Ich hätte nicht nachhaken, sondern einfach darüber hinweggehen sollen, aber ich konnte nicht.

»Willst du etwa damit sagen, ich bin langweilig?«

»Nein, das nicht.«

»Was dann? Dass du dich mit mir langweilst?«

Ich sah ihn an, richtig an, so wie ich es in letzter Zeit nicht getan hatte. Mit dem strengen Was-hast-du-jetzt-wieder-angestellt-Blick. Er trug neue Socken. Von Ben Shearman. Ich hatte sie ihm nicht gekauft. Musste er wohl selbst gewesen sein. Was er normalerweise nie tat. Außer … Mein Herz begann zu rasen. »David?«

Und dann kam alles heraus. Ich kann immer noch nicht daran denken, ohne wütend zu werden.

Als ich dann am nächsten Tag die Reste meiner Ehe wegräumte und den in zwei Hälften zerbrochenen Löffelbiskuit auf Davids Teller sah, fühlte ich mich elend und traurig. Und genau in jenem Moment wusste ich, ich würde nie wieder Löffelbiskuits backen.

»Ich würde zu gerne wissen, was du gerade denkst«, sagt Mum zu mir und unterbricht meine Gedanken.

Ich schlage das Rezeptbuch zu.

»Nichts«, antworte ich. »Soll ich den Kessel noch einmal aufsetzen?«

»Nimm den neben dem Spülbecken. Ich habe ihn in der Speisekammer gefunden – der ist für die Kochplatte, nicht für die Siedeplatte. Auf der würde das Wasser nur köcheln. Du kannst ihn benutzen, ich habe ihn richtig sauber gemacht.«

Der Kessel pfeift, als Adam in kurzen Hosen und einem T-Shirt die Treppe herunterkommt, um sich noch einen Nachschlag von den Würstchen und dem Speck zu nehmen. Er grummelt vor sich hin, dass er nicht in Facebook kommt und auch nicht genügend heißes Wasser für die Badewanne da ist. Ein paar Minuten später kehren Dad und die Mädchen mit diversen Einkaufstüten zurück, jedoch ohne Abtropfbrett. Sophie stapft herein, stößt sich den Zeh am Rand einer der Steinplatten und bekommt einen Wutanfall.

»Ich habe mir die Zehen gebrochen«, weint sie.

»Tja, wenn man Flipflops trägt«, sage ich. »Ich habe dir Sommerschuhe gekauft, erinnerst du dich?«

»Aber die Sommerschuhe sind überhaupt nicht cool«, meint Sophie, und ich höre, wie meine Mutter Luft holt.

»Als ich acht war«, bemerkt sie, »waren die einzigen Schuhe, die ich besaß, ein Paar braune Sandalen mit Kreppsohlen, die in der Sonne schmolzen. Ich machte nie einen Aufstand, die neueste Mode tragen zu wollen, oder« – ihr Blick wandert hinüber zu Adam, der gerade seinen Teller leer kratzt – »Designerlabels.«

»Waren deine Eltern sehr arm, Granny?«, fragt Sophie.

»Sie hatten nicht viel Geld«, bestätigt ihr Mum.

»Mein Daddy ist zum Glück ziemlich reich«, erklärt Sophie. »Er und Alice gehen mit uns Kleider kaufen, wenn wir bei ihnen sind. Das ist toll, denn hier in Talyton St. George gibt es keine Geschäfte, in denen man Kleider für Kinder kaufen kann, noch nicht einmal einen Primark«, fährt sie fort und schüttelt traurig den Kopf.

»Aber das ist doch völlig egal!«, sage ich und frage mich, wie es kommen konnte, dass ich meine Kinder so materialistisch erzogen habe. »Du wirst davon schon nicht sterben!«

»Vielleicht aber vor Scham, wenn wir Glück haben«, wirft Georgia ein. Als ich ihr einen warnenden Blick zuwerfe, fährt sie fort. »Sie hat gestern Nacht die ganze Zeit geschnarcht und, selbst als ich ihr in die Nase kniff, nicht aufgehört.«

»Das hast du nicht wirklich gemacht, Georgia, oder?«, frage ich sie.

»Doch, hat sie«, meint Sophie aufgebracht. »Ich erinnere mich wieder, und es tut immer noch weh.«

»Na, das lenkt dich wenigstens von deinen gebrochenen Zehen ab«, lautet Adams Kommentar. »Die übrigens gar nicht gebrochen sind, denn meine wurden dreimal so dick, als ich sie mir brach, und ich konnte nicht mehr gehen.«

»Kann ich auch nicht«, sagt Sophie spontan und setzt sich hin.

»Außer ein paar Baguettes und Doughnuts haben wir beim Bäcker nichts einkaufen können«, wirft Dad ein, um der Zankerei ein Ende zu bereiten. »Wir sind auch nur hineingegangen, um die Konkurrenz mal unter die Lupe zu nehmen, nicht wahr, Georgia?«

»Die Kuchen sahen nicht so gut aus wie deine, Mum«, lobt sie mich.

»Danke, Georgia.« Ich frage mich, ob ich mir über die Anzahl an Geschäften, in denen man in Talyton Kuchen kaufen kann, Gedanken machen muss. Ich habe schon ein paar Pläne und Berechnungen aufgestellt, was die Menge an Kuchen betrifft, die ich backen und im Vergleich zu den Kosten für die eingesetzten Zutaten verkaufen muss, und bin zu dem Schluss gekommen, dass ich genügend Geld verdienen kann, um uns über Wasser zu halten. Wobei meine Berechnungen auf einer realistischen Grundlage basieren, denn ich weiß, es wird dauern, bis sich das Geschäft etabliert hat, aber ich bin ganz zuversichtlich. Glücklicherweise muss ich keine Hypothek abzahlen, doch ich habe fast mein ganzes Geld in den Kauf des Hauses gesteckt. Das Geschäft muss also laufen.

Wenngleich es hier nicht nur ums Geldverdienen geht, sondern auch darum, unter Beweis zu stellen, nicht nur eine vierzigjährige geschiedene Mutter mit drei Kindern zu sein, deren Leben unaufhaltsam auf seine Mitte hin zusteuert. Nun gut, ich gebe zu, ein Teil von mir hofft, dass mein zukünftiger beruflicher Erfolg David einen Stich versetzen und er sein Handeln bedauern wird. Außerdem möchte ich, dass meine Kinder stolz auf mich sind, doch vor allem tue ich es – dieses eine Mal in meinem Leben – für mich.

»Wir haben nirgendwo einen Pferdehof oder etwas anderes gesehen, wo man ein Pony kaufen kann. Das hast du doch nicht vergessen, oder, Mum?«

»Wie sollte ich das vergessen, wenn du mich andauernd daran erinnerst?«, antworte ich ihr seufzend.

»Na ja, du kannst mir nicht zuerst versprechen, dass ich eins haben darf, und dann deine Meinung wieder ändern.« Ich bemerke, wie Georgias Unterlippe zu zittern beginnt.

Sie hat Recht. Ich hatte ihr dieses Versprechen übereilt gegeben, sozusagen im Eifer des Gefechts, kurz nachdem David unser Leben aus den Angeln gehoben hatte. Doch jetzt, da wir eine Koppel und Ställe haben, muss ich zu meinem Wort auch stehen.

»Wir werden uns nach einem Pony umsehen, sobald wir uns eingelebt haben. Warum kümmerst du dich in der Zwischenzeit nicht zusammen mit Sophie schon mal darum, dass dafür alles vorbereitet ist? Ich habe zwar keine Ahnung von Ponys, aber ich denke, ihr solltet mal nach den Zäunen auf der Koppel schauen, ob sie auch nicht kaputt sind.«

»Du hast auch gesagt, wir können einen Hund haben«, erinnert mich Adam.

»Und eine Katze«, ergänzt Sophie.

»Jetzt übertreibst du's aber«, sage ich und lächle. An eine Katze kann ich mich nicht erinnern.

»Aber das ist nicht fair! Dann habe ich kein eigenes Tier.«

»Wie kommst du denn darauf?«

»Weil der Hund mir gehört«, stellt Adam klar.

»Und das Pony mir«, bemerkt Georgia. »Abgesehen davon ist das vollkommen fair, Sophie, denn ich bin deine größere Schwester und habe damit ältere Anrechte.«

»Ich dachte, wir würden uns auch ein paar Hühner zulegen«, sage ich. »Nach denen kannst du ja dann schauen, Sophie. Wir werden jeden Tag frische Eier haben.«

Der Vorschlag scheint sie zufriedenzustellen.

»Und was soll ich jetzt den ganzen Tag machen, Mum?«, fragt mich Adam, während die beiden Mädchen nach draußen gehen.

»Ich weiß nicht. Wie wär's mit etwas Eigeninitiative?«

»Wäre ich zu Hause, könnte ich jetzt mit Josh zum Skatepark gehen …«, sagt Adam traurig. »Ich hasse diesen Ort. Es ist so langweilig hier.« Dann hellt sich seine Miene auf. »Wir könnten doch losfahren und nach einem Hund schauen?«

»Ich denke, das kann noch eine Weile warten«, meint Dad. »Ich glaube, deine Mutter hat gerade genug um die Ohren. Ich habe bei dem Gerümpel in der Scheune Möbel gefunden, die vielleicht ins Wohnzimmer passen. Ich hätte gegen zusätzliche Muskelkraft nichts einzuwenden.«

Ich sehe, wie Adam vom Tisch hochschaut, sofort seine Armmuskeln anspannt und auf seine Bizeps schielt, die, um ehrlich zu sein, noch nicht wirklich ausgeprägt sind, obwohl er sie trainiert. Ich habe ihn neulich mit Hanteln erwischt, die er sich von einem Freund geliehen hat.

»Sieht so aus, als hättest du dafür genügend Muskeln, junger Mann«, lockt ihn mein Vater. Schmeicheln funktioniert immer, denn im nächsten Augenblick steht Adam auf, um sich die Zähne zu putzen, bevor er ihm hilft.

Mum und ich putzen weiter und packen die Kisten aus. Nachdem wir in der Küche fertig sind, ist das Bad an der Reihe. Mittags machen wir eine Pause und arbeiten danach noch ein paar Stunden weiter, bis wir nicht mehr können.

»Ich weiß ja nicht, nach was dir der Sinn steht, Jennie, aber ich werde mich ein bisschen hinlegen«, sagt Mum. »Ich habe letzte Nacht nicht wirklich gut geschlafen.«

»Dann geh in mein Zimmer«, schlage ich schuldbewusst vor, da sie und Dad auf den Luftmatratzen schlafen mussten, während ich oben in meinem Bett lag. »Ich werde für fünf Minuten in den Garten gehen.«

Ich nehme mir einen Liegestuhl, schlage ihn hinten auf dem Rasen auf und liege zwischen hohem Gras und Wildblumen, die, wie es aussieht, überhandgenommen haben. Hier und da kann ich Dad und Adam durch das offene Wohnzimmerfenster hören, wie sie darüber diskutieren, wo sie ein altes Korbsofa am besten hinstellen. Ich höre auch das galoppierende und wiehernde Geräusch der Mädchen, während sie auf der Koppel Pony spielen, und das gelegentliche Schreien, wenn sie sich über die Feinheiten des Reitens nicht einig werden können. Die Sonne wärmt meine Haut, und die Vögel, die am Ende meines Grundstücks oben auf dem Hügel über den knorrigen Eichen fliegen singen. Ganz am Ende der Koppel ist ein Gelände, das der Makler als Obstgarten bezeichnete. Ich zähle die mit Äpfeln vollhängenden Apfelbäume und komme auf elf. Dann schließe ich meine Augen und höre den in der Nähe summenden Bienen zu. Endlich schaffe ich es, mich zu entspannen. Genau nach dieser Idylle hatte ich gesucht. Alles ist perfekt, bis …

»Mum … Mummy! Sieh doch nur!« Ich werde aus meinem Nickerchen gerissen und höre die aufgeregten Schreie meiner Töchter. »Sie kommen, um dich zu holen.«

»Sie? Wen meint ihr?«

»Die Kühe!«

Ich greife nach den Armlehnen meines Liegestuhls und halte mich an ihnen fest, um die Lage zu sondieren. Ich bin umzingelt von rotgrauen und weißen Kühen, die einen Halbkreis um mich gebildet haben und mich wie eine Gruppe von Großtanten unter die Lupe nehmen. Sie schauen mich mit ihren dunklen, sanften Augen an, aus ihren Nasen tropft Wasser. Eine stößt auf und beginnt zu kauen, dabei bewegt sich ihr Kiefer von links nach rechts. Eine andere legt sich hin, streckt eine sehr lange Zunge heraus, fährt mit ihr um ein Büschel Gras, reißt es heraus und schluckt es mit einem Mal herunter.

Bisher war ich einer Kuh nur als Zaungast in einem Streichelzoo oder als Stück Fleisch auf einem Teller so nahe gekommen. Sie sind viel größer, als ich sie in Erinnerung habe, und sehen für mich alle gleich aus. Das Beunruhigendste allerdings, finde ich, ist die Art, wie sie sich langsam auf mich zubewegen, währenddessen noch mehr Kühe hinter ihnen gemächlich in den Garten stapfen. Ich bin mir nicht sicher, ob ich fliehen, gegen sie kämpfen oder auf meinem Liegestuhl bleiben soll.

»Kühe sind d-doch Vegetarier, oder?«, frage ich stotternd. In dem Bewusstsein, dass wir uns noch nicht einmal sicher sind, ob es sich um Kühe oder Bullen handelt, stehe ich auf – ganz langsam.

»Mum«, ruft Georgia. »Ist schon gut. Du bist in Sicherheit. Da kommt der Mann, um sie zu holen.«

»Mummy, rat mal, wer das ist?«, brüllt Sophie. »Der Bauerntölpel.«

»Sophie«, sage ich mit mahnender Stimme, doch zu spät. Der Mann – der Traktorfahrer, der uns auf der Straße begegnet ist – muss ihre Bemerkung mitbekommen haben. Er geht auf mich und die Kühe zu. Seine Statur ist beeindruckend, und in seinen braunen Arbeitsstiefeln ist er größer als ein Meter achtzig. Er hält in einer Hand einen großen Stock. Ich gehe hinter den Liegestuhl.

»Aha, Bauerntölpel«, sagt er und schaut Sophie an, die zusammen mit Georgia am Zaun steht.

»Hat Mummy gesagt«, rechtfertigt sie sich und ist völlig unbeeindruckt, dass er auf uns zukommt. »Obwohl Sie Ihren Hut, Ihre Feder und Ihr Stroh verloren haben.« Er wendet sich mir zu. »Wir sind uns noch nicht vorgestellt worden«, sagt er, klemmt den Stock unter einen Arm und zieht die Ärmel seiner flaschengrünen Overalljacke um seine Taille fest.

»Jennie Copeland.« Ich hatte in Erwägung gezogen, meinen Mädchennamen wieder anzunehmen, mich aber dann doch dagegen entschieden, da ich Angst hatte, es könnte die Kinder zu sehr verwirren, wenngleich ich mich gerade wie ein Mädchen, ein schüchternes Mädchen, fühle, das versucht, seinen Blick von so viel Männlichkeit und dem zerlumpten, ihm auf der Brust klebenden Unterhemd und den festen, wohlgeformten muskulösen Armen abzuwenden.

»Guy Barnes«, erwidert er knapp, schaut mich eindringlich an und bemerkt zweifelsohne mein fleckiges Oberteil und die dreckige Jeans. »Ich glaube, wir teilen uns die Auffahrt.«

Ich beginne, eins und eins zusammenzuzählen. G. Barnes. Der Sohn der früheren Besitzerin von Uphill House und derzeitige Besitzer von Uphill Farm. Mein neuer Nachbar. Dazu auch noch mein einziger Nachbar weit und breit. Und ausgerechnet er, der alte Bauerntölpel, musste den Traktor fahren. Ich wünsche mir zwar nicht, in der Versenkung zu verschwinden, hätte aber nichts dagegen, wenn sich der Boden unter mir auftäte und mich mitreißen würde.

»Würden Sie bitte Ihre Kühe von meinem Land holen?«, frage ich. »Es sind doch Kühe, oder?«, füge ich schnell hinzu.

»Wollen Sie mich auf den Arm nehmen?«, erwidert er. »Die Euter haben Sie schon gesehen, oder?«

»Dazu hatte ich nicht wirklich Gelegenheit.«

»Die kann man nicht übersehen.«

»Tja, kann man doch und habe ich. Außerdem ruinieren Ihre Kühe mir meinen Rasen«, füge ich mit schriller werdender Stimme hinzu, als eine von ihnen ihre Visitenkarte in Form eines riesigen Kuhfladens hinterlässt.

»Sie haben das Tor aufgelassen«, stellt er klar.

»Es sind aber Ihre Kühe.«

»Und Ihr Land. Womit es bei Ihnen liegt, es abzusichern. Steht so im Gesetz.« Als ich nicht antworte, fährt er überzeugt fort, »Können Sie nachlesen, wenn Sie wollen.«

»Egal«, sage ich und spüre die Niederlage. »Nehmen Sie sie jetzt mit?«

»Natürlich. Ich kann sie Ihnen aber auch ausleihen, damit sie Ihr Land ein bisschen auf Vordermann bringen. Sie würden es im Nu abgrasen.«

»Vielen Dank für Ihr Angebot, aber nein«, sage ich bestimmt. Ich würde mir nur Sorgen machen, dass sie jemanden zertrampeln. Außerdem machen sie so eine Schweinerei …

Guy hebt seinen Stock und ruft: »Ho, meine Damen! Ho!« Ein paar der grasenden Kühe schauen hoch, bewegen sich aber nicht. Er haut einer auf ihr knochiges Hinterteil. »Los, Kylie, beweg dich!«

Kylie? Das ist surreal, denke ich. Und grausam, als er ihr noch mal einen Schlag mit dem Stock verpasst.

»Hören Sie auf, sie zu schlagen«, rufe ich und bin mir bei jedem Schlag Sophies entsetzten Gesichts und Georgias Zuckens bewusst.

»Wollen Sie die Kühe nun von Ihrem Grundstück haben oder nicht?«, fragt mich Guy und sieht leicht verärgert aus.

»Ja schon, aber Sie gehen viel zu hart mit ihnen um.«

»Ich wusste es. Mag sein, dass ich ein Bauerntölpel bin, dafür sind Sie aber eine typische ignorante Städterin«, erwidert er mir mit einem spöttischen Grinsen auf seinem inzwischen entspannten Gesicht.

»Ich finde es nun mal nicht gut, wenn Tiere misshandelt werden.« Ich verschränke meine Arme vor der Brust. Ich hasse Auseinandersetzungen, doch weigere ich mich, einfach dazustehen und zuzuschauen.

»Die weiblichen Vertreter dieser Spezies können sehr stur sein«, erklärt mir Guy und senkt seinen Stock. »Manchmal bewirkt ein ordentlicher Klaps auf den Hintern Wunder.« Und er sieht mich an, als würde er das Gleiche gerne einmal bei mir tun, dafür dass ich mich eingemischt habe. Dann wendet er sich wieder den Kühen zu, die einsehen, dass es wohl das Beste für sie sein wird, sich zu bewegen. Ich sehe, wie sie vor Guy davonziehen, der demonstrativ das Tor hinter sich verriegelt, während die Kühe sich gemütlich auf den Weg hoch zum Hof machen, wo sie wahrscheinlich gemolken werden.

»Der Mann ist aber gar nicht nett, Mummy, oder?«, meint Sophie und hüpft durch das Gras zu mir. Georgia geht in Gedanken versunken hinter ihr her.

Ich muss Sophie zustimmen. Guys Eindringen hat mein ländliches Idyll eher zerstört. Was ist nur aus all den netten Einheimischen aus den Tagen meiner Kindheit geworden? Der fröhliche Bauer zum Beispiel, der den Campingplatz oben auf den Klippen von Talysands betrieb und mich und meine Schwester immer zu den Kälbern in seinem Kuhstall mitnahm, die er hinter den Ohren kitzelte und an den Seiten kratzte, aber nie schlug. Dann fragte er meine Schwester, wie viele Kälber da wären, und sie antwortete, eins würde fehlen, da sie ihm gegenüber nicht zugeben wollte, dass sie noch nicht zählen konnte. Und er machte mit und tat so, als würde er das fehlende Kalb suchen.

Könnte man sich seine Nachbarn aussuchen, wäre meine Wahl bestimmt nicht auf jemanden wie Guy gefallen. Auch wenn sich mein erster Eindruck durch unser nochmaliges Aufeinandertreffen bestätigt hat, wünsche ich mir dennoch, ich hätte ihn vor den Kindern nicht als Bauerntölpel bezeichnet. Wenngleich ich nicht das Verlangen verspüre, größeren Kontakt mit ihm pflegen zu wollen, wäre es schön, gut miteinander auszukommen, denn ich werde ihm nicht aus dem Weg gehen können.

3

Sultaninenkuchen

Den Tag nach meiner gefährlichen Begegnung der tierischen Art verbringen Mum und ich damit, noch mehr Kisten auszupacken und Ordnung zu schaffen, bevor ich mich entschließe, den AGA einem Test zu unterziehen. Sollte ich nicht mit ihm klarkommen und wir keine Freunde werden, hätte ich immer noch genügend Zeit, ihn durch etwas anderes zu ersetzen.

Ich kann von der Küche aus sehen, wie Dad das Gras und die Brombeersträucher mit der Motorsäge zurechtstutzt, während Adam die Büsche – Holunder, Sommerflieder und Unmengen von violett-rosa blühenden Malven – hinten im Garten schneidet. Dad legt häufiger eine Pause ein, um das Ende der Motorsäge zu überprüfen, die ihrer Aufgabe nicht wirklich gewachsen ist. Ich habe sie früher in unserem alten Haus nur zum Trimmen der Rasenkanten benutzt, für alles andere brachte der Gärtner immer seine eigenen Geräte mit. Die Motorsäge gehörte zu jenen Dingen, wegen der David und ich uns nicht stritten – er und Alice sind in eine luxuriöse Wohnung ohne Garten, dafür aber mit Blick auf die Themse gezogen.

Während ich Adam bei seiner Arbeit zuschaue, frage ich mich, wie er sich inzwischen fühlt. In seiner knallbunten Kleidung – orangefarbenes T-Shirt und karierte Shorts – sieht er wie ein exotischer Vogel aus, der auf seinem Weg in wärmere Gefilde aus Versehen hier gelandet ist. Er muss wieder in die Schule, um Anschluss zu finden, doch bis dahin dauert es noch vier Wochen.

»Mach dir um die Kinder keine Sorgen, mein Schatz«, sagt Mum. »Die werden hier schon glücklich!«

»Das hoffe ich«, seufze ich.

»Was wirst du heute backen?«

»Nichts Außergewöhnliches. Ich dachte, vielleicht einen Sultaninenkuchen. Dad hat alle Zutaten mitgebracht, außer Zitrone, doch die brauche ich nicht unbedingt.«

»Ich bringe dir Mehl und Zucker.« Mum öffnet die Tür zur Speisekammer und sucht in den Regalen. Mir fällt auf, wie sie den Bund ihrer grauen Hose immer wieder umschlägt.

»Mum, hast du eine Diät gemacht?«, frage ich.

»Nein, Diäten sind nichts für mich«, sagt sie und kehrt mit diversen Paketen aus der Speisekammer zurück. »Das kommt davon, dass ich so viel hinter dir und meinen Enkeln herrennen muss.« Sie schaut mich mit zusammengekniffenen Augen an. »Mach dir um mich keine Sorgen! Ich bin topfit.«

Doch ich mache mir Sorgen, und das sollte ich auch, denke ich, denn ab jetzt werden wir uns nicht mehr wie früher alle ein bis zwei Tage, manchmal sogar noch häufiger, sehen, da ich mehr als hundert Meilen von ihr entfernt lebe. Ich öffne mehrere Küchenschränke auf der Suche nach den Kuchenformen und Rührschüsseln.

»Mum, kannst du dich daran erinnern, wo wir die Kuchenformen hingetan haben?«

»Ich glaube, in den Schrank rechts neben der Waschmaschine«, antwortet sie. »Es war aber nur eine.«

»Ach ja.« Ich nehme sie heraus und stelle sie auf die Arbeitsplatte. »Ich habe die anderen weggeworfen – sie sahen so ramponiert aus, dass ich mir dachte, sie besser zu ersetzen, jetzt wo ich mit meinem Geschäft durchstarte. Ich muss noch ein paar kaufen.«

»Kauf nicht zu viel«, ermahnt mich Mum. »Ich würde an deiner Stelle abwarten und sehen, was du wirklich brauchst.«

»Wenn ich mir mit dem Backen meine Brötchen verdienen will, brauche ich das richtige Zubehör.«

»Du hast dich doch gar nicht über den Markt hier schlau gemacht und kannst daher gar nicht wissen, was sich verkaufen wird. Es macht keinen Sinn, Backformen für Törtchen zu kaufen, wenn am Schluss dein Hauptgeschäft aus Hochzeitskuchen besteht.« Sie hält inne. »Mach weiter – ich gehe raus und schau nach den Mädchen.«

»Sie sind immer noch in den Ställen.« Gelegentlich schaue ich aus dem Küchenfenster und sehe, wie sie den Stapel Holz aus dem Stall, der zu dieser Seite des Hofs liegt, in den auf der anderen Seite tragen, da sie meinen, das Pony müsse in dem am besten erhaltenen untergebracht werden.

»Ich bringe ihnen noch etwas Fruchtsaft. Sie sind so fleißig.« Mum hält wieder inne, die feinen Linien oberhalb ihrer Lippe werden tiefer, und sie legt die Stirn in Falten. »Jennie, bist du dir mit dem Pony auch sicher? Du weißt selbst, ein riesiger Tierfreund bist du nicht! Du hast Angst vor Spinnen, und mit den Hamstern hattest du in letzter Zeit auch kein großes Glück. Mit so einem Pony gehst du eine Riesenverpflichtung ein, die zu allem anderen noch hinzukommt – dem Haus, den Kindern und deinem Geschäft, das du dir aufbauen willst. Aber versteh mich bitte nicht falsch, mein Kind. Ich möchte mich nicht einmischen«, fügt sie entschieden hinzu. »Ich mache mir nur Sorgen, dass du dir zu viel zumutest.«

»Granny! Granny«, ertönt Sophies Stimme und unterbricht uns. »Komm her und schau dir an, was wir gefunden haben.«

Meine Mutter schaut mich an, den Kopf leicht zur Seite geneigt.

»Ich denke, du gehst besser«, sage ich mit einem Lächeln auf den Lippen. Mums Sorge gilt nicht so sehr der Tatsache, dass ich mir zu viel zumute, sondern dass ich keine Zeit habe, Kontakte zu knüpfen und jemanden kennenzulernen.

Sie glaubt, mir wird bestimmt eines Tages noch einmal der richtige Mann über den Weg laufen, doch ich kann mir nicht vorstellen, mit jemand anderem als David zusammen zu sein. Das Trauma, mich noch einmal zu ver- und dann wieder zu entlieben, stehe ich nicht noch mal durch. Es mag altmodisch klingen, doch als ich heiratete, dachte ich wirklich, es wäre für immer. Meine Eltern haben es geschafft, warum also nicht auch ich?

Es gab für mich hier und da die Gelegenheit, fremdzugehen, doch ich habe mich dagegen entschieden. Warum? Wegen David. Weil ich meinen Mann liebte. Manche mögen vielleicht sagen, warum hast du es nicht getan, als er begann, dich zu betrügen? Warum hast du es ihm nicht heimgezahlt? Weil ich nicht so gestrickt bin. Ich kann erhobenen Hauptes dastehen, weil ich das Richtige tat. Ich habe mir meine Selbstachtung erhalten und niemanden verletzt, und das bedaure ich nicht.

Obwohl ich nach den Monaten bitteren Streits und eingehender Analyse immer noch wütend und aufgebracht bin, fange ich langsam an, in der Lage zu sein, über die Situation zu sprechen, ohne in Tränen auszubrechen. An Weihnachten musste ich weinen, weil Sophie nicht mehr an den Weihnachtsmann glaubte, so wie ich nicht mehr an die Liebe, und ich meine damit die Liebe zwischen Mann und Frau.

Ich nehme die Küchenwaage vom Fensterbrett und stelle sie auf die Arbeitsplatte neben die Kuchenform. Für den Sultaninenkuchen brauche ich kein Rezeptbuch, ich kenne das Rezept auswendig. Ich wiege Butter und Zucker ab – Butter ist zwar fetter als Margarine, schmeckt aber auch besser – und gebe sie in die Rührschüssel, die ich dann für ein paar Minuten in den warmen Ofen des AGA stelle. Währenddessen wiege ich etwas Mehl und Backpulver ab, das ich nicht siebe – für so etwas ist das Leben zu kurz – aber ich denke darüber nach, Salz hinzuzufügen. Ich schaue nach dem Butterpapier und bemerke, dass es gesalzen ist, also benutze ich es nicht, obwohl es sich meiner Meinung nach nicht lohnt, sich über eine Prise Salz Gedanken zu machen, wenn einen eine reichhaltige Mischung aus arterienverstopfenden Fetten und Raffinadezucker erwartet.

Nachdem ich die Form mit Backpapier ausgelegt habe, greife ich nach einem Topfhandschuh und nehme die Rührschüssel aus dem AGA. Die Butter ist wunderbar weich, so dass ich sie leicht mit dem Zucker schaumig schlagen kann. Dann füge ich ein Ei, einen Löffel Mehl und Backpulver hinzu und vermische es miteinander. Den letzten Schritt wiederhole ich zweimal und gebe dann den Rest des Mehls, ein paar dicke Sultaninen und verschiedene Aromen hinzu, um anschließend alles miteinander zu verrühren, so dass sich ein geschmeidiger, glänzender Teig ergibt. Ich prüfe seine Konsistenz, indem ich den Löffel hebe und den Teig nach unten gleiten lasse, was Teil eines Rituals ist, das ich bei meiner Großmutter gelernt habe, als ich zehn Jahre alt war und ihr beim Kuchenbacken half. Der Teig ist perfekt.

Ich nehme einen Teigschaber aus der Schublade, fülle den Teig in die Kastenform, öffne eine der Ofentüren des AGA, in der Hoffnung, dass sie die richtige ist, schiebe die Form auf den Rost und stelle anschließend die Eieruhr auf fünfzig Minuten. Sie ist ganz neu und sieht aus wie Herr

Goggelmoggel aus Alice im Wunderland. Eins meiner Kinder hat sie mir zu Weihnachten geschenkt. Ich stelle sie auf das Fensterbrett und mache weiter mit dem Abwasch. Es gibt keinen Anschluss für den Geschirrspüler. Noch nicht. Ein weiterer Punkt auf meiner Liste der zu erledigenden Aufgaben.

Ich fange an, über Mums Bemerkung nachzudenken, mir nicht so viel zuzumuten, womit ich das Pony, den Hund und die Hühner meine, die ich vorhabe, mir anzuschaffen, die im Vergleich zu der Anzahl von Kühen, um die sich Guy kümmern muss, allerdings ein Klacks sind. Adam hat versucht, die Kühe zu zählen, als sie auf der Weide waren, und meint, es wären mindestens neunzig. Ich habe den gestrigen Vorfall, also den Besuch der Kühe in meinem Garten, noch einmal in meinem Kopf Revue passieren lassen, und ich glaube, ich habe etwas überreagiert. Guy war zwar nicht nett zu den Kühen, aber er hat diese eine Kuh, die er Kylie nannte, nicht wirklich geschlagen, sondern ihr eher einen Klaps gegeben, und sie schien keine Angst vor ihm zu haben. Sie zuckte weder zusammen noch lief sie fort.

Durch das Aufeinandertreffen mit den Kühen habe ich auch noch einmal über meine eigene Haltung zu Tieren nachgedacht. Ich respektiere sie schon als fühlende Wesen und glaube, dass sie ein Recht auf ein anständiges Leben und eine humane Behandlung haben, doch liebe ich viel zu sehr den Geruch von Speck, als dass ich je Vegetarierin werden könnte. Und wenn ich ehrlich bin, hatte ich nie ein Bedürfnis nach Haustieren. Ich sehe keinen großen Sinn darin, mit ihnen sprechen zu können, ohne je eine Antwort von ihnen zu erhalten, doch liegen sie meinen Kindern am Herzen. Ich hoffe nur, dass sie länger leben werden als die Hamster.

Unserem dritten und letzten Hamster, von allen auch nur Der Hamster genannt, ereilte einen Tag, nachdem ich herausgefunden hatte, dass meine Ehe aus und vorbei war, ein tragischer Tod. Ich kann mich daran erinnern, als wäre es gestern gewesen. Adam fand Den Hamster ausgerechnet auf der Einfahrt und rief mich, um ihn mir anzusehen. Er lag auf dem Rücken, die kleinen Füßchen nach oben. Sein Körper war kalt und steif, und ein Blutstropfen an seinem Mund war eingetrocknet. Ich hob ihn auf und spürte, wie mein Herz erneut zerbrach.

»Wirst du es Georgia und Sophie erzählen?«, fragte mich Adam mit rot unterlaufenen, wässrigen Augen. Es nahm ihn entweder mit, oder er hatte nicht genügend Schlaf bekommen.

»Ich muss es ihnen sagen«, sagte ich.

»Sie werden am Boden zerstört sein.«

»Ich weiß …« Ich fing wieder an zu weinen, ich konnte nicht anders. Ohne David machte all das hier, das Haus, das ich für unsere Familie geschaffen hatte, keinen Sinn mehr. Ich war am Boden zerstört.

»Mum«, sagte Adam und strich mir über den Rücken, eine Geste, die mich noch mehr zum Weinen brachte. »Es ist doch nur ein Hamster.«

»Ich weiß, aber …« Ich hatte ihn gar nicht so gemocht, aber sein Tod traf mich härter als erwartet.

»Wie glaubst du, ist er hierhin gekommen?«

Das wusste ich genau.

»Ich habe diese schwarze Katze, die uns an Weihnachten den Rest vom Truthahn klaute, heute Morgen aus dem Haus gescheucht, und wie du weißt, war der Hamsterkäfig ja nie richtig sicher. Ich wollte ihn die ganze Zeit in Ordnung bringen, bin aber nie dazu gekommen. Und jetzt ist es zu spät.« Ich versuchte, mich wieder zusammenzureißen. »Ich hoffe, er ist schnell vor Angst gestorben.«

»Wir müssen den Mädchen ja nicht genau erzählen, was passiert ist«, fuhr Adam fort. »Wir sagen einfach nur, dass er in seinem Bett im Schlaf gestorben ist und nicht brutal umgebracht wurde.«

»Oh, Adam«, seufzte ich. »Vielen Dank.«

Er versuchte, mich zu trösten, aber das machte alles nur noch schlimmer, denn zu dem Zeitpunkt hielt ich die traurige Wahrheit vor den Kindern noch geheim, dass ihr Dad und ich uns scheiden lassen würden und unser bisheriges Leben damit aus und vorbei wäre. Ich befand mich bereits auf einer Reise, mit der ich nie gerechnet hatte – genauso wenig wie Der Hamster, als die Nachbarskatze ihn aus seinem Käfig zerrte.

»Der Ärmste«, sagte Georgia, als wir ihr und Sophie die traurige Nachricht überbrachten. »Warum musste er sterben, Mum? Warum nur?«

»Er hat nicht leiden müssen«, tröstete ich sie. Nicht so wie ich. »Er ist im Schlaf gestorben.«

»So wie Grandma Copeland?«, fragte Sophie und beruhigte sich wieder ein wenig, nachdem sie in Tränen ausgebrochen war.

»So wie Grandma Copeland«, bestätigte ich ihr. Grandma Copeland war Davids Mutter. Keines der Mädchen hatte sie je kennengelernt, aber Adam hatte so häufig von ihrem Tod und der anschließenden Einäscherung erzählt, dass sie so taten als ob.

»Werden wir ihn verbrennen wie Grandma Copeland?«, fragte Georgia.

»Ich möchte ihn nicht verbrennen«, weinte Sophie wieder.

»Wir können ihn im Garten begraben«, meinte Adam.

»Das ist eine gute Idee«, warf ich schnell ein.

»Ich wünschte mir, wir hätten das mit Grandma Copeland auch getan«, bemerkte Georgia.

Dieses Gefühl konnte ich jedoch insgeheim nicht mit ihr teilen. Davids Mutter hatte mich bereits verfolgt, als sie noch lebte, und das sollte nach ihrem Tod auf keinen Fall so bleiben. Nachdem sie vor vielen Jahren von Davids Vater geschieden worden war, bestand ihre einzige Lebensaufgabe darin, bei uns zu leben. Sie hatte immer wieder Versuche gestartet. Als sie sich bei einem Sturz auf glatter Straße das Handgelenk brach, blieb sie mehrere Monate. Dann zog sie noch einmal fast ein Jahr bei uns ein, als ein Wasserrohrbruch ihr Haus unbewohnbar machte und daraufhin in großem Umfang repariert werden musste, so wie am Schluss mein Verstand. Sie war Kettenraucherin gewesen, mit einer besonderen Vorliebe zu Sonnenstudios und einer ausgeprägten Abneigung gegen Obst und Gemüse, was all meine Bemühungen untergrub, Adam einen gesunden Lebensstil angedeihen zu lassen.

Warum ich das alles getan habe? Aus Liebe natürlich. Weil David es so wollte. Als seine Mutter starb, verschrumpelt und frühzeitig gealtert durch Krebs, war er am Boden zerstört. Damals hatte er seine erste Affäre beziehungsweise die erste, von der ich wusste.

»Können wir die Asche von Grandma Copeland nicht holen und sie zusammen mit Dem Hamster begraben?«, fragte Georgia, während ich die sterblichen Überreste des Hamsters in ein Stück Küchenrolle einwickelte und es mit Klebeband verschloss.

Ich war mir nicht sicher, wo sich ihre Asche befand. Es gab für sie eine Gedenktafel in der Wand des Krematoriums – David hatte dafür gesorgt, dass sie ganz oben platziert wurde, was seiner Mutter, einer Frau mit Hang zum Größenwahn, sicherlich gefallen hätte.

»So hat sie wenigstens ein Haustier im Himmel«, meinte Sophie.

»Du weißt doch gar nicht, ob sie überhaupt im Himmel ist«, warf Adam ein.

»Es gibt keinen Himmel«, stellte Georgia nüchtern fest.

»Und warum beten wir dann in der Schule morgens in der Andacht ›Vater unser, der du bist im Himmel‹?«, fragte Sophie nach.

»Weiß ich nicht«, lautete Georgias Antwort und sie verschränkte die Arme vor der Brust. »Außerdem ist Daddy unser Vater. Wir können keine zwei Väter haben. Das ist wissenschaftlich gesehen gar nicht möglich.«

»Doch«, warf Adam ein, »wenn deine Eltern schwul sind.«

»Egal. Das Ganze ist trotzdem ein einziger Scheiß!«

»Georgia«, rief ich. »Ich möchte dieses Wort nicht noch einmal aus deinem Mund hören.«

»Adam sagt es die ganze Zeit«, verteidigte sie sich.

Sophie schaute mich an und neigte ihren Kopf ganz leicht zur Seite. »Mummy, was ist Scheiß?«

»Georgia möchte damit sagen, dass sie nicht an Gott glaubt.« Ich hörte, wie ich einen tiefen Seufzer ausstieß. Wie konnte es nur sein, dass das eine meiner Kinder ein gläubiger Christ und das andere ein überzeugter Atheist war? Ich blickte hinüber zu Adam, der Stimme der Vernunft, ein Agnostiker wie ich.

»Wir müssen für Den Hamster beten«, verkündete Sophie.

»Ich wüsste nicht warum«, ließ Georgia sie wissen. »Er ging ja auch nie in die Kirche.«

»Aber nur, weil wir ihn nie mitnahmen«, erwiderte Sophie und machte ein finsteres Gesicht, weil wir das seelische Wohl des Hamsters vernachlässigt hatten.

Da der Ausbruch des Dritten Weltkriegs kurz bevorstand, machte ich einen Vorschlag.

»Lasst uns in den Garten gehen und das Loch ausgraben«, sagte ich und nahm das weiße Päckchen in die Hand.

Adam runzelte die Stirn. »Wollen wir nicht auf Dad warten?«

»Ich glaube nicht, dass es ihm so viel ausmachen wird, das Begräbnis zu verpassen, meinst du nicht auch?« Das klang bitter. Ich konnte nicht anders, denn ich wusste bereits das, was Adam noch nicht wusste, nämlich dass es sinnlos war, auf David zu warten, denn er würde weder heute noch morgen noch in absehbarer Zeit nach Hause kommen. »Ich glaube noch nicht einmal, dass er bemerkt hat, dass wie einen Hamster haben. Lasst uns hinausgehen, solange es noch nicht regnet.«

Ich holte einen Spaten aus dem Schuppen, suchte eine Stelle in dem Blumenbeet aus, das am weitesten vom Haus entfernt war, und begann zu graben. Ich grub für England. Voller Wut und Schmerz fuhr ich mit der Schaufel durch Schlamm, Kieselsteine und Kreide, dass die Kinder mich schon sonderbar anschauten, als ob ich verrückt wäre, was ich in dem Moment wohl auch war.

»Das ist aber ein ganz schön großes Loch für so einen kleinen Hamster«, bemerkte Adam.

»Mummy, du bist schon fast in Australien«, lautete Georgias Kommentar, als Sophie sich ein paar der größeren Kieselsteine von dem Haufen nahm, den ich geschaufelt hatte, um damit das Grab zu bedecken.

Zusammen mit einem Stück Papier, auf dem Georgia geschrieben hatte: »Ich liebe dich, Hamster«, und ein paar Sonnenblumenkernen von Sophie als Wegzehrung auf seiner Reise zum Himmel, legte ich das weiße Päckchen mit dem Hamster auf den Boden des Lochs. Dann nahm ich heimlich meinen Ehering vom Finger und ließ ihn ebenfalls hineinfallen. Ich zögerte kurz, bevor ich den Körper des Hamsters mit Erde und Staunen zuschaufelte, da ich Angst hatte, ihm wehzutun, doch dann fuhr ich fort. Ich begrub die Reste meiner Ehe auf dem Boden dieses Lochs. Genauso gut hätte ich David begraben können. Ich hasste ihn. Ich sah, wie ich den Griff des Spatens umklammerte, so dass meine Knöchel weiß wurden, und auf meinen Handrücken tropften noch mehr Tränen. Ich konnte nicht fassen, wie sehr ich ihn hasste …

Zurück im Hier und Jetzt, in der Küche von Uphill House, richte ich mich am Spülbecken auf. Ich hasse ihn immer noch, aber das Gefühl ist nicht mehr ganz so intensiv, eher so wie das Kribbeln einer örtlichen Betäubung beim Zahnarzt und nicht wie das Herausreißen des Herzens bei vollem Bewusstsein. Ob ich über ihn hinweg bin? Herr Goggelmoggel auf der Fensterbank beginnt zu surren.

Ich öffne die Ofentür und schaue nach dem Kuchen, woraufhin Backduft durch die Küche zieht. Ich spüre Frieden in mir. Ja, ich bin über David hinweg – endlich.

Etwa eine Stunde später kühlt der Sultaninenkuchen immer noch auf dem Kuchengitter ab, das auf der Arbeitsplatte steht – zumindest behaupte ich das den Kindern gegenüber, die immer wieder ihren Kopf in die Küche stecken, um zu sehen, ob er fertig ist. Ich hätte wahrscheinlich besser zwei backen sollen.

Als ich mich um sieben Uhr langsam entscheide, was es zum Abendbrot gibt, klopft es an der Haustür.

»Du solltest besser nachschauen, wer das ist, Jennie«, sagt meine Mutter, die gerade am Küchentisch sitzt und getrocknete Blüten und Blätter in ein paar Glasschalen verteilt, um im Bad eine heimeligere Atmosphäre zu schaffen.

»Ich erwarte niemanden.« Dad sitzt im Wohnzimmer vorm Fernseher und macht ein Nickerchen, Adam spielt mit den Mädchen Verstecken. Momentan herrscht geschwisterliche Harmonie – ich lächle in mich hinein –, sie wird nicht von Dauer sein. Es klopft wieder an der Tür, diesmal kräftiger und beharrlicher. Auf dem Weg durch den Vorraum in die Diele wische ich mir die Hände ab und fahre mir mit den Fingern durchs Haar. Ich drehe den Schlüssel um, schiebe den Riegel zurück und öffne die Haustür. Guy steht vor mir.

»Sie schließen immer noch ab«, sagt er lächelnd. »Das ist nicht nötig, aber ich vermute, alte Gewohnheiten lassen sich nicht so schnell abstellen.«

Ich schlucke die Worte auf meinen Lippen – Was um alles in der Welt wollen Sie denn hier? – herunter.

»Nun …«, sagt er zögerlich und hält einen Plastikbehälter hoch. »Ein Friedensangebot.«

»Oh, danke«, erwidere ich überrascht. Es ist schon ziemlich lange her, dass ein Mann sich bis zu meiner Tür durchgeschlagen hat, was er im wahrsten Sinne des Wortes tun musste, denn Dad und Adam sind noch nicht dazu gekommen, sich um den Vorgarten zu kümmern. Er schiebt ein paar dornige Stiele beiseite, die von der Veranda herunterhängen. Die Rosen haben ihre besten Zeiten schon hinter sich und stehen nicht mehr in voller Blüte. So wie ich, denke ich kläglich. Ich nehme den Behälter und schaue auf das Etikett: Uphill Farm Apfelwein.

»Ist vom letzten Jahr«, erklärt mir Guy. »War ein guter Jahrgang.«

Er bleibt im Eingang stehen, und ich frage mich, ob er wirklich denkt, ich würde ihn hereinbitten. Ich kann mir nicht vorstellen, dass wir uns nach der Invasion der Kühe noch irgendetwas zu sagen haben.

»Kommen Sie doch herein«, ruft meine Mutter von hinten. Sie ist inzwischen von der Küche hinaus in den Vorraum gegangen. Widerwillig öffne ich die Tür.

»Es ist Guy«, sage ich.

»Ich bin gekommen, um Wiedergutmachung zu leisten«, bemerkt er, beugt sich nach unten, löst die Schnürsenkel seiner Turnschuhe, zieht sie aus und lässt sie vor der Tür stehen, bevor er an mir vorbeigeht und Mum in die Küche folgt. Der Geruch von Seife und Zahnpasta steigt mir in die Nase. Zumindest ist er dieses Mal sauber. Und dazu auch noch frisch rasiert, wie eine kleine Schnittwunde am Hals verrät. Sein Haar, durch das sich tiefgoldene Strähnen ziehen, ist noch feucht und schaut dadurch dunkler aus. Er trägt Bluejeans, ein verwaschenes Poloshirt und eigenartige Socken.

»Mir war so, als hätte ich draußen vor der Tür Backduft gerochen.« Er schaut sich einen Moment lang um. »Sie haben es sich nett gemacht«, fährt er fort, und seine Stimme klingt, als läge leises Bedauern darin. »In der Küche hier waren wir am liebsten. Im Sommer war sie kühl und im Winter durch den AGA warm. Benutzen Sie ihn?«

»Selbstverständlich«, sagt Mum. »Der gehört doch zum Leben auf dem Land dazu!«

»Ich dachte, Sie würden ihn vielleicht ersetzen wollen. Ich nehme an, Sie werden einiges ändern«, hakt er mit herausforderndem Ton in der Stimme nach.

»Wenn Sie's genau wissen wollen, möchte ich das Haus so lassen, wie es ist – und nur das eine oder andere passend erneuern«, stelle ich fest. Auch wenn er behauptet, nur gekommen zu sein, um sich wegen seiner Kühe zu entschuldigen, drängt sich mir der Gedanke auf, dass der wahre Grund darin liegt, herauszufinden, was ich aus seinem früheren Haus mache. Und um sich über meine Ansichten als Städterin lustig zu machen. Ist der Unterschied zwischen uns wirklich so groß? Wie voreingenommen ist er mir gegenüber?

»Ich nehme an, Sie werden auch Ihr eigenes Gemüse anpflanzen«, bemerkt er.

»Ja, werde ich. Ich werde das alte Gemüsebeet umgraben.«

»Das Beet muss gedüngt werden.«

»Das weiß ich. Ich habe schon früher Pflanzen angebaut. So dumm bin ich nicht«, sage ich.

»Das habe ich auch nicht behauptet«, verteidigt er sich und wird rot. Nun gut, vielleicht nicht gesagt, aber gemeint, denke ich.

»Hätten Sie gerne ein Stück Kuchen«, fragt Mum. »Jennie hat gerade gebacken.«

»Wir können Ihnen dazu ein Tasse Tee anbieten oder auch ein Glas von dem Apfelwein«, schlage ich vor.

»Zu einer Tasse Tee und einem Stück Kuchen sage ich nicht nein«, antwortet Guy und wirft einen hoffnungsvollen Blick auf den Sultaninenkuchen.

»Jennie hat vor, sich mit dem Verkauf von Kuchen ein Geschäft aufzubauen. Ihr Möhrenkuchen ist ein Traum, ich könnte für ihn sterben. So etwas Leckeres haben Sie noch nie gegessen«, sagt Mum. Penetrante Eltern – ich hätte nie gedacht, dass meine dazugehören! Ich kann nicht fassen, wie sie mich mit meinen vierzig Jahren noch in Verlegenheit bringen.

»Hat hier jemand ›Kuchen‹ gesagt?« Adam taucht in der Klöntür auf, hinter ihm seine beiden Schwestern.

»Ja«, bestätigt ihm Mum. »Stell doch bitte ein paar Teller auf den Tisch, Adam! Und du, Sophie, geh und wecke deinen Großvater!«

Die Küche scheint sich durch Guys Anwesenheit zu füllen. Er steht angelehnt vor einem der Küchenschränke, mit dem Rücken zur Spüle und schaut mir zu, wie ich den Kessel mit Wasser fülle und den Kuchen anschneide.

»So ein Geschäft mit Kuchen könnte schwierig werden. Die meisten backen ihre Kuchen selbst.«

»Ach, Sie backen also viel?«, frage ich ihn daraufhin.

»Ich? Nein, aber meine Mutter backte viel«, fügt er mit einem traurigen Ton in seiner Stimme hinzu. »Wenn wir nachmittags gemolken hatten, standen immer zwei verschiedene Kuchen auf dem Tisch. Ich habe noch all ihre Rezepte zu Hause. Wenn ich jetzt Lust auf einen Kuchen habe, kann ich den bei Co op, dem Bäcker, bei Copper Kettle oder im Gartencenter kaufen. Wir hier in Talyton haben die Qual der Wahl.«

»Oh, aber Jennies Cakes sind nicht einfach ganz gewöhnliche Kuchen«, wirft Mum ein und reicht Guy einen Teller. »Sie sind für besondere Anlässe – Hochzeiten, Jubiläen und besondere Geburtstage.«

»Geburtstage sind alle besonders«, gibt Sophie voller Sorge zu bedenken.

»Nun ja, ein paar sind doch noch ein bisschen wichtiger als andere, besonders im meinem Alter«, sagt Mum lächelnd.

Mir ist das Lächeln vergangen. Versucht Guy etwa, mich bewusst von meinem Plan, ein eigenes Geschäft aufzubauen, abzubringen? Oder will er mir nur reinen Wein einschenken und sagt die Wahrheit? Ich muss zugeben, ich bin leicht verunsichert. Sollte ich seinen Worten Glauben schenken, ist die Konkurrenz viel zu groß.

Ich beobachte ihn, wie er das Stück Sultaninenkuchen zu seinem Mund führt und einen großen Bissen hineinmacht.

»Der ist köstlich«, verkündet er, als er das Stück aufgegessen hat und die Krümel von seinen Lippen leckt, worüber ich mich freue. »Haben Sie den alten Tisch gefunden?«, fragt er, als sich die Kinder um den Glastisch drängen, von dem ich so begeistert war, als er in unserem Haus in London stand, doch der hier vollkommen deplatziert aussieht. »An dem wir immer saßen? Ich habe ihn hinten in die Scheune gestellt.«

»Zusammen mit all dem anderen Gerümpel«, erwidere ich.

»Gerümpel?« Guy sieht mich mit einem eher verletzten

Gesichtsausdruck an, und ich wünschte, ich wäre feinfühliger gewesen.

»Das ganze Zeug, das sie dagelassen haben. Der Makler hatte mir zugesichert, sie würden es wegwerfen.«

»Ich musste meine Mutter in ein Pflegeheim bringen – sie konnte nicht viel mitnehmen. Ich dachte, Sie würden sich die Sachen vielleicht noch einmal anschauen wollen, bevor ich sie entsorge. Eventuell können Sie davon etwas gebrauchen.« Er lächelt. »Spare in der Zeit, so hast du in der Not. Ich dachte immer, heutzutage ist jeder darauf bedacht, zu recyceln und nachhaltig zu leben, oder ist dieser Fimmel schon wieder aus der Mode? Bei Städtern, meine ich.«

Warum habe ich ständig das Gefühl, dass er sich über mich lustig macht?

»Ich werde das, was Sie nicht wollen, aus der Scheune wegräumen«, fährt er fort.

»Tun Sie das!«, erwidere ich und spüre Mums warnenden Blick, mich in meinem Ton zu mäßigen. Nur weil wir Nachbarn sind, müssen wir nicht unbedingt Freunde werden.

»Da bist du ja, Malcolm«, sagt Mum, als mein Vater mit der Brille in der einen und einem Taschentuch in der anderen Hand in die Küche spaziert kommt. »Das ist Guy, er ist der Bauer von nebenan. Er hat Jennie Apfelwein mitgebracht.« Sie schaut suchend über den Tisch. »Wo ist Granddads Kuchen geblieben?«

»Hm, den hab ich gegessen«, gesteht Adam und wird rot. »Ich dachte, es wäre übrig geblieben.«

»Adam!«, sage ich tadelnd.

»Schon gut. Es ist noch Kuchen da«, sagt sie und füllt Apfelwein in die Gläser.

Ich probiere etwas von der goldfarbenen Flüssigkeit und muss husten, als sie mir hinten den Hals hinunterläuft.

»Der ist tödlich«, japse ich.

»Ja, er ist ganz schön stark. Ich hätte Sie besser warnen sollen«, bemerkt Guy, doch kann ich an seinem Gesichtsausdruck erkennen, dass er sich freut, es nicht getan zu haben, und meinen Hustenanfall genießt.

Ich versuche es mit einem kleineren Schluck und siebe die kleinen Stückchen durch meine Zähne. Das Gebräu ist scharf und staubtrocken mit einem intensiven Geschmack nach Apfel. Ob ich es mag? Ich glaube, es ist etwas für Kenner.

»Darf ich mal probieren?«, fragt mich Adam.

»Nein, auf keinen Fall.«

Einen Moment lang sind wir alle still und lassen uns den Kuchen schmecken. Ich weiß nicht, was ich zu Guy, dem Mann, der sich in meiner Küche anscheinend wie zu Hause fühlt, sagen soll. Es ist so, wie ich erwartet habe. Wir haben absolut nichts gemein.

»Ich hoffe, ich darf im Herbst Ihre Äpfel ernten«, beginnt er. »Ich brauche sie für den Apfelwein im kommenden Jahr. Das da«, und er zeigt auf den Plastikbehälter, »stammt von den Äpfeln auf Ihrem Grundstück.«

»Ich wusste nicht, dass es Äpfel für Apfelwein sind«, sage ich und schaue in Richtung des Obstgartens.

»Sie haben einen Baum mit Bramleys – das ist ein Kochapfel.«

»Ich weiß, was Bramleys sind.«

»Außerdem haben Sie noch eine paar gute alte Apfelweinsorten – Hangy Down, Slack Ma Girdle und Tremlett's Bitter.«

»Hangy Down?«, sagt Sophie, »Das hört sich aber unanständig an, oder, Mummy?«

Georgia kichert.

»Slack ma was?«, fragt Adam.

»Girdle«, erwidert Guy, ohne eine Miene zu verziehen.

»Ich verstehe natürlich, wenn Sie Ihren eigenen Apfelwein machen wollen …«

»Nein. Ich kann mir nicht vorstellen, dafür Zeit zu haben«, sage ich. »Sie können sie gerne haben.«

»Ich werde Sie Ihnen in Naturalien bezahlen. Sie bekommen einen Anteil von dem Apfelwein, den ich mache. Den können Sie dann verkaufen oder selbst trinken.«

Apfelwein im Tausch gegen unsere eigenen Äpfel, das hört sich für mich nach einem guten Geschäft an.

Sophie durchbricht die Stille, die wieder eingetreten ist.

»Haben Sie Kinder, Guy?«, ertönt es von ihr. »Ich frage nur, weil ich gerne außer meiner Schwester noch jemanden zum Spielen hätte, denn sie spielt am liebsten Pony, und das finde ich echt langweilig.«

»Tut mir leid, habe ich nicht«, antwortet er.

»Also leben Sie alleine?«

»Sophie, warum …?«, versuche ich sie zu unterbrechen, aber als Guy ihr bestätigt, dass er allein lebt, kommt Sophie erst so richtig in Fahrt.

»Haben Sie eine Freundin?«, hakt sie weiter nach. »Oder einen Freund?« Sie fährt munter fort mit ihren Fragen und lässt Guy dabei keine Chance, zu antworten. »Wenn Sie schwul sind, können Sie nämlich auch einen Freund haben.«

»Da ich nicht in diese Richtung tendiere, habe ich auch keinen Freund«, erwidert er steif.

Ich zucke zusammen. Ich wünschte mir, die häuslichen Verhältnisse anderer Leute würden nicht eine solche Faszination auf Sophie und Georgia ausüben.

»Unser Daddy lebt jetzt mit Alice, seiner Freundin, zusammen. Daddy ist nicht schwul«, flötet Sophie weiter, und ich bemerke, wie Guy sich auf seinen Tee konzentriert. Währenddessen hoffe ich inständig, dass er nicht glaubt, ich hätte sie auf dieses Thema angesetzt.

Als wir mit Essen und Trinken fertig sind und ich leicht angeheitert bin, bietet Guy seine Hilfe an, den Tisch aus der Scheune zu räumen, damit ich ihn mir ansehen kann. Er besitzt eine enorme Energie und scheint nicht ruhig sitzen zu können oder zu wollen. So gehen wir hinaus auf den Hof und sehen in der Abenddämmerung, wie die Fledermäuse mit rasender Geschwindigkeit in die Ställe hinein- und wieder herausfliegen.

»Wären Sie gestern hier gewesen, hätten wir die Hälfte der Zeit gebraucht«, bemerkt Adam, und ich sehe seinen neidischen Blick auf Guys Muskeln, dessen Hände genauso kräftig sind, die Haut leicht gebräunt und rau, die Nägel sauber und kurz geschnitten.

Dad sperrt die Scheunentür weit auf, hinter der meine abgedeckten Sofas zum Vorschein kommen.

»Die müssen wir erst wieder herausräumen«, sagt er, doch das stellt für Guy kein Problem dar. Ich zerre eine der letzten Umzugskisten aus dem Weg.

»Lassen Sie mich das machen«, meint Guy und kommt auf mich zu.

»Ich kann das schon«, erwidere ich unmissverständlich.

»Ich habe Ihren Kuchen gegessen.« Er steht direkt vor mir, seine Hände auf der Kiste. »Das ist das Mindeste, was ich als Gegenleistung dafür tun kann.«

»Na gut«, sage ich besänftigt. »Danke.«

»Gern geschehen.« Sein Mund verzieht sich zu einem schiefen Lächeln, während er mir die Kiste aus der Hand nimmt. »Denke ich.«

»Wir müssen den alten Traktor herausfahren«, sagt Adam hoffnungsvoll.

»Funktioniert der noch?«, erkundigt sich Dad bei Guy.

»Warum bekommen Männer eigentlich beim Anblick von alten Maschinen immer weiche Knie?«, frage ich Mum, als sich Dad und Adam zusammen mit Guy den

Traktor ansehen. Ich kann diesem unansehnlichen grauen Ding, das uns auf der Suche nach dem Eichentisch, der hinten in der Scheune steht, im Weg ist, nichts abgewinnen. Er ist nur ein Drittel so groß wie der Traktor, den Guy fuhr, als wir ihn auf der Straße trafen. Er sieht ein wenig verrostet aus und hat, aus welchem Grund auch immer – vielleicht um zu verhindern, dass Wasser eindringt –, eine Blechdose oben auf seinem senkrechten Auspuff.

»Ich denke schon, obwohl er schon seit Monaten nicht mehr gefahren worden ist«, erwidert Guy. Er klettert hoch auf den Sitz – dieser Traktor hier besitzt kein geschlossenes Führerhaus – und dreht den Schlüssel herum, der im Zündschloss steckt. Er schaut mich an. »Hier draußen passiert nicht viel. Abgesehen davon kann ich mir kaum vorstellen, dass jemand dieses Ding klauen würde.« Er dreht den Schlüssel noch einmal um. Die Maschine stottert, wodurch die Blechdose erst nach oben gegen die Decke schießt und dann wieder zurück auf den Boden fällt, wo sie klappernd weiterrollt.

Adam kann nicht aufhören zu lachen. So wie ich – zum Teil wegen der Blechdose und zum Teil wegen Adam, der sich vor Lachen biegt und dem deshalb Tränen in die Augen schießen.

»Die hätte ich wohl besser heruntergenommen«, meint Guy grinsend, »aber das vergesse ich immer.« Er dreht den Schlüssel noch einmal um, und die Maschine erwacht grummelnd zum Leben. Er fährt den Traktor zurück in den Hof und überrollt dabei krachend die Dose. »Den Traktor sollten Sie behalten, Jennie.«

»Und wieso? Was soll ich mit dem Ding anfangen?«

»Er kann Ihnen gute Dienste leisten, wenn Sie sich um Ihr Land kümmern.«

»Ich dachte, das kümmert sich von allein.«

»Nein, Sie können es nicht sich selbst überlassen – ansonsten werden Sie alle möglichen Unkräuter haben.« Er lächelt wieder. »Und das wird Ihr Nachbar gar nicht mögen.«

»Verstehe.« Beziehungsweise nicht. Denn einen Traktor fahren zu müssen, um Unkraut zu bekämpfen, ist dann doch eine kleine Überraschung für mich.

»Wenn Sie das Gras auf der Koppel unter den Apfelbäumen nicht von irgendwelchen Tieren abweiden lassen, müssen Sie es eggen und schneiden. Und was das Unkraut angeht, da müssen Sie auf jeden Fall das Jakobskraut ausgraben, denn ich mähe Heu und verkaufe, und die Käufer, die es an ihre Pferde verfüttern, nehmen es mir nicht ab, wenn Jakobskraut darin ist. Deshalb darf es nebenan von mir nicht wachsen.«

»Jakobskraut ist giftig«, unterbricht ihn Georgia.

»Woher weißt du das, junge Dame?«, fragt Guy.

»Ich bekomme ein Pony, und damit ich weiß, wie ich es richtig pflege, habe ich Bücher dazu gelesen.«

Ich spüre einen seltenen Anflug mütterlichen Stolzes.

»Glaubst du, deine Mutter weiß, wie man einen Traktor fährt?«, fragt er Georgia.

»Ich denke, sie könnte es lernen, wenn sie sich ein Buch darüber in der Bibliothek ausleiht«, antwortet Georgia optimistisch.

Guy dreht sich zu mir um, während er vom Traktor springt. »Ich befürchte, er wird Ihnen nicht schnell genug sein, Jennie.«

Wie schafft es dieser Mann nur, mich so zu durchschauen? Obwohl ich nicht rot werden will, tue ich es doch. Ich führe es auf den Apfelwein zurück und gehe an ihm vorbei, um nach dem Tisch zu schauen. Adam und Guy ziehen ihn aus der Scheune auf das Kopfsteinpflaster. Er ist staubig und zerkratzt. Abgesehen davon bin ich mir nicht ganz sicher, ob ich den Tisch haben möchte, doch Guy ist überzeugt, er wäre für die Küche genau das Richtige.

»Er muss nur ein bisschen abgeschliffen werden, dann ist er wieder so gut wie neu«, meint er und zeigt Adam anschließend, wie man den Traktor wieder rückwärts in die Scheune fährt, bevor er verkündet, dass er zurück zu seinem Hof muss.

»So früh?«, fragt ihn Mum. »Es ist erst halb zehn.«

»Ich muss früh raus. Die Kühe melken«, fügt er erklärend hinzu. »Leider melken sie sich nicht von allein.«

»Ist auch die Kuh dabei, zu der Sie so gemein waren … die Sie mit dem Stock geschlagen haben«, beginnt Georgia.

»Kylie?«, sagt Guy. »Ich habe sie nicht heftig geschlagen. Sie weiß, ich würde ihr nie wehtun.«

Seine Antwort scheint Georgia nicht zu überzeugen.

»Sie würde sich nicht melken lassen, wenn sie unglücklich wäre.«

»Nein, wahrscheinlich nicht«, meint Georgia und scheint Guy gegenüber etwas sanfter zu werden. »Haben alle Ihre Kühe Namen?«

»Ja. Es ist wissenschaftlich erwiesen, dass Kühe mit Namen mehr Milch geben, auch wenn man sich nicht ganz sicher ist, ob dies an den Namen selbst oder an der größeren Zuwendung liegt, die die Bauern Tieren mit Namen entgegenbringen.«

»Wie bekommen Sie die Milch aus der Kuh in die Tüte?«, fragt Georgia.

Ich wappne mich innerlich schon wieder gegen eine neue bissige Bemerkung zu ignoranten Städtern. Doch er fährt kommentarlos fort. »Warum kommt ihr nicht vorbei und schaut mir mal beim Melken zu?« Er lächelt. »Ich denke, der Nachmittag bietet sich da eher an als das morgendliche Melken um fünf Uhr – da müsst ihr euren

Schönheitsschlaf nicht unterbrechen.« Ich frage mich, warum er mich bei dieser Bemerkung anschaut.

»Ich finde, wir sollten noch ein paar Tage warten, bis wir uns eingelebt haben«, sage ich. »Granny und Granddad fahren Ende der Woche wieder nach Hause. Wir kommen danach mal vorbei.«

»Dem Ereignis sehe ich mit Freuden entgegen«, erwidert er förmlich. »Gibt es sonst noch etwas, dass Sie von hier wissen möchten?«

Ich erfrage für Adam die Busverbindungen.

»Oh ja, es fahren Busse in die Stadt. Zwei Mal die Woche.«

»Als wir noch in London wohnten, fuhren häufig zwei Busse auf einmal«, bemerkt Georgia.

»Die Chance, dass das hier passiert, tendiert gegen null«, meint Guy. »Es fahren auch keine Züge – wir haben hier in Talyton keinen Bahnhof.«

»Ich werde bald Auto fahren können«, verkündet Adam.

»So bald ist das nun auch wieder nicht – du bist erst vierzehn.« Und wenn es nach mir ginge, würdest du das Autofahren auch erst mit vierzig lernen, schießt es mir durch den Kopf, obwohl ich einsehen muss, dass er hier draußen ein Auto brauchen wird. Genauso wie ich einsehen muss, dass ich im Hinblick aufs Autofahren kein gutes Vorbild bin. Ich bin zu ungeduldig, und ich beschließe, das zu ändern.

»Vielen Dank für den Kuchen.« Guy schüttelt die Hand meines Vaters und küsst meine Mutter auf die Wange. Ich halte mich vornehm zurück.

»Danke für den Apfelwein«, sage ich.

»Ich kenne den Weg«, sagt er, doch ich begleite ihn bis zum Tor, das ich geflissentlich hinter ihm schließe. Er bleibt auf dem Weg stehen. »Ich bewundere Ihren Optimismus, Jennie, aber ich könnte wetten, Sie verkaufen das Haus innerhalb eines Jahres wieder und ziehen zurück nach London.«

Wie kann er so etwas sagen, er kennt mich doch gar nicht, denke ich.

»Tut mir leid, Sie zu enttäuschen, aber ich habe nicht vor, zurück in die Stadt zu ziehen. Das hier ist ab jetzt mein Zuhause.«

»Dann, gute Nacht«, sagt er, dreht sich auf dem Absatz um und spaziert davon.

»Gute Nacht«, erwidere ich kurz.

»Er ist sehr offen«, sage ich, als Mum und ich, nachdem die Kinder ins Bett gegangen sind, über Guys Besuch sprechen.

»So wie deine Kinder, meine Liebe.«

»Er hält mit seiner Meinung nicht hinterm Berg.«

»Das ist nicht verkehrt«, meint Mum. »Besser als ein Mann, der nicht meint, was er sagt, oder nicht sagt, was er meint.« Diese Bemerkung ist natürlich auf David gemünzt.

»Ich glaube, ich gehe auch ins Bett«, sage ich, nachdem ich immer wieder gähnen muss. »Ich weiß nicht, ob es an dem unebenen Fußboden oder an dem Apfelwein liegt, dass sich in meinem Kopf alles dreht.«

»Gute Nacht, mein Kind«, sagt Mum.

Ich gehe nach oben. Meine Eltern sind von Guy ganz angetan, ich aber nicht, und das werde ich auch nie sein.

Als ich in meinem Bett liege, schaue ich aus dem Fenster hinaus zum Hof der Uphill Farm, wo kein Licht brennt. Eine Kuh brüllt in der Dunkelheit und durchbricht die Stille. Ich greife nach der Lehmwand neben mir. Sie ist kühl und uneben, fühlt sich aber dennoch fest unter meinen Händen an. Abgesehen davon, dass alle Wände schief und krumm sind und somit kein einziges Möbelstück flach anliegen wird, sind sie auch noch zwischen einem halben und fast einem Meter dick, was jedoch im Vergleich zu meinem Panzer, den ich mir im letzten Jahr angelegt habe, nichts ist.

Mum träumt davon, mich wieder in den Armen eines anderen Mannes zu sehen, und ich vermute, sie sieht in Guy bereits den passenden Kandidaten, doch werde ich keinen Mann mehr an mich heranlassen. Dafür habe ich schon gesorgt.

4

Marmeladentörtchen

Heute fahren meine Eltern wieder nach Hause. Ich komme mir wie beraubt vor.

Meine Mutter hat Tränen in den Augen, als sie losfahren, und mein Herz zieht sich vor Schmerz zusammen, womit ich nicht gerechnet hatte. Wenigstens hat sie am Schluss noch ihre Meinung im Hinblick auf meine verrückten Pläne geändert, und ich habe das Gefühl, hundertprozentig von ihr unterstützt zu werden. Sie hatte anfangs nichts unversucht gelassen, mich von meinem Vorhaben abzubringen, und mir die Realität vor Augen geführt, bevor ich mich zu dem Schritt entschloss. Sie sagte, ich sollte mich am Riemen reißen und aufhören, verrückte Pläne zu schmieden, um mich so von der Scheidung abzulenken. Genauso wenig sollte ich mich weiter in meinem Leid suhlen, sondern mein Leben in die Hand nehmen und weiterleben. Sie fand auch, ich wäre nicht mehr ganz bei Trost zu denken, ich könnte mit dem Backen den Lebensunterhalt für mich und die Kinder bestreiten.

»Jennie, das wird nicht klappen.« Das waren ihre Worte. Und ich meinte daraufhin: »Wieso hat es dann mit den frisch gebackenen Kuchen von Mr. Kipling funktioniert?«, woraufhin sie in Tränen ausbrach. Ich begriff, dass es nicht um mich ging, sondern um sie. Sie hatte Angst, ihre Enkel nicht mehr regelmäßig zu sehen und nicht mitzuerleben, wie sie heranwachsen.

»Malcolm«, sagt sie, »wenn du das Auto packst, bring bitte die anderen Sachen mit herein.«

Dad geht nach draußen. Ich denke, er brennt darauf, zurück zu seinem Golfklub zu kommen.

Er kommt mit drei Tragetaschen zurück und stellt sie auf Guys Eichentisch, der wieder gut aussieht, nachdem er abgeschliffen und geölt wurde, dank Adam, der diese Arbeit gegen ein kleines Entgelt übernahm.

»Die sind für dich, Jennie«, sagt Mum, »unser Geschenk zum Einzug.«

Ich schaue in die Taschen hinein, in denen sich lauter Backformen, farbige Teigschaber und Löffel aus Silikon befinden.

»Oh, danke.« Ich bin überwältigt. »Das hättet ihr nicht …«

»Wir betrachten es als bescheidene Investition in deine Zukunft«, unterbricht mich Dad. »Wir würden dir auch noch gerne mehr unter die Arme greifen, doch das gestattest du uns ja leider nicht.«

Über dieses Thema hatten wir bereits mehrfach diskutiert, und ich hatte ihre Hilfe abgelehnt. Meine Eltern meinen es gut, aber ich bin kein Wohlfahrtsprojekt.

»Sollte ich Investitionsbedarf haben«, sage ich, »werde ich mich bei einer passenden TV-Show, wie zum Beispiel »Enter the den with the dragon« bewerben.«

»Die Formen sind alle für den AGA geeignet«, versichert mir Mum, »und können auch in die Spülmaschine.«

»Die ich noch nicht habe«, füge ich lächelnd hinzu.

»Du hast drei Spülmaschinen«, wirft Dad ein. »Sieh zu, dass die Kinder dir helfen.« Er sieht auf seine Armbanduhr. »Wir fahren besser los.«

»Wir sehen uns bald, Mum«, sage ich und meine Stimme bebt, da mir das Ausmaß meines Handelns plötzlich bewusst wird und mich wie ein Schlag trifft. Mir wird es fehlen, dass sie nicht mehr auf einen Kaffee und ein Stück Kuchen vorbeikommt. Genauso wie ihre Angebote, die Kinder zu hüten, und die sonntäglichen Mittagessen mit ihr, Dad und meiner Schwester.

»Pass auf dich auf, mein Kind.« Sie lächelt mich mit einer Träne im Auge an. »Und lass es dir gut gehen.«

Ich weiß, was sie damit meint. Blas kein Trübsal zu Hause, sondern geh unter Leute!

»Es wird für dich hier draußen ruhig werden. Du bist ja doch durch und durch ein Stadtkind, aber wenigstens wissen wir, dass es im Notfall jemanden gibt, an den du dich wenden kannst. Guy scheint ein netter Nachbar zu sein. Sehr kompetent.«

Ich lasse mich auf ein Gespräch über ihn nicht ein. Es müsste schon ein ganz dringender Notfall sein, dass ich ihn um Hilfe bitte.

»Und denk daran, Dad und ich sind nur einen Telefonanruf von dir entfernt. Solltest du plötzlich deine Entscheidung bereuen, hierhergezogen zu sein, kannst du jederzeit nach Hause kommen. Egal, was passiert, die Tür steht dir immer offen.«

»Danke, Mum«, sage ich bewegt, und es schnürt mir fast die Kehle zu.

»Wir kommen dich besuchen. Bald.«

Bevor sie abfahren, rufen sie noch die Kinder herbei, um sich von ihnen zu verabschieden. Ich stehe auf dem Rasen im Vorgarten und sehe durch einen Schleier von Tränen, wie die Kinder lachend und winkend hinter dem Wagen meiner Eltern herlaufen. Ich drehe mich um und schaue auf das Haus und denke, oh nein, was habe ich nur getan? Habe ich etwa mit dem Kauf dieses Hauses am Ende der Welt, einem launischen Herd und der vielfältigen Tierwelt gerade den zweitgrößten Fehler meines Lebens begangen?

Apropos Tierwelt, denke ich, als ich wieder hineingehe

und sehe, wie ein Heer von Ameisen unaufhaltsam durch meine Küche in Richtung Speisekammer marschiert, so eng sollte der Kontakt zur Natur dann doch nicht sein, als ich mich entschloss, aufs Land zu ziehen.

»Mum«, verkündet mir Adam, nachdem meine Eltern vor einer halben Stunde abgereist sind, »mir ist langweilig.«

»Dir ist immer langweilig.«

»Ja, aber so schlimm wie jetzt war es noch nie.«

»Warum suchst du dir nicht eine Beschäftigung?«, frage ich leicht gereizt, da ich viel zu viel zu tun habe. »Willst du das Mittagessen für uns kochen?«

»Langweilig«, erwidert er mit den Händen in den Taschen seiner Long Shorts.

»Du kannst mein Auto sauber machen – gegen Taschengeld.«

»Langweilig«, lautet wieder seine Antwort, aber ich erkenne am Zucken seiner Lippen, dass er versucht, nicht zu lächeln.

»Wie wär's dann, wenn du deine künstlerischen Fähigkeiten einsetzt und das Logo für Jennies Cakes entwirfst?« Ich habe zwar schon mit ein paar Ideen herumgespielt, aber nichts davon war wirklich überragend.

»Auf was muss ich achten?« fragt er und hört sich interessierter an.

»Es muss sich natürlich auf Kuchen beziehen. Und bunt sollte es auch sein, aber keine knalligen Farben, sondern natürliche, die das Konzept der gesunden Zutaten unterstreichen.«

»Also kein Stahlblau?« hakt Adam leicht enttäuscht nach.

»Eher nicht. In der Schublade drüben liegt ein Papierblock – aber mal bitte nicht hier auf dem Tisch. Ich werde gleich backen.«

Adam verschwindet mit Papier und Stiften aus der Küche. Kurz darauf tauchen Sophie und Georgia auf, die sich aus Ermangelung anderer Kindern mit ihrer gegenseitigen Gesellschaft begnügen müssen.

»Ich vermisse Granny schon jetzt«, lässt Sophie mich wissen und drückt ihren Lieblingsteddy an sich. Ich dachte, sie bräuchte ihn nicht mehr und hätte ihn abgelegt, doch er ist wieder da, mit fehlendem Ohr und abgerissener roter Weste. »Ich wünschte, Daddy wäre hier.«

»Du weißt doch, dass das nicht möglich ist, mein Schatz.« Sie haben mit David telefoniert und, seit wir über einen Internetanschluss verfügen, auch ein paarmal mit ihm Kontakt über Adams Facebook-Seite gehabt. Die Verbindung ist langsam, und ihre Geschwindigkeit mutet eher wie die einer Schnecke an als der eines Datensuperhighways, aber es reicht fürs Erste. Die Kinder haben schon eine Weile nicht mehr von der Möglichkeit gesprochen, dass ihr Dad doch bei uns leben könnte. Ich vermute, der Abschied von meinen Eltern hat sie wieder aus dem Gleichgewicht gebracht.

»Warum nicht?«, fragt Sophie.

»Weil, weil… Du weißt, warum. Er lebt jetzt mit Alice zusammen.«

»Warum können die beiden denn nicht bei uns wohnen? Wir haben doch so viel Platz.«

»Sie könnten das Gästezimmer haben«, meint Georgia hoffnungsvoll.

Wenn es doch nur so einfach wäre… Wenn ich doch nur so großherzig sein könnte!

»Daddy muss in der Nähe seiner Arbeit wohnen«, erkläre ich. Außerdem würde es nicht funktionieren. Eine Kommune – und dazu noch eine Ménage à trois – in dem achtbaren Ort Talyton St. George. Das wäre ein schöner Skandal. Ich frage mich, was der seriöse Mr. Barnes dazu sagen würde. Wenigstens haben die Mädchen akzeptiert, dass David und ich nicht wieder zusammenkommen. »Habt ihr die Scheune aufgeräumt?«, frage ich und wechsle das Thema.

»Ja«, erwidert Georgia. »Jetzt fehlt nur noch Stroh und ein Pony.«

»Gut. Warum holt ihr euch nicht ein paar Plastikeimer und bringt mir so viel Brombeeren, wie ihr könnt?« Es gibt welche – sie sind im Frühsommer gereift. »Und esst nicht wieder alle auf, wie beim letzten Mal mit Granddad.«

Als die Mädchen, bewaffnet mit Eimern und Stöcken, um die dornigen Sträucher aus dem Weg zu schlagen, wieder verschwunden sind, überlege ich mir, was ich backe. Vielleicht liegt es an den Brombeeren, dass Bilder klebriger Marmeladentörtchen und Apfelkuchen vor meinen Augen auftauchen. Ich habe noch nicht herausgefunden, wie der AGA sich beim Backen von Törtchen verhält. Jetzt erscheint mir der richtige Zeitpunkt dafür. Außerdem werde ich so davon abgelenkt, darüber nachzudenken, wie leer mir das Haus ohne meine Eltern vorkommt.

Ich spüle und trockne das neue Backzubehör von ihnen ab. Anschließend wiege ich das Mehl zusammen mit einer Messerspitze Salz ab und fülle es in eine Rührschüssel, meine Lieblingsrührschüssel, die mit der cremefarbenen rauen Lasur, eines der wenigen Dinge meines Hausstands, das zum Haus passt. Zwischen meinen Fingern kleben Butter und Mehl, und ich reibe sie gerade aneinander, damit beides herunterfällt und ich aus ihnen Streusel machen kann, als ich ein Klopfen und eine Stimme höre. Die Stimme eines Erwachsenen – mein Herz hüpft vor Freude. Sie sind zurück! Entweder haben meine Eltern etwas vergessen oder beschlossen, noch ein paar Tage zu bleiben.

»Hallo«, rufe ich, als ich das Geräusch von Schritten in der Diele höre.

»Guten Morgen.«

Ich schaue hoch, und eine fremde Frau steht vor mir. Und wenn ich fremd sage, meine ich das auch so, denn sie ist herausgeputzt wie ein Pfau, als wäre sie gerade auf dem Weg zu einer Hochzeit. Sie trägt ein grau-cremefarbenes Seidenkleid in Hahnentrittmuster, dazu ein passendes Jackett und passende, hochhackige Schuhe. Auf ihrem Kopf sitzt ein Faszinator aus silbrigen Federn, befestigt an einer Perlenschnur, von denen die drei längsten Federn nach oben abstehen. Ihr Haar, kurz geschnitten und kastanienbraun gefärbt, liegt an ihrem Kopf wie Beton.

»Ich glaube, Sie haben sich verirrt«, sage ich.

»Oh, nein, nein, ich weiß ganz genau, wo ich bin. »Willkommen« – sie öffnet ihre Arme – »in unserem hübschen Städtchen Talyton St. George.«

»Sie können nicht einfach hier hereinspazieren«, erkläre ich und frage mich, wer sie ist. Für eine Trickdiebin ist sie ein bisschen zu auffällig gekleidet, und in dieser Aufmachung ist sie bestimmt auch keine Vertreterin für Asphaltbeläge, um die Auffahrt damit zu belegen. »Ich wohne hier, und mein Zuhause steht nicht für Gott und die Welt offen.«

»Die Tür war auf. Ich wollte Sie nicht stören und bin deshalb von allein hereingekommen. Ich konnte durch das Fenster sehen, dass Sie beschäftigt waren. Oh, Sie machen gerade einen Teig …« Sie schielt auf die Rührschüssel. Ich greife danach und halte sie fest, woraufhin sie zuckersüß lächelt. »Verzeihung, ich habe mich noch nicht vorgestellt. Was müssen Sie, als frisch aus der großen Stadt Hinzugezogene, nur von einer völlig Fremden in Ihrem Haus denken? Ich bin Fifi, Fifi Green, und begrüße Sie herzlich in meiner Funktion als Mitglied des Meet and Greet Komitees von Talyton St. George.«

»Aha«, sage ich und stelle die Schüssel wieder zurück auf den Tisch. »Ich bin Jennie Copeland.« Erst als meine

Hand schon ausgestreckt ist, bemerke ich, dass sie fettig und mehlig ist.

»Lassen Sie sich von mir nicht aufhalten«, bemerkt Fifi. »Der Teig wird Ihnen misslingen, wenn Sie die Butter zu warm werden lassen. Jennie, sind Sie Mrs. Copeland oder…«

»Ex-Mrs. Copeland«, sage ich, abgelenkt von meinem Teig. Ich hole eine Karaffe mit kaltem Wasser aus dem Kühlschrank und besprenkle damit meinen brotkrumenartigen Teig. Ich nehme mein Palettenmesser, um die Zutaten langsam miteinander zu verkneten und füge währenddessen noch ein bisschen Wasser hinzu.

»Ich hoffe, diese Fragen machen Ihnen nichts aus, aber ich habe Bericht zu erstatten.«

Ich merke, wie meine Stirn sich zu einem Runzeln zusammenzieht.

»Ist das hier etwa eine offizielle Befragung? Ich habe nur…«

»Keine Sorge.« Fifi lächelt. »Damit meinte ich nur, dass die Leute nachfragen werden. Wenn ich ihnen zur Antwort gebe, Sie hätten mich gebeten, den Klatsch für mich zu behalten, werden sie glauben, es gibt pikante Geheimnisse. Und das würde sie nur noch mehr anstacheln, sie aus Ihnen herauszukitzeln.«

»Ich habe keine Geheimnisse«, sage ich und amüsiere mich inzwischen über diese Frau, die ganz offensichtlich ein großes Interesse an den Details meines Lebens hegt. Wahrscheinlich sollte ich mich geehrt fühlen, dass sie mich besucht – so etwas wäre mir in London nie passiert, da wusste man selbst von seinen direkten Nachbarn nichts. »Tut mir leid, Sie zu enttäuschen, aber an mir ist nichts außergewöhnlich.«

»Ach, da behauptet Guy aber etwas ganz anderes.«

»Guy?«

»Oh, ja. Er findet Sie nämlich sehr wohl außergewöhnlich.«

Jetzt werde ich neugierig.

»Ich war heute Morgen bei ihm. Ich habe seiner Mutter versprochen – bevor sie endgültig vergaß, wer ich bin –, auf ihn aufzupassen.« Fifi schüttelt den Kopf. »Das ist das Mindeste, was ich für die arme Mary tun kann.«

Fifi hebt ihre Handtasche hoch, legt sie hinten auf den Tisch und zieht ein Bündel Papiere heraus.

»Ich kann sie Ihnen hierlassen, wenn Sie gerade zu beschäftigt sind«, sagt sie. »Es sind ein paar Merkblätter zu den verschiedenen Gottesdiensten, die es hier am Ort gibt. Wenn Sie gerne dem Pfarrer oder Baptistenpriester vorgestellt werden möchten, kann ich das gerne für Sie organisieren. Und hier ist die Praxisnummer unseres Arztes in Talyton. Ich kann Dr. Mackenzie nur wärmstens empfehlen. Er hat wahre Wunder mit meinen entzündeten Fußballen vollbracht.«

Ich bemerke, dass Fifi durch die Küche wandert, als ob sie eine Bestandsliste meiner Siebensachen erstellen wollte. Sie bleibt vor der Spüle stehen und sieht durch das Fenster hinaus in den Garten.

»Ich habe auch die Telefonnummern der Tierärzte von hier. Besitzen Sie Tiere?«

»Noch nicht«, sage ich, und dann fällt mir ein, dass ihr Besuch vielleicht doch nützlich sein könnte. »Wir möchten uns gerne ein paar Hühner, ein Pony und einen Hund zulegen, doch wir wissen nicht, an wen wir uns diesbezüglich wenden können.«

»Was das Pony angeht, am besten an den Ponyklub. Mit Hühnern kenne ich mich nicht wirklich aus, aber ich kann Ihnen helfen, einen Hund zu finden. Ich habe die Tierhilfe von Talyton mitbegründet. Auch wenn wir über keine eigenen Hundezwinger mehr verfügen, sind all unsere geretteten Hunde bei anerkannten Pflegestellen untergebracht.«

Ich bedanke mich, während sie mir die entsprechende Telefonnummer gibt.

»So viele Menschen ziehen inzwischen hierher. Sie schaffen sich alle möglichen Tiere an und bauen sich kleine Betriebe auf, um dann festzustellen, dass die Arbeit anstrengender ist als erwartet. Am Schluss schmeißen sie alles wieder hin und ziehen zurück in die Stadt. So etwas zerstört die Gemeinschaft. Doch dafür ist das Meet and Greet Komitee da, wir wollen Sie auf die richtige Bahn lenken.« Ich sehe, wie sie mit einem Finger über die Querstrebe des Fensterrahmens fährt, um zu sehen, ob Staub darauf liegt. »Ich kann Ihnen eine Putzfrau empfehlen, wenn Sie wollen.«

»Danke, ich brauche keine Putzfrau«, sage ich mit zusammengebissenen Zähnen. Es ist schön, in den Schoß der Gemeinschaft aufgenommen zu werden, doch dieser Ratschlag – der sich wie Kritik anhört – ist äußerst unerwünscht.

»Ich hoffe, Sie werden Mitglied im Verein der Landfrauen«, fährt sie fort. »Wir brauchen dringend frisches Blut.«

»Hm«, sage ich, und mein Blick fällt auf die Mädchen, die auf dem Tor zur Koppel sitzen und plaudern, da ihnen das Einsammeln der Brombeeren anscheinend zu langweilig geworden ist. »Ehrlich gesagt, ist es für mich nicht so einfach, abends wegzugehen. Die Kinder.«

»Ach, das ist kein Problem. Wir haben hier im Ort einen Kreis hervorragender Babysitter.«

Fifi Green gehört zu jener Sorte von Menschen, mit denen man einfach nicht diskutieren kann, weil sie immer auf alles eine Antwort haben. Ich beschließe, ihr zuzuhören, zu nicken und innerlich zu widersprechen. Die Mischung aus Butter und Mehl hat sich inzwischen in einen Teigballen verwandelt. Ich nehme ihn aus der Schüssel, wickle ihn in Frischhaltefolie und stelle ihn zum Ruhen in den Kühlschrank.

»Kann ich Ihnen einen Kaffee anbieten?«, frage ich.

»Oh, ja gerne. Vielen Dank.«

Ich wasche meine Hände. Während ich Wasser aufsetze, rattert Guy mit seinem Traktor die Auffahrt herunter.

»Ich hoffe, Guy hat sich einen Ruck gegeben«, sagt Fifi. »Er wollte Uphill House nicht verkaufen. Es gehörte über mehrere Generationen der Familie, doch die Umstände haben ihm keine andere Wahl gelassen.«

»Was ist passiert?«, frage ich.

»Das ist eine lange Geschichte«, erwidert Fifi und setzt sich auf einen Stuhl, während ich Kaffee eingieße. Ich kann ihr keinen Kuchen anbieten, denn von dem ist nichts mehr übrig geblieben. Dann fällt mir ein, dass ich noch Shortbread in einer Dose in der Speisekammer habe, doch Fifi lehnt dankend ab.

»Guy spricht nicht gerne darüber – er ist, was seine privaten Angelegenheiten angeht, eher verschlossen. Nun, kurz nachdem sein Vater gestorben war, stellte man bei seiner Mutter – Mary – Demenz fest. Da er wollte, dass sie sich an seine Hochzeit erinnerte, beschloss er, seine Verlobte zu heiraten. Die Hochzeit war wunderschön.« Fifi hält inne. »Das glückliche Paar lebte hier mit Mary unter einem Dach, währenddessen die beiden das Haus auf Uphill Farm bauten, in das sie ungefähr ein Jahr später einzogen. Sie hatten es jedoch nur ein paar Monate für sich allein, denn dann verschlechterte sich Marys Zustand zusehends, und der gutmütige Guy nahm sie bei sich und seiner Frau, Tasha, auf.«

»Das scheint seiner Frau gegenüber aber nicht sehr nett gewesen zu sein«, werfe ich ein und erinnere mich an die anstrengende Zeit, als ich das Haus mit meiner Schwiegermutter teilen musste.

»Nun, Guys Frau war ihren Mitmenschen gegenüber auch nicht nett«, klärt Fifi mich auf. »Guy kümmerte sich um alles – einschließlich dem Hof. Er hatte so viel zu tun, dass er seinen Bruder um Hilfe bitten musste, und ab da lief alles aus dem Ruder. Während Guy seine Mutter immer im Blick behielt – denn er trug für sie die Verantwortung – heftete sich Tasha an Oliver, Guys Bruder. Kommen Sie mit?«, hakt Fifi nach.

»Ja, ja«, versichere ich ihr. »Fahren Sie fort.«

»Das Ende vom Lied war, dass Guy Tasha im Bett erwischte – im Ehebett – mit Oliver. Wie ich gehört habe, wäre es auch beinahe das Ende von allen dreien gewesen, denn Guy stürmte los, um sein Gewehr aus dem Schrank zu holen, konnte aber den Schlüssel nicht finden, was Tasha und Oliver nutzten, um zu fliehen. Tasha rief die Polizei, doch sie konnten Guy nichts nachweisen.«

Fifi lächelt mich an. »Oh, machen Sie sich keine Sorgen! Guy ist nicht gewalttätig.«

Das mache ich mir trotzdem. Ich war aufs Land gezogen, um den Waffen aus dem Weg zu gehen, und jetzt finde ich heraus, dass mein Nachbar eine besitzt.

»Tasha war ein Mädchen, das ins Auge fiel, und Oliver war der Sonnyboy der Familie. Guy musste seinen Bruder ausbezahlen – ihm gehörte die Hälfte des Hofs –, und als seine Mutter in ein Pflegeheim ging, blieb ihm nichts anderes übrig, als Uphill House zu verkaufen, um das Geld dafür aufzubringen. Es war ein fürchterlicher Skandal, als alles herauskam.«

»Wie lange ist das her?«, frage ich.

»Das müssen inzwischen drei Jahre sein. Guy war untröstlich. Zuerst dachte er, er würde nie darüber hinwegkommen, aber nun ja …, seit kurzem hege ich die Hoffnung, er könnte noch einmal glücklich werden, zur Ruhe kommen, eine Familie gründen und dem Hof einen Erben bescheren. Ich möchte nicht, dass er noch einmal verletzt wird.« Nach diesem letzten Satz stelle ich mir die Frage, ob Fifi vielleicht ein bisschen in Guy verliebt ist. Sie trinkt einen Schluck Kaffee, dankt mir für meine Gastfreundschaft und greift nach ihrer Handtasche, um zu gehen, doch sie ist mit ihren Ausführungen noch nicht ganz fertig. »Guy konnte sich nur schlecht damit abfinden, seine Mutter nie wieder nach Hause mitnehmen zu können – er fühlt sich immer noch schuldig, sie in ein Heim gegeben zu haben. Sie setzte die Scheune in Brand – die auf seinem Hof –, und da begriff er, dass es für ihn nicht zu schaffen war.«

»Vielen Dank für all die Informationen«, sage ich.

»Mir fällt gerade ein … es gibt da für Alleinerziehende wie Sie Gutscheine für gebrauchte Schuluniformen. Nichts für ungut, aber normalerweise sind die Leute zu stolz, um zu fragen.«

»Ich kann es mir leisten, meinen Kindern neue Uniformen zu kaufen«, erwidere ich steif.

»Noch eins«, fügt sie abschließend hinzu. »Wenn Sie sich mit dem AGA noch nicht richtig auskennen – sie müssen den Mürbeboden nicht blind backen. Stellen Sie die Form einfach nur gerade auf den Boden des Bratofens.«

»Ich werde es ausprobieren, danke für den Hinweis. Und auch für alles andere«, sage ich.

»Sie müssen mich nicht zur Tür begleiten, ich finde schon heraus.«

Ich schaue Fifi nach, wie sie elegant über den Rasen zu ihrem Mercedes geht. Warum habe ich gerade das Gefühl, eine Warnung erhalten zu haben?

Ich nehme den Teig aus dem Kühlschrank, wickle ihn aus der Folie und lass ihn anwärmen, bevor ich ihn sanft knete und ausrolle. Ich habe Erdbeermarmelade – von hier aus der Gegend – aber nicht genügend Äpfel, obwohl so viele an den Bäumen hängen, doch sie sind noch nicht reif – also mache ich Marmeladentörtchen sowie eine Käse- und Zwiebelquiche. Während sie im Ofen backen, rufe ich die Tierhilfe von Talyton an. Und wen habe ich am anderen Ende der Leitung …? Fifi.

»Wisst ihr, was? Ich habe gerade jemanden wegen eines Hunds angerufen«, verkünde ich Adam, als er mit seinen Schwestern zum Mittagessen hereinkommt. Es gibt warme Quiche, einen grünen Salat, anschließend drei Brombeeren und so viele Marmeladentörtchen, wie sie essen können. »Ich habe mich mit einem Ehepaar verabredet, doch wir fahren erst am Samstag vorbei.«

»Bis dahin dauert es ja noch ewig«, wendet Adam ein, und ich muss ihm Recht geben. Auch wenn ich kein Hundenarr bin, ist Adams Begeisterung ansteckend, und der Samstag scheint noch weit weg zu sein.

»Möchtest du mir nicht deine Vorschläge für das Logo zeigen?«, versuche ich ihn abzulenken.

»Hm, die sind noch nicht fertig.«

»Ja, weil du in Facebook warst«, wirft Georgia ein. »So wie meistens.«

»Nur so kann ich Kontakt mit meinen Freunden halten.«

»Ach, egal. Vielleicht sollten wir heute Nachmittag hinüber zu Guy gehen und ihm beim Melken der Kühe zuschauen.« Ich denke, die Zeit vergeht so schneller, und so stehen wir um drei Uhr vor dem Melkstand der Uphill Farm.

»Ich hoffe, es macht Ihnen nichts aus, dass wir einfach so bei Ihnen hereinplatzen«, sage ich zu Guy, währenddessen er die letzten Nachzügler der Herde zur Sammelstelle scheucht. Er trägt grüne Gummistiefel und einen Overall.

Eine ausgebleichte blaue Kappe sitzt verkehrt herum auf seinem Kopf.

»Nein, überhaupt nicht«, erwidert er und lächelt. »Es ist schön, etwas Abwechslung und Gesellschaft zu haben.«

»Entschuldigen Sie das strenge Verhör von neulich. Ich habe die Kinder ermahnt, das in Zukunft zu lassen.«

»Na ja, jetzt da Fifi bei Ihnen war, wissen Sie sowieso alles. Ich bin mir sicher, sie hat mit nichts hinterm Berg gehalten«, seufzt er. »Ich habe das Auto vor Ihrem Haus gesehen. Die alte Klatschtante. Was hat sie über mich erzählt?«

»Wer behauptet denn, sie hätte von Ihnen gesprochen?«, frage ich und ziehe ihn für seine Arroganz auf, zu denken, er wäre Gegenstand unserer Unterhaltung gewesen.

»Natürlich hat sie das. Sie kann kein Geheimnis für sich behalten.«

»Haben Sie denn Geheimnisse?«, frage ich.

Er schüttelt den Kopf. »Ich befürchte, ich bin überhaupt nicht geheimnisvoll. Das, was Sie sehen, bekommen Sie auch. Gehen Sie schon mal hinein. Dort lang, am Tank vorbei und dann durch die Tür. Drinnen ist eine Bühne, von der aus Sie alles sicher beobachten können. Ich werde gleich bei Ihnen sein.«

Wir gehen in das Gebäude, vorbei an einem Edelstahltank und dann durch die Tür, die zum eigentlichen Melkstand führt. Das Radio läuft auf BBC Radio 1, Rock und Pop, was mich überrascht, denn ich hätte Guy eher als einen Hörer von BBC Radio 4, Nachrichten und Reportagen, eingeschätzt. Daneben brummen noch die Maschinen und gelegentlich muht eine Kuh. Es ist lauter und geräuschintensiver in dem Melkstand, als ich erwartet habe, und die Luft riecht stark nach Chemikalien und Kuhmist.

»Die Kühe kommen herein«, verkündet Sophie aufgeregt.

»Bleib hinter dem Geländer«, ermahnt Adam seine

kleine Schwester und legt seine Hände auf ihre Schultern, um sie zurückzuhalten.

Auf gleicher Höhe mit der Bühne befindet sich auf jeder Seite eine Plattform für fünf Kühe. In der Mitte verläuft eine Grube, durch die Guy hin und her läuft und sicherstellt, dass die Kühe bis zum Ende durchgehen. Nachdem sich auf jeder Seite fünf Kühe eingefunden haben, betätigt er einen Hebel und die Türen zur Sammelstelle gleiten zu.

»Macht es den Kühen etwas aus, gemolken zu werden?«, ruft Georgia Guy zu.

»Sie freuen sich darauf, denn danach werden sie gefüttert«, ruft er ihr zurück.

»Sie sind sehr schmutzig«, sagt Sophie und rümpft die Nase. »Igitt.«

»Ihre Euter sind riesig – einige von ihnen können kaum gehen«, bemerke ich.

»Das ist bei älteren Kühen nun mal so«, erwidert Guy. »Da ist nicht mehr alles so straff.«

Da haben die Kühe und ich etwas gemeinsam. Ab einem gewissen Alter befindet sich alles auf dem absteigenden Ast.

»Und was den Schmutz betrifft«, fährt Guy fort, »wir desinfizieren und trocknen die Zitzen regelmäßig, denn wenn Bakterien in die Milch gelangen, müssen wir sie wegwerfen. Ho, Kylie.«

Der Euter der Kuh liegt tief, und ich sehe ein Geflecht geschwollener Venen auf der gesprenkelten Haut. Sie hat vier riesige Zitzen, so groß wie die Finger eines Mannes, aus denen Milch läuft.

»Ich schließe sie mit diesen Zitzenbechern jetzt an die Melkmaschine an«, erklärt Guy, während er die krallenförmige Vorrichtung mit den vier Röhren über die Zitzen der Euter stülpt. »Dann saugt die Vakuumpumpe die Milch pulsierend aus dem Euter, als würde ein Kalb die Milch aus ihr saugen. Und das Geräusch, das wir hier hören, ist das Pulsieren der Maschine.«

Für mich klingt es wie ein regelmäßiger Schlag, den ich hypnotisierend finde.

Guy geht weiter zur nächsten Kuh in der Reihe.

»Wie heißt sie?«, fragt Georgia.

»Das ist Rihanna. Neben ihr steht Amy. Adam, wenn du möchtest – und es dir nichts ausmacht, deine Stadtkleidung schmutzig zu machen –, kannst du herunterkommen«, sagt Guy. »Du kannst diesen Schalter umlegen, damit Kylies Milch von der Kammer hier in den Sammeltank geleitet wird. Sie wird über die Leitung an der Decke zur Milchkammer befördert.«

Adam geht hinunter und legt den Schalter um. Ich sehe, wie er an Guys Lippen hängt, ihm zuschaut und von ihm lernt, und ich erinnere mich mit Wehmut in meiner Brust an die schon längst vergangenen Tage, als er noch klein war und David half, das Auto sauberzumachen oder den neuen Fernseher anzuschließen.

»Pass auf ihre Schwänze auf, wenn du hier unten in der Grube bist«, warnt Guy ihn lächelnd. »Wenn sie sie heben, geh einen Schritt zurück, aber behalt die Kuh hinter dir im Auge! Kühe sind alles andere als sauber, doch das, was sie nun mal fressen, und das ist eine ganze Menge Gras am Tag, um Milch zu produzieren, muss auch wieder heraus. Abgesehen davon wächst auch noch jedes Jahr ein Kalb in ihnen heran, was an sich schon ein Wunder ist. Nun ja, zumindest für mich.«

»Ich glaube nicht an Wunder«, lässt Georgia ihn wissen.

»Ich denke, es ist besser, für alles aufgeschlossen zu sein«, antwortet Guy, entfernt die Zitzenbecher von den Kühen auf der linken Seite des Melkstands und lässt sie hinaus, um die nächsten fünf hereinzulassen. Alles folgt einem Rhythmus, und am Schluss gibt es ein Endprodukt.

Und ein ziemliches Durcheinander, das aufgeräumt werden muss, so wie beim Backen.

Ich sehe Guy in einem völlig neuen Licht. Hinter der ruhigen Fassade schlummert ein Mann voller Leidenschaft. Die muss er wohl auch haben, sonst wäre er nicht vor Wut losgestürmt, um sein Gewehr zu holen. Er ist verletzt worden, was teilweise seine manchmal schroffe Art erklären lässt. Ich kann ihn verstehen – ich weiß, wie es sich anfühlt, verraten worden zu sein. Auch wenn David nicht mit meiner Schwester durchgebrannt ist, tut es trotzdem weh. Du liebe Zeit … reiß dich zusammen! Am Ende habe ich auch noch Mitleid mit ihm!

Adam und Guy bringen die Kühe hinaus aufs Feld und kommen wieder zurück, um den Melkstand zu kehren und abzuspritzen, damit er für das Melken morgen früh wieder sauber ist. Währenddessen schließen die Mädchen und ich Bekanntschaft mit Napoleon – so heißt Guys Hahn – und den langbeinigen roten Hühnern, die auf dem Hof umherspazieren und dabei nach dem Dreck auf dem Boden picken und kratzen.

»Kommt und seht euch die Milch in dem Tank an«, ruft uns schließlich Adam zu, und wir gehen zurück zur Milchkammer, wo Guy den Deckel des Edelstahltanks hochhebt.

»Hier drin wird die Milch kühl gehalten, bis der Fahrer sie morgen früh abholt.«

Ich habe noch nie so viel Milch gesehen, denke ich, und betrachte den Schaum, der sich oben gesammelt hat.

»Der sieht aus wie der auf einem der Kaffees im Coffeeshop«, bemerkt Adam.

»Du meinst einen Cappuccino«, sage ich.

»Ja, genau.«

»Wo sind die Tüten?«, fragt Georgia.

»Ich fülle die Milch nicht in Tüten ab«, erklärt ihr Guy. »Sie wird zu einem Zentrallager gebracht, das heißt zu einer Großmolkerei, wo sie verpackt und teilweise auch zu organischem Joghurt verarbeitet wird.«

»Sie sind also ein Biobauer?«, fragt Adam.

»Ich habe den Hof auf Bio umgestellt, deshalb auch die roten und weißen Kühe. Mein Vater hielt die schwarz-weißen Holsteinerrinder, doch für meine Zwecke eignen sich die Kurzhornrinder besser. Ihre Milchleistung ist geringer, und sie bleiben länger in der Herde. Außerdem werden die Stierkälber nicht gekeult, sondern großgezogen, da sie gutes Fleisch ergeben.«

Ich schaue hinüber zu den Mädchen, die anscheinend nicht verstanden haben, was Guy meint, worüber ich froh bin. Ich möchte ihnen nicht erklären, wie süße kleine männliche Kälber gekeult werden, was nicht heißen soll, dass ich bis zum heutigen Tag viel über Milchwirtschaft gewusst habe.

»Wieso haben Sie Ihren Betrieb auf Bio umgestellt?«, möchte ich wissen. »Ist das nicht viel teurer?«

»Ja, aber ich verdiene auch mehr dadurch. Doch darum geht es nicht. Ich dünge das Land nicht mit anorganischen Stoffen oder setze Antibiotika ein, denn ich glaube, das bekommt dem Vieh, dem Hof und letzten Endes den Menschen besser.«

Ich wusste bisher nicht, wie komplex die Milchherstellung ist, und bin überrascht, dass Guy ein moderner, fortschrittlicher Bauer mit festen Standpunkten ist, was die flächengebundene Nahrungsmittelherstellung und die Umwelt betrifft. Ich muss zugeben, er hat mich heute ziemlich beeindruckt.

»Wie viel Milch kann eine Kuh pro Tag geben?«, fragt Adam.

»Bis zu vierzig Liter, aber das hängt von ihrer Aufzucht, dem Stadium ihres Milchabgabezyklus und der Zusammensetzung ihres Futters ab.«

»Wie alt werden Kühe?«, möchte Georgia wissen. »Wir hatten nämlich mal Hamster, insgesamt drei, aber keiner von ihnen lebte lange.«

»Was aber nicht nur an uns lag«, bemerke ich. »Den letzten Hamster hat die Katze des Nachbarn auf dem Gewissen.« In dem Moment, als die Worte über meine Lippen sind, versuche ich wieder zurückzurudern, doch es ist zu spät. Das Kind liegt schon im Brunnen, und ich schäme mich.

»Du hast uns angelogen, Mum. Fürchterlich angelogen, und deshalb wirst du nicht in den Himmel kommen, wenn du stirbst, und ich werde dich vermissen«, sagt Sophie mit Tränen in den Augen.

Ich strecke meine Hand nach ihr aus, aber sie weicht zurück.

»Ich habe nur versucht, dich zu schützen.«

»Hättest du das gewollt«, stimmt Georgia ein, »hättest du Dem Hamster besser einen neuen Käfig gekauft statt den alten mit Klebeband zu flicken. Ich habe dir doch gesagt, das wird nicht funktionieren. So hat die Katze ihn einfach holen können.«

Da Der Hamster nun Gegenstand unseres Gesprächs ist, erinnert sich Sophie wieder daran, dass wir ihn im Garten unseres Hauses zurückgelassen haben, was sie noch mehr aufwühlt.

»Außerdem wollten wir die Knochen seines Tskelets ausgraben und mitnehmen, aber das hast du vergessen, Mummy, und jetzt ist er ganz alleine.«

»Das hast du aber auch vergessen«, stellt Adam fest. »Du kannst nicht nur Mum dafür verantwortlich machen.« Doch genau das kann Sophie, und sie tut es auch, in unmissverständlichen Worten. Ich bin die schlechteste Mutter der Welt.

Ich schaue hinüber zu Guy, der mir einen amüsierten

Blick zuwirft. Er ist gar kein so übler Mensch. Und von dem, was ich ursprünglich angenommen habe, weit entfernt. Guy ist weder ein Einfaltspinsel noch ein Bauerntölpel, wie ich gedacht hatte, sondern ein Mann mit einer vielschichtigen – und ich wage zu behaupten – faszinierenden Persönlichkeit.

»Ich denke, wir gehen besser«, sage ich entschuldigend. »Vielen Dank, dass Sie uns den Melkstand gezeigt haben, Guy.«

»War mir ein Vergnügen«, erwidert er. »Sie können jederzeit wiederkommen.«

»Wiedersehen«, sage ich und verlasse so schnell wie möglich den Hof. Georgia hat anscheinend beschlossen, sich alle Möglichkeiten hinsichtlich des Ponys offen zu lassen, und schneidet das Thema Hamster nicht wieder an, währenddessen Sophie sich weigert, mit mir zu sprechen, bis sie später an diesem Abend umständehalber dazu gezwungen wird.

»Mummy, Mummy!«, höre ich sie oben im Badezimmer schreien, und ich befürchte sofort das Schlimmste: Sie ist vom Thron gestürzt oder in die heiße Badewanne gefallen. Ich stürme nach oben und öffne die Badezimmertür.

»Was ist passiert?«, frage ich, noch völlig außer Atem.

Sophie schreit wieder, als sie mich sieht, stampft mit dem Fuß auf den Boden, das Handtuch um ihre schmalen Schultern gewickelt.

»Sophie, es ist gut. Beruhige dich!«

»Mummy!« Sie trippelt mit ihren Füßen auf der Stelle, während sie auf die Wanne zeigt. »Da ist eine Spinne.«

Eine Mischung aus Erleichterung und Angst überkommt mich, denn dass mir neben den vielen anderen Folgen einer Scheidung auch noch diese Rolle zufällt – Spinnen aus der Badewanne zu entfernen –, damit habe ich nicht gerechnet.

»Geh und warte draußen!«, sage ich mit schwitzigen Händen. »Ich kümmere mich darum.« Wenngleich ich mir nicht sicher bin, wie. Ich lehne mich über die Wanne, um einzuschätzen, mit was ich es zu tun habe, und unterdrücke selbst einen Schrei. Das ist keine Glücksspinne, sondern ein riesiges Ding mit schwarzen, haarigen Beinen. Und sie sitzt mitten auf dem rostigen Abfluss. Ich spiele mit dem Gedanken, den Verschluss zuzudrehen, finde das dann aber doch zu grausam. Ich frage mich, ob ich Sophie vorschlagen soll, das Bad zu verschieben.

»Mummy, ist sie schon weg?«, fragt sie mit zittriger Stimme hinter der geschlossenen Tür.

»Noch nicht, mein Schatz«. Meine Stimme ertönt wie ein hohes Quieken. Ist doch nur eine Spinne, versuche ich mich zu beruhigen. Was soll sie mir schon groß tun? Ich nehme all meinen Mut zusammen, greife nach einem Handtuch, lasse es mit dem unteren Ende in die Badewanne baumeln und hoffe, die Spinne wird die Chance einer Mitfahrgelegenheit wahrnehmen. Was sie natürlich nicht tut – sie bewegt sich keinen Zentimeter. Als ich mich wage, sie genauer unter die Lupe zu nehmen, bemerke ich, dass wenn ich mit dem Handtuch wedele, sie sich durch den Luftzug bewegt. Allmählich nimmt das Hämmern in meiner Brust ab, und ich kann wieder atmen. Sie ist tot, ich muss mich nicht vor ihr fürchten. Ich hebe den delikaten Leichnam hoch und lege ihn in das Handtuch.

»Ich hab sie, Sophie«, rufe ich sanft.

»Hast du sie umgebracht, Mum?«

»Ich werde sie draußen auf die Fensterbank setzen und sie wieder in die freie Wildbahn entlassen.«

Sophie ist beeindruckt. Später erzählt sie Adam und Georgia, dass ich Spinnen mittlerweile ganz toll finde und keine Angst mehr vor ihnen habe. Doch das Allerbeste ist, als ich später zufällig höre, wie sie ihrem Vater davon erzählt, während ich die Handzettel für Jennies Cakes ausdrucke.

David hat sich immer beschwert, dass ich ihn nie überrascht habe.

»Sie hat die Spinne sogar in ihren bloßen Händen gehalten«, fügt Sophie hinzu und übertreibt wie immer. Erleichtert nehme ich zur Kenntnis, dass sie mir die Enthüllung zum wahren Tod des Hamsters verzeiht. »Ich habe es mit meinen eigenen Augen gesehen.«

Witzig, denke ich, als ich in den Badezimmerspiegel schaue und mir die Zähne putze. Ich trage mein Haar seit der Scheidung länger. Es fällt in sanften Wellen über meine Wangenknochen, die nach einem kurzen Stadium des Frustessens wieder hervorgetreten sind. An sich müsste ich meinem Exmann dankbar sein, mir die Möglichkeit gegeben zu haben, meine Stärken wiederzuentdecken.

Ich frage mich, ob Alice gut Spinnen einfangen kann, und hoffe insgeheim nicht.

5

Fruchtige Haferkekse

»Du bist aber früh auf.« Ich reibe mir die Augen und frage mich, was ich getan habe, um mit einem Frühstück im Bett verwöhnt zu werden. Georgia sitzt auf der Fensterbank und sammelt die vom Holz abgeblätterte Farbe ein. Sophie schlüpft zu mir unter die Bettdecke.

»Ich bin zu aufgeregt, um im Bett bleiben zu können«, verkündet Adam und stellt das Tablett, auf dem sich Toast, Müsli und ein Becher Tee befinden, von dem allerdings das meiste herausgeschwappt ist, auf den Nachttisch. »Nach dem Krähen von Napoleon konnte ich nicht mehr einschlafen.«

»Vielen Dank. Hiermit habe ich nicht gerechnet. Immerhin ist ja kein Muttertag.« Mir steigen Tränen in die Augen. »Ich komme mir vor wie eine Prinzessin.«

»Mum, dafür bist du zu alt. Du bist eher die Königin«, korrigiert mich Georgia.

»Für mich siehst du aus wie eine Prinzessin«, meint Sophie. »Ich werde im Brunnen nachsehen, ob ich einen Frosch für dich finde, den du küssen kannst und der sich dann in einen Prinzen verwandelt.«

»Ich küsse keine Frösche, auch wenn sie sich als Bau…«, – ich halte abrupt inne – »ich meine Prinzen herausstellen.« Keine Bauern. Ich hoffe, das war keine Freud'sche Fehlleistung.

»Wenn du eine Spinne in die Hand nehmen kannst,

dann kannst du bestimmt auch Frösche küssen«, meint Sophie.

»Iss auf!«, sagt Adam zu mir und lässt sich am Ende meines Bettes nieder. »Ich kann's kaum mehr erwarten.«

»Ach, habe ich eigentlich schon erwähnt, dass wir zuerst noch ein paar Dinge in der Stadt erledigen müssen?«

»Oh, Mum ...«

»Ich muss noch ein, zwei Sachen abholen und in den Läden nachfragen, ob ich meine Handzettel auslegen darf.« Von meinem anderen Vorhaben – mich für eine halbe Stunde oder so auf den Marktplatz zu stellen und die Werbetrommel für mich zu rühren – sage ich nichts. Ich spüre, wie sich bei dem Gedanken, mich auf solch unverfrorene Weise anzupreisen, meine Haut im Nacken aufstellt und unangenehm zu kribbeln beginnt. Eigenwerbung war noch nie mein Ding.

»Aber wir werden uns doch noch einen Hund aussuchen?«, hakt Adam nach. »Oder hast du etwa deine Meinung geändert?«

»Natürlich nicht.« Ich halte inne. »Nach welchen Kriterien sucht man denn einen Hund aus?« Ist es so ähnlich wie bei einem Speed-Dating? Ich stelle mir verschiedene Hunde in verschiedenen Farben und Größen vor, die auf Kissen sitzen, während sie von ihren potenziellen zukünftigen Besitzern bei Bratensaft und Knochen befragt werden. »Welche Sorte Hund hättest du denn gerne, Adam?«, frage ich ihn, und mir wird klar, dass ich das vielleicht hätte früher mit ihm besprechen sollen.

»Einen richtigen Hund, der mit einem Ball spielen kann.«

»Das Einzige, worum ich dich bitte, ist, dass er nicht zu groß ist. Er muss noch ins Auto passen, wenn wir zusammen mit unserem Gepäck zur Familie oder unseren Freunden fahren.«

»Womit eine Deutsche Dogge nicht mehr in Frage kommt«, sagt er betrübt.

»Wir müssen sehen, was für Hunde die Tierhilfe von Talyton dahat.«

»Wie sieht denn für dich der perfekte Hund aus?«, fragt mich Adam.

»So wie der aus Georgias Kinderspiel-Tierklinik«, antworte ich lächelnd. »Klein, genügsam und leblos.«

»Oh, Mum. Du Spielverderberin.« Adam legt sich auf den Rücken.

»Ich glaube, das Beste ist, du stellst dir vor, du wärst ein Hund«, schlägt Georgia vor und hat anscheinend weniger Probleme, sich mit flauschigen Ohren und einem Schwanz zu sehen als ich, »und fragst dich: Möchte ich bei dieser Familie leben? Dann trifft der Hund die Entscheidung.«

»In brauche zehn Minuten«, sage ich zu den Kindern und frage mich, wie viele Hunde mit Selbstachtung es gibt, die gewillt sind, mit meinen kleinen Monstern zu leben. »Dann fahren wir los, Adam. Holst du die Handzettel, die ich gestern Abend ausgedruckt habe? Ich glaube, sie sind immer noch im Drucker. Georgia, Sophie – in der Speisekammer stehen zwei Dosen Haferkekse und Mini-Muffins. Bringt sie bitte ins Auto. Und esst sie nicht – oder euch droht die Todesstrafe«, füge ich lachend hinzu.

Ich habe mich bei dem Logo von Jennies Cakes für eine naive Handzeichnung eines Schmetterlingskuchens entschieden – es musste etwas Einfaches sein, denn wenn ich eins nicht kann, dann zeichnen. Den Handzettel habe ich gestern Abend am Computer erstellt und ihn hundert Mal auf blassrosa Papier ausgedruckt.

Schließlich sind wir alle fertig, um in die Stadt zu fahren. Ich manövriere das Auto durch ein Geflecht enger Straßen und parke es hinter dem Co op. Verglichen mit London ist das hier eine andere Welt. Wir gehen an einem winzigen Fertighaus vorbei, in dem sich die Bücherei befindet. Sophie liest vor, was draußen in den Schaukästen auf den teilweise schon vergilbten Plakaten steht.

»Wir haben das Entenrennen verpasst«, verkündet sie. »Das fand im April statt. Und auch die Landwirtschaftsausstellung.«

»Die werden wir ab jetzt jedes Jahr sehen können«, kläre ich sie voller Enthusiasmus und nostalgischen Gefühlen auf. Alles ist so, wie ich es damals aus meinen Ferien in Erinnerung habe. Selbst die Wimpel zwischen den Laternen flattern noch und geben mir Auftrieb für die vor mir liegende Aufgabe.

Ich habe mir die ganze Zeit vorgestellt, wie ich mit positiver Einstellung majestätisch in die Läden schwebe, doch dieses »Das-packst-du-schon-Gefühl« schwindet, je näher ich auf mein erstes Ziel, den Obst- und Gemüsehändler, zusteuere. Am Schluss sogar so sehr, dass ich an dem Geschäft vorbeigehe.

»Mum, wir sind an dem Laden schon vorbei«, zischt Georgia mich an.

»Ach, tatsächlich. Wie dumm von mir«, sage ich strahlend, wenngleich mein Bäckerinnenherz vor Aufregung rast. Jennie, murmle ich leise zu mir, da musst du jetzt durch. Ich nehme all meinen Mut zusammen, mache kehrt, gehe an den Obst- und Gemüseständen auf dem Bürgersteig vorbei in den Laden. Ich zögere und frage mich, ob ich etwas kaufen soll, um ins Gespräch zu kommen, doch Sophie, die vorausgegangen ist, stellt sich dem Herrn in dem Laden bereits vor. Er ist ungefähr fünfundfünfzig, klein und rundlich, mit einem stacheligen Schnurrbart, einem Kranz dichter dunkler Haare um eine glänzende kahle Stelle am Kopf und einer rotbraunen Gesichtsfarbe.

»Ich heiße Sophie, und meine Mummy möchte Ihnen etwas zeigen«, verkündet sie.

»Ich bin Peter«, antwortet er. »Freut mich, dich kennenzulernen.« Er schaut mich an und lächelt. »Wenn es sich um Gurken handelt, lautet die Antwort nein. Tut mir leid. Aber von denen habe ich mehr als genug. Die Leute bringen mir ihre zusätzliche Ernte aus den Gewächshäusern, um sie hier zu verkaufen. Dieses Jahr haben wir eine wahre Gurkenschwemme.«

Adam schiebt mich nach vorne, so wie ich es auch mit ihm auf den Elternabenden mache.

»Es geht um Mums Kuchen.« Georgia öffnet eine der Dosen mit den Kostproben darin und bietet sie Peter an, »Hier, bedienen Sie sich. Es sind die besten Kuchen der Welt.«

Während er einen Haferkeks und einen Mini-Muffin probiert, verspricht er mir, meinen Handzettel auszulegen. Ich kaufe im Gegenzug ein paar Äpfel und Salat. Dann gehen wir weiter.

Die halbe Stunde auf dem Marktplatz ist ein Kinderspiel, was den Ausflug in die Stadt offiziell zu einem Erfolg macht. Die Keksdosen sind leer, und die Handzettel liegen in den Schaufenstern von fünf Läden aus – der Metzgerei, der Damenboutique, der Weinhandlung, dem Obst- und Gemüseladen und dem Eisenwarengeschäft. Noch besser aber ist, dass der Geschäftsführer des Eisenwarengeschäfts, Mr. Victor, der einen Papagei in seinem Laden hat, einen Schokoladenkuchen bei mir bestellt, den ich ihm jede Woche liefern soll. Allerdings musste ich einwilligen, »in Naturalien« bezahlt zu werden, was von Vorteil ist, denn so konnte ich ein paar »Kleinigkeiten« wie Glühbirnen und Dichtungsringe mitnehmen.

Die Glocken der Kirche, die sich in der Spitze des Turms befinden und für solch eine kleine Stadt auf dem Land eher groß ausgefallen sind, schlagen zwölf.

»Können wir jetzt los nach einem Hund schauen?«, seufzt Adam. »Bitte, Mum.«

Wir gehen zurück zum Auto, steigen ein und fahren – unter Zuhilfenahme des Navis, das heute wieder mit uns spricht – nach St. Martins Park, einer Straße im älteren Teil der Stadt. Ich fahre in die Einfahrt der Hausnummer 10, ein beeindruckendes, edwardianisches Haus mit Kieselrauputz. Als wir aus dem Auto steigen, stürmt Hundegebell auf uns ein. Es klingt nach einem ganzen Chor – Alt, Sopran, Tenor und Bass. Die verschiedenen Stimmlagen scheinen sich miteinander zu vermischen und in ein heulendes Crescendo überzugehen.

»Glaubst du, in dem Haus ist ein Wolf?«, fragt Georgia besorgt.

»Nein«, erwidere ich und versuche, meine Unsicherheit zu verbergen, während Sophie nach meiner Hand greift.

Die Tür wird geöffnet, ohne dass wir klingeln müssen, jedoch nicht mehr als einen schmalen Spalt, so dass ich wie zu einer geisterhaften Stimme spreche.

»Hallo«, sagt diese. »Kommen Sie wegen eines Hunds?«

»Ja.« Ich zwinge mich zu einem kleinen Lächeln. »Ich denke, wir sind hier richtig.«

»Los, zurück!«, sagt die Stimme zu den Hunden. »Und Ruhe jetzt! Wie oft muss ich euch noch erklären, dass es nicht der Postbote ist?« Die Tür wird wieder geschlossen, und als ich gerade beginne, mich gekränkt zu fühlen, endgültig geöffnet. Dahinter erscheint eine füllige Frau mittleren Alters mit kurzem grauem Haar und rötlicher Gesichtsfarbe. Sie trägt eine Hornbrille, einen blau-weißen Pullover mit rundem Halsausschnitt, eine dunkle Hose und Mokassinschuhe. »Sie müssen die Copelands sein. Ich bin Wendy. Kommen Sie herein.«

Sie führt uns durch die Diele nach vorne zum Wohnzimmer, das ausgesprochen schäbig ist und nach nassen Hunden und faulen Eiern riecht. Sophie schaut mich an und ist im Begriff, eine Bemerkung zu machen, doch ich bringe sie mit einem finsteren Blick zum Schweigen. Überall sind Hunde – ein Greyhound liegt auf dem Teppich vor dem Kamin, vier terrierähnliche Exemplare sitzen nebeneinander auf dem Sofa, die Augen auf uns gerichtet, und ein Labrador, vermute ich, sowie ein anderer großer brauner Hund unbestimmter Rasse haben es sich auf den beiden Sesseln bequem gemacht. Über den Möbeln hängen Überwürfe, und auf dem abgenutzten Teppichboden liegen Knochen und Gummispielzeuge herum.

»Nehmen Sie Platz!«, sagt Wendy. Dann lächelt sie und fügt hinzu: »Wenn Sie einen finden.«

»Los, runter!«, befiehlt sie den Hunden. Sie rudert mit den Armen, und ein paar von ihnen springen von ihren Plätzen, um uns näher in Augenschein zu nehmen. Sie packt sich jeweils einen Terrier unter den Arm und wirft sie auf den Boden. Einer will wieder zurückspringen, doch sie ermahnt ihn donnernd: »Nein, Scruffy!«.

Das flößt Sophie Respekt ein, und sie macht große Augen.

»Du musst ihnen zeigen, wer der Herr im Haus ist«, sagte sie zu ihr mit sanfterer Stimme. »Tut mir leid, aber manchmal übernehmen sie das Kommando. Setzen Sie sich!«, fügt sie hinzu. Erst als sie die Aufforderung wiederholt, bemerke ich, dass wir damit gemeint sind. »Wenn ihr zu langsam seid, sind die Plätze wieder weg.«

Ich setze mich auf das Sofa. Georgia lehnt sich gegen die Lehne, und Sophie lässt sich auf meinem Schoß nieder. Adam nimmt auf einem der Sessel Platz, Wendy nimmt den anderen.

»Gut. Ich muss zuerst einige Fragen stellen, bevor ich Ihnen die Hunde vorstelle, die zu Ihnen passen können. Wir legen großen Wert darauf, dass unsere Hunde zu den Menschen passen.«

So muss es sein, vor Gericht ins Kreuzverhör genommen zu werden, kommt mir der Gedanke, als Wendy uns nach unserem häuslichen Leben, unserem Tagesablauf und sogar nach unseren Urlaubsplänen fragt. Es ist fast so, als würde sie uns keinen ihrer Hunde überlassen wollen. »Unsere Hunde haben schon viel hinter sich«, erklärt sie, als sie bemerkt, wie ich unter dem Druck in mich zusammensacke. »Wir möchten ein liebevolles Zuhause für sie finden, bei dem sie immer bleiben werden.«

Sie meint, drei ihrer Pflegehunde könnten für uns in Frage kommen.

»Donald«, ruft sie und der große braune Hund erhebt sich von seinem Platz in der Ecke des Zimmers. Er trottet hinüber zu Wendy, ohne uns zu beachten. Seine Augen ruhen auf ihr, und er steht mit heraushängender Zunge da. Aus seinem offenen Maul beginnt Sabber zu laufen.

»Er ist süß«, sagt Georgia. »Und sieht aus wie Scooby-Doo.«

»Ist er freundlich?«, fragt Adam.

»Er ist eher schüchtern«, erwidert Wendy.

»Er ist zu groß, und ich möchte diesen Sabber nicht überall im Haus haben«, wende ich ein, woraufhin Wendy beleidigt aussieht, als ob ich eines ihrer Kinder kritisiert hätte. »Ich bin mir sicher, er ist ein sehr netter Hund«, fahre ich fort. »Doch ich habe an etwas Kleineres gedacht.«

Wendy stellt uns daraufhin den Labrador vor, der fünf Jahre alt ist und ziemlich ruhig. Die Mädchen mögen ihn, aber bei Adam springt nicht der Funke über.

»Ich möchte sie alle mitnehmen«, sagt Georgia. »Ich kann mich nicht entscheiden – es ist zu schwierig.«

»So geht es mir auch«, pflichtet ihr Wendy bei. »Jetzt habe ich nur noch einen für euch übrig. Ich gehe und hole ihn – er ist nach draußen in den Garten gelaufen und hat sich wieder ausgesperrt.« Sie kehrt mit einem Hund in ihren Armen zurück, der so groß ist wie ein Jack Russell.

Dunkle Augen starren uns durch graue Fransen an, und dann beginnt der strähnige Schwanz zu wackeln. »Das ist Lucky«, stellt Wendy uns den Hund vor und setzt ihn auf den Boden.

Er geht, aus welchem Grund auch immer, schnurstracks auf Adam zu, springt auf seinen Schoß, richtet sich auf und beginnt, Adams Gesicht abzulecken.

»Hallo Lucky«, sagt er strahlend, und mein Herz schmilzt.

»Was ist seine Geschichte?«, frage ich.

»Wir wissen nur wenig über ihn. Er ist ungefähr drei Jahre alt und kastriert.«

»Was ist das?«, fragt Sophie.

»Er hat keine Eier mehr«, meint Adam lässig, »kann also nicht mehr Vater werden.«

»Ich erkläre es dir später«, sage ich zu Sophie, während Wendy fortfährt. »Er mag Kinder – das haben wir festgestellt, aber der Rest seiner Geschichte ist nicht bekannt. Er ist seit ein paar Monaten bei mir – die Polizei fand ihn auf dem Standstreifen der M5 zwischen hier und Exeter. Ein Autofahrer gab zu Protokoll, er hätte gesehen, wie ein Hund aus einem Lastwagen geworfen worden sei.«

»Wieso macht jemand so etwas?«, frage ich entsetzt.

»Menschen tun die schlimmsten Dinge.« Ich bemerke, wie Wendy Tränen in die Augen schießen, bevor sie sich wieder fasst. »Ich kann die Gründe nachvollziehen, warum sie ihre Hunde nicht mehr halten können – Arbeitslosigkeit, Trennungen –, aber ich wünschte mir, sie kämen sofort zu uns.«

Ich bemerke, wie Sophie auf das Wort Trennungen reagiert, und weiß, dass sie die von David und mir noch nicht verkraftet hat.

»Na, dann sind wir genau das Richtige für Lucky«, wirft Adam ein und knuddelt den Hund. »Unsere Familie ist bereits auseinandergebrochen, und Mum kann nicht gekündigt werden, da sich Mum gerade selbständig gemacht hat, sie verkauft Kuchen.«

»Oh, das ist ja wunderbar«, bemerkt Wendy und dreht sich zu mir um. »Ich meine mit den Kuchen …, natürlich nicht mit der Trennung. Ich frage mich, ob Sie vielleicht bereit wären, einen Ihrer Kuchen für unseren Kuchenverkauf zu spenden – die Tierhilfe von Talyton sammelt Geld, um unsere bestehenden Notunterkünfte zu unterhalten, und will Land kaufen, um dort ein Heim für die Tiere zu bauen. Das letzte brannte leider ab.«

»Natürlich«, versichere ich. »Lassen Sie mich wissen, wann Sie ihn brauchen.«

»Der arme Kerl! Hat man ihm wehgetan?«, fragt Georgia und lenkt das Gespräch wieder auf Luckys Geschichte.

»Er war ein Glückspilz – deswegen auch sein Name. Außer ein paar Schnittwunden und blauen Flecken hatte er nichts. Ach ja, und Flöhe, aber gegen die haben wir ihn behandelt.« Wendy lächelt. »Er ist zwar kein Hingucker, aber er hat ein freundliches Wesen.«

Lucky ist zweifelsohne unser Hund. Ich fülle das Adoptionsformular aus, zahle eine Spende, und Lucky gehört uns.

»Die Impfungen müssen noch aufgefrischt werden und der Hund gechipt«, lässt Wendy uns wissen. Beides hört sich für mich teuer an. »Das ist der beste Weg, sich einen Hund auszusuchen«, fügt sie hinzu, als wir gehen. »Man lässt ihn entscheiden.«

»Genau das habe ich heute Morgen gesagt«, bemerkt Georgia.

»Und wie immer hast du Recht, Schwesterlein«, ertönt es von Adam mit ironischem Unterton, und er drückt den Hund an seine Brust.

»Vergiss nicht!«, sage ich zu Adam, »das hier ist ein

Hund. Er schläft also weder auf Stühlen noch in deinem Bett. Ist das klar?«

»Ja, Mutter.« Adam seufzt und verdreht die Augen.

Als wir über Overdown Farmers, einem Geschäft, das sich auf Waren für die Landbevölkerung spezialisiert hat und in dem wir Hundefutter, ein Halsband, eine Hundemarke, spezielles Shampoo und all die anderen Kleinigkeiten für einen Hund kaufen, nach Hause fahren, bemerke ich, wie Adam ab und zu seine Lippen auf den Kopf des Hundes drückt, wenn er denkt, unbeobachtet zu sein.

»Wie heißt denn das da?«, ruft Guy durch das Küchenfenster, währenddessen der Hund bellend auf und ab springt und fast durchdreht.

»Lucky«, erwidert Adam und steht von seinem Stuhl auf. Während ich die leeren Kuchenbehälter abspüle und Käse- und Schinkensandwichs für ein sehr spätes Mittagessen mache, sitzt Adam am Küchentisch und schaut im Computer nach, wie man einen Hund badet.

Guy grinst. »Ich meine eher, was das ist?«

»Das ist mein neuer Hund«, klärt Adam ihn auf. »Komm her, Lucky.«

Doch Lucky hört nicht. Er rutscht mit seinen Krallen über den Küchenboden und flitzt nach vorne zur Haustür, wo er wieder anfängt zu bellen.

»Er sieht eher aus wie eine Art Nagetier«, sagt Guy und weicht zurück. »Ich denke, ich nehme die Hintertür.«

Wenn das für Sie in Ordnung ist, Jennie, denke ich ironisch. Ich kann mich nicht erinnern, ihn eingeladen zu haben.

»Du schnappst dir besser den Hund«, sage ich zu Adam.

»Ich gehe mit ihm nach oben und bade ihn«, verkündet er mir auf dem Weg aus der Küche.

»In unserer Badewanne?«

»Wo sonst?«

»Na ja, ich dachte du könntest ihn in einem Eimer im Garten baden oder in den Teich tunken …«, beginne ich, doch Adam ist schon weg. Ich höre, wie er die Treppe hinaufgeht.

»Kann ich ohne Gefahr für mein Leben eintreten?«, fragt Guy und schaut über den unteren Teil der Klöntür in die Küche, unter seinem Arm eine eingerollte Zeitung.

»Ich kann nicht glauben, dass jemand wie Sie vor einem Hund wirklich Angst hat«, meine ich lächelnd.

»Ich bin ein gebranntes Kind. Als ich klein war, hatten wir einen Collie, der mich mal zu Boden warf, mich festhielt und in die Lippe biss.« Er berührt seinen Mund. »Hier.«

»Wo?«, frage ich, rücke näher und mache eine winzige silbrige Narbe über seiner Oberlippe aus, die mir vorher noch nie aufgefallen war.

»Danach hatte ich von Hunden – egal, welcher Größe – genug«, lässt er mich wissen. »Tut mir leid, dass Sie nach dem Melken so schnell nach Hause mussten«, fährt er fort, und es scheint so, als würde er all seinen Mut zusammennehmen, um hereinzukommen. »Deshalb bin ich nicht mehr dazu gekommen, Ihnen noch etwas zu zeigen. Ich habe über ihre Pläne nachgedacht, sich mit den Kuchen ein Geschäft aufzubauen, und mich gefragt, ob sie sich schon an den *Chronicle*, unser Käseblatt von hier, gewendet haben. Es hat zwar nicht viel mit einer Zeitung gemeinsam – nun gut, hier passiert auch nicht viel, oder zumindest nichts, was sich lohnen würde, gedruckt zu werden –, doch sie berichten regelmäßig über die Geschäftsleute hier am Ort, und da dachte ich, vielleicht wäre eine halbseitige Anzeige eine gute Investition. Ich kenne mich zwar mit dem Geschäft von Kuchen nicht aus, aber Ihre Kuchen sprechen für sich.«

»Mit Schmeicheleien wickelt man mich immer um den Finger«, sage ich. »Was kann ich Ihnen anbieten? Tee und Kuchen?« (Ich habe es geschafft, etwas davon vor den Kindern in Sicherheit zu bringen.)

»Dazu sage ich nicht nein«, erwidert er, und seine Augen funkeln.

»Kuchen oder Haferkekse? Worauf haben Sie Lust?«

Lust? Ich merke, wie ich rot werde. Guy? Das ist absurd. Ich kenne ihn kaum. Trotzdem … er hat etwas an sich. Er ist rätselhaft und sieht umwerfend aus – ich spüre, wie diverse Schmetterlinge ein Tänzchen in meinem Bauch vollführen – besonders wenn er seine Lippen zu einem kleinen Lächeln verzieht. Das Gefühl ist unmittelbar und auch nur von kurzer Dauer, denn es wird mit einem Schlag von so etwas wie einer kalten Dusche beendet, die mir Lucky verpasst, als er klatschnass neben mir steht und sich ordentlich schüttelt. Guy steht ein ganzes Stück von ihm weg.

»Danke, Lucky, aber ich bin schon sauber«, sage ich und halte Ausschau nach Adam, der mit einem Handtuch – meinem Handtuch – in der Tür erscheint. »Warum hast du nicht deins genommen?«, frage ich Adam.

»Weil das schmutzig ist«, erwidert er frech.

Ich wappne mich, mir den Hund zu schnappen, sollte er unseren Gast belästigen, doch Lucky ignoriert Guy, und Guy nimmt wiederum keine Notiz von ihm. Mir fällt ein Stein vom Herzen – denn nachdem ich Luckys Bellen gehört hatte, befürchtete ich schon, er könnte sich als Nervensäge entpuppen.

»Jetzt, da du dich um einen Hund kümmern musst, wirst du wohl einen Teilzeitjob brauchen, junger Mann«, meine ich zu Adam.

»Ich?« Adam schaut mich an.

»Du wolltest dich doch als Zeitungsjunge bewerben, bevor wir hierherzogen«, erinnere ich ihn.

»Du kannst bei mir arbeiten«, schlägt Guy vor. »Ich kann gelegentliche Hilfe beim Melken gut gebrauchen.«

Ich sehe, dass Adam sich nicht sicher ist.

»Es gibt hier in Talyton St. George nicht viele Jobs für Teenager«, fährt Guy fort. »Als ich so alt war wie du, konnte ich etwas zusätzliches Taschengeld immer gut gebrauchen.«

»Ich dachte, ich könnte für dich arbeiten, Mum«, sagt Adam.

»Eines Tages vielleicht, aber jetzt kann ich es mir noch nicht leisten, dich zu bezahlen.«

»Vielleicht kannst du an der Kasse bei Co op arbeiten, oder während des Sommers im Gartencenter bedienen.«

»Was denn bedienen? Irgendwelche Gartengeräte?«, fragt Sophie.

»Nein«, sagt Guy. »Die Besucher des Cafés dort«, sagt Guy lächelnd. »Ach ja, und manchmal braucht auch die Hühnerfarm Hilfe beim Einsammeln der Eier, aber nicht regelmäßig. Im Gegensatz zum Melken bei mir. Das wäre ein- bis zweimal die Woche, je nachdem, wie du es einrichten kannst. Du musst dich aber schon einbringen – die Kühe müssen dich kennenlernen, um Vertrauen zu dir zu fassen. Sie sind nun mal keine Maschinen, sie haben Gefühle.«

»Was für Gefühle hat denn bitte eine Kuh?«, fragt Adam skeptisch.

»Ungefähr die gleichen wie wir, würde ich sagen. Kühe können glücklich und traurig sein. Im Winter bleiben sie im Stall – ansonsten würden sich die Felder in eine einzige Matschlandschaft verwandeln, wodurch es im Frühling kein Gras gäbe. Wenn sie dann wieder raus dürfen, drehen sie durch, hüpfen und tanzen herum wie kleine Kinder nach Schulschluss.«

»So etwas tue ich nicht«, stellt Sophie fest und unterstreicht damit, über den Status eines »kleinen Kinds« hinaus zu sein.

»Also, was hältst du von meinem Vorschlag?«, fragt Guy schließlich.

Das wird er nie tun, denke ich. Der ganze Dreck und dieses frühe Aufstehen. Doch Adam überrascht mich.

»Ich werd's versuchen«, sagt er, und die beiden besiegeln ihre Abmachung mit einem Handschlag.

Guy und die Kinder haben den restlichen Kuchen verputzt, und mir fällt ein, dass ich mehr Eier brauche, was mich auf das Thema einer eigenen Hühnerschar bringt.

»An wie viele haben Sie denn gedacht?«, fragt mich Guy.

»Oh, ich weiß nicht – drei? Für den Anfang.«

»Drei? Das ist für Sie eine Hühnerschar?« Guy lacht in sich hinein. »Fangen wir mal ganz vorne an – wie viele Eier brauchen Sie denn, sagen wir mal, pro Woche?«

»Wie viele Eier legt denn so ein Huhn in der Woche?«, frage ich unwissend zurück. Summer, meine beste Freundin, hatte einmal Hühner in ihrem Garten hinterm Haus, doch sie legten kein einziges Ei, da der Fuchs sämtliche Hühner innerhalb einer Woche verspeiste.

»Wenn sie anfangen zu legen, können Sie von einem Ei pro Tag ausgehen«, sagt Guy. »Das macht also bei drei Hühnern …«

»Einundzwanzig Eier«, wirft Georgia ein. »Das sind aber viele Eier.«

»Sie müssen mehr als das in einer Woche verbrauchen, aber vergewissern Sie sich, was der Gesetzgeber hinsichtlich der Verwendung Ihrer eigenen Eier für die Kuchen, die sie verkaufen wollen, vorschreibt«, gibt Guy zu bedenken.

»Noch mehr Papierkrieg.«

»Wenn Sie also zehn oder zwölf Hennen kaufen … Schon gut – ich werde sie Ihnen besorgen. Von dem Hof, wo ich auch meine herhabe.«

»Das müssen Sie nicht«, wende ich ein, weil ich mich ihm nicht weiter verpflichtet fühlen möchte.

»Ich werde sehen, was sie dahaben, wenn ich das nächste Mal vorbeifahre, was voraussichtlich nächstes Wochenende sein wird.«

»Aber da sind wir bei Daddy«, jammert Sophie. »Das ist nicht fair.«

»Guy tut uns einen Gefallen«, stelle ich klar.

»Einem geschenkten Gaul – nun, in diesem Fall Henne – guckt man nicht ins Maul«, bemerkt Adam.

»Ist es denn fair, den Hühnern ihre Eier wegzunehmen?«, fragt Georgia.

Guy sieht mich mit einem Gesichtsausdruck an, als ob er sagen wollte: Haben Ihre Kinder diese eigenartigen Ideen von Ihnen?

»Haben Hühner Gefühle?«, fragt Adam.

»Das wirst du sehen, wenn ihr welche habt«, antwortet Guy, und leiser Humor blitzt in seinen Augen auf.

»Lucky hat Gefühle«, fährt Adam fort. »Er liebt schon jetzt sein neues Zuhause, aber baden mag er nicht.«

Als Guy wieder nach Hause geht, danke ich ihm für die Zeitung.

»Ich bin froh, dass Sie über unsere Meinungsverschiedenheiten noch einmal nachgedacht haben und wir sie klären konnten.«

»Ja«, sagt er und schaut mich an. »Sie und Ihre Kinder sind nicht ganz das, was ich erwartet habe.«

»Tja, vielen Dank, dass Sie mir das Haus verkauft haben – ich liebe es.«

»Ganz ehrlich, ich wollte nicht, dass Sie es bekommen«, sagt er schroff. »Der Gedanke, das Haus an eine reiche Städterin zu verkaufen, die keine Ahnung hat, wie die Dinge hier laufen, passte mir überhaupt nicht. Ich vertrete die Auffassung, dass die hiesigen Häuser von Einheimischen gekauft werden sollten. Das Problem ist nur, dass diejenigen, die hier geboren wurden, sich Häuser wie dieses nicht leisten können.« Er zögert. »Es gab noch einen anderen Bewerber für Uphill House, ein Bauunternehmer, der die Scheune ausbauen und weiterverkaufen wollte. Ich wollte auf keinen Fall, dass Uphill House in seine Hände fiel, und so waren sie und ihre Familie das kleinere von zwei Übeln.«

Was soll ich dazu sagen, denke ich. Ich wurde bisher noch nie als ein »Übel« bezeichnet.

Guy lächelt wieder, aber ich kann nicht zurücklächeln. »Danke für den Kuchen.«

Ich erwarte nicht von ihm, mich anzulügen, doch hätte er etwas taktvoller sein können. Ich bin ziemlich verletzt, und einen Moment lang wünsche ich mir, wieder in meinem alten Haus, in der Nähe meiner Freunde, zu sein. Dann erinnere ich mich, was Fifi zu den Gründen des Verkaufs von Uphill House gesagt hat, und langsam dämmert mir, warum das Ganze für ihn so schwierig gewesen ist. Das Haus zu verkaufen war für Guy nicht nur eine wirtschaftliche Entscheidung, sondern auch eine emotionale.

6

Marmeladenkuchen

Das Foto von mir in der jetzigen Ausgabe des *Chronicle*, auf dem ich in der Küche stehe und eine Schürze mit »Jennie's Cakes« vorne drauf trage, sieht ausgesprochen kitschig aus, doch hoffe ich, mit der Anzeige Interesse zu wecken. Ich lasse die Zeitung auf der entsprechenden Seite auf dem Küchentisch liegen, in der Hoffnung, dass die Anzeige David ins Auge springen wird.

»Du musst dich bekannt machen, darum geht es«, sagt Mum mir immer am Telefon, doch für mich geht es um etwas anderes, um Aufträge. Zum ersten Mal in meinem Leben habe ich Angst, meine Kreditkartenabrechnung zu öffnen. Im Stillen habe ich gehofft, Lucky würde vielleicht auf den Postboten mitsamt der Post losgehen, so dass ich es auf ihn schieben könnte, meinen Schuldenstand nicht zu beachten.

Wir sind seit zweieinhalb Wochen hier. Es ist Freitagabend, und David ist auf dem Weg, die Kinder abzuholen, um sie mit nach London zu nehmen, wo sie das erste Mal nach unserem Umzug das Wochenende mit ihrem Vater und Alice verbringen werden. Um mich abzulenken, habe ich mich in die Küche gestürzt. Da bin ich jetzt gerade und backe Kuchen. Die Kinder habe ich mit einer Tafel Knusperschokolade nach draußen geschickt. Ich kann den Gedanken nicht ertragen, zum ersten Mal hier allein zu sein. Ich bin vernarrt in das Haus und liebe es, nach

Lucky zu pfeifen und mit ihm in der Abenddämmerung einen Spaziergang über »das Anwesen« zu machen, wie wir es scherzhaft nennen, doch jetzt sehe ich nur zwei endlos lange Tage allein vor mir.

Als wir noch in London wohnten, konnte ich zumindest bei meinen Eltern vorbeischauen oder meine Schwester besuchen oder mit Summer einkaufen gehen, wenn die Kinder bei ihrem Vater waren… ich hole tief Luft. Ich muss mich an den Gedanken gewöhnen.

Die Kinder sind mit dem Essen fertig, als David – noch in Anzug und Krawatte – auf den Hof fährt, seinen Wagen parkt und zur Tür geht. Lucky bellt wieder, und so bringe ich ihn in den Garten, bevor ich die Tür öffne. Davids Gefühle gegenüber Hunden sind wie die gegenüber Gewichtsbegrenzungen von Freigepäck und Radarfallen – er mag sie nicht.

Ich hatte ihm vorgeschlagen, dass wir uns auch jetzt, beim ersten Mal, auf halber Strecke treffen, so wie wir es für die Zukunft vereinbart haben, doch er hatte darauf bestanden, den ganzen Weg nach Talyton zu fahren, um die Kinder abzuholen.

»Das ist eine verflucht lange Fahrt an einem Freitagabend«, murmelt er. »Der Verkehr …«

»Hallo, David. Schön, dich zu sehen«, sage ich freundlich.

»Hallo.«

»Wie war dein Urlaub?«, frage ich. Er und Alice waren vorletzte Woche auf Kefalonia gewesen, doch sieht David unter seiner Bräune blass aus.

»Großartig«, erwidert er und zögert, bevor er fortfährt. »Die Kinder hätten den Strand geliebt…«

Ich verkneife es mir, ihm zu sagen, er hätte sie gerne mitnehmen können, denn ich vermute, er ist oft hin und her gerissen, viel Zeit mit Adam, Georgia und Sophie zu verbringen und gleichzeitig Alice zufrieden zu stellen.

Mir fallen seine Augenringe und die Bartstoppeln auf seinen Wangen auf, während er mich von oben bis unten mustert. »Mein Gott, Jennie. Du siehst fürchterlich aus. Was hast du nur gemacht?«

Ich schaue an mir herunter und sehe meine übliche Arbeitskleidung, Jeans und ein Hemd, und fahre mir mit dem Handrücken über die Stirn. »Ich habe gebacken, mich um den Garten gekümmert und den Teich von Unkraut befreit.«

»Na, das war ja eine geistige Herausforderung«, meint er sarkastisch. »Sieh dir mal deine Armmuskeln an.«

David hat Recht, sie sind ausgeprägter, das ist mir vorher nicht aufgefallen. Und meine Haut ist leicht gebräunt, obwohl ich sie zentimeterdick mit Sonnencreme eingerieben habe. Kann sein, dass ich David so nicht gefalle, aber ich fühle mich sehr gesund. »Zumindest muss ich kein Geld fürs Fitnessstudio ausgeben.«

»Da war ich auch schon eine ganze Weile nicht mehr.«

Sehe ich, denke ich. Er hat zugenommen.

»Sind die Kinder fertig?«

»Daddy, Daddy!« Sophie steht seit heute Morgen mit ordentlich gepacktem rosa Rollkoffer in den Startlöchern. Es schnürt mir die Kehle zu, als ich sehe, wie sie sich an ihren Vater klammert und die Arme um seinen Hals schlingt. »Ich habe dich vermisst.« Sie küsst ihn auf die Wange und kichert vor Freude, ihre Locken wippen auf ihren Schultern.

»Ich dich auch«, sagt David und setzt sie auf der Stufe ab. »Möchtest du schon mal deine Tasche ins Auto bringen?«

»Ich hole nur schnell Georgia und Adam«, meint sie. Daddys Liebling.

Adam ist nicht weit weg. Er stapft mit seinem Rucksack, dessen Gurte nicht festgezogen sind und der oben offen steht, so dass Kleider und Kabel heraushängen, durch die Diele.

»Wo ist Georgia?«, fragt David.

Bestimmt noch beim Packen, denke ich. Ihre Art von Verzögerungstaktik, um so wenig Zeit wie möglich außerhalb von Uphill House verbringen zu müssen, denn von den dreien ist sie diejenige, die sich bisher am besten eingelebt hat. Bisher. Wie Sie sehen, ich bin optimistisch. Man soll den Morgen nicht vor dem Abend loben.

»Komm doch herein«, meine ich einladend zu David. »Ich zeige dir das Haus.« Ich vermute, er war deshalb so versessen darauf, die ganze Strecke heute Abend zu fahren – er wollte Uphill House sehen. Als er und Alice ihre Wohnung kauften, durfte ich erst einen kurzen Blick hineinwerfen, als ich die Kinder das vierte oder fünfte Mal vorbeibrachte. Ich hatte schon mit dem Gedanken gespielt, Georgia zu bitten, die Wohnung mit ihrem Handy zu filmen, es dann aber doch gelassen, weil sie das wahrscheinlich in Konflikt mit ihren ethischen Grundsätzen gebracht hätte. Tja, und dann war das Glück auf meiner Seite: Adam vergaß seinen iPod bei ihnen – damit hatte ich die perfekte Entschuldigung.

Ich ging zurück zu ihrer Wohnung und schob mich an David vorbei, der in der Tür stand. Alice lag gerade auf einem der beiden Sofas. Es waren die gleichen, die David und ich hatten, als wir noch verheiratet waren. Auf ihrem Schoß lag ein Klatschblatt, ich glaube es war *Hello!*, und ich erinnere mich, wie ich in dem Moment dachte: Wie oberflächlich! Und wie jung… Und wie mies, dass David mich betrogen hat.

Mich in der Wohnung richtig umsehen konnte ich allerdings nicht. Ich musste so schnell wie möglich wieder raus.

»In der Speisekammer ist Marmeladenkuchen«, sage ich.

»Danke, Jennie, aber ich kann nicht lange bleiben. Ich

hatte eine anstrengende Woche und dann noch diese ganze Fahrerei!«

»Pech«, lautet mein Kommentar. Er hatte sich nun mal entschieden. Für Alice und gegen mich und die Kinder.

»Du musst jetzt nicht pampig werden.« David hält inne. »Du solltest besser dankbar sein, dass diese Vereinbarung hier, die du uns allen rücksichtslos aufgezwungen hast, mich nicht dazu gebracht hat, das alleinige Sorgerecht zu beantragen.«

David kann mich nicht einschüchtern. Ich fühle mich ziemlich sicher. Ich weiß, er und seine Freundin wollen die Welt sehen und reisen. Er soll diese Wochenendfahrten einfach mal als Übung betrachten. Okay, ich bin sauer, aber wen wundert's? Immerhin ist es David, der in der Gegend herumzieht und sich in seiner Midlife-Crisis ergeht, als wäre er der Einzige, dem so etwas je widerfahren ist.

»Ich habe bereits vorgeschlagen, dass wir uns auf halber Strecke treffen«, werfe ich ein. Was soll ich sonst noch machen? Ich werde bestimmt nicht wieder zurückziehen. »Du musst sie ja nicht alle zwei Wochen sehen, wenn dir das zu viel ist. Hol sie einmal im Monat, sollte das für dich praktischer sein.« Das meine ich nicht so. Ich will den Kindern ihren Vater nicht vorenthalten.

»Aber ich will sie doch sehen«, entgegnet er. Er sieht verletzt aus, und für einen Augenblick tut er mir leid, denn obwohl er selbst daran schuld ist, scheint er sie zu vermissen – was aberwitzig ist, denn als wir verheiratet waren, war er fast nie da. Er besaß die unglaubliche Gabe, dann nach Hause zu kommen, wenn ich ihnen gerade zu essen gegeben, sie gebadet und ihnen eine Gutenachtgeschichte vorgelesen hatte. Ich begann schon, das Haus nach versteckten Kameras abzusuchen, weil ich dachte, er würde mich ausspionieren.

»Mag Alice auch hereinkommen?«, frage ich, obwohl ich bereits gesehen habe, dass sie nicht im Auto ist.

»Alice? Oh nein, sie ist übers Wochenende mit ein paar Freundinnen zu einem Junggesellinnenabschied in ein Wellness-Hotel gefahren.«

»Oh, hat sie jetzt schon genug von dir?«

»Wirklich, Jennie, du kannst so kindisch sein«, seufzt David, als er in die Diele tritt.

»Zieh besser die Schuhe aus. Sonst bringst du den ganzen Dreck von draußen herein«, füge ich als Erklärung hinzu. Ich führe David durch das Haus – nein, Sophie führt ihn, und ich trotte hinterher, in der Hoffnung, dass er beeindruckt ist, doch das ist er ganz und gar nicht. Im Gegenteil – er ist entsetzt.

»Ich wusste es!«, ruft er aus, als Sophie ihm den Thron im Badezimmer und den Ort des Schreckens zeigt, wo die berüchtigte, von mir entfernte Spinne saß. »Du bist vollkommen verrückt, Jennie. Erwartest du etwa wirklich, dass unsere Kinder hier leben? Abgesehen davon, dass das Haus dreckig und feucht ist, wirst du noch Jahre brauchen, um es wieder in Schuss zu bekommen, und Sophie wird sich noch einmal eine Brustkorbinfektion holen.«

»Blödsinn. Die hatte sie nur wegen der Autoabgase … und der Umweltverschmutzung. Die Landluft wird ihren Lungen guttun.«

»Und warum müssen die Mädchen sich ein Zimmer teilen?«

»Weil sie es so wollten.«

»Sie haben mir am Telefon von der toten Fledermaus erzählt. Und der Invasion der Kühe.«

»Als Invasion kann das kaum bezeichnet werden. Sie spazierten in den Garten, weil wir das Tor nicht zugemacht hatten. Sophie, geh bitte und hilf Georgia beim Kofferpacken!« Ich schaue nach, um zu sehen, ob Adam uns hören kann, doch seine Stimme klingt vom Garten zu mir herüber, wo er sich von seinem Hund verabschiedet.

Ich bin versucht, nach allem, was passiert ist, David keinen Kuchen anzubieten, doch will ich nicht kleinkariert sein. Außerdem schadet es nicht, ihn daran zu erinnern, auf was er alles verzichtet: seine Familie und meine Kochkünste.

»Komm doch herein.« Dad und ich haben viel Arbeit in die Küche gesteckt – ich glaube nicht, dass es an ihr etwas auszusetzen gibt, obwohl David es bestimmt versuchen wird, da bin ich mir sicher. Ich setze Wasser auf, während David sich an den Tisch setzt und den *Chronicle* in die Hand nimmt. Er wirft zuerst einen Blick auf meine Anzeige für Jennie's Cakes und widmet sich dann dem Stück Marmeladenkuchen, das ich ihm hingestellt habe. Er untersucht es, vielleicht auf Haare. Er neigt zu Zwangsneurosen.

»Der war ... sehr lecker«, sagt er schließlich.

»Ich denke, Alice wird kaum Zeit haben, zu backen.« Sie arbeitet den ganzen Tag.

»Auch nicht zum Kochen«, sagt er wehmütig. Und dann, als hätte er das Gefühl, ihr gegenüber nicht loyal zu sein, fügt er hinzu, »aber ich habe zu ihr gesagt, dass sie das auch nicht muss.« Er schaut auf seine Armbanduhr. »Ich mache mich besser auf den Weg zurück. Die Straßen dürften inzwischen leerer sein.«

Widerwillig trommle ich die Kinder zusammen, für die es ebenso schwierig ist. Sophie möchte mit David fahren, Georgia bei mir bleiben, und Adam ist zwischen der Möglichkeit, seine Freunde in London wiederzusehen oder hier bei seinem Hund zu bleiben hin und her gerissen. Dennoch schaffen sie es, innerhalb einer halben Stunde in Davids Auto zu sein und mir zum Abschied zu winken. Wie ich da so stehe und meine Tränen unterdrücke, um ihnen nicht zu zeigen, wie aufgewühlt ich bin, bin ich fast versucht zu sagen: »Ich komme mit und besuche Mom und Dad«.

»Bis Sonntag bei McDonalds«, sagt David und steigt ins Auto. »Komm nicht zu spät. Ich fliege am Montag nach Brüssel und muss deshalb sehr früh raus.«

Ich sehe, wie meine Familie davonfährt. Die Reifen fahren knirschend über die Schlaglöcher, das Auto zieht eine Staubwolke hinter sich her und verschwindet von der Straße. Ich schaue auf meine Armbanduhr. Noch vierundvierzig Stunden, und sie sind wieder da. Als ich mich mit verschränkten Armen und gesenktem Kopf zum Haus umdrehe, höre ich neben mir ein Jammern. Es ist Lucky.

»Tja, mein Guter«, sage ich, »jetzt sind nur noch du und ich hier.«

Er schaut mich mit traurigen Augen an und wedelt einmal mit seinem Schwanz, bevor er mich ins Haus begleitet. Ich gehe durch ins Wohnzimmer und zünde eine Reihe von Teelichtern im Kamin an. Lucky macht es sich auf meinem Schoß bequem und legt den Kopf in meine Armbeuge, währenddessen ich auf die flackernden Flammen schaue. Nach all den Jahren dämmert mir langsam, worin der Sinn eines Hunds als Haustier liegt. »Du bist ein ganz großer Schatz«, sage ich zu ihm, und aus seinem Hals ertönt ein Geräusch, das sich wie das Schnurren einer Katze anhört.

Das Wiedersehen mit David ruft alte Erinnerungen in mir wach. Obwohl er mir vor inzwischen achtzehn Monaten mitteilte, dass es eine andere Frau gäbe – Alice –, kommt alles wieder in mir hoch. Ich hielt mich für eine moderne Frau mit traditionellen Werten. Ich gab meinen guten Job für unsere Familie auf. Ich wusch Davids Socken, bügelte seine Hemden und kümmerte mich um seine Kinder. Ich kochte für ihn, auch an diesem Abend, denke ich, als ich das letzte Mal Löffelbiskuits backte.

»Ich verstehe nicht, warum du an unserer Ehe festhältst«, sagte David, als wir damals nebeneinander auf dem Sofa saßen. »Bis jetzt, meine ich«, fügte er hinzu.

»Was meinst du mit ›bis jetzt‹?« Irgendetwas war dieses Mal anders. Normalerweise rückte David nicht freiwillig mit der Information heraus, eine Affäre zu haben. Er neigte eher dazu, sie erst dann zuzugeben, wenn sie vorbei war oder ich davon Wind bekommen hatte. Zweifel stiegen in mir hoch. »Es ist doch vorbei, oder?«

David blickte mich reuevoll an und schüttelte ganz langsam den Kopf.

»Es tut mir wirklich leid, Jennie.«

»Du triffst dich noch mit ihr?« Die Lampe über uns flackerte. »Oh, mein Gott, es ist etwas Ernstes.«

David nickte, als ob es ihm auf einmal die Sprache verschlagen hätte. Ich nahm den Geruch von Alkohol und beißendem Schweiß wahr. Er war höllisch nervös, und das sollte er verdammt noch mal auch sein, denn er erzählte mir das alles nicht, um mich um Verzeihung zu bitten, sondern weil er aus unserer Ehe rauswollte.

Mir stieg vor Wut darüber, betrogen worden zu sein, die Galle hoch. Früher hatte ich um meine Ehe gekämpft, aber das hier ging zu weit. Von mir aus konnte er »raus«. Für mich war das Thema erledigt, ich würde ihn nie wieder an mich heranlassen.

»Wer ist sie, diese Schlampe?«, fragte ich mit scharfem Unterton in der Stimme.

»Das ist doch völlig egal.«

»Ist es überhaupt nicht.« Meine Hände waren zu Fäusten geballt. Ich wollte – ich musste – alles über sie wissen. Wie sie aussah, wie sie sprach, welches Parfum sie benutzte. Was David an ihr so toll fand. Was es war, das sie hatte, was ich nicht hatte.

»Übrigens, nur zu deiner Information, sie ist keine

Schlampe, und ich bin sehr verliebt in sie«, sagte er mit leiser, leicht verlegener Stimme.

»Na, da hat sich dein Herz aber schnell umentschieden«, bemerkte ich und stand auf. »Letzte Woche noch hast du mir gesagt, du liebst mich!« Es war ihm ganz spontan über die Lippen gekommen, als ich gerade Schokolade in einem Wasserbad schmolz. Er hatte sich hinter mich gestellt, eine Hand um meine Taille gelegt und laut »Ich liebe dich« gesagt. Jetzt begreife ich. Er stellte seine Gefühle auf die Probe, um sich zu entscheiden.

»Stimmt, ich habe gesagt, dass ich dich liebe, aber nicht, dass ich in dich *verliebt* bin, und das ist ein Unterschied.«

Ich spürte, wie mir Tränen über die Wangen liefen, heiße Tränen, die nach Salz, Eiern und Marsalawein schmeckten.

»Jennie«, sagte David, und ich konnte die Verzweiflung in seiner Stimme hören. »Bitte, wein nicht …« Er warf den Kopf in den Nacken und schaute zur Decke. »Mach keine Szene. Die Kinder.«

»Die Kinder?« Seine plötzliche Sorge um unsere Kinder schürte meine Wut. »Schade, dass du nicht an die Kinder gedacht hast, als du anfingst, diese Frau zu vögeln …«

»Schhh! So war das nicht.« David schaute mich finster an. »Gott, bei dir hört sich das so schäbig an.«

»Aber genau das ist es! Es ist schäbig, billig und widerlich.« Ich starrte ihn wütend an. »*Du bist* widerlich. Du bist mit mir verheiratet … und das seit vierzehn Jahren, erinnerst du dich?« Ich hielt kurz inne, als ein einziger zusammenhängender Gedanke im Chaos meiner geistigen Verfassung hervortauchte. »Ist sie verheiratet?«

»Nein. Sie ist …« David zupfte einen nicht vorhandenen Fussel von seinem Pullover und schaute mich wieder an. Auf seinem Gesicht lag so etwas wie ein Grinsen, zumindest erschien es mir so. Als ob er auf sich selbst stolz wäre. »Sie ist alleinstehend. Und neu in der Firma.«

»Hätte ich mir denken können, dass du sie da kennengelernt hast. Du verbringst ja die meiste Zeit deines Lebens dort.«

»Ziemlich jung ist sie auch.«

»Ziemlich jung?« Ich ging auf ihn zu. »Was meinst du mit *ziemlich* jung?«

»Würdest du das bitte hinlegen?« Ich folgte Davids Blick auf meine Hand, in der sich eine Flasche Merlot befand. »Du verschüttest ihn gerade.«

Ich konnte nicht glauben, dass seine einzige Sorge dem kostbaren Wein galt, während ich so wütend und aufgebracht war, dass ich ihm die Flasche am liebsten über den Kopf gezogen hätte, denn als er sagte jung, meinte er damit nicht nur ein paar Jahre jünger als ich, sondern richtig jung.

»Wie jung?«, knurrte ich ihn an.

»Vierundzwanzig.«

Zuerst dachte ich, ich hätte mich verhört.

»Vierunddreißig?«

»Vierundzwanzig«, bestätigte mir David.

»Aber dann ist sie –« Ich rechnete schnell nach und kam zu einem fürchterlichen Ergebnis. »Sechzehn Jahre jünger als du und fünfzehn Jahre jünger als ich.« Sie ist jünger als ich, ihr Körper fester und ihr Busen straffer. Sie hat keine Falten und keine grauen Haare, schoss es mir durch den Kopf. »Du wirst eine von diesen Witzfiguren abgeben, wenn du alt bist, und dich eine nichtssagende Blondine im Rollstuhl durch die Gegend fahren wird. Sie ist doch blond, oder? Da bin ich mir ganz sicher.«

»Das ist doch völlig egal, Jennie.«

Das war es, und für den Bruchteil einer Sekunde stimmte ich ihm zu. Er verließ mich für eine Jüngere, und es gab nichts, was ich hätte tun oder sagen können, um das zu verhindern, selbst wenn ich es gewollt hätte. Ich sah ein, dass die Lage hoffnungslos war. Und das nach allem, was ich für ihn getan hatte, dieser undankbare … Schleimer. Manchmal wundere ich mich über mich selbst. Jahrelang war ich zur Schule gegangen und hatte studiert, und das Einzige, was mir einfiel, war: Schleimer.

Ich fühlte mich plötzlich ausgelaugt und erschöpft. Etwas hatte sich in mir unwiderruflich verändert. Ich war nicht mehr dieselbe. Mein ganzes Dasein, meine Identität war in erster Linie auf meine Ehe und in zweiter Linie auf meine Familie ausgerichtet gewesen. Das Leben, das ich bisher geführt hatte, war vorbei, und irgendwie musste ich wieder Kraft und innere Stärke finden, um weiterzumachen und zu mir selbst zu finden.

Es ist Samstagmorgen, und ich bringe Lucky zur Tierärztin. Ich gehe zu Fuß. Mein Weg führt mich zuerst über die Felder an einem Landgasthof, dem Talymill Inn vorbei, und dann weiter durch das Flusstal in die Stadt. Als ich bei der Tierärztin ankomme, begrüße ich die Dame am Empfang, eine Frau zwischen sechzig und siebzig, die eine Perücke und eine Brille mit einer regenbogenfarbenen Fassung trägt.

»Hallo«, sage ich. »Ich bin Jennie Copeland, und das hier ist Lucky. Ich habe gestern angerufen.«

»Guten Morgen, Jennie«, grüßt mich die Rezeptionistin lächelnd zurück, und ich sehe Reste von Lippenstift auf ihren Zähnen. »Was für ein süßer, kleiner Hund«, fährt sie fort und schaut über die Theke der Anmeldung. »Nur um mich zu vergewissern, Lucky ist bei keinem anderen Tierarzt gemeldet, oder? Wir möchten nämlich niemandem auf die Pfoten treten, sozusagen.«

»Wendy von der Tierhilfe Talyton sagte mir, er wäre schon in die Kartei von Otter House aufgenommen worden, da er hier untersucht worden sei, bevor er zu ihr gekommen wäre.«

»Ach ja, natürlich.«

»Er ist der Hund, der auf die Autobahn geworfen wurde.«

»Maz hat ihn untersucht – sie wird sich bestimmt an ihn erinnern«, sagt die Rezeptionistin und schaut auf den Bildschirm ihres Computers. »Nehmen Sie Platz.«

Angesichts des riesigen Hunds, der gerade den Warteraum in Beschlag nimmt, bin ich mir da nicht so sicher. Er hat blaugraues Fell und steht mitten im Raum, sein Schwanz wedelt gegen die Auslage, auf der sich Spielzeuge und Hundefutter befinden.

»Sitz!«, raunt seine Besitzerin ihn an, eine Frau in Nylonbluse, einem Rock mit Blumenmuster und flachen Sandalen. Sie versucht, ihn zum Sitzen zu bewegen, indem sie eine Hand flach auf sein Hinterteil legt, doch der Hund bleibt stehen. Die Frau lächelt in meine Richtung.

»Machen Sie sich wegen Nero keine Gedanken«, beruhigt sie mich. »Er ist der sanfteste Hund der Welt, er hat sogar Angst vor seinem eigenen Schatten.«

Ich gehe in Richtung eines freien Platzes und ziehe Lucky hinter mir her. Als wir an Nero vorbeikommen, macht Lucky einen Satz, schnappt und bellt, woraufhin Nero zurückspringt und sein Hinterteil auf den geräumigen Schoß seiner Besitzerin plumpsen lässt.

»Ach, du dummer Kerl«, sagt sie und lacht. »Mummys Baby.«

Und ich denke nur, wie peinlich, und hoffe inständig, nie mit meinem Hund so zu reden.

»Sie sind neu hier, oder?«, fährt sie fort und wendet sich mir zu. »Wohnen Sie auf dem neuen Anwesen?«

»Nein, Jennie hat Uphill House gekauft«, ertönt es von der Dame vom Empfang, »Marys altes Haus.«

So viel zu Vertraulichkeit, denke ich und seufze innerlich. Die Rezeptionistin fährt indes munter fort und lässt uns wissen, dass sie ihre Informationen – und es handelt sich hierbei um eine ganze Menge über mein Leben und meine Einrichtung zu Hause – von dieser Frau, dieser Fifi Green, hat.

»Wir haben uns noch nicht vorgestellt«, sagt die Rezeptionistin. »Ich bin Frances, und das ist Mrs. Dyer, die Frau vom Metzger hier die Straße herunter.«

»Sie können mich Avril nennen. Frances tut das außerhalb der Praxis auch, doch hier ist sie ganz professionell«, sagt sie. »Haben Sie unsere preisgekrönten Würstchen schon probiert? Sie sind zum fünften Mal in Folge zu den besten hier im Südwesten gewählt worden.«

»Danke für den Hinweis, ich werde mir demnächst mal welche kaufen«, antworte ich. Ich krame in meiner Umhängetasche und ziehe einen meiner Handzettel heraus. »Ich backe Kuchen. Wenn Sie möchten, können Sie mich gerne anrufen, wenn eine besondere Gelegenheit bei Ihnen ins Haus steht.«

»Wissen Sie, Jennie«, wirft Frances ein, »es wäre vielleicht feinfühliger gewesen, mit den Leuten, die hier in Talyton bereits ihre Läden haben und Kuchen verkaufen, zu reden und sich zu erkundigen, ob Ihr Geschäft dazu passt, statt es jedem aufzuzwingen. Cheryl, die Besitzerin vom Copper Kettle, ist ziemlich aufgebracht, dass jemand wie Sie in direkte Konkurrenz mit ihr tritt. Das ist nicht sehr fair.«

»Was meinen Sie mit … jemand wie ich?«, frage ich, und mein Gesicht wird heiß vor wachsender Verärgerung.

»Es kann Ihnen ja nicht so schlecht gehen, wenn Sie sich ein Haus wie Uphill House leisten können«, stellt Frances fest.

»Ich muss meine Kinder ernähren«, erwidere ich.

»Das hätten Sie auch da tun können, wo Sie herkommen. Cheryl hat sieben Tage die Woche gearbeitet, das ganze Jahr über, um ihr Geschäft über Wasser zu halten. Das Letzte, was sie braucht, ist Konkurrenz.«

»Und vergiss Fifi nicht«, fügt Avril hinzu. »Sie verkauft auch Kuchen. Im Café und im Gartencenter.«

»Du meinst ja wohl eher, sie hat Leute, die für sie backen und die Kuchen verkaufen«, korrigiert sie Frances. »Fifi behauptet, zu Hause zu backen, aber ich weiß aus sicherer Quelle, dass sie die Kuchen für sich und ihren Mann bei Marks und Spencer kauft.«

»Tja, ich kann meine Pläne aber nicht ändern, denn ich backe nun einmal«, sage ich und komme mir bei dieser Unterhaltung eher wie eine Außenseiterin vor. »Wir können nur hoffen, dass für uns alle Platz ist.«

»Wir werden sehen«, meint Frances. »Die Einwohner von Talyton St. George sind den einheimischen Ladenbesitzern gegenüber sehr treu. Ich denke, es wird für Sie sehr schwierig werden, Fuß zu fassen.«

»Frances«, wirft Avril ein, »gib Jennie eine Chance!« Sie lächelt mich aufmunternd an. »Ich wünsche Ihnen für Ihr Vorhaben alles Gute.«

Das werde ich wohl brauchen, fürchte ich.

»Lucky Copeland«, ruft die Tierärztin von der Tür aus, die ins Behandlungszimmer führt. »Würden Sie bitte durchkommen?«

Lucky gibt mehr als deutlich zu verstehen, dass er das überhaupt nicht möchte, und ich muss ihn hinter mir herziehen. Die Tierärztin ist groß, hellblond und Anfang dreißig. Das Oberteil sieht aus wie der OP-Kittel eines Chirurgen, nur dass dunkelblaue Abdrücke von Pfoten darauf zu sehen sind.

Da ich noch nie vorher in einer Tierarztpraxis gewesen bin, kann ich, was das weitere Vorgehen betrifft, nur auf das zurückgreifen, was ich vor Jahren in der Serie *Der Doktor und das liebe Vieh* gesehen habe.

»Soll ich ihn auf den Tisch heben?«, frage ich.

»Ja, tun sie das.« Die Tierärztin lächelt. »Ich heiße übrigens Maz. Ich kenne Lucky schon …« Sie sieht Luckys Akte durch. »Was kann ich für ihn tun?«

»Er muss geimpft und gechipt werden.«

»Gab es bisher irgendwelche Probleme mit ihm?«

»Nein, allerdings haben wir ihn erst seit einer Woche.«

Die Tierärztin untersucht ihn, und nachdem sie ihn mit einer dicken Nadel, bei deren Anblick ich das Gefühl habe, gleich in Ohnmacht zu fallen, geimpft und gechipt hat, küsst sie ihn. Eine Tierärztin, die ihre Patienten küsst? Das kam bei James Herriot nie vor.

Lucky erlaubt mir zwar, dass ich ihn wieder vom Tisch hebe, doch darf ich ihn nicht wieder auf den Boden setzen, so dass ich ihn vor zum Empfang trage, wo ich, meiner Meinung nach, eine riesige Rechnung für einen so kleinen Hund bezahle und sich mir die Frage aufdrängt, ob die Tierärztin ihre Dienste in Abhängigkeit der Größe des Hunds in Rechnung stellt. Ich trage Lucky immer noch auf dem Arm, als ich die Straße hinunter zum Metzger gehe, wo ich ihn draußen an einem Haken in der Wand anbinden muss, neben einer Wasserschüssel, die ein fürsorglicher Mitmensch für die Hundebewohner von Talyton St. George hingestellt hat. Da ich Avril meinen Zettel für Jennies Cakes nicht in die Hand drücken konnte, weil der Hund im Weg war, gebe ich ihn im Laden ab und kaufe ein paar Würstchen.

Zum Abendbrot esse ich drei von ihnen und gebe Lucky eins, weil er beim Tierarzt so ein guter Junge gewesen ist. Den Rest friere ich ein. Als die Abenddämmerung hereinbricht, sitze ich das zweite Mal in Folge mit Tee- und Duftkerzen im Wohnzimmer, Lucky mir zu Füßen. Während er an einem Stück Rohleder kaut, lasse ich den Tag und meine Begegnung mit Frances und Avril Revue passieren, und ich frage mich, ob ich mir zu viel vorgenommen habe.

Denk positiv, sage ich zu mir. Den Einheimischen bleibt gar nichts anderes übrig, als sich über meine Geschäfte Gedanken zu machen. Das würde ich an ihrer Stelle auch tun.

Lucky knurrt. Ich horche auf und höre gespannt. An der Haustür klopft es. Lucky springt hoch und rennt bellend durch den Flur. Ich folge ihm, entriegele die Tür und halte Lucky am Kragen fest, während ich sie öffne. Guy steht mit einer Laterne in der Hand auf der Veranda.

»Sie haben die Tür abgeschlossen«, sagt er.

»Macht der Gewohnheit«, erwidere ich lächelnd.

»Ich sah zufällig, dass sie bei Kerzen im Dunkeln saßen. Wahrscheinlich liegt es an einer Sicherung … ich dachte, ich könnte helfen.«

»Oh nein. Der Strom ist nicht ausgefallen.« Ich lasse Lucky los. »Ich mag einfach Kerzenlicht«, sage ich, um das betretene Schweigen zu durchbrechen. »Ich finde Kerzenschein romantisch.« Wieso habe ich das denn jetzt nur gesagt? Jetzt bin ich an der Reihe, verlegen zu sein. Ich hoffe, er denkt nicht, ich winke mit dem Zaunpfahl.

»Ich finde sie eher unpraktisch und altmodisch«, meint Guy in leicht neckendem Ton. »Ich habe Sie gestört, Jennie. Das tut mir leid.« Er macht einen Schritt zurück in die Dunkelheit.

»Sie müssen sich nicht entschuldigen. Kommen Sie doch herein. Wenn Sie wollen, meine ich.«

»Ich dachte …« Er zögert. »Na ja, ich wusste, dass Sie allein sind. Abgesehen von dem Nagetier natürlich.«

»Ja. Los, Lucky, geh weg!« Ich verscheuche ihn von meinen Füßen, auf die er sich gelegt hatte, doch er bleibt in der Nähe.

Guy tritt wieder zurück in den Schein des Lichts und lächelt schüchtern. »Tut mir leid, was ich letztens gesagt habe – dass Sie das kleinere Übel gewesen wären. Ich habe darüber nachgedacht. Es muss bei ihnen anders angekommen sein, als ich es gemeint habe.«

»Ach, machen Sie sich keine Gedanken«, erwidere ich dankbar für die Richtigstellung und freue mich über die menschliche Gesellschaft. »In der Küche steht eine Flasche Wein. Möchten Sie ein Glas?«

»Wenn Sie sie für mich nicht extra aufmachen müssen.«

»Sie ist schon auf.«

»Dann nehme ich ein kleines.«

»Ich weiß, Sie stehen beim ersten Hahnenschrei auf.«

»Ja«, sagt er.

Ich mache das Licht an, blase die Kerzen und Teelichter aus und nehme Guy mit in die Küche, wo ich zwei Gläser Wein einschenke. Er setzt sich an den Tisch, während ich mich gegen den AGA lehne und mich frage, wie wir ein Gespräch in Gang bekommen.

»Ich war heute mit Lucky beim Tierarzt«, beginne ich. »Fifi hat offenbar schon mit der Dame am Empfang über mich geplaudert … Wie heißt sie noch mal?«

»Frances.« Guy lächelt. »Sie und Frances meinen es gut, doch mischen sie sich gerne ein und sind fürchterlich herrisch. Sie leben schon seit Jahren hier in Talyton und denken, der Ort würde ihnen gehören. Seit Mums Krankheit fühlt sich Fifi für mein Wohlergehen verantwortlich. Ständig erzählt sie mir, vorsichtig zu sein … sie meint, Sie wären nicht der Typ Frau, mit dem ich Umgang pflegen sollte«, fährt er fort.

»Was meint sie denn bitte *damit?*«, rufe ich aus, eher amüsiert als beleidigt. »Abgesehen davon müssen Sie mit mir ›keinen Umgang pflegen‹, wie Sie es gerade so höflich ausgedrückt haben, wenn Sie nicht wollen.«

»Ich sage hier nur, was Fifi denkt, nicht, was ich denke, Jennie.«

»Und was denkt sie so genau? Das müssen Sie mir jetzt schon verraten.«

Guy neigt seinen Kopf zur Seite und wird rot. »Sie meint, Sie seien ein liederliches Frauenzimmer.«

Ich muss lachen. Wie drollig.

»Als das bin ich noch nie vorher bezeichnet worden.«

»Fifi neigt dazu, Dinge zu übertreiben«, sagt Guy lächelnd. »Sie ist nun mal eine Klatschtante.«

»Aber ich habe mit einem liederlichen Frauenzimmer überhaupt nichts gemein. Ich war einmal verheiratet und hatte eine ernsthafte Beziehung davor.« Ich höre schnell auf zu reden. Zu viel Information. Jetzt werde ich rot.

»Fifi urteilt gerne vorschnell. Ich habe ihr gesagt, sie könnte solche Vermutungen nicht anstellen, nur weil sie alleinstehend sind und sich jugendlich kleiden.«

»Jugendlich kleiden?« Ich schaue an mir herunter und betrachte meine Tunika und Leggings.

»Nun ja, Sie laufen eben nicht mit Perlenkette und Twinset herum«, sagt er schmunzelnd.

»Vielen Dank, dass Sie für meine Ehre eintreten.«

»Ist mir ein Vergnügen.« Guy hält inne. »Sie vermissen Ihre Kinder, nicht?«

»Durch das Alleinsein ist mir bewusst geworden, wie still es hier draußen ist«, sage ich schwermütig.

»Aber ich dachte, deswegen seien Sie aufs Land gezogen?«, bemerkt Guy grinsend. »Dann können Sie sich jetzt nicht darüber beschweren.«

»Ich weiß.« Ich setze mich hin und trinke einen Schluck Wein. Es ist ein Rotwein, der nach Lakritz und schwarzer Johannisbeere schmeckt. Ein eigenartiger Gegensatz – ein bisschen wie das Stadt- zum Landleben. »Mir fehlen die Kinder fürchterlich, aber auch meine Mum, meine Schwester und meine Freunde.«

»Die werden sie bald auch haben«, versichert mir Guy.

»Das hoffe ich.«

»Sie haben doch mich«, sagt er und schaut mir fest in die Augen.

»Danke, Guy«, antworte ich so ruhig ich kann, denn mein Herz rast gerade, und meine Gedanken überschlagen sich, so wie das Wasser vom Mühlbach am Talymill Inn, an dem ich heute mit Lucky vorbeiging. Hier sitze ich nun – allein in meinem Haus mit einem Mann, den ich zwar kaum kenne, dafür aber äußerst attraktiv finde, zumindest körperlich, und der mir gerade gesagt hat ich »hätte ihn«, was wahrscheinlich im Sinn von einer Art »Freund« gemeint ist, aber wie kann ich mir da sicher sein? Ich werde mich bestimmt nicht zum Narren machen indem ich nachfrage.

Guy nimmt den *Chronicle* in die Hand, der, seit David mit den Kindern weggefahren ist, immer noch auf dem Küchentisch liegt.

»Hat sich schon jemand bei Ihnen auf die Anzeige hin gemeldet?«, fragt er.

»Noch nicht«, erwidere ich, immer noch optimistisch.

»Ihre Kuchen sprechen für sich«, sagt er. »Sie müssen sich keine unnötigen Sorgen machen. Haben Sie schon mal daran gedacht, sie auf dem Bauernmarkt zu verkaufen? Der findet jeden ersten und dritten Samstag im Monat statt. Sie könnten sich einfach bei der nächsten Gelegenheit einen Standplatz mieten.«

Die Idee finde ich gut.

»Wann wird Adam anfangen, bei mir zu arbeiten?«

»Ich dachte am Montag. Ich hoffe, Sie werden mit ihm zufrieden sein.«

»Das wird schon, keine Angst. Ich werde ihn unter meine Fittiche nehmen. Er wird viel lernen müssen.« Guy hält inne. »Ich mag Adam. Er scheint clever zu sein.«

»Ja, aber ich befürchte, er bemüht sich nicht immer.«

»Ich habe immer gedacht, ich würde in dem Alter, in dem ich jetzt bin, einen Sohn – oder eine Tochter – haben«, bemerkt er nachdenklich. »Früher half ich meinem Vater beim Melken, so wie er davor seinem half. Der Hof ist seit drei Generationen im Besitz der Barnes, und ich habe immer gehofft, ihn einmal meinen Nachkommen zu übergeben, doch danach sieht es derzeit nicht aus.«

»Nun, so alt sind Sie doch noch nicht, oder?«, frage ich ganz fröhlich.

»Ich bin fünfunddreißig.«

»Na, dann haben Sie noch viel Zeit.« Ich bin froh, dass mich Guy im Gegenzug nicht nach meinem Alter fragt, obwohl er davon ausgehen muss, dass ich älter bin als er. »Wie alt war der älteste Mann, als er Vater wurde? Siebzig? Achtzig?«

»Ich möchte meine Kinder schon noch heranwachsen sehen«, erklärt er mir eher entrüstet. »Ich möchte für sie da sein.«

»Tasha wollte keine Kinder«, beginnt er verlegen, »doch dann stellte sich heraus, dass sie sie nicht mit mir haben wollte. Sie erwartet gerade ihr zweites.«

»Das tut mir leid«, sage ich und bin mir nicht sicher, wie ich reagieren soll. Ich kann mir nicht vorstellen, keine Kinder zu haben.

»Ich nehme an, Fifi hat Ihnen erzählt, dass meine Frau mich wegen meines Bruders verlassen hat«, fährt er verbittert fort. »Ich kam mir so verraten vor. Ich liebte sie … und dachte, sie liebt mich auch. Ich hätte alles für sie getan.«

Ich merke an der Traurigkeit in seiner Stimme, dass Guy den Verlust noch nicht verarbeitet hat.

»David hat mich für eine Arbeitskollegin verlassen«, offenbare ich ihm, damit er weiß, dass ich für ihn als Nachbarin und als Freundin da bin. »Ich weiß also, was sie durchgemacht haben.«

»Haben Sie sie gekannt – ich meine vorher?«, fragt Guy.

»Davids Geliebte? Ich wusste von ihr. Sie war nicht die erste.« Ich lächle finster. »Die Erste habe ich damit entschuldigt, dass er aufgrund des Tods seiner Mutter durcheinander gewesen war. Die Zweite war verheiratet. David dachte zwar, sie würde ihren Mann verlassen, doch dann entschied sie sich in der Nacht, als er bereits alles gepackt hatte und bereit war zu gehen, anders. Warum ich ihn wieder zurückgenommen habe?« Ich stütze mein Kinn auf meine Hände. »Ich muss für Sie den Eindruck hinterlassen, als wäre ich ein Fußabtreter.«

»Oder eine Kämpferin«, wirft Guy ein und sieht mich mit diesen hypnotischen grünblauen Augen an.

»Er hat einen solchen Narren aus mir gemacht, doch das Schlimmste war für mich sein falsches Spiel und das öffentliche Bekanntwerden.«

»Wem sagen Sie das! Ich fühlte mich unglaublich gedemütigt, und wie sich herausstellte, wusste halb Talyton auch noch, dass Tasha die Nacht vor unserer Hochzeit mit meinem Bruder verbracht hatte. Einer meiner damaligen Freunde sah sie sogar in einem Wagen unten am Fluss, konnte sich aber nicht durchringen, mir reinen Wein einzuschenken …« Guys Stimme wird heiser, während er auf den Boden seines Weinglases starrt. »Ich wäre zwar bitter enttäuscht gewesen, doch hätte ich wenigstens nicht die nächsten drei Jahre damit verbracht, ein Leben zu leben, das sich als eine einzige Lüge herausstellte.«

»Sie Ärmster. Das tut mir wirklich leid.«

»Machen Sie sich um mich keine Sorgen«, seufzt er. »Ich bin groß und alt genug, um auf mich aufzupassen. Ich hätte einfach nur die Zeichen lesen sollen, doch ich war völlig vernarrt in sie. Tasha konnte in meinen Augen nichts Falsches tun.«

»Ich weiß nicht, wie lange David mich in unserer Ehe

belog«, sage ich, »aber ich erinnere mich an jenen Abend, als er viel zu gestriegelt nach Hause kam … Wir saßen auf dem Sofa, als er mir sagte, es gäbe da jemanden. Ich war außer mir vor Wut – so sehr, dass ich ein Weinglas nach ihm warf.«

»Und, haben Sie ihn getroffen?«, fragt Guy.

»Leider nicht. Es landete klirrend und symbolträchtig in einem unserer Hochzeitsfotos, das ich noch nie gemocht hatte – ich hielt den Brautstrauß über meinen Bauch, um ihn zu kaschieren, und David sah wie ein Gespenst aus, weil er die letzten drei Tage vor unserer Hochzeit auf Sauftour gewesen war. Das konnte selbst die beste Retusche nicht verbergen.«

»Sie waren bereits schwanger, als Sie heirateten?«, fragt Guy.

»Sind Sie wirklich so altmodisch? Es ist doch heute schon fast normal, uneheliche Kinder zu haben.« Amüsiert sehe ich, wie er rot wird.

»Wie lange waren Sie insgesamt zusammen?«, fragt er.

»Siebzehn Jahre, davon vierzehn verheiratet. Wir lernten uns im letzten Jahr an der Uni kennen. David machte gerade seinen Abschluss in Mathematik, ich in englischer Literatur.«

»Dann haben wir mehr gemeinsam, als ich gedacht hätte«, bemerkt Guy. »Ich meine damit nicht die englische Literatur, obwohl ich auch einen Abschluss in Landwirtschaft und Landmanagement habe, sondern eine kaputte Ehe.«

»Über die man eher ungern spricht, oder?«, sage ich. »Warum hat Ihre Ex nicht sofort Ihren Bruder geheiratet?«

»Weil Oliver – mein Bruder – nicht der Typ fürs Heiraten ist beziehungsweise war. Alle liebten ihn. Er war der Sunnyboy der Familie … gesellig und lustig, Frauen fanden ihn unwiderstehlich, und er sah auch gut aus, besser als ich.«

Wie soll das denn möglich sein, wäre es beinahe aus mir herausgeplatzt.

»Er war aber auch verantwortungslos. Mit siebzehn verließ er seine sechzehnjährige Freundin, die ab da sein Kind allein großzog. Und dann hinterging er mich mit meiner Frau.« Guy zögert kurz, bevor er fortfährt. »Als älterer Bruder sollte ich den Hof erben und mein Bruder einen angemessenen finanziellen Ausgleich erhalten. Ich denke, Tasha wollte gerne Ehefrau eines Bauern sein. Sie wollte den Hof – ob als Statussymbol oder kostenlose Unterkunftsstätte für ihre Pferde, weiß ich nicht.« Er zuckt mit den Achseln.

»Leider kam sie aus der Stadt – ich lernte sie auf einer Feier der Jungbauern kennen –, und deshalb verstand sie nicht, was von ihr erwartet wurde, womit ich nicht meine, sie hätte auf dem Hof so mit anpacken oder so kochen und den Haushalt führen müssen wie meine Mutter, aber da sie beschlossen hatte, ihren Job hinzuschmeißen – sie war Krankenschwester – konnten wir uns keine Hilfe leisten. Als Mums Krankheit festgestellt wurde, kümmerte ich mich um sie, und Oliver kam, um auf dem Hof zu helfen.« Seine Stimme verliert sich, kehrt dann aber wieder zurück. »Das alles hat mich völlig umgehauen.«

»Sie müssen nicht darüber reden, wenn Sie nicht wollen«, sage ich und freue mich, dass er zu mir Vertrauen gefasst hat, wenngleich ihn das Thema traurig macht. Bis jetzt erschien mir Guy ziemlich kühl und verschlossen, doch heute Abend hat er mir seine andere Seite gezeigt: eine sehr fürsorgliche und mitfühlende.

»Ich spreche normalerweise nicht darüber«, sagt er, »aber bei Ihnen fällt es mir leicht, denn ich habe nicht das Gefühl, beurteilt zu werden. Außerdem sind Sie nicht wie Fifi – sie findet, ich sollte aufhören, mich mit dieser Sache weiter zu quälen und mein Leben weiterleben.« Ein trauriger Schatten fällt über seine Augen, und sie verfinstern sich. »Sie kann sagen, was sie will, aber ich werde nie darüber hinwegkommen. Und ich werde auch nie wieder jemandem vertrauen können.«

So hatte Fifi das bestimmt nicht gemeint, denke ich, als Guy sein Glas austrinkt und es zurück auf den Tisch stellt.

»Tut mir leid«, sagt er. »Sie haben inzwischen sicher genug von meiner Geschichte.«

»Ist schon in Ordnung«, erwidere ich und ertappe mich bei dem Gedanken, dass ich mehr als glücklich wäre, ihm so lange zuzuhören, wie er möchte. Ich mag den warmen Ton in seiner Stimme. Genauso wie ich es mag, mit ihm hier zu sitzen, und nicht, weil sonst niemand da ist.

Ich erzähle Guy, dass ich immer geglaubt hatte, mit David alt zu werden – nein, nicht nur geglaubt, sondern auch gewollt –, um irgendwann mit ihm im Kreise unserer Kinder und Enkelkinder unsere goldene Hochzeit zu feiern. Ich hatte geträumt, mich mit ihm im Alter aufs Land zurückzuziehen und in einem Haus wie diesem zu leben, mit Rosen und Heckenkirschen im Vorgarten.

»Genauso ging es mir mit Tasha«, meint Guy, und eine Zeit lang verlieren wir uns in unseren eigenen Welten.

Irgendwann versuche ich, ihm noch ein Glas Wein nachzuschenken, doch er hält die Hand darüber.

»Nein danke, Jennie«, sagte er. »Ich sollte gehen«, fügt er hinzu, aber ich merke, dass er es nicht allzu eilig hat, meine gemütliche Küche zu verlassen. Ich spüre, wie sein Blick ein bisschen länger auf meinem Gesicht verweilt als nötig, bevor er schließlich aufsteht und sagt, er müsse nun wirklich gehen.

Ich begleite ihn durch den kleinen Vorraum zur Diele.

»Danke, dass Sie vorbeigekommen sind«, sage ich, als er in der Haustür steht und zögert, mir die Hand zu geben. Ich kann den Pulsschlag in meinem Kopf hören. Interpretiere ich in diese Situation vielleicht zu viel hinein? Ist er …?

»Vielen Dank für den Wein und Ihre Gesellschaft, Jennie.«

Ich neige mein Gesicht vor zu Guy, nur ganz leicht, doch er reagiert darauf, beugt sich zu mir, berührt meine Lippen und murmelt anschließend: »Gute Nacht.« Dann verschwindet er in der Dunkelheit, als würde er davonlaufen.

Was hat das jetzt zu bedeuten? Wie soll ich mich fühlen? Geschmeichelt? Überglücklich? Guy hat es geschafft, mich beschwingt und mehr als nur ein bisschen verwirrt zurückzulassen.

7

Zitronenkuchen

Es ist Sonntagmorgen, und die Kinder sind immer noch bei David. Ich frühstücke zusammen mit Lucky – wir essen beide Toast mit Honig – und frage mich, was sie gerade machen. Guy geht am Haus vorbei – er bringt die Kühe nach dem Melken wieder hinaus aufs Feld. Er hebt seinen Stock und winkt mir zu. Ich berühre meine Lippen, die er gestern Abend geküsst hat, winke zurück und schaue, wie er die Auffahrt hinuntergeht. Dann sehe ich, wie er wieder zurückkehrt, und zirka eine Stunde später mit seinem Land Rover wegfährt.

Ich bin nicht neugierig, sondern habe lediglich von der Küche aus eine sehr gute Aussicht auf unsere gemeinsame Auffahrt. Außerdem bellt Lucky, sobald sich etwas bewegt.

Wo führen ihn seine Ausflüge hin? Zu seiner Mutter? Zu einer Freundin? Als Sophie ihn danach fragte, antwortete er ihr nicht, doch kann ich mir kaum vorstellen, dass er in keiner Beziehung ist. Dass seine Frau mit seinem Bruder durchgebrannt ist, nimmt ihn offensichtlich immer noch sehr mit, allerdings liegt das schon eine ganze Weile zurück, und eins weiß ich, die Zeit heilt Wunden. Gestern Abend hat er mich geküsst, der Kuss war eindeutig gewollt gewesen, denn danach lief er fast weg, als ob ihm plötzlich klar geworden wäre, was er getan hat. Hatte er aus einem Impuls heraus gehandelt, den er sofort bedauerte, weil er mit einer anderen ausgeht?

Ich nutze die Zeit, um ein Cottage Pie zu machen, ich koche also Rinderhackfleisch und überbacke es mit Kartoffelbrei und backe anschließend einen Zitronenkuchen. Wenn Adam und die Mädchen nach Hause kommen, werden sie Hunger haben. Ich gebe die Zutaten für einen Biskuitteig in die Schüssel, verrühre sie, füge duftende Zitronenschale hinzu, fülle den Teig in eine Kastenform und stecke sie in den AGA.

Lucky hört den Land Rover noch vor mir zurückkommen, doch anstatt vorbeizufahren, hält er vorm Haus. Guy steigt aus. Er trägt eine schicke Hose, braune Halbschuhe, ein weißes T-Shirt und darüber einen blassblauen Pullover mit V-Ausschnitt. Er geht zum Küchenfenster und klopft dagegen, und ich öffne es, dabei frage ich mich sehnsüchtig, ob er mich noch einmal küssen wird, diesmal aber richtig. Doch ich werde enttäuscht – zumal ich selbst viel zu schüchtern bin, um an der Situation etwas zu ändern, besonders bei hellem Tageslicht und ohne ein Glas Rotwein, das einem Mut macht.

»Jennie«, sagt er, ohne im Geringsten verlegen zu sein oder auf unser Gespräch von gestern Abend einzugehen. »Ich habe dir die Hühner besorgt.« Er klingt aufgeregt, so wie Adam, als wir den Hund abholten, und mir fällt auf, dass er das vertraulichere Du anschlägt.

»Heute? Aber wir haben doch Sonntag.«

»Ich habe sie von Ruthie, einer Freundin. Sie hat wie ich einen Hof und arbeitet sieben Tage die Woche, weshalb sie sich immer freut, wenn ich vorbeikomme, egal wann.«

»Ach so.« Ich spüre einen Stich in meiner Brust und verstehe nicht, warum ich eifersüchtig bin. Guy hat Freunde, na und? Immerhin hatte er ein Leben, bevor ich auf der Bildfläche erschien. Ich weiß, ich sollte das Ganze nicht zu sehr durchleuchten, aber vielleicht ist er ja gar nicht der einsame, von der Liebe enttäuschte Bauer, für den ich ihn bisher gehalten habe. Ich hatte sogar Mitleid mit ihm, was anscheinend gar nicht nötig ist. Immerhin stammt er aus Talyton St. George und ist daher schon seit langem mit der Gemeinschaft hier verbunden.

»Vielen Dank für deine Mühe, das ist wirklich sehr nett von dir«, fahre ich fort und schäme mich, in Guys Vertrauen, das er mir gestern Abend bei einem Glas Wein entgegenbrachte, zu viel hineinzuinterpretieren. Ich beschließe, meine Phantasien zukünftig zu unterdrücken – er ist ein gut aussehender Kerl, und ich fühle mich, trotz Familie und Freunden, manchmal allein hier, was dennoch kein triftiger Grund ist, eine ernste oder anders geartete Beziehung einzugehen.

»Ich fuhr quasi an ihrer Haustür vorbei, schaute einfach kurz bei ihr hinein und nahm die Hühner mit«, sagt er. »Wo soll ich sie hinbringen?«

»Ich habe noch keinen Hühnerstall. Wo können wir sie sonst unterbringen?« Ich wische mir meine Hände an einem Geschirrtuch ab. »Ich wollte mir einen dieser Hühnerställe aus Plastik bestellen, die ich bei Overdown Farmers gesehen habe, von denen mir der hellgrüne am besten gefiel.«

»Da werden die Hühner aber viele Eier legen müssen, damit sich dieser Hühnerstall bezahlt macht. Jennie, das sind nur Hühner – die brauchen keine Fünf-Sterne-Unterkunft, sondern lediglich eine Bleibe, die sie vor Charlie schützt.

»Charlie?«

»Den Fuchs.«

»Gibt es viele von denen hier? Da, wo wir früher wohnten, gab es viele – sie schienen von den Fast-Food-Resten prächtig zu gedeihen.« Und von Hühnern, schießt es mir durch den Kopf, als mir das Schicksal von Summers Federvieh wieder einfällt.

»Der seltsame Kauz versucht hier und da sein Glück«, klärt mich Guy auf.

»Oh Gott, jetzt werde ich mir die ganze Zeit Sorgen um die Hühner machen.«

»So ist das nun mal mit Tieren.« Er lächelt. »Es hört nie auf. Mach's so wie ich mit meinen Hühnern – sperr sie abends in einen der Ställe und lass sie tagsüber raus! Geh doch schon mal voraus und öffne mir das Tor, ich bringe sie dann in den Hof.«

Ich schließe Lucky im Haus ein, da ich mir nicht sicher bin, ob er auf die Hühner losgeht oder nicht, gehe hinten über den Hof, wo das Unkraut, das wir herausgezupft haben, schon wieder durch die Ziegel und das Kopfsteinpflaster wächst, und öffne das Tor. Guy fährt herein, parkt den Land Rover rückwärts vor einem der Ställe, springt aus dem Auto und öffnet schwungvoll die Heckklappe.

»Hier sind sie«, verkündet er, und ich erblicke zwei Lattenkisten mit gefiederten Bewohnern. »Zehn Damen, bereit zum Eierlegen.«

»Sie sehen etwas …«, ich versuche, nicht zu undankbar zu klingen, »zerrupft aus.«

»Ach so, das ist, weil sie aus einer Legebatterie stammen und achtzehn Monate in Käfigen eingesperrt waren. Ruthie setzt sich für artgerechte Hühnerhaltung ein und rettet solche Tiere. Mach dir keine Sorgen, sie werden sich bald erholen und noch ein paar Jahre Eier legen.«

Guy hebt die Kisten aus dem Auto, trägt sie zusammen in den Stall und stellt sie auf den Boden, der mit altem Stroh ausgelegt ist. Er schließt den unteren Teil der Stalltür, hebt den Deckel der ersten Kiste hoch und nimmt eins der Hühner heraus.

»Das ist ziemlich dünn«, sagt er und taxiert sie. »Meiner Meinung nach eine Größe null. Was glaubst du?«, fügt er hinzu und gibt es mir.

»Oh«, antworte ich und trete einen Schritt zurück. »Ich weiß nicht… Ich dachte nicht, ich müsste es in die Hand nehmen.«

»Halt die Flügel fest, damit es mit ihnen nicht schlagen kann und sich aufregt«, weist Guy mich an, und seine Hand streift meine, als er sie mir gibt.

»Ich bin hier diejenige, die aufgeregt ist«, erwidere ich. Ich entspanne mich und lächle, während das Huhn sich beruhigt. »Es ist so leicht. Und fühlt sich so warm an. Und hat fast alle Federn verloren, das arme Ding.« Die übrig gebliebenen Federn sind hellbraun, hier und da auch cremefarben. Seine Haut ist blass, rau und picklig. Außerdem hat es einen roten, gummiartigen Kamm auf dem Kopf und Kehllappen unter dem Schnabel. Es schaut mich misstrauisch mit einem Auge an, einem runden, orangefarbenen. »Was ist das, das da immer über seinem Auge flattert?«, frage ich.

»Sein drittes Augenlid, Hühner haben so etwas. Es blinzelt.« Guy lächelt wieder. »Es blinzelt auch vor Freude, ein so luxuriöses Zuhause gefunden zu haben wie dieses hier. Lass es auf den Boden.«

Ich setze das Huhn vorsichtig auf dem Boden ab und lasse es gehen.

»Sieh nur, was es macht«, fährt er fort. »Denk daran, es hat sein ganzes Leben bisher nur auf Drahtgittern gestanden und seinen Käfig mit anderen Hühnern geteilt. Es hat, bevor es zu Ruthie kam, noch nie Stroh oder Tageslicht gesehen.«

»Das arme Ding…«

Das Huhn steht für zirka eine Minute mit gekrümmtem Rücken da, bevor es sich schüttelt, seine mitleiderregenden, kahlen Flügel streckt und zu dem Licht hüpft, das durch die geöffnete obere Hälfte der Tür hineinfällt. Es berührt vorsichtig mit seinem Schnabel das Stroh, weicht zurück, als hätte es sich erschrocken und berührt es dann wieder. Offensichtlich ermutigt kratzt es mit den Füßen nach dem Stroh, dreht sich herum und pickt wieder nach dem Boden.

»Ganz schön schlau, was?«, sagt Guy. »Warte ’n Moment! Ich habe noch etwas Getreide in meinem Wagen.« Er holt einen kleinen braunen Beutel, wirft mehrere Hand voll mit Körnern auf den Boden, so dass das Huhn danach picken kann. Danach packen wir gemeinsam die restlichen Vögel aus den Kisten, die sich zuerst zanken, dann aber wieder beruhigen. Die gierigeren unter ihnen picken nach dem Korn, währenddessen die ruhigeren sich zum Schlafen auf das Stroh legen. Eins setzt sich auf den Rand der Kiste.

»Sie haben ganz unterschiedliche Wesen«, bemerke ich, als wir rückwärts aus dem Stall gehen, um mögliche Fluchtversuche zu verhindern. Als wir draußen sind, schließe ich die untere Hälfte der Tür. Guy und ich lehnen uns über den Rand und beobachten die Hühner, zumindest versuche ich das, doch mein Blick wandert immer wieder zu dem Mann neben mir. »Ich hätte nie gedacht, dass ein Huhn eine eigene Persönlichkeit hat.«

»Ich finde, du solltest das herrische da hinten Fifi nennen«, meint Guy und zeigt auf eins, das mit dem Schnabel nach dem Auge seiner Nachbarin hackt.

»Bitte, etwas mehr Respekt!«, sage ich schelmisch zu ihm.

»Stimmt, ich sollte sie nicht schlechtmachen«, gibt er mir Recht. »Du musst die Hühner erst ein paar Tage hier im Stall lassen, damit sie sich an ihn gewöhnen, bevor du sie hinaus in den Garten oder auf die Koppel lassen kannst, wo sie nach Futter suchen können. Sie werden wahrscheinlich erst in ein oder zwei Wochen Eier legen. Außerdem müssen sie an Wasser kommen können. Ach ja, ich bring dir noch was von meinen Legekörnern, bis du dir selber welche gekauft hast.« Er sieht mich belustigt an. »Legekörner ist Hühnerfutter. Sie mögen auch Mehlwürmer – lebendige. Ist eine Delikatesse für sie.«

»Igitt, ich bin mir nicht sicher, ob ich ihnen diese Freude bereiten kann. Ich glaube, Sophie auch nicht.«

»Weißt du eigentlich, dass ein Huhn eine Maus jagen und töten kann?«

»Du verdirbst mir gerade die Lust auf Eier.« Doch von den Hühnern kann ich nicht genug bekommen. Ich kann meinen Blick nicht von ihnen losreißen. »Vielen Dank«, sage ich schließlich. »Was schulde ich dir?«

»Ruthie ist immer froh, wenn sie für ihre Hühner ein gutes Zuhause gefunden hat. Du schuldest mir also gar nichts, obwohl ich gegen ein Stück Kuchen nichts einzuwenden hätte, wenn es welchen gibt. Ich glaube, mir stieg vorhin Backduft in die Nase.«

»Ich habe einen Zitronenkuchen im Ofen. Warum bleibst du nicht zum Mittagessen – wenn du es nicht eilig hast?«

Er schaut auf die Uhr.

»Melken muss ich erst in ein paar Stunden.«

»Ich muss um halb drei los, um David zu treffen«, sage ich. »Hast du nicht manchmal von der Arbeit die Nase voll? Sie ist doch wie eine Fessel.«

»Um ganz ehrlich zu sein, wenn ich es tatsächlich mal schaffe, von hier wegzukommen und in Ferien zu fahren, fehlt sie mir.« Er lächelt wieder.

»Die Kinder werden traurig sein, die Ankunft der Hühner verpasst zu haben.«

»Das glaube ich dir! Wir müssen irgendwann eine Liebesheirat arrangieren«, verkündet Guy auf dem Weg hinein ins Haus. »Zwischen Napoleon und deinen Hühnern«, fährt er schelmisch fort.

»Um dann am Schluss ganz viele Küken zu haben«, sage ich, während sich mein Puls wieder beruhigt, der kurzzeitig einen Satz gemacht hatte, als Guy von einer Liebesheirat sprach, dann aber klarstellte, dass sie nicht zwischen ihm und mir gemeint war. Dennoch bin ich ziemlich aufgeregt – der Gedanke, Küken zu haben, weckt in mir mütterliche Instinkte.

»Darauf läuft es normalerweise hinaus«, stellt Guy grinsend fest und nimmt am Ende des Küchentischs Platz. Ich nehme den Kuchen aus dem Ofen heraus, lasse ihn auf dem Kuchengitter abkühlen, während ich in der Zwischenzeit ein paar Sandwichs mache.

»Ich habe außer Käse und Gurken nichts da«, verkünde ich Guy und stelle ihm einen Teller hin. »Schinken und Humus sind weg – Adam muss den Kühlschrank geplündert haben, bevor er das Haus verließ.«

Wir essen und plaudern über Guys Pläne, einen neuen Kuhstall zu bauen, und mein Vorhaben, meine Kuchen auf dem nächsten Bauernmarkt zu verkaufen, während Lucky zu meinen Füßen sitzt und um Krümel bettelt, bis der Zeiger der Uhr nach zwei steht und ich Guy sage, dass ich mich auf den Weg machen müsse.

»Ich möchte die Kinder nicht warten lassen«, erkläre ich und nehme meine Handtasche und Schlüssel.

»Genauso wenig wie ich meine Damen«, bemerkt Guy lächelnd. »Wir sehen uns.«

»Auf jeden Fall.« Ich rufe Lucky, lasse Guy durch die Haustür hinaus und schließe sie hinter mir ab. »Tschüs dann.« Unsere Verabschiedung fühlt sich komisch an. Freunde, oder doch ein bisschen mehr als das? Ich wünschte, ich würde wissen, wie wir zueinander stehen.

Ich beginne, zu verstehen, warum Luckys frühere Besitzer ihn auf der M5 ausgesetzt haben. Er bellt ununterbrochen im Auto, bis wir den McDonald's in Sparkford erreichen, wo ich mir nicht sicher bin, was ich mit ihm tun soll, da ich auf der Windschutzscheibe des Allradwagens neben mir einen Aufkleber sehe, auf dem geschrieben steht, »Hunde können in überhitzten Autos sterben.« Es ist zwar schon fast vier, aber immer noch ziemlich warm, und ich möchte Lucky ungern sterben lassen, besonders jetzt, da ich ziemlich viel Geld in ihn investiert habe. Ich nehme ihn mit und leine ihn an, doch auf der Tür des McDonalds' befindet sich ein Schild mit dem Hinweis »Keine Hunde«. So bleibe ich draußen.

Ich kann es kaum erwarten, Adam, Georgia und Sophie wiederzusehen. Hätte ich Guy und Lucky nicht gehabt, wäre das Wochenende für mich ziemlich lang geworden. Ich erkenne Davids Auto, als er auf den Parkplatz fährt, und laufe hinüber zu ihnen, um sie zu begrüßen. Die Mädchen umarmen mich, während Adams Aufmerksamkeit Lucky gilt, der an ihm hochspringt und dabei mit seinen schmutzigen Pfoten Spuren auf seiner Jeans hinterlässt.

»Dad, ich verhungere«, verkündet Adam und schaut hoch zu seinem Vater.

»Gut, du kannst einen Burger haben, wenn du willst«, erwidert David. »Möchtest du einen Kaffee, Jennie?«

»Sehr gerne, aber einer von uns muss mit Lucky draußen warten.«

»Das mache ich«, sagt Adam.

»Ich bleibe auch draußen«, verkündet Georgia.

»Ich auch«, schließt Sophie sich ihren Geschwistern an. Ich lächle in mich hinein. Sie haben den Hund mehr vermisst als ihre Mum.

Bevor wir uns mit dem Kaffee hinsetzen, kauft David Burger und Pommes frites und bringt sie den Kindern hinaus.

»Hattest du ein schönes Wochenende?«, frage ich.

»Es war lustig«, erwidert David. »Und wie war deins? Hast du es geschafft, das Haus ein bisschen mehr auf Vordermann zu bringen?«

»Nicht wirklich, aber ich habe an meinem Businessplan gearbeitet und beschlossen, einen Stand auf dem nächsten Bauernmarkt zu mieten, um das Terrain zu sondieren.«

»Wie läuft dein Geschäft mit dem Kuchenbacken? Wie viel Umsatz hast du inzwischen gemacht?« Er interpretiert mein Schweigen richtig und meint daraufhin: »Das habe ich mir gleich gedacht. Du bist einfach nicht hungrig genug. Man braucht für ein eigenes Geschäft richtige Leidenschaft« – er schlägt sich auf die Brust – »hier drin. Es wird nicht funktionieren, und das weißt du. Du solltest dir besser einen Job suchen und als Angestellte arbeiten.«

»Das will ich aber nicht. Meine Kuchen sind Qualitätsprodukte, und ich weiß, dass ich verkaufen kann. Außerdem kam doch der Vorschlag von dir, mich mit dem Backen selbständig zu machen, wenn du dich noch daran erinnern kannst.«

»Ich würde es an deiner Stelle sein lassen und versuchen, dieses riesige alte Haus loszuwerden, um mir dann mit dem Kapital etwas Bescheideneres in der Vorstadt zu kaufen.«

»Was hast du da gerade gesagt?«

»Du wirst es nie allein ohne deine Eltern schaffen. Die springen doch immer, wenn du rufst.«

»Aber das haben sie nie getan.«

»Doch, sie waren ständig bei uns – zumindest deine Mutter. Sie hat dir immer geholfen. Genau wie deine Schwester und Summer. Glaub mir, du wirst innerhalb eines Jahres wieder zurück sein. Warum ersparst du dir nicht viel Kummer und kommst schon jetzt wieder zurück?«

»Auf keinen Fall, David.«

»Es wäre aber vernünftig, Jennie. Adam hat mir am Wochenende sein Herz ausgeschüttet. Er wollte von Anfang an nicht nach Devon ziehen. Ich habe mir inzwischen die Schule vor Ort angeschaut, und sie ist alles andere als toll.«

»Sie ist in Ordnung. Ich habe nachgesehen, welchen Platz sie im Ranking der Schulen einnimmt, und sie liegt im Durchschnitt.«

»Der Durchschnitt ist nicht gut genug. Abgesehen davon geht es nicht nur um Prüfungen, sondern auch um den sozialen Aspekt.«

Ich weiß, was David damit meint – er möchte seinen Sohn im Kreis der Macher dieser Welt sehen.

»Freunde kann man nicht kaufen …«, sage ich.

»Aber«, unterbricht mich David, »man kann Einfluss kaufen. Ich möchte das Beste für ihn, Jennie. Warum, Herrgott noch mal, willst du das nicht einsehen? Sieh doch einmal über unsere Scheidung und deine Vorurteile mir gegenüber hinweg, und denk an unseren Sohn und was das Beste für ihn ist.«

»Ich weiß, was das Beste für ihn ist«, erwidere ich dickköpfig. »Ich bin seine Mutter.«

»Und ich sein Vater«, sagt David selbstgefällig. Sein Kiefer spannt sich an. »Warum erfahre ich als Letzter, dass Adam auf dem Hof nebenan jobbt? Warum hat es niemand für nötig gehalten, mich zuerst davon zu unterrichten?«

»Ich sah keinen Grund dazu.«

»Wir haben uns geeinigt, dass du das alleinige Sorgerecht für die Kinder hast, aber wir gemeinsam die Entscheidungen für sie treffen.« Er macht eine strategische Pause, um dann mit seiner Einschüchterungstaktik fortzufahren, und ich spüre, wie langsam Wut in mir hochsteigt. »Was ist mit seinen Schulaufgaben?«

»Die wird er schon machen – dafür werde ich sorgen. Außerdem wird er durch diesen Job Verantwortungsbewusstsein lernen und sich freuen, sein eigenes Geld zu verdienen – Geld, für das er gearbeitet hat und das ihm nicht einfach nur gegeben wurde.« So wie mir, geht es mir durch den Kopf. »Ich verstehe nicht, warum du ein solches Theater machst, David?«

»Was ist mit meinen Wochenenden? Wie soll das laufen?«

»Das wird kein Problem sein. Guy hat klargestellt, dass er flexibel ist.«

»Abgesehen davon möchte ich auch nicht, dass mein Sohn denkt, er würde eines Tages Bauer werden«, erklärt mir David. »Er kann mehr als das.«

»David, es gibt unterschiedliche Wege, sein Leben zu leben. Sein Job hat nichts mit seiner zukünftigen beruflichen Laufbahn zu tun. Würde er Zeitungen austeilen, gingst du auch nicht automatisch davon aus, dass er irgendwann Journalist wird. Deine Argumentation ist lächerlich.«

Ich kann nicht glauben, dass wir uns wieder streiten. Ich hatte gedacht, dies würde nach der Scheidung aufhören, doch das genaue Gegenteil ist eingetroffen, es ist noch schlimmer geworden.

»Was weißt du über diesen Kerl, diesen Guy?«, wettert David weiter.

»Schluss jetzt – er ist ein anständiger Mann.« Ich verstumme. Das hatte ich auch einmal von David gedacht. Vielleicht bin ich aber nicht gut im Beurteilen des Charakters anderer, doch ich mag Guy, und was David hier andeuten will, mag ich gar nicht. Ich bin mir sicher, ich hätte gewiss über die Gerüchteküche schon erfahren, wenn etwas mit ihm nicht stimmen würde. Hier geht es nur um David, nicht um Guy. Er hat ein Problem damit, keine

Kontrolle mehr zu haben. »Adam wird es bei ihm gut gehen«, sage ich bestimmt.

Auf dem Weg nach Hause versuche ich, mit Adam und den Mädchen zu reden, aber Lucky will nicht aufhören zu bellen. Außerdem ist Sophie so müde, dass sie einschläft, währenddessen es Georgia vom Autofahren schlecht wird. Adam ist voll und ganz damit beschäftigt, Lucky abzulenken, der auf seinem Schoß sitzt, doch keines seiner Ablenkungsmanöver zeigt Wirkung auf die Häufigkeit oder Lautstärke seines Protests.

»Dieser verdammte Hund«, sage ich gereizt.

»Ich denke, er hat Angst, du wirst ihn wieder abgeben«, erwidert Adam beschützerisch.

Ich verkneife es mir zu sagen, dass ich das am liebsten tun würde, sollte er nicht in der nächsten Sekunde damit aufhören, weil das die Kinder nur beunruhigen würde.

Als wir zu Hause ankommen, ich das Auto im Hof parke, den Motor abstelle und den Hund hinauslassen kann, fällt die Anspannung von mir ab. Endlich wieder Ruhe und Frieden.

»Geht noch nicht ins Haus«, ruf ich den Kindern zu. »Ich habe eine Überraschung, nein, zehn Überraschungen für euch. Schaut mal in den Stall ganz am Ende.«

»Sind da Hühner drin?«, fragt Sophie, saust zur Tür, wo sie sich abmüht, den Riegel oben wegzuschieben. »Ich hoffe, es sind Hühner.«

»Guy hat sie vorbeigebracht«, sage ich.

»Ach«, erwidert Adam, und ich frage mich, ob da ein Hauch von Missbilligung in seiner Stimme zu hören ist.

»Das war sehr nett von ihm«, unterstreiche ich. »Er wollte auch wissen, ob du morgen bei ihm anfangen kannst.«

»Und was hast du ihm gesagt?«

»Ich habe natürlich zugesagt.«

»Wusste ich's doch!« Adams Augen blitzen verärgert auf. Diesen Gesichtsausdruck hat er in den letzten Monaten geübt und perfektioniert. »Immer triffst du die Entscheidungen für mich, als wäre ich selbst nicht in der Lage dazu.«

»Tut mir leid, aber du warst nicht hier.«

»Du hättest mir eine SMS schicken können.«

»Mummy!«, ruft Sophie und verschwindet in den Stall, aus dem Gekreische und Geflatter dringt. »Vielen Dank, ich liebe sie«, sagt sie und taucht mit einem Huhn auf dem Arm wieder auf. »Das ist das Beste, was mir je passiert ist...« Sie strahlt vor Freude. »Jetzt können wir immer Eier zum Frühstück essen.«

»Du magst keine Eier«, wirft Adam ein.«

»Tu ich doch«, erwidert Sophie.

»Adam, lass sie in Ruhe«, ermahne ich ihn. »Sophie, Guy meint, die Hühner müssen sich erst einleben, bevor sie Eier legen.«

»Macht nichts«, sagt sie.

»Ich glaube, sie brauchen noch mehr Stroh«, meint Georgia und schaut in den Stall.

»Ich bringe ihnen etwas zum Abendessen«, sage ich.

»Und was ist mit meinem?«, fragt Adam.

»Du hast gerade erst gegessen«, antworte ich lachend.

»Das ist schon Stunden her«, protestiert er, grinst dann aber und schaut auf seine Uhr. »Um genau zu sein, eine Stunde und zwölf Minuten.«

»Geh ins Haus und nimm dir was von dem Kuchen – ich glaube, Guy hat etwas übrig gelassen.« Schon wieder Guy. Ich merke, wie Adams Körper leicht erstarrt, und ich habe nicht das Gefühl, dass diese Reaktion auf den Kuchen zurückzuführen ist. Ich kann Ärger voraussehen. Als David mich sitzen ließ, konnte ich mir nicht vorstellen, mich noch einmal auf jemanden einzulassen, doch nach diesem Wochenende in der Gesellschaft eines gut aussehenden und fürsorglichen Mannes kommt mir der Gedanke, dass ich vielleicht bereit bin, meine Meinung zu ändern.

8

Englischer Früchtekuchen

Ich fahre eine Hand aus der Bettdecke und stelle den Wecker aus. Fünf Uhr morgens. Als wir noch in London wohnten, musste ich nie so früh an einem Montagmorgen aufstehen, aber ich quäle mich hoch und klopfe gegen Adams Tür.

»Heiazeit vorbei, Schlafmütze«, rufe ich sanft.

»Bin schon wach, Mutter.«

»Hast du was an?« Ich mache die Tür auf. Er steht bereits in seiner Jeans da und durchwühlt mit den Füßen die Kleider, die auf dem Boden liegen – der Anblick erinnert mich an die Hühner, wenn sie Futter suchen –, bis er das T-Shirt gefunden hat, das er anziehen will. Ich bemerke ein dunkles Augenpaar, das unter Adams Bettdecke hervorlugt und lächle in mich hinein. Ich habe Lucky gestern Abend vermisst, doch seit Adam wieder zu Hause ist, hat der Hund mich völlig vergessen und folgt Adam auf Schritt und Tritt.

»Wäre schön, wenn du dieses ›Heiazeit vorbei‹ nicht mehr sagen würdest.«

Das habe ich schon zu ihnen gesagt, als sie noch kleine Babys waren.

»Es ist peinlich, besonders wenn Josh bei uns übernachtet.« Adam zieht sich ein weißes T-Shirt über den Kopf.

»Ihm hat es nichts ausgemacht.«

»Aber mir. Josh fand es saukomisch.«

»Möchtest du noch etwas frühstücken, bevor du gehst?«

»Nein, ich frühstücke, wenn ich wiederkomme«, erwidert Adam. »Du musst nicht aufstehen und mich die ganze Zeit kontrollieren.«

»Ich wollte nicht, dass du an deinem ersten Tag zu spät bist.«

»Ich hatte mir drei Wecker auf zehn vor fünf gestellt – meinen iPod, mein Telefon und meinen Reisewecker.«

»Warum zehn vor fünf?«

»Damit ich noch zehn Minuten im Bett liegen bleiben konnte.« Er lächelt. »Mach dir keine Sorgen, Mum, und geh wieder ins Bett.«

»Das werde ich.« Lucky schließt sich mir an und kuschelt sich an meine Füße. Ich döse immer wieder ein und frage mich, wie Guy es schafft, jeden Tag so früh aufzustehen, und ob Adam dieses frühe Arbeiten wohl durchhalten wird.

Ich stehe erst auf, als Sophie um acht die Treppe heraufstapft, sich auf mein Bett wirft und mir verkündet, dass es den Hühnern gut geht, sie aber immer noch keine Eier gelegt hätten.

»Ich habe ihnen ihr Frühstück und frisches Wasser gebracht und sie im Stall gelassen. Ich kann es kaum erwarten, dass sie hinausgehen. Glaubst du, sie werden dann Eier legen?«

»Ich hoffe es.«

»Ich kann Lisa und Maggie voneinander unterscheiden«, erklärt sie mir, »aber wer Marge ist, kann ich dir nicht sagen.«

»Du musst eine Zeichnung von ihnen allen machen und eine Legende anfertigen, damit wir wissen, wer wer ist.«

»Das ist eine gute Idee.« Sie schmiegt sich an mich, und ich lege einen Arm um sie.

»Ich habe dich vermisst.«

»Ich dich auch.« Ich hatte die Kinder bereits gestern

Abend im Auto gefragt, was sie unternommen hätten, doch ihnen war nicht nach Plaudern zumute gewesen.

»Also, was habt ihr am Wochenende gemacht?«, frage ich noch einmal.

»Wir waren auf der Oxford Street einkaufen. Lustig, dass die Oxford Street in London ist und nicht in Oxford, oder? Wir waren allein mit Daddy da. Alice haben wir erst gestern Nachmittag gesehen, als sie von dem Wochenende mit ihren Freundinnen wieder zurückkam – doch sie hatte Kopfschmerzen und legte sich sofort hin. Das fand Daddy nicht so gut.«

Verständnisvoll wie immer, denke ich.

»Hast du inzwischen noch mehr Kuchen verkauft?«, will Sophie wissen und wechselt das Thema.

»Noch nicht.«

»Oh?« Sie schürzt die Lippen, die in diesem Licht ungewöhnlich glänzend und rot aussehen.

»Hast du Lippenstift auf dem Mund?«, frage ich sie.

»Daddy hat ihn mir gekauft.«

»Ich finde es ein bisschen früh am Morgen, um Make-up zu tragen«, stelle ich fest. Abgesehen davon, finde ich, ist sie mit acht auch noch zu jung dafür. Was denkt sich David nur dabei? Mir wäre lieber, er würde mit den Kindern etwas Sinnvolles unternehmen, anstatt mit ihnen einkaufen zu gehen und ihnen jeden Wunsch zu erfüllen, wenn sie bei ihm sind. So sieht es nur so aus, als würde er sich ihre Liebe erkaufen, was mir ungerecht erscheint, da ich ihnen nicht das Gleiche bieten kann.

Sophie geht über meine Bemerkung hinweg und sagt, »Daddy meint, du hättest überhaupt keinen verkauft.«

»Wäre schön, wenn dein Vater seine Meinung für sich behalten würde.«

»Macht doch nichts, Mummy«, tröstet sie mich. »Adam hat doch jetzt einen Job.«

Ich lächle in mich hinein – ich kann mir nicht vorstellen, dass Adam sein hart verdientes Geld herausrücken würde.

»Wenn du keine Kuchen verkaufen kannst, werde ich mir auch einen Job suchen.«

»Das ist sehr nett von dir«, sage ich und bin von ihrer Fürsorge gerührt, »aber was willst du denn machen?«

»Mich um die Hühner von Leuten kümmern, wenn sie im Urlaub sind«, erklärt sie mir strahlend.

»Ich weiß nicht, wie viel Geld du damit verdienen kannst. Die meisten werden ihre Nachbarn darum bitten, denke ich.«

»Wird Guy nach unseren Hühnern sehen, wenn wir in Urlaub sind?«

»Davon gehe ich aus, aber wir werden erst mal nicht in Urlaub fahren.« Ich sehe uns nicht in absehbarer Zeit an einen exotischen Ort fliegen.

»Dann müssen wir so tun als ob«, sagt Sophie.

»Ich dachte, wir könnten stattdessen unseren Einzug feiern.« Seit wir hierhergezogen sind, wollte ich meine Familie und Freunde über ein Wochenende einladen, um mit uns zu feiern.

Die Mädchen und ich frühstücken und machen danach eine Runde mit Lucky über das Anwesen, bevor Adam nach Hause kommt. Als ich sehe, wie die Kühe aufs Feld gehen und Luckys hoffnungsvolles Bellen höre, fange ich Adam an der Hintertür ab.

»Warte«, sage ich und halte mir die Nase zu. »Zieh deine Schuhe und deinen Overall aus. Draußen!«

Er setzt an, um mit mir zu diskutieren.

»Du kannst so nicht ins Haus – du bist dreckig. Ich sehe dir doch an, dass du den Melkstand abgespritzt hast – das meiste von dem Kuhmist ist auf dir gelandet. Geh sofort hoch ins Bad.«

Als er die Treppe wieder herunterkommt und intensiv nach Körperspray riecht, frage ich ihn, wie es gelaufen ist.

»Super.« Adam streckt sich und gähnt. »Ich habe schon mit Guy im Bauernhaus gefrühstückt.«

»Wie sieht es dort aus?«, frage ich ihn neugierig.

»Ein bisschen unordentlich – nicht schmutzig, nur unaufgeräumt.«

»Wenn ich an den Zustand deines eigenen Schlafzimmers denke, überrascht es mich, dass dir das überhaupt aufgefallen ist.«

»Warum willst du das wissen?«

»Weil ich eine neugierige Nachbarin bin.«

»Seit wir die Hühner haben, ist Sophie selbst zur Glucke geworden«, sagt Adam und wechselt das Thema, während Sophie verschwindet, um zum mindestens zehnten Mal an diesem Morgen nachzusehen, ob die Hühner Eier gelegt haben. »Sie werden keine legen, solange du sie störst«, ruft er ihr hinterher, aber ich glaube nicht, dass sie ihn hört.

Das Klingeln eines Telefons – meines Handys – unterbricht uns. Es dauert einen Moment, bis ich es unter einem Stapel Post auf dem Küchentisch gefunden habe.

»Hallo«, sage ich.

»Spreche ich mit Jennies Cakes?«, fragt mich eine weibliche Stimme.

»Hm, ja. Ich bin selbst am Telefon.« Ich bin platt. »Wie kann ich Ihnen helfen?«

»Ich habe Ihre Anzeige in der Zeitung gesehen und frage mich, ob Sie mir ein Angebot für einen Hochzeitskuchen unterbreiten können?«

Winkt da etwa ein Auftrag? Ich beginne, hektisch nach meinem noch unberührten Auftragsbuch zu suchen. Adam wird fündig. Ich nehme einen Kuli aus der Schublade und bin bereit, die Details – Name und Adresse – aufzuschreiben. Ich mache einen Termin für heute Abend um sechs Uhr aus, um mit der Braut die verschiedenen Alternativen zu besprechen.

»Bis später dann bei Ihnen zu Hause in der Old Forge in Talyford«, bestätige ich, bevor ich mich verabschiede. Dann schaue ich Adam an und reiße die Arme hoch.

»Volltreffer!« Ich bin außer mir vor Freude.

»Mum, das ist noch kein Auftrag«, sagt Adam und bringt mich wieder auf den Boden der Tatsachen zurück, »sondern eine Anfrage.«

»Stimmt, aber es ist ein Anfang«, erwidere ich beharrlich, währenddessen sich in meine Freude etwas Panik einschleicht. Wo fange ich nur an? Es gibt ein paar Fotos von den Kuchen, die ich für meine Familie und Freunde anlässlich besonderer Gelegenheiten gemacht habe. Außerdem kann ich schnell einen Obstkuchen und einen Schokoladenbiskuit backen, um sie anzubieten … »Adam, kann ich dich um einen Riesengefallen bitten?«

»Ob ich auf die Mädchen aufpasse? Mum, ich stand neben dir, als du den Termin für heute Abend ausgemacht hast. Meine Antwort lautet: Ja, mach ich.«

»Danke, Adam.« Ich bin gerührt, dass er sieht, wie wichtig mir Jennie's Cakes ist. »Du bist ein Held. Was machst du den Rest des Tages?«

»Weiß nicht. Wäre schön, wenn Josh hier wäre. Kann er uns irgendwann mal besuchen kommen?«

»Frag ihn doch, ob er zu unserer Einweihungsfeier kommen will – am letzten Wochenende im August.«

»Wir geben 'ne Party? Nächstes Wochenende schon?« Adams Miene hellt sich auf.

»Ja – und frag, ob er bei Karen oder Summer mitfahren kann. »Aber er muss einen Overall und einen Pinsel mitbringen«, füge ich hinzu. »Das ist die Bedingung. Wir stellen Farbe, Essen und Trinken, und dafür streichen die

Gäste mit uns Uphill House.« Ich habe mir überlegt, den Apfelwein von Guy zu kaufen, und wegen der Farbe mit Mr. Victor vom Eisenwarenladen ein Geschäft auszuhandeln, damit die Kosten nicht in die Höhe schießen. Und ich werde vorher ganz viele Kuchen backen. »Es wird schön sein, alle wiederzusehen.«

»Tante Karen wird bestimmt nicht streichen«, bemerkt Adam. »Du weißt doch, wenn sie eins hasst, dann ist es ihre Hände schmutzig zu machen.«

»Adam.« Ich versuche, ihn davon abzuhalten, meine Schwester schlechtzumachen, nur für den Fall, dass er das auch in ihrem Beisein tun wird.

»Onkel Hugo wird auch nicht streichen. Er wird sich ein paar Drinks genehmigen, so wie auf Granddads Geburtstag.«

»Da war er in der Tat ein bisschen beschwipst«, gestehe ich ein.

»Mum …« Adam grinst. »Er ist hingefallen.«

»Stimmt, er hat's mit dem Feiern ein wenig übertrieben.« Er fiel nicht nur um, sondern begann auch noch mir nachzustellen. Nüchtern ist er liebevoll und lustig, doch unter dem Einfluss von Alkohol verwandelt er sich in einen peinlichen, anzüglichen Kerl, der seit meiner Scheidung noch aufdringlicher geworden ist.

»Tante Karen war nicht glücklich, oder?«

Ich schüttle den Kopf. Als mein Vater seinen siebzigsten Geburtstag in diesem Hotel feierte, bemerkte jeder, wie er durch die Gegend torkelte, doch bin ich mir nicht sicher, wie viele seine Annäherungsversuche mir gegenüber mitbekommen haben. Was das angeht, kann er ganz schön gerissen sein.

»Wirst du Guy einladen?«

Es ist immer besser, die Nachbarn auch einzuladen, wenn man ausgelassen feiern will, wenngleich ich nicht glaube, dass Guy kommen wird. Würde er überhaupt mit meinen Eltern auskommen? Hätten sie etwas miteinander gemein?

»Wir werden sehen.« Ich stelle meine Überlegungen zur Party erst einmal zurück, während in meinem Kopf Bilder von Hochzeitstorten mit glänzender, glatter Glasur auftauchen, verziert mit frischen Blumen beziehungsweise Kristallen und Perlen. Oder wie wär's mit etwas ganz anderem: einer Hochzeitstorte, deren Etagen wie Koffer aussehen mit einer Hutschachtel als krönendem Abschluss? Oder vielleicht Etagen in Herzform?

Bin ich eine schreckliche Mutter? Zwinge ich meine Kinder, zu früh erwachsen zu werden, indem ich ihnen zu viel Verantwortung übertrage? Adam habe ich schon mal allein zu Hause gelassen, Georgia und Sophie aber noch nie. Es widerstrebt mir besonders bei Sophie, meiner Jüngsten, weil sie das Nesthäkchen der Familie ist. Ich schaue sie an, wie sie zwischen ihrem Bruder und ihrer Schwester dasteht und deren Hände hält, und wünsche mir in dem Moment, sie würde nie erwachsen werden.

»Adam, versprich mir, mich sofort anzurufen, wenn etwas nicht in Ordnung ist! Ich lasse mein Handy eingeschaltet.«

»Ja, Mutter«, sagt er und lächelt mich an.

»Und sollte mir zu Ohren kommen, dass es irgendwelchen Ärger gegeben hat …«

»Du meinst Zank«, unterbricht mich Georgia.

»Ich meine Fehlverhalten jeglicher Art, dann werdet ihr alle für immer und ewig Hausarrest haben.« Falsche Ansage – das werde ich wohl nicht konsequent durchziehen können.

»Hurra, dann müssen wir nicht zur Schule!«, bemerkt Sophie.

»Ich will aber zur Schule«, wirft Georgia ein.

Ich schaue zur Uhr. Zehn vor sechs. Ich werde zu spät kommen.

»In der Speisekammer steht ein Schokoladenkuchen.« Ich packe die Kuchenbehälter, das Messer, rosa Papierservietten, einen Ordner mit Fotos und eine Preisliste zusammen. »Ich werde nicht lange weg sein.« Ich zögere. »Sehe ich professionell aus?« Ich war mir unschlüssig gewesen, was ich anziehen sollte, und habe mich dann für eine dunkle Hose und eine weiße Bluse entschieden.

»Mum, du siehst klasse aus«, versichert mir Adam. »Viel Glück!« Ich freue mich, dass sie so begeistert sind und der Auftrag für eine Hochzeitstorte ihnen genauso viel bedeutet wie mir ... Ich hoffe nur, sie nicht zu enttäuschen.

Um viertel nach sechs sitze ich mit einer Tasse Tee im Wohnzimmer in der Old Forge in Talyford, die ein paar Meilen von uns entfernt am anderen Ende der Stadt liegt. Mir zu Füßen befindet sich ein Hund, ein Golden Retriever, dessen Kopf auf meinen Oberschenkeln ruht, und er schaut mich mit treuen braunen Augen an.

»Sally, hör auf zu betteln. Das ist nichts für dich«, ermahnt ihn Penny, die zukünftige Braut. Sie sitzt mir gegenüber in einem Rollstuhl mit einer Serviette auf ihrem Schoß, auf dem sich nur noch ein paar Kuchenkrümel befinden. Ich schätze, sie ist Mitte bis Ende dreißig. Mit ihrem lila Kopftuch, dem unterschiedlich gefärbten Haar und einem Kittel mit Farbflecken darauf ist sie eine schillernde Erscheinung – und das meine ich in mehr als einer Beziehung. »Jennie, das war köstlich.«

Von dem Bräutigam ist weit und breit nichts zu sehen, und nach den Hochzeitsfotos zu urteilen, die an den Wänden hängen, sieht es für mich so aus, als wäre dies ihre zweite Hochzeit.

»Wenn Sie sich für den englischen Früchtekuchen entscheiden, müsste ich das relativ schnell wissen, da er länger vorbereitet werden muss.« Ich höre, wie die Worte aus meinem Mund heraussprudeln, als hätte ich sie eingeübt, was der Wahrheit entspricht. Ich habe sie auf dem Weg immer wieder aufgesagt.

»Ach, das kann ich unmöglich«, sagt Penny seufzend.

»Die einzelnen Etagen können auch aus unterschiedlichen Kuchen bestehen.«

»Könnte ich vielleicht von jedem noch ein kleines Stück probieren?«

»Natürlich.«

Penny entscheidet sich für den englischen Früchtekuchen. Anschließend besprechen wir die Details: Preis, Allergien gegen Nüsse und die Verzierung.

»Manche Bräute hätten gerne eine Torte mit frischen Blumen«, sage ich.

»Ich habe es lieber sehr schlicht und einfach, Marzipan und Zuckerglasur für die Braut und den Bräutigam – ach, und ganz oben Sally. Sie denken jetzt zwar wahrscheinlich, ich sei verrückt, aber Sally bedeutet uns viel. Sie ist mein Lebensretter, wenn Declan nicht hier ist. Sie holt und bringt mir alles und räumt sogar die Waschmaschine für mich aus.«

»So einen Hund könnte ich auch gebrauchen«, bemerke ich reuevoll. »Wir haben erst seit kurzem einen Hund. Er stammt von der Tierhilfe. Er ist ein lieber Kerl, aber er steht meistens eher im Weg, als eine große Hilfe zu sein. Erst neulich habe ich ihn dabei erwischt, wie er die Butter klaute – das ganze Paket.«

»Zumindest macht er sich keine Gedanken über seinen Cholesterinspiegel«, meint Penny kichernd.

»Ich glaube, er macht sich über gar nichts Gedanken – er nimmt das Leben einfach so, wie es kommt. Wissen Sie, ich habe zwar schon Ponys, Frösche und Pinguine aus

Zuckerguss und Marzipan geformt, aber noch nie einen Hund.« Ich bemerke, dass Sally ein Geschirr trägt und an einer kurzen Leine geht. »Es gibt Firmen, denen Sie ein Foto schicken können und die nach Ihren individuellen Wünschen Kuchenaufsätze aus Ton anfertigen. So haben sie auch noch etwas von dem Aufsatz, wenn der Kuchen schon lange aufgegessen ist. Ich denke, das wäre die beste Lösung.«

»Gibt es Leute, die wirklich Frösche auf ihrer Hochzeitstorte haben wollen?«

»Ich bin gelegentlich gefragt worden, sie in meiner Palette der ›Prinzessinnentorten‹ aufzunehmen.« Als ich das sage, komme ich mir wie eine Hochstaplerin vor, aber ich weiß, ich muss ein bisschen »dicker auftragen«, um meine Kuchen anzupreisen. Eine »Palette« klingt nun mal viel besser als fünf oder sechs Torten und »gelegentlich« besser als »einmal«. In meiner bisherigen Laufbahn als Konditorin habe ich zwar bisher nur einen Frosch angefertigt, doch dieses kleine Detail verschweige ich Penny lieber.

Wir plaudern weiter, während ich den Papierkram erledige und eine Anzahlung vereinbare.

»Vielen Dank«, sage ich zu Penny, als sie den Auftrag unterzeichnet: Lieferung einer Hochzeitstorte, mit Glasur und Verzierung für den großen Tag Ende September; aufzustellen bis um 14.00 Uhr am Veranstaltungsort.

»In Ihrer Anzeige stand, dass Sie neu in der Gegend sind«, sagt Penny. »Gefällt es Ihnen hier?«

»Es ist sehr ruhig hier, aber deshalb wollte ich hierhin, dachte ich …«

Penny lächelt.

»Ich bin froh, hierhergezogen zu sein, ansonsten hätte ich Declan nie kennengelernt. Er ist mein Krankenpfleger, ein paar Jahre jünger als ich – kennen sie Fifi Green? Sie müssten sie an sich schon getroffen haben.«

Ich nicke, und Penny fährt fort. »Sie nennt mich den Puma von Talyton, was sich wie die Bestie von Dartmoor anhört, finde ich, aber ich betrachte es als Kompliment. Ich sollte meine Kritik gegenüber Fifi besser im Zaum halten – immerhin kauft sie meine Bilder, wenn auch nicht, weil sie ihr gefallen, sondern weil sie hofft, ihr Wert würde irgendwann steigen.«

»Können Sie von Ihren Bildern leben?«, frage ich, da ich denke, daraus Schlüsse für mein eigenes Geschäft ziehen zu können. Ihre Antwort ist enttäuschend.

»Ja, aber nur weil ich immer noch in London verkaufe. Anscheinend bekommen die Leute in der Stadt nicht genug von Ansichten des Taly Valley. Durch die Touristen kommt auch noch ein bisschen Geld herein – ich habe eine Reihe von Drucken, die sich in dem Geschenkeladen und dem Gartencenter als Souvenirs gut verkaufen. Ich komme zurecht.« Sie hält inne, neigt ihren Kopf zur Seite und schaut mich mit einem Zwinkern im Auge amüsiert an. »Ich kann mir eine anständige Hochzeitstorte leisten, falls sie Bedenken haben.«

»Nein«, erwidere ich schnell. »So habe ich das nicht gemeint …«

»Declan und ich wollen unsere Hochzeit richtig feiern, da wir nicht die Absicht haben, es noch einmal zu tun.« Penny seufzt. »Ich bin ein solcher Glückspilz. Als er mich das erste Mal fragte, mit ihm auszugehen, dachte ich mir: ›Wieso ich? Wieso nicht eine Frau seines Alters?‹«

Auf dem Weg nach Hause bin ich in einem Wechselbad der Gefühle, das von Glück bis Traurigkeit geht – glücklich, endlich einen ziemlich großen Auftrag an Land gezogen zu haben, und traurig, weil ich mich an meine eigene Hochzeit erinnere und einen Partner an meiner Seite vermisse, mit dem ich mich austauschen und alles teilen kann. Angefangen bei Gesprächen am späten Abend über das Leben und das Universum bis hin zu Kendal Pfefferminzriegeln und einer Flasche Pinot Grigio.

Die einzige Beziehung, die ich derzeit habe, ist die zu meinem Herd.

»Und?«, fragt Adam, als ich mit dem Auto vorfahre, während er mit Georgia und Sophie draußen steht und wartet. »Hat's geklappt?«

»Ja! Seht nur!« Ich halte den Auftrag durch das offene Fenster. »Ich werde ihn mir einrahmen.«

»Jaaa!« Adam boxt in die Luft, und ich muss schmunzeln. Auch wenn er sich benimmt wie ein der Welt überdrüssiger Zyniker, so wie sein Vater, ist das alles nur Show. »Wie viele Etagen?«

»Drei«, antworte ich.

»Ein dreifaches Hoch für drei Etagen«, sagt er, und die Mädchen springen ausgelassen herum und stimmen mit ein.

Ich gehe hinein. Ich muss bald mit dem Backen loslegen. Die Hochzeit ist in weniger als vier Wochen, was für einen englischen Früchtekuchen nicht wirklich viel Zeit ist, um durchzuziehen, aber ich bin mir sicher, er wird mir gelingen. Als ich später im Wohnzimmer auf dem alten Korbsofa eingerollt liege, Lucky neben mir, beginne ich eine Liste mit den Zutaten zu erstellen: brauner Muscovadozucker, süße kandierte Kirschen, saftige Rosinen und Courvoisier-Cognac, um den Kuchen damit zu tränken, denn er soll der beste Kuchen werden, den ich je gebacken habe.

Ich widme der Hochzeitstorte einen ganzen Tag, nehme die Kinder mit, um die Zutaten zu kaufen und begebe mich danach in meine Küche. Meine ganzen Sorgen verschwinden, denn ich tue genau das, was ich kann und was ich liebe. Macht mich mein derzeitiger Kontostand nervös? Ja, ein bisschen. In nächster Zeit sollte schon etwas Geld hereinkommen. Gut, David zahlt Unterhalt für die Kinder, doch ich bin bereits ausbezahlt worden.

Ich krame Delias Rezept für den klassischen Weihnachtskuchen hervor, den ich jedes Jahr zu Weihnachten backe, berechne die Mengen, die für drei Etagen notwendig sind, und lasse sie von Adam noch einmal nachrechnen. Ich entscheide mich für die runden Formen – in den rechteckigen backt der Kuchen nicht gleichmäßig und ist an den Ecken schneller durch.

Zuerst wiege ich die Johannisbeeren, Sultaninen und Rosinen ab und gebe sie zusammen mit einer Flasche Brandy in eine riesige Rührschüssel, damit sie durchziehen. Anschließend stecke ich die Dose mit dem Sirup in den AGA, da es sich besser verarbeiten lässt, wenn es geschmeidig ist. Dann greife ich nach den kandierten Kirschen. Ich kann ihnen nicht widerstehen und stecke mir eine in den Mund. Und noch eine. Ich genieße ihren süßen klebrigen Geschmack… Ich verschließe das Glas. Genug, oder ich bin irgendwann so rund wie eine Tonne.

Ich hacke die kandierten Kirschen, wiege Orangeat, Zitronat, Mandeln, Mehl und eine Prise Salz ab. Ein paar der Salzkörner landen versehentlich auf der Arbeitsfläche, weshalb ich noch eine Prise über meine linke Schulter werfe. Warum? Ich bin zwar nicht abergläubig, doch das hat mir meine Großmutter beigebracht. »Man muss dem Teufel den Wind aus den Segeln nehmen«, pflegte sie zu sagen. Ich wünschte, ich hätte ihre alten Rezepte, die offenbar weggeschmissen wurden, als man ihr Haus nach ihrem Tod ausräumte.

Anschließend reibe ich eine Muskatnuss und die Schale einer Orange und Zitrone, bis die Küche nach Weihnachten riecht.

Dann tauchen Adam und die Mädchen auf und drücken

sich in der Küche herum. Adam nimmt sich ein paar von den Rosinen aus der Schüssel, wirft sie sich in den Hals und beginnt zu husten.

»Igitt, nach was schmecken die denn?«

»Nach Brandy«, antworte ich.

»Das ist ja ekelhaft.«

»Tja, geschieht dir nur recht, wenn du sie dir einfach nimmst, ohne zu fragen«, sage ich gelassen. »Du kannst von den Rosinen haben, die noch in der Packung sind.« Ich halte inne. »Georgia, würdest du mir bitte die Eier aus der Speisekammer holen? Sie sind im mittleren Regal.«

»Ich wünschte, wir hätten inzwischen Eier von unseren Hühnern, die du verwenden könntest«, meint Sophie zu mir. »Kannst du dir nicht welche von Guy besorgen?«

»Ich fürchte nein – Kuchen, die man verkaufen will, dürfen nicht mit alten Eiern hergestellt worden sein. Vorschriften sind nun mal Vorschriften.« Ich habe vor, mir die Genehmigung einzuholen, um unsere eigenen Eier verwenden zu dürfen – sollten wir je welche haben! Ich schaue durch die offene Tür hinaus in den hinteren Garten, wo die Hühner auf dem Rasen nach Futter suchen, picken, scharren und überall ihren Dreck hinterlassen. Mir war nicht bewusst, dass sie so unordentlich sind. »Sophie, wenn du mir helfen möchtest, kannst du mir die Butter aus dem Kühlschrank holen.«

Ich rühre den dunklen Muscovadozucker und die Butter schaumig, schlage die Eier auf und füge sie nach und nach mit einem Löffel Mehl der Butter-Zucker-Masse hinzu. Dann hebe ich die trockenen Zutaten unter, gebe den Rest, einschließlich der gehackten Mandeln, in die Schüssel, bis der Teig dick und zäh ist und sich kaum mehr bewegen lässt. In dem Moment taucht Guys Gesicht vorm Fenster auf.

»Hallo«, begrüßt er mich. »Herzlichen Glückwunsch zu

deinem ersten Auftrag. Adam hat es mir heute Morgen erzählt.«

»Oh, danke«, erwidere ich. Adam hatte ihm morgens wieder beim Melken geholfen – anscheinend hat er Spaß daran.

»Du hast doch gesagt, Gemüse anpflanzen zu wollen«, sagt Guy.

»Ja, aber ich habe es bisher nicht geschafft.« Ich bemerke die Verdrossenheit, die in meinem Ton mitschwingt, da auch dieses Vorhaben zu den vielen Aufgaben gehört, zu denen ich bisher nicht gekommen bin. »Wie du siehst, stecke ich gerade bis zu den Ellenbogen in einem Kuchenteig.«

»Dann lass dich von mir nicht abhalten. Ich dachte nur, weil ich gerade eine Stunde übrig habe, ich könnte mit der Bodenfräse über das alte Gemüsebeet fahren. Das geht viel schneller, als wenn du es mit dem Spaten umgraben müsstest. Der Lehmboden ist ziemlich fest.«

»Guy, du hast schon mehr als genug für uns getan.« Ich glaube nicht, dass er mich versteht, aber ich beginne mich allmählich ihm gegenüber verpflichtet zu fühlen.

»Ich helfe dir gerne.«

»Gut …« Ich gerate ins Wanken. »Dann bezahle ich dich aber.«

Guy runzelt die Stirn, mir wird augenblicklich klar, dass ich das Falsche gesagt und ihn verletzt habe.

»Ich bin nicht irgendein Gelegenheitsarbeiter«, sagt er steif. »Ich biete dir meine Hilfe an, weil wir Nachbarn sind.«

»Ja, aber du hast schon so viel für uns getan … die Hühner, Adams Job …«

Guy steckt seine Hände in die Hosentaschen und schaut einen Moment auf den Boden, bevor er mich wieder ansieht.

»Jennie, wenn du das Gefühl hast, ich werde lästig, dann sag das, und ich lasse dich in Ruhe.«

»Nein! So habe ich das nicht gemeint!«

»Ich würde dir meine Hilfe nicht anbieten, wenn ich das nicht wollte«, sagt er. »Und ich erwarte keinen Kuchen oder irgendetwas anderes als Gegenleistung.«

Ich gebe nach, denn es wäre toll, wenn der Garten umgegraben und das Beet vorbereitet wäre, um es dann im Frühjahr zu bepflanzen, aber ich möchte nicht den Eindruck erwecken, ihn auszunutzen. Ich frage mich langsam, warum Guy immer in der Nähe meines Hauses oder meines Grundstücks ist, wenn er doch selbst – was sagte Adam noch mal? – hundertfünfzig Morgen Land besitzt. Liegt es daran, dass er allein auf seinem Hof lebt oder weil er hier glücklicher ist, da Uphill House einmal sein Zuhause war? Oder fühlt er sich in unserer Gesellschaft wohl, obwohl wir aus der Stadt kommen?

»Na gut. Vielen Dank«, erwidere ich.

»Ich gehe hinten herum«, sagt er.

»Kann ich helfen?«, fragt Adam.

»Klar«, antwortet Guy, und ich merke, wie gut es Adam tut, noch einen Mann in der Nähe zu haben. Ich wünschte mir, David wäre ein bisschen wie Guy gewesen – seine Vorstellung einer Vater-Sohn-Beziehung bestand darin, Achterbahn zu fahren, Gotcha zu spielen und sich über Drahtseile zu schwingen, aber nicht zu Hause zu bleiben und etwas zu machen, was mit dem wirklichen Leben zu tun hat. Ich widme mich wieder meinem Kuchen und rühre den Teig noch einmal um, der mir irgendwie nicht dunkel genug erscheint. Vielleicht ist aber meine Erinnerung auch einfach nicht mehr das, was sie einmal war, was ich allerdings eigenartig finde, denn ich dachte, die Zeit der Mamanesie, unter der ich eine Zeit lang litt nachdem die Kinder geboren waren, wäre vorbei. Ich schaue hinaus

aus dem Fenster über der Spüle und sehe Adam und die Mädchen, die das Umpflügen des Beets spannender fanden als zu backen. Guy hat ihnen aufgetragen, das Gemüsebeet mit Stöcken und einer Schnur einzugrenzen. Ich lächle, während ich ihnen bei ihrer Arbeit zusehe, und da fällt mir ein, dass ich selbst noch etwas zu tun habe.

Ich fahre mit einem gewissen Stolz fort und beschließe, die Kuchenformen ganz herkömmlich auszubuttern und mit Backpapier auszulegen, bevor ich den Teig in sie hineingebe. Ich muss ihn richtiggehend führen, da er so fest ist und wie eine schläfrige Schlange aus der Schüssel kriecht. Während ich den Teig in der ersten Kuchenform glatt streiche, steigt mir der Duft von Gewürzen, Alkohol und Zitrusfrüchten in die Nase, doch mittlerweile bin ich mir ganz sicher, dass etwas fehlt.

Der Sirup! Ich habe es im AGA vergessen!

Geschieht mir nur recht, ich habe mich ablenken lassen. Ich kippe den Inhalt der Kuchenformen wieder zurück in die Rührschüssel und rühre den Sirup unter. Plötzlich steigt Panik in mir hoch, und ich frage mich, ob ich zu grob mit dem Teig umgegangen bin. Falls ja, habe ich dadurch die Konsistenz des Kuchens ruiniert, wenn er fertig gebacken ist.

Ich mache weiter, spüle die Kuchenformen ab, lege sie noch einmal mit Backpapier aus und gebe dann den Teig, der jetzt dunkler ist, in die Formen. Ich umwickle die Formen mit einer doppelten Schicht Backpapier, damit der Kuchen beim Backen nicht verbrennt, und decke sie oben mit kreisrundem Backpapier ab, in dessen Mitte ich ein Loch steche, damit der Dampf entweichen kann.

Nach reiflicher Überlegung beschließe ich, die Kuchen einzeln zu backen, was heißt, dass ich – und ich schaue auf die Uhr – bis Mitternacht aufbleiben muss, da die Backzeit jeweils vier Stunden beträgt. Ich schiebe die erste und größte Etage auf die unterste Schiene des Backofens und schließe die Tür. Ich stelle den Wecker meines Handys und beschließe, vor dem Abwasch – der kann noch warten – den Kindern und Guy etwas zu trinken nach draußen zu bringen.

Das Umgraben des Gemüsebeets sieht selbst mit dem Bodenfräser noch nach viel Arbeit aus. Jetzt weiß ich, warum die meisten Menschen kein eigenes Gemüse anpflanzen. Warum wollte ich unbedingt einen solch riesigen Garten? Guy bedient die Maschine, die laut ist, und deren Vibrationen ich sogar noch spüre, als ich meine Hände auf die Schulter der Mädchen lege und gebannt auf Guys nackten Oberkörper starre. Seine Haut glänzt vor Schweiß, und seine Sehnen treten hervor, während er die Maschine durch den weichen Lehmboden fährt.

Er hat sich sein Unterhemd um die Schultern gelegt, damit er keinen Sonnenbrand bekommt. Er sieht… unglaublich männlich aus. Meine Brust zieht sich sehnsüchtig zusammen – nicht unbedingt nach Guy, sondern ganz allgemein. Seit ich von David und Alice weiß, habe ich keinen nackten männlichen Oberkörper mehr gesehen, und einen wie diesen hier – eine Mischung zwischen griechischem Gott und Daniel Craig – noch nie, zumindest nicht in natura.

Ich wende meinen Blick ab und schaue hoch in den hellblauen Himmel, an dem die Kondensstreifen der Flugzeuge Kreise und Kreuze hinterlassen, als spielten sie Schiffe versenken, und wo ein Bussard sich über dem Wäldchen in die Lüfte erhebt. Meine Augen wandern hinunter zur Koppel, hinter deren Zaun die Hühner zusammengedrängt stehen, da der Lärm der Maschine sie zuerst erschreckt hat, doch inzwischen haben sie sich daran gewöhnt. Lucky ist irgendwo im Hof und bellt, als er eine Ratte entdeckt. Ich liebe diesen Ort, so wie ich mein Leben liebe.

Auch wenn sich die Hühner als ein zweifelhafter Segen herausstellen könnten. Sie kommen gerne in meine Küche gelaufen, was das Einhalten der Hygienevorschriften ad absurdum führt, und selbst wenn ich ein Geschirrtuch nehme und sie verscheuchen will, beachten sie mich kaum.

Versuche ich sie mit den Worten »Raus mit euch, meine Damen!« wegzuscheuchen, schauen sie mich an, drehen ihre Köpfe weg und gackern und krächzen. »Los, raus ihr Federvieh!«

Auf Sophie hören sie besser, doch das liegt daran, weil sie sie füttert. Nach jedem Füttern kommt mein armes Kind herein, um mir mitzuteilen, dass sie immer noch keine Eier gelegt haben, und ich befürchte langsam, dass meiner Jüngsten das Los der ewigen Enttäuschung blüht. Ich spreche Guy daraufhin an, und er meint, wir müssten ihnen noch etwas Zeit lassen. Solche Dinge könne man nicht erzwingen, fügt er hinzu, dennoch finde ich es frustrierend, nichts an der Situation ändern zu können, ihnen keine Pille geben oder sie zum Eierlegen überreden zu können.

Als Guy später zusammen mit Adam zu seinem Hof geht, um die Kühe zu melken, nehme ich die erste Etage der Kuchen aus dem Ofen. Er ist oben braun, und als ich mit einem Holzstäbchen in ihn hineinsteche, um zu sehen, ob er durch ist, bleibt kein Teig daran kleben. Perfekt! Ich stelle die nächste Etage in den Ofen und rufe Summer an, um sie zu meiner Einweihungsfeier einzuladen. Ich telefoniere mit ihr und meiner Mum fast jeden Tag.

»Na klar werden wir kommen«, sagt sie. »Ich kann es kaum erwarten, dich und die Kinder zu sehen. Jade vermisst Georgia.« Jade, Summers Tochter, ist zwölf. Als David und ich uns trennten, entschieden sich einige der mit uns befreundeten Pärchen entweder für die eine oder die andere Seite. Summer und Paul, ihr Mann, gehören zu meinem Team: Team Jennie. »Was ist mit deinem neuen Nachbarn? Der hört sich interessant an.«

»Er ist zwar oft hier, scheint aber nicht mehr als nur ein Freund sein zu wollen.« Ich habe Summer gegenüber den Kuss von neulich nicht erwähnt. Guy ist nicht mehr darauf eingegangen und ich auch nicht. Es ist fast so, als hätte es ihn nie gegeben, und ich finde, das sollte auch so bleiben. Dadurch wird alles … unkomplizierter.

»Bist du dir sicher?« Summer kichert, als ich nicht antworte. »Ich werde ihn für dich fragen.«

»Versprich mir, mich nicht in Verlegenheit zu bringen! Ich bin diejenige, die Gott weiß wie viele Jahre noch neben ihm wohnen wird.« Ich gehe davon aus, den Rest meines Lebens in Uphill House zu verbringen: bis dass der Tod uns scheidet.

»Hast du ihn in letzter Zeit gesehen?«, fragt Summer.

»Er war gerade hier, um den Garten umzugraben und den Boden vorzubereiten.«

»Für was genau vorzubereiten?« Ich höre am Tonfall ihrer Stimme, dass Summer lächelt. »Vielleicht steckt ja etwas anderes dahinter. Vielleicht bereitet er den Boden aus einem ganz anderen Grund vor. Aus romantischen Gefühlen, zum Beispiel.«

9

Scones, Erdbeermarmelade und Clotted Cream

An dem Samstag des letzten Augustwochenendes, an dem der Montag darauf Feiertag ist, habe ich bereits um zwei Uhr nachmittags Mr. Victors wöchentliche Bestellung eines Schokoladenkuchens ausgeliefert, das Haus, so gut es ging, aufgeräumt und Brot und Würstchen im Schlafrock gebacken. Der Gedanke, Summer und Karen mit ihren Familien wiederzusehen, versetzt mich in Hochstimmung. Lucky fängt an zu bellen und saust zwischen Haustür, Flur, Küche und Hintereingang hin und her. Ich weiß nicht, was er nimmt, doch kann er mir gerne etwas davon abgeben, denke ich lächelnd, während er hin und her flitzt und erst aufhört, als Sophie die Eingangstür öffnet.

»Mum, draußen steht ein Auto«, schreit sie. »Summer und Jade sind darin. Und Paul. Und Josh haben sie auch mitgebracht.«

»Lass sie in den Hof hinein«, rufe ich aus der Küche. Ich lege meine Schürze ab, fahre mir durchs Haar und gehe im Geist mein Rezept für eine gute Party durch.

Kleider: Flipflops, kurze Hosen und lockeres Oberteil. Passt!

Getränke: Literweise Apfelwein und Limonade für diejenigen, die keinen Alkohol trinken. Passt!

Essen: Würstchen im Schlafrock, verschiedene Salate – Tomate, Couscous und grüner Salat – drei Laibe frisch gebackenes Bauernbrot, Butter, Käse und Schinken, Marmeladenkuchen, Brownies, Kirsch- und Mandelschnitten sowie meine berühmten Schmetterlingstörtchen, die aus durchgeschnittenen süßen Brötchen bestehen, deren obere Hälften noch einmal halbiert und dann mit Buttercreme und Zuckerguss wieder aufgesetzt werden, und dadurch – wohlwollend betrachtet – wie Schmetterlingsflügel aussehen. Passt! Ach ja, und Scones, Clotted Cream und Marmelade gibt's auch noch, sollte nach all dem Essen doch noch jemand hungrig sein.

Außer Adam und Josh besitzen nämlich noch ein paar andere Gäste, wie zum Beispiel Guy, einen erstaunlichen Appetit.

»Karen ist auch da, mit Hugo und Chris«, ruft Sophie nicht ganz so begeistert, wie ich bemerke. Meine Schwester löst leider eine solche Reaktion bei ihren Mitmenschen aus. Chris, ihr elfjähriger Sohn, hat ihr pessimistisches Wesen geerbt. »Wer kommt sonst noch?«, fragt Sophie.

»Guy. Granny nicht.« Meine Eltern hat eine »Alt-Attacke« ereilt, wie ich es nenne, und daher hatten sie beschlossen, nicht zu kommen. Sie finden, die jüngere Generation sollte unter sich bleiben. Sie fragen sich vielleicht, ob ich David und Alice eingeladen habe. Nein, habe ich nicht. So großzügig bin ich dann doch nicht.

Ich begrüße alle, noch während sie auf dem Hof sind. Die Hühner laufen aufgeregt herum, so dass die Federn durch die Gegend flattern.

»Sophie, vergiss nicht, das Tor zu schließen. Als wir es das letzte Mal offen ließen, statteten die Kühe uns einen Besuch ab.«

Meine beste Freundin Summer, deren Name auch auf ihr Wesen zutrifft, taucht auf. Lange Beine, schulterlanges blondes Haar, blaue Augen und von der Sonne gebräunte Haut. Wenn sie von ihrer Nase spricht, dann nur von »dem Zinken«, doch was deren Größe und die sie schmückenden Sommersprossen betrifft, denen sie früher vergeblich versuchte, mit Zitronensaft beizukommen, war sie schon immer überempfindlich.

Sie trägt ein Paar abgeschnittene alte Jeans und ein besticktes ärmelloses Oberteil, unter dem ihre BH-Träger hervorschauen. Sie ist auf natürliche Art unkonventionell.

Ich sehe, wie ihr Blick auf das Haus fällt, und ihre Kinnlade vor Bewunderung herunterfällt.

»Wahnsinn! Es ist wunderschön, Jennie«, sagt sie und nimmt mich in den Arm.

»Danke«, erwidere ich. »Ich habe dich vermisst!«

»Ich dich auch.« Sie sieht über meine Schulter. »Ich verstehe, warum du dich in das Haus verliebt hast.« Dann wendet sie sich meiner Schwester zu, die zu uns herüber gekommen ist. »Ist es nicht toll, Karen?«

Meine Schwester verzieht ihre Lippen. Sie anzusehen ist eigenartig – als ob ich in mein eigenes Spiegelbild blicken würde, aber beim näheren Hinsehen dann nur noch fast. Karen ist drei Jahre älter als ich. Sie hat ein runderes Gesicht, und ihr Erscheinungsbild ist insgesamt kurviger, ich würde sogar so weit gehen, ohne es ihr natürlich ins Gesicht zu sagen, dass sie allmählich matronenhaft aussieht, was sie durch ihre Kleidung noch unterstreicht, die den Eindruck erweckt, als hätte sie sich an der Garderobe meiner Mutter bedient. Nicht dass Mum bei ihrer Kleiderwahl altmodisch wäre, sie zieht sich ihrem Alter entsprechend an und vermeidet, ihre Oberarme und ihren Bauchnabel zu zeigen. Karen hat sich für ein schlichtes Etuikleid in Creme und Schwarz entschieden, das ihr nicht passt. Es ist oben zu weit und über den Hüften zu eng. Dazu trägt sie Pumps im Nude-Look.

»Das Haus ist erstaunlich«, fährt Summer fort. »Die Fotos werden ihm nicht gerecht.« Nach Karens Schweigen zu urteilen, ist sie nicht ganz so hingerissen, doch wenn ich mir Hugo betrachte, hat sie noch nie viel Geschmack bewiesen. Nein, ich bin zu streng. Er hat einmal ganz gut ausgesehen, auf eine pausbäckige, engelhafte Art und Weise – so wie ihr Sohn jetzt – inzwischen allerdings hat er Fett angesetzt, so wie eins von Guys Kälbern, das er großzieht, weil es gutes Fleisch ergibt.

Hugo, der bis dahin in ein Gespräch an seinem Blackberry vertieft war, gesellt sich zu uns. Er steckt es in die Tasche seiner kurzen Hose.

»Hallo, Jennie«, begrüßt er mich und lässt es sich nicht nehmen, mir einen Kuss auf die Wange zu drücken. »Du siehst wie immer reizend aus.«

»Danke, Hugo«, erwidere ich. Ich schaue hinüber zu Karen. Sie beobachtet uns, doch eine Reaktion von ihr ist nicht zu erkennen.

»Schau dir die Hühner an«, fährt Summer fort. »Sind sie nicht süß? Legen sie viele Eier?«

»Viele wäre übertrieben. Wenn's gut läuft, so ein, zwei am Tag.«

»Das hier bekommt langsam eine Glatze«, bemerkt Karen. »So wie mein Mann«, fügt sie mit einem boshaften Lächeln hinzu, und ich denke mir, gut so. Sie hat am Ende doch beschlossen, das Wochenende zu genießen. »Meine Güte, Jennie, wie sehen denn deine Fingernägel und dein Haar aus?«, bemerkt sie.

»Ich bin noch immer auf der Suche nach einem guten Friseur«, erwidere ich kläglich. Fifi nannte mir zwar netterweise den Namen des Salons, zu dem sie hingeht, doch bin ich mir nicht sicher, ob ich dort hinmöchte.

»Hast du sonst noch jemanden eingeladen? Deine Nachbarn?«, fragt Karen.

»Ich habe nur einen Nachbarn.«

»Diesen Bauern?«

»Ja, Guy.« Ich beeile mich, hinzuzufügen, dass ich ihn eingeladen habe, weil er mir die Hühner besorgt hat. »Anscheinend funktioniert das hier so – man bezahlt nicht, sondern tauscht miteinander Waren und Dienstleistungen.«

»Jennie, du musst uns nichts erklären«, neckt mich Summer und berührt mich an der Schulter. »Wir können erraten, warum du ihn eingeladen hast. Ich hoffe nur, er ist so ein appetitlicher Happen, wie du ihn beschrieben hast.«

Ich bemerke, wie sie Paul dabei schelmisch anschaut und dieser völlig entspannt zurücklächelt, da er weiß, sie würde ihn nie enttäuschen. Er ist ein gesund aussehender, sportlicher Mann, der gut mit Menschen umgehen kann und im Einzelhandel als Manager einer großen Filiale eines sehr bekannten Supermarkts arbeitet, er könnte aber auch leicht sein Geld als Doppelgänger von David Beckham verdienen.

»Oh, du hast ja ein Gemüsebeet«, ruft Summer aus. »Du legst dich wirklich ins Zeug, ins Grünzeug«, fügt sie schmunzelnd hinzu, »das muss man dir lassen – aber das gehört sich auch so, immerhin bist du aufs Land gezogen!«

»Aber da wächst ja noch gar nichts«, meint Karen.

»Ich habe noch nichts angepflanzt.«

»Kannst du dich erinnern, wie du versucht hast, Tomaten auf der Fensterbank zu züchten?«, wirft sie ein. »All dein Einsatz für nichts – keine einzige Tomate kam dabei heraus.«

»Wahrscheinlich war ich nicht nett genug zu ihnen, als ich mit ihnen sprach.« Ich glaube, Karen ist neidisch. Ich weiß noch, wie sie versuchte, mich davon abzubringen, als ich das erste Mal von dem Haus sprach. Wir saßen in einem Café in der Stadt.

»Ich kann nicht glauben, dass du das durchziehst«, sagte

sie und klopfte mit dem Löffel gegen die Tasse, in der sich schwarzer Kaffee mit Süßstoff befand. Kuchen hatte sie keinen bestellt, weil sie einen ihrer »Ich-fühl-mich-so-dick-Tage« gehabt hatte, was mich nicht wunderte, da sie sich eine Hose in Größe 42 bei Next gekauft hatte, obwohl sie aus bitterer Erfahrung hätte wissen müssen, dass sie eine 44 brauchte. Ich war mir ziemlich sicher, sie würde sie am nächsten Tag wieder zurückbringen.

Karens Gesichtsausdruck wurde ganz ernst, und ich wusste, sie würde mir eine Standpauke halten.

»Bist du dir sicher, du machst das nicht nur, um es David heimzuzahlen?«

Ich presste die Hände gegen die Ohren.

»Tut mir leid, Jennie, wenn du das nicht hören willst, aber ich muss das ansprechen. Willst du auf diese Weise Rache nehmen?«

Ich konnte ihr die Frage nicht beantworten, da ich mir selbst nicht sicher war, ob doch ein Fünkchen Wahrheit daran war. Ich wollte mit meiner Familie nach Devon ziehen, um meinen Traum zu leben, was jedoch unweigerlich bedeutete, dass es für David schwieriger werden würde, seine Kinder zu sehen.

»Das ist eine ganz schön lange Fahrt für ihn an einem Freitagabend, um seine Kinder abzuholen und sie am Sonntag wieder zu bringen«, unterstrich Karen. »Er wird von dir erwarten, dass ihr euch auf halber Strecke trefft.«

»Genau das habe ich vor. Ich habe über alles gründlich nachgedacht, Karen, und ich verstehe nicht, warum du dich nicht für mich freust.« Ich hatte endlich das Gefühl, wieder an die Oberfläche zu gelangen, nachdem ich in ein Loch der Verzweiflung gefallen war. »Bist du wirklich so schockiert?«

»Ja, das bin ich, Jennie. Normalerweise bist du so vernünftig.«

»Ich habe genug davon, vernünftig zu sein!« Wäre ich nicht so vernünftig und beherrscht gewesen, hätte ich David vielleicht schon vorher verlassen und ein anderes, glücklicheres Leben geführt. »Egal, es fühlt sich für mich richtig an. Und wenn es nicht klappt, kann ich immer noch zurückkommen.«

»Na, mit *der* Einstellung kannst du direkt hierbleiben. Das hört sich so an, als würdest du bereits davon ausgehen, wieder hier zu landen … wozu dann überhaupt erst wegziehen? Jennie, du machst das aus einer Laune heraus. Bitte, überstürz nichts! Du begehst den größten Fehler deines Lebens!«

Mir war klar, dass das nicht sein könnte, denn der größte Fehler meines Lebens war es gewesen, David zu heiraten.

»Und was ist mit Mum und Dad?«, hakte Karen nach. »Sie werden am Boden zerstört sein.«

Sie zurückzulassen machte mir wirklich etwas aus.

»Sie können die Ferien bei uns verbringen – du weißt doch, wie gerne sie Devon mögen«, antwortete ich ihr. »Schau Karen, ich bin vierzig und habe noch nichts aus meinem Leben gemacht.« Ich sah, wie meine Schwester die Stirn runzelte. Sie verstand mich nicht. »Ich muss das tun.«

»Was ist mit den Kindern?«

»Ich möchte, dass sie mehr Freiraum haben und draußen in den Hecken Brombeeren suchen gehen können.«

»Man kann auch die Mülltonnen hinter Tesco durchstöbern, wenn's unbedingt sein muss«, warf Karen ein. »Ich finde dieses ganze Gerede über die Rückbesinnung zur Natur völlig überbewertet.«

»Sollen wir hineingehen?«, frage ich und kehre zurück in die Gegenwart. »Wenn ihr wollt, könnt ihr eure Sachen schon aus den Autos holen und ins Haus bringen.«

Ich bitte Adam, die Kinder mit Getränken und Kuchen zu versorgen, während ich die Erwachsenen nach vorne ins Haus begleite, um ihnen die mit Eiche vertäfelte Diele zu zeigen.

»Ich kann mir vorstellen, dass es im Winter zieht«, meint Karen.

»Das kann ich noch nicht sagen.« Ich öffne die Haustür. »Zurzeit ist es sehr nett und kühl hier drinnen. Kommt herein!«

»Ich möchte zuerst den AGA sehen«, verkündet Karen.

»Und ich möchte lieber eine Flasche köpfen«, lässt Hugo uns wissen. »Ich könnte einen Schluck vertragen.«

»Hier ist Apfelwein, und im Kühlschrank steht Weißwein«, sage ich widerstrebend. Ich würde gerne ein Glas Wein trinken, um die Feier in Gang zu bringen, aber nach dem Vorfall auf Dads siebzigstem Geburtstag möchte ich Hugo lieber so lange wie möglich vom Alkohol fernhalten.

»Oh nein, ich glaube ein Tag wie dieser hier verlangt nach Champagner«, erwidert er grinsend. »Ich habe sechs Flaschen Bollinger gekauft, die meinen –«

»*Unseren* Beitrag zu dieser Party darstellen«, korrigiert ihn meine Schwester schnell.

»Ich hoffe, du hast nicht vor, dich heute Abend zu betrinken«, sage ich mit lockerem Tonfall in der Stimme.

»Als ob ich das je tun würde«, entgegnet er mir und sieht mich für den Bruchteil einer Sekunde zu lange an.

»Zur Küche geht's hier lang«, sage ich und gehe vor.

»Ich denke darüber nach, einen AGA anzuschaffen, wenn unsere Küche fertig ist«, sagt Karen und schaut ihren Mann an, als sie den Herd näher in Augenschein nimmt. »Er sieht toll aus, oder? Richtig Retro.«

»Retro wie in retrospektiv oder retrogressiv?«, fragt Hugo trocken. »Die Frage ist doch, kocht er besser als ein Gerät des einundzwanzigsten Jahrhunderts?«

»Ist das wichtig?«, entgegnet ihm Karen. »Man kann neben dem AGA immer noch einen modernen Ofen und ein modernes Kochfeld haben.«

»Was, beides? Das ist doch lächerlich«, sagt er.

»Wieso? Manche haben das«, werfe ich ein. »Der AGA ist die ganze Zeit an, wodurch es im Sommer in der Küche ziemlich warm werden kann. Abgesehen davon finde ich, ist es das Gleiche, als würde man neben einem alten Porsche auch noch einen neuen Mercedes haben.«

»Eins zu Null für dich!«, bekennt Hugo.

»Vergesst den AGA!«, unterbricht uns Summer. »Wo ist dieser gut aussehende Bauer? Ich kann es kaum erwarten, ihn kennenzulernen.«

»Er wird erst später kommen – er melkt gerade die Kühe.« Ich schneide ein anderes Thema an. »Kommt, ich zeige euch den Salon.«

»Das hört sich aber vornehm an«, sagt Summer.

»Hier gibt's zwar einen Salon, aber keine Schlafzimmer mit Bad, nehme ich an«, bemerkt Karen.

Die Uhr zeigt bereits nach vier, als die Führung durchs Haus und auf dem Anwesen beendet ist, wo wir uns eine ganze Weile am Teich aufhielten und Hugo uns in epischer Breite von einem Angebot für einen Forellenteich erzählte. Inzwischen haben wir eineinhalb Flaschen Champagner getrunken, und ich bin bereits etwas angesäuselt.

»Tee und Kuchen oder Apfelwein und Häppchen?«, frage ich.

»Wenn's nach mir geht, Apfelwein und Kuchen«, erwidert Summer, und so stellen wir in der Küche ein Büfett auf, währenddessen wir immer wieder einen Blick auf die jüngeren Kinder auf der Koppel werfen, die zusammen mit Hugo und Paul die Zelte aufbauen, in denen sie schlafen werden – trotzdem habe ich niemanden in das Schlafzimmer der Mädchen einquartiert, sollten sie sich während der Nacht doch zu sehr draußen fürchten. Sophie und Georgia sind ganz in ihrem Element, mit den Hühnern und dem Hund anzugeben. Adam packt ein paar Sachen für ein Picknick zusammen und verschwindet mit Josh in dem Wäldchen, wo sie sich ein Wigwam bauen wollen, in dem sie die Nacht verbringen werden.

»Bist du dir sicher, dass ihnen da draußen nichts passieren kann?«, fragt Karen, während wir uns am Büffet bedienen.

»Ja, Lucky passt schon auf – sollte sich hier jemand unberechtigterweise herumschleichen, wird er das bestimmt melden.« Als wir in London lebten, hatte ich ihnen nie erlaubt, draußen zu schlafen.

»Na dann, auf das neue Haus, Schwesterlein.« Karen erhebt das Glas.

»Danke, Karen.«

»Du hast es verdient. Hätten Hugo und ich uns getrennt, wäre ich am Boden zerstört gewesen.«

So war es mir auch ergangen, nur hatte Karen, aufgrund ihres mangelnden Scharfsinns und weil ich ein tapferes Gesicht aufgesetzt hatte, es nicht erkannt. Abgesehen davon musste ich stark sein, allein schon wegen der Kinder und auch um David zu zeigen, dass ich sehr gut allein zurechtkam.

Mir ist schon der Gedanke gekommen, Karen wäre auch gerne hierhergezogen, da sie immer versucht, meinen Lebensstil zu imitieren. Obwohl sie älter ist als ich, hat sie, seit ich geboren wurde, immer das gewollt, was ich habe – aus diesem Grund heiratete sie auch Hugo, einen von Davids Freunden, den sie auf unserer Hochzeit kennengelernt hatte. Sie war dem Lehrer-Eltern-Ausschuss beigetreten, weil ich darin war, und gelegentlich kaufte sie sogar die gleichen Kleider wie ich.

»Du musst dir doch bestimmt ganz schön einsam vorkommen, wenn die Kinder bei David sind«, bemerkt meine Schwester. »Mir würde es so gehen, und ich bin mir sicher, ich würde es hassen!«

Summer schaut mich an und verdreht die Augen. Ich weiß, was sie mir sagen will, aber man kann sich seine Familie nun mal nicht aussuchen. Genauso wenig wie seine Nachbarn.

Ein paar Minuten später klopft es an der Tür.

»Das wird wohl Guy sein«, sage ich und stehe vom Tisch auf, an dem inzwischen auch Paul und Hugo Platz genommen haben, nachdem sie die Zelte aufgestellt haben. Paul unterhält sich gerade mit Karen über die Preise von Weintrauben. Ich öffne Guy die Tür.

»Hallo, schön, dass du da bist. Ich war mir nicht sicher, ob du kommst«, begrüße ich ihn. Ich dachte, er wäre vielleicht zu schüchtern, um meine Freunde kennenzulernen.

»Ich bin etwas später dran – eine der Kühe hat heute Nachmittag gekalbt, und ich wollte sichergehen, dass es den beiden gut geht.«

»Du bist also nicht nur Bauer, sondern auch Geburtshelfer.«

»Sieht so aus.« Er lächelt.

»Möchtest du nicht hereinkommen?«, frage ich, als er zögernd auf der Stufe stehen bleibt.

»Meine Stiefel«, erklärt er entschuldigend. Mein Blick wandert über sein offenes, kariertes Hemd und die hellbraune, leicht verknitterte Kakihose hinunter zu seinen matschigen Stiefeln, Größe 47 oder 48 … und ich hoffe, Summer wird sich zu keiner taktlosen Äußerung hinreißen lassen, was im Bezug auf die Größe der Füße eines Mannes allgemein behauptet wird.

»Lass sie hier in der Diele stehen und komm durch in die Küche.«

Alle Blicke ruhen auf Guy, als er den Raum betritt, doch wenn es ihm aufgefallen sein sollte, geht er souverän damit um. Ich stelle ihn vor. Bevor er Paul und Hugo mit Handschlag begrüßt, wirft er Summer und Karen sein typisches schüchternes Lächeln zu.

»Schampus oder Apfelwein?«, fragt Hugo und äfft dabei den Akzent von Devon nach.

»Ein kleines Glas Apfelwein, bitte«, erwidert Guy, und Hugo schaut ihn mit einem höhnischen Zug um seinen Mund an.

»Ach, kommen Sie! Seien Sie kein Spaßverderber!«

»Ich muss um fünf aufstehen.«

»Auch sonntags?«, fragt Karen und hebt eine Augenbraue.

»Jeden Tag«, antwortet Guy.

»Meine Güte«, sagt Hugo. »Trotzdem, du arbeitest doch auch eigenartige Schichten, Paul?«

»Ja, aber nicht rund um die Woche.«

»Paul ist Geschäftsführer eines Supermarkts«, erkläre ich und erinnere mich in dem Moment an Guys Einstellung zu Supermärkten und ihren Einfluss auf den Milchpreis. Guy übergeht Hugos Bemerkung und plaudert bald mit Paul.

»Wollen wir nicht nach draußen gehen?«, schlage ich vor. »So können wir ein Auge auf die fröhlichen Camper werfen – zumindest auf die jüngeren.«

»Und wann sollen wir streichen?«, fragt Paul.

»Morgen«, erwidert Summer, schon leicht angesäuselt.

»Da muss ich leider passen«, verkündet Karen. »Meine Allergie – ich vertrage den Geruch von Farbe nicht.«

Das nehme ich ihr nicht ab. Die einzige Allergie, die sie besitzt, betrifft körperliche Aktivitäten, denke ich, und lächle in mich hinein.

Wir gehen nach draußen und holen uns die Liegestühle

und Gartenmöbel zurück, die sich Chris und die Mädchen vom Rasen hinterm Haus genommen hatten, um ihr Campinggefühl zu unterstreichen. Wir setzen uns hin und schauen zu, wie die Abenddämmerung heraufzieht und die Solarlichterkette über einem der Äpfelbäume aufleuchtet. Die Luft ist frisch und von dem würzigen Geruch der Kühe durchdrungen. Außer dem Geräusch eines Grashüpfers, der irgendwo am Rand der Koppel sitzt, ist nichts zu hören. Nur Hugo, der seinen Stuhl zu nahe neben meinen gerückt hat und mich mit seinem Bein an der Wade berührt, stört mich.

»Hast du inzwischen schon viele Freunde hier?«, fragt mich Karen und klingt dabei so, als stünden wir beide in einem Wettbewerb.

»Freunde wäre zu viel gesagt, außer Guy natürlich«, erwidere ich und schaue zu ihm herüber.

»Ich meine Freundinnen, Männer zählen nicht –«, sagt Karen und wird leiser –, »da spielt unterschwellig immer der Sex eine Rolle.«

»Findest du?«, sage ich locker. »Ich habe ein paar Leute aus Talyton kennengelernt – sie sind zwar freundlich, aber als Freunde könnte ich sie nicht bezeichnen, noch nicht.«

»Jennie ist doch erst seit ein paar Wochen hier«, bemerkt Summer und rettet mich aus einer gewissen Verlegenheit. »Ich denke, du wirst mehr Leute kennenlernen, wenn die Kinder in die Schule gehen.«

»Ich fühle mich nicht allein. Und ich bin auch nicht einsam.« Ich rutsche mit meinem Fuß von Hugos Segeltuchschuh weg, der auf Tuchfühlung mit meinen Flipflops geht. »Ich sehe hin und wieder Guy, und in der Stadt bin ich auch schon ein paarmal gewesen und habe mit Leuten wegen meines Geschäfts gesprochen.«

»Wie viele Kuchen hast du denn inzwischen verkauft?«, fragt mich meine Schwester.

»Noch nicht viele.«

»Und wie viele genau?«, hakt Hugo nach.

»Zwei.«

Hugo kichert. »Was beweist, das Frau nicht nur vom Kuchen allein leben kann. Ich kann einen Blick auf deinen Businessplan werfen, wenn du willst.« Er greift nach meiner Hand und drückt sie.

»Hugo, versuchst du gerade, dich ums Anstreichen zu drücken?«, fragt Summer.

»Ich schlage lediglich vor, meine Fähigkeiten vielleicht besser einsetzen zu können. Geschäft ist Geschäft. Da ist es egal, um welche Ware es sich handelt, ob Kuchen oder etwas anderes.«

»Apropos Kuchen«, werfe ich ein und stehe auf, »möchte jemand noch ein Stück?« Summer begleitet mich in die Küche, um ihn zu holen.

»Es ist wunderbar hier«, versichert sie mir und schaut hinaus aus dem Küchenfenster.

»Schön, dass es dir gefällt. Du verstehst also, warum ich hierhergezogen bin?«

»Mmm … die Aussicht.« Doch damit könnte sie auch Guy meinen, und ich bin froh, dass es dunkel ist, denn ich spüre, wie ich rot werde.

»Guy hat es bemerkt«, fügt sie hinzu.

»Was bemerkt?«

»Hugos Verhalten.«

»Ich wünschte mir, Karen hätte ihn zu Hause gelassen«, flüstere ich. »Er ist ja meistens ganz in Ordnung, aber betrunken rückt er mir ständig auf die Pelle, und das ist einerseits mir peinlich und andererseits verletzend für meine Schwester. Ich weiß nicht, was ich machen soll.«

»Du könntest mit ihr reden.«

»Habe ich versucht«, erwidere ich, »aber sie verschließt die Augen vor der Wahrheit. Sie will es nicht wissen.«

»Es ging mir an ihrer Stelle wahrscheinlich genauso«, sagt Summer nachdenklich.

David hatte sich Hugo kurz nach Georgias Geburt einmal vorgenommen, und danach benahm er sich mir gegenüber anständig – zumindest bis David und ich uns trennten. »Summer, würdest du das bitte nach draußen bringen?« Ich gebe ihr ein paar voll beladene Teller. »Ich gehe nur kurz hoch.« Bevor ich nach oben ins Bad gehe, bleibe ich auf dem Treppenabsatz stehen, um der Party zu lauschen, die unten im Gang ist. Das Haus ist mit all den Menschen, die miteinander lachen und reden, so voller Leben. Ich liebe es. Ich schüttle die Handtücher auf und lege ein neues Stück Seife hin, Honig und Hafermehl. Ich halte inne, als ich meinen Namen aufschnappe.

»Jennie ist großartig, nicht?«, sagt Summer.

»Man muss sie einfach bewundern, dieses Haus gekauft zu haben und drei Kinder großzuziehen«, bemerkt Guy.

»Sie hat eine harte Schale«, lallt Hugo.

»Aber einen weichen Kern«, fügt Summer hinzu. »Sie würde alles für einen tun.«

»Da bin ich mir nicht so sicher«, widerspricht Hugo. Er ist mittlerweile richtig betrunken, denke ich angewidert. Und benimmt sich dazu noch ungehobelt. »Nicht für David.«

»Hugo!«, greift Karen warnend ein.

Ich höre, wie ein Stuhl verrückt wird, während Hugo lacht, als ein Glas umfällt, und Karen verkündet, hineinzugehen, da sie von Mücken fast tot gestochen wird.

Ich fühle mich durch Summers Herumstochern in einer Wunde und Hugos Andeutung, meine Gefühlskälte könnte zum Ende meiner Ehe beigetragen haben, etwas betreten, als ich mich auf den Weg nach unten mache, um mich der Party wieder anzuschließen.

Bevor ich jedoch die Treppe oben erreiche, taucht Hugo mit lüsternem Blick in seinem vor Schweiß glänzenden Gesicht vor mir auf, und ich drücke mich gegen die Wand, um ihn vorbeizulassen, doch er bleibt direkt neben mir stehen. Der Geruch von Alkohol drängt aus all seinen Poren. Ich merke, wie ich vor Ekel eine Gänsehaut bekomme, so als würde eine Spinne auf mich zukommen.

»Jennie, das hast du gut gemacht«, sagt er leise, und ich denke erleichtert, er will nur reden, das ist okay. »Vergiss die Kuchen, dieses Haus hier ist eine großartige Geldanlage. Du kannst es herrichten und separat von den Nebengebäuden verkaufen. Die baust du dann anschließend um. Aus der Scheune machst du ein wahres Luxusheim – du wirst dir eine goldene Nase verdienen.«

»Ich habe nicht vor, aus irgendetwas Geld zu machen«, erwidere ich und lächle in mich hinein. Warum denkt das nur jeder von mir? Ich liebe Uphill House – da werde ich es wohl kaum wieder hergeben.

»Dann mach etwas aus der Scheune, verkauf sie und behalte das Haus!«

»Darunter würde das Haus leiden. Abgesehen davon hätte mein Nachbar bestimmt etwas dagegen.«

»Der hat zu allem eine Meinung«, sagt Hugo.

»Stimmt«, erwidere ich und beschließe zu flüchten, indem ich schnell einen Ausfallschritt mache, doch Hugo bekommt meinen Arm zu fassen und flüstert mir ins Ohr, »Wenn du schon keinen geschäftlichen Rat von mir annehmen möchtest, wie wär's, wenn ich dir dann wenigstens ein bisschen Trost spenden würde?«

»Auf keinen Fall, Hugo. Nie und nimmer.«

»Jennie, bitte …« Ihm versagt die Stimme. »Wir würden niemandem wehtun. Keiner muss es wissen.«

»Hugo, du bist betrunken«, protestiere ich, als er sich zu mir dreht, seine Hände über meinen Schultern gegen die Wand legt und seinen Bauch gegen mich drückt. Das ist einfach zu viel für mich, ich fühle mich bedroht… und befürchte zu ersticken und darüber hinaus noch in einer kompromittierenden Situation erwischt zu werden. »Selbst wenn ich auf dich stehen würde, was ich nicht tue, würde ich mich nie auf dieses… dieses Hirngespinst von dir einlassen. Du bist der Mann meiner Schwester, du gehörst zur Familie!«

»Aber du bist so… verführerisch.«

»Lass mich in Ruhe.« Ich höre Schritte auf der Treppe und versuche, ihn von mir wegzuschieben, aber er ist zu groß für mich. »Geh weg von mir, bitte!«

»Sie haben gehört, was Jennie gesagt hat.«

»Guy«, rufe ich aus, als er Hugo an den Schultern packt und ihn wegzieht. Hugo taumelt zurück, stolpert zur Seite und schlägt sich den Kopf an der Ecke der Wand von der Treppe oben. Nachdem er sein Gleichgewicht wiedergefunden hat, wendet er sich zu Guy.

»Was soll das?«, fragt er und verzieht sein Gesicht, als er nach seinem Kopf fasst.

»Die Dame hat Sie gebeten, sie gehen zu lassen«, erwidert Guy kühl. »Sie sollten lernen zuzuhören.« Er geht vorbei ins Bad und knallt die Tür hinter sich zu, so dass ich nicht die Möglichkeit habe, ihm zu danken.

»Ist dort oben alles in Ordnung?«, ruft Summer.

»Alles bestens«, rufe ich zurück. »Hugo ist nur auf eine lockere Diele getreten, die ihm einen ordentlichen Schlag verpasst hat.«

Kurz darauf beschließt Guy zu gehen, was ich bedaure. Während Karen sich um Hugos Beule kümmert und ihn darauf aufmerksam macht, nicht mehr so trinkfest zu sein wie früher, schielt Guy mit leicht verlegenem Gesichtsausdruck hinüber zur Küchentür.

»Gute Nacht, alle zusammen. Gute Nacht, Jennie. Nein,

bleib sitzen.« Er streckt mir eine Hand entgegen. »Ich finde schon allein hinaus.«

Ich gehe ihm nicht nach, doch frage ich mich, warum er uns so überstürzt verlässt. Ist ihm die Sache mit Hugo vielleicht peinlich? Das muss sie nicht, meiner Meinung nach gibt es dazu keinen Grund. Er zog Hugo lediglich von mir weg. Er hat ihn weder geschlagen, noch hat er ihm sonst etwas angetan. Vielleicht hat er Angst davor, wie es ausgesehen haben könnte, doch wahrscheinlicher ist, dass er einfach keine Lust hat, mehr Zeit als notwendig mit meinem widerwärtigen Schwager zu verbringen.

»Habe ich nicht gesagt, dass er ein Spaßverderber ist«, sagt Hugo, zieht Karen auf seinen Schoß und trällert ihr das Lied »Combine Harvester« vor, das Lied, in dem die Gruppe The Wurzels von einem Mähdrescher singt.

»Ach, Hugo, wirklich«, sagt Karen, legt aber trotzdem ihren Arm um seinen dicken Nacken und gießt sich noch ein Glas Apfelwein ein.

»Dieses Zeug ist tödlich«, werfe ich ein.

»Na ja, wir müssen ja morgen früh nichts überstürzen, oder?«

»Wann wollen wir streichen?«, fragt Paul noch einmal nach. »Jennie hat uns darum gebeten, und wir lassen uns hier volllaufen.«

Als ich später die Küche aufräume, halten Summer und ich noch ein Schwätzchen.

»Das Leben auf dem Land wäre zwar nichts für mich, aber ich sehe, es hat auch seine guten Seiten«, sagt sie. »Du und der gut aussehende Bauer?«

»Oh nein, nicht nach David.«

»Er hat nach dir gefragt, und ich habe ihm gesagt, ich würde auf dich aufpassen.«

»Danke, aber das schaffe ich schon allein.«

»Stimmt, aber möchtest du das auch? Es ist über ein

Jahr her, seit du dich von David getrennt hast… nein, schon achtzehn Monate.«

»Ich bin für eine neue Beziehung noch nicht bereit.« Ein Satz, den ich ziemlich regelmäßig von mir gebe.

»Du könntest wenigstens ab und zu mal ausgehen und etwas Spaß haben.«

Ich weiß, dass ich das nicht kann. Ich bin nicht so. Bei mir heißt es entweder alles oder nichts.

»Was ist oben mit Hugo passiert?«, fragt mich Summer leise. »Erzähl schon. Da war doch was.«

»Er hat sich an mich rangemacht.«

»Der alte Lustmolch.«

»Guy zog ihn von mir weg. Dabei stolperte Hugo und schlug sich den Kopf an.«

»Wo ist das passiert?«

»Auf dem Treppenabsatz, wie Hugo sagte.«

»Was habt ihr denn alle da oben gemacht? Wenn ich gewusst hätte, dass die Party da weitergeht, wäre ich auch dazugekommen.«

»Ich ging nach oben, um zur Toilette zu gehen, und als ich aus dem Bad herauskam, stand Hugo da – er war mir gefolgt. Irgendwann tauchte Guy auf.«

»Du wirst Karen doch nichts sagen, oder?«

»Nein, du weißt doch, wie sie ist – sie hört nur das, was sie hören will.« Auch wenn Karen meine Schwester ist und ich sie beschützen möchte, hat sie mir immer ziemlich deutlich zu verstehen gegeben, dass sie keinerlei Kritik an Hugo zulässt, egal, ob gerechtfertigt oder nicht. Ich zucke mit den Achseln. »Es war bei mir und David nicht anders. Ich habe stets eine Entschuldigung für ihn gefunden. Er hat zu viel getrunken. Er ist ein Mann. Doch das Beste von allem war – er hätte sich nie auf diese Frau eingelassen, wenn sie sich nicht so an ihn herangemacht hätte…«

»Ich kann mir nicht vorstellen, dass du das heute noch

einmal tun würdest«, sagt Summer lächelnd zu mir. »Aus dir ist ein anderer Mensch geworden. Stoßen wir noch einmal auf dein neues Zuhause und die Bewohner von Talyton an – darauf, dass sie Kuchen essen, und zwar Unmengen davon!«

10

Apfel- und Zimtmuffins

Ich bin überrascht, nicht von dem Hahn geweckt zu werden, an den ich mich inzwischen gewöhnt habe, sondern von einem klopfenden Geräusch, das von der Diele in mein Schlafzimmer dringt. Ziemlich verkatert schwinge ich mich aus meinem Bett, ziehe mir eine vergammelte Hose und ein T-Shirt an und beschließe, mich nach dem Streichen zu duschen – sollten wir überhaupt dazu kommen.

Ich öffne die Tür und sehe Hugo, wie er kniend auf dem Treppenabsatz Nägel in die Dielen vor dem Bad schlägt, neben ihm steht meine Schwester.

»Morgen, Jennie«, sagt sie mit zuckersüßer Stimme, was gar nicht ihrer Art entspricht. Sie spielt mir eine Komödie vor, denn ich kann die Spannung zwischen uns förmlich spüren. Sie weiß, was gestern Abend passiert ist, sie ist nicht dumm. »Du siehst verkatert aus«, fährt sie fort.

»Nicht so sehr wie Hugo …«

Verschwitzt und blass wischt er sich mit dem Handrücken über eine Augenbraue, und sein kleinlautes Verhalten bringt mich auf den Gedanken, dass Karen ihm eine ganz schöne Standpauke gehalten haben muss.

»Wir haben Hammer und Nägel in der Scheune gefunden«, lässt sie mich wissen.

»Meine Frau hat darauf bestanden, dass ich mich nützlich mache. Bitte schön! Alles fest.«

»Vielen Dank«, sage ich. »Dann kann sich ein Vorfall wie gestern Abend ja nicht mehr wiederholen.«

»Ja, tut mir leid«, sagt Hugo. »Ich hatte wohl ein bisschen zu viel getrunken.«

»Ich glaube, das hatten wir alle«, bemerkt Karen und lächelt süßsauer. »Hugo, mein Schatz, du kannst jetzt aufstehen.«

»Ich denke, wir brauchen jetzt erstmal ein richtig großes, üppiges Frühstück«, sage ich und sehe, wie er ganz langsam aufsteht. »Es wird Eier von unseren glücklichen, freilaufenden Hühnern, Speck von hier und frisches Brot aus dem Ofen geben. Ich leg dann mal los.« Als ich jedoch in der Speisekammer nach den Eiern schaue, sind nur noch zwei von unseren eigenen da und eine Zwölferpackung vom Coop, die ich neulich dort gekauft habe. Die Eier von Guy habe ich alle fürs Backen verbraucht. Als ich den Kühlschrank öffne, um den Speck herauszuholen, ist dieser wie vom Erdboden verschwunden. Ich habe wohl zu viel versprochen.

Ich rufe Georgia hinein. Sie kommt aus dem Garten in die Küche.

»Hast du heute Morgen deinen Bruder gesehen?«

»Ja. Er und Josh haben sich ihr Frühstück über einem Lagerfeuer gemacht«, erzählt sie mir freudestrahlend. »Sie haben ganz viel Holz dafür geholt.«

»Und wie's aussieht genauso viel Speck.«

Ich mache für den Rest von uns ein Frühstück aus Spiegeleiern und Toast.

»Sind das die Eier von deinen Hühnern?«, fragt mich Karen und nimmt ein sauberes Messer und eine saubere Gabel vom Abtropfbrett.

»Ja«, versichere ich ihr, denn ich will meine Gäste nicht enttäuschen.«

»Man sieht den Eiern an, dass sie aus Freilandhaltung

stammen«, sagt Hugo und gibt mit seinem Wissen über Feinkost an. »Seht doch nur, wie gelb die Eigelbe sind.«

»Ich wusste gar nicht, dass Hühner ihre Eier bereits mit einem Datumstempel legen«, bemerkt Karen und hält eine leere Schale hoch, die sie aus dem Bioabfall herausgeholt hat, den ich auf der Ablage aufbewahre.

Dann setzt sie ein überlegenes, großschwesterliches Grinsen auf, weil sie mir eins ausgewischt hat, und ich komme nicht umhin zu lächeln.

»Sei besser vorsichtig!«, warnt mich Hugo. »Nicht dass du gegen das Warenkennzeichnungsgesetz verstößt, wenn du deine Kuchen anpreist, sie würden mit Eiern aus Freilandhaltung hergestellt werden.«

»Ich habe gestern so viel gebacken, dass mir meine eigenen Eier ausgegangen sind«, verteidige ich mich. »Ich würde nie jemanden in die Irre führen.«

»Nur deine Freunde und Familie.« Er seufzt und schüttelt den Kopf.

Auf der Suche nach moralischer Unterstützung schaue ich hinüber zu Summer, die mich anlächelt.

»Schaut nur, die Kühe«, sagt sie und zeigt zum Fenster hinaus. Ich drehe mich um und sehe, wie sie die Auffahrt hinunterschlendern, nachdem sie gemolken worden sind. Guy ist nicht zu sehen. Er ist wahrscheinlich schon vorbeigegangen, um das Tor zu öffnen. Ich warte mit verschränkten Armen ab, dass er auf seinem Rückweg wieder am Haus vorbeikommt. Er geht mit heruntergezogener Mütze vorbei, so dass sein Gesicht verdeckt wird. Ich setze an, ihm zuzuwinken, aber er wirft noch nicht einmal einen Blick in meine Richtung.

Ich spüre einen Hauch von Bedauern in mir.

Geht er mir absichtlich aus dem Weg, weil Hugo immer noch hier ist? Habe ich ihn irgendwie gekränkt? Mag er meine Freunde aus der Stadt nicht?

»Der lustige Bauer müsste inzwischen schon die Hälfte seines Tagwerks verrichtet haben«, meint Hugo sarkastisch.

»Apropos Tagwerk«, wirft Paul ein, »wann fangen wir denn nun an zu streichen?«

Wir schaffen einen Raum – das Wohnzimmer. Trotz der vielen Abdeckfolie landet überall Farbe. Die Wände erstrahlen jetzt in einem weichen, klassischen Blassgrün, und die Decke ist weiß. Ich bewundere beides noch lange, nachdem all meine Gäste wieder nach Hause gefahren sind. Summer stellt zum Schluss mal wieder ihre geschickten Hände unter Beweis: sie hinterlässt mir ein Schild für das Haus, gebastelt aus einem Stück Holz, das Paul an einer Stange befestigt und in den Rasen geschlagen hat. Auf dem Schild steht geschrieben: »Jennie's Folly.«

Jennie's Folly? Summer hat wahrscheinlich Recht, kommt mir der Gedanke. Es sieht tatsächlich aus wie in einem Tollhaus, als ich mir den ganzen Abfall von der Party betrachte: leere Champagnerflaschen, Fett- und Pinselreiniger; vollgespritzte Abdeckfolie; Tonnen an Wäsche – Bettlaken und Handtücher, die zusätzlich gebraucht wurden. Ich fühle mich überfordert. Es ist Dienstagmorgen, und während ich sauber mache, denke ich die ganze Zeit an nichts anderes, als dass ich viel lieber backen würde. Ich glaube, ich mache nachher ein paar Apfel- und Zimtmuffins und beglücke Adam damit. Der Junge hat immer Hunger.

Als ich aus dem Fenster schaue, bemerke ich den Postboten, der mit seinem Fahrrad die Zufahrt hinunterfährt.

»Lucky!«, rufe ich, doch zu spät, ich kann ihn nicht mehr aufhalten. Er rast zur Diele hinaus und bellt hysterisch. Ich folge ihm weiter bis zum Briefkasten, an dem er hochspringt, nach der Post schnappt und sie herauszerrt, was weiter kein Problem wäre, würde er jetzt aufhören und sie fallen lassen, doch weit gefehlt.

»Lucky, nein! Böser Hund!«

Knurrend schnappt er nach der Post, zerrt an ihr und schüttelt sie, bis sie in tausend Stücke zerrissen ist und er keuchend darüber steht.

»Wäre schön, wenn du sie erst zerfetzt hättest, nachdem ich sie gelesen habe«, schimpfe ich ihn aus. Ich knie nieder, um zu sehen, was übrig geblieben ist: alles Werbung, außer der gefürchteten Kreditkartenabrechnung. »Zumindest hast du dir den richtigen Tag ausgesucht.« Ich streichle ihn schnell, sammle anschließend die Einzelteile ein und stecke sie in die Schublade.

Ich beschließe, die leeren Flaschen zum Wertstoffhof auf dem Anger zu bringen. Sophie und Georgia kommen mit. Georgia hofft, auf der alten Eisenbahnstrecke Reiter zu sehen – wie schon einmal zuvor, als wir unsere neue Umgebung erkundeten.

Vom Anger gehen zwei Brücken ab. Die Alte Brücke, von Talyton St. George zur Küste, wurde nach Renovierungsarbeiten aufgrund von Hochwasserschäden vor kurzem wieder eröffnet. Die Neue Brücke ist eine Fußgängerbrücke, die über den Fluss führt.

»Eure Tante Karen hat auf dieser Brücke einmal einen Schuh verloren«, erzähle ich den Mädchen, während wir über die Alte Brücke fahren und anschließend auf den kleinen Schotterparkplatz abbiegen, auf dem sich auch der Wertstoffhof befindet. »Sie saß oben auf der Mauer, ließ die Beine baumeln, und einer ihrer Flipflops fiel in den Fluss, worüber sich Granny gar nicht freute. Sie sagte, ›Karen, Flipflops wachsen nicht an den Bäumen‹.«

»Das weiß doch jedes Kind!«, sagt Sophie. »Was ist mit dem Schuh passiert?«

»Ich weiß nicht. Wahrscheinlich hat ihn eine Kuh gefressen, oder er ist ins Meer getrieben.« Ich erinnere mich an meine diebische Freude, weil Karen sich die gleichen

Flipflops wie ich ausgesucht hatte und danach ein anderes Paar kaufen musste.

Auf dem Weg zum Wertstoffhof zählt Sophie die Flaschen in den Kisten und teilt sie durch drei, damit wir alle die gleiche Anzahl entsorgen müssen. Ich werfe die grünen weg und muss vier von ihnen abgeben.

Es sieht so aus, als wäre halb Talyton St. George draußen auf dem Anger. Einige führen ihre Hunde spazieren, andere bringen ihre alten Wertstoffe weg, doch niemand scheint so viele Flaschen zu entsorgen wie wir. Jede Flasche fällt mit lautem, Aufmerksamkeit erregenden Getöse in den Altglascontainer.

»Hallooo! Wie schön, die Familie Copeland zu sehen.«

Fifi steht in einem langen schwarzen Mantel mit lila Bordüre und lila Stöckelschuhen, die zu ihren Ohrringen passen, vor uns. Ich komme nicht umhin, rot zu werden, als hätte sie mich bei etwas Verbotenem erwischt.

»Du meine Güte«, ruft sie sehr laut aus, »hier wurde aber kräftig gefeiert.«

»Ich hatte ein paar Freunde übers Wochenende aus London zu Besuch.« Ich sehe, wie sie im Geist die Anzahl der Flaschen zählt, die noch in den Kisten sind, und durch »ein paar« teilt. Vielleicht hätte ich übertreiben und die Party größer machen sollen, denn ich glaube, ich bin in Fifis Achtung gesunken. Ich höre sie schon förmlich, wie sie zu ihren Anhängerinnen spricht. »Also, diese Jennie Copeland. Für nichts ist sie zu gebrauchen, und dann trinkt sie auch noch … und das vor ihren Kindern! Eine solche Person hat unsere Unterstützung nicht verdient!«

»Es war eine Einweihungsfeier«, erkläre ich.

»Und eine Anstreichparty«, wirft Georgia ein.

»Wie ausgefallen«, bemerkt Fifi. Anscheinend ist sie es eher gewöhnt, dass solche Arbeiten fachmännisch ausgeführt werden. »Wenn Sie sich keinen Maler und Tapezierer leisten können, sollten Sie vielleicht nicht so viel Geld für Champagner ausgeben.«

»Den hat Mum nicht gekauft – Onkel Hugo hat ihn mitgebracht«, stellt Georgia klar. »Er hat behauptet, über eine Diele gestolpert zu sein, aber wir alle wissen, dass er betrunken war.«

»Georgia, Fifi möchte das alles gar nicht so genau wissen«, schalte ich mich ein und sehe, wie Fifis Augen leuchten. »Ich bin mir sicher, sie ist sehr beschäftigt.«

»Ach, für ein kleines Pläuschchen habe ich immer Zeit. Ich bin in meiner offiziellen Funktion als Gemeinderätin hier, um zu sehen, ob alles in Ordnung ist – es gab Probleme mit Gesindel auf dem Anger.«

»Gesindel?«

»Teenager. Sie haben hier übers Wochenende ihr Unwesen getrieben«, sagt sie. »Ich glaube, es ist überall dasselbe. Rowdytum und asoziales Verhalten machen auch auf dem Land nicht halt. Beides schleicht sich aus den Städten wie eine Krankheit ein.«

»Mein Sohn und seine Freunde wissen sich zu benehmen«, kann ich mir nicht verkneifen zu sagen.

»Das habe ich auch nicht behauptet.«

»Adam hat den Speck gestohlen«, stellt Georgia netterweise fest.

»Er hat sich ihn nur genommen, ohne mich zuerst zu fragen«, werfe ich ein. »Zumindest weiß ich, wo er dieses Wochenende war – mit seinem besten Freund Josh im Wald zelten.« Ein Gefühl von Unbehagen steigt in mir hoch, als würde ich eine Spinne nicht von mir abschütteln können. War ich nicht auch aus London weggezogen, um zu verhindern, dass Adam in schlechte Gesellschaft geriet?

»Wie dem auch sei«, fährt Fifi fort, »ich bin gerade auf dem Weg nach Hause von meinem wöchentlichen Besuch bei Guys Mutter. Ich glaube, sie weiß nicht mehr, wer ich bin.« Sie verzieht den Mund. »Ich weiß, der arme Guy schafft es nicht, so häufig dort hinzukommen, wie er möchte, deshalb teile ich mir mit ihm die Last.«

»Das ist sehr nett von Ihnen.«

»Sie hatten ihn nicht zufällig auf Ihre Party eingeladen, oder?«, fragt sie.

»Doch, hatte ich. Er blieb jedoch nicht lange ... die Kühe.«

»Ach, war das seine Entschuldigung?« Fifi zieht ihre perfekt gezupften und gefärbten Augenbrauen hoch. »Ich nehme an, er ist noch hinüber zu Ruthie. Ist das nicht typisch Mann?«

»Ich verstehe nicht, was Sie meinen.«

Fifi senkt ihre Stimme verschwörerisch. »Guy und Ruthie sind ›gute‹ Freunde, wenn Sie wissen, was ich meine.«

»Das geht mich nichts an«, erwidere ich. Ich weiß, ich sollte mich nicht ärgern, tue es aber trotzdem ein bisschen. Vielleicht hat er mich über seine wahre Beziehung zu Ruthie, der Retterin der Hühner, im Unklaren gelassen. Dennoch bin ich mir nicht sicher, ob ich Fifi glauben kann. Guy kommt mir nicht so vor, als würde er einen sparsamen Umgang mit der Wahrheit pflegen – sparsam ist er vielleicht in Bezug auf materielle Dinge, und mir fällt wieder dieser ganze alte Kram ein, der in der Scheune, in *meiner* Scheune, steht, währenddessen ich mir vorstelle, wie ich sie eines Tages anderweitig nutzen könnte – doch er scheint mir sehr geradlinig. Er sagt, was er denkt. Außerdem habe ich nicht gehört, dass er mit seinem Auto noch einmal weggefahren ist, und das hätte ich bestimmt mitbekommen, denn meine Ohren scheinen sich mittlerweile auf das kehlige Brummen dieses besonderen Motors eingestellt zu haben.

Ich weiß nicht warum, doch Fifi scheint mir unmissverständlich klarmachen zu wollen, dass Guy für mich Sperrgebiet ist. Abgesehen davon sieht es ganz danach aus, als würde er mir aus dem Weg gehen. Erst drei Tage später schaut er wieder vorbei, und ich bemerke, wie ich seine Gesellschaft vermisse – was natürlich nur daran liegt, dass er der einzige Erwachsene weit und breit ist, mit dem ich mich unterhalten kann, möchte ich hier betonen, und dazu auch noch eine Quelle des Wissens für mich darstellt, was meine Fragen zum Leben auf dem Land betrifft.

Ich wünschte, er würde sich wieder blicken lassen – dann könnte ich ein klärendes Gespräch mit ihm über den Vorfall mit Hugo führen, falls es das ist, was ihn davon abhält, vorbeizuschauen – denn mir fällt kein Vorwand ein, zu ihm zu gehen.

Heute hat Adam ihm wieder beim Melken geholfen. Nachdem sie die Kühe herausgelassen haben, bleiben beide vorm Haus stehen. Adam geht nach oben, um zu baden.

»Ich dachte, ich schaue kurz vorbei, um zu sehen, wie's dir geht, Jennie«, sagt Guy.

»Hast du Zeit für einen Kaffee?«

»Ich rieche ein bisschen«, bemerkt er und schnuppert verlegen am Ärmel seines Overalls.

»Zieh ihn einfach aus und lass ihn zusammen mit den Stiefeln draußen stehen«, schlage ich vor. Als er dann seine Schuhe abstreift, den Overall aufreißt und unter den aufspringenden Druckknöpfen ein unanständig enges graues T-Shirt mit V-Ausschnitt zum Vorschein kommt, werde ich verlegen. Er zieht den Overall hinunter über seine Beine und die Füße. Darunter trägt er eine Jeans, die über beiden Knien zerrissen ist. Als er sich umdreht, um die Sachen aus dem Weg zu räumen, sehe ich, dass sie auch über einer Pobacke zerrissen ist, unter der sich eine dunkle Unterhose und festes Fleisch abzeichnet.

»Tut mir leid – ich habe mich nicht fein gemacht«, sagt Guy schüchtern.

Er kann mir kaum in die Augen sehen, währenddessen ich ihn wie gefesselt anschaue.

Ihm beim Ausziehen zuzusehen, nicht dass er jetzt nackt vor mir stünde, hat etwas eigenartig Erotisches an sich. Ich zwinge mich, meinen Blick von ihm loszureißen und mich auf etwas anderes zu konzentrieren, wie zum Beispiel den Kuchen zu backen. Ich gehe mit Guy in die Küche.

»Es macht dir doch nichts aus, wenn ich mich weiter um den Kuchen hier kümmere?«, frage ich. »Ich muss ihn mit Alkohol tränken.«

»Überhaupt nicht. Verzeih mir, dass ich dich dabei unterbreche.« Er setzt sich ans Kopfende des Tischs. Ich schenke zwei Becher Kaffee ein und stelle ihm einen Teller mit drei Apfel- und Zimtmuffins hin. Dann hole ich die drei Etagen von Pennys Hochzeitstorte aus der Speisekammer und wickle sie aus dem Pergamentpapier. Der üppige fruchtige Duft des Kuchens dringt durch den Raum.

»Jennie, es tut mir leid, was da vor kurzem mit deinem Schwager abends passiert ist«, beginnt Guy. »Manchmal bin ich mir meiner Kraft nicht bewusst.«

»Du bist nicht daran schuld, dass Hugo sich den Kopf stieß – er ist gestolpert. Aber es gab nicht wirklich einen Grund, auf ihn loszugehen«, sage ich lächelnd.

»Das hätte ich bei jeder anderen Frau auch getan«, stammelt Guy.

»Natürlich«, bemerke ich und bin, wenngleich mir dieses Gefühl überhaupt nicht zusteht, enttäuscht, nichts Besonderes für ihn zu sein.

»Dieser Mann ist ein Flegel«, brummt Guy.

Da muss ich ihm zustimmen. Hugo gehört zu jener Sorte Mensch, mit der man nicht Scrabble spielen kann, weil sie andauernd irgendwelche Worte erfinden.

»Tut mir leid, dass ich das über einen deiner Freunde sagen muss, aber ich konnte ihn nicht ausstehen.«

»Er ist kein Freund, er gehört zur Familie.« Ich halte kurz inne, als ich den Brandy vom oberen Regal herunterholen will. »Guy, warum bist du so wütend?«

»Bin ich nicht.«

»Doch, bist du.« Ich erkenne es an seinen Fingern, die den Becher krampfhaft umklammern, so dass sie weiß sind, während er über meinen Schwager spricht.

»Ich hörte, wie du ›Nein‹ zu ihm sagtest und er dieses ›Nein‹ als Antwort nicht akzeptierte. So behandelt man keine Dame.«

Ich fühle mich geschmeichelt, dass er denkt, ich sei eine Dame. Und ich freue mich noch mehr, als er mir in die Augen blickt und stockend hinzufügt: »Du bist eine wunderbare Frau, Jennie …«

Ich fasse mir an den Hals, mein Puls scheint einen Schlag auszusetzen. Er hat mir ein Kompliment gemacht, zwar etwas ungeschickt, aber es ist dennoch ein Kompliment.

»Er erinnert mich an meinen Bruder. Eigentlich haben sie weder Respekt vor Frauen noch vor jemand anderem«, fährt Guy verdrießlich fort. »Ich kann nicht begreifen, warum sich sämtliche Frauen von Talyton in ihn verliebten. Ich kann es mir nur mit ihrer Launenhaftigkeit erklären. Bei Tasha war es auf jeden Fall so …« Seine Stimme verstummt.

»Du kannst nicht von einer Frau auf alle schließen«, widerspreche ich ihm. »Wir sind nicht alle gleich.« Ich würde nie und nimmer mit jemandem wie Hugo davonlaufen oder mit Guys Bruder oder sonst jemandem – noch nicht einmal mit Guy. Gut, ich gebe zu, einen Anflug von Lust verspürt zu haben, als er seinen Overall auszog, und über das Kompliment habe ich mich auch gefreut, trotzdem ist da zwischen uns nicht mehr als eine sich langsam vertiefende Freundschaft. Egal, ob er mit dieser Ruthie zusammen ist oder nicht, er scheint über seine Exfrau immer noch nicht hinweg zu sein, denn er spricht so häufig über sie, dass ich den Eindruck bekomme, er könnte die Trennung vielleicht nie überwinden, weil er so sehr verletzt wurde.

»Normalerweise gehe ich nicht so schnell in die Luft«, sagt er und kehrt zum Grund seiner Wut zurück. »Vielleicht kommen da die Gene meines Vaters durch. Er war ein Kontrollfreak und verlor die Beherrschung, sobald etwas nicht nach seiner Vorstellung lief – sei es mein Bruder, das Wetter oder Regen während der Heuernte. Ich erinnere mich noch, wie er einmal auf einem Feld stand, als es regnete. Das Heu war schon geschnitten und sollte trocknen, bevor wir es zu Ballen verpacken wollten. Dad schrie und hielt die geballte Faust zum Himmel.« Guy lächelt reuevoll. »Kein Wunder, dass er es am Schluss am Herzen hatte, er war immer völlig gestresst.« Er hält inne und sagt dann: »Ich habe meinen Vater respektiert, aber nie geliebt. Ich möchte nicht so sein wie er.« Er sieht mich mit eindringlichem Blick an. »Ich möchte nicht, dass irgendjemand vor mir Angst hat.«

Das habe ich nicht, denke ich. Im Gegenteil, ich habe das Gefühl, von ihm beschützt zu werden.

Guy fährt fort. »Mum fürchtete sich vor ihm. Als er starb, blühte sie auf – doch ihre Freiheit war nur von kurzer Dauer. Plötzlich begann sie, die einfachsten Dinge zu vergessen – sie war nicht mehr sie selbst.«

Er verstummt, und ich weiß nicht, was ich sagen soll, deshalb konzentriere ich mich darauf, mit einem Holzstäbchen in die drei Etagen der Hochzeitstorte zu fahren.

»Ich habe Mum enttäuscht«, sagt er und fährt fort. »Sie wollte zu Hause bleiben, und ich musste es ihr versprechen. Doch dann ließ ich sie im Stich. Ihre Sachen zusammenzupacken und sie in dieses Heim zu bringen war das Schwerste, was ich je tun musste.«

»Man kann nicht gleichzeitig einen Hof führen und rund um die Uhr jemanden pflegen, das ist unmöglich. Hättest du nicht einen Pfleger einstellen können, der auch auf dem Hof gewohnt hätte?«

»Das habe ich versucht, doch Pflegekräfte für Demenzkranke sind rar, besonders hier.«

»Soweit ich das beurteilen kann, hast du alles getan, was in deiner Macht stand.« Ich nehme den Verschluss von der Flasche und beträufele jede Etage mit dem Brandy, der in die Löcher eindringt, die durch die Holzstäbchen entstanden sind.

»Ja, aber trotzdem frage ich mich, was ich noch hätte tun können. Hätte ich noch geduldiger sein können? Hätte sie noch länger auf dem Hof bleiben können?« Er schüttelt den Kopf. »Am Schluss war sie gewalttätig und ausfallend, doch dafür konnte sie nichts. Eines Tages aber brachte sie mich an meine Grenzen. Sie lief immer wieder fort – die Leute waren sehr nett und brachten sie jedes Mal zurück, wenn sie sie in der Stadt trafen oder auf dem Feld vorfanden. Fifi versuchte, mir zu helfen und mich zu der Einsicht zu bringen, dass ich es nicht schaffen könnte, doch ich jagte sie zum Teufel.«

»Ich musste Mum einsperren, wenn ich nicht zu Hause war. Eines Tages aber konnte sie entwischen und ging in die Scheune, wo sie ein Streichholz anzündete und das Heu in Brand steckte. Ich kann es mir nur so erklären, dass ihr kalt war, denn sie trug nur ein schäbiges altes Nachthemd, weil sie nichts anderes anziehen wollte. Sie ist wie durch ein Wunder nicht verbrannt, doch ich verlor den größten Teil meines Winterfutters für das Vieh. Das Schlimmste jedoch war der Verlust einer Kuh und mehrerer Kälber. Da erkannte ich, dass es nicht mehr so weitergehen konnte. Ich sah sie an, diese leere Hülle einer alten Frau, und dachte nur, ich will sie umbringen.«

»Hast du's versucht?«, frage ich besorgt.

»Ich schlug sie nicht«, erwidert er, »obwohl ich kurz davor stand. Das kannst du nicht verstehen, das kann keiner, bis er selbst einmal in dieser Lage ist. Sie war nicht sie selbst. Ich wollte nicht sie verletzen, sondern ihre Krankheit… die wollte ich zerstören, so wie sie meine Mutter zerstört hatte.«

Guy vergräbt sein Gesicht in den Händen, und ich unterdrücke meinen Wunsch, ihn zu halten und zu sagen, dass alles wieder gut wird. Nach einer Weile schaut er wieder hoch. »Ich musste sie in ein Heim bringen und kam mir vor wie ein Verräter.«

»Du musst mir das alles nicht erzählen«, sage ich sanft. In der Vergangenheit zu wühlen scheint ihn sehr zu berühren. »Aber wenn dir das Reden hilft…«

»Ich sollte meine Probleme nicht bei dir abladen.«

»Wofür sind Freunde sonst da?«

»Danke, Jennie.« Er greift nach meiner Hand und berührt sie kurz. »Ich dachte schon, ich hätte mit meinem Verhalten alles zerstört und die Party verdorben.«

»Red keinen Unsinn! Lass uns das vergessen!« Wenn überhaupt, dann hat das Gespräch dazu beigetragen, unsere nachbarlichen Beziehungen zu verbessern, denke ich. Er mag vielleicht manchmal schüchtern sein, aber er ist auch leidenschaftlich und fürsorglich.

Ich wickle die Kuchen wieder in Pergamentpapier und Klarsichtfolie ein und bringe sie zurück in die Speisekammer, bis sie wieder getränkt werden müssen. Als Guy zurück auf seinen Hof geht, setze ich mich hin und versuche, jenes unvergleichliche Produkt zu finden, das meine Marke, Jennie's Cakes, zu etwas Besonderem macht.

11

Marmorkuchen mit Himbeermarmelade

Es ist der erste Montag im September. Die Äste der Bäume biegen sich unter dem Gewicht der reifen Äpfel, und von der Küste ist Nebel hochgezogen, während auf dem leuchtend grünen Gras Tau liegt. Die Begeisterung über die Party ist verpufft, die Kinder gehen auf ihre neuen Schulen, und ich fühle mich für einen kurzen Moment allein. Ich war so stolz auf sie, als ich sie in ihren neuen Uniformen absetzte. Während Georgia mir auftrug, viele Kuchen zu backen, Sophie ein paar Krokodilstränen vergoss und mich ermahnte, nach den Hühnern zu sehen, schaute Adam noch nicht einmal zurück.

Ich stehe in meiner Küche und bin in Experimentierlaune. Ich werde einen Marmorkuchen mit Himbeermarmelade backen. Wie Sie sehen, bin ich immer noch auf der Suche nach dem einzigartigen Verkaufsargument, das meine Marke von anderen abhebt. Der Kuchen dürfte für mich kein Problem sein, aber ich bin mir nicht sicher, ob er das ist, nach was ich suche.

Ich lächle, während ich den Teig rühre, und denke an Guy. Als er fertig ist, verteile ich ihn auf zwei Schüsseln, füge der einen Hälfte Vanilleessenz und Himbeermarmelade hinzu und der anderen Kakao. Dann gebe ich beide in die Kuchenform, fahre mit einer Gabel hindurch, um sie zu vermengen und stecke den Kuchen in den AGA. Dann räume ich auf und rufe Summer an.

»Ich habe an dich gedacht. Es muss ziemlich still sein bei dir, jetzt da wir alle wieder zu Hause sind und die Kinder in der Schule«, sagt sie. »Und, was gibt's Neues?«

»Nicht viel.«

»Ist Guy bisher noch nicht vorbeigekommen?«

»Doch, ist er.«

»Aha. Hab ich's nicht gesagt? Er steht auf dich.«

»Summer, du bist unverbesserlich. Wir sind nur Freunde.«

»Du weißt, was ich darüber denke, und deine Schwester sieht das genauso.«

Stimmt, meine Schwester glaubt nicht, dass man mit einem Vertreter des anderen Geschlechts befreundet sein kann. »Da spielt unterschwellig der Sex immer eine Rolle«, lautet einer ihrer Lieblingssätze.

»Jennie, weißt du was, deine Antennen arbeiten nicht, weil du sie eingefahren hast. Du würdest doch erst begreifen, dass ein Mann auf dich steht, wenn er dir's ins Gesicht sagt.«

»Selbst dann würde ich ihm nicht glauben«, bemerke ich mit Bedauern in der Stimme.

»Bist du dir sicher, dass er keine Andeutungen gemacht hat?«

»Er findet, ich bin eine wunderbare Frau –«

»Na, da haben wir's doch«, unterbricht mich Summer.«

»Das ist ja wohl keine große Anmache, wenn es als solche gemeint war. ›Wunderbar.‹ Das ist fast ein Unwort, völlig unverbindlich, und zeugt nicht von großer Leidenschaft.«

»Guy ist eben der starke, stille Typ. Er wird sich nicht vor dein Schlafzimmerfenster stellen und für dich ›Nessun Dorma‹ singen, so wie David nach eurer ersten Verabredung«, erklärt mir Summer. »Ich nehme an, er musste ganz schön Mut aufbringen, um zu sagen, was er fühlt.«

Ich wechsle das Thema, da ich beunruhigt bin, die Zeichen vielleicht falsch gedeutet zu haben. »Hast du es geschafft, irgendwo ein Praktikum zu bekommen?«

»Das habe ich in der Tat. Ich gehe zweimal morgens in Jades Schule, und sobald eine Stelle für einen Hilfslehrer frei wird, werde ich mich darauf bewerben. Sollte mir die Arbeit an der Schule gefallen, werde ich mich bei einem Lehrgang anmelden, der nächsten September beginnt.«

»Du wirst die Arbeit lieben.«

»Ich weiß. Ich bin aufgeregt und nervös zugleich, aber ich habe gesehen, was du auf die Beine gestellt hast, und das hat mich bewogen, mein Leben anzugehen und es zu ändern, bevor es zu spät ist. Ich möchte nicht eines Morgens aufwachen und feststellen, dass es an mir vorbeigezogen ist.« Sie hält inne. »Ich mache mich besser auf den Weg – ich muss den Wagen noch über den TÜV bringen, und ein bisschen shoppen gehen in der Stadt will ich auch noch.«

Plötzlich überkommt mich ein Anflug von Heimweh, und ich sehne mich nach London und Summer und nach ausgetretenen, vollen Bürgersteigen mit Kaugummiflecken zurück, statt mich mit einem zotteligen, kleinen Hund, mit dem ich zwar auch sprechen kann, was aber nicht das Gleiche ist, auf einsame Spaziergänge zu begeben.

Hört Lucky mir überhaupt je zu? Zwischen all dem Geschnüffel und Jagen von Hasen lässt er sich gelegentlich herab, ein Ohr in meine Richtung zu spitzen, aber sonderlich interaktiv ist er nicht, finde ich. Seine Beziehung zu Adam ist viel besser als zu mir. Apropos Adam …

»Jennie, bist du noch da?«, fragt mich Summer.

»Ja«, erwidere ich und zwinge mich, heiter zu klingen. Ich möchte nicht, dass sie sich Sorgen macht.

»Du musst uns mal wieder besuchen kommen«, fährt sie fort. »Solltest du irgendwann genug vom Landleben haben oder einfach zu IKEA fahren wollen, bist du jederzeit herzlich willkommen, das weißt du.«

Ich schaue mich in der Küche um und sehe aus dem Fenster hinaus, wo die Hühner ihren Mist gerade auf dem Rasen hinterlassen, und begreife, dass ich unmöglich weg kann. Wer wird sich um die Tiere kümmern? Wer wird für Jennie's Cakes Kuchen backen?

»Kopf hoch, Jennie! Ich rufe dich diese Woche noch mal an.«

»Okay, Summer. Lass von dir hören!«

Ich schaue nach der Uhr. Noch vier Stunden, bis ich die Kinder wieder abholen muss.

Ich mache mich wieder an meine Vorbereitungen für den Bauernmarkt, der Ende der Woche, am Samstagmorgen stattfindet. Davor muss ich jedoch noch alles für das zweite Wochenende der Kinder bei David in London organisieren. Ich weiß, es gibt Menschen, die behaupten, sie würden ihre Freiheit genießen, wenn ihre Kinder bei ihrem Expartner sind, aber ich genieße sie nie.

»Und wie war's in der Schule?«, frage ich die Kinder auf dem Weg von der Schule nach Hause.

»Ganz gut«, sagt Georgia.

»Einer der Jungs hat die Frau in der Kantine beschimpft«, erzählt Sophie freudestrahlend.

»Und bei dir?«, frage ich Adam.

Er zuckt mit den Achseln.

»Irgendwelche Hausaufgaben?«

Wieder nur Achselzucken.

Ich frage nicht weiter nach. Unsere Kommunikation ist nicht die beste. Seit Josh nach Hause gefahren ist, straft er mich mit Schweigen. Ich wünschte, ich würde wissen, was in seinem Kopf vorgeht.

Am Freitagnachmittag drückt sich Georgia nach der Schule in der Küche herum, um sich auf die Schüssel mit der Glasur zu stürzen, sobald ich den ersten Schwung –

oder sollte ich besser sagen Gruppe? – an Lebkuchenfiguren fertig verziert habe. Für die nächste Fuhre mache ich frischen Zuckerguss.

»Wenn du die Schüssel ausgeleckt hast, geh bitte nach oben und pack deine Sachen zusammen, ja? Wir treffen uns heute Abend um acht mit deinem Vater.« Ich habe mit David vereinbart, ihm auf der Hälfte der Strecke entgegenzukommen.

»Ich bin froh, dass du uns bis zur Hälfte bringst. Irgendwie kommen wir mit dir schneller voran«, erklärt Georgia. »Kann ich bei McDonald's einen Burger haben?«

»Nein, Georgia, du hattest gerade erst Abendbrot, und David wird so schnell wie möglich nach Hause wollen.«

»Camilla aus meiner Klasse hat am Wochenende ein paar Freundinnen zu Besuch, und sie wird allen ihr Pony zeigen. Ich möchte Dad schon sehen, aber ich würde auch gerne zu dieser Party.«

Als ich das höre, steigen Schuldgefühle in mir hoch. Georgia muss sich in eine neue Gemeinschaft einfügen und Freunde finden, was ihre Eltern ihr gerade unmöglich machen. Manchmal müssen Opfer gebracht werden, um das zu bekommen, was man will, aber sind manche Opfer nicht zu viel des Guten? Ich vermisse die Kinder sehr, wenn sie nicht da sind.

Ich hätte ihnen das alles gerne erspart, doch es ist nun mal so wie es ist, und wir müssen das Beste daraus machen, sage ich mir.

Georgia kommt wieder auf ihr Lieblingsthema zurück.

»Mum, wo bekommen wir ein Pony her? Ich habe in der Schule nachgefragt. Camillas Mum hat das Pony für sie in Wales gekauft, aber wenn das für dich zu weit ist, können wir ja auch bei der Reitschule in der Nähe von Talysands vorbeischauen. Sie sagt, sie verkaufen manchmal Ponys.«

»In Ordnung. Ich werde dort anrufen.«

»Wann?«

»Irgendwann. Nicht jetzt – jetzt bin ich gerade dabei, Lebkuchenfiguren zu verzieren.«

»Gut«, sagt sie und saust aus der Küche, um zu packen. Denke ich zumindest. Bis ich zufällig ihre Stimme in der Diele höre und sie gerade mit der Auskunft spricht.

»Georgia, leg sofort auf!«, ermahne ich sie und stecke den Kopf aus der Tür, in der einen Hand die Schüssel mit dem Zuckerguss, in der anderen den Spritzbeutel.

»Ich dachte, ich würde dir etwas Arbeit ersparen.« Ich werfe ihr einen finsteren Blick zu, und sie beendet das Gespräch. »Immer beschwerst du dich, so viel zu tun zu haben, was ich überhaupt nicht verstehe, denn wir sind doch hierhergezogen, damit genau das nicht so ist. Und jetzt ist es noch viel schlimmer als früher. Immer musst du irgendwas machen. Und wenn ich dich bitte, mir zu helfen, ein Pony zu finden, backst du entweder Kuchen, verzierst sie oder musst die Zutaten dafür einkaufen gehen. Außerdem hat Adam schon einen Hund und Sophie ihre Hühner. Ich aber habe gar nichts, um was ich mich kümmern kann.«

»Es tut mir leid, mein Schatz.« Georgia hat Recht. In meinem Eifer, mein Geschäft aufzubauen, habe ich sie vernachlässigt. »Das Problem ist, Ponys kosten Geld. Geld, das durchs Kuchenbacken hereinkommt – oder irgendwann hereinkommen wird.« Ich lege meinen Arm um ihre Schulter und drücke sie. »Ich verspreche dir, es wird bald alles einfacher sein.«

»Mum, ich wünschte mir, du und Dad … ich wünschte mir, wir wären alle noch zusammen«, sagt sie wehmütig.

Ich erwidere nichts darauf. Vor noch nicht allzu langer Zeit fühlte ich genauso, doch langsam wird mein Herz wieder leichter, was wohl daran liegt, dass ich endlich nach vorne blicke und die Möglichkeiten erkenne, die sich auftun, weshalb meine Bauern aus Lebkuchen wahrscheinlich auch ein breites Lächeln im Gesicht und Gummistiefel aus grünem Puderzucker haben.

Die Kinder sind nach ihrer ersten Woche in der Schule müde, und das Letzte, was sie brauchen, ist diese Hin- und Herfahrerei nach London, um ihren Vater übers Wochenende zu sehen. Das wird mir jetzt klar. Abgesehen davon könnte ich auf die zwei- bis dreistündigen Autofahrten alle zwei Wochen gut verzichten, wenngleich ich ihnen die Zeit mit ihrem Vater gönne. Dennoch muss ich bis morgen früh noch mehrere Kuchen backen und verzieren. Lieber ein paar zu viel am Stand als innerhalb von einer halben Stunde ausverkauft sein.

»Georgia, wie oft soll ich es dir noch sagen … würdest du jetzt bitte nach oben gehen und packen? Ansonsten kommen wir zu spät.«

»Aber ich hab die Schüssel noch nicht ausgeleckt, Mum.«

»Na gut, aber schnell.« Ich überlasse ihr die Schüssel und gehe die Treppe hoch, um nach Adam und Sophie zu schauen. Sophie versucht gerade, so viele Kuscheltiere wie möglich in ihren Koffer hineinzuquetschen. Ich helfe ihr dabei, zwei auszusuchen, und vergewissere mich, dass sie alles an Kleidung dabei hat, was sie braucht. Dann gehe ich zu Adam, der in seinem Schlafzimmer ist.

»Bist du fertig, mein Junge?«, frage ich ihn von der Tür aus und hebe eine Augenbraue hoch, als ich die ganzen Kleider und Elektrogeräte auf seinem Bett sehe. »Ich glaube nicht, dass du das alles für zwei Nächte brauchst, oder?«

»Weiß nicht«, sagt er achselzuckend.

»Adam, ist alles in Ordnung?«

»Ja«, antwortet er stirnrunzelnd.

»Nein, ist es nicht«, beharre ich. »Was ist los? Ich spüre,

dass irgendetwas nicht stimmt. Hat es mit der Schule zu tun?«

Er antwortet nicht.

»Ich verstehe, dass du dich ein bisschen hin und her gerissen fühlst, jetzt nachdem Josh nach Hause gefahren ist, aber das geht wieder vorbei.« Ich hasse es, das zuzugeben, aber auch ich vermisse meine Freunde. »Du hast Glück – du hast eine gute Arbeit bei Guy gefunden.«

»Ich mag die Kühe«, sagt er, und für einen kurzen Augenblick hellt sich seine Miene auf.

»Und gutes Geld verdienst du auch.«

»Mum, hör bitte auf! Ich weiß, was deine Worte bezwecken sollen. Du willst aus mir den Satz herauszulocken, wie toll ich es hier doch finde, damit du dich nicht mehr schuldig fühlen musst. Lass das! Es nutzt nichts. Ich hasse es hier. Ich spare das ganze Geld vom Melken, um von hier wegzugehen, sobald ich sechzehn bin.«

»Adam, das ist …« Das ist ein Schock. »Sag das bitte noch einmal!«

»Ich werde von hier weggehen.«

»Und was ist mit deinen Schwestern und Lucky?«

»Lucky werde ich mitnehmen.« Der Hauch eines Lächelns zieht über seine Lippen. »Du kannst dich dann an meinen Schwestern festklammern.«

»Von was willst du leben? Wo willst du leben?«

»Ich werde mir eine Wohnung und einen Job suchen …« Er starrt mich zornig an, als ich meinen Mund öffne, um die offensichtlichen Schwachstellen seines Vorhabens darzulegen. »Abgesehen davon kann ich jederzeit von der Sozialhilfe leben«, fügt er hinzu. »Macht ja jeder so.«

»Mit der wirst du dir aber keine neuen iPods, Computer und Kleider leisten können.« Bei der Vorstellung, dass Adam allein in einem möblierten Zimmer lebt und sich von Cornflakes und Tütennudeln ernährt, verschlägt es mir die Sprache. Und was die Mädchen und mich betrifft … versuche ich mir ein Leben ohne Adam auszumalen. Dass er eines Tages von zu Hause weggehen würde, war klar, aber doch nicht so bald.

»Ich werde es schon schaffen«, sagt er. »Ich bin ja nicht dumm.«

»Das habe ich nie behauptet – ich glaube ganz und gar nicht, dass du dumm bist. Ich wünschte mir einfach nur, du wärst mit einer positiveren Einstellung hierhergekommen«, sage ich, traurig über den Gedanken, dass mein Sohn nicht mehr Zeit als nötig mit mir verbringen möchte. Ich würde zu gerne glauben, dass es sich nur um eine vorübergehende Laune handelt, aber er scheint es todernst zu meinen. »Ich finde, du solltest diese langfristigen Pläne gedanklich erst mal zurückstellen und das Wochenende mit deinem Dad genießen.«

»Sag mir nicht, was ich denken soll! Das kann ich schon allein«, erwidert er wütend. Er greift nach seinem Laptop, der auf dem Boden liegt, und geht hinüber zum Bett, das Ladegerät zieht er dabei hinter sich her. Ich hebe es vom Boden auf und gebe es ihm, doch ein Dankeschön kommt ihm nicht über die Lippen.

»Ich kann dir helfen, wenn du möchtest …«

Adam dreht sich weg, und ein kalter Schauer erfasst meine Fesseln. Ich zittere, doch daran ist nicht die Kälte schuld, sondern seine Ablehnung.

Als ich David später an diesem Abend kurz sehe, spreche ich das Thema leise bei ihm an, während die Kinder ihr Gepäck von meinem Auto in seins umladen. Lucky habe ich dieses Mal zu Hause gelassen.

»Na, Jennie, ist das Leben auf dem Land immer noch so rosig oder legst du nur eine tapfere Miene auf?«, fragt mich David mit einem ironischen Lächeln. Er sieht erschöpft aus und hat dunkle Ringe unter den Augen. Sein

Gesicht ist blass, so wie ein Teig, der noch nicht durchgebacken ist. Er trägt einen Anzug, aber keine Krawatte, und riecht nach dem mir inzwischen fremd gewordenen Geruch der Stadt – eine schwache Mischung aus kalten Pommes frites und Zigarettenrauch.

»Es gibt keinen Grund zur Klage.«

»Na, mir gegenüber würdest du es wohl auch nicht zugeben, oder?«

»Denk, was immer du willst«, sage ich mit einem Achselzucken. »Ich mache mir Sorgen … um Adam. Er hat sich diese aberwitzige Idee in den Kopf gesetzt, mit sechzehn auszuziehen. Vielleicht kannst du ja mal mit ihm reden, so von Mann zu Mann. Auf mich will er nicht hören.«

»Wann hast du ihm denn je zugehört?«

»Hör auf damit!«, sage ich und werfe ihm einen warnenden Blick zu. »Was passiert ist, ist passiert, daran kann ich nichts mehr ändern. Ich dachte mir nur, vielleicht könntest du ihn noch etwas mehr unterstützen. Ich glaube, das braucht er jetzt.«

»Ich sehe mal, was ich tun kann«, sagt David und gibt einen tiefen Seufzer von sich.

»Danke.« Mir fällt auf, dass Alice nicht bei ihm ist. Früher waren sie unzertrennlich, und ich frage mich, ob die erste Verliebtheit schon vorbei ist. Sie sind meines Wissens seit mehr als achtzehn Monaten zusammen.

»Was hast du an diesem Wochenende vor?«, fragt David.

»Ich werde arbeiten, ich habe einen Stand auf dem Bauernmarkt.«

»Ach?«

»Was, ach?«

»Hugo deutete an, dass du und dein Nachbar …«

»Da geht wohl Hugos lebhafte Phantasie mal wieder mit ihm durch.«

»Ja, er meinte, der Kerl habe ein bisschen was von einem Proleten und wäre nicht dein Typ.«

»Vielleicht hat sich mein Geschmack in Bezug auf Männer geändert«, bemerke ich und bin leicht angesäuert darüber, dass David die Frechheit besitzt, zu meinen, er wüsste, auf welchen Typ Mann ich genau stehe. Ein Bild von Guy schießt mir durch den Kopf. Eins weiß ich genau – mir ist ein Typ lieber, der sich an der frischen Luft aufhält.

Als ich wieder zu Hause bin, fahre ich mit den Vorbereitungen für meinen Stand fort.

Nachdem ich eine kurze Umfrage bei meinen Gästen gestartet hatte, welchen Kuchen sie am häufigsten kaufen, stellte ich überrascht fest, dass ein guter selbstgemachter Sirupkuchen ganz oben auf der Liste stand. Ich habe mehrere davon gebacken, wickle sie ein und etikettiere sie, bevor ich meine restliche Liste durchgehe. *Lebkuchenfiguren. Zitronenkuchen – brauche Zitronenguss. Schokoladenmuffins – besser frisch, ganz am Schluss machen. Marmorkuchen mit Himbeermarmelade.*

Die Marmorkuchen mit Himbeermarmelade sind mir zwar gut gelungen, dennoch finde ich sie als meine besondere Spezialität nicht geeignet. Aber das macht nichts. So kann ich noch mehr Rezepte ausprobieren.

Ich packe die letzten Lebkuchenfiguren ein und spüle ab. Von mir aus kann's losgehen – ich bin bereit. Ich dachte zwar, ich wäre aufgeregter und würde mir mehr Gedanken darüber machen, ob sich meine Kuchen verkaufen oder nicht, doch Adams Ankündigung relativiert alles.

Um drei Uhr morgens liege ich im Bett, mit einer Stunde Schlaf vor mir, bevor der Hahn mich wieder weckt. Warum ist das so? Warum höre ich ihn an manchen Tagen nicht, und an anderen kommt es mir vor, als befände er sich auf dem Kissen neben mir und krähte? Da ich nicht einschlafen kann, stehe ich auf, mache mir einen Tee und hole anschließend die Kuchenbehälter- und bleche aus der Speisekammer, die ich auf der Küchenablage staple. Ich bin gerade in der Speisekammer, als es an der Tür klopft.

»Herein«, rufe ich, und mein Herz setzt einen Schlag aus bei dem Gedanken, Guy wiederzusehen.

»Bist du fertig, Jennie?«, fragt er und steht frisch geduscht und jugendlich aussehend mit noch feuchtem Haar, das sich unten kringelt, in der Tür. »Du möchtest bestimmt nicht zu spät kommen, um alles aufzustellen – die Leute hier gehen gern früh zum Einkaufen in die Stadt.« Er hält inne. »Was kann ich tun?«

»Mal sehen«, sage ich fröhlich. Auch wenn es noch ein bisschen früh am Tag zu sein scheint, um zu flirten, steht Guy eindeutig der Sinn danach. Obwohl ich aus der Übung bin, freue ich mich mitzumachen. Freunde oder »möglicherweise mehr als« Freunde, Exfrauen und andere Frauen … alles egal. Einfach nur ein bisschen Spaß haben.

»Du könntest diese Schachteln ins Auto bringen«, fahre ich fort. Guy hilft mir, alles in den Kofferraum zu packen, bevor ich zusammen mit ihm nach Talyton fahre und den Wagen kurz auf dem Marktplatz parke, auf dem bereits eine ganze Reihe anderer Händler mit ihren Autos stehen.

»Das hier ist dein Platz«, verkündet Guy und zeigt auf eine Stelle vor Petals, dem Blumenladen. Der Stand ist nur ein paar Meter vom Ringstein entfernt, einem der weniger eindrucksvollen Wahrzeichen von Talyton. Er besteht aus einem grob gehauenen Granitblock sowie einem rostigen Eisenring und befindet sich in einer Ecke des Marktplatzes. »Ich denke, er ist in Ordnung.«

»Er sieht perfekt aus«, sage ich und schaue, wie weit er vom Teeladen entfernt ist. Nach dem, was die Empfangsdame bei der Tierärztin erzählt hat, möchte ich nicht den ganzen Tag mit dem Gefühl im Nacken verbringen, unter Beobachtung zu stehen. »Du glaubst doch nicht, dass die Inhaberin vom Copper Kettle irgendwelche Schwierigkeiten macht, oder?«

»Cheryl? Die wird zu sehr damit beschäftigt sein, Tee und Kaffee zu servieren, als dass sie sich Gedanken um Jennie's Cakes machen könnte. Am Markttag läuft sie sich immer die Hacken ab«, beruhigt mich Guy, während er mir hilft, den Tapeziertisch, die Kasse, die Preisliste, die Banner sowie die Kuchen auszuladen, und dann das Auto zum Parkplatz vom Co op um die Ecke bringt. Ich stelle den Tisch auf, der auf den Steinen wacklig steht.

Als Guy zurückkommt, baut er das Banner über dem Tisch auf, auf den ich eine rosa Tischdecke gelegt habe. »Jennie's Cakes.« Der Stand sieht toll aus, und ich habe eine Träne in den Augen, als ich die letzte Lebkuchenfigur in den Ständer hinten stelle. Ich ziehe mir eine Schürze an, schnalle mir die Gürteltasche um und warte nervös auf meine ersten Kunden – nervös deshalb, weil mir langsam klar wird, wie vermessen es doch von mir ist, anzunehmen, dass ich Kunden haben werde. Ich erinnere mich an Summers Trinkspruch: »Auf die Bewohner von Talyton und darauf, dass sie viele Kuchen essen mögen.« Und ich frage mich, ob sie das tun werden.

»Das hier«, bemerkt Guy und sieht abwechselnd den Stand und mich an, »sieht unwiderstehlich aus.«

»Ich würde eher sagen umwerfend«, erwidere ich und schaue ihn geradewegs an. »Vielen Dank, Guy. Vielen Dank, dass du mir von dem Markt erzählt und mir geholfen hast. Ich glaube wirklich nicht, dass ich es ohne dich geschafft hätte.«

Ich sehe, wie er rot wird.

»Darf ich dein erster Kunde sein?«, fragt er und nimmt

sich ein Stück von dem Marmorkuchen mit Himbeermarmelade.

»Ja, aber du darfst mir nichts dafür zahlen.«

»Oh, das muss ich aber, sonst zählt es nicht…« Guy zieht eine Fünfpfundnote aus seiner Hosentasche und gibt sie mir. Ich gebe ihm sein Wechselgeld zurück.

»Daran könnte ich mich gewöhnen«, sage ich glücklich.

»Ich muss noch ein paar Sachen hier in der Stadt erledigen. Ich bin in ein paar Stunden wieder zurück.« Plötzlich grinst er. »Oh, da ist Fifi – ich glaube, ich mach mich mal schnell aus dem Staub.« Ich schaue ihm amüsiert nach, wie er sich duckt und hinter BB's Honey, dem Stand nebenan, davonmacht, währenddessen Fifi in einem weißen Tupfenkleid und weißer Jacke zu mir herübereilt.

»Was für ein wundervoller Stand«, schwärmt sie. »Ich muss unbedingt einen von Ihren Kuchen kaufen. Nein…« Sie legt einen Finger auf den Mund und denkt nach. »Ich nehme vier von den Lebkuchenfiguren. Das sind doch Männer, oder nicht?«

»Sie sind Zwitter«, erwidere ich und nehme eine Papiertüte und eine Kuchenzange. »Ich wollte niemandem zu nahetreten, indem ich politisch unkorrekt gewesen wäre. Möchten Sie sie selbst aussuchen?«

»Nein, das überlasse ich Ihnen.« Nachdem ihr Einkauf in der Tasche verstaut ist, beginnt sie über den Preis zu verhandeln. »Wie viel kosten sie?«

Ich sage ihr den Preis und zeige dabei auf das Preisschild auf dem Ständer.

»Oh, meine Liebe«, sagt Fifi. »Ich habe heute nicht so viel Bargeld dabei.«

Das finde ich eigenartig, denn sie sieht eindeutig gut betucht aus.

»Würden Sie sich auch auf ein Tauschgeschäft einlassen?

Ich habe hier einen Gutschein, den Sie im Gartencenter einlösen können …«

»Finden Sie das nicht ein bisschen vermessen?«

»Sie können mit diesem Gutschein sehr viele nützliche Dinge kaufen – wir verkaufen nicht nur Gartengeräte und Pflanzen, sondern zum Beispiel auch Hundefutter und Kochgeschirr, und wir haben fast das ganze Jahr über Weihnachtskarten.« Während ich mit offenem Mund dastehe, fährt Fifi ernst fort, »Wir handhaben hier die Dinge nun mal so.«

»Na gut, von mir aus«, sage ich und gebe nach.

Während ich ihren Gutschein wegstecke, verabschiedet sie sich höflich und verschwindet. Ich sehe sie erst nach einer Stunde wieder. Mittlerweile kann ich mich vor Kunden kaum retten und mit Stolz behaupten, dass sich sogar eine Schlange vor meinem Stand gebildet hat. Ziemlich bald bin ich ausverkauft.

Ich fange an aufzuräumen.

»Hallo, Jennie.« Ich schaue hoch, und vor mir steht Wendy und kämpft mit sechs Hunden an der Leine.

»Oh, hallo. Wie geht's?«

»Danke, gut. Wie geht's Lucky?«, fragt sie. »Donald, sitz!« Sie zieht halbherzig an den Leinen, während die Hunde um ihre Beine streichen und sich zu einem Knäuel verheddern. »Ach, ihr dummen Kerle!«

»Soll ich Ihnen ein paar abnehmen, während Sie sich befreien?«, biete ich ihr an.

»Würden Sie das tun? Das wäre nett, vielen Dank.« Sie gibt mir drei Leinen und entwirrt die anderen. »Jennie, würde es Ihnen etwas ausmachen, fünf Minuten auf sie aufzupassen? Ich möchte nur schnell ein paar Hundekuchen kaufen.«

Bevor ich mich höflich aus der Affäre ziehen kann, drückt sie mir die Leinen in die Hand und lässt mich mit den sechs Hunden allein. Glücklicherweise stellen sie sich alle in einer Reihe auf, ziehen jedoch dermaßen an den Leinen, um hinüber zu dem Stand mit dem Hundefutter zu laufen, wo Wendy gerade einkauft, dass ich sie loslassen muss, als sie wieder über den Platz zurückkehrt.

»Tut mir leid!«, rufe ich. Sie springen an ihr hoch und wedeln mit den Schwänzen, als hätten sie sie monatelang nicht mehr gesehen. Ich muss lachen, als sie die Tasche mit den Hundekuchen abstellt, um die Leinen wieder einzusammeln – und sich die Hunde wie die Hyänen über das Paket hermachen. »Sieht so aus, als müssten Sie noch ein paar mehr kaufen«, bemerke ich und helfe ihr, die Leinen und die Reste der Tüte vom Boden aufzuheben.

»Ich sollte wirklich mit ihnen zur Hundeschule gehen«, sagt Wendy und hört sich außer Atem an. »Schön, Sie zu sehen, Jennie. Vielleicht können Sie sich ja doch noch dazu entschließen, einen zweiten Hund zu nehmen, der Lucky Gesellschaft leistet, wenn er sich bei Ihnen eingelebt hat.«

»Wir haben mit Lucky mehr als genug zu tun«, sage ich und bewundere ihre Entschlossenheit, für so viele Tierwaisen wie möglich ein neues Zuhause zu finden.

»Es war einen Versuch wert«, gibt sie freundlich zu. »Ich hoffe, ich sehe Sie und Lucky einmal auf einem Ihrer Spaziergänge. Bis dahin, Jennie.«

Ich räume weiter auf, werfe den Müll in einen Karton, falte meine Tischdecke zusammen, nehme das Banner herunter und die Einnahmen aus der Gürteltasche heraus, um sie in die mitgebrachte Kasse zu legen und abzuschließen. Das Ergebnis meiner Arbeit besteht neben den Geldeinnahmen aus einem Stück Rinderbraten, einem Glas Honig, Fifis Gutschein, einem Beutel Pastinaken, zwölf Eiern, drei Schweineohren für Lucky, einer Tüte mit Süßigkeiten vom Zeitschriftenhändler und einem kleinen

Strauß Nelken vom Blumenhändler. Zusätzlich habe ich noch Aufträge für zwei Torten erhalten: die eine ist für eine Taufe, die andere für eine goldene Hochzeit.

Trotzdem mache ich mir Sorgen – diese Tauschgeschäfte sind ja schön und gut, aber ich werde mit ihnen nicht den Lebensstandard halten können, an den ich mich während meiner Ehe mit David gewöhnt habe. Nicht dass ich mich beschwere. Solange meine Familie glücklich ist.

Die Kirchenglocke schlägt zwölf, als ich Fifis Stimme wieder höre. Sie steht auf der anderen Seite des Honigstands und spricht mit BB, einer Frau meines Jahrgangs, die ihr dunkles – fast schwarzes – Haar zu einer Beehivefrisur hochgesteckt hat, was zu ihr passt. Sie hat kleine Brüste und ausladende Hüften, eine laute Stimme und ein fröhliches Lächeln.

»Guy und sie sind zusammen hierhergekommen«, höre ich Fifi sagen. »Er dachte, ich hätte ihn nicht gesehen … Wahrscheinlich hat sie ihre Krallen schon nach ihm ausgefahren. Ich habe ihn bereits daraufhin angesprochen.«

»Da bin ich mir sicher«, murmelt BB, »aber wenn er sich in sie verschossen hat, wird er seine Meinung nicht mehr ändern. Guy Barnes' Liebesleben gehört nun einmal zu den wenigen Dingen in dieser Gemeinde, über die du keine Kontrolle hast.«

»Das mag sein, aber ich werde trotzdem nichts unversucht lassen, denn ich möchte nicht, dass er noch einmal verletzt wird. Ich habe seiner Mutter versprochen …«

Intrigante Wichtigtuerin, denke ich und sehne mich einen Moment lang nach der Anonymität der Großstadt zurück, wo einer den anderen nicht kennt und man in der Masse verschwindet.

»Abgesehen davon«, fährt Fifi fort, »träume ich schon seit Jahren davon, dass Guy und meine wunderbare Nichte Ruthie ein Paar werden. Die beiden passen so gut zusammen. Und im Gegensatz zu Jennie ist sie noch jung genug, um eine Familie gründen.«

Autsch, denke ich. Obwohl ich nicht den Wunsch verspüre, meiner Kinderschar ein weiteres hinzuzufügen, schmerzt es mich dennoch, an meine langsam ablaufende biologische Uhr erinnert zu werden.

»Uphill Farm ist seit Jahren in den Händen der Familie Barnes, und so sollte es auch bleiben«, fügt Fifi hinzu. »Guy hat sich heute Morgen mit Ruthie getroffen. Ich habe gesehen, wie er in ihrem Land Rover zurück in die Stadt fuhr.«

»Na, dann viel Glück bei deinem Vorhaben«, sagt BB.

»Hallo, Jennie«, erklingt es hinter mir, und ich drehe mich um, als ich Guys Stimme höre. »Bist du fertig?«

»Ja, ich habe alles verkauft.« Ich lächle, als ich ihn sehe und er auf mich zukommt, dennoch frage ich mich, was er in der Zwischenzeit gemacht hat.

»Viel Geld habe ich allerdings nicht eingenommen«, seufze ich. »Nicht genügend, um damit große Sprünge in meinen Gummistiefeln zu machen.«

Guy kichert. »Backen und Landwirtschaft haben sehr viel gemeinsam, das ist mir schon aufgefallen – man tut es aus Liebe, denn viel Geld verdienen kann man damit nicht. Ich hole schnell den Wagen.« Er streckt mir die Hand entgegen für die Schlüssel.

Auf dem Rückweg ist er noch ruhiger als sonst.

»Hast du alles erledigen können?«, frage ich und bemerke, wie nahe meine Hand an seinem Oberschenkel liegt, der in einer marineblauen Cordhose steckt. Ich widerstehe dem Drang, ihn zu berühren.

»Ja, habe ich, danke«, erwidert er.

»Wo bist du gewesen?« Ich will zwar nicht in seinem Leben herumschnüffeln, aber nachdem was Fifi vorhin gesagt hat, bin ich neugierig und ein bisschen verwirrt, denn ich hatte das Gefühl, er würde mir mit verschiedenen Signalen zu verstehen geben wollen, dass ich ihm gefalle. Jetzt allerdings frage ich mich, ob ich mich geirrt habe.

»Ich war ein, zwei Sachen einkaufen, um sie morgen Mum mitzubringen, und dann habe ich mich noch mit Ruthie getroffen und ihr mit dem Futter für die Hühner geholfen. Sie hatte schon mal Probleme mit dem Rücken, dann helfe ich ihr aus.«

»Ach so«, sage ich.

Ich merke, dass Guy lächelt.

»Bist du etwa eifersüchtig?«

»Nein, natürlich nicht!«, erwidere ich und umklammere das Lenkrad. Warum sollte ich?

»Wie ist dein Verhältnis zu deinem Exmann? Denkst du je...« Guy räuspert sich und starrt auf die Fahrbahn.

»Du machst dir doch nicht etwa Sorgen wegen meiner Fahrweise?«, frage ich belustigt.

»Doch, ein bisschen«, gibt er zu. »Wenn ich einen neuen Mähdrescher hätte, würde ich ihn dir nicht anvertrauen.«

»Kann ich verstehen.«

»Du hast mir meine Frage noch nicht beantwortet.«

»Welche Frage?«

»Hast du und David...?«

Plötzlich dämmert mir, was er meint.

»Ob ich meinem Mann gegenüber noch Gefühle habe? *Jene* Art von Gefühlen? Oh, mein Gott, nein!«

Das Getriebe kracht, als ich in den zweiten Gang herunterschalte, um an einem Pferdetransporter vorbeizufahren, der uns entgegenkommt.

»Wir machen es nicht... du weißt schon, der guten alten Zeiten wegen. Nichts in der Art.« Ich werde rot – aber nicht, weil ich daran denke, mit David nach all der Zeit Sex zu haben, sondern mit Guy. Wie komme ich bloß darauf?

»Ich hätte nicht fragen sollen – dein Privatleben geht mich nichts an. Tut mir leid.« Dann merke ich, wie sich der Ton in seiner Stimme ändert. »An sich muss ich mich gar nicht entschuldigen – du warst diejenige, die angefangen hat«, fährt er frotzelnd fort. »Hast du's eilig, oder können wir kurz anhalten für ein spätes Mittagessen? Das Talymill Inn ist für seine belegten Brote bekannt, und die Eier mit Speck und Pommes frites sind auch nicht schlecht.«

»Ich glaube, ich muss nach Hause. Der Hund ist allein«, sage ich und fange an schallend zu lachen. »Wie höre ich mich denn an? Fehlt nur noch, dass ich für Lucky Hundesoße und ein Jäckchen mit aufgesticktem Monogramm kaufe.«

»Das bezweifle ich«, wirft Guy kichernd ein. »Abgesehen davon, ich kann auch nicht lange bleiben – die Kühe.«

Wir essen im Talymill Inn und schauen dem Wasserrad zu, wie es sich in dem kleinen Bach dreht, der vom Fluss abgeht, und ich fühle mich, trotz meiner Sorgen um Adam, zufrieden.

Der Stand auf dem Markt war ein Erfolg, und meine Freundschaft zu Guy scheint eine andere Ebene erreicht zu haben, die tiefer und ernsthafter ist.

12

Rote-Bete-Schokokuchen

Nach meinem triumphalen Erfolg auf dem Bauernmarkt, lege ich richtig los. Ich buche einen regelmäßigen Stand – was bedeutet, ich bin alle zwei Wochen auf dem Markt. Außerdem beschert mir die Anzeige im *Chronicle* noch zwei, eher verspätete Bestellungen, doch bin ich mir nicht sicher, wie ich mein Geschäft weiter ausbauen soll. Ich weiß, ich brauche keinen MBA, sondern lediglich Eigeninitiative und gesunden Menschenverstand – und wenn ich ehrlich zu mir bin, eine gute Portion Selbstvertrauen. Ich kann zwar auf Menschen zugehen und auf einem Markt verkaufen und Kostproben verteilen, dennoch treibt mir der Gedanke, in ein Geschäft zu gehen und zu fragen, ob meine Kuchen ins Sortiment aufgenommen werden können, Schweißperlen auf die Stirn.

Aber ich muss weiter an meinem Erfolg arbeiten. Ich verdiene nicht genug, um uns über Wasser zu halten, denke ich, als der Hund draußen winselt, um hereingelassen zu werden. Vielleicht war der Zeitpunkt doch nicht gut, ein weiteres hungriges Mäulchen aufzunehmen.

Ich lasse Lucky herein. Die Mädchen spielen in der Scheune, während Adam oben in seinem Zimmer ist – ich würde gerne behaupten, er sitzt an seinen Hausaufgaben, doch denke ich eher, dass er mit seinen Freunden aus London auf Facebook chattet. Nach dem Wochenende bei ihrem Vater führe ich ein langes Gespräch mit David über

Adam, während die Kinder in der Schule sind. Er teilt mir mit, dass Adam es bedauert, seine Freunde nicht mehr sehen zu können und Bedenken hat, sich in der neuen Schule zurechtzufinden, doch Lösungen hat auch er keine parat. Alles, was er tun könne, wäre weiterhin seinen Sohn zu unterstützen, was, und daran erinnert er mich immer wieder gerne, äußerst schwierig sei, da ich so weit weggezogen wäre.

Das Abendessen köchelt auf dem AGA, so dass ich eine Stunde übrig habe, um mich um Pennys Hochzeitstorte zu kümmern.

»Mummy, Georgia sagt, ich könnte sie nicht reiten«, sagt Sophie und kommt in die Küche spaziert. Sie bleibt stehen, legt ihre Ellenbogen auf den Tisch, stampft mit dem Fuß auf und zieht eine Schnute. »Sie sagt, ich muss das Pony sein, aber das ist nicht fair.«

»Kannst du nicht zu uns herauskommen und das Pony sein?«, fragt sie.

»Ich muss mich um den Kuchen hier kümmern«, erwidere ich und lächle bei dem Gedanken, auf der Koppel draußen umherzutraben und wie ein Pferd zu wiehern. Guy würde denken, ich wäre übergeschnappt.

»Die Hochzeitstorte?«, fragt Sophie. »Ich glaube, die wird wunderschön, Mummy. Kann ich dir helfen?«

»Du kannst mir die Sachen bringen, die ich brauche«, sage ich leicht besorgt, dass der Kuchen vielleicht nicht ganz so schön werden könnte, wenn er in ihre Hände fällt.

»Ich möchte aber verzieren«, wirft sie enttäuscht ein.

»Das musst du erst noch üben. Außerdem verziere ich sie heute sowieso nicht, ich bereite sie nur darauf vor.«

»Ach so.«

»Ich brauche Marmelade und Marzipan.«

»Hol ich dir.« Sie läuft zur Speisekammer und öffnet die Tür.

»Danke«, sage ich. »Den Kuchen aber trage ich heraus – ich möchte nicht, dass ein Unglück passiert.«

»Das würde die Braut bestimmt nicht gut finden und sehr traurig darüber sein.«

»Und dem Geschäft würde es auch schaden. Dieser Kuchen muss hervorragend werden, denn ich möchte, dass alle Leute ihre Torten bei mir bestellen, wenn sie heiraten.«

Ich hole die drei Etagen des Hochzeitskuchens aus der Speisekammer, entferne die Folie, in die ich sie eingewickelt habe, und stelle sie der Reihe nach auf das Holzbrettchen. Ich rolle das, was Sophie als Marzipanwürmer bezeichnet, aus, um damit die Ränder am Boden der Kuchen zu schließen, und streiche sie mit einem Palettenmesser glatt.

»Was machen wir jetzt, Mummy?«, fragt mich Sophie.

»Wir brauchen etwas Puderzucker für die Arbeitsfläche.«

»Warum?«

»Damit das Marzipan nicht kleben bleibt, wenn ich es ausrolle.« Ich rolle drei Kreise aus, die groß genug sind, um die Kuchen an der Seite und oben mit etwas Überlappung zu überziehen. Vorher bestreiche ich die Seiten mit Marmelade. »So bleibt das Marzipan besser kleben.«

»Einmal soll das Marzipan kleben bleiben, dann wieder nicht«, kichert Sophie. »Du weißt auch nicht, was du willst!«

Will sie damit etwa andeuten, ich könnte mich nicht entscheiden? Ich lächle in mich hinein – ich bin mir nicht sicher.

Ich lege den ersten Marzipankreis auf die kleinste Etage, schiebe ihn langsam in die richtige Position und streiche ihn vorsichtig glatt, bevor ich mich um die Seiten kümmere. Als ich mir mein erstes Werk zufrieden betrachte, folgen die beiden anderen Etagen. Anschließend stelle ich sie zurück in die Speisekammer, damit das Marzipan trocknen kann, um sie morgen mit Kuchenglasur zu versehen. Danach dauert es nicht mehr lange, dass ich mich der schönsten Aufgabe widmen kann – dem Dekorieren.

Mir fällt meine eigene Hochzeitstorte ein – sie war wunderschön (ich hatte sie nicht selbst gemacht) – und bestand aus drei eckigen Etagen, die mit burgunderroten und cremefarbenen Zuckerrosen auf makellos weißer Glasur kaskadenförmig verziert war. Ich erinnere mich, wie David meine Hand hielt und mir half, das Messer zu führen. Ich hatte fast das Gefühl, es sei ein Frevel, sie anzuschneiden.

Ich bitte Sophie, Georgia und Adam fürs Abendessen zu holen.

Als ich das Essen auftrage – Kochschinken mit Petersiliensauce, Bratkartoffeln und Möhren, die ich beim Gemüsehändler gekauft habe – kommen Adam und die Mädchen in die Küche herein. Ich setze mich mit ihnen an unseren rustikalen Küchentisch und denke, wie witzig es doch ist, dass wir alle an einem Ende sitzen. Georgia hatte irgendwann gemeint, wenn wir alle am Tisch verteilt sitzen würden und uns miteinander unterhalten wollten, wäre es so, als würden wir Selbstgespräche führen.

»Georgia, hast du dir schon überlegt, was du an deinem Geburtstag machen möchtest? Bis dahin ist es nicht mehr lange.«

»Groß einladen wie letztes Jahr möchte ich nicht.«

»Feiern müssen wir aber schon!«, wende ich ein.

»Darf jemand zum Abendessen vorbeikommen?« Sie schüttet die halbe Flasche Tomatenketchup auf ihre Möhren.

»Wen möchtest du einladen?«

»Camilla, aus der Schule. Sie ist in meiner Klasse und hat ein eigenes Pony.« Georgia hält inne. »Ich schreibe ihr eine Einladungskarte, oder?«

»Das finde ich eine gute Idee.«

Adam braucht nicht lange, um seinen Teller leer zu putzen.

»Mum, ich könnte etwas Geld gebrauchen«, sagt er und schiebt sich den letzten Bissen in den Mund.

»Wofür?«

»Ich möchte Lucky noch ein paar Kauspielzeuge kaufen, und im Bistro muss ich mein Konto auffüllen.«

»Mir wäre lieber, du würdest Brote mitnehmen«, seufze ich.

»Die würde ich aber nicht essen. Du schneidest das Brot immer viel zu dick.«

»Du könntest dir die Brote auch selbst machen. Dann wären sie genau so, wie du sie magst!«

Adam lächelt mich gewinnend an und streckt mir die geöffnete Hand entgegen.

»Mum, Bares bitte …«

»In der Dose ist Kleingeld.« Mit der Dose meine ich ein kleines Sparschwein aus Keramik, das ich von einer umsichtigen und bescheidenen Großtante geschenkt bekam, als ich so alt war wie Sophie.

»Ich habe eher an Scheine gedacht als an Münzen«, wirft Adam ein.

»Dann schau in meinem Portemonnaie nach!«

»Habe ich schon.«

»Adam, du sollst mich fragen, bevor du an meine Sachen gehst!« Ich will nicht zu streng mit ihm sein – er schien in letzter Zeit glücklicher zu sein, und er hat auch nicht mehr erwähnt, von zu Hause wegziehen zu wollen, deshalb möchte ich ihn nicht verärgern.

»Entschuldigung«, sagt er, und ich beschließe, ihm und den Mädchen eine kleine Lehrstunde in Betriebswirtschaft zu erteilen.

»Es ist kein Geld mehr da, weil ich unseren Etat für

diesen Monat bereits ausgegeben habe. Wenn ich dir jetzt Geld geben würde, Adam, müssten wir uns im nächsten Monat einschränken, um es wieder auszugleichen.«

»Ich dachte, Dad zahlt für uns Unterhalt«, wirft er ein.

»Das tut er.« David zahlt mir monatlich Unterhaltsgeld für die Kinder und kauft ihnen noch zusätzlich viele Sachen, die ich mir nicht leisten kann. »Aber das Geld ist dafür da, um das Essen für euch und die Rechnungen wie Strom, Wasser und die Kommunalsteuer zu zahlen.«

»Dann bitte ich ihn halt um Unterhalt für Lucky«, beschließt Adam.

»Ich finde nicht, dass das fair ist. Aber egal. Was ist denn mit dem Geld, dass du fürs Melken verdienst? Kannst du nichts davon nehmen?«

»Ich habe dir doch gesagt, dass ich das spare«, erklärt er mir.

»Ich kann dir was von meinem Geld leihen«, bietet mir Georgia an. »Aber nicht so viel, denn ich spare für ein Bürstenset.«

»Ja, dein Haar ist ganz schön unordentlich«, nimmt Adam sie auf den Arm.

»Nicht für mich!«

»Für das Pony«, beendet Adam ihren Satz.

»Warum holst du nicht Geld von der Bank, Mummy?«, fragt Sophie. »Neben dem Co op ist eine.«

»Ich kann von der Bank kein Geld holen, weil da kein Geld ist«, stelle ich fest, woraufhin Sophie mich entsetzt und überrascht anschaut.

»Aber in einer Bank ist immer Geld, dafür sind sie doch da.«

»Zuerst muss man Geld in eine Bank einzahlen, bevor man es sich von dort wieder holen kann«, kläre ich Sophie auf.

»Aber … Machst du das denn nicht?«

»Daddy macht das. Er arbeitet, und das Geld, das er verdient, wird jeden Monat auf die Bank eingezahlt. Das Geld taucht dort nicht wie von Wunderhand auf. Wenn das so wäre, wären wir alle Millionäre.«

»Also wird Lucky diese Woche kein Kauspielzeug mehr haben können«, stellt Adam fest. Als die Kinder am nächsten Tag in der Schule sind, gebe ich nach und fahre in die Stadt, um von meinem Sparkonto Geld abzuheben, damit weder Lucky noch Adam etwas entbehren müssen.

Als ich an dem Zeitungsladen vorbeigehe, fällt mein Blick auf das Schaufenster mit den Anzeigen, und ich erkenne die von *Jennie's Cakes*, sie ist immer noch da. Doch mir fällt eine zweite auf, genau darunter. Sie ist neueren Datums. Ich lese *Pony zu verkaufen*. Der Computerausdruck mit der Abbildung eines braunen Ponys ist eher verschwommen. *Stute, Stockmaß: 137 cm, 8 Jahre alt, Trensengebiss, Verkauf nicht aufgrund von Fehlverhalten der Stute. Kein Arbeitspony. Preis auf Anfrage. Kontaktieren Sie Delphi von Leatherington Equestrian.*

Ich weiß zwar nicht, ob das Pony das richtige ist, aber das wird sich nur durch Nachfragen herausstellen, und so wähle ich die Nummer von meinem Handy aus.

»Wie alt ist Ihre Tochter?«, fragt mich die Frau.

»Fast zehn. Sie hat zwar noch nicht viel Erfahrung mit Ponys, ist aber sehr begeistert.«

»Ist sie schon mal geritten?«

»Oh ja«, erwidere ich, doch bevor ich der Dame am anderen Ende des Telefons erklären kann, dass Georgia bisher zweimal geritten ist, einmal in den Ferien und einmal bei der Freundin einer Freundin, spricht sie weiter.

»Was möchte Ihre Tochter mit dem Pferd machen?« Ihre Aussprache ist klar und deutlich.

»Reiten«, murmle ich. Ich bin mir nicht sicher, was man sonst noch mit einem Pony tun kann.

»Ich meine, an welcher Disziplin ist sie interessiert? Dressur? Springreiten? Jagd?«

»Ich denke Springreiten.« Ich habe gesehen, wie Georgia und Sophie auf der Koppel gesprungen sind.

»Was immer Sie mit dem Pony machen wollen, sie kann alles! Sie ist für alles geeignet.«

»Großartig«, sage ich, »vielen Dank.« Als ich dann einen Termin ausmache, damit Georgia das Pony Probe reiten kann, bemerke ich zu spät, dass ich vergessen habe, zu fragen, wie viel es kosten soll. Ich rufe sie noch einmal an, und sie nennt mir den Preis von tausend Pfund, was ungefähr dem Betrag entspricht, den ich eingeplant hatte – bevor wir hierher zogen und Dad die Küche renovierte und wir die Party gaben, zu der ich die ganze Farbe kaufte, die dann am Schluss nicht verwendet wurde … Ich unterdrücke meine Bedenken, ob wir uns die Ausgabe leisten können oder nicht. Wenn das Pony erst einmal gekauft ist, werden wohl keine hohen Kosten mehr anfallen. Immerhin fressen sie Gras, und davon haben wir genug.

Ich fahre schnell nach Hause, denn ich kann es kaum erwarten, Georgia die Neuigkeit zu erzählen.

Zu Hause angekommen, steht der Postbote vor der Haustür und wartet. Lucky ist im Haus und bellt.

»Ist etwas?«, frage ich. »Macht der Hund Probleme?«

»Nein, und wenn, dann sind das Ihre und nicht meine«, erwidert er und überreicht mir einen Briefumschlag. »Der ist für Sie, aber die Adresse ist falsch.«

Ich runzle die Stirn. Der Brief ist von Summer. Wahrscheinlich bedankt sie sich darin für die Party, doch sie hat »J. Copeland, Jennie's Folly« auf den Umschlag geschrieben, und ich muss unwillkürlich lächeln.

»Sie wissen schon, dass Sie, wenn Sie den Namen Ihres Hauses ändern wollen, das beantragen müssen, ansonsten entsteht hier nur Verwirrung.«

»Der Brief ist von einer Freundin, sie hat sich einen kleinen Scherz erlaubt«, erkläre ich, doch der Postbote macht ein ernstes Gesicht.

»Solange ich die Post austrage, ist das kein Problem, meine Liebe, aber was, wenn ein neuer Postbote kommt, der nicht darüber Bescheid weiß? Das geht nicht.«

»Ich werde es klären«, versichere ich ihm. Ich habe es noch nicht übers Herz bringen können, das Schild wieder herunterzunehmen. Außerdem ist mir aufgefallen, dass die Kinder den Namen benutzen. Vielleicht sollte ich es umbenennen, wenngleich ich mir nicht sicher bin, was Guy davon hält… Für ihn wird es immer Uphill House bleiben.

In dem Moment, in dem ich Georgia von dem Pony erzähle, bereue ich es schon. Sie ist so aufgeregt, dass sie nicht mehr schlafen kann und mir am anderen Morgen erklärt, sie könne nicht zur Schule gehen, was ihr gar nicht ähnlich sieht.

»Ich werde mich nicht konzentrieren können«, sagt sie.

»Trotzdem, du bist besser in der Schule aufgehoben – die Zeit vergeht so schneller.«

»Geht sie nicht, Mutter«, korrigiert mich Adam und entfernt ein Cornflake vom Oberteil seines Schlafanzugs. »Das scheint nur so.«

»Das musst du mir nicht erklären, Adam«, wirft Georgia ein. »Ich bin ja nicht doof.«

»Was dieses Pony angeht, schon. Seit Mum dir davon erzählt hat, gibt es für dich kein anderes Thema mehr.«

»Na und? Du bist mit Lucky nicht anders!« Georgias Löffel gleitet zurück in die Schüssel, und ich bemerke, dass sie überhaupt nichts gegessen hat.

»Das stimmt überhaupt nicht«, protestiert Adam.

»Adam, würdest du bitte nach oben gehen und dich anziehen?«, bitte ich ihn mit einem Blick auf die Uhr. »Du hast noch fünf Minuten.«

»Oder?«, fragt er und streckt sich faul.

»Ich werde ohne dich zur Schule fahren.«

»Von mir aus!«

Ich schaue ihn mit zusammengekniffenen Augen an. Früher hätte ich ihn am Arm gepackt und ihn hinaus zum Auto gezogen, doch inzwischen ist er größer als ich und somit ein Versuch zwecklos.

»Adam, zieh dich an!«, fahre ich ihn halb wütend, halb lachend an. »Mach schon!« Ich wedele mit einem Geschirrtuch nach ihm, so wie ich es bei den Hühnern mache, um sie zu verscheuchen, woraufhin er widerwillig aufsteht und nach oben geht. Ich seufze erleichtert, dass es zu keiner Auseinandersetzung gekommen ist. »Georgia, wenn du nicht zur Schule gehst, wird es kein Pony geben.«

Nach der Schule bringe ich die Kinder zuerst nach Hause, damit sie sich umziehen können, und fahre anschließend mit den Mädchen zum Reitzentrum, wo Delphi, eine Frau meines Alters, die ihr blondes Haar zurückgebunden hat und neben einer marineblauen Jacke mit der Aufschrift Team GB eine enge beigefarbene Reithose trägt, ein braunes Pony aus einem der Ställe führt und es draußen an ein Geländer bindet.

»Das ist Bracken. Möchtest du sie vielleicht bürsten und satteln?« Delphi holt eine Putzkiste und gibt sie Georgia. »So findest du am besten heraus, ob du sie magst oder nicht.«

Angesichts Georgias besessener Liebe zu Pferden befürchte ich jedoch, wird ihr jedes Pony recht sein.

»Wenn Sie irgendetwas wissen möchten, fragen Sie nur«, sagt Delphi an mich gewandt.

»Ist sie gesund?«

»So gesund wie ein Fisch im Wasser. Soweit wir wissen, hat sie keinerlei gesundheitliche Probleme.«

Als mir keine weiteren Fragen einfallen, fährt Delphi fort. »Bracken verbringt das ganze Jahr draußen. Im Sommer bleibt sie tagsüber im Stall, da sie dazu neigt, zuzunehmen. Sie ist ein leichtfuttriges Pferd, was großartig ist, denn so braucht sie nicht viel zusätzliches Futter im Winter.«

»Wir haben einen Stall«, erklärt Georgia.

»Deine Mutter meinte, du würdest gerne mit ihr springen«, sagt Delphi. »Wir haben hier ein paar Hindernisse aufgestellt, aber um ehrlich zu sein, wir haben Bracken noch nicht so lange. Wir kaufen normalerweise Ponys für die Reitschule und behalten sie eine Weile, um zu sehen, ob sie dafür geeignet sind.«

Bedeutet das etwa, dass Bracken dafür nicht taugt, frage ich mich.

»Es hat sich herausgestellt, dass Bracken als Reitschulpferd zu gut ist«, fährt Delphi fort und beruhigt mich. »Ich finde, sie hat ein Zuhause verdient, das ihr die volle Aufmerksamkeit und Liebe entgegenbringt.«

»Was meinen Sie damit, sie ist zu gut? Ich dachte, Reitschulpferde müssen sich gut benehmen können.«

»Sie hat zu viel Potenzial. Es wäre eine Verschwendung, sie tagein, tagaus für Reitstunden einzusetzen. Sie ist sehr vorwärtsgängig, und ich kann mir vorstellen, dass sie, wenn man ein bisschen Arbeit in sie hineinsteckt, das perfekte Springpony werden kann.« Delphi wendet sich wieder Georgia zu. »Möchtest du sie jetzt satteln?«

Als Georgia den Sattel auflegt, legt Bracken die Ohren an und wirft ihren Kopf hin und her.

»Wenn sie das macht, musst du mit ihr schimpfen«, klärt Delphi Georgia auf und hilft ihr, das Zaumzeug über Brackens Kopf zu ziehen. »Hast du einen Reithelm?«

»Habe ich noch nicht«, bemerkt Georgia.

»Im Sattelraum ist einer, den kannst du dir ausleihen.« Delphi holt ihn, und Georgia setzt ihn auf. »Lass uns mit ihr in die Halle gehen. Ich dachte, eine unserer Pferdepflegerinnen führt sie dir erst einmal vor, und dann kannst du sie reiten.« Emily, ein junge Frau Ende zwanzig, reitet das Pony zuerst, und Georgia scheint beeindruckt zu sein. Das Pony geht, trabt und galoppiert, währenddessen die Füße der Reiterin auf Höhe von Brackens Knien baumeln.

Als Georgia an der Reihe ist, wird mir bang ums Herz. Ich hatte nicht damit gerechnet, dass ich um sie Angst haben würde.

»Sie werden Georgia aber doch nicht galoppieren lassen, oder?«, frage ich Delphi.

»Natürlich nicht«, erwidert sie und klinkt einen Führstrick in das Zaumzeug des Ponys ein. »Wir sind bei Anfängern immer sehr vorsichtig.« Sie geht mit dem Pony auf und ab, während sich Georgia vorne am Sattel festhält. »Ich finde, Bracken würde gut zu dir passen.«

Georgia ist sofort völlig hingerissen von dem Pony. Ich werde den Blick in ihrem Gesicht nie vergessen, als ich einwillige, Bracken zu kaufen. Liebe soll nicht käuflich sein? Ich kann nicht aufhören zu lächeln, denn das habe ich gerade unter Beweis gestellt.

»Wir können sie Ihnen vorbeibringen, falls sie keinen Pferdetransporter haben«, bietet Delphi an. Irgendwie erinnert sie mich mit ihrem leisen Wiehern, das wohl ein Lachen sein soll, selbst an ein Pferd.

Ich beschließe, Georgia nicht in Verlegenheit zu bringen, indem ich eine Diskussion über die Sinnhaftigkeit des Transports von Ponys vom Zaun breche, denn an sich sind sie ja dazu da, um einen von A nach B zu bringen. Warum um alles auf der Welt sollen sie transportiert werden, wenn sie es von sich aus können?

»Wann wäre das möglich?«, frage ich.
»Morgen Nachmittag.«
»Nach der Schule?«
»Ja, so haben Sie noch Zeit, das passende Reitzubehör zu besorgen«, sagt Delphi.
»Wir brauchen einen Sattel und Zaumzeug«, klärt mich Georgia auf.
»Und einen Halfter und eine Pferdedecke«, fügt Sophie wissend hinzu. Ich denke, ihre große Schwester hat sie indoktriniert.
»Und Bürsten und Huföl.« Georgia darf den Sattel und das Zaumzeug von Bracken herunternehmen und sie zurück zum Stall führen. Danach gebe ich noch fast eintausend Pfund für die ganze Ausrüstung von Georgia und dem Pony aus.

Vierundzwanzig Stunden später habe ich die drei Etagen von Pennys Hochzeitstorte mit Glasur versehen. Alles ist gut gelungen, sie ist wunderbar glatt geworden, so wie das Wasser vom Teich ganz am Ende des Wäldchens, nicht wie die hügelige Koppel. Die auf die persönlichen Wünsche der Braut und des Bräutigams abgestimmten Tortenfiguren und ein Golden Retriever in Hundegeschirr sind per Kurier bei mir eingetroffen. Ich muss den Kuchen am Rand noch verzieren, aber das kann warten, die Hochzeit ist erst am Samstag. Bis dahin ist noch viel Zeit, doch je näher der große Tag rückt, umso nervöser werde ich, als wäre ich die Braut.

Ich widme mich noch einmal der Suche nach meinem Spezialkuchen. Der Marmorkuchen mit Himbeermarmelade war nicht ganz das Richtige, und so versuche ich es stattdessen mit Kakao und Roter Bete. Ich weiß, Rote Bete ist nicht unbedingt jedermanns Lieblingsgemüse, aber es ist typisch fürs Land und außerdem gesund. Abgesehen davon glaube ich, dass den Leuten diese ungewöhnliche Kombination in Erinnerung bleiben wird.

Ich püriere etwas gekochte, natürlich nicht in Essig gekochte, Rote Bete, gebe das Püree durch ein Sieb, stelle den dunklen blauroten Saft beiseite und fülle den Brei in eine Küchenmaschine. Dann füge ich Öl, Eier und Vanilleessenz hinzu, verquirle alles miteinander, gebe den Brei in eine Vertiefung, die ich in der Mitte der trockenen Zutaten geschaffen habe, die aus Mehl, Zucker, Kakao und einer Messerspitze Natron bestehen, und verknete alles. Anschließend gebe ich den Teig in eine Backform und lasse ihn fast eine Stunde backen.

In der Zwischenzeit rufe ich Camillas Mum an. Sie hat Georgia eine Visitenkarte gegeben, auf der *Maria Winters – mobile Friseurin* geschrieben steht, als diese ihr die Geburtstagseinladung überreichte. Ich rufe sie an und mache für den Tag, an dem sie Georgia abholt, einen Termin aus. Nur zum Haare schneiden – mehr kann ich mir nicht leisten. Ich muss sparen.

Ich nehme den Kuchen aus dem Ofen. Er sieht gut aus, ziemlich hell und glatt, aber ich kann die Glasur erst überziehen, wenn er abgekühlt ist. So lange kann ich allerdings nicht warten, denn es ist Zeit, die Kinder von der Schule zu holen. Ich verschließe die Küchentür vor Lucky und gehe los …

Um vier Uhr wird das Pony in einem luxuriösen Pferdetransporter geliefert. Georgia ist völlig aus dem Häuschen. Sophie läuft aufgeregt durch die Gegend, scheucht dabei die Hühner auf und sieht nach, dass in der Tränke auch ja keine Blätter sind, aber dafür genügend frisches Wasser.

»Hier ist sie, der Traum einer jeden Mutter«, verkündet Delphi, als sie Bracken von der Rampe des Transporters herunterführt.

Ich zahle Delphi in bar, woraufhin sie mir den Pass des Ponys aushändigt.

»Den werden Sie brauchen, wenn Sie sie zum Ponyklub bringen. Ich hoffe, ich werde Sie bald auf einem Turnier sehen. Sie ist ein tolles Pony mit großem Potenzial.« Sie hält inne. »Sollte es Probleme geben, lassen Sie es mich sofort wissen.«

Ich sehe die Gesichter der Mädchen, ihr überglückliches Lächeln. Ihre Fröhlichkeit ist ansteckend, dennoch frage ich mich – als ich Delphi meine tausend Pfund in die Hand drücke –, ob ich mir ihre Zuneigung erkaufe, um somit wiedergutzumachen, dass ich sie von ihrem Vater weggerissen habe? Warum fühle ich mich immer so schuldig?

Georgia führt ihr Pony in den Hof, striegelt sie und gibt ihr eine Möhre. Dann geht sie mit ihr hinaus auf die Koppel und streift ihr den fluoreszierenden, rosa Halfter ab. Bracken scheint es eilig zu haben … Schnaubend und schnüffelnd trabt sie durch die Gegend. Ich habe keine große Ahnung von Ponys – nein, falsch, ich habe überhaupt keine Ahnung von Ponys –, aber sie scheint ein süßes kleines Ding zu sein. Georgia liebt sie schon jetzt.

»Sie hat einen erstaunlichen Schweif«, bemerke ich. »Er geht ihr bis hinunter zu den Knöcheln.«

»Mum, die nennt man Fesseln«, korrigiert mich Georgia.

»Muss der nicht geschnitten werden? Und was ist mit ihrer Mähne? Sie kann kaum durch sie hindurchschauen.«

»Das ist ihr Stirnhaar.«

»Woher weißt du das alles?«, frage ich sie beeindruckt.

»Aus den Büchern, die ich mir von der Bücherei geliehen habe, denn wenn man Tiere hat, Mum, muss man auch wissen, wie man richtig mit ihnen umgeht und sie pflegt.«

»Wäre schön, wenn du deinen Hausaufgaben genauso viel Aufmerksamkeit widmen würdest.«

»Das tue ich«, stellt sie kühl fest.

»Tut mir leid«, erwidere ich, lege den Arm um sie und drücke sie zur Entschuldigung. »Ich wollte dich nur aufziehen.«

Guy taucht mit den Kühen auf, nachdem er sie wie immer am Nachmittag gemolken hat. Er winkt, und ich laufe hinüber zu ihm ans Tor, das zur Auffahrt führt.

»Was hast du nun wieder angestellt?«, fragt er. »Ich habe den Transporter gesehen.«

»Dir entgeht aber auch nichts, oder?«, sage ich heiter. »Langsam frage ich mich, ob du mich stalkst.«

»Jennie, ich habe nur zufällig –«

»Schon gut«, unterbreche ich ihn. »War nur ein Witz.« Ich senke meine Stimme und fahre fort. »Um ehrlich zu sein, mir gefällt sogar die Idee, dass du nach mir Ausschau hältst …«

»Aha!«, sagt er und sieht verlegen aus, währenddessen sich meine Brust zusammenzieht, was auf ein Gefühl zurückzuführen ist, dass ich nur als Verlangen beschreiben kann. Die Sehnsucht, von ihm in die Arme genommen und gehalten zu werden …

Ich unterdrücke einen Seufzer des Bedauerns, denn selbst wenn er das Gleiche fühlen sollte wie ich, scheint er zu schüchtern zu sein, um je in dieser Hinsicht einen Vorstoß zu unternehmen. »Also, was hast du angestellt?«

»Ich habe ein Pony gekauft.« Ich lege meine Hand vor den Mund. »Ich kann es kaum glauben.«

»Okay, jetzt bin ich mir sicher. Du bist völlig verrückt, Jennie.« Guy lächelt, aber in seiner Stimme schwingt ein ernster Ton mit. »Ich hoffe, du weißt, was du tust. Ein Pony ist etwas anderes als ein Hund. Es ist eine Riesenverantwortung.« Er hält inne. »Ich muss los. Ich fahre heute Abend zu meiner Mutter – ich möchte nicht, dass sie schon im Bett liegt, wenn ich ankomme. Bis bald.«

»Schau doch morgen vorbei«, sage ich. »Ich möchte deine Meinung zu einem Kuchen hören.«

»Gerne. Aber ich werde erst nach fünf kommen können – morgen früh kommt der Tierarzt vorbei.«

»Ich hebe dir ein Stück auf.«

»Danke. Bis dann.«

Ich schaue ihm nach, wie er davongeht, bevor ich zu dem Pony zurückkehre. Als Bracken am Zaum auf und ab geht, wird mir klar, welche Verantwortung ich übernommen habe.

»Sie sieht aufgewühlt aus«, sage ich, als die Mädchen sie besorgt anschauen. »Aber denkt nur daran, wie ihr euch gefühlt habt, als ihr umgezogen seid.«

»Ich nehme an, sie vermisst ihre Freunde«, bemerkt Sophie. »Ich vermisse meine. Ich vermisse Heather … Amber …« Und sie spult eine Liste von ungefähr dreißig Namen ab, sämtliche Mädchen und Jungen, die mit ihr auf der alten Schule in eine Klasse gingen.

»Aber das hat sich doch gebessert, oder?«, frage ich.

»Ja«, erwidert sie nach einer Pause.

Innerhalb einer halben Stunde grast Bracken zufrieden vor sich hin, und alles auf der Welt ist gut …

… bis Georgia am nächsten Nachmittag hinausgeht, um Bracken zu holen und auf ihr zu reiten.

»Mum, Bracken lässt mich nicht an sich heran.« Georgias Lippe zittert vor Aufregung angesichts der offensichtlichen Ablehnung. »Sie mag mich nicht. Mum, du musst sie für mich holen.«

So hatte ich mir das nicht vorgestellt.

»Das ist dein Pony – du musst dich darum kümmern.« Ich habe zwar zu tun, doch schiebe ich einen Schwung Törtchen in den AGA und stelle die Eieruhr auf zwanzig Minuten, um nach draußen zu Georgia zu gehen.

»Ruf sie!«, schlage ich vor, doch Georgia hat Recht. Bracken spitzt ein Ohr in unsere Richtung, vertreibt dann mit ihrem Schwanz ein paar Fliegen von ihrem Hinterteil und mampft weiter Gras. Georgia geht mit einer Möhre auf die Koppel, doch auch die interessiert Bracken nicht. Ich folge Georgia, aber als ich auf das Pony zugehe, hebt es seinen Kopf und trottet so weit weg, bis es aus meiner Reichweite ist.

»Das ist lächerlich.« Nach mehreren fehlgeschlagenen Versuchen ist mir heiß, und ich schwitze, und Georgias Gesicht leuchtet hellrot. »Das verstehe ich nicht. Delphi hat sie doch holen können. Was steht in deinen schlauen Büchern?«

Georgia geht los und schaut pflichtbewusst nach.

»Da steht drin, man soll warten, dass sie sich beruhigt hat und ihr dann etwas Leckeres in einem Eimer bringen. Hast du noch mehr Möhren?«

»Die brauche ich für einen Möhrenkuchen, aber sie kann noch eine haben.«

Doch auch das bringt nichts, Bracken lässt sich nicht einfangen.

Ich rufe Delphi an. Obwohl sie gesagt hat, wir könnten sie jederzeit anrufen, wenn wir ein Problem hätten, scheint sie ihre Meinung geändert zu haben.

»Hier gab es nie Schwierigkeiten, sie zu holen«, sagt sie.

»Ich werde Guy fragen, wenn er kommt«, beschließt Georgia schlussendlich. »Vielleicht weiß er, was zu tun ist.«

Wir gehen durch die Hintertür wieder in die Küche. Ich sehe nach der Eieruhr, aber sie muss schon vor einiger Zeit geklingelt haben.

»Ich hab die Törtchen verbrennen lassen«, stelle ich fest und gehe schnell zum Ofen, um die Tür zu öffnen und das rauchende Blech herauszuziehen. »Wie dumm von mir!«

»Manchmal bist du gar keine gute Bäckerin, Mum«, kichert Georgia.

»Ich bin nur froh, dass es nicht mein Spezialkuchen gewesen ist.« Ich muss genauso lachen wie Georgia, als ich die Törtchen im Mülleimer entsorge.

Noch bevor ich Guy das letzte Stück des Rote-Bete-Schokoladenkuchens anbieten kann, lauert Georgia ihm auf. Er geht mit ihr hinüber zur Koppel und lehnt sich über das Tor, um die Lage zu sondieren.

»Das neue Pony hält dich also zum Narren.«

»Ich glaube, sie will nicht von mir geritten werden«, erklärt Georgia.

»Das überrascht mich nicht. Hier gibt's zu viel Gras für es zu fressen.« Er hält inne. »Hast du es eingefangen, als du es Probe geritten hast?«

»Da war es im Stall.«

»Aha, da haben wir's.« Guy wendet sich mir zu. »Sind da nicht bei dir die Alarmglocken losgegangen, Jennie?«

»Mir ist nicht eingefallen …«

»Wo wem habt ihr das Pony?«, fragt er.

»Von Delphi Leatherington. Ich sah eine Anzeige von ihr im Schaufenster vom Zeitungsladen.«

»Und was stand drin? Kann problemlos eingefangen, beschlagen und in die Box geführt werden?«

»Von Einfangen stand da nichts …«

»Das ist Pferdesprache. Du musst zwischen den Zeilen lesen.« Guy kichert. »Delphi ist nun mal eine Pferdehändlerin, sie kennt die Tricks.«

»Du meinst also, wir werden sie nie wieder einfangen können?«, frage ich fassungslos.

»Doch, das werden wir. Wenn du Tiere hast, musst du wie sie denken.« Guy geht hinüber zu seinem Hof und kehrt mit zwei langen Zügeln zurück, mit denen wir Bracken in eine Ecke der Koppel treiben.

»Jetzt geh zu ihr hinüber, Georgia, und leg ihr das Halfter an! An deiner Stelle würde ich ein kurzes Seil daran befestigen und es nicht wieder abnehmen, damit du sie beim nächsten Mal leichter einfangen kannst.«

»Danke, Guy«, sagt Georgia erleichtert. Mit dem Seil in der Hand führt sie Bracken zu uns, doch als sie uns sieht, verdreht das Pony seine Knopfaugen und weigert sich, weiterzugehen.

»Komm schon, Bracken!« Georgia zieht an dem Seil, doch zwecklos.

Guy geht um Bracken herum, stellt sich hinter sie und schnalzt mit der Zunge.

»Los schon, Pony!«, knurrt er, woraufhin Bracken gemächlich von der Koppel auf den Hof trottet.

»Vielen Dank, Guy«, sage ich voller Bewunderung für sein Talent als Pferdeflüsterer.

»Auf dieser Weide wird sie zu fett werden. Du musst sie auf einem kleineren Bereich einsperren, wo sie weder so viel zu fressen hat noch so weit laufen kann.« Er grinst.

»Woher weißt du so viel über Pferde?«

»Ich bin früher geritten. Ich war mal Mitglied im Ponyklub.«

Ich kann ihn mir auf einem Pferd nicht so recht vorstellen, doch sehe ich ihn mit neu gewonnenem Respekt an.

»Wenn du gefragt hättest, hätte ich dir gerne meinen Rat gegeben. Nicht dass du darauf gehört hättest – du bist genauso stur wie dieses Pony hier!«

Ich knuffe ihn in die Rippen.

»Ist sowieso zu spät«, seufzt er. »Du hast das verdammte Ding ja schon gekauft.«

»Ja, und Georgia würde es mir nie verzeihen, wenn ich sie wieder zurückbringen würde.«

»Hast du einen Sattel und einen Halfter für sie?«

»Wir haben beides im Tack ’n Hack gekauft, dem Geschäft von Delphi. Und ich musste noch mal fast genauso viel hinblättern wie für das Pony.«

»Ich hoffe, du besitzt eine nicht versiegende Geldquelle, Jennie, denn ein Pony zu haben ist so, als würdest du nackt unter einer kalten Dusche stehen und fünfzig Pfundnoten zerreißen.«

»Na, ich hoffe doch, wir werden mit dem Pony mehr Spaß haben, schon Georgias wegen.«

Wir gehen gemeinsam auf den Hof und schauen ihr zu, wie sie das glatte, glänzende Fell des Ponys bürstet. Sophie darf ihre Hufe einölen.

»Siehst du die Ringe da unten an ihren Füßen?«, bemerkt Guy und zeigt auf sie. »Das ist ein Zeichen dafür, dass sie schon einmal Hufrehe hatte.«

»Was um Himmels willen ist das denn?«

»Hufrehe ist eine Krankheit, die bei kleinen, dicken Ponys vorkommt.

»Delphi sagte, sie hätte keine gesundheitlichen Probleme, als ich sie danach fragte.«

»Ich wette, sie sagte, ›soweit ich weiß.‹« Guy geht hinüber zu Bracken und schaut ihr in den Mund. »Wie alt ist sie, hat Delphi gesagt?«

»Acht«, erwidere ich ein bisschen kurz angebunden.

»Ich denke, eher achtzehn Monate. Hast du sie untersuchen lassen? Nein … wohl nicht. Egal, sie hat wohl noch ein paar Jahre vor sich«, sagt er. »Hast du irgendwo Pfähle und Draht?«

»Was für eine Art von Pfählen?«

»Solche, mit denen man einen elektrischen Zaun errichten kann – um damit Herr, in deinem Fall wohl eher Herrin der Zäune zu werden.« Er lächelt. »Ich spreche hier gerade von einem Buch – *Herren der Zäune*. Siehst du, ich kann sogar lesen.« Ich weiß, er nimmt mich gerade auf den Arm, trotzdem werde ich rot, weil mir einfällt, dass ich ihn einmal Bauerntölpel genannt habe. »Ich bin ein gebildeter Mensch.«

Mir wird schwer ums Herz – an sich sollte ich in der Küche stehen und backen –, doch dann wieder ganz leicht, als mir der Gedanke kommt, zu Overdown Farmers fahren zu müssen, um Draht zu besorgen. Das letzte Mal, als ich dort war, um ein paar Säcke Legekörner für die Hühner zu kaufen, waren mir ein Paar rosa Gummistiefel und eine Weste von Puffa aufgefallen, mit denen ich geliebäugelt hatte. Guy ist sich aber sicher, eine Rolle Draht in der Scheune gesehen zu haben, als er dort vor kurzem die Leiter holte, um für mich eine Glühbirne auf dem Treppenabsatz auszuwechseln. Und Zaunpfähle und ein Weidezaungerät glaubt er, bei sich auf dem Hof zu haben.

Die Mädchen wechseln sich ab, Bracken im Obstgarten zu reiten – ab und zu bleibt sie stehen, um sich einen Bissen Gras zu schnappen, woraufhin Guy ihnen zeigt, wie sie ein Stück Erntegarn vom Gebiss des Zaumzeugs zum Sattelring binden, so dass sie ihren Kopf nicht nach unten beugen kann. Als Georgia etwas wagemutiger wird und Bracken auffordert, schneller zu laufen, trottet sie im gleichen Schritt weiter, bis Guy sich hinter sie stellt, die Arme hochwirft und sie antreibt. Da wacht sie plötzlich auf, nimmt die Beine in die Hand und fliegt von einem Ende zum anderen der Koppel.

»Halt dich fest«, rufe ich Georgia zu. Mein Puls rast, als ich sehe, wie sie sich festklammert. Dann bleibt Bracken unvermittelt stehen, und Georgia landet kurzerhand mit ihrem Hintern auf dem Boden. Ich laufe zu ihr, doch sie steht bereits auf und klopft sich ab.

»Alles in Ordnung«, versichert sie mir. »Es war meine Schuld, nicht ihre – ich habe die Zügel nicht fest genug gehalten.« Sie dreht sich um, hebt die Zügel auf und stellt ihren Fuß in den Steigbügel, um wieder aufzusitzen.

»Du willst doch nicht etwa weiterreiten?«, frage ich.

»Sie macht genau das Richtige«, erklärt Guy und hält Brackens Kopf fest. »Diesem Pony darf man nichts durchgehen lassen. Mach dir keine Sorgen, Jennie. Ich werde neben ihr hergehen.« Er schaut hoch zu Georgia und lächelt sie ermutigend an. »Ich glaube, wir sollten erst einmal den Schritt üben, bevor wir traben oder galoppieren.«

Nachdem das Pony eine halbe Stunde im Schritt gegangen ist, findet Guy, dass es für heute genug ist.

»Bring sie in den Stall, Georgia! Ich hole die Sachen für den Zaun. Wir werden ein Stück der Koppel für das Pony abtrennen.«

Er kehrt mit Kunststoffpfählen, Draht und einem Weidezaungerät zurück. Guy und ich stellen gemeinsam eine Barriere auf, die die Koppel zu einem Drittel abtrennt. Guy schlägt die Pfähle in den Boden, und ich bringe das Band an. Er stellt das Weidezaungerät auf, verbindet es mit dem Band und schaltet es ein.

»Jetzt fließt Strom durch«, sagt er und greift nach dem Schalter, der sich unterhalb des Geräts befindet. »Und jetzt nicht.«

»Bist du dir sicher?«, frage ich.

»Überzeug dich selbst!«, erwidert er. Ich stehe ganz dicht neben ihm und versuche, den Schalter zu finden. »Er ist genau da.« Lachend nimmt er meine Hand und ertastet ihn mit mir. »Hast du ihn?«, fragt er.

»Ich weiß nicht.« Er hält weiter meine Hand, berührt den Draht und zieht sie fast unmittelbar wieder weg. Trotzdem durchfährt uns ein Stromschlag.

»Aua!«, sage ich und mache einen Satz von ihm weg.

»Er ist an«, bemerkt er. »Ich wollte dich nicht durch einen Stromschlag töten – ich dachte, er wäre aus.«

Der Stromschlag tat nicht wirklich weh. Ich hatte mich eher über ihn erschrocken. Guy hatte meine Hand gehalten, und ich glaube nicht nur, um mir den Schalter an dem Weidezaungerät zu zeigen. Ich bin immer noch überrascht – sowohl von seiner Forschheit als auch von meiner Reaktion. Er ist nicht so schüchtern wie ich dachte, und ich bin trotz allem noch am Leben.

Es scheint mir, als hätte er mich wieder zurück ins Leben geholt, denke ich, als ich ihm zusehe, wie er am Küchentisch sitzt und das letzte Stück des Rote-Bete-Schokokuchens probiert, den ich mit weißer Glasur und diagonal verlaufenden rosa Zuckergussstreifen überzogen habe, wofür ich den Rote Betesaft verwendet habe.

»Wie findest du die Rote-Bete-Schoko-Kombination?«, frage ich.

»Rote Bete?« Er starrt auf den Teller. »Ich kann das Zeug nicht ausstehen. Bevor ich es essen muss, verfüttere ich es lieber an die Kühe, wenngleich ich damit nicht sagen will, dass ich diesen Kuchen auch den Kühen geben würde«, fährt er schnell fort.

»Du magst ihn also nicht«, stelle ich enttäuscht fest.

»Doch, mögen schon, aber richtig toll finden nicht.«

»Wenigstens bist du ehrlich. Danke, Guy. Dann werde ich wohl noch einmal in die Rezeptbücher schauen müssen.« Ich halte inne, schaue ihm lächelnd zu, wie er weiter isst und systematisch seinen Teller leer putzt.

»Du hast Delphi aber schon gefragt, ob Bracken irgendwelche Unarten hat?«, fragt mich Guy und schaut hoch.

»Unarten?« Mir schießen alle möglichen Gedanken durch den Kopf. »Was für Unarten können Ponys denn so haben?«

»Sie können bocken, sich aufbäumen, beißen, koppen … die Liste geht noch weiter, wenn du möchtest.«

»Nein, danke«, sage ich bestimmt.

»Springt sie?«, fragt mich Guy.

»Laut Delphi, ja.«

»Du bist mit ihr nicht gesprungen?«

»Ich habe mich auf Delphis Wort verlassen.«

Ich merke, Guy findet das alles immer noch lustig.

»Ja, wir alle setzen schon mal aufs falsche Pferd.«

»Tja, und ich wünschte mir, du würdest aufhören, darauf herumzureiten«, erwidere ich bissig. »Du musst mir nicht ständig unter die Nase reiben, was ich alles falsch mache, auch wenn du Recht hast!« Das tat bereits David immer. Es wurmte mich damals, und es wurmt mich heute. »Entschuldigung«, füge ich leise hinzu. »Ich sollte dich nicht so anfahren. Ich bin nur wegen Georgia so durcheinander und wütend auf mich selbst. Außerdem sind mir vorhin die Törtchen verbrannt.« Zu allem Überfluss schießen mir auch noch die Tränen in die Augen. Ich drehe mich weg.

»Ich muss mich genauso entschuldigen«, bemerkt Guy. »Ich hätte etwas taktvoller sein sollen.«

»Es liegt nicht an dir.« Ich fasse mir an den Hals. »Es liegt an mir.«

Ich höre das Scharren eines Stuhls, und im nächsten Moment steht Guy neben mir.

»Jennie, ist alles in Ordnung?«

»Mir geht's gut.«

»Das sagst du immer«, erklärt er und legt den Arm um mich. Seine Hand ruht dabei auf der Rundung meiner Taille. »Du musst nicht immer so tun, als ginge es dir gut, nicht bei mir«, fügt er zärtlich hinzu, neigt seinen Kopf und schaut mir in die Augen. Mein Herz steht still, als ich in seinem Gesicht eine Mischung aus Mitgefühl und Verlangen erkenne. Ich bemerke, wie er zögert, doch bevor er es sich anders überlegen kann, fährt mein Kopf nach oben, und ich küsse ihn auf den Mund. Er erwidert meinen Kuss, und ich spüre, wie ich fliege – bis ich wieder meine sieben Sinne beisammen habe und zurück auf der Erde lande.

»Was ist los?«, murmelt er stirnrunzelnd.

»Die Kinder«, flüstere ich schuldbewusst. »Ich habe vergessen, ich meine, ich –«

»Du musst nichts erklären«, unterbricht mich Guy. Er lächelt mich gequält an, während er sich aufrichtet und einen Schritt von mir wegmacht. »Obwohl ich das gerne noch einmal wiederholen würde…«

»Das kann sicherlich eingerichtet werden, aber ich muss an die –«

»Kinder denken«, vollendet er den Satz. »Ich verstehe schon.«

»Vielleicht hast du ja Lust, irgendwann einmal zum Abendessen vorbeizukommen?«, schlage ich zaghaft vor. Ist schon eine ganze Zeit lang her, dass ich einen Mann zu mir nach Hause eingeladen habe, und ich bin mir nicht sicher, ob ich den richtigen Ton treffe. Drücke ich meine Gefühle klar aus, oder verschrecke ich ihn?

»Nein, Jennie«, antwortet er.

»Aber –«

»Ich werde nicht zum Abendessen vorbeikommen, sondern dich zum Essen ausführen.«

»Wie bei einem Date?«, frage ich zweifelnd.

»Wenn du es so bezeichnen möchtest.«

»Das wäre wunderbar. Ich habe schon seit Ewigkeiten kein Date mehr gehabt – zuletzt mit David. Und ich bin auch nicht auf eine kurze Affäre aus – so etwas liegt mir nicht.«

»Mir auch nicht.«

Ich muss meinen ganzen Mut zusammennehmen, um ihm geradeheraus diese eine Frage zu stellen, mit der ich mich nicht länger quälen mag.

»Bist du nach Tasha noch mal mit jemandem ausgegangen?«

Guy schaut mich halb lachend, halb verärgert an.

»Du meinst, ob ich mit Ruthie ausgegangen bin? Ruthie und ich sind miteinander befreundet. Sie ist wie ein Kumpel für mich. Warum glaubst du mir nicht, Jennie?«

»Das tu ich! Das tu ich!«, erwidere ich, als ob das Wiederholen von »Das tu ich!« es zu einer Tatsache werden ließe.

»Du vertraust mir nicht, oder?«

Ich zögere. Davids Affären haben mein Vertrauen in die Männer zerstört. Ich weiß, sie sind nicht alle gleich, genauso wenig wie wir Frauen, aber es ist schwierig …

»Wie kann ich dir nur beweisen, dass ich die Wahrheit sage?«

»Na ja, du könntest mich auf jeden Fall noch einmal küssen«, sage ich, und er kommt meiner Aufforderung nach. Ich bin sprachlos, überwältigt, unsagbar glücklich. In meinem Kopf dreht sich alles.

»Sind Adam und die Mädchen nächstes Wochenende bei ihrem Vater?«, fragt er und löst sich aus meinen Armen. Er atmet schnell und stoßartig.

Ich nicke.

»Gut, dann nächstes Wochenende …«

Ich freue mich und bin gleichermaßen aufgeregt und nervös. Ich und Guy. Kann das möglich sein? Als ich hierherzog, hatte ich nie damit gerechnet, eines Tages mit ihm auszugehen. Es ist nur ein Date, ermahne ich mich. Sollte es gut laufen – was ich kaum zu hoffen wage –, werde ich die Kinder darauf vorbereiten müssen, dass Guy mein neuer Freund werden könnte. Ich bin mir nicht sicher, wie sie das aufnehmen werden, besonders Adam. Mir ist bereits sein Missfallen aufgefallen, wenn ich zu viel von ihm spreche.

Nachdem die Kinder zu Abend gegessen haben und im Bett liegen, durchforste ich das Internet nach neuen Rezepten, doch ich kann mich nicht konzentrieren. Immer wieder muss ich ein leichtes Zittern in meinen Lenden unterdrücken, wenn ich in meinen Gedanken noch einmal diesen Kuss erlebe und die sowohl wirkliche als auch imaginäre knisternde Spannung zwischen uns spüre.

13

Cupcakes

An dem Freitagnachmittag vor Pennys Hochzeit hole ich die Kinder von der Schule ab und werfe einen Blick auf Bracken, die sich auf ihrem kleinen Teil der Koppel durch das Gras frisst. Georgia ist zweimal am Tag bei ihr, vor und nach der Schule, aber geritten hat sie sie bisher nicht wieder. Ich habe ihr versprochen, mit ihr und dem Pony spazieren zu gehen, so wie Guy. Guy! Mein Puls schnellt in die Höhe, wann immer ich an ihn denke, was, das muss ich zugeben, unangemessen häufig ist. Morgen Abend führt er mich zum Essen aus. Ich kann es kaum erwarten.

Ich lasse Lucky zu Hause. Wir haben es noch einmal versucht, ihn im Auto mitzunehmen. Doch auch da, auf dem Weg hin und zurück zur Schule, bellte er die ganze Zeit, was ein schmerzhaftes trommelndes Geräusch in den Ohren hinterließ, als käme man gerade von einem Rockkonzert – nicht dass ich vor kurzem eins besucht hätte!

Als ich mit den Kindern wieder zu Hause bin, scheint der Hund verärgert zu sein, denn er kommt nicht zu uns gelaufen, um uns zu begrüßen. Im Gegenteil, er gibt keinen Laut von sich.

»Lucky«, ruft Adam. »Wo ist der Hund?« Er dreht sich zu mir.

»Ich vermute, er ist weggelaufen«, sage ich, doch ich glaube keine Sekunde daran. Er liegt wahrscheinlich mit ausgestreckten Pfoten unter dem Tisch. Ich schaue in Adams Gesicht und sehe das ängstliche Stirnrunzeln darin. »Lucky wird nicht weit sein, mein Schatz.«

Wir gehen hinein. Adam, Georgia und Sophie lassen die Schultaschen fallen, ziehen ihre Schuhe aus und werfen alles auf einen Haufen in den Flur.

»Würde es euch etwas ausmachen?«, frage ich und erinnere mich, wie meine Mutter dasselbe zu mir und meiner Schwester sagte. Es machte uns überhaupt nichts aus, denn wir wussten, genau wie meine Kinder jetzt, dass Mum alles aufheben und wegräumen würde.

»Lucky«, ruft Adam noch einmal und verschwindet in die Küche. Der Ton in seiner Stimme verändert sich und klingt bestürzt. »Lucky!«

»Was ist passiert?«, frage ich und dränge mich an den Mädchen vorbei. »Adam, was ist los?«

Adam steht mit ausgestreckten Armen in der Küche vor dem Tisch, als wollte er etwas hinter sich verstecken.

»Mum, das wollte er nicht«, stottert Adam. »Ihn muss wohl Heißhunger überfallen haben …«

Ich komme näher. Adam dreht sich um, beugt sich unter den Tisch, hebt Lucky hoch und offenbart das Gemetzel aus Krümeln, Früchtekuchen und Marzipan mitten auf dem Küchenfußboden.

»Lucky hat sich über den Hochzeitskuchen hergemacht«, ruft Georgia aus. »Du böser Hund!« Sie droht ihm mit dem Finger, aber das ist für mich weit von einer angemessenen Reaktion auf die vor mir liegende Katastrophe entfernt.

»Ich werde diesen verdammten Hund umbringen«, schreie ich voller Wut und Enttäuschung.

»Irgendjemand muss die Tür zur Speisekammer aufgelassen haben«, sagt Adam mit bebender Stimme. »Du kannst ihn dafür nicht verantwortlich machen. Er ist ein Hund. Er versteht das nicht!«

Lucky kauert an Adams Brust, als ob er wüsste, dass er etwas Schlimmes gemacht hat.

»Schaff ihn mir aus den Augen!«, fahre ich Adam an, und er verschwindet schnell durch die Hintertür. Ich lasse mich auf einen der Küchenstühle fallen und starre auf das Chaos, währenddessen die Mädchen, auf Zehenspitzen gehend, den Schaden betrachten.

»Der Kuchen ist hin«, erkläre ich. Auf dem Boden liegen die Überreste von zwei Etagen.

»Das Marzipan hat er nicht gegessen, Mummy«, stellt Sophie fest, als ob das an der Tatsache etwas ändern würde. »Aber die Glasur abgeleckt.«

»Trotzdem kann ich den Kuchen nicht noch mal mit Glasur überziehen, er hat große Teile davon herausgebissen.« Dann kommt mir der Gedanke, dass ich vielleicht doch noch etwas retten kann, denn die dritte Etage, die größte, ist noch übrig. Ich gehe in die Speisekammer, um nach ihr zu schauen, aber auch sie liegt, an einer Ecke angeknabbert, auf dem Boden, die zerbrochene Zuckerglasur um sie herum. Meine Idee einer dramatischen Rettungsaktion hat sich damit in Luft aufgelöst. Ich muss wieder bei Null anfangen, aber die Hochzeit ist bereits morgen, und in weniger als vierundzwanzig Stunden einen englischen Früchtekuchen zu backen und mit Marzipan und Glasur zu überziehen, ist einfach unmöglich.

Ich gerate in Panik. Tränen schießen mir in die Augen und kullern über meine Wangen.

Wie soll ich Penny das alles nur erklären? Tut mir leid, die Hochzeitstorte ist verschwunden. Tut mir leid, die Hochzeitstorte lässt zu wünschen übrig. Tut mir leid, die Hochzeitstorte hat der Hund gefressen. So hören sich Adams Entschuldigungen an, wenn er seine Hausaufgaben nicht gemacht hat. Ich beschließe, bei der Wahrheit zu bleiben, egal, wie absurd sie auch klingen mag.

Ich wische meine Tränen weg, fege die Reste zusammen und werfe sie draußen in die Mülltonne. Dann gieße ich mir einen ordentlichen Schluck Brandy aus der Speisekammer ein, rufe Penny an und frage mich, wie ich um alles auf der Welt die Situation – und meinen Ruf – retten kann.

»Hallo, Penny«, sage ich, als sie sich meldet. »Ich bin's, Jennie.«

»Oh, hallo.« Pennys Stimme ist warm und freundlich. »Ich vermute, Sie rufen an, um die Vereinbarungen für morgen zu bestätigen. Ich kann Ihnen nicht sagen, wie aufgeregt ich bin. Declan wollte heute Morgen seinen Anzug abholen, aber das Geschäft hat ihn in der falschen Größe bestellt. Ich wünschte mir, es würde nicht alles auf die letzte Minute geschehen. Ich hätte nichts dagegen, wenn schon die nächste Woche wäre und wir alles hinter uns gebracht hätten, außer natürlich den Flitterwochen.«

»Ich rufe wegen der Torte an«, sage ich, als ich zu Wort komme.

»Ist etwas damit?«

»Oh Penny, es tut mir so leid.« Ich stelle mir vor, wie ich mich gefühlt hätte, wenn mir jemand gesagt hätte, meine Hochzeitstorte würde sich vierundzwanzig Stunden vor dem großen Tag auf dem Boden einer Mülltonne befinden. »Ich kann mich nicht genug entschuldigen – und ich weiß auch nicht, wie es passiert ist –, aber der Hund hat die Torte gefressen.«

»Das ist nicht Ihr Ernst, oder?«, sagt Penny mit eher scharfem Ton in der Stimme. Ich zucke zusammen und warte auf ihre weitere, sicher wütende Reaktion, denn ich wäre außer mir vor Wut. Nach langem Schweigen jedoch höre ich ein Kichern, und sie fährt fort: »Der Hund, sagen Sie? Oh, Jennie …«

»Ich habe deswegen ein ganz schlechtes Gewissen, Penny.«

»Regen Sie sich wegen mir nicht auf!«, sagt sie. »Es ist nur eine Torte, und ich kann das alles bestens nachvollziehen. Sally klaut auch fürchterlich. Letztes Jahr ist sie fast daran gestorben, weil sie das Weihnachtsessen stahl, und obwohl man meinen könnte, sie hätte aus dieser Erfahrung gelernt – immerhin war sie einige Tage beim Tierarzt –, ist sie unverbesserlich. An sich ist sie dazu da, mir zu helfen und mich zu bedienen, doch häufig bedient sie sich einfach nur meines Essens auf dem Tablett.«

»Ja, aber das hätte nicht passieren dürfen.« Ich habe ein Geschäft, das Backen ist mein Beruf. Luckys Eskapade lässt mich wie eine völlige Anfängerin erscheinen. »Der Hund hätte nicht in der Nähe der Küche, geschweige denn der Speisekammer sein dürfen.« Eines der Kinder – wahrscheinlich Adam – muss die Türen aufgelassen haben.

»Hunde sind wie Männer«, stellt Penny fest. »Man kann mit ihnen nicht leben, aber ohne sie auch nicht!«

Im Augenblick könnte ich sehr gut ohne Hund leben, schießt es mir durch den Kopf.

»Eine Hochzeit ohne Hochzeitstorte ist allerdings keine Hochzeit«, fährt sie nachdenklich fort.

»Ich weiß, und ich habe mir auch schon ein, zwei Alternativen überlegt – ich kann einen dreistöckigen normalen Biskuitkuchen oder einen aus Schokolade machen und ihn mit Buttercreme überziehen. Dann hätten Sie eine klassische Hochzeitstorte, die ich Ihnen selbstverständlich nicht in Rechnung stellen würde. Ihre Anzahlung bekommen Sie natürlich auch zurück. Oder ich backe Cupcakes für Sie – vielleicht haben Sie sie schon einmal in einer Brautzeitschrift gesehen – und verziere sie nach Ihren Wünschen. Arrangiert auf einer Etagere, die ich vorher besorgen und dann vor Ort aufstellen würde, könnten sie zu einem richtigen Blickfang werden.« Ich halte inne. »Die Entscheidung liegt natürlich ganz bei Ihnen. Ich würde auch völlig verstehen, wenn Sie unter diesen Umständen jemand anderen beauftragen würden …«

»Nein, das hört sich großartig an«, sagt Penny. »Und wäre mal was anderes. Schade nur, dass wir keinen Kuchen anschneiden können. Das wird schon fehlen.«

»Ich werde einen kleinen Kuchen backen und ihn ganz oben auf die Etagere stellen. Den können Sie dann mit Declan zusammen auf der Hochzeit anschneiden. So kommen auch die Kuchenaufsetzer noch zum Einsatz«, sage ich und entschuldige mich noch einmal.

»Egal! Solche Dinge passieren nun mal. Legen Sie los!«

»Alles Gute für morgen«, erwidere ich erleichtert.

Nachdem ich das Gespräch mit Penny beendet habe, kümmere ich mich um die Etagere. Ich rufe verschiedene Anbieter an und werde bei einem in Exeter fündig, wo ich sie morgen früh abholen kann. Dann lege ich los und backe in einer Geschwindigkeit, als hätte ich die Vorspultaste eines DVD-Recorders gedrückt. In der Spüle türmen sich im Nu die Rührschüsseln, Waagschalen, Löffel und Spachtel, und vor dem AGA stehen Cupcakebleche aufgereiht, um in den Ofen zu kommen. Ich fange an abzuspülen.

»Mum, fahren wir heute Abend nicht zu Daddy?«, fragt Sophie und hält eins der Hühner in den Armen.

»He, bring sofort den Vogel nach draußen!«, ermahne ich sie. Erst der Hund, und jetzt noch ein Huhn! Sollte der Arbeits- und Gesundheitsschutz das je herausfinden, könnte das für Jennie's Cakes schlimme Folgen haben. »Eines Tages wird man mir noch das Gesundheitsamt auf den Hals hetzen.«

»Okay«, erwidert Sophie und lässt das Huhn an der Hintertür hinaus, wo es sich sofort wieder umdreht, krächzt und die Füße hochhebt, um über die Türschwelle zu schreiten. »Husch, husch!«, verscheucht Sophie es. »Wir hätten ihr die Krümel geben sollen, Mum.«

»Ich weiß nicht. In dem Kuchen ist so viel Rotwein, dass am Schluss die Eier betrunken sind.«

»Mum, und was ist jetzt mit Daddy?«, fragt Sophie noch einmal nach.

Ich fahre mir mit den nassen Gummihandschuhen durchs Haar. »Ich hab's vergessen. Tut mir leid.« Ich sollte David auf halber Strecke treffen. In der Hoffnung, dass er noch nicht losgefahren ist, schaue ich auf die Uhr und rufe ihn an. Er ist – wie befürchtet – alles andere als begeistert.

»Ich wäre genauso sauer, wenn ich an deiner Stelle wäre«, gebe ich zu, »aber das hier ist eine Notsituation.«

»Jennie, du bist ein hoffnungsloser Fall«, sagt er. »Aber es bleibt dabei, wir treffen uns wie verabredet auf halber Strecke.«

»Ich kann nicht. Ich muss bis morgen Mittag einhundert Cupcakes für eine Hochzeit backen und verzieren.«

»Wie heißt dein Geschäft noch mal? Jennie's Cakes oder Last-minute.com?«

»Ich erklär's dir ein andermal. Ich muss weitermachen, David.«

»Ich bin nicht derjenige, der die Kinder hängen lässt, das bist du. Adam hat sich mit Josh verabredet, und Sophie möchte mit Alice einkaufen gehen.« David zögert. »Du solltest dir mal überlegen, ob du deine Prioritäten richtig setzt, Jennie!«

»David, ich bin dabei, mir ein Geschäft aufzubauen – ich muss mich nun mal darum kümmern.«

»So wie um deine Kinder.«

»Das musst du mir nicht sagen!« Ich habe jetzt schon ein schlechtes Gewissen, ihre Pläne fürs Wochenende durchkreuzt zu haben. »Ich bitte dich um einen kleinen Gefallen: Komm heute Abend hierher und hol sie ab. Am Sonntag fahre ich dann zu dir und bringe sie wieder nach Hause. Bitte, David!« Ich warte auf seine Antwort, währenddessen klingelt die Eieruhr. Ich muss den letzten Schwung an Cupcakes aus dem Ofen holen, bevor sie verbrennen. »Entweder kommst du hierher und holst sie ab, oder wir müssen ein anderes Wochenende ausmachen. Ruf mich an, wenn du dich entschieden hast!« Frustriert beende ich das Gespräch. Ich spüre Sophies Blick auf mir und drehe mich zu ihr um.

»Warum zankst du dich immer noch mit Daddy? Ihr seid doch geschieden«, sagt sie.

»Ich weiß es nicht, mein Schatz«, antworte ich, nehme ein Blech mit Cupcakes aus dem Ofen und prüfe mit der Fingerspitze, ob der Biskuit nachgibt. Die Cupcakes sind durch.

»Was gibt's zum Abendbrot?«, unterbricht mich Adam.

»Sag nichts!« Ich nehme meine Hände hoch. »Du bist am Verhungern. Weißt du was? Das werden wir alle, wenn du mich hier nicht weitermachen lässt. Und zieh die Stiefel aus! Ich will die in meiner Küche nicht sehen! Genauso wenig wie Hunde!« Ich sehe, wie Luckys Nase hinter Adams Knie hervorlugt, um die Lage zu sondieren.

»Lucky geht's nicht gut«, verkündet Adam.

»Das geschieht ihm nur recht, diesem undankbar kleinen Sche –« Ich verbessere mich schnell, denn ich merke, wie Sophie ansetzt, einen Kommentar abzugeben. »Schuft. Adam, schaff mir diesen verdammten Hund aus den Augen! Außerdem werde ich morgen diese Frau von der Tierhilfe in Talyton anrufen … wie hieß sie noch? … Wendy … und ihn zurückbringen.«

»Wenn du das tust«, sagt Adam kalt, »gehe ich mit ihm, Mum.«

»Tja, das tut mir leid.«

»Er ist mein bester Freund. Und mein einziger in diesem Kaff.«

Adams kummervolle Augen stimmen mich etwas weicher.

»Lucky bekommt jeden Tag Hundefutter, Hundekuchen und Kaustangen«, sage ich sanft. »Er muss hier nicht hungern.«

»Er konnte nicht anders, Mum. Die Tür zur Speisekammer muss aufgestanden haben, und da ist er hineingegangen und hat sich umgeschaut. Wie hätte er dieser Versuchung widerstehen sollen?«

»Nun ja, das hat er ja wohl offensichtlich nicht.«

»Ich vermute, seine vorherigen Besitzer, diese Widerlinge, gaben ihm nicht genügend zu fressen, und so musste er sich immer nehmen, was er gerade fand.«

»Adam, hör auf, auf die Tränendrüse zu drücken!«

»Du wirst ihn aber nicht wieder zurückgeben, oder?«

»So wie ich mich gerade fühle, hätte ich große Lust dazu. Adam, ich stecke bis über beide Ohren in Arbeit und muss backen. Ich habe keine Zeit, darüber nachzudenken.« Ich bemerke, wie eine feuchte schwarze Nase zwischen Adams Knien wiederauftaucht. »Schaff ihn mir einfach aus den Augen!«

Ich bedaure später meine Worte. Die Cupcakes sind fertig gebacken und kühlen ab, um glasiert zu werden. Georgia und Sophie machen sich Bohnen auf Toast zum Abendessen. Nachdem David sich mit Alice besprochen hatte, rief er zurück und sagte das Wochenende ab, woraufhin Adam mit dem Hund nach oben ging. Ich beschließe, ihm ein paar Cupcakes zu bringen – ja, ich habe meine Lektion gelernt und mehr gebacken.

»Adam?« Ich klopfe an die Tür. »Kann ich hereinkommen?«

»Wozu?«, fragt er geradeheraus.

»Ich möchte mit dir reden.«

»Hast du doch schon.«

Ich mache trotzdem die Tür auf. Adam liegt im Dunkeln auf dem Bett, die Vorhänge sind offen, so dass die Lichter von Guys Hof zu sehen sind. Als ich näher komme, bemerke ich auch Lucky. Er hechelt und schlägt mit dem Schwanz gegen das Federbett. Adam hat seinen Arm um seinen Hals gelegt und streichelt seinen angespannten, geschwollenen Bauch.

»Ich hab dir was zu essen gebracht«, sage ich und schiebe seinen iPod, das Haargel und Bonbonpapier, das auf dem Nachtisch liegt, aus dem Weg, so dass ich den Teller darauf stellen kann.

»Ich habe keinen Hunger.« Er klingt mürrisch.

»Da du übers Wochenende nicht bei deinem Vater sein wirst, könntest du morgen melken gehen«, schlage ich vor, in der Hoffnung, es würde ihn vielleicht ablenken und er hätte etwas, auf das er sich freuen kann, anstatt dazuliegen und nachzugrübeln.

Adam schüttelt mit herunterhängenden Mundwinkeln den Kopf.

»Du brauchst keine Angst haben, dass ich den Hund wieder zurückbringe, während du weg bist. Ich sehe doch, wie sehr du ihn magst …« Ich halte inne. »Er bekommt noch mal eine Chance, aber wenn er sich noch einmal etwas leistet, muss er gehen. Es tut mir leid, aber ich kann nicht zulassen, dass er mir mein Geschäft ruiniert.«

»Immer nur dein Geschäft – du sprichst von nichts anderem mehr.«

»Du weißt, dass das nicht wahr ist«, sage ich verletzt.

»Um *uns* kümmerst du dich überhaupt nicht mehr …«

»Doch, das tue ich.« Ich setze mich auf die Bettkante und berühre ihn an der Schulter. »Adam, ihr seid das Wichtigste für mich auf der Welt, und genau deshalb nehme ich meine Arbeit so ernst. Eines Tages wirst du zur Uni gehen oder ein Haus kaufen wollen, und da möchte ich dir helfen und dir den besten Start in dein Leben ermöglichen.« Ich zögere, und mein Herz zieht sich vor Schmerz zusammen, als ich sehe, wie angespannt er daliegt und mit zusammengepressten Lippen zur Decke starrt. Ich wünschte, ich käme an ihn heran.

»Es tut mir leid, dass das Wochenende bei deinem Dad ausfällt«, versuche ich es von Neuem.« Ich weiß, du bist enttäuscht, Josh nicht zu sehen, aber das werde ich wiedergutmachen. Ich schaue mal, ob wir das nächste Wochenende umorganisieren können.«

»Ist mir egal!« Adam zuckt mit den Achseln, aber ich kann spüren, wie sein Widerstand schmilzt.

»Wie wär's mit 'ner Umarmung?«, frage ich vorsichtig. Mit einem Seufzer dreht er sich von Lucky weg und legt seine Arme um meinen Hals, während ich mich nach vorne beuge. Der Geruch von Deodorant und Clearasil steigt mir in die Nase, der aber bald von Lucky durchdringendem Hundeatem überdeckt wird, als er sich in den freien Raum zwischen mir und Adam drängt.

»Lucky möchte auch umarmt werden«, sage ich lächelnd.

»Er ist eifersüchtig.« In dem düsteren Licht leuchten Adams Zähne auf, und ich entspanne mich. Ich hätte mit der »Hund, Torte, David«-Situation vorsichtiger umgehen müssen. Auch wenn Adam schon so tut, als wäre er erwachsen, ist er immer noch ein Junge – ich presse meine Lippen auf seine Stirn – mein Junge.

Etwas später schicke ich Sophie und Georgia zu Bett und widme mich dann dem Glasieren von einhundert Cupcakes. Um drei Morgens, bei Nummer zweiundsiebzig, stelle ich fest, dass ich keinen Puderzucker mehr habe. Da der Coop um diese Uhrzeit nicht geöffnet hat, warte ich bis um 4.30 Uhr und rufe Guy an.

»Ich bin's, deine Nachbarin von nebenan. Ich frage mich,

ob du vielleicht ganz zufällig Puderzucker im Haus hast, den ich mir ausleihen könnte? Ich habe dich doch nicht gestört, oder?«

»Ich sitze gerade bei meinem ersten Frühstück.« Ich höre, wie er aufsteht und durch die Küche geht. »Hier hinten im Schrank ist noch eine Packung, aber die muss noch von meiner Mutter stammen. Ich kann also nicht garantieren, ob der Puderzucker noch zu gebrauchen ist.« Er hält inne, und ich vernehme das Rascheln von Papier durch das Telefon. »Er sieht noch gut aus, ein Verfallsdatum kann ich nirgendwo finden. Wozu brauchst du den denn so früh am Morgen?«

»Das ist eine lange Geschichte. In wenigen Worten zusammengefasst – Lucky hat sich über Pennys Hochzeitstorte hergemacht, und ich bin die ganze Nacht auf gewesen, um den Schaden zu beheben, denn die Hochzeit ist morgen – ich meine, heute.« Ich fluche leise.

»Ich bringe dir den Puderzucker in zwei Minuten vorbei, wenn ich die Kühe zum Melken hereinhole.«

»Guy, du hast mir gerade das Leben gerettet«, sage ich zu ihm, als er mir das Paket durch das Küchenfenster reicht.

»Ich sah bei dir die Lichter die ganze Nacht brennen. Ich habe dich aber nicht gestalkt, sondern war wegen einer der Kühe auf.« Ich kann sein Gesicht nicht richtig erkennen, doch seine Stimme klingt heiser, als hätte ihn etwas aufgewühlt.

»Ich hoffe, es geht der Kuh wieder gut«, sage ich und wünschte mir im selben Augenblick, nichts gesagt zu haben.

»Sie ist tot«, sagt er kurz angebunden.

»Oh Gott, wie schrecklich. Welche war es?«

»Die gute alte Kylie. Ich weiß, es hört sich albern an, aber ich habe diese Kuh geliebt. Sie war meine erste Milchkuh von der Rasse der Kurzhornrinder und eine der besten …«

»Das tut mir leid.« Früher fand ich es eigenartig, wenn

jemand eine so enge Beziehung zu einem Tier hatte, doch seit ich hier wohne und die Hühner habe, ist das anders. Ich habe sie lieb gewonnen, besonders die quirligen. Von dem Hund kann ich das bisher noch nicht behaupten, dennoch verstehe ich, wie Guy sich nach dem Verlust seiner Lieblingskuh fühlt, um die er sich Jahre gekümmert und die er zwei Mal am Tag gemolken hat. Das muss ziemlich wehtun. »Warum kommst du nicht herein und setzt dich für eine Minute hin? Du siehst ein bisschen mitgenommen aus. Ich hab einen Brandy hier – du kannst einen haben, außer du findest es noch zu früh dafür.«

»Ja, vielleicht sollte ich kurz hereinkommen.« Dann zögert er. »Aber du bist beschäftigt, Jennie.«

»Ich könnte eine Pause vertragen«, sage ich. »Komm rein!«

Guy gesellt sich zu mir in die Küche, und ich rücke zwei Stühle vor den AGA. Anschließend schenke ich ihm einen Becher Kaffee ein und gebe einen Schluck Brandy dazu.

»Danke, Jennie«, sagt er und sinkt auf einen Stuhl.

»Ich werde Adam rufen, damit er dir beim Melken helfen kann«, erkläre ich.

»Ist er denn hier?«, fragt Guy überrascht. »Ich dachte, er wäre übers Wochenende in London.«

»Sollte er an sich auch. Es war geplant, dass ich David auf halber Strecke treffe, doch ich wusste, ich würde diese Cupcakes nie fertig bekommen, wenn ich ein paar Stunden auf der Autobahn unterwegs wäre. Ich habe auch schon ein ganz schlechtes Gewissen, aber was blieb mir anderes übrig? Die Hochzeit ist heute.«

»Lass Adam schlafen.« Guy trinkt den Becher aus. »Der Abdecker kommt nachher, um die Kuh abzuholen«, fügt er als Erklärung hinzu. »Ich denke, das könnte ein traumatisches Erlebnis für ihn sein. Es ist ja schon für mich schwer genug, aber Adam ist ein sensibler junger Mann.«

Ich stehe auf, nehme den Becher aus Guys Händen und lege meinen Arm um seine Schulter. Er lehnt seinen Kopf gegen meine Schürze und ich drücke ihn tröstend an mich.

»Vielen Dank für das Mitgefühl – und den Brandy«, murmelt er, bevor er seinen Kopf wieder wegzieht. »Du bist ziemlich verständnisvoll.« Er steht auf, und ein kleines Lächeln huscht über seine Lippen, als er hinzufügt, »für eine Städterin.«

»Wegen heute Abend«, beginne ich, »oder vielleicht besser nachher? Ich bin mir nicht sicher. Ich will dich nicht enttäuschen, aber ich kann –«

»Heute Abend nicht mit dir ausgehen«, beendet er meinen Satz. »Ist schon in Ordnung. Habe ich mir irgendwie schon gedacht …«

»Es ist nicht, weil ich nicht will«, stottere ich. »Die Umstände zwingen mich dazu.«

»Das sehe ich ein.« Guy lächelt verzagt. »Ein andermal dann?«

»Auf jeden Fall.« Ich zögere. »Warum kommst du heute Abend nicht zum Abendessen vorbei? Ich weiß, es wird nicht das Gleiche sein, aber …«

»Das finde ich eine gute Idee«, wirft Guy ein. »Danke, Jennie.«

14

Möhrenkuchen

Nachdem Guy mir mit seinem Restbestand an Puderzucker aus der Klemme geholfen hat, kann ich die Cupcakes fertig verzieren und die Glasur in der Zeit trocknen lassen, in der ich nach Exeter fahre, um die Etagere abzuholen, was nur anderthalb Stunden später als ursprünglich geplant passiert – um 12.30 Uhr. Adam und die Mädchen begleiten mich, als ich die Etagere und Schachteln mit den Cupcakes zum Barnscote Hotel, dem Ort der Hochzeitsfeier, bringe, das unweit von Talyton St. George liegt. Von außen betrachtet ist es ein Langhaus wie Jennie's Folly – ich meine Uphill House –, jedoch befindet es sich in einem besseren baulichen Zustand. Innen wurden Wände eingerissen, so dass eine große Eingangshalle entstand, die in einen noch größeren Veranstaltungsraum übergeht, dessen Decke offen ist, wodurch die Balken und Träger aus Eiche zu sehen sind, und der über ein galerieartiges Zwischengeschoss verfügt.

Allerdings habe ich keine Zeit, mich näher mit meiner Umgebung zu befassen, denn ich muss die Hochzeitstorte aufstellen. Der Besitzer des Hotels zeigt mir wo, und ich wische ein letztes Mal über die Etagere, bevor ich die Cupcakes arrangiere und am Schluss die Keramikfiguren, die Penny, Declan und Sally darstellen, auf den Kuchen setze. Ich vergewissere mich noch einmal, dass die Figuren sicher stehen. Schließlich trete ich einen Schritt zurück.

»Und was meint ihr?«, frage ich die Kinder, die mit gelangweilten Gesichtern zuschauen.

»Sieht ganz gut aus«, meint Adam, was von einem vierzehnjährigen Jungen, denke ich, ein Riesenlob ist.

»Ich find's toll!«, erklärt Georgia.

»So was wird's auf meiner Hochzeit auch einmal geben«, verkündet Sophie, und ich bin erleichtert, dass wenigstens eins meiner Kinder das Scheitern meiner Ehe unbeschadet überstanden hat.

Ich muss zugeben, auch ich finde, die Cupcakes sehen umwerfend aus. Sie sind mit Buttercreme verziert, die mit Glitzer bestäubt ist und auf der sich oben Herzen aus Zuckerguss befinden. Ich hoffe, Penny sieht das genauso, denn ich will, dass sie ihren großen Tag genießt. Abgesehen davon steht mein Ruf – der Ruf von Jennie's Cakes – auf dem Spiel.

Auf dem Weg vom Barnscote Hotel nach Hause fahre ich beim Co op vorbei, um noch Puderzucker zu kaufen. Die Kassiererin staunt nicht schlecht, als sie bemerkt, dass ich das ganze Regal leer gekauft habe.

»Darf ich Bracken reiten, wenn wir zu Hause sind?«, fragt Georgia, als sie die Tüte aufhält, während Adam einpackt.

»Muss das sein?«, frage ich zurück. Einerseits bin ich euphorisch, da ich es geschafft habe, die Situation hinsichtlich Pennys Hochzeitstorte gerettet zu haben, andererseits fühle ich mich aufgrund des Schlafmangels benommen.

»Mum, die frische Luft wird dir guttun!«, erklärt mir Georgia.

»Na gut, aber nicht lange!«, sage ich und gebe nach. Einerseits des lieben Friedens willen, andererseits aber auch, weil der Ausritt sie vielleicht darüber hinwegtröstet, ihren Vater am Wochenende nicht zu sehen.

Zu Hause angekommen, ziehe ich mir eine Jeans und

ein langärmeliges Oberteil an. Auf dem Weg nach unten werfe ich aus mir unerfindlichen Gründen einen Blick in den Spiegel. Ich sehe aus wie eine Vogelscheuche: kein Make-up, krisseliges, abstehendes Haar, das aussieht, als wäre ich in Brackens Elektrozaun geraten, und Augenringe, die so dunkel sind wie Blutergüsse. Ich sause nach unten, um mich von meinem schauderhaften Anblick zu erlösen, ziehe mir meine Gummistiefel an und gehe nach draußen, wo Georgia sich bereits mit Bracken befindet, die sie aus dem Stall geholt und im Hof festgebunden hat.

»Wie geht es ihr heute?«, frage ich.

»Gut«, erwidert Georgia und nimmt eine Bürste aus dem Putzkasten, der durch seine rosa Farbe besticht.

»Ich dachte, Blau wäre deine Lieblingsfarbe«, bemerke ich und greife nach der Bürste, die sie mir entgegenstreckt.

»Blau passt nicht zu Bracken«, klärt mich Georgia auf. »Sie wird alles in Rosa haben.«

»Sie braucht aber doch nichts mehr, oder?« Inzwischen bedaure ich das tragische Ende von Pennys Hochzeitstorte sehr, denn durch sie hätte ich einiges der Kosten für das Pony abbezahlen können.

»Sie braucht eine Fliegenmaske und eine leichte Regendecke.«

»Ponys brauchen keine Decken.« Ich bürste Bracken vom Hals bis hinunter zu ihren Schultern und fahre dabei an ihrer Mähne entlang. »Sie haben ein Fell, das sie schützt.«

»Wenn ich sie aber bei Regen reiten will, bleibt sie so trocken.«

»Kannst du sie dann nicht in den Stall tun?«

»Schon, aber ich habe diese rosa Decke … und eine rosa Schubkarre bei Tack N Hack gesehen.« Georgia spritzt etwas Spülung auf den Schweif, um ihn leichter durchzubürsten. Als sie damit fertig ist, sprüht sie das Pony von oben bis unten mit Fliegenspray ein.

»Du solltest damit zukünftig etwas sparsamer umgehen«, sage ich behutsam. Ich kann es hinten auf meiner Zunge schmecken.

Georgia holt ihren Helm und das Sattel- und Zaumzeug. Beim Anblick des Sattels beginnt Bracken zu schnauben und verdreht ihre kleinen Knopfaugen, als wollte sie sagen: »So einen habe ich noch nie gesehen!« Als Georgia ihn hochhebt, um ihn ihr auf den Rücken zu legen, tänzelt sie hin und her und drückt Georgia weg. Ich erinnere mich daran, was Delphi gemacht hat und greife nach Brackens Halfter.

»Schluss jetzt!«, knurre ich sie an. »Bleib stehen!« Bracken rührt sich nicht vom Fleck. »Mach weiter, Georgia! Sattle sie!« Bracken legt noch nicht einmal die Ohren an, als Georgia ihr den Sattel auf den Rücken legt und den Gurt festzieht. »Siehst du, aus mir ist schon eine Pferdeflüsterin geworden!«

»Eher eine Pferdeanschreierin«, meint Georgia lächelnd und legt dabei das Zaumzeug an.

Ich halte Bracken fest, während Georgia mithilfe eines umgedrehten Eimers aufsitzt. Dann gehen wir zur Koppel und durch den abgetrennten Teil auf der hinteren Seite wieder hinaus. Ich habe vor, mit den beiden eine Runde zu machen, die entlang der Apfelbäume und der Hecke oben verläuft und auf dem Rückweg am Teich vorbei durch das Wäldchen führt, doch Bracken hat andere Pläne. Als wir das Ende der Hecke erreichen, bleibt sie stehen und bewegt sich keinen Schritt weiter.

»Komm schon, Bracken!«, fordere ich sie auf.

Georgia drückt ihre Beine gegen sie, woraufhin Bracken ihre Ohren anlegt. Auch wenn ich nichts über Ponys weiß, bin ich doch überrascht, wie einfach es ist, ihre Sprache zu verstehen. Bracken sagt Nein, was für mich vollkommen inakzeptabel ist. Georgia liebt sie über alles, doch Bracken scheint gegenüber ihrer Besitzerin keinerlei Respekt zu haben.

Ich spüre, wie in mir langsam Ungeduld hochsteigt, und so gehe ich hinter sie – außer Reichweite ihrer Hinterläufe – um mit der Zunge zu schnalzen, so wie Guy. Bracken rührt sich nicht vom Fleck. Ihre Ohren bleiben angelegt, und sie verzieht ihr Maul, so dass das Fell Falten wirft. Sie sieht verärgert aus, und ich bin mir nicht sicher, wer von uns beiden das zum größeren Maß ist.

»Mum, ich bringe sie schon dazu, weiterzugehen.« Georgia strafft die Zügel und versetzt ihr mit den Beinen einen Tritt, woraufhin Bracken einen Satz nach vorne macht, sich einmal um ihre Achse dreht und in die Richtung davongaloppiert, aus der wir gekommen sind. Georgia wirft sie dabei zu Boden und lässt sie wie ein Häufchen Elend vor meinen Füßen zurück. Mein Herz wird schwer, während ich die schlimmsten Befürchtungen habe.

Stöhnend versucht Georgia, sich aufzurichten.

»Georgia! Beweg dich nicht!« Ich knie mich neben sie und halte sie in meinen Armen. »Wo tut's dir weh?«

»Mein Arm«, sagt sie und zeigt auf eine Stelle kurz über ihrem Handgelenk.

»Ich glaube, er ist gebrochen«, sage ich sanft. »Tut dir sonst noch irgendwas weh? Dein Rücken? Dein Hals?«

»Nein …«, erwidert sie unsicher.

»Glaubst du, du kannst aufstehen?«

»Ich denke schon.« Ich helfe ihr dabei. Sie versucht, tapfer zu sein, aber ein paar kleine Schluchzer kommen doch über ihre Lippen. »Versuch den Arm vor deine Brust zu halten! Ich bringe dich ins Krankenhaus.«

»Was ist mit Bracken? Wir können sie nicht mit dem Sattel und dem Zaumzeug auf dem Feld lassen.«

Ich verkneife mir eine Antwort, denn ich will sie nicht noch mehr aufregen, wenngleich mir völlig egal ist, was mit Bracken geschieht, ist sie doch nicht im Geringsten daran interessiert, was meiner kostbaren Tochter gerade zugestoßen ist. Das Pony ist eine Verpflichtung, und ich wünschte mir, unsere Wege hätten sich nie gekreuzt. Ich halte meine Tränen des Bedauerns und der Erschöpfung zurück. Ich war die ganze Nacht auf und hatte einen anstrengenden Tag. Das Letzte, was ich jetzt noch brauche, ist das hier.

Als wir die Koppel hinuntergehen, sehe ich auf meinem Handy nach, wie viel Uhr es ist – halb drei. Mit ein bisschen Glück hat Guy noch nicht mit dem Melken begonnen. Ich rufe ihn mit zitternden Fingern an.

»Guy, es tut mir wirklich leid, dich wieder zu belästigen, besonders an einem so schwierigen Tag, aber ich muss dich noch einmal um einen Gefallen bitten …«

Als ich mit meinen Ausführungen fertig bin, sehe ich ihn bereits die Auffahrt hinunter zum Hoftor gehen.

»Es gibt im Krankenhaus von Talyton eine Abteilung für leichte Verletzungen«, sagt er mit besorgter Miene. »Sie ist rund um die Uhr geöffnet, auch am Wochenende. Ich werde mich mit Adam um das Pony kümmern. Mach dich auf den Weg!«

Ich schaue hinüber zu Georgia, die aussieht, als würde sie gleich in Ohnmacht fallen. Ich packe sie sofort ins Auto und rufe Sophie, dass sie mit einem Buch herunterkommen soll, um mit uns mitzufahren. Wir verbringen drei Stunden damit, dass Georgias Arm geröntgt und in Gips gelegt wird. Am Schluss gibt man uns noch einen Termin bei einem Facharzt im Krankenhaus für die darauffolgende Woche.

»Du wirst eine Zeit lang nicht reiten dürfen«, stellt die Krankenschwester lächelnd fest, und ich muss zugeben, dass ich darüber erleichtert bin. Ich glaube nicht, dass ich den Anblick meiner Tochter auf diesem oder irgendeinem anderen Pony noch einmal ertragen kann. Georgia indessen sieht das völlig anders.

»Und wann darf ich wieder reiten?«, fragt sie.

»Das wird wohl sechs bis acht Wochen dauern, denke ich.«

»Ich habe gerade erst ein Pony bekommen, und jetzt kann ich es nicht reiten«, bemerkt Georgia mit bebender Stimme. »Wie schade!«, fährt sie fort und weint in ihr Taschentuch.

Ich halte sie in meinen Armen, doch ich kann sie nicht trösten. Ich erzähle ihr nichts von meiner Entscheidung – das wäre zu traumatisch für sie. Doch mein Entschluss steht fest. Bracken geht.

Als wir wieder zu Hause sind, ruft Georgia ihren Dad an. Der Arm schmerzt nicht mehr so sehr, so dass sie schon wieder ganz guter Dinge ist. Ich höre zufällig, wie sie stolz verkündet: »Ich bin von Bracken, meinem Pony, gefallen.« Das Gespräch mit ihrem Vater ist kurz, und dann versucht sie, mir das Telefon zu geben.

»Dad möchte mit dir reden«, sagt sie, während ich einen Schritt nach hinten mache und ihr zu verstehen gebe, dass ich mit ihm nicht sprechen möchte, doch Georgia begreift nicht, was ich meine, und drückt mir das Telefon in die Hand.

»Was hast du dir nur dabei gedacht?«, fährt er mich an.

»Ich hätte nicht vorsichtiger sein können, David.«

»Manchmal bist du unglaublich dumm … und so unverantwortlich.«

»Ich habe sie nur spazieren geführt«, erwidere ich verletzt. »Das Pony lief weg.«

»Du hättest es aufhalten können!«

»Ich wusste nicht, wie.«

»Indem du die Zügel festgehalten hättest, vor sie hin gesprungen wärst oder sonst irgendwas gemacht hättest.«

»David, du hast keine Ahnung von Pferden.«

»Du auch nicht.«

Ich halte das Telefon von mir weg. Als er seinen Dampf abgelassen hat, nehme ich's wieder ans Ohr.

»Du musst nicht auf mich losgehen – ich habe sowieso schon ein schlechtes Gewissen«, murmle ich. »Die letzten vierundzwanzig Stunden waren wirklich fürchterlich, David, und ich habe keine Kraft mehr für eine solche Diskussion.« Völlig erschöpft hänge ich ein.

»Dad war ziemlich sauer, oder?«, fragt Georgia neben mir. »Kannst du mir helfen, einen Pullover zu finden, den ich über meinen Gips anziehen kann?«

»Wann gibt's Abendbrot?«, unterbricht sie Adam.

»Guy kommt zum Abendessen«, sage ich, während ich den Haufen sauberer Wäsche durchgehe, der es nicht weiter als auf den Stuhl in dem kleinen Nebenzimmer geschafft hat. »Genauer gesagt bringt er es mit.«

»Warum?«, fragt Adam und schaut mich an. Bilde ich mir das nur ein, oder verfinstert sich sein Blick wirklich?

»Weil ich ihn gefragt habe.«

»Das meine ich nicht«, sagt Adam schnell – so schnell, dass ich weiß, dass er lügt. »Ich meine, warum Abendessen, wenn's doch Abendbrot ist.«

»Ich weiß nicht. Vielleicht, um in diesem Haus einen gepflegteren Umgangston einzuführen.«

»Jetzt redest du aber vornehm daher.«

»Ich mache nur einen Witz«, sage ich.

»Ist aber nicht lustig.« Adam schiebt sich den Rest des Cupcake in den Mund. »Wann gibt's Abendbrot? Ich meine Abendessen«, kommt es spöttisch aus seinem Mund. Manchmal frage ich mich, ob ich nicht streng genug mit ihm bin.

Es ist sieben, als Guy mit Bratfisch und Pommes frites von Mr. Rocks in Talyton vorbeikommt. Er kommt von allein zu uns in die Küche, wo Sophie gerade den Tisch deckt und Georgia nach fünf sauberen Gläsern schaut. Adam steht an der Spüle, um abzuwaschen, doch ist er eher damit beschäftigt, seinen Schwestern heimlich Seifenschaum zuzuschnipsen.

»Wein oder Bier?«, frage ich Guy.

»Ein Glas Wein, danke.«

»Roten oder weißen?«

»Ich nehme das, was du trinkst.«

Ich öffne den roten und schaue Guy an, als ich den Wein entkorke. Mir ist nach etwas Starkem, Vollmundigem.

Wir setzen uns hin und essen. Das Essen verläuft so weit harmonisch. Adam ist höflich, und als wir uns zum Möhrenkuchen und Kaffee – entkoffeinierter, weil Guy so früh fürs Melken aufstehen muss – ins Wohnzimmer zurückziehen, verschwindet er nach oben. Georgia und Sophie essen noch Schokolade und reichen sie weiter, bevor ich sie ins Bett schicke. Als die beiden nach oben gehen, sagen wir eine ganze Zeit lang nichts. Guy schaut mich vom Schaukelstuhl aus an, während ich mit angezogenen Beinen auf dem Korbsofa sitze.

»Ich bin überrascht, dass du noch kein Feuer gemacht hast«, beginnt er.

»Ist dir kalt?«, frage ich schnell.

»Nein, mir ist warm genug.«

»Ich traue mich nicht so recht wegen des Strohdachs«, gebe ich zu.

»Mach dir darum keine Sorgen – das Stroh ist so fest zusammengepresst, das fängt nicht so schnell Feuer.«

Wir plaudern weiter über meine Pläne für das Gemüsebeet, führen also kein tiefschürfendes Gespräch, aber das scheint egal zu sein.

Eine halbe Stunde, nachdem die Mädchen zu Bett gegangen sind, erschallt von oben Adams Musik.

»Adam, dreh das leiser!«, rufe ich.

»Mummy.« Sophie erscheint auf dem Treppenabsatz, eingehüllt in ihre Bettdecke wie die kleine Raupe Nimmersatt. »Adam hat mich aufgeweckt.«

Ich rufe noch einmal.

»Das bringt nichts«, erklärt mir Guy mit einem Lächeln auf den Lippen. »Er hört dich nicht.«

Ich laufe nach oben und stoße die Tür auf. Er schaut hoch, sein Gesicht rot und verärgert.

»Was ist dein Problem, Adam?« Ich weiß nicht, warum ich überhaupt frage, denn offensichtlich kann er es nicht ertragen, mich mit Guy zusammen zu sehen, und ich habe das Gefühl, als müsste ich mich rechtfertigen, wie damals als Teenager bei meinen Eltern. »Wir haben nichts getan. Nur miteinander geredet.« Als er mir nicht antwortet, fahre ich fort und sage noch einmal: »Mach die Musik leiser!«

»Warum sollte ich? Du hast doch gesagt, wenn wir aufs Land ziehen, kann ich so laut Musik hören, wie ich will.«

»Ja, aber trotzdem im Rahmen. Und den sprengst du hier gerade. Du hast deine Schwester geweckt, und ich bekomme Kopfschmerzen durch dich.«

»Ach ja, Mum?«, sagt er eisig. »Oder ist es nicht so, dass ich dich gerade vor deinem Freund blamiere?« Der Ton in seiner Stimme ist herausfordernd und kalt. So wie bei David. Er ist nun mal der Sohn seines Vaters.

»A«, erkläre ich, »ist er nicht mein Freund.« Auch wenn ich mir das gelegentlich wünsche. Doch da ich hier kein Öl ins Feuer gießen möchte, ist er es nicht, wenngleich ich am liebsten schreien würde: »Willst du nicht, dass ich glücklich bin?«

»Ja, ja«, seufzt Adam. »Und B?«

»B?«

»Du hast gerade mit A angefangen und deine Ausrede vorgebracht. Und was ist B?« Seine Lippen verziehen sich höhnisch. »B, für könnte besser laufen?«

»Dreh die Musik leiser!«, sage ich noch einmal. »Sonst kann ich meine Gedanken nicht hören.«

Als Adam keine Anstalten macht, sich zu bewegen, gehe ich zur Dockingstation und drehe die Lautstärke herunter.

»Es ist so albern, wie du dich aufführst, um Guy gegenüber perfekt zu erscheinen und ihn zu beeindrucken. Das ist einfach nur peinlich.« Adam springt auf und dreht die Lautstärke wieder hoch.

»Dazu sind Eltern nun mal da«, erwidere ich und versuche, die Stimmung aufzuhellen. »Das gehört zu ihren Aufgaben.«

»Weißt du, wie lächerlich du in diesen Klamotten vom Land aussiehst? In deiner Weste, den rosa Gummistiefeln und dem ätzenden Hut? So was hättest du in London nie im Leben getragen.«

»Na siehst du! Wenn ich Guy wirklich beeindrucken wollte, würde ich wohl mehr Wert auf mein Äußeres legen.« Ich muss zugeben, da bin ich nicht ganz ehrlich. Bin ich wirklich so leicht zu durchschauen wie die Klarsichtfolie, in die ich meine Kuchen einwickle?

Es bringt nichts. Ich dringe zu Adam nicht vor, er hat gerade einen Wutanfall. Meine Kehle schnürt sich sehnsüchtig zusammen, als ich mich daran erinnere, wie ich früher meinen liebenswerten und liebevollen kleinen Jungen zu Bett brachte und ihm eine Gute-Nacht-Geschichte vorlas. Es ist, als hätte er sich in eine außerirdische Lebensform verwandelt, mit einer Haltung, die jenseits meiner irdischen Erfahrungen liegt, und einer Sprache, die ich nicht kenne. Ich gebe auf. Es ist nicht möglich, ein vernünftiges Gespräch mit ihm zu führen.

»Mach einfach die Musik leiser!«

»Bestimmt nicht!«, erwidert er, woraufhin ich den Stecker aus der Steckdose ziehe und die Funken aus ihr sprühen. Das alte Haus mag so etwas wohl nicht. Es scheint auf Adams Seite zu stehen, denn danach ist ein Klicken zu hören, und sämtliche Lichter gehen aus. So viel zur Stimmungsaufhellung. Das Haus hüllt sich in völlige Dunkelheit.

»Jennie, ist da oben alles in Ordnung?«, ruft Guy von unten.

»Ich habe es geschafft, dass die Sicherung vom Licht durchgebrannt ist«, rufe ich zurück und kann dabei meine Belustigung nicht verbergen.

»Mum, du hast es geschafft, dass *sämtliche* Sicherungen durchgebrannt sind«, korrigiert mich Adam.

»Das kriege ich schon wieder in Ordnung.« Ich drehe mich um und taste mich entlang der Wand zur Tür.

»Du meinst wohl, du wirst Guy bitten, es wieder hinzukriegen.«

Und genauso ist es. Als ich wieder unten bin, sind Georgia und Sophie, die sich an ihrer großen Schwester festhält, in dem kleinen Nebenzimmer vor der Küche. Obwohl ihr Gips schmuddelig ist, leuchtet er schwach in der Dunkelheit.

»Sophie hat Angst vor Geistern«, erklärt mir Georgia.

»Hab ich gar nicht! Aber du!«, erwidert Sophie entrüstet.

»Blödsinn!«, protestiert Georgia.

»Na, wenn das so ist, dann hast du bestimmt nichts dagegen, wenn ich mir dein Handy ausleihe«, sage ich zu ihr und hole es mir. »Danke!«

»Ah, da bist du ja, Jennie«, sagt Guy und kommt zu uns.

»Der Sicherungskasten ist im Schrank in der Diele. Das Haus braucht eine neue Elektrik.«

»Ja, wie schade, dass der frühere Besitzer mir das nicht früher gesagt hat, denn dann hätte ich vielleicht den Preis noch etwas herunterhandeln können«, antworte ich heiter. Ich kann mir eine neue Elektrik nicht leisten. Meine finanzielle Situation hat sich verändert. Als ich mit David verheiratet war, hätte dieser vielleicht über ein leeres Girokonto gestöhnt, doch hatte er immer irgendwo heimliche Reserven, die er überweisen konnte. Ich musste mir nie um Geld Sorgen machen, doch diese Sicherheit habe ich mit dem Ende meiner Ehe aufgegeben, wenngleich ich meinen Schritt nicht bereue. Ich mag meine Unabhängigkeit. Ehrlich gesagt, frage ich mich im Nachhinein, wovor ich je Angst hatte.

Ich führe Guy in die Diele und öffne den Schrank. Ich weiß nicht, warum, denn er kennt sich wahrscheinlich in Uphill House – ich meine, Jennie's Folly – besser aus als ich.

»Soll ich dir die Taschenlampe geben?«, frage ich und meine damit das Handy, während er in die Hocke geht und sich nach vorne beugt.

»Halt du sie für mich!« Seine Zähne blitzen in der Dunkelheit auf. »Du musst näher herankommen.«

Ich stehe hinter ihm und leuchte mit dem Lichtstrahl des Handys über seine Schulter.

»Noch näher!«, flüstert er, und ich rücke noch weiter nach vorne. Dabei stoße ich gegen seine Ferse, verliere das Gleichgewicht und fasse nach seiner Schulter, um mich wieder zu fangen. Er greift mit seiner Hand nach meiner, dreht sein Gesicht um und schaut mich mit glänzenden Augen an. »Also, hier ist auf jeden Fall Spannung in der Luft, findest du nicht?«

»Na, das hoffe ich doch..« Ich lockere meinen Griff auf seiner Schulter, lasse meine Hand aber da, wo sie ist.

»Wir reden aber hier nicht aneinander vorbei, oder?«, fragt er mit heiserer Stimme. »Ich meine, ich spreche hier nicht von dem Sicherungskasten.« Er streichelt meine Finger, woraufhin mein Puls nach oben schnellt.

Ich würde zu gerne etwas Gescheites oder Verführerisches sagen, doch da ist sein Mund schon auf meinem, und ich verliere meine Sprach- und Denkfähigkeit, bis ich das Geräusch von Schritten hinter uns höre und den zuerst wippenden und dann den Flur entlang fahrenden Lichtstrahl einer kräftigeren Taschenlampe bemerke.

»Gibt's ein Problem?«, fragt Adam und ist Guy gegenüber ungewöhnlich kurz angebunden.

»Halt die Taschenlampe hierhin!«, sage ich und trete zurück. »Wir sehen rein gar nichts!«

»Ich kann alles sehen«, erklärt er mir ruhig.

»Dann iss du mal schön den Möhrenkuchen deiner Mutter weiter«, bemerkt Guy, als ob er damit versuchen würde, eine peinliche Situation zu überspielen.

»Ich mag keinen Möhrenkuchen«, erwidert Adam, und ich höre seiner Stimme die Auflehnung an. Ich bin kein Kind mehr, also behandle mich auch nicht so! Trotzdem hält er seine Taschenlampe in den Schrank, so dass Guy die Sicherungen hereindrücken kann und wir innerhalb von zehn Minuten wieder Licht haben.

Dieser Abend war insgesamt sehr erleuchtend, denke ich später, als Guy nach Hause gegangen ist, und muss dabei immerzu grinsen. Auch wenn ich mir vielleicht einen diebischen Hund und ein psychotisches Pony aufgehalst habe, weiß ich eins mittlerweile genau – Guy mag mich, nein, mehr als das, und ich mag ihn, und ich bin für den nächsten Schritt bereit, wie immer der auch aussehen mag. Was Adam allerdings betrifft, mache ich mir Sorgen. Was hat er gesehen, beziehungsweise was denkt er, gesehen zu haben? Ich beschließe, mit ihm zu reden, sobald sich ein ruhiger Moment ergibt. Wenn er erst einmal den Schock verwunden hat, dass seine Mum wieder für eine neue Beziehung bereit ist, wird er auch, so hoffe ich, die neue Situation akzeptieren können.

15

Biskuitkuchen

Um ehrlich zu sein, das Gespräch mit Adam bereitet mir ziemliche Kopfzerbrechen, und ich habe Angst vor seiner Reaktion, denn ich kann mir vorstellen, wie sie ausfällt, weshalb ich auch ein paar Tage später noch nichts gesagt habe. Aber keine Sorge, Guy und ich gehen es langsam an. Das fühlt sich richtig an. So richtig.

Nachdem ich die Kinder ein paar Tage später morgens zur Schule gebracht habe, stehe ich in der Küche und backe. Ich schaue zugegebenermaßen ziemlich häufig aus dem Fenster, um vielleicht doch einen Blick auf Guy zu erhaschen, und tatsächlich, da ist er und stiefelt auf mich zu. Ich öffne das Fenster und sage hallo. Er sieht umwerfend aus – das Haar zerzaust, nachdem er seine Mütze abgenommen hat, das Gesicht frisch und wach –, und ich frage mich, wie er das schafft, da er doch immer so früh aufstehen muss. Du hast ganz schön freche Gedanken, Jennie Copeland, sage ich zu mir und bemerke, dass ich die Biskuitkuchen nicht mit Puderzucker, sondern mit Mehl bestäube, was mich lehrt, meine Gedanken zukünftig besser bei der Arbeit zu haben.

»Hallo. Hier riecht's aber gut«, fügt er hinzu.

»Ich backe gerade.«

»Das habe ich mir gedacht. Du hast Mehl auf der Nase.« Er streckt seine Hand aus, als wollte er es wegwischen, aber ich bin zu weit weg.

»Hast du Zeit für einen Kaffee?«, frage ich.

»Alle Zeit der Welt«, erwidert er, und auf seinem Gesicht erscheint wieder dieses bedächtige, atemberaubende Lächeln. Kurz darauf hat er es sich in der Küche bequem gemacht und sitzt zurückgelehnt in einem Stuhl, die langen Beine ausgestreckt.

»Jennie, ich wollte dich die ganze Zeit schon etwas fragen«, sagt er nach einer Weile. »Wegen Adam.«

»Was hat er angestellt?«

»Nichts – er macht seine Arbeit gut. Darum geht es nicht. Ich habe ihn vor kurzem abends auf dem Feld gesehen.«

»Ich denke, er war mit Lucky spazieren. Die Freude über seinen Hund ist immer noch ungebrochen.«

»Der Hund war nicht bei ihm.«

Ich spüre, wie sich meine Augenbrauen zusammenziehen. »Hast du ihn gefragt, was er da macht?«

»Ja, aber zunächst meinte er, er würde dort oben Pilze sammeln, und dann erklärte er mir, er würde Mäuse wieder aussetzen, was mir völlig an den Haaren herbeigezogen erschien. Ganz ehrlich, wer fängt zuerst Mäuse und lässt sie dann wieder frei?«

Ich räuspere mich.

»Äh, ich zum Beispiel.«

»Jennie?«

»Ich habe ein paar Lebendfallen in der Scheune aufgestellt – weißt du, es darf ums Haus herum kein Ungeziefer geben. Die Hühner haben, soweit ich weiß, noch keine gefangen, wir hingegen schon. Und da ich sie nicht umbringen wollte, dachte ich …«

»Dachtest du, du könntest sie wieder freilassen?« Guy lacht. »Warum hast du ihnen keinen Schlag auf den Kopf versetzt?«

»Weil mir das so grausam erscheint. Sie sind so winzig und sehen so wehrlos aus. Das käme einem Mord gleich.«

Inzwischen hält sich Guy den Bauch vor Lachen, und Tränen laufen ihm über die Wangen.

»Ich hab's ja schon mal gesagt – du bist völlig verrückt, Jennie!«

»Ich habe irgendwo gelesen, dass sie, wenn man sie mindestens zwei oder drei Meilen entfernt wieder aussetzt, nicht mehr wiederkommen«, fahre ich fort und bin mir nicht sicher, ob ich beleidigt sein soll oder lachen soll. Mäuse wieder aussetzen? Das ist lächerlich. Und so fange ich wie Guy an zu lachen.

»Wo hast du sie wieder ausgesetzt?«

»Neben dem Weg, der nach Talyton führt.« Meine Schultern beben, und das Gesicht tut mir langsam weh. »In der Hecke. Ich habe ihnen etwas zu fressen da gelassen, in der Hoffnung, dass sie ein neues Zuhause finden werden.« Ich erzähle es Guy zwar nicht, doch mache ich mir Sorgen, dass der Rest der Mäusefamilie sie vermissen könnte, wenn sie herausfinden, dass sie nicht mehr da sind.

»Nur ein Städter kann auf eine solche Idee kommen«, fährt er fort und wischt sich die Tränen aus den Augen. »Oh, Jennie, ich habe seit Ewigkeiten nicht mehr so gelacht.«

»Ich auch nicht«, pruste ich.

»Wenn Adam da oben in meinem Feld wirklich Mäuse ausgesetzt hat, werden die sich schnurstracks auf den Weg zu meinem Haus begeben haben.«

»Du glaubst also nicht, dass er sich da oben für die Rechte der Tiere eingesetzt hat?«, frage ich und beruhige mich wieder.

Guy schaut mich an, und sein Gesicht wird ernst. »Er schien mir ein bisschen bedrückt zu sein.«

»Ich glaube, alle Teenager können schon mal etwas launisch sein. Da bildet Adam keine Ausnahme.«

»Als ich zurückging, um zu sehen, ob er weg war, fand ich ein paar leere Dosen Bier im Graben.«

»Welcher Teenager genehmigt sich nicht ab und zu schon mal ein Bier mit seinen Kumpels?«

Guy starrt mich an, und ich bemerke, dass ich die Augen vor der Wahrheit verschließe. »Er war allein.«

»Allein?« Ich zögere und lasse diese wesentliche Tatsache erst einmal sacken.

»Warum?« Mir schießen alle möglichen Fragen durch den Kopf. Ist das bloß ein einmaliger Ausrutscher? Ist mein Sohn Alkoholiker geworden? Warum hat er das getan? Wie ist er an den Alkohol überhaupt herangekommen?

»Was kann ich nur tun?«, frage ich verzweifelt. »Ich kann ihn nicht einsperren.« Genauso wenig kann ich ihn vom Alkohol fernhalten, da er überall ist, selbst in Talyton St. George, wo die Damen der Kirche und die Vereinigung der Landfrauen Abstinenz propagieren.

»Soll ich mit ihm reden? Von Mann zu Mann?«

Das hatte ich David ja schon vorgeschlagen, doch ich glaube von Mann zu Junge trifft es eher, denn mehr als das ist Adam nun mal noch nicht.

»Bitte sag mir, ich soll mich um meinen eigenen Kram kümmern, wenn du denkst, ich würde mich einmischen, aber ich mag Adam. Er ist ein guter Junge, und ich möchte nicht, dass er auf Abwege gerät.«

Es wäre an sich Davids Aufgabe, mit unserem Sohn zu sprechen, aber nachdem er so auf mich losging, als Georgia vom Pony fiel, mache ich mir Gedanken, was er sagen könnte. Abgesehen davon ist dieser Vorfall wahrscheinlich eine Ausnahme, und ich wüsste nicht, warum es noch einmal passieren sollte.

»Ich glaube nicht, dass das Problem so groß ist, wie du es darstellst, Guy. Ich kenne keinen Teenager, der nicht schon mal mit Alkohol herumexperimentiert hat.«

»Dann bin ich wohl die Ausnahme, denn mir war immer klar, dass ich für meine Arbeit den Führerschein brauche«, sagt Guy. »Das hört sich an, als wäre ich schon immer ein langweiliger alter Knacker gewesen – im Gegensatz zu dir mit deinem Sinn für Abenteuer und deiner Bereitschaft, sich auf Neues einzulassen.« Er hält gespannt inne, und ich frage mich, ob er sich dran erinnert, wie er mich vor ein paar Abenden in dem Schrank in die Arme genommen hat. »An sich müsstest du jetzt sagen, ›Aber du bist doch gar kein langweiliger, alter …‹« Er setzt sich auf, hält die Hände hoch und fährt in diesem selbstironischen Ton fort: »Nein, ich will nicht, dass du lügst, nur um meine Gefühle nicht zu verletzen, denn ich bin in der Tat ein sehr langweiliger Mann.«

»Aber Guy, das stimmt nicht. Ich bin gerne mit dir zusammen«, protestiere ich. »Redet Adam wirklich mit dir?«, fahre ich fort und komme wieder auf meinen Sohn zurück. »Ich meine, öffnet er sich dir gegenüber? Das tut er bei mir nämlich nicht. Er gibt mir die Schuld, dass wir hierhergezogen sind und ich ihn von seinen Freunden und von seiner Schule weggezerrt habe … Und von seinem Dad.«

»Du bedauerst den Schritt aber doch nicht, oder?«, fragt Guy.

»Nein …«

»Adam erzählt mir von seinem Vater. Über seine Mutter reden wir auch.« Guy grinst, und ich werde rot. »Nichts Schlimmes, ich habe ihm gesagt, ich würde kein schlechtes Wort über sie dulden.«

»Ich weiß zwar nicht, ob du ihn noch willst«, sagt er und wechselt das Thema, wodurch mir erspart bleibt, wieder rot zu werden, »aber ich habe einen vollen Anhänger mit wunderbar verfaultem Dünger für dein Gemüsebeet. Ich könnte heute Nachmittag damit vorbeikommen.« Er hebt eine Hand. »Bevor du irgendetwas sagst, das ist ein Geschenk, du musst mir nichts dafür zahlen.«

Als er später mitsamt Traktor und Anhänger zurückkehrt, ruft er mich hinaus auf den Hof.

»Lass den AGA mal für eine Minute allein«, sagt er. »Komm und fahr mal den Traktor – ich helfe dir beim Rückwärtsfahren.«

Ich wische mir die Hände ab und ziehe mir draußen vor der Hintertür die Gummistiefel an. Bracken geht am Zaun auf und ab und wiehert abwechselnd mich oder den Traktor an.

Guy hält die Kabinentür auf.

»Steig ein und stell den Sitz ein!« Er kneift mich in den Po, und ich klettere hinauf in die Kabine. »Jetzt dreh den Schlüssel herum! Hab keine Angst – der Traktor kann nicht viel schneller als dreißig Meilen fahren, außer es geht bergab.« Er lächelt, als der Motor zum Leben erbrummt.

»Gut, leg den Gang ein.«

»Welchen?«, rufe ich.

»Den kleinsten Vorwärtsgang, dann rückwärts.« Guy schlägt die Tür zu, und so können wir nur noch durch das offene Fenster miteinander sprechen.

Es ist laut in dem engen Raum, und die Kabine wackelt, so dass ich mich nur schwer konzentrieren kann. Das Vorwärtsfahren klappt gut, mit dem Anhänger rückwärts zu fahren aber nicht.

»Nach links!«, brüllt Guy. »Zu viel. Nach rechts! Stopp! Fahr den Anhänger wieder in eine gerade Position!«

Bald lachen wir beide über meine Unfähigkeit, doch schließlich schaffe ich es, den Anhänger rückwärts auf das Gemüsebeet zu fahren und einen stinkenden Düngerhaufen mitten darauf abzuladen. Ich fahre mit dem Traktor wieder vorwärts in den Hof, wo ich den Motor abstelle.

»Das hat Spaß gemacht«, sage ich. »Was für ein nettes Geschenk!«

Ich öffne die Tür, rutsche hinaus und lande geradewegs in Guys wartenden Armen. Ich weiß nicht genau wie, aber plötzlich umfasst er mit seiner Hand meine Taille, und wir stehen so dicht beieinander, dass ich seinen Atem auf meiner Wange spüren kann.

»Jennie?«, murmelt Guy.

»Wir sind allein«, flüstere ich, und er beugt sich zu mir herunter, die Augen halb geschlossen. Seine Lippen berühren meine. Ich greife mit den Händen nach oben und bekomme sein Sweatshirt zu fassen, so dass es über seiner Brust spannt. Guys Hände gleiten über meinen Rücken, und er zieht mich näher an sich, bis mein ganzer Körper gegen seinen gepresst wird. Ich höre mein Herz schlagen oder sein Herz – ich bin mir nicht sicher, welches.

Guy küsst mich immer intensiver, und ich erwidere seinen Kuss, dabei zittere ich vor Aufregung.

Plötzlich macht er einen Schritt zurück.

»Was ist?«, stottere ich. Liegt es an mir oder an ihm?

»Nimm die Hände von meiner Mutter!«

Es liegt an Adam. Er steht ein paar Meter von uns entfernt in seiner Schuluniform da und hält seinen Rucksack in einer Hand, als würde er ihn gleich auf die Pflastersteine fallen lassen.

»Adam, was machst du denn hier?« Ich gehe auf ihn zu, doch er wirft seinen Rucksack über seine Schulter, marschiert an mir vorbei und verschwindet ins Haus. Ich drehe mich zu Guy um, der puterrot angelaufen ist. »Es tut mir leid …«

Guy verzieht seine Lippen zu einem reumütigen Lächeln. »Du geht ihm besser nach.«

»Wir sehen uns später«, sage ich und greife nach meinen Wangen.

Adam ist nicht weit gekommen. Er steht in der Speisekammer und durchforstet die Kuchenbehälter. Zumindest hat der Kuss zwischen Guy und mir ihm nicht den Appetit verschlagen.

»Adam, wir müssen miteinander reden.« Ich lehne mich gegen die Wand vor der Speisekammer. »Was hast du für ein Problem, Liebling?«

»Nenn mich nicht ›Liebling‹, Mutter! Das ist krank. Obwohl, zurzeit so ziemlich alles an dir krank ist.«

»Adam!« Seine Worte tun mir weh, selbst wenn er sie im Eifer des Gefechts gesagt hat. »Es gibt keinen Grund, so mit mir zu reden.« Ich hole tief Luft. »Mir ist klar, du hast eine schwere Zeit hinter dich gebracht, Liebling –«

»Ich hab dir doch gesagt, du sollst aufhören, mich so zu nennen!«, unterbricht er mich.

»Ich kann einfach nicht anders«, antworte ich und strecke meine Arme aus. »Ich habe dich nun mal lieb.«

»Ja«, doch er zögert und starrt mich durch seinen zerzausten Pony an, der ziemlich lang geworden ist. »Du und Guy also.«

»Ich dachte, du magst ihn.«

»Das tue ich auch. Ich habe doch gesagt, das Problem bist du mit ihm zusammen.«

»Wir sind erwachsene Menschen. Weder er noch ich sind in einer Beziehung, außer du weißt etwas anderes. Ich wüsste nicht, was daran falsch sein sollte.«

»Wenn es nicht falsch wäre, würdest du ihn hier nicht heimlich hereinschmuggeln, während wir in der Schule sind.« Adam kommt aus der Speisekammer heraus. »Weiß Dad es schon?«

»Das geht ihn nichts mehr an. Ich führe mein eigenes Leben und kann tun und lassen, was ich will.« Ich schaue in Adams Gesicht, der jeglichen Blickkontakt mit mir vermeidet. Hier gibt es eindeutig ein Problem.

»Du bist eine Mutter – Mütter tun so was nicht.«

»Was meinst du? Sich verlieben?«

»Bist du in Guy verliebt?«

»Nein«, werfe ich schnell ein, doch als ich Adams Gesichtsausdruck sehe, wird mir klar, dass ich das Falsche gesagt habe. »Ich spreche hier ganz allgemein. Ich meine, jemanden zu lieben … mit jemandem wieder zusammen zu sein.«

»Du meinst, Sex zu haben?«

»Nun, ja …«

Adam ist angewidert.

»Das ist vollkommen natürlich. Wie glaubst du, bist du auf die Welt gekommen? Ich bin keine Nonne.«

Das Thema ist ihm so peinlich, dass er sich schüttelt.

»Tut mir leid, wenn ich dir zu nahe trete, aber so ist es nun einmal. Ich dachte, du würdest dich für mich freuen. Guy ist ein guter Mann – und er ist auch sehr nett zu dir.« Ich halte inne. »Ich und dein Dad – wir werden nie wieder zusammenkommen. Das musst du akzeptieren, ansonsten wirst du nie glücklich werden.«

»Das habe ich akzeptiert«, erwidert er eisig. »Dad und Alice werden heiraten.«

»Heiraten?« Ich greife nach einem Stuhl und setze mich hin. »Bist du dir sicher?«

»Ich sollte nichts sagen. Verrat mich nicht, okay?«

»Nein, werde ich nicht.« Ich bin schockiert. Dass David noch einmal heiratet, macht mir nichts aus. Es ist nur so, dass ich nicht damit gerechnet hatte. »Wie geht es dir damit, Adam?«

»Ach, das sehe ich locker. Dad und Alice sind seit Ewigkeiten zusammen. Du hingegen hast Guy erst gerade kennengelernt.«

»Ich gebe zu, wir kennen uns noch nicht fürchterlich lang.« Ich stehe wieder auf. »Verdammt, ich verstehe, wie schwer es für dich sein muss, mich mit jemand anderem als deinem Dad zu sehen, aber es war doch klar, dass so etwas irgendwann eintreten könnte.« Vor noch nicht allzu langer Zeit hatte ich selbst gedacht, so etwas würde nie wieder passieren, doch Guy hat alles auf den Kopf gestellt. Ich beiße mir auf die Lippe, währenddessen ich meinen Sohn betrachte, der auf den Boden schaut und sich die Ohren zuhält, um mir nicht zuhören zu müssen. Adam hat sowohl alte als auch neue Freunde, Großeltern, die ihn unterstützen, einen halbwegs anständigen Vater, eine hart arbeitende Mutter… und einen Hund. Warum um alles auf der Welt ist er trotzdem so unglücklich? »Adam«, fahre ich sanft fort. »Wenn du reden willst, ich bin für dich da. Wenn du mit jemand anderem reden möchtest, jemandem, der nicht zur Familie gehört, dann sag das bitte… Es gibt Familienberater, Menschen, die dir helfen können.«

»Ich muss mit niemandem reden. Ich bin ja nicht verrückt.«

»Das habe ich nicht behauptet.« Ich halte inne und lasse ihm Zeit, um zu reden, doch er bleibt still. »Warum bist du nicht in der Schule?«

»Ich bin einfach rausgegangen«, sagt er schließlich. »Ich konnte es nicht mehr aushalten, wie Mr. Hughes auf mich losging.«

»Was hat er zu dir gesagt?«

»Er stellte mich vor der ganzen Klasse bloß und meinte, ich wäre ein hoffnungsloser Fall.«

»Wieso?«, rufe ich aus und fühle mich an seiner Statt verletzt. »Wie peinlich. Und unprofessionell. Ist dieser Mr. Hughes einer deiner jüngeren Lehrer?«

»Nein, er ist alt«, erwidert Adam. »Er ist ein alter bedauernswerter Blödmann.«

»Adam, manchen Dingen muss man sich nun mal stellen. Weglaufen ist da keine gute Alternative.«

»Schön, aber ich werde trotzdem kein Mathe mehr machen, und damit hat sich's«, verkündet er mit inzwischen brüchiger Stimme und Tränen in den Augen. »Ich weiß, wie man Gleichungen rechnet, denn ich habe sie schon in meiner alten Schule durchgenommen, nur Mr. Hughes mag meinen Rechenweg nicht.«

»Ich denke, das Beste ist, wenn ich in die Schule gehe und mit Mr. Hughes und deiner Klassenlehrerin mal rede. Das wird sich sicherlich klären lassen.«

»Ändern wird sich trotzdem nichts«, sagt Adam. »Er ist ein Fiesling.«

»Wir können die Situation aber nicht so lassen«, stelle ich fest.

Ich schaue auf meine Uhr – noch eine Stunde, bis ich die Mädchen von der Schule abholen muss.

»Ich rufe die Schule an und sag ihnen, wo du bist. Gehen wir danach mit dem Hund spazieren?« Doch meine Frage ist eher als Feststellung gemeint – wir gehen nachher mit dem Hund spazieren!

Meine Hoffnung, Adam würde sich auf dem Spaziergang mir gegenüber öffnen, wird enttäuscht. So gehen wir schweigsam in der frühen Nachmittagssonne am Fluss entlang. Die Blätter an den Bäumen sind inzwischen braun und orange. Einige von ihnen sind heruntergefallen und wehen über die Wiese. Lucky läuft am Flussufer auf und ab, gelegentlich trottet er hinunter, um vom Wasser zu trinken.

»Deine Klassenlehrerin klingt nett«, beginne ich. »Sie macht sich Sorgen um dich. Ich werde sie morgen treffen.«

Ich versuche weiter, ein Gespräch in Gang zu bekommen, aber Adam sagt kaum ein Wort.

»Weißt du eigentlich, dass man, wenn man diesen Weg weitergeht, bis zur Küste kommt?«, bemerke ich, nur um der Stille ein Ende zu bereiten.

»Warum um alles in der Welt sollte das jemand tun?«, fragt Adam, und seine Worte erinnern mich an Davids bissige Bemerkungen über das Leben und die Leute auf dem Land.

Ich denke einen Moment lang nach. »Um zu entspannen und die Aussicht zu genießen.«

Adam stöhnt. »Oh Gott, wie langweilig!«

Innerlich stimme ich ihm zu. Der Gedanke an eine Wanderung, besonders im Vergleich zu einem Kuss von Guy oder noch etwas mehr, erscheint auch mir ziemlich öde.

Ich weiß nicht, was ich tun soll. Ich will zwar nicht, dass Adam unglücklich ist, aber ich sehe auch nicht ein, wieso ich es sein sollte. Das mag vielleicht selbstsüchtig klingen, doch immerhin akzeptierte er nach anfänglicher Bestürzung auch Davids Beziehung zu Alice, weshalb ich nicht einsehe, warum ich mir mein Recht auf ein eigenes Leben von ihm absprechen lassen sollte. Nun gut, vor Guy war mir das egal, da eine solche Situation nie aufgetreten ist, doch jetzt hat sich das nun mal geändert, und ich hätte gerne Adams Segen.

Ich hatte nicht damit gerechnet, dass er so sensibel darauf reagieren würde. Immerhin kennt er Guy.

Ich schaue hinüber auf das glitzernde Wasser des Flusses und bekomme einen Kloß in den Hals. Wenn wir hier nicht glücklich werden, denke ich, gibt es keine Hoffnung. Dann werden wir nirgendwo glücklich werden.

»Von dir habe ich aber ganz schön lange nichts mehr gehört«, sagt Summer, als ich sie nach dem Abendessen anrufe.

»Du hast dich auch nicht bei mir gemeldet«, erwidere ich in lockerem Ton, wenngleich ich mir um unsere Freundschaft schon Sorgen mache, denn sie verändert sich, womit ich nicht gerechnet hätte, was wohl aber an dem Umzug liegen wird. »Wir geht's dir?«

»Ganz gut, danke. Was gibt's Neues bei dir?«

»Ich weiß nicht, wo ich anfangen soll. Das Pony hat Georgia abgeworfen, und sie hat sich dabei den Arm gebrochen. Und Guy ist heute mit einem Anhänger voller Mist vorbeigekommen, als Geschenk für den Garten.«

»Na, das nenn ich ja mal ein Geschenk«, sagt Summer. »Wie nett!«

»Um ehrlich zu sein, es riecht ein bisschen streng.« Ich wippe mit den Füßen und halte das Telefon fest umklammert. »Wir haben uns geküsst.«

»Was? Wahnsinn! *Wir* haben uns geküsst? Daraus schließe ich, es war in gegenseitigem Einvernehmen. Erzähl weiter!«

»Es war nicht das erste Mal ...«

»Wie bitte? Warum hast du mir das nicht erzählt?«

»Weil ich mir nicht sicher war, ob die Sache mit uns weitergehen würde.«

»Aber jetzt bist du's? Ich meine, dir sicher? Super! Du Glückliche!«

»Ich weiß, und das bin ich, aber es gibt da ein paar Schwierigkeiten ... Adam platzte dazwischen, und Summer, er war wirklich sauer und aufgebracht.«

»Ich verstehe nicht, warum dich das so überrascht. Adam ist eifersüchtig. Als Teenager, der bei seiner alleinstehenden Mutter lebt, macht er sich wahrscheinlich Sorgen, dich zu verlieren. Bisher war er dein Beschützer, der Mann im Haus, und jetzt lässt du plötzlich einen anderen Mann in sein Revier, der ihm dazwischenfunkt.«

»So habe ich das noch gar nicht betrachtet. Ich dachte einfach nur, er sei ... na ja, schwierig.«

»Er wird darüber hinwegkommen«, versichert mir Summer.

»Das hoffe ich. Ich dachte, er würde es locker nehmen – er mag Guy. Blickt zu ihm auf.«

»Jennie, dein Leben liest sich wie ein Heimatroman, eine AGA-Saga sozusagen. Verhinderte Liebe, Sieg über das Unglück, der bittere Konflikt zwischen Mutter und Sohn und die endlosen Mühen und Plagen am Herd.«

»Das hört sich bei dir so dramatisch an.«

»Das ist es ja auch.« Ich kann an Summers Tonfall erkennen, dass sie lächelt. »Kommst du uns bald mal besuchen?«, fährt sie fort.

»Vielleicht an Weihnachten. Es ist schwierig, von hier wegzukommen. Ich kann die Tiere nicht allein lassen, und bis zu den Feiertagen werde ich ganz schön beschäftigt sein. Ich werde Plumpuddings und Kuchen auf meinem Stand am Bauernmarkt verkaufen. Ich denke, die werden reißenden Absatz finden.« Ich zögere. »Du bist jederzeit willkommen, hier Urlaub zu machen.«

»Vielleicht ergibt sich irgendwann ein Wochenende«, erwidert sie, »es ist nur so schwer, alles unter einen Hut zu bekommen, seitdem ich wieder arbeite. Deshalb werde ich einiges in den Ferien nachholen müssen.«

»Oh«, bemerke ich enttäuscht. Obwohl ich ihr gönne, glücklich und erfüllt zu sein, wünschte ich mir fast, sie nicht angespornt zu haben, ihren Traum schließlich doch noch in die Tat umzusetzen.

»Erinnerst du dich noch an Clare?«, fragt sie. »Ihr Kind war auch bei uns in der Krabbelgruppe.«

»Die kleine Clare«, sage ich und krame die Erinnerungen von einer Zeit hervor, als ich zu einer Clique von Müttern gehörte, die alle darauf aus waren, sich gegenseitig zu überbieten und ihre perfekten Leben zur Schau zu stellen. Ich spüre einen Anflug von Reue, denn ich hatte immer alles vorgetäuscht. Meine Ehe mit David war nie perfekt gewesen.

»Egal«, fährt Summer fort, »sie unterrichtet die Zweitklässler an der Schule und hat mich zu ihrem Yogakurs eingeladen. Der ist klasse, und sie holt mich in fünf Minuten ab.«

»Na dann, viel Spaß«, sage ich, und mein Herz zieht sich traurig zusammen. Zum ersten Mal habe ich das Gefühl, unsere Freundschaft bröckelt, und das macht mich traurig. »Bis bald.« Ich verabschiede mich und beende das Gespräch. Dann suche ich Adam, der sich auf der Couch im Wohnzimmer lümmelt und im Fernsehen die Endloswiederholungen von *Top Gear* und *Friends* schaut.

»Ich bin für eine Minute kurz weg«, erkläre ich ihm.

»Um Guy zu sehen?«

»Ja, um Guy zu sehen«, bestätige ich ihm. »Es wird nicht länger als eine halbe Stunde dauern, versprochen!«

»Wie lange nun, eine Minute oder eine halbe Stunde? Ich gehe mal davon aus, du wirst nicht bei ihm übernachten, oder?« Adams Stimme klingt halb verärgert, halb stichelnd und eindeutig herausfordernd.

»Nein, werde ich nicht.« Ich strecke meine Hände aus. »Siehst du, keine Zahnbürste. Behalt die Mädchen im Auge!« Beide sind im Bett und schlafen. Ich glaube nicht, dass sie ihm irgendwelche Schwierigkeiten machen werden.

Auf dem Weg nach draußen schließt sich mir Lucky an und weicht mir nicht von der Seite. Auch wenn es lächerlich klingt, frage ich mich schon, ob Adam ihn geschickt hat, damit er im wahrsten Sinne des Wortes als Anstandswauwau fungiert. Zielstrebig gehe ich die Auffahrt mit meiner Taschenlampe hoch, um den schlimmsten Dreck zu vermeiden, biege dann links ab und gehe über den Hof zur Eingangstür von Guys Haus, das ein moderner Ziegelsteinbau ist, der aussieht, als wäre er verkehrt herum gebaut worden. Die Hintertüren sind zum Hof gerichtet, die

Vorderseite liegt auf der anderen Seite zum Garten. Ich klingele und warte.

Schließlich erscheint eine Gestalt, deren Umriss sich in dem Glas oben in der Tür abzeichnet.

»Wer ist da?«

»Ich bin's, Jennie.«

Die Tür wird geöffnet, und Guys Gesicht erscheint im Türrahmen.

»Du hättest einfach hereinkommen können«, sagt er mit einem breiten Lächeln auf den Lippen.

»Hm, ich bin gekommen, um mit dir zu reden … wegen vorhin.«

Er öffnet die Tür ganz, und Lucky geht ohne weitere Aufforderung schnurstracks hinein.

»Du kommst besser auch herein«, sagt Guy.

»Danke.«

Ich gehe hinein und befinde mich direkt in der Waschküche. Guy geht weiter in die Küche, die modern eingerichtet ist, und ich folge ihm. Die Fronten der Einbauschränke sind aus heller Eiche, die Fliesen des Bodens aus Terrakotta und die Wände weidengrün. Sie ist sauber, aber unordentlich, eben typisch für einen Junggesellenhaushalt. Auf der Küchentheke türmt sich die Post, und ich denke, alles was Guy regelmäßig benutzt, steht in der Küche verteilt herum – Kaffeebecher, Teller, Kochtöpfe, Cornflakesschachteln, Schlüssel und Brieftasche. In einem Blumentopf auf der Fensterbank gammeln Kräuter vor sich hin – ich denke, es ist Basilikum.

»Möchtest du etwas trinken?« Guy gibt mir mit einer Handbewegung zu verstehen, mich auf einen der Barhocker an der Küchentheke zu setzen, räumt aber zuvor noch einen Wäschehaufen weg und wirft ihn auf eine der Küchenablagen.

Mir ist nach einem großen Gin Tonic, doch denke ich

nicht, dass Guy so etwas im Haus hat, und so entscheide ich mich für einen Becher Tee.

»Ich kann nicht lange bleiben«, erkläre ich. »Die Kinder.«

Guy nickt, während er den Wasserkocher mit Wasser befüllt und einsteckt. Er hat keinen AGA.

Lucky sitzt zu meinen Füßen und lässt Guy nicht aus den Augen. Die Situation ist eigenartig.

»Ich weiß zwar nicht, wie die Wetteraussichten für die nächsten paar Wochen sind«, sagt Guy, »aber deine Äpfel können bald geerntet werden, wenn ich sie immer noch von dir haben kann.«

»Natürlich kannst du sie haben«, versichere ich ihm und halte mich zurück, hinzuzufügen, dass er noch viel mehr als meine Äpfel haben kann … »Bist du dir sicher, dass du sie nicht zu spät erntest? Das Erntedankfest in der Schule ist nämlich schon lange vorbei.«

»Mach dir keine Sorgen. Die alten Sorten für Apfelwein kann man bis November an den Bäumen hängen lassen.« Guy schiebt einen Becher Tee über die Küchentheke an der Post vorbei.

Ich nehme einen Schluck. Der Tee ist, wie nicht anders zu erwarten, noch zu heiß.

»Möchtest du mehr Milch darin?«

»Nein, es passt schon.« Gar nichts passt, denke ich. Und genau deshalb bin ich hier, aber dumm wie ich bin, spreche ich vieles nicht an.

»Wie geht's Adam?« Guy lehnt sich gegen die Kühl-Gefrierkombination. »Er schien mir ein bisschen bekümmert.«

»Ich weiß nicht, was ich mit ihm machen soll. Er ist einfach aus der Klasse gegangen, als er Mathe hatte … bei Mr. Hughes.«

»Der unterrichtete schon mich vor mehr als zwanzig Jahren«, sagt Guy. »Ich kann mich erinnern, dass er ziemlich ungeduldig war und alles nur einmal erklärte. Hatte man den Stoff nicht kapiert, Pech!«

»Mathe war immer Adams Lieblingsfach.« Ich schlage den Kragen meiner Fleecejacke hoch bis unters Kinn und halte ihn fest.

»Meins nicht«, erklärt Guy lächelnd.

»Meins auch nicht«, erwidere ich. »Guy, es tut mir leid.«

»Was tut dir leid?«

»Das, was heute Nachmittag passiert ist… Das war peinlich.«

»Es ist ein bisschen« –, er hält inne und sucht nach den richtigen Worten, – »frustrierend.«

»Adam und die Mädchen werden nächstes Wochenende bei ihrem Vater sein. Vielleicht könnten wir… uns dann richtig sehen.«

»Das hört sich gut an.« Guy grinst, während ich aufstehe. »Wie wär's mit einem Gutenachtkuss?«

»Besser nicht«, sage ich leise. »Adam wartet auf mich.« Doch das ist nicht der einzige Grund, denn ich bin mir nicht sicher, dass ich, wenn ich erst einmal damit anfange, Guy zu küssen, auch wieder aufhören kann.

Ich merke, wie ich immerzu an ihn denke, so wie damals bei David, als wir uns kennenlernten. Ich habe immer wieder diese gleichen herrlichen Träume, einen davon träume ich besonders häufig. Darin nimmt er mich schwungvoll in die Arme, hebt mich hoch und trägt mich nach oben zum Schlafzimmer, wo der Traum dann endet. Vor der Schlafzimmertür, in seinen Armen. Alles, was darüber hinausgeht, kann ich mir zurzeit nicht vorstellen. Ich traue es mich nicht. Ich bin so – aus der Übung… Außerdem ist mein Körper nicht mehr das, was er einmal war… und wenn ich ganz ehrlich bin, macht mir der Gedanke an diesen Schritt Angst. Weshalb ich es in den nächsten Tagen genieße, dass wir es langsam angehen, unsere verstohlenen

Küsse und Guys kleine Liebesgeschenke: ein Korb mit Pilzen vor der Haustür und zwei große Knoblauchknollen, deren Zehen ich in das Gemüsebeet einpflanzen werde. Mag sein, dass sich das nicht nach viel anhört, aber mir bedeutet es alles.

16

Regenbogenkuchen

Die Eieruhr klingelt für die zweite Fuhre an Lebkuchenfiguren, die im Ofen stecken. Heute Abend habe ich ganze Heerscharen gebacken, um sie morgen zusammen mit ein paar Sirupkuchen und anderen Köstlichkeiten zu verkaufen. Ich greife nach dem Ofenhandschuh und bücke mich, um das Blech herauszuziehen, das sich in der Backschiene verfängt.

»Vorsichtig!«, sagt Guy zu mir, während ich an dem Blech zerre, das plötzlich herausgeschossen kommt. Reflexartig greife ich mit meiner anderen Hand, der ohne Handschuh, danach.

»Aua!«, stottere ich und lasse die Lebkuchenmänner auf den Boden fallen, deren Köpfe, Beine und Arme dabei abbrechen. »Oh, nein …« Während ich mich wieder aufrichte und mir den Schauplatz der Verwüstung betrachte, fasst Guy nach meinem Arm, führt mich zur Spüle, dreht das kalte Wasser auf und drückt meine Hand unter den Hahn. Er steht neben mir, leicht in meine Richtung gebeugt, und ich spüre seinen warmen Atem auf meinem Kopf.

»Wie dumm von mir«, sage ich und beiße die Zähne zusammen, während der Schmerz langsam nachlässt. Da mir meine eigene Dummheit peinlich ist und ich mir vorgenommen habe, so zu tun, als wäre nichts passiert, versuche ich meine Hand von dem Wasserstrahl wegzuziehen, doch Guy hält sie einfach noch fester, bis er denkt, dass genug Wasser darüber gelaufen ist und er das Wasser abstellt. Er nimmt ein Geschirrtuch, trocknet meine Finger ab und untersucht sie eingehend. Ich muss zugeben, ich habe nichts dagegen, so nahe bei ihm zu stehen, Körper an Körper. Während ich meine Augen schließe, nehme ich die Berührung noch mehr wahr, und mein Herz schlägt schneller … doch es darf nichts passieren.

Es kommt mir vor, als wären wir Teenager im Haus meiner Eltern, nur dass ich hier ein Elternteil bin und versuche, meinem Teenager aus dem Weg zu gehen.

Ich seufze frustriert. Ich sehne den morgigen Abend herbei – keine Kinder, nur ich und Guy und ein Abendessen im Barnscote Hotel.

»Das sollte sich besser ein Arzt anschauen«, sagt er und durchbricht den Zauber.

»Ich habe mich schon schlimmer verbrannt.«

»Dann lass mich die Hand wenigstens verbinden.«

Ich schaue nach dem Erste-Hilfe-Kasten und finde zwei Schachteln ohne Verband darin vor.

»Warum überrascht mich das nicht?«, sagt Guy grinsend. Er geht, holt Verbandszeug aus dem Kasten im Melkstand und verarztet meine Finger. »Mit dem Backen ist für heute Schluss!«

»Ich muss das hier aber noch fertig machen. Morgen ist der Bauernmarkt.«

»Das mache ich. Du musst mir nur sagen, wie.«

»Dann weißt du ja all meine Betriebsgeheimnisse«, necke ich ihn. »Obwohl ich etwas Hilfe gebrauchen könnte …«

Guy bleibt noch ein paar Stunden und unterhält mich eher, als dass er backt, doch ich schaffe den größten Teil dessen, was ich mir vorgenommen habe, und mein kleiner Backunfall inspiriert mich dazu, die Lebkuchenfiguren in Ärzte, Krankenschwestern und Patienten mit Bandagen und Stethoskopen zu verwandeln.

Die Mädchen lassen sich immer mal wieder blicken, um zu fragen, wo ihr Dad bleibt. Um halb elf schlage ich ihnen vor, die Schlafanzüge anzuziehen, die Zähne zu putzen und sich bettfertig zu machen. Fünfzehn Minuten später liegen sie in ihren Betten, ich gebe ihnen einen Gutenachtkuss und verspreche ihnen, sie zu wecken, sobald David da ist. Da David und ich es eher für schwierig hielten, uns zur gleichen Zeit auf der Hälfte der Strecke zu treffen, haben wir entschieden, jeweils einen Weg hin und zurück ganz zu fahren.

»Deine Mum hat ihren ersten Arbeitsunfall gehabt«, erzählt Guy Adam, als dieser gegen 23.00 Uhr auftaucht, um die Küche nach etwas Essbarem zu durchforsten. »Deshalb hab ich ihr angeboten, ihr zu helfen.«

»Ach so. Mum, wo ist Dad ?«, fragt Adam. »Hat er dich angerufen? Bei mir hat er sich nämlich nicht gemeldet.«

»Hast du es auf seinem Handy probiert?«

»Da nimmt er nicht ab. Ich habe ihm eine Nachricht auf seiner Mailbox hinterlassen.« Adam trommelt mit seinen Fingern auf die Küchenablage. »Glaubst du, es ist ihm was zugestoßen?«

»Mach dir keine Gedanken, mein Junge. Er steckt wahrscheinlich im üblichen Wochenendverkehr fest.« Ich zögere. »Würde es dir etwas ausmachen, mir noch ein paar Etiketten auszudrucken? Ich glaube, sie sind mir ausgegangen.«

»Muss ich?«

Ich neige meinen Kopf zur Seite.

»Na gut«, sagt er mit einem kleinen Lächeln auf den Lippen und verschwindet in den Vorraum, um den Drucker zum Leben zu erwecken, so dass Guy mich ganz kurz umarmen kann.

»Morgen ...«, murmelt er und streicht seine Lippen über meine Wange.

»Morgen«, wiederhole ich.

Ich bringe ihn – in gebührendem Abstand – durch den Vorraum in die Diele, wo er seine Stiefel anzieht.

»Tschüs, Jennie«, verkündet er laut, während er mich zu sich zieht und mir einen Kuss auf die Lippen drückt.

»Bis dann, Guy«, erwidere ich und unterdrücke ein Kichern über unseren Täuschungsversuch.

Als ich ihm die Tür öffne, taucht Adam auf und wedelt mit mehreren Blättern bedruckter Etiketten in der Hand.

»Ich brauche nur ein paar. Danke, Adam«, füge ich hinzu und nehme sie. »Du kannst mir helfen, sie aufzukleben, wenn du magst.«

»Nein«, erwidert er. »Ich versuche noch mal, Dad zu erreichen.« Er dreht sich um und verschwindet mit seinem Laptop und dem Telefon in seinem Zimmer. Währenddessen frage ich mich, ob ich mich vielleicht nicht mehr dafür interessieren sollte, was er da so genau auf Facebook treibt. Hugo hat mir zwar ein Account eingerichtet, bevor wir hierher zogen, doch Adam entfernte mich ziemlich schnell aus seiner Liste der Freunde. Obwohl ich mehrfach darum bat, wieder aufgenommen zu werden, blieb es dabei.

Zurück in der Küche wickle ich die Kuchen ein, versehe sie mit den Etiketten und räume weiter auf. Von David ist weit und breit nichts zu sehen, und langsam mache ich mir Sorgen. Ich versuche, ihn sowohl auf seinem Handy als auch auf der Festnetznummer zu erreichen, aber er antwortet nicht. Wo zum Teufel steckt er?

Um Mitternacht klingelt das Telefon.

»David, wo bist du? Die Kinder warten schon den ganzen Abend auf dich. Adam ist krank vor Sorge.«

»Ja, ich hätte mich früher melden sollen, aber ich war bei meinem Anwalt.«

»Den ganzen Abend?« Er hört sich an, als hätte er getrunken, doch dann erinnere ich mich, dass die beiden sich von der Uni kennen und miteinander befreundet sind. »Ich verstehe nicht, warum du nicht ans Telefon hast gehen können.«

»Nun, ich werde es wiedergutmachen. Ich werde das Sorgerecht für die Kinder beantragen – ich möchte, dass die Kinder bei mir und Alice leben.«

»Was willst du?« Ich kann nicht glauben, was er da gerade sagt. »Das kannst du nicht … Oder?«

»Jennie, du hattest deine Chance, aber die Vereinbarung funktioniert nicht – weder für mich noch für die Kinder. Ich habe mit Ross gesprochen, und seiner Meinung nach spricht nichts dagegen, sie wieder rückgängig zu machen, was bedeutet –«

»Ich weiß genau, was das bedeutet«, falle ich ihm ins Wort, »und das ist nicht fair. Sie sind noch dabei, sich hier einzuleben. Du kannst sie nicht schon wieder aus ihrer neuen Umgebung wegreißen.« Ich breche in Tränen aus. »Das kannst du nicht tun, David. Ich bin ihre Mutter … Sie brauchen mich.« Und ich brauche sie.

»Sie brauchen vor allem Stabilität in ihrem Leben«, erwidert David ruhig. »Und genau die können Alice und ich ihnen bieten.«

»Aber ihr beide arbeitet den ganzen Tag.«

»Das ist kein Problem. Alice wird ihre Stunden herunterfahren – wir brauchen keine zwei vollen Gehälter.«

»Willst du etwa damit sagen, Alice wird sich um meine Kinder kümmern? David, was für eine völlig –« Ich fluche laut.

»Komm mir jetzt bitte nicht mit diesem Mist, ›Nur ich kann mich um meine Kinder richtig kümmern‹«, erklärt er mir, und meine Hand umklammert den Hörer, »denn in letzter Zeit hast du diese Aufgabe alles andere als glänzend erledigt.«

»Ach, und du denkst, du schaffst das mit Alice zusammen besser?«

»Es gibt keinen Grund, verächtlich zu schnauben«, unterbricht mich David. »Wir haben genügend Platz in der Wohnung. Außerdem leben wir in der Zivilisation, und Adam kann wieder auf seine alte Schule zurückgehen. Aber das versteht sich von selbst.«

»Gar nichts versteht sich von selbst, denn du hast weder Verstand noch Herz«, sage ich.

»Du kannst mich für die Situation nicht verantwortlich machen, Jennie, denn in die hast du dich selbst hineinmanövriert. Andauernd essen die Kinder Kuchen. Sie gesund zu ernähren ist dir anscheinend völlig egal.«

»Das stimmt nicht. Sie bekommen genauso viel Obst und Gemüse.«

»Auch wenn es dich erstaunen mag, sie vertrauen mir«, bemerkt David, »weshalb ich auch weiß, was in ihrem Leben passiert. Zum Beispiel, dass du sie allein zu Hause lässt, um dich um dein Geschäft zu kümmern.«

»Adam ist vierzehn, fast fünfzehn, und somit alt genug, hier und da mal für eine Stunde auf Georgia und Sophie aufzupassen.«

»Die Vorstellung, dass meine Kinder irgendwo am Ende der Welt allein sind, gefällt mir aber nicht.«

»Guy ist ja auch noch hier«, werfe ich ein.

»Der Prolet – gut, dass du ihn erwähnst. Adam meint, er würde viel bei euch herumlungern. Außerdem hat er euch quasi ›in flagranti‹ erwischt. Wie widerlich!«

»Er hat uns überhaupt nicht ›in flagranti‹ erwischt!«, fauche ich ihn an.

»Ach, dann hat sich Adam geirrt? Zwischen dir und deinem Nachbarn läuft nichts?«

»Das geht dich überhaupt nichts an!« Ich halte für eine Sekunde inne und denke über die möglichen Auswirkungen nach, wenn ich irgendeine Art von Beziehung mit Guy zugeben würde. »Nur zu deiner Information, Guy und ich sind nicht mehr als Freunde.« Okay, das ist glatt gelogen, aber ich würde auch England belügen, wenn ich so meine Kinder behalten könnte. »Ich sehe keinen Grund, warum ein Gericht dir das volle Sorgerecht für unsere Kinder geben sollte.«

»Abgesehen von der Tatsache, dass du sie mir vorenthältst, die verabredeten Wochenenden immer wieder änderst, mich an der Nase herumführst …«

»Das ist nur ein Mal passiert!«

»Es nicht schaffst, dass unser Sohn nicht unentschuldigt der Schule fernbleibt …«

»Ich habe mein Bestes getan. Seit dem Problem mit Mr. Hughes bringe ich ihn jeden Morgen zur Schülerhilfe.«

»Und Georgia auf diesem Pony in ernste Gefahr gebracht hast …«

»Ich konnte nicht wissen …«

»Jennie, du taugst einfach nichts als Mutter!« Genauso gut hätte David mir ein Messer ins Herz stoßen können. »Ich habe meinen Entschluss nicht aus einer Laune heraus gefasst und bei den Kindern auch schon mal vorgefühlt – natürlich nicht direkt, sondern durch die Blume, ich will nicht, dass sie sich Sorgen machen. Ich denke, Adam und Sophie würden einem solchen Schritt sehr offen gegenüberstehen, bei Georgia bin ich mir nicht sicher …«

»Alle drei würden am Boden zerstört sein. Es wäre so, als müssten sie noch einmal die Scheidung durchleben.«

»Deshalb denke ich, ist es das Beste, wenn wir die Sache so schnell wie möglich hinter uns bringen.«

»Wenn du glaubst, ich werde es ihnen erklären, so wie die Scheidung, dann hast du dich getäuscht.«

»Darüber habe ich mir bereits meine Gedanken gemacht. Wenn sie das nächste Mal bei uns sind …«

»Du meinst dieses Wochenende? Wir haben *dieses Wochenende* verabredet.«

»Nein, ich meine das nächste. Alice möchte, dass ich mit ihr zu einer Brautausstellung gehe. Das ist zwar keine Veranstaltung, zu der ich unbedingt hingehen müsste, aber wenn man verliebt ist...«

»Oh, David, halt die Klappe!«, unterbreche ich ihn.

»Ich wollte sagen, dass ich mich dann mit den Kindern hinsetze und persönlich mit ihnen spreche. Wir beide können uns noch einmal mit dem Thema auseinandersetzen, wenn du in einer besseren Verfassung bist. Bis dahin wirst du von Ross gehört haben.« David hält inne. »Ich hoffe, wir können die Sache schnell und in gegenseitigem Einvernehmen lösen, ohne die Kinder noch einmal dem Trauma eines Familiengerichts aussetzen zu müssen.«

»Ich werde sie dir nicht kampflos überlassen«, stelle ich unnachgiebig fest.

»Ich habe mit einer solchen Reaktion von dir gerechnet. Warum schläfst du nicht noch einmal darüber?«

»Weil ich meine Meinung nicht ändern werde. Ich hasse dich, David. Du denkst immer nur an dich!«

»Tun wir das nicht alle – letzten Endes?«, sagt er ruhig.

Es muss David sein, der das Gespräch beendet. Danach stehe ich immer noch mit dem Hörer an mein Ohr gepresst da. Nach außen hin eine unbewegliche Statue, doch in mir toben die Gefühle.

An wen soll ich mich wenden, wen anrufen? – ich weiß es nicht. Ich kann nicht schlafen, nicht denken. Auch wenn ich vorher als Mutter alles andere als untauglich war, jetzt bin ich es. Ich sitze auf der Fensterbank in meinem Schlafzimmer und schaue zu, wie die Dämmerung langsam am Horizont aufzieht.

Ich lege meine Hand auf mein Sweatshirt und bin erstaunt, dass mein Herz unter meiner Brust immer noch schlägt und leise gegen meine Fingerspitzen klopft.

Wie bin ich nur in dieses Dilemma hineingeraten?

In der vergeblichen Hoffnung, dass David es sich noch einmal überlegt hat, rufe ich ihn an.

Als er den Hörer abnimmt, sagt er: »Jennie, ich hoffe, du machst mir jetzt hier keine Szene. Mein Entschluss steht fest. Ich werde das tun, was für unsere Kinder das Beste ist.«

»Was du denkst, was für unsere Kinder das Beste ist«, korrigiere ich ihn mit zittriger Stimme. Ich habe mir vorgenommen, ruhig und vernünftig zu bleiben, doch spüre ich mit jedem Atemzug, wie ich weiter meine Fassung verliere. »David, das kannst du nicht machen. Du kannst mir nicht die Kinder wegnehmen …«

»Ich nehme sie dir nicht weg. Du wirst immer noch Zeit mit ihnen verbringen können. Eine intensive Zeit«, fährt er fort. »Das ist doch der Begriff, den du immer verwendest, oder?!«

Ich lege auf, als ich merke, wie ich weine und dabei denke, dass meine Zeit mit den Kindern fast immer intensiv ist. Wenn Sophie zum Beispiel mit einem Korb Eier zu mir gelaufen kommt, die sie eingesammelt hat, oder Georgia mir den Smiley für ihre Hausaufgaben zeigt oder Adam mir zubrüllt, dass er mit Lucky spazieren geht.

Am liebsten würde ich Mum anrufen, damit sie mich wieder beruhigt und mir versichert, dass alles gut wird, doch ich will nicht, dass sie sich Sorgen macht. Sie hat schon genug mit meinem Umzug aufs Land verkraften müssen. Karen anzurufen bringt nichts, denn ich würde mich durch sie nur noch deprimierter fühlen. So rufe ich Summer an.

»Weißt du eigentlich, wie viel Uhr es ist?«, sagt sie, als sie endlich den Hörer abnimmt.

»Tut mir leid, ich habe völlig mein Zeitgefühl verloren.« Für den Bruchteil einer Sekunde habe ich Angst, dass sie den Hörer auflegt, doch dann sagt sie: »Was ist los? Es muss etwas ganz Schlimmes passiert sein, wenn du mich um diese Uhrzeit anrufst!«

»Ich muss mit jemandem reden – David will das Sorgerecht. Er möchte, dass die Kinder bei ihm und Alice leben.«

»Dieser miese Dreckskerl!« Ich hatte gedacht, unsere Freundschaft würde langsam zerbröckeln, doch Summer ist für mich da. »Du musst unter Schock stehen. Wissen es die Kinder schon?«

»Ich werde es ihnen nicht sagen. Das will David tun, wenn sie das nächste Mal bei ihm sind. An sich muss ich heute auf den Bauernmarkt. Ich habe einen Stand, aber das stehe ich nicht durch. Und mit Guy bin ich heute Abend noch zum Essen verabredet, aber das sage ich auch ab.«

»Wieso?«

»Damit ich mir meine Chancen nicht verspiele, die Kinder doch behalten zu können. Würde ich heute Abend mit Guy ausgehen, weiß das morgen früh halb Talyton. So ist das nun mal hier. Und ich möchte nicht, dass David irgendetwas erfährt.«

»Wie sollte er das denn herausfinden? Er kennt doch niemanden dort.«

»Die Kinder könnten es aber herausfinden und beiläufig erwähnen.«

»Jennie, ich denke, du solltest mit einem Anwalt sprechen, damit du weißt, was dich erwartet«, sagt Jennie.

»Du hast Recht.«

»Wenn ich irgendetwas für dich tun kann oder du jemanden zum Reden brauchst, ruf mich an, egal, wann, ob Tag oder Nacht«, versichert sie mir. »Wenn hier jemand als Mutter geeignet ist, dann du! Und lass dir ja nicht von irgendjemandem etwas anderes einreden! Bleib stark! Ich ruf dich morgen an, um zu sehen, wie's dir geht.«

Bleib stark! Summers Worte hallen in meinem Kopf wider, nachdem sie aufgelegt hat. Was soll ich nur machen? Wie könnte ich meine Tauglichkeit als Mutter besser unter Beweis stellen, als dass ich einfach wie bisher weitermache? Und so beschließe ich wie geplant auf dem Markt meine Kuchen zu verkaufen.

Ich wecke zuerst Adam, dann Georgia und Sophie und sage ihnen, dass sie das Wochenende nicht in London verbringen, sondern mit mir zum Bauernmarkt fahren und mir dort aushelfen.

»Dad schafft es dieses Wochenende nicht. Es ist ihm etwas dazwischengekommen.« Ich gehe nicht weiter darauf ein, und sie scheinen hinzunehmen, dass es mit Davids Arbeit zu tun haben muss.

Adam willigt zwar ein, gegen eine prozentuale Beteiligung an den Einnahmen auf dem Stand zu arbeiten, weigert sich aber, eine Schürze anzuziehen, was mich nicht überrascht.

»Pink würde dir aber gut stehen«, zieht ihn Georgia auf. Da die weiblichen Copelands ihm zahlenmäßig überlegen sind, verzieht er sich bald mit ein paar anderen Jungs seines Alters, um ein Schwätzchen zu halten, kehrt dann aber wieder zurück und fragt nach drei Lebkuchenmännern.

»Ich sage ihnen, sie müssen im Gegenzug Reklame für Jennie's Cakes machen.«

»Na gut…« Ich bin mir nicht sicher, ob ich noch mehr Reklame brauche, denn neben einer weiteren Anfrage für eine Hochzeitstorte – dieses Mal eine traditionelle – verkaufen sich die Lebkuchenfiguren in einer solchen Windeseile, dass wir bald mit unserem letzten Haferkeks am Stand stehen. Außerdem habe ich dieses Mal mehr Geld und weniger Sachgüter eingenommen. Neben einem handgemachten Käse, einer Tüte Schaummäuse und einem Glas Honig auch noch drei Flaschen Bier, die ich Guy schenken werde.

Als wir wieder zu Hause sind, werfe ich mir einen Mantel über, ziehe die Gummistiefel an und bringe die Flaschen hoch zu Guy. Die Kinder und Lucky nehme ich mit, da ich David nicht noch mehr Munition für seinen Sorgerechtsstreit liefern möchte, denn auf den wird es hinauslaufen. Ich *bin* eine gute Mutter.

Adam läuft die Auffahrt hoch und kickt dabei einen Stein vor sich her. Die Mädchen gehen links und rechts neben mir an der Hand. Irgendwo in der Ferne brüllt eine Kuh, und ein Kalb antwortet ihr. Von Südwesten ziehen Wolken herein und bringen Nebel und Nieselregen. Als wir auf dem Hof ankommen, sehe ich Guy auf dem Sammelplatz der Kühe vor dem Melkstand, wo er knöcheltief in einem Gemisch aus Schlamm und Mist steht. Eine der Kühe befindet sich in einem schweren Metallgestell, einem Fangstand, und mit einem Mal wird mir die Doppeldeutigkeit des Begriffs »von jemandem gefangen zu sein« bewusst.

Guy schaut hoch und lächelt, als er uns sieht.

»Ich bin gleich fertig«, sagt er und lässt die Kuh wieder heraus. »Ich behandle sie gegen Mastitis.«

»Das ist Gabrielle«, erklärt mir Adam, »sie hat eine Euterentzündung. Geht es ihr besser?«, fragt er Guy.

»Ja, die Entzündung geht langsam zurück«, erwidert Guy. »Wie war der Markt? Ich habe euch heute Morgen wegfahren sehen.«

»Dad muss arbeiten«, bemerkt Georgia. »Deshalb haben wir Mum geholfen.«

»Ach so.« Guy schaut mich an. »Ist was?«

»Erzähl ich dir später.« Bei dem Gedanken, was ich ihm sagen muss, zieht sich mein Herz traurig zusammen. »Ich hab dir ein paar Flaschen Bier mitgebracht.«

»Danke. Warum stellst du sie nicht in der Milchkammer ab und hilfst mir mit den Kälbern? Sie müssen noch vor dem Melken gefüttert werden.«

Der hintere Teil eines der Nebengebäude ist abgetrennt und mit einer dicken Strohschicht ausgelegt. Darin befinden sich jeweils fünf rotgraue und weiße Kälber. Sie haben ganz knubbelige Knie und schlagen mit ihren Schwänzen um sich. Als sie uns sehen, kommen sie auf uns zu und lecken unsere Hände ab.

»Sie sind süß«, sage ich.

»Sie sind hungrig«, meint Guy daraufhin. Er bereitet Milch in Eimern vor, gießt sie in einen Behälter, an dem sich Zitzen aus Gummi befinden. Alle Kälber – außer einem – liegen schnell an den Zitzen, saugen und wedeln dabei mit ihren Schwänzen. Guy klettert in den Pferch hinein und zeigt dem letzten Kalb die Zitze. Schließlich begreift es, was es tun muss, und beginnt zu trinken.

»Wo sind ihre Mütter?«, frage ich.

»Sie bleiben sieben Tage bei ihnen.«

»Nicht länger?«

»Ich denke, du hast gehört, wie eine der Kühe vom Feld gerufen hat – sie ist die Mutter des kleinsten Kalbs. Ich habe sie heute Morgen voneinander getrennt.«

»Das erscheint mir ziemlich grausam. Sie sind doch noch so jung.«

»So ist das nun mal«, erwidert Guy. »Auf vielen anderen Höfen werden die Kälber nach einem Tag von ihren Müttern getrennt. Das muss sein. Kühe produzieren nun mal erst Milch, wenn sie gekalbt haben. Das ist der natürliche Lauf der Dinge. Danach kehren sie wieder zur Herde zurück, um gemolken zu werden, während ich die Kälber in kleinen Gruppen wie dieser hier großziehe. Die Färsen – also die Mädchen – stoßen später zur Herde hinzu oder ich verkaufe sie. Die kleinen Bullen werden zu Fleisch verarbeitet.«

Die armen Kühe. Und ihre armen Babys. Ich denke an den Trennungsschmerz, an das starke Band zwischen Mutter und Kind und natürlich an David, wie er versucht, mir die Kinder wegzunehmen … Ich unterdrücke ein Schluchzen, doch dann kann ich mich nicht mehr zurückhalten.

»Jennie, alles in Ordnung?«, fragt mich Guy leise und unwirsch. »Hab ich irgendetwas gesagt, dass dich verletzt hat? Wenn ja, habe ich das nicht so gemeint. Die Kühe liegen mir am Herzen, und ich trenne sie nicht gerne von ihren Kälbern. Ich bin kein Sadist.«

»Es hat nichts mit dir zu tun …«

»Adam, siehst du bitte nach, dass sie die Milch austrinken? Georgia, kannst du Sophie helfen, die Eimer auszuwaschen? Vor dem Melkstand ist ein Wasserhahn.« Ich spüre, wie Guy seinen Arm um meine Schulter legt und mich nach draußen durch den Regen unter das Vordach des Unterstands vor dem Winterquartier der Kühe führt.

»Was ist los?«, fragt er.

»Es ist David … Er will mir die Kinder wegnehmen! Er ist fest entschlossen, sie zurück nach London zu holen. Ich weiß nicht, was diesen plötzlichen Sinneswandel ausgelöst hat, denn bisher wollte er sie nicht haben – fand, sie seien eine Belastung und wären besser bei mir, ihrer Mutter, aufgehoben.«

Guy tröstet mich, hält mich so behutsam in seinen Armen wie Sophie die von ihr eingesammelten Eier, aus Angst, sie könnten kaputtgehen.

»Ich hab's den Kindern noch nicht gesagt, doch sie vermuten bestimmt schon, dass etwas nicht in Ordnung ist. Ich möchte es ihnen aber erst sagen, wenn es sein muss …« Tränen der Verzweiflung kullern mir über die Wangen.

»Ich denke, das bedeutet, wir müssen uns etwas zurückhalten«, sagt Guy.

Ich nicke kläglich.

»Erst einmal«, fügt er hinzu. »Jennie, ich kann warten,

das weißt du. Und das werde ich so lange tun, wie es sein muss.«

»Ich weiß aber nicht, wie lange das sein wird«, erkläre ich ihm schluchzend. »Ich muss einen Anwalt finden, Einspruch erheben…« Und Adam auf meine Seite ziehen, denn so wie er sich momentan fühlt, wird er glücklich sein, von mir wegziehen und bei seinem Vater leben zu können. »Es erscheint alles so schwierig. So hoffnungslos.«

»Jennie, nichts ist unmöglich«, versichert mir Guy. »Wie sagte meine Mutter immer: ›Nichts wird so heiß gegessen, wie's gekocht wird.‹ Du wirst sehen, es wird alles wieder gut.«

»Aber was ist mit uns, Guy? Wird da auch alles gut?«

Er küsst mich auf den Kopf. »Ich rufe das Hotel an und bestelle den Tisch für heute Abend ab.«

»Bestell ihn nicht ab! Das hört sich so endgültig an«, sage ich. »Sag, wir werden ein andermal kommen!«

Lucky scheint zu spüren, wie es mir geht. Jedes Mal, wenn ich am Ende des Tages auf mein Korbsofa im Wohnzimmer sinke – eingepackt in einem Extrapullover, da es an diesen Herbstabenden hier drinnen im Haus schon ganz schön frisch ist –, kommt er mit hoch erhobenem Schwanz hereinspaziert.

»Jetzt nicht, Hund! Ich will dich nicht hier haben.«

Dennoch marschiert er unverdrossen weiter zum Sofa, stellt sich auf die Hinterbeine, legt die Vorderpfoten auf den Rand und stupst seine Nase gegen meinen Oberschenkel, als wollte er sagen: »Verzeih mir! Verzeih mir mein Bellen und mein Jagen nach den Hühnern!« Oder welche andere kleine Sünde er sich heute hat einfallen lassen, denn irgendwas ist immer!

»Na gut, Lucky«, murmle ich. »Ich verzeihe dir.« Und

dann springt er hoch, pflanzt sich auf meinen Bauch und legt den Kopf zurück, damit ich ihm die Brust kraule.

Die Abende nutze ich, um über mein Leben in Uphill House nachzudenken, denn obwohl ich immer voller Stolz behaupte, mehrere Dinge gleichzeitig tun zu können, muss ich zugeben, dass mein Zeitmanagement zu wünschen übrig lässt. Zudem habe ich herausgefunden, dass es gar nicht so einfach ist, sich gleichzeitig um ein Geschäft und die täglichen Dinge des Lebens zu kümmern: das Hin- und Herfahren zur Schule zwei Mal am Tag, weil außer uns hier niemand mit Kindern lebt, so dass ich alle Fahrten übernehmen muss; die Hausaufgaben von drei Kindern und das Versorgen der Tiere.

Obwohl Davids Entscheidung, das Sorgerecht für die Kinder zu beantragen, mir ständig durch den Kopf geht, kreisen meine Gedanken auch um Guy. Ich liebe ihn, da bin ich mir sicher, und ich wünsche mir nichts sehnlicher, als mit ihm zusammen zu sein, doch darf ich nicht unvorsichtig sein und meine Lage gefährden. Sollte David herausfinden, dass Guy zu meinem Leben dazugehört, wird er das ausnutzen, besonders nach Hugos Charakterbeschreibung von ihm.

Es gibt aber auch Lichtblicke. Ich freue mich immer noch riesig über die Zeilen von Penny, die sie mir nach der Rückkehr aus ihren Flitterwochen mit Declan geschrieben hat und in denen sie mir noch einmal versichert, was für ein Glück es doch gewesen sei, dass unser Hund sich über den Früchtekuchen hergemacht hätte, denn die Cupcakes wären unglaublich gewesen, jenseits ihrer Vorstellungskraft, was ich als Riesenkompliment betrachte. Oder sie ist eine bessere Künstlerin, als ich gedacht habe. Declans Schwester ist dabei, ihre Hochzeit für den kommenden April zu organisieren, und ich soll ihr etwas Ähnliches als Hochzeitstorte liefern.

Ich habe das Pony nicht wieder zurückgegeben. Delphi war zwar bereit, es wieder zu nehmen, aber nur zur Hälfte des Kaufpreises, da sie ihrer Meinung nach nichts Falsches getan und das Pony nach bestem Wissen und Gewissen verkauft hätte. Ich habe auch nicht versucht, es weiterzuverkaufen, denn ich will es keinem anderen Kind antun. So steht Bracken immer noch auf der Koppel – den Elektrozaun habe ich wieder entfernt – und kümmert sich um den Rasen. Sie ist nicht das, was sich eine Mutter erträumt, im Gegenteil, sie ist eher ein Albtraum und der teuerste Rasenmäher, der mir je unter die Augen gekommen ist, aber sie ist nun mal da, und ich muss mich damit abfinden.

Meine Zuversicht, hier Fuß zu fassen, steigt langsam, doch bezweifle ich, bleiben zu können. Ohne meine Kinder kann ich mir ein Leben hier überhaupt nicht vorstellen. Ich möchte in ihrer Nähe sein, doch das würde bedeuten, Uphill House und Guy verlassen zu müssen und das Leben aufzugeben, das ich für meine Familie hier in Talyton St. George aufgebaut habe, um wieder ein neues zu beginnen.

Ich weiß zwar nicht, was als Nächstes passieren wird, doch eins steht für mich fest – ich werde der Kinder wegen stark bleiben und dafür sorgen, dass alles so normal wie möglich weiterläuft, was immer auch unter »normal« zu verstehen ist.

Das darauffolgende Wochenende feiern wir Georgias Geburtstag.

»Alles Gute zum Geburtstag«, wünschen ihr Adam, Sophie und ich im Wohnzimmer, wo sie in Jeans und einem Sweatshirt mit einem Pony vorne drauf auf ihre Geburtstagkarten und Geschenke wartet. Adam ist gerade vom Melken nach Hause gekommen – er hat zwar seinen Overall ausgezogen, müffelt aber immer noch, da ihm keine Zeit blieb, ins Bad zu springen. (Ich fand, es wäre nicht fair, Georgia noch länger warten zu lassen.) Sophie trägt ein mit Pailletten besetztes Bolerojäckchen und ein Blumenkleid mit rosa Strumpfhosen.

»Unser Geschenk für dich steht im Hof«, sagt sie aufgeregt. »Wir haben es nicht eingepackt, weil es –«

»Pssst, Sophie, verrat nichts!«, ermahnt sie Adam lächelnd. »Das ist das eigenartigste Geschenk, das ich je gesehen habe.«

»Darf ich es jetzt sehen?«, fragt Georgia.

»Na, dann los«, sage ich und folge den Kindern hinten ums Haus in den Hof, auf dem mittendrin eine mit Luftballons und Schleifen geschmückte hellrosa Schubkarre steht, die ich bei Overdown Farmers gekauft habe. Ins Tack N Hack setzte ich nie wieder einen Fuß.

»Oh, ist die klasse!«, ruft Georgia und läuft hinüber, um sie näher in Augenschein zu nehmen. Sophie hopst vor Freude herum, als wäre es ihre, während Adam die Schubkarre an den rosa Griffen packt und mit ihr wie ein Irrer über den Hof fährt.

»Die gehört mir!«, schreit Georgia.

»Genug jetzt!«, rufe ich, woraufhin ihr Bruder der Schubkarre einen letzten Schubs verpasst und sie dann Georgia überlässt.

»Genau so eine wollte ich«, seufzt sie. »Vielen Dank!«

Wir gehen wieder hinein und schauen ihr zu, wie sie den Rest ihrer Geschenke auspackt und die Karten liest. Dann beschließt sie, die Schubkarre auszuprobieren und Brackens Pferdeäpfel auf der Koppel einzusammeln.

»Du wirst sie schmutzig machen«, wendet Sophie ein.

»Ich kann sie mit dem Schlauch wieder abspritzen«, erklärt ihr Georgia.

»Und was ist mit deinem Gips?«, frage ich. »Ich glaube nicht, dass das eine so gute Idee ist…«

»Den werde ich einwickeln«, beruhigt sie mich und marschiert los, um sich ihre Gummistiefel anzuziehen. Währenddessen geht Adam nach oben, um zu baden, woraufhin mir wieder einfällt, dass ich eine Dusche installieren wollte.

»Und was machst du, Sophie?«

»Kann ich die Süßigkeiten fürs Topfschlagen einpacken?«

»Ich weiß nicht, ob wir genügend Süßigkeiten dahaben.«

»Wir haben doch immer Süßigkeiten da.«

»Na gut – du machst das, und ich backe den Kuchen währenddessen. Wir werden schon genügend Süßigkeiten finden.« Ich hoffe, ich bin mit dem Backen und Verzieren von Georgias Kuchen nicht zu spät dran.

Der Regenbogenkuchen stellt eine weitere Tradition in unserer Familie dar. Als ich Georgia vorschlug, dieses Mal etwas Ausgefalleneres zu backen – um so bei ihrer neuen Freundin, die zum Abendessen kommt, kostenlose Werbung zu betreiben – lehnte das Geburtstagskind ab.

Der Regenbogenkuchen ist nichts weiter als ein leicht veränderter Viktoriabiskuitkuchen aus Butter, Eiern unserer Hühner, die mittlerweile jeden Tag eins legen, Streuzucker, Mehl und Backpulver sowie einem Schuss Milch, damit der Teig die richtige Konsistenz erhält. Manchmal backe ich einen hohen, manchmal zwei flachere Kuchen, die ich dann entweder mit einer einfachen Glasur versehe oder mit Schokoladenbuttercreme zusammenfüge. Heute entscheide ich mich für die zweite Variante, denn Georgia ist ein Schleckermäulchen, und so lege ich zwei Backformen mit Backpapier aus.

Ich teile den Teig in drei Teile auf, füge dem ersten Vanille, dem zweiten Cochenille und dem dritten Kakaopulver hinzu. Dann verrühre ich die Zutaten und erhalte einen cremefarbenen, einen grellrosa und einen braunen Teig, die ich löffelweise in die ausgelegten Formen fülle und dann vorsichtig mit einer Gabel vermenge, so dass sich die Farben zwar vermischen, aber nicht zu sehr.

Ich habe Maria vor ein paar Tagen angerufen und sie gefragt, ob sie mir auch Strähnchen machen kann, wenn sie mein Haar später schneidet. Trotz allem sehen sich Guy und ich immer noch, und ich möchte nicht, dass er denkt, ich würde mich gehen lassen.

Als ich mit Georgias Kuchen fertig bin, sieht dieser alles andere als raffiniert oder professionell aus, sondern mit seinen hellen Farben und der am Rand oben zerlaufenen Verzierung, bei der Sophie mir geholfen hat und die jetzt auf dem Kuchenbrett verteilt liegt, sehr hausgemacht. Abgesehen davon ist die Dekoration unten am Rand zu dick und oben zu dünn geraten.

»Egal, Mummy!«, sagt Sophie. »Der Kuchen sieht fröhlich aus. Kann ich jetzt eine Hochzeitstorte verzieren?«

»Ich glaube, dafür musst du noch ein bisschen üben«, erwidere ich lächelnd. »Magst du vielleicht den Wackelpudding machen, während ich mich um die Pizza kümmere?« Ich habe den Teig neben den AGA gestellt, damit er aufgehen kann.

»Na gut«, sagt sie kurz, und schon bald klebt überall Götterspeise.

Die Küche sieht aus wie ein Schlachtfeld, als Maria und ihre Tochter Camilla eintreffen.

»Hallo«, begrüßt mich Maria. »Wie geht's?«

Ich finde sie auf Anhieb sympathisch. Sie ist ein paar Jahre jünger als ich, schlank mit hellem Teint und rotblondem Haar. Sie trägt eine türkis- und cremefarbene Tunika, Leggings und modische Schuhe von Converse, bestickt mit Pailletten.

Camilla ist ein kräftiges Mädchen mit einem dazu passenden großen Lächeln. Sie hat wie ihre Mutter rotblondes Haar, das zu einem ordentlichen französischen Zopf gebunden ist, und trägt Jeans und ein T-Shirt.

»Camilla hat sich nicht schick gemacht«, entschuldigt

sich Maria. »Georgia hat ihr eine SMS geschickt und gemeint, sie solle sich darüber keine Gedanken machen, denn die beiden würden sowieso einen Misthaufen schaufeln.«

»Ich denke, damit hat Georgia bereits begonnen«, erkläre ich und schaue aus dem Küchenfenster hinaus. In einer Ecke der Koppel sehe ich bereits ein beträchtliches Exemplar, auf dem Georgia steht und das sie mit einer Schaufel noch einmal bearbeitet. »Ich sag ihr Bescheid, dass ihr da seid.«

Wir gehen alle nach draußen, woraufhin Georgia zu uns eilt.

»Alles Gute zum Geburtstag«, sagt Camilla und überreicht ihr ein Geschenk.

»Danke«, antwortet Georgia und packt es aus. »Oh, toll!«, sagt sie und freut sich über das mit einem Pferdemotiv verzierte Briefpapier und die Umschläge sowie ein Buch mit dem Titel *Unartige Ponys*. »Jetzt kann ich Granny schreiben und Bracken beibringen, sich gut zu benehmen.«

»Ist das dein Pony?«, fragt Maria und zeigt auf Bracken, die am hinteren Ende der Koppel grast.

»Das ist Bracken«, sagt Georgia voller Stolz, als würde sie von der Liebe ihres Lebens sprechen, was, so glaube ich, der Tatsache entspricht.

»Sie sieht nett aus, wenn auch ein bisschen dick«, sagt Maria. »Du solltest sie besser jeden Tag in den Stall bringen, damit sie nicht immer Gras fressen kann.«

Ich führe ihre rechthaberische Art darauf zurück, dass sie dem Ponyklub angehört, was mir Georgia sagte, wahrscheinlich in der Hoffnung, auch ich würde dort bald eintreten.

»Ich habe gehört, dass sie ziemlich ungezogen ist und dich abgeworfen hat und du dir dabei einen Arm gebrochen hast, Georgia.« Maria schaut mich an, doch ich sage nichts. Ich kann meine wahren Gefühle gegenüber diesem Wesen mit seiner wilden Mähne und den Knopfaugen nicht offenbaren, nicht vor Georgia und bestimmt nicht an ihrem Geburtstag.

Später allerdings, als die Mädchen Kuchen essen – Adam hat sich verzogen – und Maria mir die Farbe für die Strähnen aufträgt, spreche ich das Thema noch einmal an.

»Tut mir leid, Sie an einem Samstag zu bitten, mir Strähnchen zu machen und Sie zu belästigen.«

»Ach, das macht nichts. Ich kann sämtliche Kundschaft gebrauchen, denn immerhin bestreite ich mit dem Geld durch das Frisieren den Unterhalt der Ponys.«

»Wie viele haben Sie denn?«

»Drei – Camillas altes Pony, ihr derzeitiges Pony und mein Pferd.«

»Und ich dachte schon, ich hätte mit einem Pony schon genug Ärger am Hals!«

»Ich könnte ohne sie nicht sein.« Maria faltet und steckt das letzte Stück Papier in mein Haar fest. »Ich kann Georgia mit Bracken helfen, wenn der Gips wieder ab ist.«

»Ich weiß nicht so recht«, sage ich unsicher.

»Ich mag Herausforderungen, Jennie. Ich werde vorsichtig sein. Ich würde Camilla nie auf ein Pferd setzen, das mir gefährlich erscheint.«

»Es war –«, beginne ich, und mir bricht schon der Angstschweiß aus, nur wenn ich darüber spreche – »wirklich beängstigend.«

»Georgia meinte, sie hätte gebockt und wäre dann durchgegangen.«

»Ich kenne die fachmännischen Ausdrücke nicht, aber sie ließ nichts mit sich machen, was ich nicht verstehe, denn Delphi versicherte, sie wäre ein gutes Pony.« Ich versuche, mich an den Wortlaut ihrer Beschreibung zu erinnern. »Vorwärtsgehend.«

»Aha! Das heißt im Klartext ›zerrt wie ein Weltmeister und ist nicht zu bremsen‹.« Maria lächelt. »Sie wird sich bessern. Ponys sind am Anfang häufig eigensinnig, wenn sie einen neuen Besitzer haben.« Sie wechselt das Thema. »Jetzt, da ich den Kuchen sehe, fällt mir ein, dass Georgia mir gesagt hat, dass Sie das beruflich machen. Ich frage mich, ob ich einen Kuchen für Camillas Geburtstag bestellen kann. Er ist in drei Wochen.«

Während wir warten, dass die Farben einwirken, gehe ich mit Maria in den Vorraum, außer Hörweite der Mädchen, und zeige ihr meine Handzettel und mein Angebot.

»Ich habe ein Sortiment an ›Prinzessinnenkuchen‹, aber dafür könnte Camilla schon zu alt sein«, sage ich. »Vielleicht mag sie lieber einen Kuchen mit einem Pferdemotiv.«

»Ein rosa Pony wäre perfekt«, stimmt mir Maria zu, und das Geschäft ist perfekt. Ich backe ihr im Tausch gegen meine neue Frisur einen Kuchen.

Maria wäscht unter der Handbrause der Badewanne die Farbe der Strähnchen aus meinem Haar. Ich stehe auf, wickle mir ein Handtuch um den Kopf, und wir gehen wieder nach unten. Während ich mich auf einen der Stühle setze, packt Maria Kamm und Schere aus ihrer Tasche.

»Was soll ich machen?«, fragt sie. »Nur kürzen oder eine neue Frisur?«

»Oh, ich hätte sie gerne so geschnitten, dass ich zehn Jahre jünger aussehe«, sage ich mit heiterem Ton in der Stimme.

»Wollen wir das nicht alle? Wie wär's, wenn ich sie insgesamt so zwei Zentimeter kürze und dann stufig schneide, damit sie mehr Volumen haben?«

Ich stimme zu, und kurz darauf zupft und schneidet sie in einer schwindelerregenden Geschwindigkeit.

»Sehen sie Guy häufig?«, fragt sie unvermittelt.

»Ich habe ihn im Sommer jeden Tag gesehen, wenn er

die Auffahrt mit den Kühen hoch- und wieder hinunterging, aber jetzt im Winter sind sie im Stall.« Ich drehe mich weg, damit Maria nicht sieht, wie ich rot werde. »Sie kennen ihn also?«

»Ja, wir waren früher gemeinsam auf den Bällen der Jungbauern.« Obwohl ich Marias Gesicht nicht sehen kann, weiß ich, dass sie lächelt. »Wir haben uns immer gut amüsiert.«

»Guy erscheint mir eher ernst.«

»Er hat ganz schön was einstecken müssen. Er und sein Bruder hatten so eine Art Machtkampf, dann ist seine Frau mit seinem Bruder durchgebrannt, und jetzt ist seine Mutter krank. Ich bin eine kurze Zeit mal mit Oliver ausgegangen – wie wir alle. Oliver hatte eine Beziehung nach der anderen, während Guy vor Tasha nur eine Freundin hatte.« Maria hält inne, die Schere hängt in der Luft. »Ich habe meinen Mann bei den Jungbauern kennengelernt. Neil ist Agraringenieur – er vermietet und repariert Traktoren, Mähdrescher und so was.« Sie zieht mein Haar über die Wangen, um dessen Länge zu prüfen. »Ich denke, so ist es in Ordnung.« Sie steckt den Stecker ihres Föns in die nächste Steckdose, macht ihn an und spricht weiter, während sie mein Haar trocknet.

Als sie damit fertig ist, habe ich das Gefühl, wir würden alles voneinander wissen, außer der Sache mit Guy und meiner heimlichen Leidenschaft zu ihm.

Als Camilla und Maria später wieder weg sind, sitzt Georgia in der Küche und liest in ihrem neuen Buch.

»Weißt du was, Mum?«, sagt sie zu mir und schaut hoch. »Ich glaube, Bracken wurde früher schlecht behandelt. Sie muss eine schlechte Erfahrung gemacht und dadurch den Spaß am Reiten verloren haben. Ich denke nicht, dass sie gemein sein wollte. So denken Ponys nicht, es steht hier im Buch.«

»Wenn du meinst, mein Schatz.«

»Sie sagen auch, die meisten Probleme können gelöst werden, wenn man wieder bei null anfängt. Bracken ist nicht böse.«

Meine Ablehnung ihr gegenüber beginnt langsam zu schmelzen, denn inzwischen wiehert sie jedes Mal, wenn ich hinausgehe und steht am Zaun, um am Kopf gestreichelt zu werden. Vielleicht erlaube ich Maria doch, sie auf irgendeine Weise zu erziehen.

»Übrigens gefällt mir deine neue Frisur, Mum.«

»Danke.«

»Je nachdem, wie das Licht darauf fällt, sieht es palominofarben oder kastanienbraun aus.«

»Aha … An sich wollte ich nicht wie ein Pferd aussehen.«

»Das habe ich auch nicht gesagt«, protestiert Georgia lächelnd und wendet sich der nächsten Seite ihres Buchs zu. »Sollte dir Maria das nächste Mal nicht besser auch die Augenbrauen färben?«

»Warum denn das?«

»Weil sie farblich nicht mehr zu deinem Haar passen.«

Ich kichere in mich hinein. Wie man sieht, hat sich meine Art, schon mal die Wahrheit zu verschleiern, nicht auf meine Kinder übertragen. Sie sind immer vollkommen ehrlich und geradeheraus.

»Mum«, sagt Georgia mit ernstem Gesicht, »du weißt doch bestimmt, dass Dad möchte, dass wir von hier fortziehen und bei ihm wohnen?«

Mir wird schwer ums Herz. Die Mädchen wissen also Bescheid – David hat es ihnen entgegen meinem Wunsch über Adams Webcam gesagt und nicht persönlich, was ich als netter empfunden hätte. Ich hatte gehofft, das Thema würde sie nicht zu sehr belasten.

»Ja?«

»Ich werde nicht zurück nach London gehen.«

»Georgia, mein Schatz.« Ich knie mich neben sie und schlinge meine Arme um ihre Taille.

»Ich bleibe hier, wegen Bracken. Das habe ich Daddy auch gesagt.«

»Und was meinte er?«, frage ich vorsichtig.

»Er sagte, ich könnte sie jedes zweite Wochenende sehen, wenn ich dich hier besuchen komme.« In ihren Augen schimmern Tränen, und sie beißt sich auf die Lippe, bis sie bekümmert weint, dass es mich in Stücke reißt. »Ich möchte nicht bei Alice wohnen! Ich möchte bei *dir* bleiben, Mummy!«

»Oh, Georgia …« Ich halte sie ganz fest, streichle ihr über den Rücken und fahre mit den Fingern durch ihr Haar, so wie damals, als sie noch ein Baby war. »Wir werden eine Lösung finden. Daddy und ich wollen beide, dass ihr glücklich seid.« Nur haben wir unterschiedliche Ansichten, wie uns das gelingt. Ich schließe meine Augen und unterdrücke ein Schluchzen.

»Gibt's was zu essen, Mum?«, unterbricht uns Adam, als er in die Küche stürmt. Er nimmt sich einen der Schokoladenbrownies, die auf dem Kuchengitter zum Abkühlen stehen, und beißt hinein.

»Hände weg!«, ermahne ich ihn. Ich wollte sie zusammen mit Eiscreme und Schokoladensauce servieren. »Die sind für später!«

»Was ist denn mit meiner kleinen Schwester los?«, fragt Adam, geht zu ihr hin und kneift sie aus Spaß in die Seite, was zwar angesichts ihres Gemütszustands völlig unangebracht ist, sie aber dennoch von ihren Gedanken ablenkt.

»Lass sie bitte in Ruhe!«, sage ich. »Sie kämpft gerade mit ihren Gefühlen.«

»Na, das ist ja bei euch Mädels nichts Neues«, lautet daraufhin Adams bissige Bemerkung.

»Manchmal ist es besser, alles herauszulassen und seine Sorgen mit jemandem zu teilen, als sie in sich hineinzufressen«, erwidere ich und schaue ihn an. So wie es bei dir leider ist, denke ich, während er weggeht. Ich glaube nicht, dass ich zu ihm durchdringe. Ich beiße mir auf die Lippen. Und ich bin mir auch nicht sicher, ob ich das je tun werde.

17

Kirschkuchen mit Walnüssen

Ich bin so mit Jennie's Cakes und dem Anwalt beschäftigt gewesen, einem eher eigenartigen älteren Herrn namens Mr. Tabarells, dessen Büro sich in Talyton befindet, dass ich bisher nichts weiter dagegen unternommen habe, wie Adam sich immer mehr von der Familie entfernt. Er hasst seine neue Schule. Ich schlug ihm zwar vor, seine Klassenkameraden doch zum Abendessen zu uns nach Hause einzuladen, doch er verachtet seine Mitschüler, weil sie der Jungbauernschaft von Talyton angehören und für sie der Gummistiefelweitwurf der größte Spaß ist.

Heute ist Freitag, der letzte Schultag vor den Herbstferien, und seine Religionslehrerin hat mich gerade angerufen, um zu fragen, warum Adam nicht in der Schule sei, was mich genauso verwundert hat wie sie, da ich ihn heute Morgen nicht weit vom Schultor abgesetzt habe.

»Wir machen uns um seine Anwesenheit Sorgen, Mrs. Copeland. Seit Sie seine Klassenlehrerin zuletzt gesehen haben, hat er noch zwei Mal unentschuldigt gefehlt, und bei der Schülerhilfe ist er mehr mit unterschiedlichen körperlichen Beschwerden erschienen, die eindeutig im Zusammenhang mit den Unterrichtsstunden von Mr. Hughes stehen.«

Auch ich bin besorgt und zutiefst enttäuscht und mache mir Gedanken um seine Sicherheit, denn wenn er nicht in der Schule ist, wo ist er dann? »Wo ist er?«, frage ich.

»Wir haben gehofft, Sie könnten uns das sagen«, erwidert die Religionslehrerin.

»Es tut mir leid, ich habe keine Ahnung, außer …« Er könnte bei den Kühen sein, doch ich bin mir sicher, dass Guy mir Bescheid gegeben hätte, wenn er nicht in der Schule wäre. Dann fällt mir ein, er könnte sich auch davongemacht haben, um nach London zu David oder Josh zu fahren. Oder – und an diese Möglichkeit mag ich gar nicht denken – er hat sich auf einen langen Spaziergang mit ein paar Dosen Bier oder einer Flasche Schnaps gemacht, um seinen Kummer zu ertränken.

»Wir verstehen, wie schwierig es für einige Schüler sein kann, sich in ihrer neuen Umgebung und auf einer neuen Schule zurechtzufinden, aber wir haben einen gesetzlichen Erziehungsauftrag zu erfüllen, auch bei ihrem Sohn. Abgesehen davon machen wir uns natürlich Sorgen um sein Wohl.«

»Ich melde mich bei Ihnen, sobald er auftaucht.«

»Wäre es vielleicht nicht besser, wenn Sie nach ihm suchen würden? Ist nur so ein Gedanke.« Sie hängt ein. Ich wähle die Nummer von Adams Handy. Es ist ausgeschaltet. Mich erfasst Panik, und ich rufe Guy an.

»Hallo, Jennie«, begrüßt er mich ruhig. »Wo brennt's?«

Unter normalen Umständen hätte ich das lustig gefunden, doch ich mache mir Sorgen um meinen Sohn. »Hast du Adam heute gesehen?«

»Nein, habe ich nicht. Ich dachte, er ist in der Schule.«

»Da habe ich ihn zwar abgesetzt, aber in seiner Klasse ist er nie aufgetaucht.«

Ich versuche, das Zittern in meiner Stimme in den Griff zu bekommen, aber zu spät, Guy hat es schon bemerkt.

»Mach dir keine Sorgen, Jennie. Wer hat nicht schon mal die Schule geschwänzt? Warum rufst du nicht erst mal seine Freunde an?«

»Weil er keine hat, soweit ich weiß. Was, wenn er wieder irgendwo allein hingegangen ist, um zu trinken? Oder vielleicht hingefallen ist und bewusstlos in einem Graben liegt?«

»Soll ich herüberkommen und dir beim Suchen helfen? Wahrscheinlich ist er unten am Fluss oder im Wald auf dem East Hill. Da verzog ich mich immer hin, als ich so alt war wie Adam.«

»Ich gehe allein«, sage ich. »Und nehme Lucky mit.«

»Meld dich, wenn ich dir irgendwie helfen kann.«

»Danke, Guy.« Ich weiß sein Angebot zu schätzen, denn er hat viel auf seinem Hof zu tun, doch Adam ist mein Sohn, meine Verantwortung. Und die von David. Ich rufe ihn auf der Arbeit an, um zu fragen, ob er etwas von Adam gehört hat.

»Nein, habe ich nicht. Warum?«, fragt er, während ich mit dem Hörer am Ohr die Ställe und die Scheune durchsuche.

»Er hat wieder die Schule geschwänzt«, sage ich und versuche, dabei durchzuatmen.

»So kann das nicht weitergehen. Je eher er bei mir und Alice lebt, umso besser.«

»Meinst du! Aber zuerst muss ich ihn finden.«

»Sag mir Bescheid, sobald er wieder aufgetaucht ist.«

Eine halbe Stunde später, inzwischen bin ich ein völliges Nervenbündel und vor Angst schweißnass gebadet, kommt er mir mit den Händen in den Hosenaschen lässig auf der Auffahrt zu Uphill House entgegen und hört Musik aus seinem iPod.

»Adam, wo bist du gewesen?«, schreie ich ihn an.

»Draußen«, antwortet er und beugt sich kurz nach unten, um Lucky zu streicheln.

»Ach ja? Das hab ich mir irgendwie schon gedacht«, fahre ich ihn an.

»Warum fragst du dann, Mum?«

Ich mag seinen Ton nicht, doch die Erleichterung überwiegt meine Wut über sein gedankenloses Verhalten. Ich glaube, es ist für einen Jungen viel schwieriger mit seiner alleinerziehenden Mutter zu leben und nicht zu wissen, was die Zukunft ihm bringen wird, als für ein Mädchen. Ich stelle mich ganz nah neben ihn, um festzustellen, ob er getrunken hat, doch sein Atem riecht nicht nach Alkohol, und seine Koordination erscheint auch völlig normal. Ich denke kurz darüber nach, ihn eine gerade Linie gehen zu lassen, entscheide mich dann aber dagegen, um ihn nicht noch mehr auf die Palme zu bringen. Ich hole tief Luft, zähle bis zehn und ermahne mich, ruhig zu bleiben.

»Mit wem warst du zusammen?«, frage ich.

»Mit ein paar Leuten«, erwidert er achselzuckend.

»Freunde?«, frage ich hoffnungsvoll nach, denn er hat vorher nie welche erwähnt.

»Nein, hab sie zufällig getroffen«, erwidert er. Das Wort »zufällig« mag er gerne.

»Und?«

»Und was?«

»Was habt ihr gemacht?«

»Abgehangen und so.«

Mit »abgehangen« kann ich noch leben, aber das »und so« macht mir Sorgen.

»Adam, du kannst nicht einfach die Schule schwänzen«, sage ich, und sein störrisches Verhalten lässt meine Wut wieder aufkeimen. »Und helfen kann ich dir auch nicht, wenn du nicht mit mir sprichst.«

»Das kannst du sowieso nicht«, blafft er zurück. »Weil du mein Leben nicht wieder dahin zurückspulen kannst, wo ich noch wirkliche Freunde hatte.«

»Du hast doch immer noch Kontakt mit Josh und siehst ihn alle zwei Wochen …«

»Das ist nicht dasselbe«, entgegnet er mir und stampft mit einem Fuß auf. »Selbst wenn wir wieder bei Dad leben sollten, wird nichts mehr so sein, wie es einmal war.« Er dreht sich auf dem Absatz um und stürmt in genau die Richtung, aus der er gekommen war, Lucky ihm auf den Fersen.

»Adam, bleib hier!«, rufe ich ihm nach. »Komm nach Hause! Sofort!«

Er zögert und sieht verächtlich über seine Schulter. »Das hier ist nicht mein Zuhause! Und wird es auch nie sein!«

»Adam, bitte!«, flehe ich ihn an, doch er will nicht hören.

»Lass mich in Ruhe!«

Ich schaue ihm nach, wie er sich mit großen Schritten davonmacht, und ich verspüre einen Stich in meinem Herz. Er ist völlig durcheinander und außer Kontrolle. Ich weiß nicht mehr, was ich tun soll.

»Ich rede mit ihm«, versichert mir David, als ich ihn das dritte Mal anrufe und sage, dass Adam wieder da sei, aber schnurstracks mit Lucky hoch in sein Zimmer gegangen wäre. In unserem zweiten Gespräch hatte ich David erzählt, Adam gefunden und wieder verloren zu haben. Inzwischen sitzt Adam in der Küche und isst zu Abend. »Soll ich jetzt mit ihm sprechen?«, fragt David

»Ich denke, wir warten besser, bis er nicht mehr ganz so bockig ist«, schlage ich vor. »Lass ihn zuerst essen.«

Ich höre zufällig, wie Adam später mit seinem Vater telefoniert. Dabei klingt er ruhig und vernünftig, und ich bin eifersüchtig. Für Adam ist David ein Gutmensch, der perfekte Teil seiner Eltern, die Gelegenheit, um von Devon wegzukommen. Ich wünschte, er würde mit mir so sprechen.

»Warum musstest du das unbedingt Dad weitererzählen?«, fragt mich Adam, nachdem er das Gespräch beendet hat. »Du hättest ihn damit nicht behelligen müssen!«

»Wir haben uns Sorgen um dich gemacht …«

Adam beginnt zu fluchen. »Mein Gott, Mum, ich bin vierzehn! Du musst dir keine Sorgen mehr um mich machen!«

»Na gut,« sage ich, aber er ist nun mal mein Sohn, weshalb ich mir immer Sorgen um ihn machen werde.

Als ich am nächsten Morgen um fünf höre, wie Adam auf dem Treppenabsatz stolpert und leise flucht, verkneife ich mir, ihn deswegen zu ermahnen – die Mädchen sind sowieso noch nicht wach. Dem Fluchen folgt unten auf der Treppe ein Poltern, woraufhin er noch mehr flucht. Dann wird die Kühlschranktür geöffnet und wieder geschlossen und anschließend die Haustür zugeschlagen.

Ich kann kaum glauben, dass er es immer noch schafft, aufzustehen, um die Kühe zu melken. Ich unterstütze ihn darin, denn ich denke, es ist das Einzige, was ihn davor bewahrt, völlig in seinem Leid zu ertrinken.

Lucky liegt unten an meinen Füßen und winselt. Er muss sich in mein Zimmer hineingeschlichen haben, als Adam aufgestanden ist.

»Pssst«, murmle ich und ziehe mir das Federbett über die Ohren, um den ersten Schrei des Hahns zu dämpfen, der damit die Morgendämmerung verkündet. Hätten wir nicht durch ihn eines Tages Küken, würde ich ihm den Hals umdrehen. Obwohl ich wohl eher Guy darum bitten müsste, denn ich selbst wäre nicht dazu in der Lage. Allerdings sehen wir uns nicht so häufig wie früher, da die Kühe nicht mehr draußen aufs Feld gehen, sondern im Stall bleiben, und er deshalb mit ihnen nicht die Auffahrt herauf- und herunterkommt. Ich kann verstehen, wie er sich fühlt. Wir beide hängen in der Luft. Unsere Zukunft ist ungewiss, und er hat Recht mit dem, was er sagt – ich kann mich so gut wie auf nichts anderes konzentrieren als auf die Kinder und die drohende Tatsache, sie verlieren zu können …

Und jetzt kann ich nicht mehr einschlafen, denn in meinem Kopf schwirren Rezepte und Zeitpläne herum, um den Bestellungen nachzukommen und den nächsten Bauernmarkt vorzubereiten.

Ich strecke mich, gähne und schließe die Augen und muss wohl doch noch einmal eingeschlafen sein, denn plötzlich stürmt Georgia in mein Zimmer, läuft hinüber zum Fenster und zieht die Vorhänge auf. Ein breiter Sonnenstrahl trifft meine Augen.

»Mum, Mum!«, ruft sie und zieht aufgeregt an meinem Federbett. »Mit Bracken stimmt irgendwas nicht. Schnell, steh auf! Du musst runterkommen!«

Ich stehe auf – es ist frisch – und ziehe mir schnell einen schlabberigen Pullover über meinen Schlafanzug, fahre mit den Fingern durch mein Haar, gehe nach unten, ziehe meine Gummistiefel an und streife mir meinen Hundespaziermantel über, um hinüber zu ihr zur Koppel zu gehen.

In den Bäumen und Hecken draußen sind Spinnenweben, die wie Perlenketten glitzern, und überall sitzen Spinnen, doch meine Angst vor ihnen wird durch meine Angst um das Pony ersetzt. Bracken steht neben dem Tor, und ich weiß sofort, dass mit ihr etwas nicht stimmt. Ihr Kopf ist nicht nach unten gebeugt, um zu fressen. Sie ist schweißnass und hat ihre Vorderläufe nach vorne ausgestreckt, als würde sie beten.

Mir ist übel. Auch wenn ich mir nach dem Vorfall mit Georgia oft gewünscht habe, sie wäre tot, hat sie das hier auf keinen Fall verdient.

»Ich gehe los und frage Guy, was sie hat«, sage ich und bin glücklich, einen Grund zu haben, wenigstens mit ihm reden zu können. »Er versteht ein bisschen was von Pferden.«

»Mum, vergiss Guy, wir müssen den Tierarzt anrufen.« Georgias Gesichtsausdruck ist eine Mischung aus Kummer und Verzweiflung. »Ich glaube, das hier ist ein Notfall.«

»Ja, mein Schatz, du hast Recht.« Ich gehe wieder hinein und rufe Otter House Vets an, die Tierarztpraxis in der Stadt, die mir jedoch erklären, keine Pferde zu behandeln. Stattdessen geben sie mir die Nummer von Talyton Manor. Eine Frau mit strengem Ton und guter Aussprache meldet sich.

»Wo halten Sie das Pony?«, fragt sie.

»Hier bei uns zu Hause, auf Jennie's Folly«, antworte ich. Ich habe mich inzwischen an den neuen Namen unseres Hauses gewöhnt.

»Ich habe den Namen schon gehört, aber für mich wird es immer Uphill House bleiben«, sagt sie. »Was hat das Pony?«

»Ich weiß es nicht. Deshalb rufe ich ja an. Ein Tierarzt muss es sich anschauen.« Ich gebe Georgia den Hörer, da sie die Lage anscheinend besser beurteilen kann als ich.

»Sie hat Schmerzen«, erklärt sie. »Ich habe in meinem ›Handbuch für Reiter‹ nachgeschaut, und ich glaube sie hat Hufrehe.« Georgia gibt mir das Telefon wieder zurück. »Der Tierarzt kommt so schnell er kann.«

»Georgia, was ist Hufrehe?«, frage ich sie besorgt.

»Das ist eine Entzündung der Hufe«, erwidert sie, »und eine sehr, sehr ernste Krankheit.«

»Glaubst du, wir sollten sie in den Stall bringen?« Ich habe das Bedürfnis, etwas tun zu müssen.

»Wir sollten sie auf keinen Fall bewegen.« Georgia holt Brackens Halfter und legt es ihr problemlos an. Ich mache mir eine Tasse Tee, und als Sophie von oben zu uns herunterkommt, für die Mädchen heiße Schokolade, doch Georgia möchte nichts. Ihr Gesicht ist blass, und sie sieht besorgt aus. Sie findet, Bracken braucht eine Decke, weil ihre

Ohren kalt wären, und holt ihre eigene von oben. Ich sage nichts. Warum beschleicht mich das fürchterliche Gefühl, ich könnte an diesem Dilemma schuld sein?

Eine halbe Stunde kann eine verdammt lange Zeit sein, wenn man einem Tier dabei zuschauen muss, wie es leidet. Das Pony stöhnt und verdreht die Augen, sobald es sein Gewicht verlagert. Eine Zeit lang steht es zitternd da, und der Schweiß tropft ihm vom Bauch. Arme Bracken! Am liebsten würde ich weinen, aber ich versuche allein schon wegen der Mädchen stark zu sein.

»Hat sie Bauchweh?«, fragt Sophie.

»Ich weiß es nicht genau«, erwidert Georgia und runzelt die Stirn. »Es könnte eine Kolik sein …«

»Mich fragst du besser nicht«, sage ich sanft. »Ich habe keine Ahnung.«

»Ist das der Tierarzt?«, fragt Georgia plötzlich. »Ich höre ein Auto.«

»Ich gehe nach vorne und mache das Tor zum Hof auf«, sage ich, doch Sophie ist schneller als ich.

Der Tierarzt ist ein sehr netter, gut aussehender Mann Ende dreißig, charmant, selbstsicher und mit einem großen Herz für Ponys. Ich habe das Gefühl, schlechte Nachrichten besser ertragen zu können, wenn jemand wie er sie überbringt.

»Hallo, ich bin Alex«, sagt er und legt sich mit einer Hand ein Stethoskop um den Hals, während er in der anderen seine schwarze Arzttasche trägt. »Wem gehört das Pony?«

»Mir«, sagt Georgia.

»Und was kannst du mir« – er wirft aus der Entfernung schnell einen Blick auf Bracken – »zu ihr sagen?« Während er Bracken untersucht und ihre Temperatur misst, hört er Georgia zu.

Sophie schaut mich an, als er das Thermometer unter den Schweif führt.

»Psst!«, forme ich unhörbar mit den Lippen. Kein Wort!

»Ist es das, was ich glaube?«, fragt ihn Georgia.

»Ich befürchte, ja«, antwortet Alex ruhig, und ich erkenne am Ton seiner Stimme, dass es keine guten Nachrichten sind. »Deinem Pony geht es schlecht. Ihre Hufe haben sich entzündet, Georgia. Kannst du das eine Minute für mich halten, während ich Medikamente aus dem Wagen hole?« Er sieht mich an und gibt mir mit seinem Blick zu verstehen, ihn zu begleiten, damit er mit mir außer Hörweite der Mädchen sprechen kann. Ich habe das Gefühl, als würde ich mich durch eine Schlammlawine kämpfen müssen.

»Wird sie es schaffen?«, frage ich ihn, als wir ums Haus herumgehen.

Er wendet sich mir zu. »Ich will ehrlich mit Ihnen sein. Ich sehe ihre Chancen fünfzig zu fünfzig.«

»Oh Gott, nein …«

Ich habe einen Kloß im Hals, als er fortfährt. »Es gibt drei Möglichkeiten. Erstens: Ich weise sie sofort in die nächstgelegene Pferdeklinik ein, wo sie bestens versorgt werden kann.« Er hält inne, und ich lasse die Nachricht sacken.

»Würde das sehr teuer werden?«, frage ich und fühle mich entsetzlich, weil mein erster Gedanke dem Geld gilt und nicht Brackens Gesundheit.

»Ich nehme an, Sie haben für Tierarztbehandlungen keine Versicherung abgeschlossen?«

Ich nicke kläglich. Noch eine Sache, zu der ich nicht gekommen bin.

»Na, dann bleiben nur noch Möglichkeit zwei und drei«, fährt er fort. »Möglichkeit zwei bedeutet, sie in den Stall zu bringen, der allerdings dick mit Streu ausgelegt sein muss. Ich hole mein Röntgengerät und mache ein paar Bilder ihrer Füße. Es kommt bei dieser Krankheit manchmal vor, dass sich der Huf vom Rest des Fußes ablöst und der Knochen sich dadurch absenken kann. Im schlimmsten Fall dringt er durch die Sohle, wodurch die Chancen auf Heilung auf ein Minimum reduziert werden. Sollte es für dieses Pony aber einigermaßen gut aussehen, können wir ihr Schmerzmittel und andere Medikamente geben und den Huf durch einen Schmied bearbeiten lassen. Sie können sie hier pflegen. Wenn es allerdings schlecht aussieht, werden wir sie einschläfern müssen, um ihr weiteres Leid zu ersparen. Das wäre Möglichkeit drei.«

Georgia wäre am Boden zerstört, ist mein erster Gedanke. Ich verschränke meine Arme, damit meine Hände nicht weiter zittern. Sie liebt dieses Pony, und selbst wenn ich es mir leisten könnte, ihr ein anderes zu kaufen, was ich nicht kann, wäre es nie wieder dasselbe.

»Uns steht ein langer Weg bevor«, erklärt mir Alex, »und es ist nicht gesagt, dass sie wieder gesund wird, deshalb könnte ich verstehen, wenn Sie sich für Möglichkeit drei, also Sterbehilfe, entscheiden würden.«

»Sie meinen, sie erschießen?«

»Heute gibt man eine Spritze.«

»Ich weiß wirklich nicht, was ich tun soll«, gebe ich zu und frage ihn nach der Ursache von Brackens Krankheit, um Zeit zu gewinnen.

»Diese kleinen, dicken Ponys neigen zu Hufrehe, und wenn ich sie mir so betrachte, vermute ich, hat sie den ganzen Sommer über grasen können, was für sie schon grenzwertig war, doch die fetten Wiesen jetzt im Herbst haben ihr den Rest gegeben.«

Es *ist* also meine Schuld. Ich habe weder auf Guy noch auf Maria gehört. Ich dachte, es besser zu wissen.

»Ich spritze ihr ein Schmerzmittel. In der Zwischenzeit können Sie sich entscheiden«, sagt Alex. Obwohl er fürchterlich nett ist, habe ich das Gefühl, gerichtet zu werden.

»Ich möchte, dass Sie mit der Behandlung fortfahren und sie röntgen«, beschließe ich. »So wissen wir, was mit ihr los ist.«

»Ich gebe ihr dann jetzt erst mal ein paar Spritzen. In einer Stunde bin ich wieder zurück.«

Georgia schaut mich fragend an, als ich ans Tor zur Koppel zurückkehre.

»Alex ist los, ein paar Spritzen und das Röntgengerät zu holen. Wir sollen sie in den Stall bringen.« Mehr erzähle ich ihr nicht. Das kann warten.

Nach einer Stunde kehrt Alex mit einer riesigen Gerätschaft im Koffer seines Allradwagens zurück.

»Wie geht's ihr, Georgia?«, fragt er und schaut über die Stalltür in den Stall hinein.

Sie reibt Brackens Hals. »Sie scheint sich besser zu fühlen, doch bewegt hat sie sich nicht.«

»Dann betrachten wir uns jetzt mal die Füße näher«, sagt Alex und baut gemeinsam mit Georgia das Röntgengerät auf, das mit einem Verlängerungskabel an den Strom im Haus angeschlossen wird. Als er die Bilder macht, schickt er Georgia aus dem Strahlungsbereich heraus. Anschließend lädt er die Aufnahmen vom Computer herunter.

Dann erklärt er mir und den Mädchen, was er sehen kann. Es sieht nicht gut aus, doch als wir in der Tür zu Brackens Stall stehen und Alex den Laptop aus dem Licht hält, wird mir klar, dass die Entscheidung, ein Tier in seinen sicheren Tod zu schicken, nicht ganz so einfach ist, wie sie mir zuerst erschien. Bracken ist inzwischen nicht mehr nur ein Pony. Sie ist ein Teil unserer Familie geworden.

Laut Alex weisen Brackens Knochen zwar erste Anzeichen von Rotation auf, doch gibt es immer noch eine Chance auf Heilung, und so entscheide ich mich gegen mein Bauchgefühl, sie einzuschläfern, um sie von noch mehr Leid zu erlösen, und bitte ihn, sie weiterzubehandeln. Er gibt ihr noch mehr Schmerzmittel und stülpt ihr einen besonderen Schuh über die Füße.

»Haben Sie Heu?«, fragt er. »Sie braucht eine zuckerarme, ballaststoffreiche Kost. Ideal ist Wiesenheu, so zwanzig Minuten in Wasser getränkt, damit der Zucker entweicht, bevor Sie es ihr geben. Sie darf eine Zeit lang nicht auf die Koppel.«

»Ich habe kein …«

»Guy hat wahrscheinlich welches – Sie könnten ihn fragen«, sagt Alex. »Sollten Sie in der Klemme sitzen, rufen Sie mich an. Ich würde dann schauen, ob ich ein paar Ballen für Sie auftreiben kann, damit Sie über die Runden kommen.«

»Danke.« In meinem Kopf dreht sich alles. So viele Anweisungen. Ein Rezept zur Behandlung eines kranken Ponys. Vier Mal am Tag abgewogenes Heu. Frisches Wasser. Viel frische Luft – das dürfte kein Problem sein, denn durch die Löcher in der Wand und unter dem Dachvorsprung wird der Stall gut belüftet.

»Sie wird auch viele Streicheleinheiten brauchen«, fährt Alex fort. »Ach so, haben Sie vielleicht einen Pass für sie?«

»Ich habe nicht vor, mit ihr ins Ausland zu reisen«, erwidere ich amüsiert, bevor mir einfällt, dass Delphi mir einen gab. »Jetzt, wo Sie's sagen – ich habe einen. Er muss irgendwo im Haus liegen.«

»Ich werde einen Blick hineinwerfen, wenn ich das nächste Mal hier bin. Sollte irgendetwas sein, dass Sie beunruhigt, rufen Sie mich an. Ansonsten komme ich heute Abend auf meinem Weg zurück nach Hause noch einmal vorbei.«

Noch mehr Geld, denke ich, und mir wird es noch schwerer ums Herz. Warum um alles auf der Welt habe ich sie nicht versichert?

Kurz nachdem Alex das zweite Mal wegfährt und ich

die verkohlten Überreste eines Kirschkuchens mit Walnüssen aus dem AGA herausnehme – das ist eins der Probleme mit dem Herd, man riecht nicht, wenn etwas verbrennt, außer man steht in Windrichtung draußen vor dem Rauchabzug – tauchen Adam und Guy auf.

»War das nicht das Auto vom Tierarzt?«, fragt mich Guy, als er in die Küche kommt und ich den verbrannten Kuchen in den Mülleimer werfe.

»Bracken ist krank.«

»Hat sie Hufrehe?« Ich nicke, während Guy fortfährt. »Das habe ich kommen sehen… zu viel Gras und zu wenig Bewegung.«

»Ja«, gebe ich beschämt und verlegen zu. Warum habe ich nicht auf ihn gehört? Ich fühle mich so schuldig. Ich sehe den Schmerz in Brackens Augen immer noch vor mir. »Hättest du vielleicht zufällig etwas Heu, das du mir verkaufen könntest? Sie muss im Stall bleiben.«

»Wie viele Ballen brauchst du?«

»Ich weiß nicht.«

»Ich bringe dir erst mal fünf rüber.«

»Danke.«

Er ist innerhalb von zehn Minuten wieder zurück – Adam ist neben ihm oben im Führerhaus des Traktors. Sie fahren mit den Ballen hinten auf dem Anhänger ratternd die Auffahrt herunter. Guy lädt die Heuballen völlig problemlos ab, doch als ich verstohlen versuche, einen hochzuheben, bekomme ich ihn nicht mehr als ein paar Zentimeter bewegt. Er bringt sie in den Stall neben den von Bracken, stapelt sie auf einer Palette, die er aus der Scheune geholt hat und passt auf, dass sie nicht mit den Wänden in Berührung kommen.

»Was schulde ich dir?«, frage ich.

»Ach, mach dir darum mal keine Sorgen. Das verrechnen wir mit den Äpfeln, wenn ich sie gepflückt habe«, lautet seine Antwort. »Ich werde den alten Bill fragen, mir morgen zu helfen – er arbeitet auf einem der Höfe hier. Sonstige Hilfe ist herzlich willkommen. Den Apfelwein machen wir dann nächstes Wochenende, dann haben die Äpfel genügend Zeit gehabt, zu reifen.«

»Ich mag den Geruch von Heu«, sage ich, greife nach einem Halm und halte ihn mir unter die Nase.

»Das ist gutes Heu, Ernte von diesem Jahr. Für ein Pony wie Bracken ist Wiesenheu besser als Saatheu«, verkündet er voller Stolz. »Heu zu machen ist, als würde man nach einem Rezept arbeiten. Dabei muss man behutsam vorgehen. Ist es zu trocken, gehen die guten Inhaltsstoffe verloren. Ist es zu feucht, setzt sich Schimmel fest. Abgesehen davon braucht man natürlich auch die richtigen Zutaten – gutes Gras, Dünger, Regen und Sonnenschein.«

»Mir war gar nicht klar, dass so viel dafür nötig ist.«

»Manchmal frage ich mich, ob dir überhaupt etwas klar ist«, bemerkt Guy trocken.

»Was willst du damit sagen?«, antworte ich, verletzt über seine bissige Äußerung. »Ich hatte nicht vor, dem Pony Leid zuzufügen.«

»Das ist keine Entschuldigung, finde ich«, sagt er. »Nach alldem, was du mir über das Wohl der Tiere erzählt hast, als wir uns das erste Mal sahen, und wie grausam es ist, Kühe zu schlagen …«

Mein Gesicht wird rot vor Wut, aber nicht auf Guy, sondern auf mich selbst. Ich brauche weder Guy noch sonst irgendjemanden, der mich daran erinnert, wie nachlässig es von mir war, nicht auf Brackens Gewicht zu achten. Ich wusste, sie war übergewichtig, doch war ich mir der Tragweite dieser Tatsache nicht bewusst. Ich nahm an, sie könnte wie wir Menschen vielleicht eines Tages Herzprobleme oder entzündete Gelenke bekommen, aber dass unmittelbare Gefahr für sie bestand, war mir nicht bewusst.

»Tut mir leid, Jennie«, fährt Guy fort, als ob er meine Gedanken lesen könnte. »Wie geht's dir?« Er tritt einen Schritt zurück in den Schatten des Stalls und sagt leise: »Ich vermisse dich.«

»Ich dich auch«, erwidere ich sanft und gehe auf ihn zu. Seine Augen leuchten vor Verlangen, und mein Herz zieht sich sehnsuchtsvoll nach dem zusammen, was nicht sein kann, zumindest nicht vorläufig.

»Besteht vielleicht die Möglichkeit …«, fragt er mit brüchiger Stimme. Dann schüttelt er den Kopf, als ob er sich selbst Vorhaltungen macht. »Ich hätte nicht fragen sollen.«

Ich drehe mich abrupt weg und gehe wieder nach draußen, wo Adam immer noch auf dem Traktor wartet. Guy folgt mir.

»Das war's erst mal.« Guy wischt seine Hände auf seiner Jeans ab und hinterlässt dabei schmutzige Striemen. »Hilfst du mir morgen beim Melken, Adam?«, fragt er.

»Ich dachte, ich komme auch heute Nachmittag vorbei.«

»Nein, Adam«, stelle ich klar. »Du hast noch Schulaufgaben nachzuholen.«

»Aber, Mum«, mault er.

»Du kannst nicht die Schule schwänzen und denken, damit einfach so davonzukommen. Wenn du deine Hausaufgaben für Mathe nachholst, kannst du morgen früh beim Melken helfen.« Ich schaue ihn genauso finster an wie er mich, um meinen Worten Nachdruck zu verleihen. Ich habe eingesehen, strenger mit Adam sein zu müssen und ihm klare Grenzen zu setzen, auch wenn ich es nicht mag und es für uns beide schwer ist. Für ihn ist es aber letzten Endes das Beste.

Alex kommt noch drei Mal am Wochenende bei uns vorbei, denn Bracken spricht auf die Behandlung nicht an, und die Rechnung steigt stetig. Ich weiß nicht, was ich machen soll. Das Pony will sich trotz der Schmerzmittel einfach nicht in seinem Stall bewegen, und Georgia weigert sich, von ihrer Seite zu rücken. Sie besteht darauf, bei ihr zu bleiben und schläft in ihrem Schlafsack auf einem der ungeöffneten Ballen mit Streu. Am Sonntagabend bringe ich ihr eine Tasse heiße Schokolade und setze mich neben sie.

»Georgia, wir müssen miteinander reden«, beginne ich. Mehr muss ich nicht sagen. Sie wendet mir das Gesicht zu, ihre Augen funkeln im Halblicht, und ihr Mund ist zu einem dünnen Strich zusammengezogen.

»Ich werde es nicht zulassen, dass du Bracken einschläfern lässt«, entgegnet sie mir scharf.

»Georgia, mein Schatz –«

»Es ist unsere Schuld, dass sie krank ist, Mum. Und deshalb müssen wir ihr helfen, wieder gesund zu werden.«

»Ich möchte nicht, dass sie leidet.«

»Das möchte ich auch nicht«, erwidert Georgia, kippt die heiße Schokolade in das Streu, als wäre sie Gift, und drückt mir den Becher wieder in die Hand. »Und jetzt geh!«, sagt sie, steht auf, geht hinüber zu Bracken, schlingt die Arme um ihren Hals und vergräbt das Gesicht in ihrer Mähne. »Ich möchte nicht mehr weiter mit dir reden. Und bevor du weitersprichst – zur Schule morgen gehe ich auch nicht.«

»Das musst du auch nicht«, sage ich kurz angebunden. »Ihr habt Herbstferien.« Ich ziehe mich zurück. Mir brennen die Augen, denn ich sehe keinen Ausweg. Eine weitere Behandlung von Bracken kann ich mir nicht leisten, da ich durch das Backen nicht genügend Geld verdiene, um den Anwalt zu bezahlen und einen Kredit für die Tierarztkosten aufzunehmen. Egal, wie ich mich entscheide, entweder wird mir Georgia nie verzeihen, oder meine Familie wird in Armut enden.

Am nächsten Morgen erscheint um sechs Uhr dreißig eine Abordnung in meinem Schlafzimmer, bestehend aus Georgia und Sophie. Ich weiß nicht, ob die beiden eine durch Schlafmangel bedingte Schwäche meinerseits ausnutzen wollen. Sophie hat ihren Schlafanzug an, während Georgia das Oberteil und ihre Jeans vom Vortag trägt.

Ich reibe mir die Augen und setze mich auf. Draußen krächzt und gackert ein Huhn, als würde es versuchen, anstatt eines Eis einen Fußball zu legen.

»Wie geht's Bracken?«, frage ich.

»Deshalb sind wir hier, Mummy«, klärt mich Sophie auf.

»Wir wollen dir mitteilen«, fährt Georgia für sie fort, »dass wir, wenn du Bracken umbringst, nie darüber hinwegkommen und für den Rest unseres Lebens bei Dad und Alice leben werden.«

»Oder solange, bis wir zur Uni gehen«, verbessert Sophie ihre große Schwester.

»Ich möchte Bracken nicht umbringen«, stelle ich klar, »aber ihre Behandlung wird ein paar tausend Pfund kosten, und selbst dann ist es durchaus möglich, dass du sie nicht wieder reiten kannst. Alex meint, es könnte sein, dass ihre Füße nie wieder heilen.«

»Das weiß ich, aber das Reiten ist mir egal«, entgegnet mir Georgia. »Hauptsache, sie lebt und ist nicht tot.« Das Wort »tot« betont sie besonders, als wollte sie mich noch mehr bestrafen.

»Das Problem ist, ich habe einfach so viel Geld nicht übrig.«

»Wir haben beschlossen, dass wir den Tierarzt bezahlen«, verkündet Georgia.

»Und wie wollt ihr das anstellen?«

»Wir suchen uns einen Job, wie Adam.«

»Ich befürchte, dafür seid ihr noch nicht alt genug«, werfe ich mit einem Kloß im Hals leise ein.

»Dann backen wir halt Kuchen«, schlägt Georgia mit leisem Zweifel in ihrer Stimme vor. »Wir verkaufen Kuchen in der Schule, um Geld zu sammeln.«

»Das ist wirklich ganz lieb von euch.« Ich halte inne, denn ich will sie ihrer Illusion nicht berauben, die Tierarztrechnung zu bezahlen, für die es allerdings mehr als ein paar Haferkekse und Törtchen braucht. Da sprechen wir von mehreren aufwendigen Hochzeitstorten, mindestens. Und die Rechung vom Anwalt gibt es auch noch.

Ich schaue mir meine beiden Töchter an, wie sie da Hand in Hand neben meinem Bett stehen und mich erwartungsvoll ansehen. Das kann ich ihnen nicht antun, oder? Eins ist klar – sie würden alles für Bracken tun, so wie ich für sie. Mir kommt kurz der Gedanke, David um die Hälfte des Geldes zu bitten oder den Tierarzt zu fragen, ob ich die Rechnung in Raten abbezahlen kann, aber mein Stolz hält mich davon ab. »Na gut. Lasst uns nicht mehr davon sprechen, Bracken einzuschläfern. Irgendwie werden wir das Geld schon zusammenbekommen.« Ich habe einfach genauso viel Glauben, dass sich »irgendetwas ergibt« wie Micawber in Charles Dickens' *David Copperfield*.

Ich backe noch zwei Kirschkuchen mit Walnüssen für die Apfelernte.

Guy fährt die Äpfel aus Fifis Obstgarten im Gartencenter hoch zu seinem Hof, bevor er mit Traktor und Anhänger zu uns kommt, um unsere Äpfel einzusammeln.

»Wie geht's dem Pony?«, fragt er, stellt den Traktor auf der Koppel ab und läuft zurück zum Stall, wo er durch die Tür einen Blick auf Bracken wirft. Ich halte mich zurück und lasse Georgia antworten.

Sie und Sophie sind die ganze Zeit bei Bracken. Alex kommt zwei Mal vorbei, um nach ihr zu sehen und verkündet, dass ihr Zustand stabil ist. Guy, Adam und Bill, ein älterer Mann, dessen Aussehen an die Schale eines verschrumpelten Boskopapfels erinnert, pflücken den Großteil der Äpfel. Ich schaue nach, ob das Fallobst noch nicht verfault ist, denn dann kann es zur Herstellung von Apfelwein nicht mehr verwendet werden. Ich pflücke die Äpfel von den unteren Zweigen, während Guy und der alte Bill auf hohe Leitern steigen und sich um die in den oberen Zweigen kümmern. Manche Bäume sind bis zu neun Meter hoch.

Adam steht auf einer Stufenleiter. An sich dachte ich, er würde sich schnell langweilen, doch pflückt er den ganzen Morgen bis in den Nachmittag hinein. Die beiden Kirschkuchen und auch ein Dutzend Scones mit Clotted Cream und Erdbeermarmelade werden unterdessen von den Apfelpflückern und Brackens Krankenschwestern bis auf den letzten Krümel weggeputzt.

Wann immer ich Guy ansehe, blickt er sehnsuchtsvoll zurück und lächelt schüchtern dabei. Ich weiß, wir sind aus gutem Grund »nur Freunde«, aber ich wünschte mir, das müsste nicht so sein.

18

Locker-leichter Biskuitkuchen

Es ist Ende Oktober, und die wenigen Äpfel, die an den Bäumen im Obstgarten hängen geblieben sind, hat der Wind heruntergefegt. Der Boden hat sich in eine orangefarbene schlammige Masse verwandelt, die überall kleben bleibt – an den Stiefeln, den Schuhen und Luckys Pfoten. An sich sollten die Kinder das Wochenende bei David verbringen, doch es gibt ein Problem, sagt er.

»Ich verstehe, dass sie nicht gerade versessen darauf sind, zu kommen«, meint er.

»Ja, es ist ganz schön was los hier zurzeit«, erkläre ich.

»Weiß ich. Georgia will Bracken auf keinen Fall allein lassen, und Adam ist hin und her gerissen, weil er Guy helfen möchte, Apfelwein zu machen. Außerdem will er den Umzug mit den Teerfässern nicht verpassen. Und Sophie ist mit ihrer ganzen Klasse auf einer Halloween-Party eingeladen, weshalb auch sie nicht kommen mag.«

»Tut mir leid, dass die Kinder keine so große Lust haben, nach London zu kommen«, erwidere ich, »aber ich habe ihnen schon gesagt, dass sie fahren müssen.« David und ich haben eine rechtliche Vereinbarung getroffen, was sein Besuchsrecht betrifft. Leider kann ich das gesellschaftliche Leben der Kinder nicht darauf ausrichten, weshalb ich mir zuweilen vorkomme, als würde ich zwischen allen Stühlen sitzen.

»Ich habe nachgedacht – wenn ihnen das alles wirklich

so wichtig sind, möchte ich ihnen nicht im Weg stehen. Ich kann auf das Wochenende verzichten. Wird ja nicht wieder vorkommen, denn bald wohnen sie ja sowieso hier bei mir und Alice. Ich habe also nichts dagegen.«

»Das ist sehr nett von dir, David«, sage ich und freue mich über sein Zugeständnis. »Sie werden dich natürlich vermissen, aber vielleicht möchtest du mit Alice einen Tag am Wochenende herunterkommen, um sie zu sehen?«

»Alice wird ihr Kleid am Wochenende aussuchen – sie hatte gehofft, die Mädchen würden ihr dabei helfen.«

»Ach, ich habe mich schon gefragt, wann du mir von deiner bevorstehenden Hochzeit erzählen würdest?«

»Ich wollte nicht, dass du denkst, ich würde sie dir unter die Nase reiben.«

»Wieso?«

»Nun ja, ich habe gehört, dass sich zwischen dir und dem Prol nichts weiter ergeben hat.«

»Verdammt noch mal, David…«

»Ich weiß es von Adam, er hält mich auf dem Laufenden«, wirft er ein. »Aber tu mir bitte den Gefallen, und verrat mich nicht. Ich muss los – ich habe einen Tisch in einem kleinen, sehr exklusiven Restaurant bestellt und möchte nicht zu spät kommen. Ich rufe dich an und sag dir Bescheid, ob Alice und ich am Sonntag kommen.«

Ich bin erleichtert, als sie sich dagegen entscheiden, und so stehe ich am Samstagmorgen in der Küche, genieße die wohlige Wärme des AGA und schaue durch das Fenster in den blassen Himmel und auf das Gras, das mit Raureif bedeckt ist. Als Ausrede, um dableiben zu können, wo ich gerade bin, rühre ich schnell die Zutaten für einen lockeren, leichten Biskuitkuchen zusammen und leihe mir Adams Laptop aus. Ich bin immer noch auf der Suche nach dem besonderen, unverwechselbaren Kuchen für Jennie's Cakes, was aber nicht auf mangelnde Auswahl zurückzuführen ist. Nach Guys Kritik an meinem Kuchen aus Schokolade und Roter Bete, verwerfe ich die Idee einer exotischen Mischung aus Zucchini und Limone. Auch wenn jeder Schokoladencremetorte mag, ist sie nicht wirklich einzigartig, denn man kann sie überall kaufen.

Als der Kuchen abgekühlt ist und ich ihn dekorieren kann, beende ich meine Suche. Ich habe die doppelte Menge eines leichten, buttrigen Biskuitteigs genommen, ihn in den flachen Formen gebacken, die ich normalerweise für Brownies verwende, und sie anschließend auf einem Kuchengitter umgedreht. Ich verziere sie mit einfacher weißer Glasur und streue getrocknete Kokosraspel darüber. Ich überlege mir, die Kuchen in quadratische Stücke zu schneiden, sobald die Glasur trocken ist, doch zuvor schneide ich mir noch eine Ecke ab – logisch, zum Probieren, denn ein süßer, locker-leichter Biskuitkuchen gehört zu meinen Lieblingskuchen.

An diesem Morgen dauert es ganz schön lange, bis das Backen meine Stimmung hebt.

Jemand klopft vorne ans Fenster. Es ist Adam. Er hat seine Wollmütze auf. Ich gebe ihm mit einer Handbewegung zu verstehen, über den Hintereingang hereinzukommen, doch er klopft weiter.

»Was willst du?«

Er sagt etwas, doch ich kann ihn durch das geschlossene Fenster nicht verstehen, und so öffne ich es. Kalte Morgenluft dringt herein.

»Du hättest einfach hinten herum ins Haus gehen sollen«, erkläre ich ihm freundlich.

»Wir fangen gleich mit den Äpfeln an. So viele hast du noch nicht gesehen«, sagt er mit geröteten Wangen. »Kommst du nicht, Mum?«

»Ich glaube, nein …« Ich komme mir komisch vor. Auch wenn wir Adam mit unserer »nur-Freunde-Masche« an der

Nase herumführen können, funktioniert das nicht bei mir. Guy ist und wird für mich nie nur *ein* Freund sein. So zu tun als ob, gehört für mich zu den schwersten Dingen, die ich je in meinem Leben habe tun müssen.

»Aber du musst«, entgegnet mir Adam. »Guy sagt, wir brauchen jede helfende Hand.«

»Na gut.« Ich muss zugeben, neugierig bin ich schon. »Habt ihr alle Mäntel an?« Adam trägt einen sauberen Overall – er muss sich umgezogen haben. Mit den vielen Lagen an Pullovern darunter sieht er fast fettleibig aus. Ich schaue hinüber zu den Mädchen. Sophie hat ihre wattierte rosa Jacke an und Ohrwärmer aufgesetzt, Georgia trägt Jeans und einen Pullover.

»Kommst du nicht mit?«, frage ich sie.

»Ich bleibe hier«, erwidert sie. »Bracken braucht in einer halben Stunde neues Heu.«

»Dafür kannst du doch einfach noch mal kurz zurückgehen.«

»Ausmisten muss ich auch noch«, meint sie lächelnd.

»Außerdem ist mir egal, wie man Apfelwein macht, denn ich will Tierärztin werden, so wie Alex, und nicht Bäuerin.«

»Aha, Tierärztin willst du also werden! Dadurch könnten wir uns in Zukunft eine Menge an Kosten ersparen. Falls du uns brauchst, ruf nach uns!«, sage ich.

Das Herstellen von Apfelwein ist eine ziemlich aufwendige Angelegenheit, die viel Dreck macht, stelle ich fest. Es findet im hinteren Teil in einem von Guys neueren Nebengebäuden statt, weshalb ich moderne Geräte erwarte, doch als wir hineingehen – es ist klirrend kalt – steht da eine Mischung aus Alt und Neu.

»Hallo, Jennie.« Er begrüßt mich mit einem seiner typischen zaghaften Lächeln, und mein Herz zieht sich sehnsüchtig zusammen, denn es hat sich einfach nichts geändert. Meine Gefühle für ihn sind dieselben, und wenn ich ihn sehe, schmilzt mein Herz dahin, und meine Knie werden weich.

»Jennie, hast du mich gehört?«, fragt er. »Ich sagte, wie findest du es?«

»Ich weiß nicht«, erwidere ich seufzend. Dann wird mir klar, dass er vom Apfelwein spricht. »Das sieht alles ein bisschen primitiv aus«, fahre ich fort und schaue mir die Berge von Äpfeln an, die auf einem Bett von Heu liegen.

»Was hast du erwartet? Edelstahlfässer?« Guy grinst. »Wir hier auf Uphill Farm stellen den Apfelwein noch traditionell her – dadurch erhält er seinen einzigartigen Geschmack. Und deshalb sind wir auch die Besten im Westen.« Er hält inne. »Leider musste ich ein paar der alten Holzfässer durch lebensmittelechte Kunststoffbehälter ersetzen, wie du siehst. Genauso wie den alten ›Zerstampfer‹, der die Äpfel zerkleinert, bevor sie durch die Presse gedrückt werden. Für den musste ich einen ziemlich teuren Zerkleinerer kaufen.« Er wendet sich Adam zu. »Sollen wir anfangen? Wer macht noch mal was?«

»Sophie belädt die Eimer mit Äpfeln, Mum befüllt den Trichter des Zerkleinerers, du stehst an der Presse, und ich beaufsichtige alles«, verkündet er grinsend.

»Du meinst wohl, du stehst an der Presse, und ich beaufsichtige alles«, lacht Guy in sich hinein, klaut sich Adams Mütze und zieht sie sich auf den Kopf. »Ich bin der Chef. Los geht's!«

Apfelwein zu machen ist harte Arbeit, und schon bald findet Sophie es so langweilig, dass sie zurück zum Haus zu Georgia geht, was für mich bedeutet, zuerst die Eimer mit den Äpfeln beladen zu müssen, um sie dann zum Zerkleinerer zu bringen. Eimer für Eimer befülle ich den Trichter, während Adam das Handrad dreht. Die Messer zerschneiden die Äpfel in kleine Stücke, die dann von den Walzen zerkleinert werden und schließlich als Maische in einem größeren Eimer darunter landen. Nach einer halben Stunde tropft Adam der Schweiß von den Augenbrauen, und er hat all seine Pullover bis auf ein T-Shirt ausgezogen.

»Soll ich dich mal ablösen?«

»Nein, geht schon«, sagt er und verzieht das Gesicht. Ich lächle still in mich hinein, als ich bemerke, wie er seine Armmuskeln spielen lässt.

»Alles in Ordnung?«, fragt Guy. Er war mit der Presse beschäftigt, doch jetzt kommt er herüber, stellt sich neben mich und betrachtet das Ergebnis unserer Arbeit. »Das sieht prima aus. Weiter so! Nein, warte eine Minute. Ich zeige dir, wie die Presse funktioniert.« Er nimmt den Eimer mit der Maische und trägt ihn zu dieser kompliziert aussehenden Vorrichtung. »Das ist eine Tuchpresse. Sie stammt von Uphill – ich meine Jennie's Folly. Im Laufe der Jahre habe ich sie verändert. Man gibt den Trester – so wird die Maische auch genannt – auf dieses Stück Sackleinen hier.«

Guy kippt eine Lage der Maische auf das Sackleinen, das auf einem quadratischen Holzrahmen liegt und unter dem sich eine Kunststoffwanne befindet. Danach faltet er das Sackleinen über der Maische zusammen. »Anschließend nimmt man wieder ein Stück Sackleinen, so«, fährt er fort, »legt es darüber, schüttet eine weitere Schicht Maische darauf und wiederholt diesen Vorgang so lange, bis der Rahmen voll ist.« Er schaut mich an, seine Augen strahlen vor guter Laune. »Damit werde ich einige Zeit beschäftigt sein, du kannst also weiter Äpfel zerkleinern.«

Schließlich zeigt uns Guy noch, wie die Presse auf die mit Maische gefüllten Sackleinen heruntergefahren wird und der Saft in die Kunststoffwanne tropft.

»Und was passiert jetzt?«, frage ich.

»Der ausgepresste Trester wird an die Kühe verfüttert und der Saft in Fässer gefüllt, wo er einige Wochen gärt. Dann kommen die Pfropfen auf die Fässer, und der Saft reift ein paar Monate.«

»Ich bin beeindruckt«, sage ich. »Musst du wie beim Brot noch Hefe hinzufügen?«

»Nein, auf den Schalen der Äpfel befindet sich wilde Hefe. Deshalb waschen wir sie nicht.«

Ich weiß zwar nicht, wie es sich beim Apfelwein verhält, doch eins ist sicher, Guys Nähe bringt mich zum Brodeln. Ich spüre, wie Bläschen des Verlangens in meinem Bauch aufgehen, zerplatzen, abklingen und dann wieder aufgehen. Ich versuche, sie zu unterdrücken.

»Alles in Ordnung, Jennie?« Der Klang seiner Stimme bringt mich wieder zurück in die Gegenwart. »Möchtest du mal eine Pause einlegen?«

»Noch nicht. Obwohl ich einen Biskuitkuchen gebacken habe…« Ich schaue ihn über den Eimer mit der Maische an, unsere Blicke treffen sich. Ich spüre, wie ich schwanke. Guy greift nach meinem Arm.

»Mir ist ein bisschen schummrig«, sage ich.

»Es ist kalt hier draußen. Lass uns reingehen, um uns zu wärmen.«

»Zu dir oder zu mir?«, murmle ich. Zu schwach, um einen Witz darüber zu machen, bin ich dann doch noch nicht.

»Zu dir natürlich.«

Ich hake mich bei ihm unter, und wir gehen zurück zum Haus. Ich bin mir Adams finsteren Blickes bewusst.

»Deine Mutter und ich sind nur Freunde«, ruft Guy ihm zu. »Hast du das gehört?«

»Laut und deutlich«, erwidert er und schließt sich uns an. »Solange es kein Geknutsche gibt.«

»Auf keinen Fall!«, versichert ihm Guy. Obwohl er genau die richtige Antwort gegeben hat, wünschte ich mir, sein Ton wäre nicht so bestimmt.

Wir sitzen bei Kaffee und Kuchen und plaudern, während Adam sich kurz verzieht, um Fernsehen zu schauen, bevor wir uns wieder ans Zerkleinern und Pressen der Äpfel begeben.

»Suchst du immer noch nach deinem besonderen Kuchen?«, fragt mich Guy, als er meine Notizen der letzten Wochen überfliegt.

»Ja, aber ich finde einfach nicht das Passende. Er sollte zwar ungewöhnlich sein, aber auch nicht zu sehr.«

»Also keine Rote Bete?«

Ich lächle. »Nein, keine Rote Bete. Und auch keine Zucchini. Aber auch kein Schokoladenkuchen, obwohl die meisten ihn mögen. Doch ich habe mir sämtliche Varianten angeschaut, und keiner passt. Der Kuchen sollte, wenn möglich, einen Bezug zur Gegend hier haben.«

»Wie wär's dann mit einem Apfelweinkuchen?«, fragt mich Guy. »Meine Mutter backte ihn früher immer – natürlich mit unserem Apfelwein.«

»Das hört sich vielversprechend an.«

»Ich bin mir sicher, das Rezept ist in irgendeinem ihrer Ordner bei uns zu Hause – ich habe sie alle oben auf die Küchenschränke gestellt, als mir klar wurde, dass sie nicht mehr wiederkommen würde. Ich hole sie gerne für dich wieder herunter.«

»Glaubst du, sie hätte was dagegen, wenn ich eines ihrer Rezepte verwenden würde?«

»Sie wird es nicht erfahren«, erwidert Guy schroff.

»Das sollte sie aber, finde ich«, entgegne ich ihm. »Sollte er mein Spezialkuchen werden, möchte ich ihren Beitrag anerkennen. Mir macht es nichts aus, sie zu fragen.«

»Das mache ich schon, aber sie wird nicht wissen, von was ich spreche, denn sie kann sich nicht mehr daran erinnern, den besten Apfelweinkuchen der ganzen Gegend gemacht zu haben. Sie kann sich noch nicht einmal mehr an mich erinnern.«

»Das tut mir leid.« Ich kämpfe gegen mein instinktives Gefühl an, ihn in den Arm zu nehmen.

»Letztens hat sie Oliver zu mir gesagt«, fährt er leise fort. »Sie glaubt, ich bin mein Bruder. Die Ironie daran ist, dass er sie nie besucht. Sie hat ihn vor mehr als einem Jahr das letzte Mal gesehen.«

»Das muss sehr …« Ich versuche, das richtige Wort zu finden.

»Wehtun«, sagt Guy und vollendet für mich den Satz. »Es fühlt sich an wie ein Schlag ins Gesicht.«

Wir sitzend schweigend eine Weile da.

»Noch Kaffee oder Kuchen?«, frage ich ihn schließlich.

»Dazu sage ich nie nein«, erwidert er und klingt schon wieder etwas heiterer. Ich schiebe ihm den Teller mit dem letzten Stück Kuchen zu. »Was ist mit Adam?«

»Der hatte schon vier Stück. Ich denke, das reicht.« Ich stehe auf und stelle den leeren Teller auf die Ablage. »So viel, wie er zurzeit verdrückt, habe ich Schwierigkeiten, ständig für Nachschub zu sorgen.«

»Es muss ganz schön hart sein, drei Kinder allein großzuziehen«, bemerkt Guy. »Ich weiß nicht, wie du das schaffst.«

»Es kann manchmal hart sein, aber ich mag ohne sie nicht leben. Ich werde ohne sie nicht leben.« Ich schlucke den Kloß in meinem Hals herunter. »Ich werde für sie kämpfen – bis zum bitteren Ende. Darauf kann sich David verlassen.«

Ich streiche eine Träne aus meinen Augenwinkeln. Meine Haut brennt. »Die Kinder sind für mich das Wichtigste auf der Welt. Ich liebe sie über alles.«

»Manchmal habe ich das Gefühl, etwas verpasst zu haben«, fährt Guy nachdenklich fort.

»Es ist noch nicht zu spät für dich«, entgegne ich. »Ich habe dir schon mal gesagt, Männer sind in dieser Hinsicht Glückspilze. Sie können auch noch mit über siebzig Vater werden.«

»Du hast Recht. Sag niemals nie.«

»Die Chancen stehen gut, dass wenn du noch mal jemanden Besonderes triffst, diese Frau jünger sein wird als du und ihr dann noch Kinder bekommen könnt.«

Wieder tritt Stille zwischen uns ein.

Ich lehne meine Ellenbogen auf den Tisch, verschränke die Hände vor mir und versuche, Guys Worte zu deuten. Will er mir durch die Blume zu verstehen geben, dass er das Warten auf mich aufgegeben hat, weil er immer noch hofft, eines Tages Kinder haben zu können? Der Gedanke an meine langsam ablaufende biologische Uhr lässt ein absurdes Gefühl von Trauer in mir aufkommen und mich erkennen – auch wenn ich jetzt hier vorausgreife –, dass ich für eine Beziehung mit Guy zu alt bin. Selbst wenn wir sie beide wollen, würde ihm dadurch der Wunsch verwehrt bleiben, Vater zu werden.

Er schiebt seinen Stuhl zurück und steht auf. Ich stehe auch auf, schaffe es allerdings nur noch so gerade.

»Du bleibst hier, Jennie. Komm erst wieder, wenn du dich besser fühlst – du siehst blass aus!«

»Und interessant?«

»Das versteht sich von selbst. Ich werde das Rezept für dich suchen – aber vor Montag komme ich nicht dazu, denn den Rest des Tages bin ich noch mit den Äpfeln beschäftigt, und heute Abend findet das Fest mit den Teerfässern statt.«

»Du gehst also hin?«, frage ich.

»Als dem ältesten Sohn einer seit Generationen hier lebenden Familie von Landbesitzern kommt mir die ehrenvolle Aufgabe eines Fassrollers zuteil.«

»Wirklich?« Adam hatte vorher schon einmal erwähnt, dass die Einwohner von Talyton St. George Holzfässer mit Teer, Stroh und Papier auskleiden, sie anzünden und dann mit ihnen durch die Stadt ziehen. »Ist das nicht gefährlich?«

»Das gibt doch erst den Kick!«, sagt Guy grinsend. »Danke für den Kuchen.«

Ich gehe später wieder hinüber und helfe noch mal für ein paar Stunden aus. Am Abend geht es mir dann um einiges besser, worüber ich froh bin, denn Adam will auf keinen Fall den Umzug mit den Teerfässern verpassen, ein jährlich stattfindendes traditionelles Fest von Talyton.

»Guy meint, wir müssen zu Fuß in die Stadt«, sagt Adam, als wir uns fertigmachen, »denn es gibt nirgendwo in der Nähe Parkplätze – die Leute kommen von überall her, um den Umzug zu sehen. Wir müssen uns beeilen. Das Feuer wird um sechs auf dem Anger angezündet.«

Wir kämpfen uns durch die belebten Straßen bis vor zum Rand des Marktplatzes, wo die Menschen in Dreierreihen stehen Unser Atem kondensiert, und im Schein der Straßenlampe sieht es aus, als würden wir Rauchfahnen ausstoßen. Ich ziehe meinen Schal enger um den Hals und schiebe die Mütze über meine Ohren. Das ist bisher die kälteste Nacht. Obwohl Devon auf einer Halbinsel liegt, die vom Golfstrom gewärmt wird, ist es ungewöhnlich kalt für diese Jahreszeit, und eine Änderung des Wetters ist laut Vorhersage für die nächsten Tage nicht in Sicht.

»Ich kann nichts sehen, Mummy«, beschwert sich Sophie und zieht an meinem Mantel.

»Ich auch nicht«, verkündet Georgia.

»Mir geht's genauso!«, murrt Adam.

»Wir müssen aufpassen, dass wir zusammenbleiben«, sage ich. »Wenn ihr mir verloren geht, glaube ich nicht, dass ich euch wiederfinden werde.«

Sophie greift mit ihrer behandschuhten Hand nach meiner und drückt sie.

Mittlerweile wünsche ich mir schon fast, nicht gekommen zu sein, doch bald kommt der Abend in Schwung, und ich kann nicht glauben, was ich sehe. Eine Traube von Menschen drängt rufend und jubelnd aus einer der Seitenstraßen auf den Marktplatz. Es riecht nach brennendem Teer, Bier und Burgern. Wenn ich auf den Zehenspitzen stehe, kann ich gerade so Rauch und flackernde, orangefarbene Flammen ausmachen, die anscheinend vom Rücken eines Mannes nach oben steigen. Als die Menge sich bewegt und uns nach hinten zwingt, erkenne ich, dass dieser Mann – ein junger Mann – ein brennendes Teerfass auf seinen Schultern trägt.

»Guy sagte mir, er wäre Fassroller«, sage ich und stoße Adam an. »Muss er auch so eins tragen?«

»Oh ja«, erwidert mir Adam. »Früher wurden die Fässer gerollt, aber irgendwann kam jemand auf die Idee, sie zu tragen, weil es witziger wäre. Das machen sie schon seit Jahren so.«

Ich bin mir nicht sicher, ob ich mir das anschauen kann. »Wann trägt Guy sein Fass?«

»Um zehn Uhr«, antwortet Adam.

»Das dauert ja noch ewig!«, wendet Georgia ein.

»Ich weiß. Lasst uns hinunter zum Fluss gehen. Dann können wir uns das Feuer ansehen. Und vielleicht bekommen wir dort auch was zu essen.«

Unter dem sternenklaren, nächtlichen Himmel stehen wir auf dem Anger und schauen dem Feuerwerk zu. Raketen werden nacheinander in die Luft geschossen und explodieren mit einem Knall. Funken sprühen auf, ergießen sich am Himmel und verglühen langsam – vielleicht ein Sinnbild für meine Beziehung zu Guy.

Später kehren wir wieder zum Marktplatz zurück,

kämpfen uns durch die Menschenmassen und ergattern am Schluss einen besseren Platz als vorher, um das nächste Fass vorbeiziehen zu sehen.

»Ich komme mir vor wie beim Weihnachtseinkauf auf der Oxford Street«, bemerke ich. »Ziemlich aufregend, aber auch ganz schön anstrengend. Und bestimmt nichts, was ich bald wiederholen möchte.«

»Da ist Guy!«, ruft Adam, als eine weitere Traube an Menschen auf den Platz strömt. Er geht gebückt unter der Last des brennenden Fasses, das, wie mir auffällt, als er sich uns nähert, innen mit Sackleinen ausgelegt ist.

»Guy!«, rufe ich, und er schaut in unsere Richtung und verzieht das Gesicht. Ich kann die Sehnen an seinem Hals erkennen, die vor Anstrengung hervorgetreten sind. Er ist voller Schweiß und Ruß, und als er an uns vorbeizieht, sehe ich Löcher in seinem Hemd von der herabfallenden Glut.

Ich hatte gehofft, ihn danach einzuholen und vielleicht mit ihm zusammen nach Hause zu gehen, doch wir verlieren ihn ziemlich schnell aus den Augen.

»Er wird wohl in den Pub gegangen sein, um etwas zu trinken«, sagt Adam, als könnte er meine Gedanken lesen.

»Hast du jemanden gesehen, den du kennst?«, frage ich.

»Ich glaube, ich habe Will und Jack von der Schule gesehen.«

»Ich habe auch eine meiner Freundinnen gesehen«, wirft Sophie ein. »Ihr Daddy trug sie auf den Schultern. Ich wünschte mir, mein Daddy wäre auch hier. Ich vermisse ihn sooo sehr!«

»Aber du hättest doch das Wochenende bei ihm verbringen können, doch du wolltest lieber auf die Party gehen.«

»Nein, ich habe gesagt, ich könnte mich nicht entscheiden, und dann hast du mich zu dieser Party gedrängt.«

»Das habe ich nicht!«, protestiere ich, aber Sophie ist müde und überdreht.

»Hast du wohl«, jammert sie, »und ich finde es Daddy gegenüber nicht fair, denn jetzt wird er mich erst nächstes Wochenende sehen.«

»Das ist zwar schade, aber wir haben uns nun mal so entschieden, beziehungsweise es war dein Wunsch, Sophie!«, wende ich ein und komme mir nicht geschätzt vor – ein Gefühl, mit dem ich als alleinerziehende Mutter habe lernen müssen umzugehen. »Lasst uns nach Hause gehen.«

Zurück in Jennie's Folly ist von Lucky weit und breit nichts zu sehen. Adam findet ihn schließlich, zitternd vor Angst, unter seinem Bett.

»Er hat gebrochen.«

»Na klasse, das fehlt uns gerade noch. Was hat er?«

»Ich denke, er hatte Angst vor dem Feuerwerk.«

»Toll.« Ich mache alles sauber und lege mich dann hin, doch ich kann nicht schlafen ... Auch Lucky ist unruhig und wandert den Flur vor unseren Schlafzimmern auf und ab, dabei winselt er ab und zu. Adams Handy bimmelt mitten in der Nacht – ich erkenne es am Klingelton – und dann höre ich Stimmen von der Auffahrt. Ich schlüpfe aus dem Bett, hülle mich in mein Federbett ein und stelle mich seitlich ans Fenster – inzwischen mache ich die Vorhänge nur noch selten zu – und spähe hinaus. Ich erkenne vier Gestalten – zwei Männer und zwei Frauen. Einer der Männer ist Guy, der seinen Arm um eine der Frauen gelegt hat. Ich glaube, sie lachen. Eifersucht und Traurigkeit steigen in mir hoch. Ich lasse mich auf die Fensterbank fallen und bleibe eine ganze Zeit lang sitzen. Wer ist sie? Was habe ich erwartet? Dass Guy eine Art Mönch ist? Warum macht mir das was aus?

»Wo gehst du hin?«, frage ich Adam, als ich ihn am

nächsten Morgen noch vor der Dämmerung in der Küche abpasse.

»Ich habe Guy versprochen, ihm beim Melken zu helfen.« Adam isst etwas, das so aussieht wie ein Haferkeks. »Hast du ein Problem damit?«

»Nicht wirklich … Ich bin mir nur nicht sicher, ob er schon auf ist.«

»Er ist nie zu spät für die Kühe. Die Damen mögen es nicht, wenn sie warten müssen«, sagt er.

»Ich glaube, er hat Besuch.«

Adam hebt eine Augenbraue. »Und?«

»Könnte sein, dass er nicht gestört werden möchte.«

Adam zieht sein Handy aus der Hosentasche, drückt auf ein paar Knöpfe und hält mir dann das Display hin. »SMS von Guy, vor einer Viertelstunde erhalten. Er hatte Angst, ich könnte verschlafen haben.«

»Na gut«, sage ich und würde ihn am liebsten bitten herauszufinden, wer Guys Freunde sind. »Dann bis später!«

Nach dem Melken taucht Guy am Küchenfenster auf und wedelt mit einer Art Ordner – ich bemerke voller Bedauern, dass er nicht mehr von sich aus hereinkommt, außer Adam ist dabei.

Ich winke ihn herein, und er kommt in die Küche. Er sieht aus wie das blühende Leben, trotz der Nacht zuvor, und trägt ein Hemd mit aufgekrempelten Ärmeln, eine Weste und eine Kakihose. Er riecht wie immer nach diesem aphrodisierenden Gemisch aus Aftershave und Kuh, nur dass heute noch ein Hauch verbrannte Eiche dabei ist.

»Ich habe dir den hier mitgebracht«, sagt er und zeigt auf den Ordner. »Ich dachte, er könnte für dich von Interesse sein. Das Rezept für den Apfelweinkuchen ist darin, aber auch noch ein Menge andere Rezepte.« Er gibt mir einen ausgeblichenen gelben Ringordner. »Mach ihn auf!«

Ich lege ihn auf den Küchentisch.

»Ich weiß nicht warum, aber ich habe das Gefühl herumzuschnüffeln«, sage ich und schlage die erste Seite auf. »Ich denke, Mum würde sich freuen, wenn die Rezepte wieder benutzt werden würden.«

Uphill Apfelweinkuchen – ordentlich mit schräger Handschrift geschrieben. Zu den Zutaten gehören Apfelwein, Muskatnuss und Apfelweinbrand. Außerdem gibt es ausführliche Anweisungen, wie er zu backen ist.

»Was meinst du?«, fragt er.

»Sieht aus, als wäre es genau das, nach was ich gesucht habe – ich hoffe, dem Kuchen gerecht zu werden.«

»Da bin ich mir sicher.«

»Danke, Guy.« Ich halte inne. »Ich hoffe, du musstest deine Freunde nicht zurücklassen, um hierherzukommen.«

Er runzelt die Stirn.

»Die Leute, die gestern Nacht bei dir waren … Ich habe gehört, wie du nach Hause gerollt bist, du Fassroller!«

»Haben wir dich geweckt? Das tut mir leid!«

»Ich konnte nicht schlafen. Zu aufgewühlt, nehme ich an.«

»Ich hoffe, es hat dir gefallen – das Fest ist eines der Höhepunkte im Jahr hier in Talyton.«

»Du gehst besser wieder zurück«, sage ich, »zu deinen Freunden.« Meine Stimme verliert sich. Bin ich gerade dabei, alles zu vermasseln?

»Du meinst Ruthie und die anderen? Die habe ich allein gelassen, damit sie wieder auf die Füße kommen. Sie hatten alle einen ganz schönen Kopf heute Morgen, aber das haben sie nach dem Umzug mit den Teerfässern immer.«

»Und du?«

»Ich habe nachher im Pub nur ein paar Bierchen getrunken, davor nichts. Alkohol und brennende Fässer vertragen sich nicht miteinander. Deshalb bin ich da ziemlich vorsichtig.«

»Du bist verrückt«, sage ich leise.

Er sieht mich fragend an.

»Jennie, kannst du mir bitte sagen, was hier gerade vor sich geht?« Er senkt seine Stimme. »Zwischen dir und mir? Verzeih mir, aber ich glaube, wir müssen reinen Tisch machen.«

Ich hole tief Luft und atme langsam aus, während er fortfährt. »Du sendest mir unterschiedliche Signale. Es kann natürlich auch an mir liegen, weil ich sie vielleicht nicht richtig deute. Ich weiß, wir haben beschlossen, uns eine Weile zurückzuhalten, aber damit meinte ich nicht, dass du mich vollständig aus deinem Leben ausschließt.«

»Hast du das Gefühl, dass ich das tue?«

»Ich verstehe die Sorgen, die du dir machst, weil dir die Kinder vielleicht weggenommen werden könnten, um bei ihrem Vater zu leben, aber –«

»Wie willst du das verstehen? Du hast doch keine eigenen«, unterbreche ich ihn. »Tut mir leid«, schiebe ich schnell nach und bemerke, wie sich ein trauriger Schatten über seine Augen legt. »Ich denke, du solltest nicht auf mich warten. Geh aus und such dir eine Frau in deinem Alter!«

»Aber ich will keine andere«, erwidert er stirnrunzelnd. »Abgesehen davon bist du nicht so viel älter als ich!«

Ich mache den Ordner auf dem Tisch zu, lasse meine Hand darauf liegen und schaue zu, wie Guy seine darauf legt und nach meinen Fingern greift. Seine Haut ist rau, die Nägel voller Ruß, aber das ist mir egal. Ich liebe alles an ihm.

Ich will ihn, voll und ganz, aber ich kann ihn nicht haben, weil meine Familie an erster Stelle steht und ich deshalb diese Chance auf etwas Glück opfern muss. Ich versuche, mich mit dem Gedanken zu trösten, dass, wenn ich Guy gehen lasse, er frei sein wird, um eine andere zu finden, eine jüngere, mit der er noch Kinder haben kann. Er kann großartig mit Kindern umgehen und wird bestimmt ein toller Vater sein. Wenn ich ihn gehen lasse … Ich bin mir nicht sicher, ob ich das kann.

19

Uphill Apfelweinkuchen

Ich lade Guy ein, doch dauert es ein paar Tage, bis er zusammen mit den Kindern nach der Schule den Kuchen probieren kann, was an dem notwendigen Apfelbranntwein lag, den ich erst noch besorgen musste – ich wurde in einem winzigen Hofladen auf dem Weg nach Talymouth schließlich fündig.

»Hier ist er«, verkünde ich und stelle den Kuchen auf den Tisch. »Uphill Apfelweinkuchen.«

»Er sieht ein bisschen einfach aus«, wendet Sophie ein. »Wenn das dein Spezialkuchen werden soll, willst du ihn dann nicht irgendwie verzieren?«

Sie hat Recht – er sieht eher unauffällig aus, ein runder Kuchen mit goldbrauner Kruste, wodurch er derb und bodenständig aussieht.

»Zuerst dachte ich, ihn mit Puderzucker oder braunem Zucker zu bestäuben, doch dann beschloss ich, ihn so zu lassen wie er ist und entweder mit Clotted Cream oder etwas Apfelkompott oder beidem zu servieren«, erkläre ich.

»Bei meiner Mutter gab's auch immer Clotted Cream«, sagt Guy.

»Na, dann bin ich aber froh, dass wir welche dahaben«, bemerke ich lächelnd und sehe, wie er mir einen dieser vielsagenden Blicke zuwirft, als ob er mich am liebsten fressen würde, und die mir Flügel verleihen. Ich nehme ein Messer und schneide ein großes Stück ab. Die Konsistenz des Kuchens ist perfekt – feucht, aber locker. Während Adam die Clotted Cream aus dem Kühlschrank und das Apfelkompott aus der Speisekammer holt, schneide ich noch vier weitere Stücke ab.

»Sollten wir nicht besser jeder zwei Stücke haben?«, fragt Georgia.

»Drei«, findet Guy, »wenn wir jede Serviermöglichkeit ausprobieren sollen.«

»Vier«, korrigiert ihn Adam, »wenn wir den Kuchen nur so, ohne irgendetwas dabei, probieren sollen.

»Wenn ihr noch mehr wollt, könnt ihr gerne wiederkommen«, sage ich. »Ich habe noch einen im Ofen.«

»Na, da bist du aber ganz schön voreilig – was, wenn wir ihn nicht mögen?«, fragt Adam.

»Dann verfüttere ich ihn an die Hühner.« Ich verteile Teller, Gabeln und Löffel und reiche die Clotted Cream und das Apfelkompott herum. »Und, was meint ihr?«

»Möchtest du einen ausführlichen Bericht, oder reicht dir ein ›Mummy, das ist superlecker‹?«, fragt Adam, als er die Hälfte seines ersten Stücks verdrückt hat.

»Er schmeckt großartig, Jennie.« Guy sieht mich an, und in seinem Blick liegt ein Hauch von Traurigkeit. »Genau wie bei meiner Mutter. Er erinnert mich an damals …«

Georgia und Sophie mögen ihn auch. Er ist lecker und unverwechselbar, süß und würzig, mit Muskatnuss und einer feinen Apfelnote.

»Was haltet ihr von einer Abstimmung?«, sage ich.

Das Ergebnis ist einstimmig – Uphill Apfelweinkuchen wird zum Spezialkuchen von Jennie's Cakes gekürt, und ich schmiede schon Pläne, ihn auf dem nächsten Bauernmarkt zu verkaufen und in den Geschäften vor Ort, einschließlich dem Hofladen, nachzufragen, ob sie ihn in ihr Sortiment aufnehmen wollen.

Als ich später vor dem Kaminfeuer im Wohnzimmer

sitze und den Preis für den Apfelweinkuchen berechne, lege ich mein Notizbuch und den Stift auf den Boden, lehne mich zurück und ziehe kurz Bilanz. Der Anwalt hat mir seine Rechnung noch nicht geschickt, und die Tierarztkosten muss ich auch noch bezahlen, wenngleich mir Alex eine Ratenzahlung über die nächsten sechs Monate angeboten hat. Abgesehen davon war das Geld keine Verschwendung, denn Bracken geht es besser.

Ich bin mir sicher, meine Abbitte geleistet zu haben, denn ich kümmere mich um sie, während sie sich erholt. Inzwischen wird sie langsam richtig mürrisch, denn sie möchte wieder unbedingt aus ihrem engen Stall hinaus auf die Koppel. Alex hat uns empfohlen, ein Gewichtsband zu kaufen, um ihre weitere Genesung überwachen zu können, und vorgeschlagen, sie zweimal am Tag für zehn Minuten herauszulassen, damit sie etwas grasen kann.

»Legen Sie ihr das Zaumzeug an, wenn sie sie herauslassen«, sagte er, »und seien Sie vorsichtig. Sie wird sich am Anfang ein bisschen närrisch aufführen.«

Närrisch? Sie schnappte völlig über, so dass ich sie nicht halten konnte. Ein Glück war das Tor zur Koppel zu, doch stattdessen raste sie schnurstracks zum Rasen. Es dauerte eine Stunde, bis ich sie wieder eingefangen hatte, wobei eine Schüssel Futter als Lockmittel diente. Als ich sie dann wieder zurück in den Stall brachte, trat sie mir auf den Fuß, was äußerst schmerzhaft war, denn der Schmied hatte ihr besondere Schuhe angepasst, die mehr als einhundert Pfund gekostet hatten.

»So viel gebe *ich* noch nicht einmal mehr für Schuhe aus«, hatte ich zu Georgia gesagt.

»Es sind aber doch zwei paar Schuhe«, war Georgias Rechtfertigung gewesen. »Sie braucht sie, wenn Maria beginnt, sie zu trainieren. Alex meinte, wir könnten sie wieder reiten, und wenn sie gesund bleibt, kann ich mit ihr in den Ponyklub gehen«, und ihre Augen strahlten vor Vorfreude.

Ich hoffe, sie wird keine Enttäuschung erleben, denn wenn David den Streit um das Sorgerecht gewinnt, werde ich nicht hierbleiben, das habe ich mittlerweile beschlossen. Und ein Pony kann ich schlecht nach London mitnehmen.

Inzwischen freue ich mich sogar, Bracken versorgen zu müssen. Es ist, als würde ich mir eine tägliche Auszeit nehmen, wenn ich ihr das Heunetz aufhänge und sie abreibe oder bürste, während Georgia in der Schule ist. Manchmal spreche ich sogar mit ihr, so wie ich es auch mit Lucky tue, und teile mit ihr meine intimsten Gedanken über Exmänner, das Familienrecht und die Frage, wie lange ich Guy noch warten lassen kann.

Für den darauffolgenden Freitag mache ich einen zweiten Termin mit meinem Anwalt in Talyton aus. Den Donnerstag davor haben die Kinder frei, da die Lehrer auf einer Fortbildung sind. So stehe ich am Tor zur Koppel, und mir wird bang ums Herz, als ich sehe, wie Maria Georgia auf das Pony hilft. Es ist das erste Mal seit dem Abwurf, dass sie wieder reitet. Maria hat das Pony zwei Mal geritten, ohne dass sie bockte – bis jetzt.

Maria tritt zur Seite und hält die Longe fest, die an Brackens Halfter angebracht ist.

»Los!«, sagt sie und lässt eine lange Peitsche in Richtung der Hufe des Ponys schnalzen.

»Jetzt könnte sie am ehesten buckeln, Georgia. Also vergiss nicht zu atmen. Du kannst auch singen, wenn dir das hilft, dich zu entspannen.« Bracken geht in einem großen Kreis. »Brrr!«

Bracken hält an. Georgias Gesicht hellt sich auf.

»Gutes Mädchen«, sagt sie und streichelt ihr den Hals.

»Ich kann's kaum glauben!«, rufe ich aus.

»Wir stehen noch am Anfang, aber sie macht sich.« Maria dreht sich zu mir um und lächelt. »Wir legen ihr die anderen Zügel an und lassen sie dann mal traben.« Sie schaut an mir vorbei. »Hallo, Guy.«

»Hallo, Maria«, grüßt er sie zurück, stellt sich neben mich und lehnt die Arme über das Tor. Er trägt einen Wachsmantel, dessen Kragen er hochgeschlagen hat und von dem ein eigenartiger Geruch ausgeht, der mich an die Mottenkugeln meiner Mutter erinnert. »Geht's dir gut?«, fragt er mich

»Man lebt!«

»Ich hoffe, es macht dir nichts aus, dass ich mit Fifi ausgemacht habe, die Bäume in deinem Obstgarten zu besingen und auf ihr Wohl zu trinken. Sie meinte, sie würde sich bei dir melden und alles weitere mit dir besprechen.« Guy grinst, als er meinen völlig verwirrten Gesichtsausdruck sieht. »Du hast keinen blassen Schimmer, wovon ich spreche, stimmt's?«

»Stimmt.«

»Das Besingen der Bäume gehört zu einer der vielen Traditionen von Talyton St. George.«

»Und ist eine Ausrede, um wieder mal zu feiern und ein paar Bierchen zu trinken«, werfe ich mit einem zaghaften Lächeln ein. »Guy, ich weiß nicht, ob mir wirklich nach einer Party zumute ist.«

»Tut mir leid. Ich dachte, du könntest etwas Abwechslung gebrauchen, wenn die Kinder am Wochenende bei ihrem Vater sind … Ich werde Fifi Bescheid geben, dass du verhindert bist.«

»Und dann wird sie wissen wollen, warum«, erkläre ich trocken. »Na gut, was steckt dahinter?«

»Der Ertrag der Apfelernte soll so gesteigert werden.« Ich weiß, dass er mich gerade hochnimmt. »Fifi führte die

Tradition vor ungefähr fünfzehn Jahren wieder ein. Einmal des Spaßes wegen und um das ›Zusammengehörigkeitsgefühl der Gemeinde‹ zu fördern‹, wie sie es nennt. Nach dem ersten Mal hatten wir die schlechteste Ernte seit Menschengedenken. Alle meinten, es hätte daran gelegen, dass Fifi den falschen Zeitpunkt ausgewählt hatte – unser Singen fand im November statt und nicht im Januar, damit es mit keinem der anderen Termine kollidierte. Fifi als Lokalprominente wird natürlich zu allen eingeladen.«

»Muss ich irgendetwas tun?«, frage ich, um herauszufinden, auf was ich mich da einlasse.

»Ich habe ihr gesagt, ich würde den Apfelwein mitbringen und du ein paar Kuchen backen.«

»Das war aber ziemlich vermessen von dir«, stelle ich gelassen fest. »Versteh mich bitte nicht falsch. Ich liebe es, zu backen, doch ab und zu mache ich auch gerne etwas anderes in meiner Freizeit.«

»Ich kann auch den Verein der Landfrauen bitten«, erklärt mir Guy besorgt.

»Sei nicht albern. Natürlich backe ich die Kuchen.«

»Wir treffen uns mit Taschenlampen und Laternen am Ringstein, und dann führt Fifi den Umzug von Obstgarten zu Obstgarten, wo die Leute alle singen, Apfelwein über die Baumwurzeln gießen und ein Feuerwerk anzünden. Früher haben wir mit den Schrotflinten geschossen, aber das ist mittlerweile verboten.« Guy verzieht das Gesicht. »Vom Amt für Sicherheit und Gesundheitsschutz.« Er zögert. »Höre ich da ein Telefon?«

»Das ist mein Handy. Ich habe es in der Küche liegen gelassen.« Ich danke ihm, eile ins Haus und greife nach dem Telefon auf der Fensterbank. Es ist David.

»Die Kinder können übers Wochenende nicht kommen.« Seine Stimme hallt eigenartig.

»Was hast du gesagt?« Ich schließe das Headset an,

als würde sich dadurch der Empfang bessern oder seine Nachricht ändern.

»Die Kinder können übers Wochenende nicht kommen.«

So wie bei meinem letzten Kirschkuchen der Teig zu schwer geworden war und die Kirschen deshalb alle auf dem Kuchenboden landeten, wird mein Herz schwer.

»David, du musst die Kinder nehmen. Das ist dein Wochenende. Sie haben dich schon das letzte Wochenende nicht gesehen. Außerdem musst du ihnen erklären, wie's weitergeht.«

»Vor einer Woche war dein Ton noch ganz anders«, sagt er kühl. »Da war es dir ganz recht, dass ich nicht darauf bestand, sie zu sehen.«

»Oh David, werd erwachsen! Ich meine es ernst.«

»Ich dachte, du würdest dich freuen. Aber es gibt Menschen, die macht nichts glücklich!«

Ich übergehe seine Bemerkung. Ich bin sehr wohl glücklich. Beziehungsweise ich könnte es sein, wenn ich mir nicht ständig über seinen Sorgerechtsantrag Gedanken machen müsste.

»In der einen Minute willst du, dass die Kinder ganz bei dir leben, und in der nächsten willst du sie nicht einmal am Wochenende sehen«, sage ich verbittert. »Das sollte ich bei Gericht verwenden.

»Hm ... es wird zu keiner Gerichtsverhandlung kommen«, eröffnet mir David. »Ich habe meine Meinung geändert.«

»Du hast was?« In mir steigt Hoffnung auf.

»Ich habe meine Meinung geändert, was das Sorgerecht betrifft«, wiederholt er, und eine Welle der Erleichterung geht durch mich hindurch.

»Es ist etwas passiert«, erklärt er mir und klingt dabei wie ein zum Tode Verurteilter. »Alice ist schwanger.«

»Oh!« Ich bin mir nicht sicher, wie ich auf diese Neuigkeit reagieren soll. »Damit habe ich nicht gerechnet.«

»Um ehrlich zu sein – wir auch nicht«, gibt David zu, »aber wir freuen uns beide sehr.«

Das hört sich aber nicht so an, kommt mir der Gedanke. Davids Vorstellung eines sorgenfreien Lebens mit Kindern, die dem Babyalter entwachsen sind, wird demnächst durch schlaflose Nächte und volle Windeln ersetzt. Der einzige Ausflug, den er in Zukunft mit seiner jungen, heiratsfähigen Freundin unternehmen wird, wird der zu Mothercare sein, dem Babyausstatter auf der Purley Way.

»Herzlichen Glückwunsch, David. Ich freue mich.« Genauer gesagt darüber, dass der Sorgerechtsstreit vorbei ist und er sich bald wieder den Prüfungen als Vater eines Babys stellen darf. Und dass ich dem Ganzen gelassen entgegensehen kann, ohne ihm oder Alice gegenüber Groll zu empfinden.

»Ich dachte, das würde dich vielleicht – mitnehmen.«

»Nach all der Zeit? Nein, natürlich nicht.«

»Na ja, ich kann nicht von Alice erwarten, sich um unsere drei Kinder und unser eigenes zu kümmern. Sie hat schon jetzt mit den Problemen einer Schwangerschaft zu kämpfen.«

»Ach? Und ich dachte, Alice wäre so fähig.« Den Satz kann ich mir nicht verkneifen. Davids zukünftige Frau stellt sich als kleines Weichei heraus, die sich völlig auf ihn verlässt, während ich – nun ja, Superwoman bin. Insgesamt betrachtet sind das die besten Neuigkeiten seit langem, und ich kann es kaum erwarten, sie Georgia und Sophie zu erzählen. Nur bei Adam bin ich mir nicht so sicher, wie er darauf reagiert. Mein spontaner Gedanke ist, auch Guy davon zu erzählen, doch als ich wieder nach draußen gehe, ist er nicht mehr da.

»Euer Dad hat mich vorhin angerufen«, erkläre ich den Kindern, als wir später am Abend in der Küche, dem einzigen wirklich warmen Raum im Haus, am Tisch sitzen und zu Abend essen. »Er ist –.« Ich zögere. An sich wäre es Davids Aufgabe und nicht meine, seinen Kindern die neue Situation zu erklären. Ich bin mir nicht sicher, wie ich es ihnen sagen soll, ohne dabei zu klingen, als hätte ihr Vater einfach keine Lust mehr auf seine Kinder und beschlossen, sich von seiner Rolle als aktiver Vater zurückzuziehen. »Ihr wisst doch, euer Dad wollte gerne, dass ihr bei ihm wohnt?«, taste ich mich langsam vor. »Nun, er schlägt vor, alles so zu lassen, wie es ist.«

»Hurra!«, ruft Georgia und klatscht in die Hände. »Ich hätte Bracken nicht zurücklassen können.«

»Aber wir sehen ihn doch immer noch am Wochenende?«, fragt Adam.

»Nun, dieses Wochenende nicht …«

Adams Miene verfinstert sich, als er seinen Stuhl zurückschiebt. »Er hatte versprochen, mit mir Go-Kart zu fahren. Ich halte es hier in diesem Kaff nicht das ganze Wochenende aus.« Er steht auf, legt seine Arme auf die Rückenlehne und kippt den Stuhl hin und her, so dass die Stuhlbeine immer wieder auf den Boden krachen.

»Adam, würdest du damit bitte aufhören?«

»Wann sehen wir Dad?«

»Tut mir leid, aber das weiß ich nicht.« Ich finde, es ist Davids Aufgabe, ihnen von Alices Schwangerschaft und ihrem neuen Halbgeschwister zu erzählen.

»Ich bin froh darüber«, erklärt mir Georgia. »Ich denke, Maria wird jetzt wieder vorbeikommen und mir mit Bracken helfen.« Maria hat in dieser kurzen Zeit wahre Wunder mit dem Pony vollbracht. Inzwischen geht und trabt sie über Stangen, die wir auf der Koppel aufgestellt haben, und sie plant, Bracken zu einer Rallye des Ponyklubs mitzunehmen.

»Ich möchte meinen Daddy sehen«, jammert Sophie.

»Oh, bitte, benimm dich nicht wie ein Baby«, sage ich

mit einem scharfen Ton in der Stimme, woraufhin sie ihr Brot auf den Teller wirft und in Tränen ausbricht. »Wir werden stattdessen alle auf ein Fest gehen zu Ehren der Apfelbäume«, sage ich und nehme sie in den Arm, da ich ein schlechtes Gewissen habe, sie so aufgebracht zu haben.

»Dürfen wir lange aufbleiben?«, fragt Sophie, bemüht, sich wieder in den Griff zu bekommen.

»Bis Mitternacht?«, hakt Georgia nach.

»Von mir aus, so lange ihr wollt.« Ich bin so erleichtert, meine Kinder nicht zu verlieren, dass ich ihnen momentan alles erlauben würde.

Ich sage den Termin mit dem Anwalt ab und rufe Summer an, um sie auf den neuesten Stand der Dinge zu bringen.

»Summer, David hat das Kriegsbeil begraben – er wird keine Sorgerechtsklage einreichen.«

»Das sind ja phantastische Neuigkeiten, Jennie.«

»Alice ist schwanger, aber das macht mir nichts aus. Ich finde nur eigenartig, wie sich die Geschichte wiederholt.«

»Wie meinst du das?«

»Da verwandelt sich diese ehrgeizige junge Karrierefrau plötzlich in eine schwangere Teilzeitbeschäftigte, die von ihrem zukünftigen Mann abhängig ist. Ich weiß, meine Karriere ist damals nie groß in Gang gekommen, aber bei mir war es genauso.« Ich halte inne und frage: »Wie läuft's bei dir auf der Schule? Macht es dir immer noch Spaß?«

»Ja, sehr großen sogar. Einer der Jungs hat mir alles über den Oberlippenbart seiner Mutter erzählt.« Summer wechselt das Thema und kommt auf mich – und Guy – zu sprechen. »Das heißt also, du kannst dort weitermachen, wo du mit ihm aufgehört hast.«

»Ich hoffe.« Ich lächle in mich hinein. »Ich muss dabei

natürlich auch an Adam denken. Er weiß noch nicht, dass sein Vater ihn gerade für seinen neuen Nachkömmling fallen gelassen hat.«

»Ich glaube, David dachte, er würde mit seinem Antrag auf das alleinige Sorgerecht das Richtige tun«, stellt Summer fest. »Er wollte, dass Adam glücklich ist.«

Sie hat Recht, merke ich, doch bin ich noch nicht bereit, ihm zu verzeihen. Das wird noch dauern.

»Egal«, sage ich, »ich gehe mit Guy zum Besingen der Apfelbäume. Das ist aber keine Verabredung«, füge ich schnell hinzu, »obwohl es ganz romantisch werden könnte, mit ihm Arm in Arm unterm Sternenhimmel zu gehen.«

»Ja, eingepackt in dicke Lagen von Goretex und Fleece. Äußerst schmeichelhaft für die Figur!«

»Soweit ich weiß, ist es ein heidnischer Fruchtbarkeitsritus.«

»Na, dann pass mal schön auf, Jennie! Du hast schon drei Kinder. Oder willst du etwa noch mehr?«, zieht sie mich auf.

»Der Ritus bezieht sich auf die Bäume.«

»Hört sich für meine Ohren vollkommen bescheuert an«, erklärt sie mir, »aber trotzdem, viel Spaß. Ich melde mich wieder bei dir.«

Ich habe das Gefühl, vor einem Neubeginn zu stehen – für mich und Guy und meine Freundschaft zu Summer. Auch wenn wir vielleicht nicht mehr wie früher über gemeinsame Freunde plaudern können, sind wir in Krisensituationen doch übers Telefon füreinander da.

Ich setze mich hin, nehme Papier und Bleistift zur Hand, um die Zutaten für die Kuchen aufzuschreiben, die ich für das Besingen der Bäume backen will – Uphill Apfelkuchen und eine Schokoladencremetorte für die Schokoabhängigen.

»Ich kann nicht verstehen, was daran so toll sein soll, durch die Landschaft zu ziehen und mit einem Stock auf Bäume zu schlagen«, sagt Adam, als wir uns am Samstagabend für das Singen fertig machen. »Als ob es dadurch mehr Äpfel geben würde. Was für ein Scheiß! Totaler Scheiß!«

»Adam, drück dich anständig aus!«, sage ich gelassen. »Du kannst von mir aus gerne hierbleiben und Wii spielen oder etwas anderes machen.« Doch meine Vermutung bestätigt sich, seine Neugierde siegt. Als ich ihn das nächste Mal sehe, ist er im Hauswirtschaftsraum auf der Suche nach seinen Gummistiefeln.

»Sie stehen draußen vor der Hintertür«, kläre ich ihn auf.

»Warum hast du sie dort hingestellt?«

»Weil sie voller Kuhmist waren.«

»Das kommt, weil wir in so einem Scheißnest wohnen«, lautet sein Kommentar.

»Adam!«

»Stimmt doch. Überall liegt Scheiße rum, das kannst selbst du nicht leugnen. Schau doch nur aus dem Fenster!«

»Das ist lediglich ein Haufen Pferdemist. Ich dachte, der würde dir nichts ausmachen.« Meine Stimme verliert sich. »Und was ist mit den Kühen? Und dem Melken?«

»Ach, das gefällt mir ganz gut«, gibt er zu. »Im Gegensatz zum Rest. Die Schule. Dieses blöde Haus. Die Tatsache, dass wir Meilen von jeglicher Zivilisation entfernt sind.« Er schüttelt sich, beißt sich auf die Lippe und dreht sich weg. Da bemerke ich, wie er versucht, nicht zu weinen. Er will keine Schwäche zeigen – so wie sein Vater. »Ich möchte wieder nach Hause, Mum. All meine Freunde sind in London, und ich hänge hier fest.« Dann dreht er sich wieder mir zu und blitzt mich wütend an. »Warum musstest du uns überhaupt erst hierherschleifen? Und wieso hat Dad seine Meinung wieder geändert?«

»Er hat es dir doch erzählt …« Ich zögere.

»Du meinst das Baby?« Adam nickt.

»Wenn du wirklich wieder zurück nach London willst, stehe ich dir nicht im Weg«, sage ich sanft, doch der Gedanke, ihn zu verlieren, bricht mir das Herz. »Ich werde mit deinem Vater sprechen.«

»Jetzt kann ich nicht mehr bei ihm leben«, erwidert mir Adam. »Ein Baby, das ständig brüllt, wäre der absolute Albtraum!«

»Oh, Adam.« Ich strecke meine Hand aus, um ihn an der Schulter zu berühren, doch er weicht zurück und greift nach seinem Mantel, der an einem Haken an der Wand hängt. »Wohin gehst du?«

»Nach draußen, meine Gummistiefel holen«, sagt er kurz angebunden.

Ich lasse ihn in Ruhe. Ich bin keine Märtyrerin, doch manchmal frage ich mich, was ich in einem früheren Leben angestellt haben muss, um das zu verdienen.

Was trägt man zu einem solchen Anlass – dem Besingen von Apfelbäumen? Bestimmt keine heiße Unterwäsche, worüber ich, ehrlich gesagt, glücklich bin, denn es ist schon eine ganze Weile her, das ich die anhatte … Ich entscheide mich für Thermounterwäsche, eine wattierte Hose, die ich mal beim Skifahren getragen habe, drei Pullover, eine Fleecejacke und einen Mantel. Um meine Verwandlung in den Michelin-Mann perfekt zu machen, setze ich mir noch eine Mütze auf und ziehe Handschuhe und Schal an.

Als mein Handy klingelt, dauert es eine Weile, bis ich es in all meiner Kleidung gefunden habe. Es ist nur Fifi Green, die sich vergewissern will, dass alles für heute Abend vorbereitet ist.

Guy steht um sieben pfeifend vor der Haustür. »Bis du fertig, Jennie?«

»Moment noch. Ich habe meine Taschenlampe verlegt«, rufe ich zurück.

»Mach dir darum keine Gedanken, ich bin doch das Licht deines Lebens.« Sein leises Lachen bleibt ihm im Hals stecken. »Adam? Ich dachte, du wärst in London bei deinem Vater?«

»Ach der – der hat uns nicht gewollt«, brummt er, und mein Herz zieht sich vor Mitleid zusammen. Ganz tief in seinem Innern macht es ihm etwas aus. Es macht ihm zu viel aus.

»Na, dann komm einfach mit uns mit und besing die Bäume!«, sagt er freundlich.

»Hast du meine SMS nicht bekommen?«, frage ich ihn, als ich zu ihm und Adam hinaus auf die Veranda gehe, nachdem ich zuvor Lucky aus der Küche gesperrt und die Mädchen zur Eile ermahnt habe.

»Ich habe mein Handy irgendwo auf dem Hof verloren. War es etwas Dringendes?«

»David hat seine Meinung geändert, was das Sorgerecht für die Kinder betrifft. Sie werden nicht bei ihm leben.«

»Hat er das wirklich? Bedeutet das etwa …?« Guy schaut mich mit einem flehentlichen Blick an, so wie Lucky, wenn er nach einem Hundekuchen bettelt. Dann verzieht sich sein Mund zu einem breiten, wissenden Lächeln.

Sophie und Georgia tauchen auf.

»Hallo, Guy. Mummy wusste nicht, was sie anziehen soll, deshalb hat sie alles angezogen«, erklärt ihm Sophie kichernd. »Und jetzt ist sie ganz dick.«

»Sophie!« Ich fasse nach dem Rettungsring um meinen Bauch, um zu zeigen, das er nur aus Fleece besteht. »Das bin nicht ich, das sind die ganzen Pullover und Jacken.«

»Ich hätte dich doch wärmen können«, flüstert Guy mir leise ins Ohr, und ich bemerke, wie Sophie uns anstarrt, als ob sie sagen würde: Was geht denn hier vor?

»Fühlt sich an wie meine Zubettgehzeit«, verkündet Georgia und unterdrückt ein Gähnen.

»Meine ist schon lange vorbei. Kommt, wir wollen Fifi nicht warten lassen.« Er streckt grinsend seinen Arm aus. »Euer Wagen wartet.«

»Ich dachte, wir fahren mit dem Auto nach Talyton und gehen zu Fuß zurück«, erklärt er. »Ich hole den Land Rover dann morgen wieder ab.«

Der Umzug, mit Fifi vorneweg, geht ab dem Marktplatz los. Sie sieht beeindruckend aus in ihrer lila Robe, dem flotten Hut und den Gummistiefeln mit Keilabsatz. In der einen Hand trägt sie einen Stab und in der anderen eine Handglocke. Sie ist umringt von Kindern, die ihr mit den Taschenlampen den Weg leuchten.

»Sie sieht aus, als wäre sie von der Bürgermeisterin zur Göttin befördert worden.«

»Die Göttin hier bist du«, sagt Guy zu mir.

»Das ist ein fürchterlicher Spruch«, sage ich leise lachend.

»Der völlig ernst gemeint ist«, fährt er fort, doch danach hört er sich nicht wirklich an.

»Hallo, Guy. Ach, Jennie, du.« Maria stellt sich kurz zu uns und hält ihre Laterne in unsere Gesichter hoch, bevor sie Georgia und Sophie begrüßt. »Camilla ist auch hier – wenn ihr zu ihr wollt, sie ist dort drüben bei Fifi.«

Die Mädchen laufen los. Adam hat sich bereits zu zwei Jungs in seinem Alter verzogen, die am Ringstein stehen.

Maria berührt mich am Arm. »Ich hole euch bald wieder ein. Ich muss nur meinen Mann finden, der ist mir anscheinend abhanden gekommen.«

»Maria ahnt etwas, was uns betrifft«, bemerkt Guy.

»Ich wüsste nicht, warum«, erwidere ich, obwohl ich glaube, sie ist nicht die Einzige, der aufgefallen ist, dass Guy und ich uns heute Abend eher wie ein Paar verhalten als wie Nachbarn.

»Ich glaube, sie hat mitbekommen, wie ich dir in den Hintern gekniffen habe.«

»Das habe ich gar nicht …« Ich muss kichern. »Da musst du schon ein bisschen fester kneifen.«

»Jennie Copeland, ich hoffe, das ist nicht als Vorwand gedacht, damit ich es noch einmal tue«, neckt er mich, doch er tut es sowieso.

Der Umzug setzt sich in Bewegung und geht zur Stadt hinaus, um die Apfelbäume zu besingen. Peter, der Gemüsehändler, spielt eine Trommel, Fifi klingelt mir ihrer Glocke, und am Ende der Prozession spielt jemand Dudelsack. Ed Victor ist auch da, jedoch ohne seinen Papagei, wie ich bemerke. Es ist wohl zu kalt für ihn.

»Die Musik hört sich aber nicht sehr traditionell an«, bemerke ich.

»In Schottland schon«, erwidert Guy und drückt meine Hand.

Wir gehen bei insgesamt fünf Obstgärten vorbei, der letzte davon ist der von Jennie's Folly, wo sich alle, wie auch schon bei den anderen vieren, um den größten Baum versammeln, die Arme zu den kahlen Ästen hochhalten und singen, während ich die Wurzeln des Baums mit Apfelwein begieße und Fifi respektvoll den Stab gegen den Baumstamm schlägt. Im ersten Obstgarten musste ich mir meinen Schal in den Mund stopfen, um nicht laut loszukichern, doch inzwischen erscheint es mir ziemlich normal.

Die Mischung der in der Dunkelheit wippenden Laternen und Taschenlampen, das Gemurmel der Menschen, das Gefühl, unter Freunden zu sein sowie die unterschiedlichen Düfte, die von dem zertretenen Gras, dem Glühmost und Guys Aftershave ausgehen, lassen einen Schauer über meinen Rücken fahren.

Die Mädchen schauen mit großen Augen zu. Adam ist inzwischen blau, vermute ich.

Am Ende der Zeremonie kommt Fifi zu uns.

»Jennie, vielen Dank für Ihre Gastfreundschaft. Und danke für den Apfelwein, Guy«, fährt sie fort und wendet sich zu ihm. Sie verzieht ihre Lippen, als ob sie gerade überlegt, wie sie das, was sie als Nächstes sagen möchte, am besten formulieren soll. »Es liegt mir fern, mich einzumischen, aber ich hoffe, du hast dir gut überlegt, was du tust. Nein, versuch bitte nicht, mir zu sagen, dass da nichts ist. Ich bin nicht blind, und Ruthie auch nicht.«

»Fifi, misch dich bitte nicht ein!«, sagt Guy streng. »Das geht dich nichts an. Gute Nacht«, fügt er hinzu, greift nach meinem Arm und führt mich weg.

»Was war das denn?«, frage ich ihn. »Warum hat sie Ruthie erwähnt?«

»Das habe ich dir bereits erzählt. Ruthie und ich kennen uns seit Jahren und sind miteinander befreundet. Mehr gibt es dazu nicht zu sagen.« Er hält inne und flüstert mir ins Ohr: »Du bist die einzige Frau für mich …«

»Oh Guy«, seufze ich und kämpfe gegen das Gefühl an, mich spontan in seine Arme zu werfen und auf die Folgen zu pfeifen. Am liebsten würde ich sämtliche Menschen um mich herum vergessen, doch kann ich den Kindern erst dann das Ausmaß unserer Beziehung offenbaren, wenn sie dafür bereit sind. Sie beginnen erst jetzt zu begreifen, dass ihr Vater sich gegen sie entschieden hat, zugunsten des Kindes mit Alice. Ihnen dann auch noch den neuen Freund ihrer Mutter zuzumuten wäre nicht richtig, auch wenn sie Guy schon kennen.

Allerdings liegt es nicht nur an den Kindern, wenn ich ehrlich bin. Der Hauch eines Zweifel hat sich wieder in meinem Kopf eingenistet, an dem Fifi schuld ist, denn sie hat sie wieder erwähnt – Ruthie. In welcher Art von Beziehung steht sie zu Guy?

Als alle Mitwirkenden des Umzugs gegangen sind und

außer Krümeln und leeren Bechern nichts übrig gelassen haben, räumt Guy auf, während ich Georgia und Sophie ins Bett bringe. Adam ist zu Hause – das Licht in seinem Zimmer brennt –, so klopfe ich an die Tür.

»Alles in Ordnung?«, frage ich sanft.

»Nacht«, murmelt er.

Erleichtert darüber, dass er zu Hause geblieben und nicht mit den Jungs, mit denen er sich vorhin unterhielt, weitergezogen ist, was ich ihm durchaus zugetraut hätte, gehe ich hinunter zu Guy ins Wohnzimmer und setze mich neben ihn auf das Korbsofa, was unter unserem gemeinsamen Gewicht knarrt.

»Du neben mir – das könnte noch ganz schön aufregend werden«, sagt er lächelnd.

»Na, das hoffe ich doch!« Ich kuschle mich an ihn, und er legt einen Arm um meine Schulter, den anderen um meine Taille. Dann fährt er mit seiner Nase sanft über meine.

»Ist aber heikel«, murmle ich. »Die Kinder.«

»Ich weiß … Sie können jederzeit hereinplatzen.«

Wir sitzen eine Weile nur so da, und im Haus kehrt Stille ein, bis ich nur noch meinen leisen vor sich hin klopfenden Puls und Guys regelmäßiges Atmen höre. Ich berühre sein Gesicht und fahre mit den Fingerspitzen über seine Kieferpartie, die stoppelig und rau ist, und meine Brust zieht sich sehnsüchtig zusammen.

Guys Atem stockt. »Ich mag dich wirklich sehr, Jennie …«

Unsere Lippen berühren sich, wir küssen uns … während von oben laute Geräusche nach unten dringen – ein dumpfer Schlag, eine knallende Tür, jemandem ist schlecht.

»Adam …«

»So kann ein Moment auch zerstört werden«, bemerkt Guy mit einem kläglichen Lächeln auf den Lippen.

»Ich gehe besser nach oben«, sage ich. »Vielleicht braucht er Hilfe, um wieder ins Bett zu kommen.«

Guy folgt dicht hinter mir.

»Adam?« Ich klopfe gegen die Badezimmertür und rüttle am Türgriff, als er nicht antwortet.

»Lass mich mal!« Guy packt den Türgriff und drückt gegen die Tür.

»Er hat abgeschlossen.« Ich mache mir Sorgen und klopfe fester.

»Keine Panik, Jennie!« Guy greift oben nach dem Türrahmen, zieht einen Schlüssel hervor und hinterlässt dabei eine Staubwolke.

»Den habe ich noch nie bemerkt.«

»Wir hatten immer einen Ersatzschlüssel dort. Für Notfälle …« Guy steckt den Schlüssel ins Schloss, rüttelt fest daran, so dass der Schlüssel auf der anderen Seite mit einem metallischen Geräusch klirrend zu Boden geht und er den Ersatzschlüssel umdrehen und die Tür öffnen kann.

Ich dränge mich an ihm vorbei und finde meinen Sohn auf dem Boden liegend vor der Toilette vor.

»Adam?« Ich knie mich neben ihn, doch da hat er sich bereits auf seine Knie hochgerappelt und versucht verzweifelt, seinen Kopf hochzuhalten.

»Mum? Geh weg, bitte …«

»Adam, du bist betrunken.« Ich greife nach dem Toilettenpapier und wische ihm den Speichel ab, der ihm am Mund herunterläuft.

»Ich bin so müde«, stöhnt er.

»Komm, wir bringen ihn ins Bett«, beschließt Guy. Er beugt sich nach unten und gemeinsam heben wir Adam hoch, dass er wieder auf die Füße kommt. Wir tragen und ziehen ihn halb in sein Zimmer, wo wir ihn auf sein Bett legen, das Federbett unter ihm hervorziehen und ihn damit zudecken.

»Ich bringe ihm ein Glas Wasser«, sagt Guy. »Nein, du bleibst hier bei ihm, Jennie!«

Als Adam ein paar Schlucke getrunken hat, sagt Guy, er würde nach Hause gehen.

»Das hat nichts mit ihm zu tun«, erklärt er mir. »Ich könnte nur ein paar Stunden Schlaf vertragen, denn ich glaube kaum, dass Adam mir morgen beim Melken helfen wird, oder?«

»Nein, tut mir leid.«

»Dir muss gar nichts leidtun, denn dich trifft keine Schuld. So was passiert nun mal.«

»Ich hätte ihn besser im Auge behalten müssen.«

»Das wäre dir nur geglückt, wenn du ihn in Handschellen gelegt hättest.«

»Warum ist er so erpicht darauf, sich ins Nirwana zu trinken?«

»Ich denke, weil manche Leute das unter ›Spaß haben‹ verstehen. Aber er wird bald seine Lektion lernen.«

»Warum sagen die Leute so was? Wie viele Menschen kennst du, die nach einem fürchterlichen Kater plötzlich aufwachen und sagen: ›Das war das letzte Mal, ich werde nie wieder trinken‹? Und dann hält es nicht lange vor.«

»Stimmt, Jennie.« Guy lächelt. »Bis zum nächsten Mal«, fügt er verschmitzt hinzu.

20

Kolibrikuchen

Adam hat für eine Woche Hausarrest, doch ein paar Tage nach dem Besingen der Apfelbäume ruft mich um zwei Uhr nachmittags die Schule an. Dieses Mal ist es die stellvertretende Direktorin, die mir erklärt, Adam habe wieder mehrfach unentschuldigt gefehlt. Ob ich davon wüsste? Nein, und ich bin schockiert. Nach dem letzten Mal brachte ich ihn jeden Morgen persönlich zur Schülerhilfe, doch seit sich sein Benehmen wieder zu bessern scheint – die Peinlichkeit, dass seine Mutter mit ihm in die Schule ging, war einfach zu viel –, habe ich die Zügel wieder gelockert.

»Ich werde ihn suchen gehen«, sage ich und seufze, als mein Blick auf all die Törtchen fällt, die noch verziert werden müssen. Da ich fest entschlossen bin, auf dem Weihnachtsmarkt an meinen Erfolg vom Bauernmarkt anzuknüpfen, habe ich Unmengen dafür gebacken. Ich ziehe meine Schürze aus, wasche mir die Hände, greife nach Mantel, Schal und Handschuhen und rufe Lucky.

»Gehen wir?« Er fegt wie ein geölter Blitz vom Sofa, seine Krallen kratzen auf den Steinplatten, und er wedelt wild mit dem Schwanz, während auf seinem Gesicht ein Lächeln erscheint. Hätte man mir jemals gesagt, dass Hunde lächeln können, hätte ich lauthals gelacht. Doch Lucky kann es wirklich – er hebt seine Lippe und zeigt seine Zähne.

Ich werde mit ihm alle Orte abgehen, an denen Adam sein könnte – Uphill Farm, der Teich im Wäldchen, der Fluss. In Talyton, denke ich mir, wird er um diese Uhrzeit wohl nicht sein – da gibt es zu viele Wichtigtuer, die nur darauf warten, Schulschwänzer zu melden.

Ich gehe rasch die Auffahrt hoch und bin hin und her gerissen zwischen meiner Sorge um Adam, die aber nicht seine Sicherheit betrifft, sondern seinen derzeitigen Gemütszustand, denn er kann sehr gut auf sich selbst aufpassen, und meiner Freude darüber, eine Ausrede zu haben, Guy zu sehen. Mir ist jede Art von Entschuldigung recht, um mit meinem großartigen – darf ich es wagen, zu glauben – Freund Zeit zu verbringen.

Freund? Das hört sich eigenartig an, und ich komme mir wieder vor wie siebzehn, nicht wie vierzig.

Seit die Kühe nicht mehr zweimal am Tag den Weg entlanggehen, wächst in der Mitte wieder mehr Gras. Auf den Pfützen ist Eis, das in der blassen Sonne glitzert und unter meinen Schritten knackt. Auf den Bäumen ist kein Laub, die Äste sind kahl, und an den Baumstämmen rankt der Efeu. Als ich den Hof erreiche, steht Guys Land Rover da, daneben ein anderer Allradwagen, den ich nicht kenne, doch keine Spur von Adam oder Guy. Napoleon, der Hahn, sitzt auf seiner Stange an der Wand vor der Scheune, in der sich die Kühe über Winter befinden, und kräht. Ein paar Hühner laufen über den Hof und picken vergeblich nach gefrorenem Heu und Körnern. Eine Kuh muht halbherzig, und in der Ferne ist das Brummen eines Quads zu hören.

Ich gehe seitlich am Haus vorbei über den Garten, schiebe den Riegel des Tors zurück, hinter dem sich ein steiles Feld befindet, das mit einer Hecke abschließt. Mein Blick wandert hoch auf den Hügel, und da sehe ich Adam, wie er mit einem Quad hin und her flitzt. Sein Haar leuchtet in der Sonne, als er eine scharfe Kurve fährt, den Abhang herunterrast und dabei so beschleunigt, dass er durch die Luft fliegt. Mein Herz scheint zu flattern und nur durch meinen Hals aufgehalten zu werden, bis er und das Quad wieder festen Boden unter den Füßen haben.

»Adam«, schreie ich ihn an. »Komm sofort von dem Ding runter!«

Er reißt das Quad herum, bremst ab und bleibt genau vor mir stehen. Er starrt mich an, seine Hände liegen auf dem Lenker.

»Was denkst du eigentlich, was du hier machst?«

»Herumfahren und ein bisschen Spaß haben. Im Gegensatz zu dir, Mum.«

»Hat Guy dir überhaupt erlaubt, das Quad zu nehmen?«

»Er sagte, ich könnte es jederzeit benutzen.«

»Weiß er, dass du hier bist?«

»Weiß nicht.«

»Komm sofort von der Maschine runter, Adam!«

»Aber!«

»*Jetzt!*«, fahre ich ihn an. »Und geh nach Hause!«

Adam steigt von dem Quad ab und stellt sich daneben.

»Kann ich hierbleiben und die Kühe melken?«, fragt er. Er spielt den Reumütigen. Alles nur Show, denke ich mir.

»Das ist ja wohl nicht dein Ernst, oder? Du solltest entweder in der Schule oder in deinem Zimmer sein und deine Hausaufgaben nachholen. Abgesehen davon hast du Hausarrest, erinnerst du dich?«

»Mum, wann bestimmst du eigentlich mal nicht mein Leben?«, murmelt er. »Wenn ich die Kühe nicht melken darf, gehe ich zurück nach London, und du wirst mich nicht davon abhalten. Ich werde allein leben. Ich hasse es hier. Ich hasse dieses beschissene Kaff.«

»Ich hab's kapiert«, sage ich kurz angebunden.

»Ich hasse mein Leben. Genau wie *dich*.«

»Adam, wir leben nun mal hier und müssen das Beste daraus machen. Mehr sage ich dazu nicht.«

Er ist stinksauer auf mich. Ich liebe ihn, doch im Moment nicht wirklich.

»Geh nach Hause!«, fordere ich ihn noch einmal auf. »Und nimm Lucky mit!«

»Wo gehst du hin?«

»Ich schaue nach, ob Guy da ist.« Wovon ich allerdings ausgehe, denn sein Land Rover steht da. Außerdem bin ich neugierig, wem der andere Wagen gehört. Ich lächle in mich hinein, da mir bewusst wird, dass ich mich gerade als neugierige Nachbarin entpuppe. Bevor ich auf Guys Hofe gehe, vergewissere ich mich, dass Adam den richtigen Weg einschlägt. Als ich die Eingangstür erreiche, die einen Spalt offen steht, schnappe ich Stimmen auf. Es sind die von Guy und die einer Frau. Ich drücke die Tür behutsam auf, bahne mir meinen Weg um ein paar Hindernisse, die auf dem Boden im Hauswirtschaftsraum liegen, wie zum Beispiel schmutzige Stiefel und Eimer, bis ich mit klopfendem Herzen die Küche erreiche, wo Guy in inniger Umarmung steht…

»Guy!«, schreie ich entsetzt auf. »Was geht hier vor?« Die Frage ist nicht wirklich nötig, da die Situation für mich völlig eindeutig ist. Er hält eine Frau in den Armen und küsst ihr Haar. Ich kann ihr Gesicht nicht sehen, und mir ist auch egal, wer sie ist, denn mein wunderbarer, geduldiger, netter und fürsorglicher Freund hat sich gerade als ein großer Trugschluss herausgestellt.

»Jennie, es ist nicht so, wie du denkst«, versucht Guy mir zu erklären und schaut mich weder überrascht noch schockiert an. Er hat noch nicht einmal ein schlechtes Gewissen, denke ich. »Ruthie –«

»Ruthie! Das hätte ich mir denken können.« Zwischen

Guys Dementis und Fifis Andeutungen hätte ich wissen müssen, dass sie in irgendeiner Art von Beziehung stehen.

»Jennie!« Guy versucht, sich aus Ruthies Fängen zu befreien. Zumindest sieht es so aus, doch sie hängt an ihm wie der Efeu an der alten Eiche in dem kleinen Wald und wird ihn bestimmt nicht gehen lassen. »Lass dir erklären …«

»Das ist nicht nötig«, unterbreche ich ihn kühl, obwohl sein Verrat mich zutiefst trifft. »Ich hoffe, ihr seid glücklich – und werdet viele Kinder miteinander haben.« Ich halte es nicht länger aus. Ich drehe mich um, stürme aus dem Haus und laufe über den Hof mit den Füßen durch den Matsch die Auffahrt herunter. Ich höre, wie Guy hinter mir herläuft und mich am Zauntor von Jennie's Folly einholt.

»Jennie, warte!«, sagt er und fasst nach meinem Arm. »Bitte!«

Er lächelt mich vorsichtig an. Ich lächle nicht zurück – ich kann nicht. Ich stehe zitternd da.

»Was sollte das mit den Kindern?«, fragt er. »Wir haben uns noch nicht einmal geküsst.«

»Aber ich konnte sehen, dass ihr euch anziehend findet. Sie ist jung genug, um Kinder haben zu können und dir einen Erben zu schenken …«

»Das ist doch lächerlich! Und ganz bestimmt das Letzte, woran ich jetzt gerade denke.«

»Tatsächlich? Immerhin ist es ziemlich offensichtlich, dass ich für Kinder bald zu alt sein werde. Nein, Guy, geh zurück zu ihr! Sie ist ein besserer Fang als ich.«

»Jennie, ich habe Ruthie nicht zu mir eingeladen«, erklärt er mir. »Fifi hat sie geschickt und ihr vorher irgendein Lügenmärchen aufgetischt, wie gerne ich sie sehen würde, um die Dinge wieder ins Lot zu bringen.«

»Welche Dinge?«

»Ich gebe zu, Jennie, ich habe dir nicht die ganze Wahrheit gesagt, und das bereue ich jetzt sehr. Ich bin in der Tat eine Weile mit Ruthie ausgegangen, nach Tasha, um mich über diese Enttäuschung hinwegzutrösten, aber das entschuldigt nicht mein Verhalten. Ich schämte mich später dafür, weil ich das Gefühl hatte, ihr falsche Hoffnungen gemacht zu haben. Obwohl ich ihr deutlich machte, dass es zwischen uns aus sei, hat sie das nie wirklich akzeptiert.«

»Du hast mich also belogen?«, frage ich.

»Ich fand es nicht wichtig. Als Lüge würde ich es nicht bezeichnen, ich habe eher Informationen zurückgehalten. Jennie, ich wollte weder dich noch Ruthie verletzen.«

»Guy, ich habe dir vertraut…« Ich beiße mir so fest auf die Lippe, dass sie zu bluten beginnt. »Ich dachte, ich würde dich kennen.«

»Bitte, wein nicht!« Er kommt auf mich zu, streckt seine Arme nach mir aus, doch ich mache einen Schritt zurück, um aus seiner Reichweite zu bleiben. Es kommt mir vor, als hätte sich Guy in David verwandelt. Damals schwor ich mir, nie wieder, doch jetzt stehe ich genauso wieder da – ich bin ein solcher Trottel!

»Mach's gut«, sage ich tonlos.

»Sehen wir uns heute Abend?«, fragt er und stößt mit der Spitze seines Stiefels gegen einen Büschel Gras.

»Nein. Weder heute Abend noch irgendwann anders.«

Ich spüre seine Hand auf meiner Schulter, doch schüttle ich sie ab.

»Geh mir einfach aus den Augen!«

Ich gehe durch das Tor hoch zur Eingangstür und fühle, wie sich meine Brust vor Schmerz zusammenzieht. Guy hat mein Vertrauen missbraucht, und nun ist es aus und vorbei mit uns, noch bevor es richtig angefangen hat. Unsere Beziehung stand von Beginn an unter keinem guten Stern.

Es ist das Beste so, rede ich mir ein. Ich habe die Wahrheit herausgefunden, noch bevor ich mich zu sehr eingelassen habe, wenngleich es schon genug war, dass es lange dauern wird, um über ihn und das, was hätte sein können, hinwegzukommen.

Der AGA in der Küche verströmt eine wohlige Wärme, so dass ich sie nur ungern verlasse, als Maria mit dem Pferdetransporter vor der Tür steht, um Bracken mitsamt Sattel und Zaumzeug abzuholen. Maria und Camilla fahren mit dem Transporter voraus, Georgia, Sophie und ich mit dem Auto hinterher.

Ich lasse Adam nur ungern allein zu Hause, besonders in seiner derzeitigen Gemütsverfassung, doch liegt er immer noch im Bett, als wir frühmorgens losfahren, selbst Lucky will nicht aufstehen.

Wir brauchten ziemlich lange, bis wir alles zusammen hatten, um an einer Ponyrallye teilzunehmen. Es ist die erste von insgesamt vier Rallyes, die an vier Samstagen hintereinander stattfinden werden. Die Nacht zuvor war es Georgia vor Aufregung und Nervosität schlecht geworden, doch heute Morgen, abgelenkt durch das Waschen von Brackens Schweif – mit warmem Wasser, nebenbei bemerkt –, dem Anziehen der Transportgamaschen und Zusammenpacken sämtlicher Utensilien, geht es ihr wieder gut. Ich kann nicht glauben, was ihrer Meinung nach alles notwendig ist, um eine Stunde reiten zu gehen. Heunetze, Haarnetze, Bürsten – für sie und das Pony – Sattel, Zaumzeug, Klammern für die Reithose … und so weiter und so fort.

Als Georgia fertig ist, sieht Bracken, im Gegensatz zu ihr, makellos aus. Während die Füße des Ponys durch das Huföl glänzen, ist Georgias Gesicht mit einer feinen Schmutzschicht überzogen. Ich schicke sie nach oben, um sich ihre Reitkleidung anzuziehen – Hemd mit Krawatte des Ponyklubs sowie Jacke und Reithose. Sie kommt die Treppe herunter, als ein Transporter auf der Auffahrt zu hören ist, der zuerst vorbeifährt und dann rückwärts auf den Hof fährt.

»Seid ihr fertig?«, fragt Maria, als wir hinausgehen. Sie hat in dieser Jeans und dem voluminösen Mantel mit seiner schmutzigen, pelzbesetzten Kapuze so gut wie nichts mehr mit der modischen Frau gemein, die mir die Haare schneidet. Camilla ist dem Anlass gemäß gekleidet. Sie trägt eine marineblaue Blousonjacke, auf der in roten Buchstaben der Name ihres Ponys, »Mr. Bojangles«, geschrieben steht. Ich bemerke Georgias sehnsüchtigen Blick darauf.

»Nett von dir, uns abzuholen«, sage ich zu Maria.

»Ach, kein Problem. Es lag auf dem Weg.« Sie lächelt. »Schön, dass Camilla jemanden hat, der mitfährt.«

»Ich hole Bracken«, verkündet Georgia.

»Die Rampe ist schon unten, du musst sie einfach nur hoch in den Transporter führen, Georgia!«

Einfach? Bracken hat da andere Vorstellungen, wie sich herausstellt. Als sie einen Blick in den Transporter wirft, bleibt sie wie angewurzelt auf der Rampe stehen und weigert sich, auch nur einen Schritt vorwärts, rückwärts oder seitwärts zu gehen. Ich hole einen Eimer mit Futter, gemäß Georgias Anweisung, doch auch das funktioniert nicht. So dumm ist Bracken nicht, und so hungrig auch nicht.

»Camilla, bring mir bitte die Longierpeitsche!«, sagt Maria, und Camilla kehrt mit einer langen Peitsche zurück, die Maria über Brackens Hinterteil schwingt.

»Komm, Bracken!«, ruft Georgia in einer Singsangstimme Bracken zu.

Das Pony ist in seinem Element. Es hat die Lage voll im Griff, die Ohren wandern vor und zurück, es verdreht die Augen und schlägt mit seinem Schwanz.

»Habt ihr sie schon mal in einen Transporter geladen?«, fragt mich Maria.

»Nein, haben wir nicht, aber sie ist in einem hierhergebracht worden.«

»Als Nächstes versuchen wir den Trick mit der Longierleine«, erklärt mir Maria, doch bevor Camilla sie holen kann, taucht Guy in seinem Traktor hinter uns auf. Er bleibt in einiger Entfernung stehen, springt heraus und kommt auf uns zu. Mir wird schwer ums Herz, und mein Magen dreht sich mehrfach um, denn wir haben uns seit dem Vorfall mit Ruthie nicht mehr gesehen, und ich bin immer noch verwirrt und bestürzt über das, was passiert ist. Ich war dabei, mich in ihn zu verlieben – falsch, *ich hatte mich in ihn verliebt* – und gedacht, er würde genauso fühlen, auch wenn er es nicht ausdrücklich gesagt hatte …

Ich schaue ihm ins Gesicht, und er blickt mit zurückhaltender Miene zurück. Er trägt eine Wollmütze, Schal und eine dunkelgrüne Wachsjacke, die richtige Kleidung für dieses kalte Wetter.

»Hilf uns mal kurz!«, ruft Maria ihm zu. »Du kannst doch so gut mit Pferden.«

»Mach ich«, erwidert er. »Ist das für dich in Ordnung, Jennie? Ich muss mit dem Traktor die Auffahrt herunterfahren.«

Ich nicke. Nur zu.

Ein zaghaftes Lächeln erscheint auf seinen Lippen.

»Das Pony weiß, seinen Vorteil zu nutzen …« Er geht auf Bracken zu und spricht kurz mit Georgia, bevor er nach dem Seil an Brackens Hals greift. Er streichelt das Gesicht des Ponys, rüttelt am Seil und führt sie dann geradewegs die Rampe hoch in den Transporter. Maria geht hinter ihm her, schließt die Türen und fährt die Rampe hinter unserem ungezogenen Pony wieder ein.

»Hurra!«, ruft sie und applaudiert, während Guy vorne

aus der Tür des Transporters springt. Maria geht zu ihm und küsst ihn auf die Wange, eine Geste, deren Anblick mir einen Stich versetzt. »Danke, Guy.«

»Danke«, sage auch ich, doch kann ich ihm dabei kaum in die Augen schauen.

»Nichts zu danken«, sagt er abweisend und wendet sich den Mädchen zu. »Viel Spaß bei der Rallye!«

Den haben sie. Georgia grinst die ganze Zeit über beide Ohren, als sie mit Bracken in der Reithalle auf einem Pferdehof nördlich von Talyord reitet. Neben einer Lehrerin mit mächtigen Oberschenkeln und dröhnender Stimme namens Polly nehmen an der Rallye insgesamt fünf Mädchen und deren Ponys teil.

Ich sitze zusammen mit Sophie, Maria und den anderen Müttern vom Ponyklub oben auf dem Balkon auf einem kaputten Stuhl und schaue unseren angehenden Zara Phillipses zu, wie sie mit ihren Ponys gehen, traben und langsam galoppieren. In der Halle ist es eiskalt. Mir kribbeln innerhalb von zehn Minuten die Füße, und ich spüre meine Finger nicht mehr. Ich habe heißen Kaffee und einen Kolibrikuchen mitgebracht, der eher als Dankeschön für Maria gedacht ist, weil sie sich weigert, für das Bringen von Bracken Geld anzunehmen, als ein schamloser Versuch, Marketing für mein Geschäft zu betreiben.

»Der schmeckt aber klasse!«, lobt sie mich. »Was ist das?«

»So was Ähnliches wie ein Möhrenkuchen, nur dass statt der Möhren Ananas und Bananen drin sind. Ach ja, und ich habe keine Pekannüsse, sondern Walnüsse verwendet.«

»Wie läuft das Geschäft?«, fragt Maria.

»Ganz gut«, erwidere ich, denn in letzter Zeit gab es mehrere angenehme Überraschungen. Die Woche zuvor waren zwei Bestellungen eingegangen, und ich hatte drei

Anfragen nach Hochzeitstorten – Cupcakes, so wie bei Penny. Soeben habe ich sechs Geburtstagskuchen ausgeliefert, und natürlich habe ich auch immer noch den Stand auf dem Bauernmarkt. Noch besser allerdings ist, doch darüber will ich erst sprechen, wenn alles in trockenen Tüchern ist, dass ich in Verhandlungen mit dem Geschenkeladen in Talyton stehe, um ihnen während des Sommers regelmäßig Apfelweinkuchen zu liefern.

Ich zittere. Ich kann den Sommer kaum erwarten.

»Freut mich«, sagt Maria. »Ich glaube, alle hätten gerne deine Cupcakes zur Hochzeit. Penny war völlig begeistert, wie du eine drohende Katastrophe in eine besondere Erinnerung verwandelt hast.« Sie grinst. »Sie hat mir die Geschichte von eurem Hund erzählt, ich schneide auch ihr das Haar. Ihre Hochzeitsfrisur stammt von mir. Außerdem ist es unmöglich, hier etwas geheim zu halten.«

»Das ist mir nicht entgangen«, sage ich vergnügt. Die Mütter vom Ponyklub sind entgegen meinen Erwartungen nicht hochnäsig. Ich habe das Gefühl hierherzugehören und unter Freunden zu sein. So wie ich das Gefühl habe, von Talyton St. George akzeptiert zu werden. Ich bin stolz darauf, Teil der Gemeinschaft zu sein.

»Es gibt da Gerüchte über dich und Guy…«, beginnt Maria.

»Nur Gerede«, antworte ich und versuche, nicht zu schroff zu klingen.

»Warst du nicht mit ihm beim Besingen der Bäume zusammen?«

»Ich war mit halb Talyton dort«, stelle ich fest. »Wir waren nicht in dem Sinne zusammen dort.«

»Schade. Es gab mal eine Zeit, da dachten wir, er und Ruthie würden ein Paar werden. Sie kümmert sich um Legebatteriehennen. Kennst du sie?«

»Nur flüchtig.«

»Ruthie war immer da, im Hintergrund, und wartete auf den richtigen Moment. Sie ging mal eine kurze Zeit mit Guys Bruder aus. Aber gut, wer tat das nicht?« Maria lächelt reumütig. »Doch ich will hier nicht auf die Geheimnisse meiner vergeudeten Jugendzeit eingehen. Wie dem auch sei, Ruthie hat Guy sehr geholfen, als ihn seine Frau verließ, und mir erzählt – im Vertrauen, deshalb behalt es bitte für dich –, dass sie hoffe, er würde sie heiraten, sobald er über Tasha hinweggekommen sei.«

»Und?«, frage ich.

»Entweder hat er das Ende seiner Ehe nicht verkraftet, oder« – sie hält inne und schaut mich lange an – »eine andere, exotischere Frau ist aufgetaucht und hat sein Interesse geweckt.«

»Dazu kann ich nichts sagen – ich kenne ihn nicht so gut.« Ich dachte einmal, ihn zu kennen, doch ich bin mir nicht sicher, ob er der Mann ist, der er für mich zu sein schien.

»Er wäre ein guter Fang«, fährt Maria fort, doch ich denke mir, lieber würde ich mir im Moment eine Grippe einfangen als Guy Barnes. Ich glaube nicht, ihm jemals verzeihen zu können.

»Mummy«, bringt Sophie sich bei mir in Erinnerung, indem sie von ihrem Stuhl aufsteht und sich auf meinen Schoß setzt, »mir ist langweilig.«

»Es dauert nicht mehr lange«, beruhige ich sie. »Die Rallye geht insgesamt eine Stunde, und eine halbe Stunde davon ist schon vorbei.«

»Kann ich auch Mitglied vom Ponyklub werden?«, fragt sie.

»Das macht nicht viel Sinn, du hast ja kein Pony.«

»Dem kann abgeholfen werden«, wirft Maria ein.

»Oh nein. Keine weiteren Ponys«, erkläre ich. »Die machen zu viel Ärger.«

»Aber du hast doch so viel Platz, und außerdem würde Bracken Gesellschaft guttun«, wendet Maria ein und bemerkt anscheinend meinen grimmigen Blick nicht, der besagt, hör auf damit. Anderes Thema. »Auf meinem Feld zu Hause steht das perfekte Pony. Es ist Teddy, Camillas erstes Pony.«

»Ich habe kein Geld, um ein zweites Pony zu kaufen.«

»Das wäre das Gute daran. Du müsstest Teddy nicht kaufen. Ich würde ihn dir für Sophie ausleihen, bis sie zu groß für ihn ist.«

»Bitte, Mummy», bettelt Sophie.

»Ich glaube nicht«, sage ich und bleibe hart.

»Wir lassen deiner Mutter etwas Zeit, sich an die Idee zu gewöhnen«, sagt Maria und lächelt Sophie verschwörerisch zu. »Seht mal«, fügt sie hinzu, »Georgia macht sich gerade fertig für einen Sprung«, und da bemerke ich, wie abgelenkt ich gewesen bin, denn Polly, die Lehrerin, hat ein Hindernis mitten in der Halle aufgestellt.

»Das ist ja riesig«, entfährt es mir, und ich halte mir die Hände vors Gesicht, um dann zwischen meinen behandschuhten Fingern wieder hindurchzuschauen.

»Unsinn, das Hindernis ist nicht mehr als sechzig Zentimeter hoch«, versucht Maria mich zu beruhigen. »Mr. Bojangles ist den ganzen letzten Sommer schon über achtzig Zentimeter gesprungen, und er ist kleiner als Bracken.«

Mit bangem Herzen schaue ich Georgia zu, wie sie gerade und elegant auf Bracken sitzt, ihn mit einem leichten Tritt in die Seite zum Traben bringt, dann langsam galoppiert und zum Sprung ansetzt. In diesem Augenblick verwandelt sich das Pony von einem langsamen Esel in ein Rennpferd. Die letzten beiden Schritte beschleunigt es noch einmal, hebt ab, überspringt das Hindernis mit mehreren Zentimetern Luft dazwischen und landet mit einer sich an den Zügeln festklammernden Georgia auf der anderen Seite, die wieder zurück in ihren Sattel gleitet.

»Gut gemacht, Georgia! Komm zurück und versuch es noch einmal«, ruft ihr Polly zu, und Georgia trabt mit grinsendem Gesicht zurück, um einen zweiten Anlauf zu nehmen, der um einiges fließender und eleganter aussieht.

»Das Pony hat Sprungkraft«, konstatiert eine der Mütter neidisch, und mit einem Mal bin ich stolz darauf, Pferdebesitzerin zu sein, und beginne, zu erkennen, was Georgia in Bracken sieht. Ich wische mir eine heiße Träne aus dem Auge. Die vielen Stunden, um sie wieder gesund zu pflegen und ihr die Flausen aus dem Kopf zu vertreiben und die hohen Tierarztrechnungen – das alles hat sich gelohnt.

Am Ende der Rallye spricht Polly kurz mit mir über Georgia.

»Sie ist eine talentierte Reiterin«, sagt sie. »Sehr natürlich. Ich bin gespannt, wie sie sich auf Pferden macht. Ich nehme an, Sie halten bereits Ausschau nach einem größeren Pony mit etwas mehr Potenzial.«

Wir haben Bracken gerade gekauft, liegt es mir auf der Zunge zu sagen, doch ich halte mich zurück, um in kein Fettnäpfchen zu treten.

»Es wird bald Frühling – eine gute Zeit, um sich nach einem neuen Pony umzusehen. Sollten Sie Hilfe brauchen, rufen Sie mich an. Ich habe viele Kontakte und kann Ihnen bei der Entscheidung, ob ein Pferd das richtige ist oder nicht, zur Seite stehen.«

»Vielen Dank. Ich werde daran denken.« Langsam schwant mir, dass ich ganz schön viele Kuchen backen werden muss, um Georgias Hobby finanzieren zu können.

Ich wünschte mir, Adam wäre genauso glücklich wie sie, doch leider kann er Pferden nichts abgewinnen. Wenngleich ich auch nicht wüsste, woher ich das Geld für ein weiteres Pferd nehmen sollte. Ich schaue auf die Uhr. Ich hoffe, es geht ihm gut. Ich frage mich, ob ich ihn anrufen oder ihm eine SMS schicken soll, doch als ich auf mein Handy sehe, bemerke ich, dass es kein Netz hat.

Als wir wieder zu Hause sind, wird es langsam dunkel, obwohl es erst drei Uhr nachmittags ist. Die Luft ist so klirrend kalt, dass sie auf der bloßen Haut wehtut und ich völlig verfroren bin. Selbst meine Knochen sind kalt. Sophie hingegen in ihrem dicken Mantel und den Handschuhen ist es warm.

»Je schneller wir drinnen sind, um so besser«, sage ich.

»Wir müssen zuerst noch Bracken füttern und ihr Wasser geben«, verkündet Georgia.

»Auf keinen Fall«, erwidert Sophie mit klappernden Zähnen, trotz ihres dicken Mantels und der Handschuhe. »Ich gehe ins Haus. Bracken ist dein Pferd – du musst sie versorgen.«

Ich hätte sie nicht mitnehmen dürfen, sondern zumindest in Erwägung ziehen sollen, sie bei Adam zu lassen ... vielleicht aber auch nicht, so wie seine Stimmung in letzter Zeit ist. Ich weiß nicht. Warum ist es so schwer, Eltern zu sein?

»Ich helfe dir, Georgia«, sage ich. »Komm, Bracken!«

Georgia bindet sie draußen vorm Stall fest, nimmt ihr die Schweifbandage und Transportgamaschen ab und wirft ihr eine Decke über, bevor sie sie in den Stall führt, wo ein sauberes Bett aus Streu auf sie wartet.

»Was braucht sie noch?«, frage ich.

»Ihr Heunetz.«

»Wie viel Heu?«

»Fünf Pfund.«

»Warum wird bei Ponys immer noch alles in imperialen Maßeinheiten berechnet und nicht in metrischen?«, frage ich.

Georgia runzelt die Stirn.

»Ach, egal.« Ich gehe in den Stall nebenan, taste nach dem Schalter und mache das Licht an. Ein schwaches, gelbes Licht fällt auf die gestapelten Ballen. Ich ziehe ein Bündel Heu aus dem offenen Ballen, der auf dem Boden steht, drücke es in ein Heunetz und wiege es auf der Gepäckwaage ab, die Georgia mit orangefarbenem Erntegarn am Dachsparren festgebunden hat. Ich liebe den Geruch von Heu – er erinnert mich an Sommer.

Ich hänge das Heunetz für Bracken auf, während Georgia einen Eimer mit Futter holt. Dann stehen wir nebeneinander an der Tür und schauen ihm beim Fressen zu. Georgia hakt sich bei mir unter und schaut zu mir hoch.

»Danke, Mum«, sagt sie und lächelt. »Danke, dass Bracken und ich an dieser Rallye teilnehmen konnten.« Trotz der Kälte schmilzt mein Herz, als sie fortfährt und sagt, »Das war der schönste Tag meines Lebens.«

»Das freut mich«, antworte ich, und ich wirbele sie durch die Luft und drücke sie an mich.

»Ich bin soooo glücklich, dass du meine Mum bist.«

»Und ich bin noch viel glücklicher, dass du meine Tochter bist.« Ich lege den Arm um ihre Schulter, und gemeinsam gehen wir über den Hof ins Haus. »Georgia, hast du Lucky bellen gehört?«, frage ich sie, da ich es vielleicht überhört habe. Normalerweise bellt er immer, wenn jemand auf der Auffahrt vorm Haus auftaucht. Oder kommt, wenn er draußen im Garten ist – obwohl bestimmt nicht viele Hunde, die etwas auf sich halten, bei diesem Wetter unterwegs sind – zur Begrüßung angerannt und schnüffelt an den Füßen.

Als wir hereinkommen, hat Sophie schon die Speisekammer geplündert und sitzt mit Schokoladenkuchen im Mund am Tisch. Der AGA verströmt eine wohlige Wärme.

»Adam«, rufe ich. »Wo ist Adam?«, frage ich Sophie. »Hast du ihn oder Lucky gesehen?« Ich spüre, wie sich meine Stirn zu einem Runzeln verzieht. Ich war davon ausgegangen, Adam wäre zu Hause.

»Nein«, erwidert Sophie und zuckt gleichgültig mit den Schultern. »Den Fernseher kann ich aber hören.«

Während ich Mantel und Schal ausziehe, gehe ich durch den Vorraum und den Flur ins Wohnzimmer. Der Fernseher ist an. Auf Comedy Central. Von Adam oder dem Hund keine Spur. Ich schaue mich im Zimmer um.

»O.K., Adam. Du hast deinen Spaß gehabt, aber jetzt ist genug…« Wie aufs Stichwort ertönt aus dem Fernseher Gelächter vom Band, den ich daraufhin ausschalte. »Adam!«

»Er ist nicht da, Mum«, klärt mich Georgia auf. »Er ist auch nicht in seinem Zimmer.«

»Wo ist er dann?«

»Wahrscheinlich mit Lucky spazieren.«

»Natürlich.« Ich versuche, mir keine Sorgen zu machen, doch bereits nach fünf Minuten halte ich es nicht mehr aus und rufe ihn auf seinem Handy an, das allerdings ausgeschaltet ist oder dessen Akku leer ist, was wahrscheinlicher ist. Ich schaue auf meine Armbanduhr – halb vier. Höchstwahrscheinlich macht er gerade seinen Abendspaziergang mit Lucky, bevor es dunkel wird. Ich bin töricht. Adam ist vierzehn. Er kann auf sich selbst aufpassen.

Ich mache mir noch eine weitere halbe Stunde Sorgen und lenke mich ab, indem ich die Kartoffeln fürs Abendessen schäle und die beiden Hochzeitstorten, die gerade in der Speisekammer stehen, mit Brandy tränke. Sie bestehen aus insgesamt fünf Etagen, die ich nebeneinander auf die Arbeitsplatte stelle. Ich ziehe die Klarsichtfolie oben ab und fahre mehrmals mit einem Holzstab in die Kuchen hinein, bevor ich die Flasche öffne, um den Messbecher das erste Mal zu befüllen. Als der Brandy langsam und klebrig aus der Flasche läuft, fällt mir auf, wie dunkel und dickflüssig er ist. Ich halte den Messbecher an meine Nase, doch statt des typischen durchdringenden Alkoholgeruchs schlägt mir ein fleischartiges Aroma entgegen, das an Bratensoße erinnert und sich als solche *in der Tat* herausstellt, nachdem ich meinen Finger in den Messbecher getaucht und ihn probiert habe. Da muss sich wohl jemand, und ich könnte wetten, wer, an meinem Brandy zu schaffen gemacht haben.

Mein Herz pocht. und meine Brust zieht sich vor Enttäuschung schmerzhaft zusammen. Er hatte mir versprochen, nicht wieder zu trinken. Und ich hatte gedacht, er hätte aus seinem Fehler gelernt. Oh, Adam …

Ich frage mich, wann er den Brandy geklaut hat. Wenn es heute oder vor ein paar Tagen gewesen ist, dann könnte er jetzt betrunken bei diesem eisigen Wetter irgendwo da draußen sein, mit oder ohne Hund, schießt es mir durch den Kopf.

Ich lasse die Hochzeitskuchen stehen und laufe nach oben in Adams Schlafzimmer, in dem wie immer Chaos herrscht, um nach Hinweisen oder einer Nachricht zu suchen. Obwohl ich dachte, ich könnte anhand der Kleider und Schuhe, die in seinem Zimmer sind, herausfinden, was er gerade trägt, ist das unmöglich, denn sie liegen alle auf dem Boden verstreut herum. Genauso wenig kann ich eine Nachricht finden. Ich durchstöbere seinen Schreibtisch und die Schubladen auf der Suche nach Hinweisen. Nichts. Auch keine Spur von seiner Brieftasche oder seinem Handy.

Ich setze mich auf die Bettkante. Denk nach, Jennie, denk nach! Adam ist nicht bei Guy und hilft ihm beim Melken. Ich wünschte, er wäre es, denn dann müsste ich mir keine Sorgen machen. Er könnte mit Lucky spazieren gegangen sein, aber würde er dann seine Brieftasche mitnehmen? Ich weiß es nicht. Mir kommt der Gedanke, dass er sich vielleicht auf den Weg nach London gemacht hat. Ich versuche, die anderen Möglichkeiten, die mir durch den Kopf schießen, zu verdrängen – dass es ihm so schlecht geht, dass er hinunter zum Fluss gegangen ist, um seinem Leben ein Ende zu bereiten, dass er betrunken hinausgegangen und überfahren worden ist, oder …

Ich stehe schlagartig auf und laufe die Treppe hinunter.

»Georgia, Sophie, ich muss mit euch sprechen.« Die Mädchen stellen sich vor den AGA und schauen mich ängstlich und mit großen Augen an, als ich ihnen erzähle, dass ich mir Sorgen um Adam mache. Auch wenn sie sich mit ihrem Bruder immer wieder zanken, lieben sie ihn dennoch. »Hat er euch gegenüber vielleicht angedeutet, was er heute vorhatte? Hat er erwähnt, nach Talyton gehen zu wollen oder vielleicht den Zug zu nehmen, um euren Dad zu sehen? Oder eure Großeltern? Oder Josh? Hat er sonst irgendwas zu euch gesagt?«

Sophie schüttelt den Kopf.

»Er spricht oft davon, nach London zurückzugehen. Er sagt, er hasst es hier«, bemerkt Georgia. »Sollen wir losgehen und nach ihm suchen? Ich kann Bracken satteln und mit ihr zum Fluss hinunterreiten, um zu sehen, ob er dort mit Lucky spazieren geht.«

»Ich will nicht, dass ihr beiden mir auch noch verloren geht.«

»Ist Adam denn verloren gegangen?«, fragt Sophie. Ihre Lippe zittert, und mir wird klar, dass ich sie mit meiner Bemerkung beunruhigt habe.

»Nein, ich bin mir sicher, es geht ihm gut«, antworte ich. »Er hat nur vergessen, mir zu sagen, wo er ist. Er wird bestimmt bald mit Lucky wieder durch diese Tür kommen. Lucky wird mit dem Schwanz wedeln, und Adam wird lächeln und mich fragen, was es zum Abendbrot gibt.« Ich lächle liebevoll, während mich panikartige Attacken befallen, als würde ein Vogel immer wieder versuchen, meinen Hals hochzufliegen.

»Mum, sollen wir die Polizei rufen?«, fragt Georgia, anscheinend immer noch nicht überzeugt.

»Hm, noch nicht…« Ich kann mir kaum vorstellen, dass sie mich ernst nehmen würden. Ich meine, Adam ist vierzehn, und ich habe keine Ahnung, wann er das Haus verlassen hat, doch ich muss mit jemandem reden, der mich beruhigen oder mir einen Rat geben kann. Und an wen sonst soll ich mich wenden als an die Person, die trotz allem stets in meinen Gedanken ist? Abgesehen von meinen Kindern natürlich. Ich fasse einen Entschluss. »Lasst uns gehen!« Ich ziehe mir einen Mantel und die Gummistiefel an, greife nach einer Taschenlampe und gehe mit den Mädchen den Weg hoch.

Nach zwei Minuten stehen wir im Melkstand oben auf der Bühne, und ich halte mich am Geländer fest. Die Neonröhren sind an und flackern fast unmerklich, aber dennoch genug, dass ich davon Kopfschmerzen bekomme. Die Milch pulsiert in den Leitungen über mir. Iyaz singt auf Radio 1, und eine Kuh muht vom Hof herüber.

»Guy«, rufe ich zu ihm hinunter. »Guy!«

Er streift gerade das Melkzeug vom Euter einer Kuh ab und schaut mit hochgezogener Augenbraue fragend nach oben. Er hängt das Melkzeug auf den Haken und kommt herüber zu uns.

»Hallo, Jennie. Sophie… Georgia.

»Guy.« Meine Stimme überschlägt sich. »Hast du Adam gesehen?«

»Ach so, das ist also kein freundschaftlicher Besuch von Nachbar zu Nachbar? Nein, habe ich nicht. Und das auch schon seit geraumer Zeit. Ich hatte das Gefühl, du würdest ihm davon abraten, weiter hierherzukommen«, fährt er barsch fort und will sich wieder umdrehen.

»Guy, bitte…« Einen Moment lang befürchte ich, er würde mich einfach stehen lassen, doch irgendetwas hält ihn zurück, wahrscheinlich der dringliche Ton in meiner Stimme. »Adam ist verschwunden. Er hat Lucky und seine Brieftasche mitgenommen, das Handy aber dagelassen. Ich weiß nicht, was ich davon halten soll. Ich weiß nicht, wo er ist.«

In der nächsten Sekunde steht Guy neben mir oben auf der Bühne.

»Ganz langsam, Jennie. Fang von vorne an.« Er greift nach meinen Händen und hält sie sanft. »Jetzt erzähl weiter.«

»Ich bin zusammen mit Sophie und Georgia zur Rallye des Ponyklubs gefahren. Adam war zu Hause im Bett. Ich habe ihn dagelassen das hätte ich nicht tun sollen. Er war nicht glücklich.«

»Schhh«, sagt Guy. »Für Selbstvorwürfe ist jetzt keine Zeit!«

»Als wir zurückkamen, kümmerten wir uns erst um Bracken. Dann bemerkte ich, dass Lucky nicht gebellt hatte, und als wir ins Haus gingen, waren weder er noch Lucky da.« Ich erzähle ihm kurz von dem Brandy. »Er hat keine Nachricht hinterlassen, nichts. Guy, ich bin mit meinem Latein am Ende. Mittlerweile ist es dunkel und bitterkalt.«

»Mit wem ist er normalerweise zusammen? Könnte er bei Freunden sein und darüber die Zeit vergessen haben?«

»Er sagt immer wieder, dass er keine Freunde hat, außer Lucky.«

»Was ist mit Josh? Er spricht oft von ihm – beziehungsweise tat es… Könnte er nach London gefahren sein?«

»Ich glaube nicht, dass er genügend Geld hat, um sich eine Fahrkarte zu kaufen. Er hat vor kurzem seine Karte am Geldautomaten sperren lassen und wartet auf eine neue PIN-Nummer. Nein, er wird nicht weit gefahren sein – dann hätte er sein Handy mitgenommen.« Ich halte inne, ziehe meine Hände weg und schlinge die Arme um mich. »Guy, was, wenn er… Was, wenn er wieder getrunken hat und draußen ist und… sich verletzt hat?«

»Gib mir zwei Minuten«, erwidert Guy. »Ich lasse schnell die Damen hier heraus, und dann machen wir uns auf die Suche nach Adam.«

»Was ist mit den anderen Kühen?«, frage ich.

»Die werden noch ein wenig warten müssen. Ihre Milch wird nicht verloren gehen.« Guy lächelt kurz, und ich merke, dass auch er sich Sorgen um Adam macht.

»Wir fangen bei dir zu Hause an. Hast du schon in der Scheune nachgeschaut?«

»Nein«, antworte ich.

»Dann geht jetzt dort hin. Ich komme nach.«

Guy hält sein Wort. Als wir die Scheune fertig durchsucht haben, steht er auf dem Hof, und wir schauen vorsichtshalber noch einmal im Haus nach, ob Adam und Lucky zurückgekehrt sind, während wir draußen waren. Sind sie aber nicht.

»Jennie, warum wartest du mit den Mädchen nicht drinnen, falls Adam auf dem Festnetz anruft?« Guy stellt die Laterne auf dem Boden ab und streift sich den Mantel über seinen Overall. Sein Atem hinterlässt in der kalten Luft eine graue Wolke.

»Das kann ich nicht.« Ich werde keine Ruhe finden, solange ich meinen Sohn nicht gefunden habe. Ich schaue hoch zu den Sternen, die kalt und metallisch am Himmel leuchten, und auf die zackigen dunklen Konturen der Äste von den Bäumen. Mein Herz steht still. Meine Kehle ist wie zugeschnürt. Ich weiß nicht, wo wir hingehen sollen, wo wir beginnen sollen, doch Guy wandert schnurstracks über die Koppel zu dem kleinen Wald.

»Adam hat oft von dem Versteck gesprochen, dass er und Josh gebaut haben, als Josh hier war.«

»Das hat er mir gegenüber nie erwähnt.«

»Er erzählt mir viel, wenn er bei mir arbeitet…als er noch bei mir arbeitete«, sagt Guy, und ich beneide ihn um die Nähe zu meinem Sohn.

»Adam! Lucky!«, rufe ich, als Guy weitergeht und sich einen Weg durch das Unterholz bahnt, während die Mädchen und ich auf dem schmalen Pfad bleiben, der durch das Wäldchen führt.

Plötzlich bellt ein Hund in der Nähe, und mein Herz macht einen Satz.

»Lucky?«

Der Hund kommt herbeigestürmt und taucht im Strahl meiner Taschenlampe auf, dann schießt er wieder zurück in die Dunkelheit.

»Lucky, komm zurück! Hierher, mein Junge!«, sage ich verzweifelt, und er tippelt hechelnd und jaulend zurück, bevor er wieder davonjagt.

»Guy«, rufe ich. »Hier lang.«

»Wir haben Lucky gefunden«, schreit Georgia ihm zu, und steht innerhalb einer Sekunde neben mir.

»Wo lang?«

Ich zeige mit meiner Taschenlampe in Richtung Teich.

»Adam! Adam!« Ich lausche angestrengt, doch niemand antwortet.

»Adam!«, stimmen die Mädchen mit ein.

Guy drängt als Erster vor zum Teich, eine blanke, glitzernde Eisfläche, die im Licht des Halbmonds dunkel und silbrig schimmert. Ich sehe Guys Umrisse.

»Wo ist der Hund?«, ruft er.

»Da drüben, auf der anderen Seite.« Ich kann gerade noch so erkennen, wie er hin und her läuft. Als ich einen Schritt nach vorne mache, um besser sehen zu können, bemerke ich die Risse auf der silbrigen Oberfläche des Teichs und die dunkle eingebrochene Stelle in der Mitte, neben der zusammengesackt eine Gestalt liegt. Mein Herz steht still. Adam … »Ihr bleibt hier!«, sage ich zu den Mädchen. »Und rührt euch nicht vom Fleck!«

»Ja, Mummy«, versichert mir Sophie mit schwacher Stimme von hinten, als ich mir meinen Weg durch das verdorrte Schilf am Ufer bahne und einen Schritt nach vorne – knack – auf das Eis mache. In dem Moment packt Guy mich am Arm und zieht mich fluchend zurück.

»Mach bloß keine Dummheiten! Hol dein Handy heraus und ruf den Rettungsdienst an! Jetzt!«

»Mache ich schon«, wirft Georgia ein. Dann: »Ein Rettungswagen, bitte.«

Ich will ihr das Handy abnehmen, doch sie macht einen Schritt von mir weg und spricht weiter. Ich behalte sie mit halbem Auge im Blick, währenddessen ich hinüber zu Guy schiele, der zuerst am Ufer des Teichs entlanggeht, dann seinen Mantel aufs Eis wirft, sich anschließend darauf legt und vorsichtig sein Gewicht auslotet. Das Eis unter ihm knackt bedrohlich, als er einen Arm immer weiter ausstreckt, bis seine Fingerspitzen nur noch Zentimeter von der Gestalt mitten auf dem gefrorenen Teich entfernt sind.

Lebt er … lebt er noch?

Guy tastet sich weiter vor. Seine Finger berühren Adams Körper, er bekommt seine Jacke zu fassen. Während er sich wieder zurück auf dem Bauch in Richtung Ufer arbeitet, wo Lucky winselnd steht, zieht er Adam mit sich mit.

Plötzlich knackt es wieder, so laut wie ein Gewehrschuss.

»Oh bitte, Guy, sei vorsichtig!« murmle ich, denn ich weiß, das beide – sowohl mein geliebter Sohn als auch Guy – nur um eine Haaresbreite davon entfernt sind, einzubrechen und in das eisige, dunkle Wasser zu fallen.

»Mum, Mum!« Georgia zieht an meinem Mantel. »Wir

müssen los und die Lichter im Hof für den Rettungswagen anmachen.«

Ich zögere, da ich den Gedanken nicht ertragen kann, von hier wegzugehen.

»Mum«, wirft Georgia ein, »Sophie und ich gehen los.«

»Hier, nimm die Taschenlampe!«, erwidere ich und halte sie ihr hin.

»Du kannst sie behalten – ich habe das Licht von meinem Handy.«

Mein Blick liegt gebannt auf Guy. Er ist fast zurück am Ufer. Es knackt noch einmal, doch sie haben es geschafft. Ich ziehe meinen Mantel aus und krabble zu ihnen vor.

»Hier«, sage ich, doch Guy hat Adams leblosen Körper bereits in seinen Mantel gehüllt. Er hat sich über Adam gebeugt und prüft seinen Puls. Die Haut über den Wangen meines Sohns ist gespannt, blass und fleckig, und die Pickel scheinen in dem Mondlicht blau-violett.

»Ist er …?« Ich sacke auf die Knie und greife nach seiner Hand, die kalt und schlaff ist. »Adam?«

»Er atmet, und ich kann auch seinen Puls spüren, aber er ist langsam.«

»Adam, kannst du mich hören?«, sage ich zu ihm und drücke verzweifelt seine Hand.

»Ich bin mir nicht sicher, ob er das kann«, meint Guy sanft zu mir. »Komm, Adam«, fährt er fort, »wir bringen dich nach Hause.«

Als Guy seine Arme unter Adam legt, ihn auf seine Schulter hebt und mit festem Schritt vorausgeht, frage ich mich, wie wir das schaffen wollen. Lucky folgt Guy dicht auf den Fersen, da er sein Herrchen nicht aus den Augen verlieren möchte. Ich habe das Gefühl, einen Albtraum zu erleben, über den ich keine Kontrolle habe.

Es gibt so viele offene Fragen. Was hat Adam auf dem Eis getan? Wie oft habe ich ihn auf die Gefahren hingewiesen? Das Wichtigste für mich ist jedoch jetzt, dass mein Sohn überlebt, es schafft, damit ich ihm sagen kann, dass das Leben lebenswert ist, egal, wie schlimm es auch sein mag.

Innerhalb einer halben Minute liegt Adam auf einer Bahre im Krankenwagen. Ich stehe mit den Mädchen in den Armen, und mit Guy, der den Arm um mich gelegt hat, davor und schaue zu. Ich warte und hoffe, während Sophie dazu betet.

»Gut, Sie kommen mit uns«, sagt einer der Sanitäter zu mir.

Ich schaue Guy an.

»Geh nur!«, sagt er. »Ich kümmere mich um die Mädchen. Melde dich!«

»Danke«, sage ich durch einen Schleier von Tränen, doch wie kann ich Guy das je danken, was er für Adam getan hat? Dass er sein eigenes Leben aufs Spiel gesetzt hat, um das von meinem Sohn zu retten. »Würdest du bitte David für mich anrufen? Ich zeige ihm die Nummer auf meinem Handy – eine der vielen Verbindungen, die ich löschen wollte, es wegen der Kinder aber nicht konnte.

Die Sanitäter im Rettungswagen, ein Mann und eine Frau, ziehen Adams aus und streifen ihm die nassen Sachen von seinen steifen Armen und Beinen ab, bevor sie ihn in Decken hüllen und eine Aluminiumfolie über ihn legen. Der eine von ihnen überprüft ständig seine Temperatur, während der andere ihm eine Kanüle anlegt und eine Sauerstoffmaske über das Gesicht zieht, die seine blauen Lippen verdeckt. Sie befestigen Elektroden auf seiner Brust und schließen ihn an ein EKG-Gerät an. Währenddessen sprechen sie die ganze Zeit entweder mit Adam, mit mir oder miteinander, was ich aber nur halb mitbekomme.

Adam zittert nicht mehr. Seine Körpertemperatur beträgt 33 Grad, vier Grad unter normal. Er ist bewusstlos, sein Puls schwach und unregelmäßig, keine guten Zeichen. Seine Atmung ist flach, er befindet sich in einem kritischen Zustand.

»Oh, Adam…«, murmle ich. »Halte durch, bitte…«

»Gut, Jennie«, sagt die Rettungsassistentin, »wir werden Ihren Jungen jetzt ins Krankenhaus bringen.« Auf der Fahrt dahin wird mir klar, dass ich zu viel auf einmal wollte. Ich habe ihn vernachlässigt. Auch wenn ich ihm zugehört habe, habe ich nicht dementsprechend gehandelt. Jetzt befindet sich mein Sohn zwischen Leben und Tod, und ich bin daran schuld. Als Mutter bin ich ein Versager. Ich war selbstsüchtig und habe meinen Traum gelebt. Ich wollte es mir nach der Scheidung beweisen, doch das Einzige, was ich bewiesen habe, ist, dass ich völlig untauglich bin.

Ich schaue auf die Gestalt meines Sohnes, die halb verdeckt unter einer silbernen Rettungsfolie liegt.

Halte durch, Adam. Ich unterdrücke ein Schluchzen. Bleib bei uns. Bitte, stirb nicht…!

21

Walnuss-, Dattel- und Honigkuchen

Ein paar Stunden später sitze ich immer noch an Adams Krankenbett. Er hat Glück gehabt. Er ist zwar außer Gefahr, doch verwirrt und schläft immer wieder ein.

»Mum«, sagt er und schlägt mit einer Hand um sich.

»Es ist alles gut«, beruhige ich ihn und greife danach, doch er zieht sie weg. »Ich bin hier, mein Schatz.«

Was hat er an dem Teich gemacht? Wie oft habe ich ihn gewarnt, nicht aufs Eis zu gehen? Ich frage mich, ob David etwas erreicht hätte – hätte ich ihm die Chance dazu gegeben. Glaubte Adam vielleicht, er könnte auf dem Teich Schlittschuh laufen wie auf der Eisbahn, die nur ein paar Busstationen von unserem alten Haus entfernt lag? Ist er aus Neugierde auf das Eis gegangen? Oder des Kicks wegen? Ich versuche, mir diese andere Möglichkeit nicht weiter vorzustellen, doch schießt sie mir immer wieder durch den Kopf. Habe ich ihm sein Leben wirklich so schwer gemacht, dass er keinen anderen Ausweg sah, als es zu beenden? Oder wollte er nicht, dass es alles so weit kommt? War es ein Hilfeschrei?

»Oh«, stöhnt er. »Ich habe solche Kopfschmerzen.« Er sieht erschöpft aus, seine Augen leuchten mir groß entgegen, wenngleich die Farbe seiner Haut im Vergleich zu dem blühend weißen Laken gesünder aussieht.

»Ich rufe die Krankenschwester, damit sie dir ein paar Schmerztabletten bringen kann.«

»Lass nur«, murmelt er. »Ich bin so müde … mir ist so kalt …«

»Schhh«, sage ich. »Nicht sprechen. Das strengt dich zu sehr an.« Dafür werden wir noch genügend Zeit haben, denke ich. Ich kann seine Alkoholfahne riechen. In meine Erleichterung, dass er wieder auf die Beine kommt, drängt sich Scham hinein.

»Ich wusste, dass so etwas passieren würde«, verkündet David, und seine Augen verdunkeln sich vor Sorge. Vor diesem Moment hatte ich mich die ganze Zeit gefürchtet. Er steht an Adams Krankenbett, nachdem er mich davon weggeschoben hat, und blickt auf unseren Sohn.

»Er schläft«, sage ich und warte gespannt auf Davids wütendes Donnerwetter. »Er hat schon gesprochen, und er wird auch wieder auf die Beine kommen. Ohne bleibende Schäden.«

»Gott sei Dank!«, erklingt eine Stimme von hinten, die mir nur vage bekannt ist, und ich drehe mich um.

»Hallo, Alice«, begrüße ich Davids zukünftige Frau. Wir sind uns bisher nur ein paarmal begegnet, doch entspricht sie dem Bild, das ich mir von ihr in meinem Kopf gemacht hatte. Groß, blond und nicht so sehr glamourös als vielmehr jung. Ihre Schwangerschaft zeichnet sich unter dem pinkfarbenen Angorapulli noch nicht ab.

»Das haben wir nicht dir zu verdanken, Jennie«, wendet David ein und schaut mich an.

»David!« Alices Hand schnellt auf seinen Arm. »Das ist wohl nicht der richtige Ort, mein Schatz, oder?«

Er beugt sich hinunter zu Adam und legt die Hand auf seine Wange. »Es tut mir leid, dass ich nicht für dich da war, mein Sohn«, murmelt er, und mir schießen Tränen in die Augen.

»Ihr könnt draußen reden«, sagt Alice. »Am Ende des

Gangs ist ein Zimmer. Ich bleibe hier bei Adam. Geht nur! Geht und trinkt einen Kaffee oder etwas anderes!«

David zieht zwei Kaffee am Automaten und reicht mir einen.

»Und was ist mit Alice?«

»Sie trinkt zurzeit keinen Kaffee – sie wird sich später etwas holen.« David lehnt sich an die Wand. »Jetzt erzähl bitte, was passiert ist.«

»Adam ist wegen Unterkühlung behandelt worden. Ich weiß zwar nicht, wie er auf dem gefrorenen Teich gelandet ist, aber dort haben Guy und ich ihn gefunden, und Guy hat ihn dann vom Eis heruntergezogen.«

»Ich hätte mir denken können, dass er dabei gewesen ist«, bemerkt er abfällig. »Diese Klette.«

»Guy hat Adam das Leben gerettet – und dafür sein eigenes aufs Spiel gesetzt«, stelle ich fest und ärgere mich über Davids lächerliche Vermutungen im Hinblick auf meine Beziehung zu Guy. Meine nicht existierende Beziehung, fällt mir ein, wenngleich er trotzdem da war, als ich ihn um Hilfe bat, ohne Fragen zu stellen.

David flucht vor sich hin. »Was hat er überhaupt da gemacht? Und wo warst du, dass du ihn nicht davor bewahren konntest?«

»Adam hatte keine gute Laune, als ich morgens mit den Mädchen und dem Pony wegfuhr. Als wir wieder zurückkamen, war er verschwunden. David, du kannst mich dafür nicht verantwortlich machen. Wie oft habe ich ihm gesagt, nicht auf ungesichertes Eis zu gehen oder irgendwelchen Unsinn in der Nähe von Wasser zu machen? Ich kann nicht rund um die Uhr auf ihn aufpassen. Abgesehen davon hasst er mich.

»Als ich so alt war wie er, habe ich etwas Ähnliches getan«, gibt David zu. »Es wird wohl eine Mutprobe, so eine Art Nervenkitzel gewesen sein.«

»Niemand hat ihn zu einer Mutprobe herausgefordert. Er war allein da.« Ich halte inne und kämpfe mit mir, ob ich meine Vermutung erwähnen soll, die mir auf der Seele liegt, seit wir Adam fanden. »David, ich bin mir nicht sicher, ob es ein Unfall war. Er war betrunken, als wir ihn fanden.«

»Du meinst, er hat versucht, sich –«

»Nein, das meine ich nicht«, falle ich ihm ins Wort. »Ich glaube, er war niedergeschlagen …«

»Das hört sich für mich nach ein bisschen mehr an«, unterbricht er mich.

»Na gut, dann eben deprimiert, ich weiß es nicht. Ich komme nicht an ihn heran, er teilt seine Gedanken nicht mit mir. Ich glaube, er hatte etwas getrunken und dann beschlossen, mit Lucky spazieren zu gehen. Irgendwie ist er am Teich gelandet und hing dort eine Weile ab, bevor ihn irgendein dunkler Gedanke befiel und ihn bewog, auf das Eis zu gehen. Er muss einem fatalistischen Impuls gefolgt sein. In dem Moment war es ihm egal, ob er leben oder …« Ich kann es nicht aussprechen.

»Ich hatte nie den Eindruck, dass es ihm so schlecht ging«, beginnt David nachdenklich.

»Ich hätte es wissen müssen. Ich bin seine Mutter. Er lebt bei mir. Ich hätte es mitbekommen müssen.«

Aber ich war so sehr damit beschäftigt, das neue Haus einzurichten, Kuchen zu backen und von Guy zu träumen, dass ich, obwohl ich wusste, wie unglücklich Adam war, die Lage nicht so ernst nahm, wie ich es hätte tun sollen.«

David überrascht mich.

»Mach dir keine Vorwürfe! Ich habe genauso Schuld wie du … wahrscheinlich noch mehr. Ich habe ihn im Stich gelassen und mein Versprechen gebrochen, dass er bei mir und Alice leben kann.«

»Nun, was geschehen ist, ist geschehen.«

»Ja, und was machen wir jetzt?«, fragt David.

»Ich werde mit Adam sprechen, sobald es ihm besser geht. Und auch mit dem Arzt, um zu sehen, ob wir professionelle Hilfe bekommen können.«

»Ich weiß genau, wie Adam darauf reagieren wird«, wirft David ein und lächelt kurz.

»Wir können aber das Problem nicht lösen, da wir selbst Teil davon sind.« Nach außen hin schien Adam die Scheidung zu verkraften, doch frage ich mich, ob er sie wirklich je akzeptiert hat und deshalb vielleicht mit dem Trinken begann und so wütend war, als Guy mich küsste … »Er muss mit jemandem reden, jemandem außerhalb der Familie.«

Als wir wieder an sein Krankenbett zurückkehren, ist Adam halbwach, und ich lasse David mit ihm allein, damit die beiden, Vater und Sohn, etwas Zeit miteinander verbringen können. Ich versuche, mit Alice zu plaudern, und frage sie nach der Hochzeit und dem Baby, doch sie ist nicht sehr mitteilsam. Wir haben nicht viel gemeinsam, außer David.

»Sie gehen davon aus, dass er in vierundzwanzig Stunden wieder nach Hause kann«, verkündet David, als er wieder zu uns stößt.

»Ich vermute, ihr wollt mindestens bis dahin bleiben«, sage ich. »Ihr seid beide herzlich eingeladen, bei uns zu übernachten. Ich bin mir sicher, die Mädchen würden sich riesig freuen, dich zu sehen.«

»Wo sind sie? Du hast sie doch nicht allein zu Hause gelassen, oder?«

»Sie sind bei einer Freundin von mir, Maria. Guy hat mir eine SMS geschickt, dass er sie bei ihr vorbeigebracht hat.« Ich halte inne. »Ich gebe dir die Adresse, dann kannst du sie auf dem Weg nach Hause abholen. Ich vermute, sie sind schon krank vor Sorge.«

»O.K., Jennie. Danke.«

Was kann ich sonst noch tun, denke ich. David ist kein schlechter Mensch. Er liebt Alice – ich bemerke, wie er sie anschaut, als ob er sein Glück nicht fassen könnte. Ich sehe, wie er ihre Hand nimmt und sie zu seinen Lippen führt, und mir dreht sich weder der Magen vor Eifersucht um, noch habe ich das Bedürfnis, ihr die Goldlocken vom Kopf zu reißen oder über die Tatsache zu lästern, dass es nur Haarverlängerungen sind, oder zu beten, dass sie durch sie recht bald kahle Stellen am Kopf haben wird.

Sechsunddreißig Stunden später holt David mich und Adam ab und bringt uns nach Hause, nach Jennie's Folly. Wir setzen gerade den Fuß in die Tür, da kommt Lucky schon herbeigestürmt, um Adam zu begrüßen. Er springt an ihm hoch, schnuppert an ihm, leckt Adams Gesicht ab und knabbert ihm an den Ohren, während dieser sich vor ihn hinkniet.

»Dein Herrchen ist wieder zu Hause«, sage ich, doch zu mehr komme ich nicht, da mir meine Gefühle die Kehle zuschnüren. Ich denke, ich kann inzwischen ehrlich behaupten, dass ich diesen Hund liebe.

»Daddy!«, ruft Sophie, als sie und Georgia in ihren Mänteln und verdreckten Stiefeln aus der Küche gelaufen kommen. Ich will gerade ansetzen zu sagen, dass sie sie ausziehen sollen, als mir der Gedanke kommt, dass es nach allem, was geschehen ist, vollkommen egal ist.

»Du bist wieder da. Und Mummy. Und Adam.«

»Hast du Alice gesehen?«, fragt David und tippt mit einem Finger auf Sophies Nase.

»Sie ist im Wohnzimmer und hat sich noch mal hingelegt«, sagt Georgia, und ich lächle innerlich, als ich um die Tür schaue und sehe, wie sie auf der Couch sitzt, die Füße hochgelegt.

»Es ist nichts zu essen da.« David schaut mich entschuldigend an. »Ich bin nicht einkaufen gegangen – ich war mit den Mädchen und Alice zum Mittagessen bei Mr. Rocks, dem Schnellimbiss in der Stadt.«

»Aber natürlich ist zu essen da«, kläre ich ihn auf. »Wir haben Mehl, Zucker, Käse, Butter und Eier da.«

»Ja, aber keine Mahlzeiten in dem Sinne.«

»Du meinst keine Fertiggerichte.«

»Eine Frau namens Fifi ist gestern Abend mit einem Eintopf vorbeigekommen. Den haben wir allerdings schon gegessen.«

»Das war sehr nett von ihr«, sage ich und bin gerührt von ihrer Großzügigkeit. »Ich weiß nicht, woher sie das mit Adam wusste.«

»Sie sagte, sie hätte den Krankenwagen an ihrem Haus vorbeifahren hören und sich dann erkundigt.« David lächelt. »Ich dachte immer, Dorftratsch sei ein Großstadtmythos.«

»Ich kann dir versichern, es gibt ihn, auch hier in Talyton St. George.«

»Sie wollte dich sehen.«

»Das beruht zurzeit nicht unbedingt auf Gegenseitigkeit«, erkläre ich, obwohl sie mir einen Gefallen tat, das Ausmaß der Beziehung von Guy zu Ruthie darzulegen.

»Ich soll dir von ihr ausrichten, dass es ihr sehr leidtut.«

Was leidtut, frage ich mich. Adams Unfall oder das Einmischen in die Angelegenheiten anderer, wie mit Ruthie und Guy.

»Noch was – Alice hat zwei Bestellungen und eine Anfrage von einem der Hofläden angenommen, die deinen Spezialkuchen geliefert haben wollen … was war das noch mal?«

»Uphill Apfelweinkuchen«, kläre ich ihn auf. »David, könntest du bitte den Kessel aufsetzen und etwas Tee kochen? Ich müsste noch mal kurz für eine halbe Stunde oder so weg. Ich habe da noch was zu erledigen.«

»Gehst du weit?«

»Nein, nur nach nebenan«, antworte ich. »Ich möchte Guy persönlich danken.«

»Soll ich mitkommen? Immerhin bin ich ihm genauso zu Dank verpflichtet.«

»Das ist schon in Ordnung. Mir wäre lieber, du würdest hierbleiben und auf die Kinder aufpassen – und lass Adam nicht aus den Augen. Und mach ihm das Leben nicht so schwer«, sage ich beschützerisch. »Versprochen?«

»Versprochen«, antwortet David. Er scheint weicher geworden zu sein. Vielleicht durch das Baby.

»Bist du und Guy …«

Ich schüttle den Kopf.

»Aber du wärst gerne«, beharrt David.

»Wäre gerne gewesen.« Ich habe das Gefühl, mein Herz zerreißt

»Aber?«, fragt David.

»Es wird nicht passieren.« Ich gebe den wahren Grund nicht preis. »Ich muss mich auf die Kinder und das Geschäft konzentrieren. Das hat mir Adams Unfall vor Augen geführt.«

»Ich möchte, dass du wieder glücklich wirst und dich zu Hause fühlst.«

»Ich bin glücklich«, sage ich bestimmt.

»Und ich möchte, dass du weißt, auch wenn ich wieder Vater werde, dass ich immer für unsere Kinder da sein werde, Jennie …« Einen Moment lang habe ich das Gefühl, er würde gleich nach meinem Arm greifen, doch dann überlegt er es sich anders.

Als ich dabei bin, mir meinen Mantel anzuziehen, fragt mich Georgia, wo ich hingehe. Als ich ihr antworte, zu Guy, sagt sie, ich bräuchte mich nicht zu bemühen, er sei nicht da, sie habe ihn mit seinem Wagen wegfahren sehen.

Ungefähr eine Stunde später schaut Guy bei uns vorbei, um sich nach Adam zu erkundigen. Obwohl ich mich bei ihm bedanke für das, was er getan hat, antwortet er, das sei selbstverständlich gewesen, und er hätte es für jeden anderen auch getan. Ich möchte ihm noch so viel mehr sagen, doch ich bin nicht allein und gerade dabei, das Abendessen zu machen und wegen der Bestellungen zurückzurufen, da ich diese nicht verlieren will, und dann ist der Moment vorbei.

David und Alice fahren am nächsten Tag nach Hause. Adam hat zirka eine Woche schulfrei, um sich zu erholen, und so schlage ich eines Morgens vor, dass wir gemeinsam ein bisschen frische Luft schnappen gehen. Wir gehen am Ufer des Flusses entlang und folgen dessen Lauf durch das Taly Tal bis an die Stelle, wo er kehrt macht und einen toten Flussarm bildet. Es ist ein klarer Wintertag, und die schwache, wässrige Sonne steht tief an einem fast farblosen Himmel. Lucky rennt am Ufer auf und ab und schnüffelt entweder herum oder hebt das Bein.

»Es gab mal eine Zeit, da dachte ich, das wäre ein widerliche Angewohnheit«, sage ich in heiterem Tonfall, »doch inzwischen verzeihe ich diesem Hund alles.«

Adam bleibt stehen, dreht sich halb um und sieht mir fest in die Augen.

»Lucky hat mir das Leben gerettet.«

»So wie Guy«, füge ich leise hinzu. »Er ist schwerer als du – er hat ziemlich viel riskiert.«

Bestürzt sehe ich, dass sich Adams Augen mit Tränen füllen.

»Es tut mir leid, Mum. Ich w-w-wollte niemandem wehtun.«

Ich strecke meine Hand aus und berühre ihn an der Schulter. Ich würde ihn zu gerne in die Arme nehmen, doch überlasse ich ihm die Entscheidung. Er kommt mit gesenktem Kopf auf mich zu, bis seine Stirn meine Brust berührt. »Adam …«, murmle ich, während ich meine Arme um ihn lege. Er richtet sich wieder auf und einen herzzerreißenden Moment lang habe ich das Gefühl, ihn wieder zu verlieren, nur dass, wenn ich ihn dieses Mal gehen lassen würde, es für immer sei.

»Ich weiß nicht, warum ich das getan habe.« Seine Stimme ist rau. »Ich fand die Flasche mit dem Brandy in der Speisekammer, und in dem Moment schien mir die Idee, einen Schluck davon zu trinken, gar nicht so schlecht. Dann verschüttete ich das Soßenpulver und musste alles wieder saubermachen. Du warst mit Georgia und Sophie weg, und ich dachte, ihr kämt so gegen drei wieder, aber dann tauchte niemand auf …«

»Wir waren spät dran, ich weiß.« Ich halte meine Arme ganz ruhig, kein Druck. »Wir mussten Bracken noch das Zaumzeug und den Sattel abnehmen, ihr die Stiefel anziehen und die Bandagen wieder anlegen, als die Rallye vorbei war.«

»Diese blöden Ponys«, sagt Adam barsch.

»Das meinst du nicht so. Georgia liebt Bracken, so wie du Lucky.«

»Erzähl mir nicht, was ich denke!«, fällt er mir ins Wort. »Ich *weiß*, was ich denke. Ich hatte zu viel von diesem Zeug und dachte, ich nehme mir meine Brieftasche und fahre mit dem Zug nach London.«

»Du wolltest also weglaufen?«

»Ja. Ich glaube schon.«

»Das habe ich auch einmal gemacht«, beginne ich. »Ich kann mich nicht mehr erinnern, warum. Wahrscheinlich hatte ich mich mit Karen gezankt. Ich war damals um einiges jünger als du jetzt und hatte ein Buch gelesen, *Die Wichtelreise*. Danach glaubte ich, ich könnte wie diese Wichtel nur von Brombeeren und Pfefferminztalern überleben.«

»Und hast du?«

»Ich lief mit zwei Packungen Süßigkeiten von zu Hause weg und aß sie. Dann wurde mir schlecht, und ich musste mich übergeben. Ich ging wieder nach Hause, wo noch nicht einmal jemand bemerkt hatte, dass ich verschwunden war.«

»Kannst du deshalb keine Pfefferminztaler ausstehen?«

»Genau.« Ich zögere. »Du hast mir erzählt, dass du deine Brieftasche mitnahmst. Wie bist du am Teich gelandet?«

»Ach, Lucky wollte mitkommen, und ich konnte nicht klar denken. Ich dachte, ich gehe zuerst mit ihm spazieren, und so ging ich in den kleinen Wald. Tja, dann sah ich den gefrorenen Teich, wie er glitzerte und wollte ihn mir genau anschauen.«

»Und?«

»Ich kann mich nicht erinnern.« Er zuckt mit den Achseln. »Es war so kalt… Mum, ich dachte, ich würde sterben…«

»Komm her, mein Schatz.« Ich weiß nicht, wie lange es dauert, bis er sich in meinen Armen entspannt und seinen Kopf an meine Schulter legt. Ich drehe meinen Hals und drücke mein Gesicht auf sein wuscheliges Haar, das nach Shampoo und Haargel riecht. »Ich hab dich so lieb.«

»Ich dich auch, Mum.«

Du weißt nicht, was das für mich bedeutet, denke ich und streiche ihm ein paar Tränen von der Wange.

»Du bist die beste Umarmerin auf der Welt«, fährt er fort. »Du weißt genau, wie fest man drücken muss.«

»Ich werde dir deinen ganzen Atem herausdrücken, wenn du das noch einmal machst.«

»Ich weiß. Es wird nicht noch einmal vorkommen. Ich dachte, ich würde sterben.«

»Adam, wenn du es wirklich hier so furchtbar findest…«

»Das tue ich«, sagt er tonlos. »Manchmal möchte ich einfach nur nach Hause.«

Er will zurück nach London. Das ist nicht nur eine Laune. Er meint es ernst.

»Was ist mit Lucky?«

»Es gibt in der Stadt mehr Hunde als auf dem Land. Ich glaube nicht, dass Lucky so wählerisch ist.« Adam löst sich aus der Umarmung und tritt einen Schritt zurück. Er lächelt, und ich bemerke, wie erleichtert er ist, als ob eine schwere Last von ihm gefallen wäre, währenddessen ich mich verletzt und ausgelaugt fühle. Es war egoistisch von mir, die Kinder von ihren Freunden und ihrer Familie, besonders von ihrem Vater und ihren Großeltern, wegzureißen.

Ich schaue das Tal hoch, und mein Blick fällt auf unser Haus, Jennie's Folly, dessen Fenster in der Morgensonne glitzern. Ich merke, wie ich einen Kloß in den Hals bekomme. Es kann nicht mehr so weitergehen. Auch wenn die Vorstellung, all das hier zurücklassen zu müssen – die Tiere, mein Geschäft, meine neuen Freunde – mich in Stücke zerreißt, wird mir klar, dass die einzige Lösung ist, das Haus zu verkaufen und nach London zurückzukehren.

Das ist das Ende einer Liebesgeschichte. Meine Zeit in diesem wunderschönen Haus stellt sich als eine viel zu kurze Affäre heraus.

»Adam, ich möchte dir etwas sagen, aber du musst mir versprechen, es niemandem weiterzuerzählen, weder deinem Vater noch deinen Schwestern, ja? Ich muss noch ein paar Sachen klären, bevor ich es allen verkündigen kann.«

»Was ist es?«

»Wir gehen wieder zurück… zurück nach London.«

»Aber, Mum, das hier ist doch dein Traumhaus«, wirft Adam stirnrunzelnd ein.

»Ja, mein Traum, aber nicht deiner. Ich hätte ihn dir nicht aufzwingen dürfen. Ich hätte warten sollen, bis du, Georgia und Sophie alt genug gewesen wärt, um eure eigenen Wege zu gehen.« Ich hole tief Luft und atme langsam aus. »Ich werde das Haus verkaufen.«

»Und was ist mit der Schule? Ich habe gerade mit den Kursen für meinen Mittelstufenabschluss begonnen.«

»Die kannst du überall weiterbesuchen. Ich denke nicht, dass das ein Problem sein wird. Mittlerweile ziehen Leute ständig um.«

»Hast du es schon Guy erzählt?«

»Wieso sollte ich? Das hat nichts mit ihm zu tun.«

»Nein?«, fragt Adam. »Ich dachte, du magst ihn … so wie eine Freundin ihren Freund nun mal mag …«

»Vielleicht, aber das hat sich nicht ergeben.«

»Wegen mir?«, fragt Adam beharrlich weiter. »Bin ich daran schuld, dass es aus ist?«

»Das lag an vielen Dingen.«

»Als ich dich damals sah, wie du mit Guy an dem Traktor standest, war ich wütend, aber nicht auf euch beide, sondern auf alles. Ich meine damit, es wäre für mich in Ordnung gewesen, wenn ihr zusammengekommen wärt.« Für dieses Geständnis ist es jetzt ein bisschen zu spät, denke ich, während Adam fortfährt: »Ich mag Guy.«

»Ich möchte über dieses Thema nicht sprechen«, sage ich abweisend.

»Okay, aber was ist, wenn Georgia und Sophie nicht mitkommen wollen?«

»Adam! Denk daran, kein Wort zu ihnen!«

Wir machen uns auf den Weg nach Hause. Als wir dort ankommen, schiebt sich eine Wolke vor die Sonne, so dass die Fenster sich verdunkeln. Ich schaue auf das Schild von

Summer, das draußen steht: Jennie's Folly. Meine Familie und Freunde hatten Recht. Es war eine närrische Idee von mir gewesen, hierherzuziehen, ein Fehler. Auch wenn ich unendlich bedaure, wie sich alles entwickelt hat, weiß ich, dass ich, wenn ich nicht es nicht getan und ausprobiert hätte, mich immer gefragt hätte: Was, wenn …?

Wir gehen durchs Tor auf den Hof. Adam pfeift nach Lucky, und ich schaue auf die baufällige Scheune und die Ställe, die an der Wand lehnende Schubkarre und Brackens Putzkoffer, den Georgia vor der Stalltür stehen gelassen hat. Als Bracken unsere Schritte hört, kommt es herbeigetrottet, legt seinen Kopf über das Tor der Koppel und wiehert. Und ich denke – was wird mit Bracken geschehen? Wie wird's mit ihr weitergehen, nach all dem, was sie durchgemacht hat? Auch wenn ich es gerade noch schaffe, mir selbst einzureden, für sie ein wunderschönes neues Heim mit einem ponyverrückten Mädchen zu finden, das sie über alles lieben wird, komme ich mir wie eine Verräterin vor – und das sowohl dem Pony als auch Georgia gegenüber.

Wie werde ich Sophie nur erklären können, dass wir die Hühner dalassen müssen?

Bevor wir hierherzogen, machte ich mir nicht viel aus Tieren, weil ich sie nicht verstand. Jetzt möchte ich ohne sie nicht mehr sein.

Kuchen backen kann ich überall, doch mein Geschäft, Jennie's Cakes, wird nie mehr dasselbe sein. Ich werde wohl auch nie mehr einen AGA haben. Genauso wenig werde ich auf Bauernmärkten sein und Fleisch, Honig oder Salat gegen Kuchen tauschen.

Ich werde an keinen eigenartigen Dorffesten oder Umzügen für Teerfässer mehr teilnehmen. Und auch keine Bäume mehr besingen.

Ich gehe zum Tor an der Koppel und vergrabe mein Gesicht. Bracken beginnt durch die Holzlatten in meinen Taschen nach Pfefferminzbonbons zu kramen.

»Mum, kommst du herein?«

»Gleich.« Ich kann kaum sprechen.

»Alles in Ordnung mit dir?«

»Ja. Ich werde Bracken noch etwas Heu geben.« Ich gehe in den Stall, wo wir das Heu aufbewahren, setze mich auf einen Ballen und weine mir die Augen aus. Nicht wegen des Hauses, der Kinder oder der Tiere… Wenn ich ganz ehrlich bin, wegen Guy und dem, was hätte sein können.

Am nächsten Morgen rufe ich den Makler an, der schon Jennie's Folly verkaufte, als es noch Uphill House hieß. Innerhalb einer Stunde steht er mit einem potenziellen Käufer vor der Tür, einem Mann Ende fünfzig mit silbrigem Haar in Anzug und Krawatte, der seinen Jaguar auf dem Hof geparkt hat. Der Makler führt ihn durchs Haus, was nicht lange dauert.

»Er war schon einmal hier«, erklärt mir der Makler, als er wieder hereinkommt, um mich auf den neuesten Stand zu bringen. »Er wollte das Anwesen bereits beim ersten Mal kaufen, doch Mr. Barnes lehnte ihn ab.«

Wenn mein Herz noch schwerer werden könnte, würde es das jetzt tun.

»Er ist also der Bauunternehmer?«

»Ja, er erkennt das Potenzial, was in diesem Anwesen liegt. Es würde mich nicht überraschen, wenn er sich heute noch bei mir meldet, um sich diese Möglichkeit nicht von jemand anderem wegschnappen zu lassen.«

Als der Makler das Haus durch die Eingangstür vorne verlässt, höre ich, wie die hintere Tür zuschlägt.

»Adam?« Er muss es sein, denn er hat noch ein paar Tage schulfrei. »Lucky!«, rufe ich, doch der Hund bellt nicht zurück. Ich kann mit mir nichts anfangen und habe noch nicht einmal Lust, einen Kuchen zu backen. So verziehe ich mich mit einem Becher Kaffee ins Wohnzimmer und setze mich auf das Sofa, eingehüllt in einen alten Mantel, die Beine angezogen bis zum Kinn. Ich starre auf die Asche des Feuers vom Vorabend, das im Kaminrost liegt. Mein Kaffee wird kalt, und mir kommt der Gedanke, dass es dem Haus genauso ergehen wird, wenn wir ausziehen. Sein nächster Besitzer wird es bestimmt renovieren und seiner charakteristischen Merkmale berauben, um sie dann durch eine seelenlose moderne Ausstattung zu ersetzen. Die Scheune und Ställe werden umgebaut und nicht mehr länger Hühner und Ponys beherbergen.

Ich krame ein altes Taschentuch aus einer der Manteltaschen hervor und wische mir eine Träne weg.

Ich weiß nicht, wie lange ich schon so dasitze, bis ich bemerke, dass noch jemand im Raum ist. Ich sehe in den Augenwinkeln, dass es Guy ist, wenngleich ich das durch den Schritt und den Schatten, den er wirft, da er im Licht vorm Fenster steht, schon wusste.

»Ich glaube, du gehst mir aus dem Weg«, verkündet er schroff, während er hinüber zum Kamin wandert und sich seitlich davon mir gegenüberstellt.

»Was hast du erwartet?« Ich lasse die Beine vom Sofa herunter und falte die Hände in meinen Schoß.

»Du hast genau das gemacht, was ich vorausgesagt habe«, fährt er fort. »Sobald es schwierig wird, läufst du davon. Ich hatte Recht, als ich sagte, du würdest kein Jahr bleiben.«

»Woher weißt du das?«

»Ich habe die Autos gehört, doch dann ist Adam bei mir vorbeigekommen.«

»Adam?«

»Er sagte mir, dass du vorhast, wegzuziehen, und der Makler bereits mit einem potenziellen Käufer hier gewesen sei.«

»Ja, stimmt.« Ich halte inne, um dann sarkastisch fortzufahren: »Ich dachte, es wäre dir egal.«

»Es ist mir überhaupt nicht egal«, erwidert er.

»Nun, wenn du nicht willst, dass das Haus in die Finger irgendwelcher Bauunternehmer gerät, kannst du es jederzeit zurückkaufen.«

»Reden wir hier etwa aneinander vorbei?« Guy zieht eine Augenbraue hoch. »Ich spreche von dir, Jennie. Du bist mir nicht egal.« Er hebt seine Hand, als ich den Mund aufmache, um eine Bemerkung zu machen, die diesen besonderen Punkt betrifft. »Ich dachte, ich wäre dir auch nicht egal …« Ein kleines Lächeln huscht über seine Lippen. »Wäre ich dir wirklich egal, denke ich, hättest du dich über diese andere Sache nicht so aufgeregt.«

»Guy, bitte lass uns die Vergangenheit nicht noch einmal aufwärmen«, bemerke ich.

»Das muss ich aber. Ich muss immerzu daran denken, dass, wenn Ruthie nicht zu mir gekommen wäre und sie mein Nein akzeptiert hätte, wir jetzt zusammen wären, du und ich.«

»Ich glaube nicht, dass es so gekommen wäre. Ich wäre dir gegenüber immer noch misstrauisch gewesen – immerhin hast du mir nicht die ganze Wahrheit erzählt.«

»Ich weiß. Und das war dumm von mir. Ich habe einen Fehler begangen und bin bereit, dafür auf die Knie zu gehen und für den Rest meines Lebens vor dir zu Kreuze zu kriechen, wenn du mir nur verzeihst.« Er schaut mich mit einem flehenden, liebevollen Blick an. Auch ich habe Fehler gemacht, und wenn ich mich jetzt nicht überwinden kann, ihm zu verzeihen, werde ich einen weiteren machen. Den Gedanken, von hier wegzugehen, ohne unsere Differenzen beigelegt zu haben und zumindest als Freunde auseinandergegangen zu sein, kann ich nicht ertragen.

»Ich verzeihe dir«, sage ich leise. »Aber«, füge ich schnell hinzu, bevor er aufspringen und eine falsche Schlussfolgerung ziehen kann, »das bedeutet nicht, dass ich bleibe.«

»Warum um alles auf der Welt nicht?«, ruft er verzweifelt aus.

»Sieh mal, das ist nicht einfach für mich.« Meine Augen brennen, und die Brust tut mir weh. »Ich gehe nicht weg, weil ich vor dir weglaufe.«

»Bitte, Jennie, hör mir zu. Ich hätte das schon früher tun sollen, aber wenn es darum geht, über Gefühle zu sprechen, bin ich eine ziemliche Memme.« Guy holt tief Luft, bevor er mit seinem Geständnis herausplatzt: »Ich liebe dich. Ich liebe dich seit … seit dem Tag, als ich dir die Hühner vorbeibrachte und dir das eine Huhn in die Hand legte und dein Gesicht zu leuchten begann …« Er flucht leicht. »Hört sich gefühlsduselig an, oder?«

»Hört sich sehr romantisch an.« Bleib stark, ermahne ich mich. Zeig bloß keine Schwäche, sonst liegst du, bevor du dich versiehst, in seinen Armen und wirst nie von hier weggehen. »Abgesehen davon ist das Ganze mit uns eher eigenartig«, fahre ich in flapsigem Ton fort, »wenn man bedenkt, wie feindselig du mir gegenüberstandest, als wir uns das erste Mal sahen.«

»Vielleicht war das so.«

»Da gibt es kein vielleicht! Du warst sauer auf mich, weil ich Uphill House gekauft hatte.«

»Du meinst wohl, Jennie's Folly«, korrigiert mich Guy. »Jennie, ich kann so ungezwungen mit dir reden, und ich habe dir sogar von meiner Ehe erzählt … von Dingen, die ich noch nie jemandem zuvor erzählt habe.«

»Guy –«

»Bitte lass mich ausreden.« Er hält eine Hand hoch. »Ich habe mir versprochen, mir das von der Seele zu reden. Jennie, du bist das Beste, was mir je passiert ist. Ich liebe dich, und ich bin verrückt nach dir.« Seine Stimme überschlägt sich, und mein Widerstand bröckelt. »Ich würde bis ans Ende der Welt für dich gehen.«

»Ich liebe dich auch.«

»Was hält dich dann ab?«

»Du kannst nicht von mir erwarten, mich zwischen dir und dem Glück meines Sohns zu entscheiden«, sage ich kläglich.

»Aber du musst dich nicht entscheiden.« Guy stürmt nach vorne, kniet sich vor mir auf den Teppich und legt seine Hände links und rechts von mir auf das Sofa. »Deshalb ist Adam zu mir gekommen. Er dachte, ich könnte dich dazu bringen, zuzuhören, wenn er es schon nicht schafft.«

»Wie meinst du das?«

»Er sagte, er hätte dir erzählt, zurück nach London gehen zu wollen, und du wärst sofort darauf angesprungen und hättest das Haus zum Verkauf angeboten.« Guy schaut zur Tür. »Adam«, ruft er. »Willst du hereinkommen und diesen Teil selbst erklären? Ich glaube nicht, dass ich das kann.«

»War er die ganze Zeit schon hinter der Tür?«

»Ich habe nichts gehört«, antwortet er, aber ich bin mir ziemlich sicher, dass er flunkert.

»Was wolltest du sagen, Adam?«

»Mum«, beginnt er. »Ich habe mit dem, was ich gesagt habe, nicht gemeint, wir müssen von hier wegziehen …«

»Aber du sagtest, du würdest es hier hassen«, unterbreche ich ihn.

»Ich weiß, aber das habe ich nicht so gemeint.«

»Das verstehe ich nicht«, erwidere ich.

»Mum, du bist doch genauso wie ich. Du meinst auch nicht immer das, was du sagst.« Adam hält inne. Die Wahrheit in seinen Worten lässt mich verstummen, und so fährt er fort. »Du hörst mir nie richtig zu – du hörst etwas, machst dir deinen Reim darauf, und das war's. Gestern sagte ich, dass ich manchmal am liebsten nach Hause will, was aber nicht bedeutet, dass ich wirklich zurückwill. Es ist nur ein Gefühl, das ich ab und zu habe. Und ich würde nie in meinem Leben von dir und meinen nervigen kleinen Schwestern verlangen, dass ihr wegen mir von hier wegzieht. Ich habe meine Lektion gelernt, was das Trinken betrifft, und Will und Jack haben mich gefragt, ob ich am Fußballtraining teilnehmen möchte, um zu sehen, ob ich in die Mannschaft aufgenommen werden kann.«

Meine Gefühle fahren Achterbahn mit mir. Guy, der Mann meiner Träume, hat mir seine Liebe gestanden, und Adam will überraschender- und erfreulicherweise trotz allem hierbleiben. Ich kann mein Glück kaum fassen.

»Warum hast du das nicht schon früher gesagt?«

»Das habe ich versucht, doch dann bist du verschwunden, um Bracken zu füttern, und gestern Abend hattest du schlechte Laune …«

»Oh, Adam …« Ich will aufstehen, aber er schüttelt den Kopf.

»Bleib da, wo du bist, Mum. Ich glaube, Guy ist noch nicht fertig.« Er grinst. »Ich hole dann mal Holz fürs Feuer, damit ihr ungestört seid.«

»Na, das ist eine Offenbarung!«, sage ich laut.

»Kommen noch mehr?« Guy legt den Arm um meine Taille und legt seinen Kopf an meine Brust. Ich strecke meinen Arm aus, und meine Hand schwebt über seinem Kopf. Dann berühre ich sein Haar und fahre mit meinen Fingern hindurch. Ich spüre seine Kopfhaut und ertaste die Form seines Schädels.

»Jennie, mein Schatz, bitte geh nicht …« Guy richtet sich auf und schaut mir in die Augen. Mein Herz pocht vor Unsicherheit und Verwirrung, während er flüsternd fortfährt: »Du gehörst hierher.«

Nun heißt es, jetzt oder nie. Werde ich fortgehen und

damit Guy und meine Chance auf wahre Liebe zurücklassen? Werde ich Jennie's Folly der Gnade von Bauunternehmern überlassen? Oder werde ich bleiben?

Sechs Monate später bin ich immer noch in der Küche von Jennie's Folly und stehe neben meinem AGA. Ich schaue zum hinteren Fenster hinaus über den Rasen und das Gemüsebeet, auf dessen Mitte ein Misthaufen und Unkraut liegt, zur Koppel, wo Georgia und Sophie einen Hindernisparcours aufgebaut haben, der aus einer zu überquerenden Plane, einer Leine mit im Wind flatternder Wäsche und einer vogelscheuchenartigen Puppe besteht, die mich an den Bauerntölpel erinnert (und zu überspringen ist). Sie traben mit ihren Ponys über den Parcours und üben für die Show vom Ponyklub. Ponys? Ja, wir haben inzwischen zwei Ponys – Bracken und Teddy, Camillas altes Pony, das uns Maria ausgeliehen hat. Wir haben inzwischen auch noch mehr Hühner, die in der Toreinfahrt herumpicken. Zu den ursprünglichen zehn sind noch mal zehn hinzugekommen, Napoleons Töchter. Sie sind zwar immer noch süß, aber wachsen schnell.

Links von der Koppel kann ich gerade noch die Gestalten von Adam und meinem Vater erkennen, die ein paar junge Bäume in dem kleinen Wald fällen, nur kleine, damit die kräftigeren mehr Platz haben, um zu wachsen. Ab und zu erblicke ich Lucky, wie er auf seiner unermüdlichen Suche nach Hasen im Unterholz hin und her läuft.

»Brauchst du noch den Drehteller?«, fragt mich meine Mutter, die neben mir steht. »Wenn nicht, würde ich ihn wegräumen.«

»Danke, Mum.« Ich stelle die letzte Etage des Kuchens, den ich gerade verziert habe, in die Speisekammer zurück, damit die mit einer Spritztülle aufgetragene Verzierung trocknen kann.

»Auf den kannst du stolz sein«, bemerkt Mum.

»Ich bin sehr zufrieden damit«, erwidere ich. Ich habe meinen ersten kristallenen Kuchenaufsatz sowie Hufeisen aus Kuchenglasur gemacht. Der Kuchen sieht zwar sehr traditionell aus, hat aber dennoch das gewisse Etwas, und ich kann es kaum erwarten, ihn als Herzstück auf unserem Empfang zu sehen. Wir hatten eine kleine Hochzeit geplant, die sich jedoch mit unserer Familie, den alten Freunden, wie Summer, und den neuen Freunden, darunter Maria, und den Müttern vom Ponyklub zu einem riesigen Fest entwickelt hat.

Herr Goggelmoggel ertönt von der Küchenablage.

»Der nächste Kuchen ist fertig«, verkünde ich.

»Ist der für uns?«, fragt Mum.

»Ja, ich dachte, wir könnten ihn heute essen.« Ich beuge mich nach unten, nehme ihn aus dem AGA und drücke leicht mit den Fingern darauf.

»Hat da jemand heute gesagt?« Guy spaziert in seiner Arbeitskleidung herein, Jeans, Unterhemd und ein alter Pulli, den er über seine Schultern gelegt hat. »Heißt das, ich kann ein Stück davon haben?«

»Was weg ist, ist weg«, sage ich und stelle die Form auf das Kuchengitter, damit sie auskühlen kann, bevor ich sie umdrehe.

»Hast du all diese Kühe schon gemolken?«, fragt Mum.

»Ja, ich werde langsam richtig gut darin. Aber inzwischen mach ich's ja schon eine Weile.« Guys Augen blitzen humorvoll auf.

»Ach, hör auf, mich auf den Arm zu nehmen!«, sagt sie, und ich muss grinsen.

»Vorsicht! Du flirtest mit meinem Verlobten.«

»Ich weiß, mein Kind. Der zudem auch noch nett ist. Ein ziemlicher Adonis …« Mum kichert. »Oder sollte ich besser sagen, er sieht heiß aus. Ich kann mir das nie merken.«

»Ich gehe schnell duschen. In der Zwischenzeit wird der Kaffee bestimmt fertig sein«, sagt Guy hoffnungsvoll.

Als er wieder zurückkommt, hat Mum den Kaffee schon auf den Tisch gestellt und ich den Kuchen angeschnitten, der noch nicht wirklich ausgekühlt ist und deshalb auf dem Teller krümelt.

»Was ist in dem Kuchen alles drin?«, fragt Guy, als ich ihm ein Stück gebe.

»Walnüsse, Datteln und Honig. Wenngleich ich mir nicht sicher bin, ob das wichtig ist, wenn du ihn so schnell isst«, bemerke ich und schaue zu, wie das Stück verschwindet.

»Der war heute ganz phantastisch – fast so toll wie meine zukünftige Frau. Mit einem Lächeln auf dem Gesicht kommt Guy um den Tisch herum, nimmt mich in die Arme, zieht mich zu sich, und wir küssen uns – das haben wir in letzter Zeit häufig gemacht, um das nachzuholen, was wir in den Monaten der Missverständnisse und Ungereimtheiten versäumt haben.

»Ich liebe dich«, sagt er flüsternd.

»Ich dich auch.«

»Ach, ihr zwei Turteltauben. Ich kann eure Hochzeit kaum erwarten.« Ich höre, wie Mum seufzt. »Vergiss den Kuchen, Jennie. Ich glaube, es gibt nicht Süßeres als die Liebe.«